U0516825

大方
sight

"愚人二部曲"

愚人雷默
EVERYBODY'S FOOL

[美] 理查德·拉索 著

杨志霞　译

大　方　校译

中信出版集团｜北京

图书在版编目（CIP）数据

愚人雷默/（美）理查德·拉索著；杨志霞译. --
北京：中信出版社，2020.4
（愚人二部曲）
　书名原文：Everybody's Fool
　ISBN 978-7-5217-0875-2

Ⅰ. ①愚…　Ⅱ. ①理…②杨…　Ⅲ. ①长篇小说—美
国—现代　Ⅳ. ①I712.45

中国版本图书馆 CIP 数据核字（2019）第 159177 号

愚人雷默

著　　者:　[美]理查德·拉索
译　　者:　杨志霞
校　　译:　大　方
出版发行:　中信出版集团股份有限公司
　　　　　（北京市朝阳区惠新东街甲4号富盛大厦2座　邮编　100029）
　　　　　（CITIC Publishing Group）
承 印 者:　浙江新华数码印务有限公司

开　　本:　880mm×1230mm　1/32　　印　　张: 15.5　　字　　数: 395 千字
版　　次:　2020 年 4 月第 1 版　　　　印　　次: 2020 年 4 月第 1 次印刷
京权图字:　01-2020-0743　　　　　　广告经营许可证: 京朝工商广字第 8087 号
书　　号:　978-7-5217-0875-2
定　　价:　58.00 元

献给霍华德·弗兰克·莫舍

三角

北巴斯小镇的山谷公墓正好从中间被一分为二，一边是山丘区，一边是山谷区，分隔线是早先殖民时期运货马车用的一条两车道碎石路。对于镇上第一批健壮的居民而言，死亡并不陌生，但他们严重低估了其规模，不清楚需要多少土地才能安置那些因严冬肆虐、蛮族暴力，以及各式各样疾病而逝去的人们。抑或他们低估的是生命，是它本身的繁殖力？讽刺的是，结果都是一样的。镇子郊区空出的那片墓地，逐渐变得拥挤、局促，以致墓满为患。终于，逝者如泱泱洪水，突破边界的拦截，蔓延过铺好的石路，延展到破败的公寓，一直到达通往州际公路的新高速公路。接下来这墓地会蔓延到哪里，没人知道。

墓地山丘区的植被在20世纪70年代被荷兰榆树病摧残过，最近又遭霉菌侵袭，使得树根虚弱萎缩，并导致地面毫无征兆地坍塌，但它们看起来仍然可爱，成熟的植被为前来祭扫的人们提供了树荫和凉风。温柔起伏的地形和蜿蜒的砾石路自然又舒适，甚至给人以错觉，仿佛那些休憩在这如画风景的山丘下的人们——有些是在独立战争之前就被埋葬于此——是他们自己选择了这个栖息之地，而不是被迫安葬于此。他们不像死去了，倒像是在倾斜的墓石下安详地打盹，那些墓石活像一顶顶旧了却舒适的帽子，俏皮地歪戴着。如果他们醒来，发现世界比他们当初逝去时更加艰辛，谁还能责备他们按掉贪睡模式，继续回到睡梦里再睡上几十年呢？

相比之下，较新的山谷区墓地则像"富美家"牌台面板一样平坦、美观。铺好的路径形成一张四方网格，而那些样式现代的坟墓

1

在太阳的曝晒下却显得粗制滥造，而草坪，特别是距离高速公路最近的区域，呈现病态的蜡黄和屎褐色。毗连的那片土地，就是当初规划的"终极逃亡"乐园，现已满是沼泽，污秽不堪。最近，持续不断的雨水过后，肮脏恶心的地下水积聚成河，松动了土壤，把新葬人的棺材往山下推。一场暴风雨过后，谁都不能保证你祭扫的墓地下的棺材是否还是一周前的那个。在很多人看来，整件事都不合逻辑。按说渗入地下的水量充足，山谷区域应该郁郁葱葱，然而那里种植的一切都枯萎而死，好像是在同情长眠于此的逝者。镇上的人纷纷猜测，附近肯定有污染。这些腐烂的土地，长久以来都被当成一个非官方的垃圾场，这也是乐园的规划者们能以如此低的价格购买它的原因之一。不久之前，在一段长时间的干旱后，几十个印有骷髅和交叉骨图案并在漏液的金属滚筒露出地面。有些又旧又锈，渗出鬼才知道是什么的东西；其他新一些的则标注着"铬"的字样，让人不免对邻近的莫霍克镇产生一丝怀疑——那座小镇一度皮革业昌盛。但这些指责被毅然决然地否定了。谁想要知道那些皮革厂是如何处理他们的染料和致癌化学物质的，只需去参观一下当地的垃圾填埋场、流经镇子的小溪，或是医院里的肿瘤病房，就能一目了然了。可那些有毒的泥浆桶总归是从什么地方来的呀？！很有可能是来自纽约州的南部地区。在这一点上，纽约的历史早就显示得清清楚楚了。废物，不论是液体的还是固体的，字面的还是隐喻的，都违背了物理学的引力定律，一路上行，蔓延到了卡茨基尔山脉，有的甚至到了阿第伦达克山脉。

山谷区没有骄傲挺立、雅致迷人的墓碑。这儿的墓碑都被故意放平，只有这样，那些十几岁的小混混们才不至于被绊倒。北巴斯小镇的传奇人物——八年级英文教师贝丽尔·皮普尔斯夫人，偶尔会给《北巴斯周刊》写些刻薄的信件，表达她对人性本质的悲观看法。她警示了将要发生的事情。她警告大家，把所有的墓碑放平，没有乔木和灌木篱墙的阻隔，来祭扫的人群会肆无忌惮地把公墓当成超市的停车场，直接把车开到任何想去的墓碑上。这个警告当时被人们嗤之以鼻，被认为是丧心病狂、耸人听闻的，是对镇民们的诽谤。然而事实证明，老妇人是完全正确的。隔三岔五，就有人致电警察局，投诉在自家祖母的墓碑上看到了车轮的痕迹，那痕迹恰巧就在子孙们想象中祖母那朝上的、安详的脸部的正上方。愤怒的致电者质问警方："如果有卡车碾过你的头骨，你会作何感想？"

警察局局长道格拉斯·雷默此时正前往山谷区公墓，参加巴顿·弗拉特法官的葬礼，他已经迟到了。每当要回复如上的质疑时，他都茫然失措，对他来说，这些根本都称不上是问题。难道人们是希望他去区分这两件事显而易见的差别吗？一个是开车碾过祖先的坟墓——当然这是麻木、轻率的行为；另一个是驾车碾过活生生的人的脑袋——这明显是杀人，是犯罪啊！让他去想象这两个场景又有什么用？好像人们期待他既要理解现实的世界，又要搞清楚这世上的恶棍一样。后者数不胜数，难以言喻，前者也神秘莫测，难以搞懂。去弄明白这些什么时候成了警察局局长的职责了？去解释世界的谜团和人类的行为难道不是那些哲学家、精神病医生和牧师的责任吗？绝大多数时候，雷默就连自己的言行都无法解释，更别说他人的了。

无论他做什么工作，绝大多数时候——今天自然也不例外——都糟透了。还是个巡警的时候，雷默想象着，等做了局长，他的工作量一定会很大；或是想，至少那样才是真正地服务于公众。但两个任期之后，现在的他，洞悉一切了。在北巴斯小镇，绝大多数的犯罪并不需要太多侦查工作。可能会有个伤痕累累的女人出现在医院门口，虽然已经被揍得半死，却声称自己是绊到了孩子的玩具才摔成那样。当你拜访她丈夫、与对方握手时，你会发现那男人勉强伸出来的手看起来更像是个畸形的水果，酱紫肿胀，皮开肉裂，血管偾张。但跟雷默成为局长后的日常事务相比，即使是那些令人沮丧的、单调的侦查工作，也显得有趣而迷人。他不用参加葬礼时

3

（他甚至都不喜欢死者）或不用对着一批"忧心忡忡的市民"发言时（那些人对他可能提出的解决方案不感兴趣，相反，更关注他忍受了多少无理的谩骂），他就是一个称职的员工、一个纯功能型的公务员。他的时间都用来填表格，向市政委员们报告，核算预算。有段时间，他一直忙于案头工作，甚至整日都不起身。他变胖了。而且，收入也糟糕得很。好吧，当然，他赚的是比当巡警时要多，但也不够弥补无底洞般一件接一件的烦心事儿。如果他擅长这个工作的话，那么他觉得自己还能够接受这个工作很差劲这一事实。但真相是，差劲的是他自己。说到烦心事儿，他都不知道如果没有夏莉丝，或者她喋喋不休的唠叨，他能做成啥事。夏莉丝是对的，他确实越发健忘，魂不守舍，心事重重。自从贝卡……

不，他不能再想贝卡，不能再想她。他应该全神贯注于此时此地。

此时此地，正热得像乌干达。当雷默穿过墓地的停车场，走了百码左右，来到围了几十个哀悼者的弗拉特法官敞开的墓穴前时，他已经大汗淋漓，浑身湿透了。这种折磨人的热出现在五月是前所未有的。在阿第伦达克山脉的丘陵地带，在阵亡将士纪念日的周末——也就是还未正式入夏之际，这个地区饱受冬季摧残的人们感受到的一般是深深的失望，他们似乎相信夏天是可以凭借意志力召唤而来的。比如，气温刚过四十五华氏度，他们就会穿上派克大衣在后花园烧烤了；即使下了一周的冷雨、棒球场脏乱不堪，他们还是会去打棒球；一有微弱无力的太阳出来，他们就会去水库滑水。但今年，镇里狂热的祈祷者们得到了回应，但这回应，如大多数时候（至少从雷默的经历来看），带着讽刺性的惩罚。过去三天，气温高达九十五华氏度，到目前还没有降温的迹象。

雷默只想在今天这场葬礼的外围熬一会儿，但他一不小心和市长格斯的眼神交会了。在他把视线移开之前，市长就招手示意，要他加入到另外一组显要人员的队列中。雷默很不情愿，但还是照做了。昨天，他曾想方设法逃避这场葬礼，甚至不惜推荐夏莉丝来代替他，近来，夏莉丝可是想方设法要离开警局。他跟格斯解释过，他不但对巴顿·弗拉特没有什么好感，甚至还认为他是自己人生中的几个克星之一。但市长断然拒绝了他。法官曾是个重要的人物，格斯希望雷默不但要参加葬礼，而且不管热不热都得穿上他的警服。

所以现在，他正站在这折磨人的、不合时令的酷日下，向一个二十多年来大部分时间都在蔑视他的人致敬。雷默倒不是唯一被蔑视的人。蔑视，是法官大人的默认模式，他从不掩饰自己的观点，认为所有的人类都是利令智昏（这个词雷默必须查字典才能明白）、苟且之辈（这是另一个他不得不查字典才明白的词）。如果说巴顿不喜欢罪犯的话，那么他更不喜欢律师和警察，在他眼里，这些人本该更有头脑些。当年，雷默在一次意外开枪后，第一次被传唤到巴顿·弗拉特法官的办公室，巴顿法官当时用他招牌式的恶狠狠的眼光盯着他，在雷默觉得这凝视持续了一个世纪那么久之后，巴顿终于转向了奥利·奎恩——当时的警察局局长。"你知道我对给傻瓜们配枪的想法，"他对奥利说，"一旦你给一个傻瓜配了枪，就得给所有傻瓜都配好，要不然就不好玩儿了。"这么多年来，雷默有无数次机会可以让别人改善对他的看法，但结果每次都弄得更糟糕。

当然，雷默要逃避这葬礼还有另一个原因。自从贝卡的葬礼之后，他再也没有到过山谷区公墓。他根本就不确定自己接近她时会作何反应。他能肯定的是，自己对她已经没有执念，但万一失去她的惊愕与痛苦再次如洪水般席卷而来，万一他为了一个把他完全当作傻子来愚弄的女人而失声痛哭、不能自已，那该怎么办？如果那些真正的哀悼者看到他哭泣，又该怎么办？他这样没有男子气概的悲痛，岂不是对别人真切悲伤的嘲弄吗？

"你迟到了。"当雷默站到他身边时，格斯撇着嘴说。

"对不起。"雷默撇着另一边嘴道歉，尽管他并不真的觉得对不起，在这样的炎热中，他连加以掩饰的力气都没有。"我正要离开警局时，有个电话打进来。"

"你就不能让别人处理吗？"

雷默早就准备好了答案。"我觉得您会想要我亲自处理。"

听到这，市长明显抽搐了一下。"是艾丽斯？"

"她没事了，我把她送回了家。"

艾丽斯是格斯精神错乱的老婆，雷默没猜错的话，她现在肯定又停药犯病了。当时，夏莉丝满怀歉意地呼叫他，解释了艾丽斯的情况。"真的？"雷默说，他的心一沉，"不会又是因为那部电话机？"

"正是。"夏莉丝确认道。

在纽约和奥尔巴尼已经盛行了一年多的手提电话（在斯凯勒温泉镇的街上也逐渐普及起来了），在北巴斯小镇还没有真正流行起来。格斯有一部，还威胁说要给雷默也搞一部，这样他就差不多可以随时联系雷默了。艾丽斯显然注意到了人们在用手提电话通话，并立马明白了怎样才能把它用于自己身上。鉴于卧室的那个粉色电话能满足她的一切需求，她便从电话绳上扯下了听筒，并把这个被"阉割"的电话放进了包里。这样，到了公共场合，一旦有交流的冲动，她就把话筒拿出来，像对着真的手提电话那样大讲特讲起来，把周围的人吓个半死。

"干吗不让我来处理？"夏莉丝说，"葬礼要迟到了。"

但雷默不想让别人来面对这个可怜的女人。艾丽斯经常因看到警服而受到惊吓，但她曾是贝卡的朋友，所以总能认出他——即便他的警服貌似也令她困惑。

"不用，我很高兴处理这事。"雷默说。实际上，他挺喜欢这个女人。北巴斯小镇的绝大多数疯子都好斗，艾丽斯却顺从得像只绵羊。关键是，她看起来很孤单。贝卡的死给了她沉重的打击。

"也许派一个女人去会比较……"夏莉丝不无道理地继续说。

"谢谢，但我需要指挥部有个头脑冷静的人。"他通常都这么说。然而，他说的没错。夏莉丝的确有着警局最棒的头脑，比他的好。

"什么，难道你认为我会吓到市长的老婆？就因为我是黑人，还是怎么的？"

"不，夏莉丝，"他安抚她，"我从没有过这个想法。"其实有这么一瞬间，他的确这么想过，只不过出于礼貌，这想法马上被他扼制了。"她在哪里？"

"公园里。"夏莉丝回道，"我只希望你不要再自欺欺人。"

"夏莉丝，这真的跟……没关系。"

"你只是不想去参加葬礼。"她说，这个想法让雷默措手不及。

"不会太久的。"他说，但实际上，他希望越久越好。

"我可以让米勒去找她。"

"米勒。"他重复着。她是在开玩笑吗，米勒？"他会杀了她的。"

"啊，头儿，他就在这儿呢。"

雷默揉着前额，叹了口气。"请帮忙跟他说句对不起。我这么说是刻薄了些。"

"我在开玩笑呢。他并不在这儿。"

"那么我也不必道歉了。"

"我的意思是，他可能在旁边。这就是为什么你总是惹麻烦。"

"我经常惹麻烦？"

"你不快乐我就快乐。"

"我跟你说过不要再提那件事，夏莉丝。"

"我只是说说。"

"我知道，夏莉丝。你一直只是说说。现在我请你不要再这么说了，行吗？"

他发现艾丽斯时，她正坐在战争纪念碑前的长椅上。即使在阴凉里，也是暴热，不过她好像并没有注意到。她把粉色的听筒放在耳边。"我从来没有对一个朋友这么残忍过。"她对那个她想象中正在交谈的人说。

"你好，莫伊尼汉夫人。"雷默在她旁边坐下。种种迹象表明，艾丽斯曾是个嬉皮士，而现在年近六十岁，她又重返嬉皮。她花白的长发上插着一朵蒲公英，他还注意到，她连胸罩也没穿。夏莉丝是对的。她再次对了。正如她建议的，他应该让夏莉丝来处理这事。她还一语道破了他的动机，他的确不想去参加葬礼。"你今天好吗？"

艾丽斯奇怪地打量着他，好像被这个问题给难住了，接着她笑了，显然是认定，尽管眼前这人伪装成警察，但也是自己认识的人。她按了一下电话——如果这真的是手机的话，她按的应该是接听或挂断键——把电话放进包里。"贝卡让我向你问好呢。"她跟他说。雷默脊梁骨上升起一阵寒意，尽管此刻汗珠正在往下淌。这不是艾丽斯第一次提起她跟他逝去的妻子有联系了。

"那你跟贝卡说我也向她问好。"

艾丽斯叹了口气，把视线转到一边，好像挺尴尬。"这么多男人。"

雷默过了一会儿才意识到，他们已经不是在谈论贝卡。她在看纪念碑上一排排的人名。

"大多数是男孩。"他说。

"是的，男孩。我儿子也在那里。"

这不是事实。她和格斯根本没有孩子。她之前曾结过婚，但据他所知，在那场婚姻中，她同样没有子嗣。

"战争真是可怕。"

"是的。"雷默同意道。越南战争阵亡者那一组里有三个曾是他的同学。

"贝卡想要孩子。"

"不。"他说，想起了他们唯一一次讨论生孩子的事情。当时贝卡坚决反对，因此他假装自己也不想要。"实际上，我不认为她想要孩子。"

"我下次问问她。"

"艾丽斯，我送你回家，好吗？"

"我应该回家了吗？"

"格斯说你该回家了。"雷默告诉她。这当然是谎言，不过如果格斯知道她又溜了出来，他肯定会这么说。

"格斯爱我。"她说，好像在报告一个奇特的、鲜为人知的事实。

他们站起身，雷默陪她走到他的捷达车边，扶她坐进去。一直到他把车停在艾丽斯和格斯住的维多利亚式老房子的车道前，他们都没再讲话。这房子是上主街最后面的一栋房子，对面是无忧宫的入口。下车前，她转身面向雷默说："我一直努力想要记住你是谁。"

"他们到底从哪儿找来的这个家伙？"雷默对格斯耳语道。

实际上，致悼词的这个牧师和艾丽斯有点像。他头发齐肩，套着一件轻薄的长袍，上面那些复杂的、五颜六色的针脚似乎在暗示着⋯⋯什么？他有个女友？他在闲余时间忙于刺绣而不是观看电视上的比赛？这人身上有些固有的东西令人反感，雷默下了结论，尽管他费了会儿神才弄清楚那是什么。他长袍领口的上方看不到衬衫领子，手腕也没见袖口，脚踝处也没有袜子，他给人的感觉是，在他荣耀的袍子下什么也没穿，那人黝黑晃动的生殖器的样子不自觉

9

地浮现在雷默的脑海里。

"四十多年来，"长袍子牧师吟诵道，"巴顿·弗拉特法官一直是我们正义之城中的公正与理性之声。他用这个短语来描述这个我们视为珍宝的地方： 我们的正义之城。"

雷默抑制住一声呻吟。他非常确信，法官大人从未说过这个短语。事实上，弗拉特压根不喜欢这样的措辞，他只提过一个被他称为"小镇正义"的抽象概念，他声称那是由他来伸张的。雷默倒是从未冒失地去问过这"小镇正义"与其他类型的正义有何不同，但他怀疑这短语意味着"其结论将会在高一等的法院被推翻"。巴顿法官一贯以其特立独行的名声为傲，在判案时，他常采取听天由命的态度，他深知反正其他法律界人士早晚会持不同意见。我们的正义之城？雷默可不这么认为。

天呐，这也太热了。他能感觉到汗水沿着他的胸膛、肩胛骨、腋窝，如溪流般流淌着，汗水全都积在了他那 Jockey 牌束腰内裤里。足足有六英尺深的墓穴底部有一大片阴凉，那才是雷默真正渴望的。这么深的坑里面一定很凉爽，空气也一定很清新。爬进去，蜷起来，在那样的凉爽下栖息，会多么舒适。好吧，这世上会有其他更值得渴望的好事，但老实说，他一件也想不起来。遇到可怜的艾丽斯，她还冷不丁地提到贝卡，让他本就几近低落的情绪又进一步陷入崩溃。自从他妻子一年前死去——好吧，好吧，他又想起她了——他就变得不是他了。大多数早晨，即使前一晚睡得不错，他醒来时还是觉得百无聊赖，他得劝自己半天才能起得了床。而且，他的胃口也出了毛病，他的"性致"也完全消失了。在警局里，得经常靠夏莉丝提醒，他才知道要吃饭。都是因为悲痛，夏莉丝这么解释，但雷默怀疑不是。当然，他曾经爱过贝卡，全身心地爱她。她死去的方式可怕得无以言状，但现在，他更想知道的是，她到底打算和谁私奔。

格斯用胳膊肘推推他，轻声问："你的演讲准备得怎样了？"

"基本好了。"雷默向他保证道，尽管他一个字也没写。周一的大事，也是这个周末的高潮，便是以贝丽尔·皮普尔斯的名字重新命名中学——这是另外一件他不想做，但未能逃避的事。格斯不知从哪里知道他也是贝丽尔小姐的学生，便立马强制他参与进来。雷默解释说自己充其量只是个 C+ 的中等生，很难代表贝丽尔小姐的教学硕果。为什么不找个分数更高的学生？你能想得到的那些聪明的学生都已经搬走了，格斯告诉他。不行，雷默必须得做。这个星期头几天，他曾坐下来，拿出黄色笔记簿，但在进行了几次无力地尝试之后，他不得不放弃。今天下午他会再试试。如果仍憋不出来，他就准备让夏莉丝写点东西。

"我们的……正义……之城，"长袍子牧师用虚情假意的赞叹声重复道。光凭言辞，他就能让自己到达精神高潮。他大大地伸展着双臂，好像要拥抱整个北巴斯小镇。尽管他目前仅有的臣民，除了这一小撮蔫蔫的追悼者外，就只有那些躺在延伸至四面八方看不到尽头的坟墓中的死者了。"值此伟人安息之际，也许我们应该停下来，思索一下法官用这几个词的深远含义。"

伟人？那个充其量高五点六英尺，重一百四十磅的人？雷默能轻易挺举这个"伟人"，并把他抛得远远的。实际上，在不止一个场合，他都梦想着这样做。

"他指的是不是这儿，在斯凯勒温泉镇，我们被赋予了广袤的自然美景、富饶的资源？还有山脉、湖泊、溪流和温泉？"

温泉？为什么要提这个？因为在北巴斯小镇，温泉都干涸了。

"他指的是那些凉爽茂密的森林吗？敏捷安静的易洛魁印第安人曾穿着柔软灵活的鹿皮鞋穿行其间……"

易洛魁人？雷默的心一沉。如果连该死的印第安人都跑到了法官的悼词里，那么还有啥东西是这个牧师扯不到的？

"我认为法官的用意确实如此，"长袍子牧师声明，"但他仅仅是指这些吗？"

雷默愿意相信这些就是逝者的全部意图，如果葬礼可以就此结束的话，但他没有这好运。

"我认为不仅仅如此。"

你能想象这个蠢货竟能代表某个地方的教堂吗？他更像那种活在自己小宇宙里的家伙。抑或他是从斯凯勒温泉学院借调来的那种拥有跨信仰的牧师？他在那儿的工作是抚慰学生们受伤的心灵，只不过那儿没有他的用武之地，因为那儿的学生足够清醒。学术团体还可能跳出来批驳他那些胡说八道、自信满满的言论。尽管如此，你仍会纳闷，派给他念悼词任务的人是怎么给他指示的？难道没人告诉他弗拉特法官是北巴斯小镇上最有名的无神论者？正是因为这个，才没有举办教堂仪式。难道他不明白今天他之所以出现在这里，是人们勉强做出的妥协？毕竟法官是公众人物，而且镇上的人想向他致以最后的敬意。（好吧，雷默自己是没有这个需求的，但他也承认难保别人没有。）长袍子牧师远没有理解这是个操蛋的差事，相反，他似乎觉得自己有义务确保这次的布道和他在自个儿的布道坛上为他钟爱的执事离世时做的一样。或至少确保，在这炙烤的阳光下做的一套程序所需要的时间，须与他们在空调轰鸣的室内花的时间一样多。

贝丽尔会怎么看待这个傻瓜？"当你写作文时，"她会这样指导雷默和他的同学们，"要想象有个修辞三角。"在他们的作文上面，她通常会画两个三角形，一个代表学生写的作文，另一个形状不同的三角则是她希望借以帮助改善学生作文的。就好像只要引入了几何——另外一门雷默谈之色变的功课——就能解释一切似的。这位老妇人的三角形的三边分别是：主题（Subject）、受众（Audience）和说话人（Speaker）。而她潦草地写在页边空白处的问题大多与三者之间的关系有关。你想写什么？她经常会这么问，并把一根歪歪扭扭的线一直划到 S（Subject），那个代表主题的边上。即使他们写的题目是她自己布置的，她仍坚持认为作文的主题不明确。有时她会问：那么你想象中的受众是谁？（啊，受众是你啊，雷默经常想提醒她，尽管她坚决否定。）　你的读者们在做什么？你觉得他们为什么会对你写的东西感兴趣？（啊，如果他们不感兴趣，她又干吗布置这篇文章？难道她以为他会感兴趣吗？）

　　她最神秘、最令人困惑的问题通常与说话的人有关。雷默的三角的这一边常常很短，而另两边却很长，以至于最后这个几何图形好似船的下水滑道。在雷默每一篇作文的上方她都写着"你是谁？"好像雷默没在第一页上方写清自己的名字。如果你不懂问她，她的解释也同样令人困惑。她会说，写作背后通常都潜藏着隐含的作者。不是你，这个实际的作者不是那个你照镜子时出现在镜子里的人，而是那个你一旦拿起笔、有交流冲动时所变成的那个人。这个道格拉斯·雷默是谁？她喜欢这么挑衅地问他。（什么人都不是，他真想这么告诉他，只要她肯放过他，他非常乐意自己什么人也不是。）

　　因为这看起来对贝丽尔小姐很重要，所以雷默曾费尽心思想要理解这位老太太的三角形，但它始终像三位一体中的圣父、圣子、圣灵一般神秘莫测。三位一体至少被宣称是一个超越了人类的理解力，需要人们苦思冥想的复杂的玄机——这对雷默来说是个大大的安慰，因为那无疑超过了他的理解力，但贝丽尔小姐的修辞三角却是他能理解的。

　　讽刺的是，今天，在过了三十多年后，雷默终于明白了贝丽尔小姐的意思：长袍子牧师的三角缺了整整两条边。他显然根本没有考虑他的受众，以及他们在这折磨人的酷热下的煎熬。他也根本不在乎他的主题。很明显，这个牧师对弗拉特法官本身一无所知，对他而言，这顶多是一个露脸的机会。更糟糕的是，为了填补空白，这个三角的"说话人"这一边——就是那个雷默还是个孩子时最困惑的一条边——却是长袍子牧师最擅长的。如果被问到，你是谁？牧师会回答，他是个人物，还是个非常特殊的人物。雷默怀疑贝丽尔小姐不会认同牧师的这个回答，不过不认同又能怎样？这世上的长袍子牧师们根本不在乎。他这种惊人的自信来自哪里？尽管本能地厌恶这个人，雷默还是忍不住羡慕他这份满满的自信。没有一丝不安的困扰，长袍子牧师明显认为自己是这份差事的不二人选，甚至是任何差事的不二人选，在向他解释这份工作前，他就这么确信了。他啥都懂，迫不及待地想要分享，觉得自己的能力绰绰有余。

相比之下，雷默则常常被自我怀疑折磨，别人对他的看法完全凌驾于他自己的之上，以至于他都不知道自己到底有无想法。还是个孩子的时候，他尤其深受恶言恶语的影响，这不但深深地伤害了他，还让他变得愚蠢。骂他蠢，他就会突然变蠢。骂他胆小鬼，他就会变成懦夫。更令人沮丧的是，成年后他也没改变多少。弗拉特法官称他为"配枪的傻瓜"，这之所以伤害了他的情感，正是因为这评价很准确。说实在的，那天他确实丧失了判断力。他竟容许自己被唐纳德·沙利文——他生命中的另一个克星——所激怒。此人当时居然把车开上了居民区的人行道上。雷默完全有权力逮捕他，但他不该拔出枪，当然也不该瞄准一个手无寸铁的平民——哪怕已经发出了警告。他更不该打开手枪的安全栓，给前两个错误火上浇油。他不记得开了枪，但他肯定是开枪了——我这是要开枪警告他，他马上给自己的行为找到了合理的解释。这个想法比子弹的速度还快。但也没快多少。一瞬间，远处传来玻璃碎裂的声音——至今他仍觉得不可思议，那是一扇小小的八角形的浴室窗户，在半个街区外。窗户下，一位老妇人正坐在马桶上。倘若她完事再迅速些，或事毕起身再麻利些，子弹就会穿过她的后脑勺。

这场事故让他成了"和平主义者"。整整一个月，在奥利·奎恩注意到他举止异常并要求察看他的武器前，雷默甚至都没给他的枪装过子弹。要不是警察手册里特别说明——没有枪装备是不完整的，他都不想佩带它。比起之前的意外开枪，雷默不给枪装子弹更让奥利感到耻辱。他解释说，如果有什么比一个平民携带上膛的枪更危险的话，那就是一个警察携带没有子弹的枪。"你想死吗？"他问。即使当年还是个年轻的巡警，雷默也知道，正确的回答应该是不，但相反，他只是耸耸肩，不予作答。

他也经常思考，是什么让自己这么容易受到他人评价的伤害，而其他人却一点不为其所困？好吧，死去的法官可能不会喜欢这个长袍子牧师。如果他活着，听到关于自己的这篇荒谬的悼词，他很可能会以诽谤罪把这位牧师拘留候审。但对雷默而言，这两人相似之处多于不同：他们似乎都不担心犯错，也都不想反思自己的想法。（反思，反思，反思，贝丽尔小姐经常这样建议。写作是思考，好的、诚实的思考需要时时反思。）

当然这不是在批判他们。雷默曾多次被召唤到弗拉特的法庭。据他所知，法官从未修改过他最初结论。最近的一次，雷默作证起诉一个名叫乔治·斯帕诺思的人，他和他老婆、孩子和一群脏兮兮的狗住在我们的正义之城的城郊，他凶残地鞭打那些狗，把那些狗也变得凶残无比。雷默去逮捕他时，被咬了三次，两次是被狗咬，一次是被其中的一个野孩子咬。（上帝保佑，还好那个女人的牙齿已经掉光了。）被小男孩咬的伤口受了感染，不得不注射抗生素，被狗咬的伤口则不得不打破伤风疫苗。但当雷默一瘸一拐地走上证人席时，却没得到一丁点的同情，尽管相比之前的事故，这次雷默可是毫无争议地代表正义的一方。在那里，在法官审问的目光下，雷默却情不自禁地感觉自己莫名其妙地和被告换了位置。最后变成了他，这个警察局局长，被要求为自己辩解。被狗咬了可以理解，但他到底是怎么做到让个孩子给咬了的，法官要求他做出解释。在整个诉讼期间，斯帕诺思坐在他的律师旁边，一副委屈的无辜表情，这么令人信服，几乎连雷默都信了他。而他自己——当然他没有要求拿面镜子来瞅瞅自己的脸——带着一如既往的"我有罪"的表情。很显然，弗拉特法官认为他是个蠢货，这让他别无选择，只能变成一个蠢货。外表至关重要，而跟往常一样，他的外表对他不利。公平？当真正无辜的人看上去有罪，而有罪的人看上去一脸无辜时，又哪来的公平可言？

比起他在法庭再三遭遇的羞辱，更令人气恼的是，这个老色鬼看上了贝卡。在他们婚后不久的一个退休晚宴上，贝卡凑巧坐在了弗拉特的旁边。法官向来对年轻貌美的女人有着非凡的洞察力。在他自己的老婆死后——作为一个单身老头，他显然更看不出有什么理由，不能放纵自己偶尔和别人的老婆调调情了。那天晚上，贝卡衣着撩人——至少以北巴斯小镇的标准来看——穿着一件深 V 领的黑裙。整个晚宴，她和法官两人坐在宴会桌的最远端，就像两个有着无穷共同记忆的密友一般不停地密谈着。一度，他俩头挨头，贝卡的视线短暂地接触到雷默，紧接着爆发出大笑。自然，雷默就得出结论，法官大人肯定在取悦他老婆，跟她描述那天她那愚蠢到家的老公是如何差点开枪射倒一位蹲马桶的老太的。

"多好的人啊！"贝卡一边钻进丰田车系上安全带，一边热情洋溢地说。那安全带把她的裙子勒开，漂亮的胸脯完全暴露了出来。雷默禁不住想，喝姜味胡萝卜汤时，弗拉特是不是也欣赏到了这令人血脉偾张的情景。"他真是好得不能再好了。你为什么让我小心他？"

"呃，他的确叫过我蠢货。"他提醒她道。在他们刚开始交往时，他就把开枪的事件讲给了贝卡听，他觉得，她最好还是从他这儿听到这个故事，而不是从北巴斯小镇的小道消息网听到。在那儿，这故事正如其他那些以他为笑柄的故事一样，还是相当有市场的。"就在我的头儿面前。就在我逮捕的那个人面前。"

"呃……"他的妻子开口道，她停顿了这么久，以至于让他思索她会说什么。（她会说"那是多少年前的事了"？或者，"我肯定他那么说没别的意思"？又或者，"这能怪他吗"？）他希望她会说："实际上，他对你评价很高。"当然她没这么说。相反，她说的是："我知道你今晚很难受，不过我很开心。"

依她深思熟虑的观点来看，雷默自我意识太强了。"不是所有的事都是有关你的。"她喜欢这么说，这让他听上去很自恋。尽管，她是对的。他是有这个坏毛病，喜欢把事情联想到自己身上。比如说，法官的两次戏剧性的辞职事件。就在雷默当选警察局局长那天，法官第一次递交辞呈，难道这仅仅是巧合吗？而在四年后雷默再次当选警察局局长时，他第二次递交辞呈，这也是巧合？"是的，"贝卡向他保证，"这不但可能是巧合，也实实在在确实是巧合。"在过去二十年里，这个可怜的老头跟三个不同的癌症抗争着，先是肺上的一个肿瘤，接着是前列腺长了一些极具攻击性的细胞，最后是他脑干上长了一个虽小但很毒的结节，这个恶性肿瘤似乎一度只是增强了他惊人的智力，使他的才智与舌头更敏捷，尽管照雷默看来，他这两样都已经够敏捷了。事实上，当他正准备得出结论——癌症并不像宣称的那样致命时，消息传来，那老头陷入了昏迷，接着，几天之后，他就死了。

对于法官的死，雷默竟也感到五味杂陈。一方面，他再也不用忍受他那鄙夷、审判、不满的目光。此外，在现实世界，他也不会再被这个一言九鼎的人物传唤了。但如果像大多数人相信的那样，灵魂真的永存，那岂不意味着弗拉特法官会永远认为雷默是个白痴？这公平吗？他就这么毫无才能吗？的确，在学校时，他从没有得到过一流的成绩。尽管他守秩序，从不惹麻烦，但他所有的老师们在学年末看到他和同伴们一起升入高一年级成为别人的负担时，都看似如释重负地松了一口气。只有那个不停地画着三角，不停地在文章的空白处问他自己是谁的贝丽尔小姐，对他有些喜欢，尽管连这一点雷默也不能确定。那老妇人永远塞书给他，也许其他男孩会认为这些礼物是鼓励，而他则怀疑这些是对他某些没有注意到的劣行的变相惩罚。

他记得，有本书的封面画着一群乘热气球的人。对他来说，这插图哪哪都不对。气球的颜色太鲜艳了。被困在那晃来晃去的小篮子里的人，却显得过于兴高采烈了，按常识，他们应该被吓得屁滚尿流才是。还有一本书，似乎是有关一队探险家是如何通过火山口进入地球深处的。她到底想要暗示他什么？是想告诉他，他应该考虑去遥远的地方？只要他去了，上天还是入地都没关系？

当然，每次收到书，他都表示了感谢，但一到家，他就把它们全藏在了壁橱的最上层，这样，他那瘦小的母亲，除非是踩在凳子上，否则不可能发现它们，嘀咕它是从哪儿来的。在他整个童年时期，她内心都隐藏着根深蒂固的恐惧，怕他成为一个小偷，像她自己的父亲一样。每次他得到一件东西，只要不是她给的，她就要立刻知道东西是从哪儿来的。如果他的解释令她怀疑，听起来不那么真实，那就有麻烦了——尖叫，号啕大哭，疯狂地撕扯自己的头发——就是因为这些，他父亲最终离家出走了。撕扯头发尤其吓着了雷默，因为她的头发已经稀疏可数，你能看到她苍白的头皮，他可不想成为这镇上唯一一个有着光头妈妈的孩子。

"他们会来把你抓走，"她眼睛浮肿、眼圈发红、眼神狂野地一遍遍警告他，"他们都是这么对付小偷的，你懂的。"

接着，她会用她的那种眼神瞪着他，等着他去消化这些话，之后她会重重地叹息，盯着远方，像是看向了过去，回忆着她自己童年时的重大事件。"他们带走了我的父亲。他们直直地穿过走廊，敲我家的门。我求妈妈别开门，可她还是开了，他们闯进来，带走了他。"她会重温那个可怕的时刻很久，然后转向她的儿子，回到现实，最后加上她每次必说的话，"他是那样地哭叫！那样地哀求他们不要把他带走！"很显然，她是在暗示，如果那天到来，雷默也同样会又哭又闹，也同样会祈求警察不要把他拖走，投入监狱。尽管他从未偷过任何东西，也从没有过偷盗的想法，但他也不能完全排除她这预见的可能性。他的计划——如果你把它称为计划的话——是不要对任何东西产生执念，以避免让偷窃变成一种诱惑。

贝丽尔小姐送给他的很多书都年代久远，一股儿烂霉味，页脚卷着，就是那种你想处理掉的书，但有的书情况就好得多，有些甚至是崭新的。很多扉页上都写着"小克莱福·皮普尔斯"这个名字。有次他问起这个名字，贝丽尔小姐告诉他那是她儿子，但他现在已经完全长大成人了，是个银行家。她说起这些时的语气，似乎让人觉得不管是小克莱福，还是老克莱福，都让她很失望。难道他也未能搞明白那修辞三角？雷默对那孩子深表同情。想想看让她做你的母亲，你的一辈子都将是一个巨大的页边空白，供她提那些匪夷所思的问题。

　　而且，不得不假装读过她给的那些书，也让他感觉很糟糕，他希望能有什么法子让她停止送书给他。他也希望她别再盯着他问那些他说是看过其实根本没看的书了。她为啥就不能像其他老师那样？第二年的秋天，他在沃尔沃斯超市前跟那些老师打招呼时，他们都会茫然地看着他，几个月的工夫就完全忘记了他的存在。他担心，皮普尔斯太太什么都不会忘记，也没有要忘掉他的打算。

　　就像他其他很多的担忧一样，这个担忧也被证实是有理有据的。整个高中，贝丽尔小姐都还在坚持不懈地折磨他。"道格拉斯，你最近在读什么书？"每次他们狭路相逢，她都会问他，一旦他连一个书名也想不起来，她就会让他什么时候顺路到她家来一趟，因为"我有些书，我觉得你肯定感兴趣"。每次他都承诺会去，但他从来没去过。那时她已经退休了，也许只不过是有些孤单。她的老公——他们高中的驾驶课教练，十年前在工作岗位上殉职了，他被一个紧张的新手甩出了挡风玻璃。如果她孤单的话，他会感到很遗憾，但那不是他的错。他能感觉到，她要把她那些问题永远烙在他灵魂空白处的决心。

　　毕业以后，他在纽约州南部的社区大学待了一年，但他母亲生了病，没钱了，他只能又回到巴斯。失去了和贝丽尔小姐的联系，他发现自己不再怕她，可能甚至还有点想念她。他不止一次想要去拜访她，也许可以问问当年她为什么给他那些书。他甚至可能会坦白，如今的他和在八年级时一样，还是不知道道格拉斯·雷默是谁。但那时，她已经是唐纳德·沙利文的房东了。他真是困惑，同一个人怎么可能会喜欢两个如此不同的人。好吧，他跟自己说，就让这老太太在沙利的空白处去写她那些问题吧。哼，看看沙利会有何感受。

在那段时期，他在斯凯勒温泉学院谋了份看管员的工作，在那儿，他碰到了一位老校警，建议他去上警察学院。他这么做了。随后他发现，制服是除了身份以外最好的东西。甚至连贝丽尔小姐第一次看到穿警服的他时，都看起来真的很欣慰，而且还有点惊讶。"这套警服创造了奇迹，你变自信了，"她说，"你妈妈肯定以你为傲。"实际上，如果雷默没搞错的话，与其说他妈妈以他为傲，不如说她大大松了口气。他当了警察这件事似乎抹掉了她认定儿子必将锒铛入狱的想法。他没忍心告诉她，这两个职业其实并非没有交集。

接着贝卡出现了。当时，她在限速三十五迈的道路上开到了五十迈，雷默让她靠边停车。她的驾照和车牌是宾夕法尼亚州的，一周前才搬到巴斯来。她解释说，自己是个演员（当然她足够漂亮），超速是因为她在斯凯勒温泉镇有个排练，马上要迟到了，如果迟到的话，导演会很生气。她甚至可能失去那个角色。她请求能不能给她个口头警告就放她走？天呐，她那迷人的笑容。

他也想就这样把她放走，可是不行。她这是超速驾驶。只是因为她漂亮，对他那样微笑，并设法在递驾照时触碰他的手腕，就放她走是不对的。他决定开张罚单，这似乎真的让她大吃了一惊。后来她承认，她因为超速被挥停过那么多次，还从没被开过罚单。这让她很好奇，他是个什么样的男人。三个月后，当她说"知道吗？你该向我求婚"时，雷默真难以相信自己的好运气。

但这种走运的感觉消逝得那么快。他们出发去度蜜月时，他就注意到贝卡的行李重得令人生疑。但他深信这时候问她原因，肯定

20

会把他们的婚姻搞砸。然而，当他们到了目的地，他把贝卡的包用力拖上那个加大号的床，她解开挂扣，几本剧本和三四本厚厚的小说滚出来时，雷默一下子脸色煞白。当然，她的公寓里有好多书，那咯吱作响的书架上摆满了有关表演的书，还有小说和剧本。她喜欢阅读他能接受。毕竟她是女孩子，跟在斯凯勒的学院里的那些骨瘦如柴的女学生一样，都深陷其中。可是他们的蜜月只有一星期啊。带这么多书有什么必要？他脑海中浮现的第一个想法让他毛骨悚然：难道他们互相发出的信号有误？她其实是想要个柏拉图式的婚姻吗？还好事实并非如此。但在他们做完爱后，贝卡总会发出满意的叹息，然后拿起一本书，迅速地沉迷进去。这让雷默觉得自己就是那短暂的、微不足道的一个章节。她也在泳池旁读，还有回程的飞机上。当飞机的机轮着地时，她刚巧合上她带来的最后一本书。

在取行李处，他们看着其他人的行李箱在转盘上转动，等他们自己的出现时，他终于决定直截了当地问出来，"你为什么要读这么多书？"

刚开始，她似乎没明白他在问什么，或是这问题的源头就够令人迷茫的。她耸耸肩，回答道："谁知道呢？我猜跟别人的原因一样吧。为了逃避。这是我的！"她手指着行李，这令雷默困惑，觉得她不是突然看到了她的手提箱，而是找到了逃避他们婚姻的方法。慢着，她用阅读逃避？为什么？过去那无比美好的一周：温暖的阳光、美酒佳肴、令人窒息的性爱，雷默连一丝要到别的地方的念头都没有，他就想待在那儿。

"你应该知道那个修辞三角吧。"他说，感觉自己的眼睛里突然充满了泪水。因为，她肯定知道。更糟糕的是，说不定她都懂，懂三位一体，懂那些在他漫长、痛苦不堪的童年和青少年时期难倒他的其他抽象概念。不知怎的，他竟然娶了一个喜爱学校的人。他能想象得出，他的新婚老婆是个孩子时，坐在教室的前排，手举得高高的，几乎是摇晃着手希望被老师叫到，她对答案也胸有成竹。如果老师没叫到她，而是点了某个正想方设法躲在后排、希望变成隐形人的笨蛋，他甚至能想象出她年轻的脸上的表情——遗憾与得意交加。那个男生几乎从不知道正确答案，即使在极偶然的时候，他知道答案，也缺乏冒险举手回答的勇气。

"什么是修辞三角？"贝卡问他，她一边从传送带上把手提箱拎起来，一边打量了他一眼。"你这是……在哭吗？"

实际上，他是哭了。"我爱你。"他解释道，这是事实，但这很难说是流泪的原因。令他触目惊心的是，他俩的区别多么深刻而不可思议。明智些吧，他应该在拥有她时好好享受，尽管那持续不了多久。

"咦，你的呢？"她说，眼睛扫视着缓慢移动的箱子，或是假装在看那些箱子，可能是他毫无男子气概当众流露脆弱而令她气恼。"它们是同时上飞机的，不也应该一起被搬下飞机吗？"

"可能丢了。"他说，突然间很确信这一点。

"天呐，你这悲观的人。"她说着踮着脚尖望着。奇怪的是，她认为他的箱子随时可能出现与他认为箱子将永远消失一样地确定。

可最后他才是对的。他的箱子丢了，正如他丢了自己一样。

贝卡，他默念道，脑海中浮现着他们仍然相爱时的短暂回忆，不禁泪眼蒙眬。既然没有其他哀悼者注意到他，他决定冒险瞥一瞥贝卡的坟墓。他知道大概的方位，但山谷区的墓碑都是平铺的，令他无法确定具体位置。有人在她那一片的某个坟墓上放了一束长柄红玫瑰，这让雷默涌上一阵迟来的愧疚感，贝卡逝世一周年纪念日那天他什么都没做。贝卡是个独生女，父母在她上高中时在一场车祸中双双丧生。而她剧院的朋友们大多数一心只忙自己的事，没空怀念，甚至已经忘了她。只有雷默念着她吧，除非你把艾丽斯·莫伊尼汉也算进去。

或者，除非你把那个贝卡的私奔对象也算进去。

格斯又用胳膊肘推推他，脸上一副困惑的表情，雷默这才意识到，他把车库门遥控器从裤兜里拿出来了，正毫无意识地摸弄着。在贝卡死后不久，他把贝卡的 **RAV** 卖给了两年前他们买车的丰田经销商。他以为自己已经仔细地彻底清扫过了，但经销商的服务部在把驾驶座的座椅推回到滑轨后准备重新销售车时，发现了这个遥控器。"你肯定找这个找疯了，"他跑到警局把遥控器还给雷默时说，"真想不通这东西怎么会卡在座位下的。"

那时，雷默理所当然地认为，这遥控器是控制自家车库的。在贝卡葬礼后的第二天，他就把市里的房子挂牌出售了，同时心里想着要把这遥控器转给新的主人。安全起见，他把遥控器放进了桌子抽屉里，可转身就把这事忘得干干净净了，直到几周前才想起来。房子很快就卖掉了，他清楚地记得，在交房时，已经把两个车库门的遥控器和门钥匙一起给了下家。那么，这个遥控器是怎么回事？

"你没事吧？"格斯轻声问。

"没事。"雷默小声答道，把那东西放回了口袋，但实际上，他正感到头重脚轻。

"别晃来晃去。"

但他没觉得自己正在晃，还直了直身体。

当然也有可能，这个古怪神秘的小东西跟贝卡没啥关系。他们买的这辆 **RAV** 是部样车，买时就显示车已经开了几百英里。这遥控器可能属于经销商的某个销售人员。但也不一定。这不是弄丢的。不，它是被故意藏在那儿的。在一个小镇里，通奸有个更严重的麻烦就是怎么处理你的车。如果停在路边，人们会注意到它，并很可能认出来。如果停在几个街区外的地方，人们仍能得出你有外遇的结论，他们只是会弄错你外遇的对象。最好就是在夜幕的掩盖下悄悄地径直把车驶入你情人的车库里，在你或你的爱车被发现之前就把门落下来。

"这是啥？"有次夏莉丝出其不意地走进他办公室，正逮到他在像研究化石一样研究着那东西，她困惑地问。

"一个车库遥控器。"

"我没瞎。"她说，恼怒是她的默认模式，至少和他在一起时是这样，"我的意思是，比方说，这东西背后的故事？"

他解释了在哪发现的遥控器——贝卡的车里，就在驾驶座下方。

"把它扔了。"她斩钉截铁地说。

"为什么？"他问道，一眼就能看出，她已经快速得出了和他一样的结论。

"我来告诉你为什么。因为它并不一定是你想的那样。"

是我们想的那样，她其实是这个意思。

"可能有人借了她的车，"夏莉丝接着说，"这个人把遥控器掉在了那里也不一定。"

"但如果有人借车的话，他干吗把他的车库门遥控器带在身上？那东西不该在他自己的车里吗？你会把遥控器放在你的钱包里带着到处走吗？"

"我没这东西。我甚至没有车库。再说了，我钱包里有什么跟你无关。"

"好吧。"雷默说，无视了她这句话。对夏莉丝，你最好是忽略她说的有些话。"那么这遥控器又怎么跑到驾驶座下面去了？"

她耸耸肩。"这可能没有一个明确的答案，这就是我要说的。"

他挑了挑眉。

"承认吧。自从贝卡死后，你就思路不清了。"她指的是卖掉公寓，搬到莫里森阿姆斯区，还有卖掉 **RAV**，而不是他那辆破得要死的捷达。这三个决定都是因怨愤和自我憎恶引起的。

"并且，"夏莉丝接着说道，手放在屁股上站在他旁边，俯视着他，"即使你是对的，当然你不是，那么，你到底要干什么呢？走到巴斯的每一栋房子前，用那东西对准每一个车库，看哪扇门能被打开？"

简单地说，那真是雷默脑子里正在酝酿的计划，虽然对着一个铁了心要嘲弄这计划的人，他不愿意承认，但这主意真的这么糟糕吗？毕竟，巴斯只是个小地方，他在闲余时间完全可以一个街坊一个街坊地走过来。从"审讯名单"里挨个排除无辜者，这不正是出色的、有条不紊的警务工作吗？

"头儿，那些车库门的开关，它们会发出一种，像无线电一样的信号。只不过那个玩意儿——那个你正攥着的？——不是唯一发出这信号的开关，就像你的车钥匙一样。比方说，你有辆大众捷达。"

"我的确有辆大众捷达。"

"没错。你还有把车钥匙可以启动车。"

"夏莉丝——"

"这就是你不清楚的地方，因为你不是罪犯。你的钥匙？你自己的车钥匙？或许能打开另外五六辆大众车的车门，甚至一两辆奥迪车。或许只要是德国车都行。这只是在斯凯勒，更别提奥尔巴尼或者整个纽约州了。"

正如之前一样，雷默被夏莉丝的逻辑搞晕了。"那么既然你什么都知道，你就是罪犯咯？"

"我知道这些，是因为我认识很多罪犯啊。除了我和杰罗姆"——杰罗姆是她兄弟——"我们家族里大多是恶棍。我在乔治亚州有个堂兄还因为偷盗汽车而坐过牢。他闯入一辆车，引发了报警器，束手就擒。悲剧的是啥？后来他发现他的钥匙就能点着火，

25

根本就没必要砸车进去。"

"他是个偷车贼，被抓入了狱。这怎么就成悲剧了？"

"此外，"夏莉丝不受他干扰，继续说，"一个警察局局长站在市民的房子外，企图打开他们的车库门，这成什么样子？到时候你会像个小丑。"

事实证明这一点她是对的。第二天一大早，雷默就在他和贝卡曾经的居住区域开始他的调查了，他只是想实验一下。毕竟，她不太可能和他们这一街区的人搞婚外情。那样的话，她会走路，不用开车。但他很好奇，想看看夏莉丝是否是对的，这遥控器说不定真能打开某些无辜者的车库门。他沿着街道的一边走了一遍，又沿着另一边走回来，没使任何一扇门动上一动。他甚至试了试他和贝卡之前住的房子，以防万一这是个他不记得的备用遥控器。回到他的捷达车前时，他发现有个人穿着浴袍正等着他。"你这是在干吗？"那人指着遥控器说，皱着眉头，一脸怀疑。

"执行公务。"雷默跟他说，这苍白的解释，人们有时也会接受。

"企图打开我家车库门是执行公务？"

雷默重复了一遍夏莉丝跟他说的，有关这些遥控器可能打开别人家车库门的话，暗示他的调查不但是官方的，而且他自己也很关切，因为"你的遥控器有可能打开我家的车库门，然后你就能进入我的房子"。

"但是我没用我家的遥控器对着你的房子按，是你在用遥控器对着我家房子按。"

"我这只是个假设。"雷默告诉他。

"我可没假设。"那人说。

第二天他犯了个错，跟夏莉丝说了这段遭遇。"我怎么跟你说的？"她似乎对这个话题有着非同一般的固执。但也很难说，因为夏莉丝对绝大多数话题都很固执。"把这该死的玩意儿扔了。你想要让这遥控器证明通奸，但它不能。另外，你忽视了真正的问题。"

她是指他的精神状况。夏莉丝常挂在嘴边的观点是，雷默患了抑郁症。"我是说……看看你住的地方。"她说，好像是他贱卖房子后搬入的公寓楼造成了他的抑郁。好吧，当然，莫里森阿姆斯是位于小镇南部乱糟糟的第八区——靠着垃圾的政府补助存活的街区。人们把它称作"奄奄一息的阿姆斯"。是的，警局里接到的严重报警电话有一半都跟阿姆斯有关——毒品交易、光天化日大声放音乐、紧急的家庭暴力案件、停了药的病人在院子里漫无目的地大喊着淫言秽语，甚至还有偶尔的枪声。就雷默所知，还真有武器在那地区买卖。他觉得住在莫里森阿姆斯，可以节省赶来赶去的时间。而且他本人住在那里，那片地区事故发生的数量和严重程度不是有可能减少吗？但他不得不承认，到目前为止，有关这一点还没有可量化的证据。这儿的居民或他们的访客们似乎都不怕他，甚至没觉得他的存在会使行事有任何不便。更糟的是，他自己的公寓就曾被盗过两次，这两桩案件至今未破，不过他的随身听在州东部的斯克内克塔迪一家当铺里出现了，雷默觉得售价很合理，于是又花钱买了回来。

"杰罗姆是对的。"夏莉丝坚持说，还在谈论雷默这一年来的精神衰弱。她兄弟对雷默哪儿出错了的想法跟她一样多。"自从贝卡去世，你就一直在惩罚自己。好像那是你的过错，是你对她不忠一样。这就是整个事情的根源——你在惩罚你自己。"

"当我找出那个家伙是谁时，"雷默向她保证，举着遥控器，"被惩罚的就不是我了。"

"好啊，你找到那是谁——或者说是你以为的那个他，就因为他的车库门能被打开——然后你开枪毙了他，再去坐牢。你跟我说说，谁是这整桩事情里最大的输家。"

好吧，雷默想，她确实有点道理，尽管他很难理解为什么一个被射死的人会是赢家。不管怎样，那不是平息这事情的方式。在考虑怎么惩罚之前，先要进行广泛调查，费心费力地收集证据。这遥控器，只是这坚固链条上的一节，最后一节将是——他希望是——一个招供。到那时，只有到那时，他才能决定严惩谁。他试图向夏莉丝解释这些，当然她一点也听不进去。在他们共事的三年里，跟这个女人争辩，他从没占过上风。这次也同样如此。

从另一方面看，也许她是对的。在这令人窒息的热浪里，他站也站不稳，而五十码远的地方就是贝卡的坟墓，他犹豫了。是的，自从失去贝卡，他就开始迷失了。在某个时刻，他失去的不光是老婆，还有对正义的信念。其实，他想要的也不是报仇。他只不过是想知道那个家伙到底是谁。贝卡更喜欢谁。他甚至不得不承认连这一点也是疯狂的，因为相比自己，让贝卡更喜欢的男人可以列一个长长的名单。夏莉丝关于"奄奄一息的阿姆斯"区的观点可能是对的，从鸭屎绿的粗毛地毯到锈迹斑斑的天花板，到处都透着变味的食用油、霉菌和应急下水道三者混杂的味道。可怜的夏莉丝，她担心如果雷默不注意的话，他会完全迷失，彻底毁灭。很显然，她还不知道他已经如此了。

愿望

在那条把山丘区和山谷区分开的路的路肩上，罗布·斯奎尔斯正坐在挖土机的阴影里。这天早上早些时候，他就是用这台机器挖出了老法官的坟墓。如果是他说了算的话，罗布肯定会把机子停在墓边，但他的老板——德拉克洛瓦先生，认为吊唁的人是不会乐意看到它杵在一个新挖的坟墓旁的，更不用说意识到坟墓是由这样一个丑陋的、冷冰冰的家伙挖出来的。当然，他们也会愿意看到一个像罗布·斯奎尔斯这样的人坐在车里，带着一脸不耐烦，就等着死者入穴，好完事回家。所以罗布——碰巧那天真的很不耐烦——只能把挖土机开到一百好几码外，在挖土机投下的阴影里坐着。

"你知道我希—希—希望什么吗？"他大声说。还是个孩子时，罗布就深受结巴之苦。过了青春期，结巴消失了，但现在不知咋的，又回来了。也许是没人在附近听他讲话时，结巴就没那么明显，所以他最近开始自言自语，或者假装跟他的朋友沙利讲话。

什么？你到底希—希—希望什么？他知道，如果沙利真在的话，他肯定会这么问。罗布希望他最好的朋友——哦，好吧，是唯一的朋友——做出的改变并不大，他只是有时希望沙利不要这么爱开他的玩笑，特别是不要拿他的结巴开玩笑。罗布知道开玩笑是沙利跟每个人相处的方式，他并无恶意。但他真的厌倦了被取笑。

"我希—希—希望那家伙别再说下去了。"那个穿着松垂的白长袍的人已经唠叨了很久，至少有半个多小时了，这一点罗布很确定。周五都是干半天的。德拉克洛瓦先生说过的，只要把法官这事弄完，把挖土机停回维修库里，锁上，他就能离开了。"那样大家

29

都能回家，我们也就能完工了。"仿佛这里只有他和沙利两个人，仿佛又回到了过往美好的时光一样，只要一起把土堆推到棺材的上方，就完工了。

沙利的声音又出现在他脑子里。*不要空想，空耗生命，傻瓜。*

罗布并不介意沙利叫他"傻瓜"，他觉得这是一个爱称。沙利叫绝大多数人傻瓜，而把绝大多数的女人，不管多大年纪，都唤作"宝贝"。

"你知道我真的希望的是什么吗？"罗布继续说着他的希望，忽视了沙利的建议。

左手是希望，右手是失望，我倒要看看谁强谁弱。

"我希望你别那么健忘。"罗布说，因为最近沙利有两次都没如期出现，他不确定能否受得了今天再一次被遗忘。

我不会忘的。我已经把梯子放在卡车车斗里了。

他答应过要帮罗布修整一下他和他老婆布茨房子旁的那棵大树。每次一起风，就有根树枝剐蹭她的卧室窗户，这要把她逼疯了。

你这是啥意思，她的窗户？

他们结婚还不到一年时，罗布就厌倦了那婚床。为了逃避那硬邦邦的床，他跟布茨说她睡觉打呼——其实这不是事实——然后住到了楼下那个狭小、布满灰尘、没有暖气的房间。他睡在一张陈旧的军用简易床上，那床又窄又晃，可支撑不了布茨这硕大的身躯。罗布在很多场合都解释过无数次了，但沙利还是就此嘲弄他。不管怎样，丈夫住进了空房间，布茨很快就用俗艳的爱情小说取代了他。所以一有风，她就会觉得这严重干扰了她看小说。对她来说，那根树枝剐蹭玻璃的声音听起来像个孩子——那个她一直期望却永远不可能有的孩子——想要努力地爬进来发出的声音。

*一个孩子怎么会在她卧室外离地三十英尺的树上？*沙利反对道。罗布对此也很困惑，但他知道最好还是别问。要修剪这恼人的

树枝其实花不了十五分钟。但这些日子以来，罗布见到沙利的时间没之前多了，所以他希望能拖一整个下午。当然，沙利首先得记得这事。

"你知道我还希望什—什—什么吗？"罗布问。

什么？

"我希望我们能回到以前那样。"这当然是白日梦。罗布也知道空想是没意义的，但他情不自禁。

事情不是这样的，傻瓜。并不是你想回到过去就能回到过去的。如果那样的话，岂不人人都越活越年轻啦。

这话当然没错啦。但不管怎么样，这些年沙利是已经转运了。他不需要再工作。在过去，是工作或者说经济上的需要而非友谊，让他俩这么久以来都密不可分。罗布可以没完没了地希望下去，尽情地渴望下去，可那都不重要。总之，别傻了。你在这儿的这份工作挺好的。干吗想回到过去给卡尔·罗巴克打工呢？

他并没那想法，真的没有。卡尔经常把最冷、最湿、最臭、最危险的活儿留给他和沙利干。而且他是私下付工资的，这样他们就没法投诉。尽管干的活儿都很糟糕，但罗布热爱那时的每一分每一秒。膝盖在污水里一浸好几个小时，冷得他手指都没了知觉，但他还是很高兴，因为沙利就在他身边，指示他该怎么弄，怎么忍受，有时甚至告诉他怎么战胜这些困境。罗布经历的沙利也要经历，这一点真是令人欣慰。就好像他们是在旅行，而他的朋友知道最佳路线一样。如果罗布觉得又冷又饿，又沮丧又迷茫，那也没什么大不了。沙利会告诉他怎么做，会听他唠叨自己的担忧和梦想：如果有一天生活大变样，芝士汉堡免费供应，那该有多美好……

难不成你更喜欢我那倒霉透顶的过去？即使那膝盖肿得像葡萄柚，也不得不工作十二个小时的过去？难道那时候更适合你？

罗布想要沙利改变的另外一点是：他总有本事让罗布责怪自己。比如沙利掉下梯子、摔破膝盖是罗布的错。再比如过去三十年来，沙利投注的赛马三重彩从来没赢过一次，也怪罗布。

"不是，我只是希望……"罗布底气不足，安静了下来。对希望这事——尽管他极不情愿，也开始明白，生活会骗你去期望最糟糕的事，然后再满足你的愿望。沙利就是个最好的例子。他们还在给卡尔·罗巴克打工的时候，沙利总是期望他那霉运能有好转，而罗布从没有怀疑过好友的智慧，也总跟他一起许同样的愿望，同时加入些自己的想法。当沙利真的中了三重彩，反应迟钝的罗布还没感觉到出了问题，他只是想着，很好，他们不用再给卡尔打工了。如果事情就此打住的话，是很不错。

但事情不会就此打住，不是吗？它们还在发展变化呢。所以许愿时要小心。

"是你开始许的愿呀，"罗布认为这告诫对他不公平，"我只不过跟着你许了同样的愿望。"

那效果怎么样呢？

不好，他不得不承认。真让人难以置信，那个三重彩只是个开始。沙利经常抱怨卡尔的运气好到爆，结果这好运气竟然也降落到沙利自己的头上。他好运连连，终于，一个可怕的、难以想象的事实开始显现了：沙利不但不用为卡尔·罗巴克工作，他再也不用工作了。

这还不是罗布唯一没有预见到的事。沙利发达了，而罗布没跟着他一起发达，这也是罗布没有预想到的。他怎么能想到这一点？十多年来，每个周五的下午，都是他和沙利两个人一起围堵卡尔——当卡尔欠你钱时，他有本事凭空消失——去讨他们的工钱。沙利会把罗布那份当场分给他。情况好的话，两人收入都不错；不好的话，都很差。这就好像他俩参加了野餐时玩的"两人三足"游戏一样，虽尴尬笨拙但密不可分，他俩的财政命运紧密相连。沙利的女房东死后，把房子留给了沙利，那时罗布还存有一丝希望，希望他也能有一份，但事实并非如此。之后，沙利父亲的那栋位于鲍登街的房子被征用，市政厅给了他一大笔钱，沙利也没有分他半点儿意外之财。很明显，他们根本就不是一荣皆荣、一损俱损的伙伴。

嗨，傻瓜。是谁给你找的这份山谷公墓的工作？

罗布耸耸肩，又变乖了。"是你，"他心不甘情不愿地承认。

好吧。那么，表示出点小小的谢意好不好？

罗布叹了口气，他的眼里噙满了泪水。他知道自己更应该感激才对。在墓园的工作远没给卡尔打工时那么脏、那么累，也更加稳定。但——

你就是不愿意交税。

这指责竟来自沙利（算是吧），这种一生都在打不交税的黑工的人，真是让人无法接受。但他的指控也并非没有道理。罗布的确很憎恶合法用工的约束。为市政厅工作意味着他不仅要付联邦税、州税、地方税，另外还要交社会保险，鬼知道还有其他什么乱七八糟的税要交。更糟糕的是，政府这么久以来都对他的存在毫不关心，现在突然想知道这些年来他都在哪儿，他应该跟他们怎么说？要支付这么一笔本可以用来买芝士汉堡的钱还没那么糟糕，更糟的是，这种被政府偷了的钱竟然还被冠冕堂皇地记在了他工资单的存根上。为什么他们就不能让他假装把自己挣的钱全带回家了呢？为什么他们一定要每周提醒他，他们没经他同意就拿走了他多少钱呢？虽然如此，罗布还是觉得得抗议一下沙利的说法。"不是因为税。"他说。

那是因为什么？

"我想念……"

什么？

罗布艰难地咽了口口水。

什么，傻瓜？

"你—你—你。"罗布困难地吐了出来，如果沙利真的在的话，他是绝对不会说出来的。

你啥意思，想念我？

无法解释，罗布把目光移开。山下，那个穿白长袍的人还在喋喋不休地讲着。到现在，他讲了有多久？罗布看了看手表，感觉情绪愈加低落。当初他和沙利还是伙伴时，他根本不需要戴手表。沙利总是在他身边，告诉他时间，什么时候收工。这份新的工作，除了星期五，其他几天都是下午五点收工，他得知道时间，以便准时把挖土机锁进维修库。他现在管着好几把钥匙，其实他根本不想保管，但沙利已经不在了，不可能把钥匙交给他了。

看到没？

什么？

你过得更好了。现在不用问别人，你也知道时间了。

沙利总是这么说——没有他，罗布过得更好了——好像他在等着罗布哪天能赞同他这观点。罗布才不会赞同呢。"我更喜欢你知道时间的日子。"

嘿，傻瓜，看着我。

但罗布不能。他怎么受得了去看这已判若两人的旧友？他又怎么受得了那人说他过得更好了？而实际上，正因为他的缺席，罗布才变得那么悲惨吧。

好吧，就那样吧。

他还记得新工作开工的第一天很糟糕。他是多么孤单。时间过得多么慢。那天收工时，他锁上了维修库，按沙利教他的方法——

用你自己的钥匙……

然后，他走到墓园的大门口等着沙利来接他，他们就能像往常一样，一起赶往白马酒吧。但四十五分钟后，还是没有沙利的人影，于是，他搭了便车进城去找他。乔可正在锁瑞克苏尔药店的门。"嘿，伙计。"他注意到失魂落魄、一副被遗弃模样的罗布正在路边徘徊，于是打了个招呼，"你咋看起来像失去了最好的朋友。"他开了个玩笑。而对于罗布来说，这根本就是事实。

"你知道他在哪儿吗？"他问道。

乔可看了看手表，"六点半了？哦，如果让我猜的话，在这个点，他肯定在老地方。事实上，我敢打赌他坐在哪个凳子上。"

罗布正打算告诉乔可他猜错了，沙利不可能在酒吧，原因很简单，如果他在那，罗布也会在，而罗布不在，所以他也不可能在。毕竟，他们没讨论过沙利不来接他这件事。他以为沙利肯定会来的，要不然他们跟以前一样的夜生活怎么开展？但突然间，他意识到自己错了。又一次错了。其他事上他已经错了，现在这事儿他也错了。他本来的结论是，日子跟以前唯一不同的是，沙利不需要再工作了，但事实更糟糕，要糟糕得多。如果他想要晚上去白马酒吧和沙利在一起的话，他就得自个儿赶到那儿。而当他赶到那时，沙利已经坐在了吧台前，他来前淋过浴，身上散发着须后水的香味，就像往常他在周末出现的那样。之前他俩一起出现，看起来、闻起来都像是那些为谋生挣扎的人时，没人会介意。但现在，如果罗布一个人那样出现，他们就会介意了。

站在路边，罗布完全明白了被遗弃的全部含义，这不只是几小时、几天、几个星期不见面，也不只是没有肢体接触。他和沙利一起工作的时候，他们一周四十多个小时肩并肩，那时罗布最享受的就是能时时刻刻分享彼此对生活以及如何改善生活的最深刻、最亲密的思考。他能承受得住这份缺席吗？也许吧。但那只在他相信沙利也同样怀念他们的友情的前提下，哪怕沙利的怀念要比他少得多。但如果沙利一点都不想他呢？他刚想到这个可能性，脑子里就闪现了一个更阴暗的想法——如果沙利给他介绍这个墓园的工作是为了摆脱他的话，他又该怎么办？

"我正要去那边，要不我顺路带上你。"乔可主动说。但罗布感觉难受极了，他转身走了，否则对方就能看到他喷涌而出的泪水。这是他不想面对的可怕事实：他只剩自己了。

我们每个人都只有自己，傻瓜。绝无例外。

"但……"罗布开口。

而且，你太夸张了。我并没有遗弃你。

是没有完全遗弃，没有。当沙利的运气刚刚好转时，罗布最怕的就是沙利会搬家，搬去一个更好、更温暖，一个罗布无法跟去的地方。但到目前为止，沙利还没有显露出这方面的想法。有时，罗布在周五下午锁门时，沙利会把卡车停在山谷公墓的维修库外，然后，他们就会像往常一样到白马酒吧喝酒。有时，他也会开到他和布茨住的地方，第二天再一起开回城里，在海蒂之家吃个早饭，之后再去赌马场。但这些还不够。罗布需要知道沙利什么时候会来，否则，他会一整天都心神不定地想着他会不会来。只有每分每秒都能见到他才行。

终于，沙利注意到了罗布竟变得那么沮丧萎靡，他试图解释，现在他得多在家里待些时间，不能再浪费那么多时间喝酒了。他想给孙子树立个好榜样。让孩子看到他每天晚上喝到酒吧关门才醉醺醺地回家，或是因为这样那样愚蠢的原因，名字总出现在警察日志上，那样对孩子影响不好。罗布想要相信他。其实，他真的相信了。但从沙利留下的蛛丝马迹来看，他似乎仍然是白马酒吧的常客。有时，罗布会试探性地打电话过去找沙利。但博蒂——酒吧里那个经常值班的服务员，能听得出他的结巴。她经常跟他说沙利不在，自己好多日子没见过他了。但罗布见过她向那些坐在她对面的男人们的妻子说类似的话，因此他很容易就能想象，她向沙利坐的方向抬抬眉，沙利向她摇头，暗示她说不在，就像其他男人一样。

"我只希望你不总是那么急匆匆的。"罗布支吾着说。他痛恨沙利以沉默回答。诚然，沙利说假话和过分的话已经够糟糕了，可沉默更糟糕，因为对于罗布而言，那意味着要么沙利对他失去了兴趣，要么他认为罗布努力解释的事情不值得回应。这些日子以来，沙利似乎总是来去匆匆，着急赶往下一个地方，好像他正被一个他俩都难以名状的东西追赶着。今天下午是不是也是如此？如果可能的话，罗布可不想那样。修剪那恼人的树枝花不了半个小时，但他下定决心要搞上一下午。不用担心布茨，她在工作，沙利的儿子、孙子也不在，他俩可以拉两张草坪椅躺着，罗布可以向他倾诉他积累着的心事，一个想法接着一个想法地说，直到他把所有的话都吐光。但如果他感觉到沙利很匆忙的话，那么所有的话就都会卡在喉咙里。

做沙利的朋友最糟糕的地方就是不得不跟人分享他。不管是在海蒂之家、赛马场，还是白马酒吧，他俩之间的友谊永远是道残忍的算术题——沙利是罗布唯一的朋友，而罗布仅是沙利众多朋友中的一个。除了沙利的儿子和孙子——这两个人罗布都深深憎恶，尽管他知道他不该这样——还有那个卡尔·罗巴克，这个人他就更深恶痛绝了。作为前雇主，他根本没有任何资格获得沙利丝毫的喜爱，但不知怎的，沙利似乎就是喜欢他。还有海蒂之家的露丝，沙利说他们的关系没再继续了。可如果是真的，她为什么还是他的朋友？名单越来越长。白马酒吧的博蒂、乔可，还有其他的常客。还有上主街上的女人们，那些住在破败的维多利亚式的旧房子里的老寡妇们，就指着沙利带她们去美发店，修她们坏了的管道，但从不付钱给他。为什么这些人要插进来分享他的沙利？

这看上去真的就是道算术题，有一段时间，罗布只能指望用减法解决。沙利的女房东死时，罗布觉得自己会是占用他朋友的时间和喜爱的第一继承人，但不知为啥，那并没有发生。一年之后，维尔夫——沙利的律师、他快乐的酒友也去世了，罗布曾重燃起希望，但那次还是破灭了。真的，每次他的朋友圈里有人死了或搬走了，沙利好像也随之减少了似的，从来就没有过新增。今年秋天威尔要去上大学了，彼得说如果那样的话，他也会离开巴斯，照平常的话，罗布肯定会精神大振，但现在他不会了。

你该听你妈的话。

"你从—从—从——"

我从—从—从——？

"你从—从没见过她。"

她告诉过你会发生什么。你只是不相信她。

即使是过了这么多年，罗布还是不愿意想起他的母亲，那个为他尽心尽力的女人。还是个孩子时，他很晚才会说话，到三岁才吐出第一个字。他父亲给他起名叫罗伯特，但他母亲想叫他罗勃，因为她老公叫鲍勃。

但罗布发这个音很是挣扎，事实上，他发很多音都很困难。不久之后，就发现他有严重的语言障碍。要花很久才能吐出 R 的音，这让他筋疲力尽。而他发出的听上去更像是"布"而不是"勃"，所以他母亲决定就这么叫吧。后来，她看到儿子在学校十分孤单、不合群，因为结巴成为无穷无尽的笑柄，她便向儿子推荐了耶稣。她说耶稣会是最重要的朋友，她并没有预见到沙利的存在。有时，她会把罗布带到那个她礼拜日去做礼拜的那座摇摇欲坠的教堂。在那儿，他们会谈论耶稣和世界末日的狂欢。但有一周有个人带了条蛇过来，罗布受了极大的惊吓，在那之后，他母亲就只能把他留在家里，让他跟他父亲一起了。于是，对于他，耶稣就只是那个日历上的人。

每个月都会有一个新的耶稣——一月耶稣、六月耶稣、十二月耶稣——这些耶稣就如一年四季般恒常可靠，又如时间一样无处不在。但随着岁月流逝，罗布的境况越来越悲惨，日历耶稣却还是一如既往的一副幸福表情。虽然他背着沉重的十字架，头上戴着参差的荆棘冠冕，掌心刺穿（每只掌心都分别有一滴鲜红的血），但耶稣仍然平静安详；而罗布，这个忧虑的孩子也希望等长大后面对困顿时能拥有这份洒脱，或是那长期的不甘心或多或少可以转为平静地接受。当然现实并非如此，二十年后，当他有次不小心用钉枪戳中自己的左掌心时，他发现，如果你不是上帝的儿子（或者至少是远房堂兄弟）的话，要在那种疼痛中保持平静安详是根本不可能的事。

他可怜的母亲，绝大多数时候都神情和善、恍惚，这让罗布一直怀疑她是不是能预知未来，以及是不是因为这个她才一直这么担心他。但也许她沉思的是自己的未来和孤单，而不是他的。尽管他和他父亲都在，罗布还是感到她和自己一样，从头到尾都孤苦伶仃。因为这个，他深感自责。虽然他知道自己只是个孩子，不是成年妇女合适的同伴，但他仍然深感愧疚。除了去教堂，她从不离开房子，而他父亲经常嘲笑她的宗教信仰。你还是去相信你的复活节兔吧，他喜欢这么嘲弄她，罗布这才知道原来世上并没有复活节兔。罗布曾尝试向日历耶稣祷告，因为他爱他母亲，他也知道母亲希望他这么做。她教过他怎么祷告，但显然，他并没做对，因为当他说完祷告词后，他并没有浑身涌动着如母亲所说的救世主的爱，相反，他感到更加空虚、更加孤单了。他的父亲呢？真是罪过，罗布对他爱憎交加，因为他那令人生厌的笑，也因为他从不跟任何人好言好语。但最终，有关耶稣，罗布竟然改变了立场，赞同了他父亲的观点——上帝之子的地位跟那个和他分享了复活假期的兔子没多少不同。

令罗布百思不解的是，既然这样，为什么他父亲去世时他还会这么悲痛？难道是因为这是男孩子失去父亲时应该有的情绪吗？还是因为他母亲，那个本该因为这男人的逝去而有充分理由高兴的女人，却在可怜地啜泣？她怎么会去想念一个像呼吸空气一样肆意贬低她的男人？同样，罗布又怎能去想念这样的父亲？在他最鲜活的记忆里，一个周日的早晨，他母亲离开家去教堂，留下他俩在家。他仿佛仍能看到老头坐在那个别人都不能坐的灯芯绒扶手椅里。当时罗布正在挣扎着跟他说个重要的事（他记不清到底是什么事了），他盯着他，脸上带着嘲弄好奇的表情。只要父亲在附近，他的结巴就会更严重，话语在他嘴里变成了一片片碎片。他现在回想起来，他之所以要继续挣扎着说下去的部分原因是，当时他已经说出了他要表达的一部分内容，进而误以为他父亲的好奇表情是对他说的话有兴趣。但紧接着他明白了，那表情根本就不是好奇，而是厌恶。"你怎么就不放弃？"这才是他父亲想让他回答的。

"你怎么敢这么对他？"突然传来一声怒吼。罗布和他父亲都没听到他母亲回来的声音。她就那样突然出现在了门口，如此盛怒，以至于她不但听起来而且看起来也完全像是变了一个人。之前他从没见过母亲跟他父亲抬高过嗓门，但那会儿，她怒目圆睁，浑身发抖，手里拿着一把闪亮的厨刀。那时，他的母亲——那个经常将凉爽干燥的手覆在他手上来安抚他结巴的人，看上去真会杀了这个男人，而平时，她日复一日逆来顺受地忍受着他的口头侮辱，仿佛那是她应得的一样。

"你，"她接着叫道，刀尖指着他父亲，语气坚定，全然不见平时嗓音里的颤抖，"就是因为你，他才变成现在这样子。"

而罗布的父亲，嘴巴大张着，像张开的合页一般，比起尖刀挥舞的恐怖景象带来的恐惧，他更像是因为她的话而目瞪口呆。罗布同样也大受震惊，他拼命地想要弄明白母亲在说什么。他非常清楚，父亲在时，他的结巴会更严重。但这病症怎么能怪到他父亲头上？如果罗布的嘴巴不能正常工作，如果他管不住自己的嘴巴，怎么会是别人的错，错不应该在他自己吗？他母亲不是也一直说，这不是任何人的错吗？还有那位母亲带他去见的大学里的女士——一个言语治疗师，别人是这么称呼她的——不也这么说吗？罗布一直觉得她们这么说只是让他好受些，如果是这样的话也不错。他不反对宠溺，但这是不同的。他母亲疯了吗？他这愚蠢的口吃怎么会是他父亲的错？

"你这可恨的男人，太可恨了，"罗布惊恐地看着她，她接着喊道，"你唯一的乐趣就是折磨爱你的人。"

他父亲开始想说什么，但没有声音从他嘴里发出，因为他母亲还没结束。现在她把锋利的刀尖对着罗布了。

"那孩子却仰慕着你，你这个可恨的男人。他不知道这世上根本没有取悦你这回事。他不明白你在享受他正在遭受的折磨。你知道吗？我也不明白。现在你倒说说看。这个孩子，你的儿子，醒着的每一刻都这么恐惧以至于晚上尿床，你怎么还能享受？"

罗布听到这，眼睛盯着地板，羞耻得恨不能钻进地板缝里。他还不知道他父亲知道他尿床的事。他母亲曾跟他说这是他俩之间的秘密，但很明显，她没有遵守承诺。她之前说就是因为你，他才变成现在这样子，她这么说是啥意思现在终于清楚了。她不只是说他结巴这事，而是指所有他不对劲的地方——他整个人都变得令人失望。

此外，他也明白了其他事情。母亲之所以如此愤怒——不但维护他而且还把他的失败归咎于他父亲身上——正是对他父亲的那句"你为什么还不放弃"这个问题最直接的回应。一开始，他还以为他父亲是在指点他停顿一下、平静一下、调整一下，然后可以从一个更平和的状态重新开始说。毕竟，他母亲和那个语言治疗师经常鼓励他那么做。然而现在，亏得他母亲的盛怒，才让他明白了他父亲真正想知道的是，为什么在经历了种种事情后他还不彻底放弃，为什么还会相信会有好的结果。

那么，失去这样一个男人又有什么可悲伤的？

你来告诉我。

但罗布说不清，正如他无法解释为什么那么多年后，他还在浪费这么多时间沉迷于那些愚蠢、不可能的幻想。沙利是对的。你不可能让时光倒流。这意味着他和沙利再也不是最好的朋友了。"我们还是最好的朋友吗？"他问。

但沙利又一次沉默了。

也许，罗布想，这世上就是有你不知为何非得要的东西。也许他对沙利的需要和他母亲对他父亲的需要没什么大的不同。那男人从未厌倦对她的毁谤，但罗布确定她曾需要过他。在他父亲去世后不久，她就不再去教堂了。没有征兆，也没有解释，日历耶稣就突然从厨房的墙上消失了。就好像现在房子里只剩他俩了，再也没必要标记岁月的流逝了。到罗布上了中学时，她开始走丢，人们把她送回来时，她看着茫然而迷失。更糟糕的是，她好像不知该拿那个她曾经持着明晃晃的刀子维护的罗布怎么办。沙利最近也经常对他做出同样的表情。那发生在她身上的事情也会发生在沙利身上吗？他新出现的健忘、坐不住，是不是要发生的事情的预兆？沙利，会和罗布的母亲一样，心不在焉，然后开始走丢吗？如果那样的话，谁来把他送回家？如果他忘了，谁来提醒他，他的朋友们是谁？他也会忘记罗布吗？

嘿，傻瓜。

"什么？"

别那样。

是的，罗布开始大哭起来，沙利最恨他这样了。他在错误的时间看向了那些参加葬礼的人们。那个穿长袍的人朝着那明晃晃的棺材大大地挥了一下手。在那一瞬间，太阳光反射在棺材的表面，亮得让人目眩。罗布突然明确了刚刚还在困扰他的事情。她母亲丧失心智时还相对年轻，但沙利老了，他不会走丢的，他会直接死去。最糟糕的是，当那一天到来，将是罗布去挖他最好的朋友的墓穴。

你听到了没？别哭了。

"我控制不住。"罗布号啕大哭。

听我说。

"什么？"

你在听吗？

罗布点点头。

我还哪儿都不会去呢。明白吗？

"你发誓？"

除非你一切就绪，否则我哪儿都不去，好不？这样总行了吧？

罗布点点头。这样很好。正如他母亲之前确信的那样，他很肯定——他永远也不会一切就绪的。

永远不会。

报应

为了庆祝纪念日，这个周末上主街拉上了横幅：**新北巴斯——共创美好明天**。这是新市长格斯·莫伊尼汉的点子。他是在前年那股死灰复燃的乐观主义浪潮中被推上台的。十几年前，"终极逃亡"乐园项目的夭折给经济带来了灭顶之灾，使得北巴斯根深蒂固的自我厌弃和财政上的悲观达到了两个世纪以来的巅峰，因为它长期遭受着与邻镇斯凯勒温泉镇，这个由来已久卖相比它好的小镇的不愉快的较量。长久以来，斯凯勒拥有的一切都是巴斯垂涎欲得的——生机勃勃的地方经济、受过良好教育的镇民、富有远见的领导们、蜂拥而来的州南部的游客，还有美国国家公共电台附属的广播电台。

好吧，当然，这其中是有该死的运气的成分在。北巴斯的矿物温泉在一个多世纪前突然神秘地干涸了，而斯凯勒的温泉却仍在生机盎然源源不断地从页岩中喷涌而出。斯凯勒还有一个著名的高规格的赛马场、一个很受欢迎的作家休养地、一个表演艺术中心、一个备受赞誉的文理学院（而北巴斯却只有一个饱受批评的两年制社区学院），还有十几个提供像野韭菜之类的异域风味菜肴的豪华餐厅。餐厅这方面，北巴斯值得一提的只有破败的路边旅馆、白马酒吧、海蒂之家、一个甜甜圈店和一家新开在高速公路出口处的苹果蜂餐厅。众所周知，是这一切导致了巴斯经济和文化上的彻底溃败。"终极逃亡"乐园一度曾让人们燃起希望，但这希望幻灭后，人们变得如此绝望，以致北巴斯镇一度停止在主街上悬挂那些明快的横幅，这些横幅作为巴斯的标志总显得格格不入，比如最后一条横幅上写着： **在巴斯，一切都在↑**。这阴郁的氛围一直持续到格斯·莫伊尼汉——一个退休大学教授的出现。当时他正在修葺上主街上的一栋维多利亚式的大房子。他写了一篇特邀报纸社评，批判了镇上讥讽的失败主义氛围，抨击了现行共和党执政下的心照不宣的政策。他说，那政策总结起来就是几个字：在任何事上、任何情况下，不花钱。绝不。他建议，为何不在街上挂最后一条横幅，就写上：**让我们去吃土吧**。

社评引起了强烈的共鸣。这让它的作者被选为市长候选人。即使是他的竞争对手们也不得不承认格斯和他的密友们（很多都是"非主流"）搞了一场聪明的竞选活动。其宗旨是：让我们成为斯凯勒温泉镇。与其跟这个令人憎恶的邻居竞争，为什么不利用一下这个"邻居"？夏天过半以来，赛马场和演艺中心的游客们都没地儿可待，只能跑到远至州东部的斯克内克塔迪市去找旅馆。为什么不住在北巴斯呢？好吧，有着近三百间客房的无忧宫酒店和度假村陷入了法律纠纷，这纠纷是由于当地人非常愤恨新酒店的持有人只打算使用州南部的承包商和劳力而引起的。旧酒店大肆铺张的重建工程花了比预想中多得多的金钱和时间，这使得它错过了开业后第一个夏季大部分的旅客生意，而当地人又坚决抵制它豪华餐厅的高价。

但那并不意味着这基本理念有错，莫伊尼汉团队争辩说。巴斯不该给企业设置障碍，而应该提供减税和其他激励措施。对饭店也该如此。在短暂的暑期旺季，那些绝望的、饥肠辘辘的游客们甚至洗劫了白马酒吧，那为什么不从纽约市请一两个年轻的厨子来，去弄明白那野韭菜是啥东西，也去做这个菜品，如果那真是人们想吃的东西的话。又不是人家斯凯勒包揽了全世界的野韭菜市场，拒绝分享。一夜之间，新的口头禅变成了"合作"。只要有需求，巴斯不但可以和讨厌的斯凯勒温泉镇合作，和富有的州南方人合作，还可以在优质项目上和当地的企业家们合作。

当地的企业家就包括卡尔·罗巴克。多数人听到卡尔是个企业家时，都非常惊讶，他们始终都认为他是个骗子、混蛋。他们喜欢卡尔的父亲，肯尼。他白手起家，一天工作十四个小时，才创建了"顶尖建筑公司"。跟他那一代的绝大多数人一样，他希望儿子不要像他一样辛劳。在这一点上，他根本无须担心。卡尔在大学时期就学会了喝酒、泡妞、挥霍父亲的钱、憎恶一切卡哈特牌^①的东西，尤其是这个品牌所蕴含的辛苦劳作的理念。毕业回家后，他也丝毫没有想要出去工作的迹象。

在他父亲意外去世后，他无可奈何只能工作，但他实在太懒，偷工减料，当"终极逃亡"乐园项目夭折后，他几乎失去了公司。他并没有直接参与那个注定失败的投机项目，但他早早就听到了风声，基本不费分文就买了一片相邻的土地，他盘算着那片土地之后会被用作停车场。他用联邦基金在那儿建了十几个单元的廉价住房，只等着那开创性的公园一动工，就把这块地上的改良设施和其他东西通通以欺诈性的高价售出。结果，在最后一刻，那公园的资金链戛然断裂，卡尔一下子深陷泥潭中，他一直认为根本没必要正儿八经地去建那些房子，因为那本就不是为了让人住的，现在这十几栋劣质的联排房的屋顶已经开始漏水，每次下雨，那渗漏的地下室就从旁边的湿地吸进硫黄的水汽，霉迹斑斑的墙上正快速龟裂着，露出像地震后那么大的裂缝。过去十年大多数时候，他都忙于让"顶尖建筑公司"摆脱这事带来的诉讼。为了保住公司，卡尔不得不变卖房子和他名下一半的重型机械设备——剩下的设备仍可以工作，他私底下痛惜着。他并不介意失去房子，因为那时，他的老婆托比正在跟他闹离婚，不管怎样他都会失去它。据大伙儿所知，那十年的悲惨与不幸并没有让卡尔吸取任何教训。

他现在手头上的项目——改建莱姆罗克街上那个废置已久的鞋

---

① Carhartt，美国百年工装品牌。

46

厂——一开始就很棘手。把旧厂房改成 Loft[①] 的想法是多么愚蠢——至少传统观念这么认为——简直让人无法忍受。自从这改建计划一公布，人们就源源不断地写信给《北巴斯周刊》，谴责这项目有多卑劣多愚蠢，是对纳税人（"众筹"）的钱的彻底浪费。即使你能完成预期的改建——这一点没人承认——也能把传闻中在那建筑底下安居的耗子军团尽数赶出来，此外还需要修复漏水四十年之久的屋顶，可在巴斯又有谁能住得起呢？底楼最便宜的单元起价也要二十五万美元左右，顶层大一些的单元则要三倍的价格。这可抵得上斯凯勒的价格了。

但莫伊尼汉市长并不这么认为。他本人已经预定了其中的一个单元。关键恰恰就在这高价。Loft 标志着北巴斯卷土重来，很有前景。当然，新的管理者承认，这项目很有野心，而且也并非没有先例。全国各处都有破旧被遗弃的工厂改造成居住或零售场所的例子。实际上，Loft，就像野韭菜一样，十分风靡。更棒的是，斯凯勒温泉镇之前从没有发展过像制造业这么肮脏的产业，没有破烂的旧厂房可供翻新，在这方面北巴斯有明显优势。（是的，人们很难摆脱这令人生厌的比较。）

对于其他人而言，旧厂房改 Loft 的真正问题与其说是它的理念，不如说是卡尔·罗巴克这个人。按照宣传，这些单元是要建成高档的都市风格的居所，但深深植根于卡尔性格的，是用便宜的价格做事，再把差价收入囊中。保守的悲观主义者们抱怨说，与其说北巴斯镇是在和一个有天赋的企业家共创未来，不如说是在给一个过去声名狼藉的骗子撑门面。有些人甚至怀疑卡尔是不是又故技重施，靠着内部消息购买一些看上去一文不值的东西，真正的意图是当它的真实价值显现时就出手转卖。说不定现在在这工厂上做的事

---

① Loft 指由旧工厂或旧仓库改造的住宅，一般面积较小，但层高较高，居住者可自由发挥空间。

情只是作秀呢。甚嚣尘上的谣言说卡尔正饱受健康问题的困扰，当需要做重大决定时，他很少在工厂。即使碰巧在现场，他似乎也不太在意他们到底该钻这边还是钻那边。即使那些在非议中给予他支持的人也担心，"顶尖建筑公司"在无情的法庭审判和严苛的惩罚之后已经元气大伤，缺乏做这么大工程必需的运营资金。卡尔所剩无几的重工机械设备闲置在院子里已经生锈，有的已经坏到无法修复的地步。目前，他只雇了十几个工人，每周让大部分人干少于四十个小时的活儿，这样他就不必付加班费。每周都有谣言四处传播，说这周他就付不出工资了。

新巴斯的另一个问题，至少目前来看，是它很臭。它是真的在发出恶臭。《斯凯勒温泉民主党人报》（巴斯人称它为《民主蘩人报》）称之为"巴斯大恶臭"——这短语来自《奥尔巴尼时报》。过去两个夏天，温度计一到近八十五华氏度，就会有一股浓重的腐臭味笼罩整个镇，无处不在，你甚至很难判断这臭味源于何处。游客们一边皱着鼻子，一边快速地钻进他们的车，评论说，巴斯[①]自个儿也需要泡个澡。有人争辩说，这臭气源于邻近山谷墓区的臭湿地，臭味被夏季的微风吹到了镇里。只不过那儿的臭味也没这么重。一个当地信奉正统派基督教的牧师认为，这从根本上是个道德问题。他们的邻居斯凯勒温泉镇有个规模颇大仍在扩张的同性恋社区。牧师在讲坛上质疑，是不是上帝在传达一个信息——这个提法并没有引起太多共鸣，因为它忽略了一个明显的问题——上帝为什么不把对这嗅觉的惩罚施加在始作俑者身上，而施加在无辜的邻居身上。这个夏天，好像还嫌卡尔·罗巴克的麻烦不够多一样，住在附近的人们称那恶臭来自旧工厂。但怎么可能？那栋楼已经用木板封住几十年了，里面根本没有可以发出臭味的东西。

接着，昨天传来了更多坏消息。连下了两天瓢泼大雨后，"顶

---

① 巴斯英文为 Bath，有洗澡的意思。

48

尖建筑公司"的员工发现地下室的混凝土地板的缝隙里渗出了黄色的污秽黏稠物。卡尔一如既往地主张把缝隙封起来，忘了这回事就好，但巴斯的一个行政委员坚持要咨询一个州检验员，那人要求卡尔用手提钻钻开一段混凝土，搞清楚下面到底是什么鬼东西。镇里的污水管道和工厂的前墙是平行的，但因为那渗漏物看起来闻起来都不像是经过处理的污水——实际上要糟糕得多——检验员推测管道的接缝处可能被树根侵袭了。一旦长到管道内，有污水的持续给养，树根会像肿瘤一样疯长，导致管道破裂。反正不管是什么在污水管里都得弄走。谁知道呢？说不定那工厂下面是个可怕的大便池。先得把那混凝土撬开他们才能知道在跟什么打交道，那东西有多少。那下面不管是啥，都得清理出来。

　　就是这，让卡尔想起了罗布·斯奎尔斯。人们说，他因为青少年时吸胶毒①导致嗅觉失灵了，因此他能够站在齐屁股深的粪坑里而不抱怨。罗布和他的泼妇老婆布茨住在巴斯的郊区，但这个时候他应该在山谷公墓，他在那儿做墓地管理员。知道他去向的人是唐纳德·沙利文，他是卡尔的朋友。自从卡尔失去了自己的房子，沙利也成了他的房东。因为每次嘲弄沙利总能毫无例外地让卡尔情绪高涨，碰巧他正情绪低落，因此他决定去拜访一下沙利。

　　沙利正坐在海蒂之家那个离柜台最远的老位子上歇着。六点半他就到那儿了，正如绝大多数早上一样，他帮着露丝应对早餐的客流高峰，但今天他相当没用，因为他胸口发紧，呼吸短促。早饭点过后，海蒂之家空了下来。到了中午就又会繁忙起来，但还得再过一个小时。柜台上沙利的空咖啡杯旁放着的是这周的《北巴斯周刊》，报纸折叠着，他的前女房东的照片正朝他会意地微笑着。

---

① 吸强力胶中挥发的有机溶剂能使人产生晕眩感或类似醉酒的迷幻感。

传奇的中学教师贝丽尔·皮普尔斯，标题上写着，她的学生都称她为贝丽尔小姐。沙利知道，这个"小姐"的称呼曾一度伤害过老妇人的感情。她的确身形瘦小，像个小矮人，不过她是个已婚女士呀，不管她的八年级学生能否想象出她和老公在一起的样子。沙利大多数时候都唤她为皮普尔斯夫人，她似乎对此很是感激，作为回报，她叫他沙利文先生，对此他却不知该如何是好。"你是否感到困扰过，"有一次她问道，"上帝赐予了你生命，你却没有善加利用？""不多吧，"当时他回答，"偶尔。"这张报纸上照片里她的表情似乎暗示着——即使今天，她离世将近十年了，她还在等待一个更诚实的回答。对不起，老姑娘，他心想。

他情不自禁地想象她会怎么看待这周末的庆典活动。她一向对浮夸铺张不以为然，他怀疑她会对中学用她的名字重命名这事心情矛盾。没人是傻子！她会认清他们这么做是政治利益驱动的，是新任市长又一可疑的动作——这一度被称为"无名英雄"——用来给这个长期习惯自怨自艾的群体注入些自豪。市长的主意是每个纪念日，都要纪念一位为社区发展做出杰出贡献的人。很显然，贝丽尔小姐成了这首届嘉奖的不二选择。在沙利看来，这意味着——他确信他的老房东贝丽尔小姐也会赞同——候选人太少了。明年他们还能推出谁？

很有可能他再也无缘知道了。两年，是心脏病专家给他的期限。可能也就是一年多。有段时间他觉得身体不对劲。他呼吸短促，一开始是上陡峭的台阶时，接着是所有斜坡，最近是只要想要移动得快一些就喘不上气。为啥等这么久才来看，医生质问他。因为，哦……承认吧，他并没有令人满意的理由。因为一开始时，症状会瞬间即逝？因为他会一连几周都很好，这让他认为没啥事？当然，内心深处他早已明了。症状卷土重来时，他并不意外。甚至如果不是露丝注意到了他的挣扎，缠着他让他查清楚，他是不会来看医生的。他在跑步机上跑了两分钟，他们就关掉了心脏压力测试。

50

"情况怎样？"他一回来露丝就追问。

"他们认为我该戒烟。"他说。他说的没错，但这不是全部，不是和盘托出的事实。

"真的？"她说，"有意思，香烟会对你没好处？谁能想到？"不过，她似乎对这解释还算满意，并没像往常那样，在她觉得他在胡说八道时对他纠缠不休，苦苦逼问。但最近，他经常发现她会疑惑地盯着他看，也许在随后的两周她又起了疑心。

唯一的事实其实更应该这么说：心房纤颤、心律不齐、心跳过速、强体力活动会诱发、压力大会诱发、啥事没做也可能诱发。这些会导致：充血性心力衰竭。解决方法：开心手术、心脏搭桥。对于他这年龄的人并不特别推荐，他的身体底子远非良好，长年抽烟导致动脉梗阻严重。其他方案？内置一个能指挥心脏何时跳动何时不跳的除颤器。常规手术，最多一小时，创伤小。两个小时就能下床走动，第二天就能回家。这样能治愈吗？不能。你很有可能仍会因心力衰竭而死，只是死亡不会来得那么迅速。另一个可能性，考虑到你的年龄和身体情况，可能会死在手术台上。那什么都不做？两年，很可能也就一年多。"你的心脏随时可能衰竭，"心脏病医生坦言道，"你可能会在睡眠中死去。"

这设想，沙利猜想，是为了吓唬他，让接受手术治疗，但效果恰恰相反。"死在睡梦中？"他说，"实际上，听上去没那么糟糕。"

心脏科医生也没否定他的话。但考虑到他的年龄和身体状况，还有一个很大的可能性是，他会得严重的中风，但不会死。余生将不能说话，不能自主进食，或者不能想便便时就便便。当然如果他不手术的话，这也可能会发生，那人又加了一句。

"如果您是在告诉我该怎么做的话，"沙利说，"我并没听出来。"

医生耸耸肩。"大多数人会选择装除颤器。或者是他们的孩子会这样选。或是他们的妻子。你结婚了吗，沙利文先生？"

没有，有个前妻，薇拉，已经消失在他的记忆中，实际上，她甚至已消失在她自己的记忆中了。可怜的女人，她一向头脑不太清楚。几年前，她突然得了痴呆症，现在住在老人院。她的第二任老公拉尔夫在经受了一次毁灭性的精神崩溃后，早她几年就住在那儿了。如果薇拉能够认出他，这也不失为一种重聚，但她发誓她从没见过这男人，当然更不可能嫁给一个长成那样的人了。之后，她的病情迅速恶化。几个月光景，她连儿子彼得、孙子威尔都认不出了。在确认她肯定认不出他之后，沙利去看了她一次。不料，一见到他，她迅速眯起眼，开始低声地诅咒，而且一直死盯着他。护士们说，这是一种新的症状，不是他的问题。"你可能让她想起了某个人。"一个护士推测说。沙利回答她："是的，但那个人就是我。"

所以，没有，没有可取悦的老婆。

那么，他的儿子呢？孙子呢？心脏科医生刨根问底。难道他们不想他做手术吗？

"你会通知他们吗？"

"你不会吗？"

可能不会。他还没完全打定主意，不过，不，他不认为自己会告诉他们。绝对不会告诉威尔，没有理由去增加那孩子的心理负担，这个秋天他就要去上大学了。他的儿子？也没啥理由让他增加负担。如果要跟什么人说的话，那个人可能会是露丝。他好几次试着开口，但随后都放弃了。看着报纸上他女房东的照片，他寻思，如果她还活着，自己是否会告诉她。

"提问！"一个熟悉的声音突然在手肘边响起，吓得沙利差点跳起来。卡尔·巴尔克穿着他一直穿的拉夫劳伦 Polo 衫（今天是粉色的）、浅色的棉质长裤、奶油色的帆布鞋，装扮得一如既往地像个误了高尔夫开球时间的汽车经销店老板。沙利如此出神，一个像卡尔这样的人竟然能偷偷靠近他，真是令人大为不安。他迅速扫视了一下餐厅看看有没有其他潜在的威胁。卡尔本身并不危险，但只要他进了屋，你最好还是检查一下他的出现有没有引起一些本来很理智的人的显著变化——可能是他最近刚抛弃的女人，可能是那女人的丈夫，可能是他欠了钱的人，可能只不过是某个厌倦了他喋喋不休胡说八道的人。对于后者，沙利尤其深表同情。

"你一般……"卡尔严肃地盯着沙利说，"多久会想到性爱？"

露丝正手托托盘沿着柜台走来。"我也很好奇他的答案。"她说着把一只马克杯放在卡尔面前。她和沙利断断续续做了二十多年的情人，但在过去十年里，他们只是朋友，这一点露丝似乎很是不满，但这明明是她提出来的。沙利的错在于——他竭尽全力也就能猜出来这么多——当时他没有奋力反对，而且之后也没有充分地表达遗憾。在听到他的答案之前，露丝不会烫伤他，但她手拿滚烫的咖啡壶，不能不令人警惕，沙利本能地将身子往后倾，直到她倒满了卡尔的杯子，把壶放在了柜台上，才又回到原来的位置。这时，他才把注意力完全转向那个男人。"他不在这儿。"沙利说。

"谁不在这儿？"卡尔问。

"罗布，"沙利回道，"你在找的人。"

"谁说我在找他？"

"那好吧，"沙利说，"那我们换个话题。我听说厂房那边有黄色的黏液，是什么东西？"

"什么黄色的黏液？"卡尔问道，任何对他不太了解的人都会觉得他真的是无辜的。

但沙利偏是那个了解他甚深的人。"就是你昨天发现的那一大片黏液。就是上面要住一帮有钱的混蛋的玩意儿。"

听到这儿，卡尔深深叹了口气。"你不该听信谣言的。"

"好吧，"沙利表示赞同，"我真的不知道罗布在哪里。"实际上，沙利知道罗布现在随时可能进来。周五山谷区的活儿只有半天，他通常会搭个便车进城来找沙利，等着沙利请他吃个芝士汉堡，然后听他一直说到晚上，由于他日益严重的结巴，这可是个艰巨的任务。

"别再说罗布了，"卡尔坚持道，"我都没提到过他。我只是问了你个简单的问题。"

"露丝，"沙利指着柜台那边的钟说道，"现在 11∶07，让我们看看他要花多久问我罗布在哪里。"

"你还没回答我那个简单的问题。"

正在这时，门口的铃铛响了，整个巴斯沙利最不喜欢的人物罗伊·帕迪走了进来。跟卡尔不同，罗伊·帕迪看上去跟他自己的身份完全一致。他刚从州南部一所中度戒备的监狱出来，看上去就跟电影海报上那种吃牢饭的人一模一样：骨瘦如柴，文着廉价的文身，皮肤灰黄，胡子拉碴，烦躁不安，愚蠢不堪。按他自己的说法，他是因为表现良好才不用服完整个刑期的。这让沙利很是疑惑，连罗伊这种一辈子都狗改不了吃屎的人都够资格被提前释放的话，那监狱的标准到底是什么？"什么问题？"他问卡尔。

卡尔重重地叹口气。"我知道对你来说很难，但你能不能专心点。我是问你多久想起性爱。一天一次？一个月一次？"

"没我想要杀人的次数多。"沙利答道，给了卡尔一个意味深长的眼神，然后看向了在柜台的另一端入座的罗伊。尽管罗伊没有朝他们这边看，沙利仍确定罗伊敏锐地意识到了他的存在。对露丝来说，罗伊比沙利更没用，但她还是抓起咖啡壶和一只干净的马克杯，朝他走去。

"我们家的姑娘还好吗？"在她倒咖啡时罗伊问道。他俩都知道，他不会付那杯咖啡的钱。

"你是说我女儿？"

"我是说我老婆。"

"是你前妻。她没有再嫁给你吧，不是吗？"

"还没有。"罗伊说。

"我猜也没有,"露丝继续说,"更何况还有传言。"

"什么传言?"

"你和莫里森阿姆斯区的一个名叫科拉的女人同居了?"

"我借她家的沙发睡觉而已,我还没找到自己的地方嘛。对我来说,科拉她什么人也不是,啥都不是。"

"你跟她这么说了吗,罗伊?她是这么理解的吗?"

"我可管不了别人怎么想。"他说话间眼瞅着后面柜台上的油酥糕点。露丝可不愿意给他免费的食物,但用不了多久他就能找到方法从她那儿要些。一开始,她会让他不好过,但最终她会投降。只要涉及她这个前女婿,露丝似乎就注定会采取姑息政策,这也是为什么自从两周前,罗伊在巴斯再次露脸后,沙利就在筹划着采用另外一条更效仿乔治·巴顿[1]的铁血手腕而不是尼维尔·张伯伦[2]的绥靖政策的行动方针。

当她回到他们这边,露丝注意到沙利投向罗伊的阴沉目光,便在他面前打了个响指,成功地让沙利又靠回到凳子上。"希望你别以为那边发生的事儿跟你有关。"她提醒道。

"很高兴跟我无关,"沙利回道,"不过如果有关,我知道怎么对付他。"

"我之所以问你这个,"卡尔还在一根筋地说着,"是因为我每隔十秒左右就会想到一次,而且现在比之前更糟了。"他这"之前"指的是最近的前列腺手术,这手术弄得他阳痿、小便失禁(至少最近一段时间都是如此),却没有让他(他坚持这么说)减少一丁点性瘾和取悦女人的本事。沙利至今依旧不觉得卡尔对性成瘾,

---

[1] 乔治·巴顿(1885—1945),美国陆军四星上将,被称为"铁胆将军"。在"二战"欧洲战场先后指挥第三集团军和第七集团军。行事果敢、粗鲁是他在战争中给后人留下的印象。

[2] 阿瑟·尼维尔·张伯伦(1869—1940),英国政治家,因在"二战"前夕对希特勒纳粹德国实行绥靖政策而倍受谴责。

尽管他俩从差不多十多年前的那个晚上就一直在争辩这事。那晚，卡尔走进白马酒吧，手里卷着本杂志，用它重重地拍在沙利的后脑勺上，算是打招呼。他爬到旁边的吧凳上，把杂志翻到那篇想让沙利读的文章，并把它摊平在吧台上。"你知道我是什么样的人吗？"他问，那一贯扬扬自得的表情又夸大了几分。

"我知道啊，"沙利回答道，并没看杂志，"实际上，我在好几个场合都告诉过你你是什么样的人，你肯定没听进去。"

"根据这篇文章，"卡尔用食指戳戳杂志，"我是个对性成瘾的人。这是种医学疾病。"

"你是什么样的人，"沙利向他保证，"要解剖后才能定性。"

沙利的朋友维尔夫那时碰巧在沙利的另一边落座，却显而易见被激起了兴致，他拿起杂志读了起来。

"让我告诉你吧，"卡尔接着说，"据医学专家们讲，我值得同情。"

"维尔夫，"沙利在吧凳上转了个圈，认真看着他全神贯注读文章的朋友，"你觉得卡尔值得吗？"

这位难得的律师对正义的兴趣比对法律还要浓，甚至在别人开玩笑提到公正时，他都严阵以待。有事问他，他一定观点公正，判断合理。"掌声，"他思考了片刻后说，"也许，还值得拥有像你我这样的男人的三分仰慕。"

接着，卡尔和维尔夫隔着沙利碰了一杯，沙利一如往常地暗暗后悔，怎么又把他这言行不可预料的伙伴拉进了酒吧的插科打诨中。

"沙利不过是嫉妒，"卡尔评论道，此时维尔夫又去读那篇有关性瘾的文章了，"因为愚蠢没被归为医学疾病。"

"实际上，我觉得是这样的。"维尔夫头也没抬。

"但他不值得同情。"

"是的，不值得。"

"也不值得尊重。"

"当然不。"

可怜的维尔夫。照沙利来看，自从维尔夫死后，这世界就少了一分公平与真诚，而且也少了很多乐趣。"等我走了，"他不止一次跟沙利说，"你就会发现再要找到另一个只有一条腿还乐乐呵呵的律师有多难了。"真是一语成谶。

回到现在，沙利跟卡尔说："你当然会每隔十秒就想到一次性，你整晚整晚地看黄片。"自从卡尔失去了房子后，就一直住在沙利位于贝丽尔小姐老公寓的楼上。沙利现在住在后面的房车里，有时他半夜起来撒尿，就会看到映在楼上卡尔的窗玻璃上的淫乱图像。

"我喜欢黄片。"卡尔露出一副自我放弃、听天由命的神色，所以更别指望他去改进了。

沙利从没怀疑过卡尔对黄片的热爱，但他觉得原因不只是这个。卡尔的泌尿科医生警告他，可能需要六个月到一年，他才能再次勃起。连这时间也不能保证。他怀疑多半是因为恐惧，才驱使卡尔半夜不睡看黄片，密切注意着内裤里的动静。

"这些片子的质量越来越高了，"卡尔接着说，"露丝？快告诉他我说的是真的。"

"嘿，妈？"罗伊·帕迪在柜台另一边喊，"如果要扔进垃圾箱的话，不如让我吃掉昨天的那一块。"

他说的是馅饼盘上那一小块儿昨天剩下的樱桃馅饼。沙利对罗伊的这个小手段忍俊不禁。祈求得到你声称毫无价值的东西，就意味着你不但更有可能得到它，而且——这才是真正的妙处——你还不必对那个施与你的人欠下人情。

"扔了它。"沙利建议道，嗓门足够让露丝听到，或许是为了让罗伊听到。

这话的效果立竿见影。露丝把馅饼滑到一个小碟子上，"砰"

的一声重重地放在她女婿面前，还朝沙利扬了扬眉毛，以确保他明白，一旦张开那张乌鸦嘴会惹出什么祸端。"还有那块酥皮。"罗伊用蜡黄的指头指着烧焦黏在盘子里的点心酥皮。

"监狱的人不给你吃东西吗？"露丝一边说，一边用刀子撬松点心皮。

罗伊把叉子用作小铲子，挖了一口。"吃得不好"，他含着一嘴馅饼说，"是真的。"

卡尔朝沙利斜过身，悄声说："哎，刚才我说现在比以前更糟的时候，露丝没问比什么时候糟糕？你不觉得奇怪吗？"

"我觉得你很奇怪。"沙利回答，他知道这话题会引到哪里。

"那是因为，这本来就是一个人人都会问的问题，除非她早就知道我在说什么。"

"嘿，傻瓜。看着我，我可没告诉任何人，是你自己说出去的。"

卡尔在手术前一晚来到白马酒吧，告诉了沙利，并让他发誓保守秘密。然而，沙利回家后，卡尔却喝醉了，告诉了其他十几个人，还跟博蒂那酒吧服务员说了，也就是说，到了手术第二天，麻药劲还没过，卡尔·罗巴克那儿的困扰就成了人尽皆知的事情，成了街头巷尾的谈资。

沙利并不是没有要说出去的冲动。毕竟，卡尔那大名鼎鼎管不住自己小弟弟的习惯已经毁了好几场婚姻，包括他自己的。那晚在白马酒吧，沙利也是这么说的："斯凯勒半数的已婚男人都会觉得这是老天开了眼。你知道的，对吧？你知道什么是报应吗？"

"是说好人没好报吗？"

"不是，是善有善报，恶有恶报。"

"是吗？"卡尔耸耸肩，"那好，我希望当你的报应来时我能看到。"

"我的报应已经来了，"沙利明确地告诉他，"你现在看到的我

58

就是结果。"

但事实上，那时的他并不确定，即使现在诊断出了心脏病，他也还是不确定。他这辈子难道过得容易？战争期间，他神奇般地总能站在该站的位置，而那些更有天赋、更优秀的士兵们却偏偏站在了不该站的位置——往往就在沙利的旁边。诺曼底登陆的时候，奥马哈海滩上每隔几秒就开一次奖，生死攸关的奖。通过勤奋、判断、技能，你可以提高几分生存的概率，但不会太多。一直到柏林，都是瞬息万变的运气在主宰一切，而沙利毫无疑问是其受益者。

但那是战争。等枪声停止，世界重回所谓的理智，他又有了闲暇去沉思时，事情就不一样了。有些时候他情不自禁地觉得命运在玩弄他。如果上帝真的存在，他消遣的主要方式似乎是玩弄那些他自说自话创造出来的可怜的私生子。卡尔就是一个活生生的例子。让他长了那玩意儿，又让它控制了他的整个生活，接着又毁了控制那玩意儿的前列腺，看他会怎么办。在上帝看来，也许这只是好玩，是万能的上帝因为太过无聊而需要的短暂释放。如果你是上帝的话，就能理解，无聊才是真正的敌人。沙利记得小时候有一次在吃完一根融化的棒冰后，他在鲍登街家前的人行道上研究蚂蚁。成百上千的小傻瓜，可能有上万，都在程序化般地、机械一致地去完成一项沙利不知道是什么的任务。从他们整齐有序的队伍里，他会挑出一只蚂蚁，不让它去做它明显想要做的事情，他用冰糕棍逼着它一会儿向左，一会儿向右，离它的伙伴们流动的队伍越来越远，他诧异它那小脑袋竟无法弄清发生了什么事儿。唯一明智的做法是放弃挣扎，直到那个阻挡它计划的巨人失去兴趣，去做别的事情——也许是去折磨其他可怜的生物了。但很明显，这蚂蚁没被设置停止挣扎的功能，它执着于自己的信念。所以，也许上帝就是一个拿着棍子的小孩——模模糊糊有点好奇，但对如此微小又不显眼的小东西又生不出同情心。他从卡尔·罗巴克那儿偷个小腺体；从维尔夫那儿先是夺走一条腿，接着发现这个人没被撼动，就继而夺走了他的生命，那样才能让他得到教训。

现在轮到沙利了。两年，可能只有一年多。好吧，沙利心想。你是否感到过困扰，上帝赐予了你生命，你却没有善加利用？不多吧。偶尔吧。

"好吧，去你妈的，"卡尔说，"如果你不想谈论性，我最好还是干活去。好吧，我承认——我的确需要你那臭烘烘的小矮子。我这有份工作很适合他。"

"露丝，"沙利朝柜台方向喊道，又指了指闹钟，"11：10。花了他整整三分钟。"接着，他转向卡尔，"那么跟我说说这工作吧。"他其实已经了解得相当清楚，但他想知道卡尔会怎么描述。

"我会跟他解释的。"

"先跟我说。"

"你是谁？他爸爸？"

实际上，这差不多正是罗布心目中沙利的形象，也许也正因为这一点，他觉得对罗布有种父亲般的责任，而他对自己的儿子却没有这种感觉，他儿子多数时候把他当成是难以解释却又无法否认的基因缺陷。"如果你想要他清理的粪便有毒咋办？"

"有毒？只是下水道破了。恶心是恶心，但肯定不会有毒。"

"如果你不知道那是什么，那你也不可能知道它不是什么。"

卡尔揉了揉太阳穴。"我更喜欢发财前的你。"

"开玩笑吧？你喜欢过去那个在零下的低温里，拎个桶，一周粉刷六十个小时的我？"

"是四十小时，是你要求开六十小时的发票的。天呐，那可真是美好的时光。"卡尔叹了口气，脸上流露出一副迷离、嘲弄又怀旧的表情。"看着你从头到脚一身泥巴混着各式各样的粪便走进白马酒吧，散发着特蕾莎修女裤裆一样的臭味，只要看到那样的你我就很开心。"

奇怪的是，连沙利自己也怀念那些日子，当然他不会向卡尔承认一星半点。

"不管咋样，"卡尔压低了嗓音，"那些粪便没毒的，行吗？"

"你怎么知道？"

"想想吧，厂房的上方是什么？"

"啥也没有，"沙利说，脑子里出现了莱姆罗克大街下水道的走势图，"除了那老——"

"正是，"卡尔说，"炼油厂。还记得他们为什么关门吗？不，你当然不知道。你连昨天发生的事儿也不记得。你还有点脑子的话，就会记得当时他们因为退税与市政厅产生了纠纷，所以把生意转移到了莫霍克。格斯认为，他们是蓄意淹了那条下水管道，算是送别礼。"

"可那都是多久以前的事了。两年前？三年？"

"那就是我们上当的地方。估计那工厂的屋檐有缝，每次下雨，雨水都会渗进来。正常情况下是没关系的，但是它流到了地下室。"

沙利点点头，终于明白了。"排水沟里的东西一直在发酵。"

"如果条件适宜的话，"卡尔继续道，"比如下一周的雨后紧跟着热浪……"

"双倍。"沙利说。

"什么？"

"不管你上一个肮脏的工作付给罗布多少钱，这一次给他双倍。"

"哼，好得很。就这茬你总忘不掉。不会错过任何一个机会敲诈你的老朋友。真是的，我干吗跟你谈？"

"三倍，得是三倍。"沙利又想了一会儿后说。

"好吧，我去雇其他人。你以为整个巴斯就只有罗布这一个傻子需要工作？"

这一点上他说得有理。"好吧，那就两倍。"

"成交。"卡尔立马确认。

沙利意识到，自己放弃得太快了。

"你觉得你能说服他接这活不？"

"不知道。他恨你。"

卡尔站起身。"跟他说你喜欢我，"他一边朝男厕走去，一边建议道，"他没啥观点是跟你不同的。"

"但我并不喜欢你。"

"你当然喜欢我了，呆瓜。"

厕所门在卡尔身后关上后，沙利又重新盯着罗伊·帕迪，他正用拇指把最后一点用显微镜才能找到的馅饼皮的渣抠下来。他之前告诉卡尔的话是真的，这些日子以来跟性相比他想到更多的的确是杀人。罗伊是在沙利得知诊断结果的同一天回到巴斯的。这两件事情在他脑海里交织着，刺激着他盘算有哪些方式可以永远除掉这个混蛋。用他的货车把这个讨厌鬼碾死可能最合适，尽管这法子让沙利感觉不够过瘾。很可能罗伊都不知道是谁撞了他，而沙利却想让他知道。悄悄地靠近他，用铁铲给他脑门一击可能更有意义。听到钢铁敲击罗伊头骨的声音——那断骨下爆脑浆——才会令人心满意足。尽管自从过了七十岁，沙利就不能像以前那样悄悄靠近别人了，而且这样，罗伊他还是可能不知道是谁杀了他。也许最能保证让他确切知道是谁终结了他这个令人不快的存在的方法，是给他的咖啡加上点老鼠药。有时到了九十点，早餐高峰一过，露丝就会让沙利照看柜台，这样她可以跑去银行，那么他可以在那时候行动。看到罗伊的脸抽搐会令人心情愉悦，而且濒死时，他会恍然大悟：他中了毒，等他意识到是谁下的毒时，就已经太晚了。难点是判断需要投放多少毒药。太少可能毒不死他，太多可能他尝一口就会觉察不对头，接着要死的就成了沙利了。沙利从来没有真正惧怕过死亡，即使死亡正飞驰而来他也不怕，但他必须看到罗伊先死。

"看来还挺对你胃口的。"露丝收拾了罗伊的盘子。

"放了一天了还能这样，不错，"他说着摸了摸他的小肚子，"咱俩和好了吧？"

"不是一直都挺好的吗？"

罗伊明显对这个话题不置可否。"对杰妮说声抱歉，我想她了。"

沙利看到他的眼睛落在了连接餐厅和隔壁公寓的门上，那是他前妻和他们的女儿蒂娜住的地方。

"她还好吧？"他问道，"一切都还好吧？"

"她很好，罗伊，"露丝淡淡地说，"你女儿也是，如果你还有点兴趣想知道的话。"

罗伊似乎并没有听到后面这句话。"跟她说那张限制令①已经没必要了。我已经改头换面了。"

"她会很高兴听到这句话的，但还是保持距离吧。"

"就像我跟法官说过的，在这样小的城镇里可不容易。"

露丝点点头。"这就是你在苹果蜂餐厅要关门的时候，徘徊在那儿的停车场，等着她下班的原因？"

"我这样做了？"

"有人说看到你了。"

罗伊将凳子旋转过来看了沙利一眼，第一次承认注意到了他的存在，又转了回去。"跟她说我一找到工作，就会开始弥补她，我是说真的。"

"也许你去别的地方找工作会运气好一些，"露丝建议道，"奥尔巴尼或者纽约市，那些有更多机会的地方。"

"噢，不要担心，"罗伊说着站了起来，从登记本旁边的杯子

_____

① 指命令施暴者与申请人保持距离的人身安全保护令。

63

里拿了几根牙签，"我很快就会在这儿找到事儿做。"

沙利打开报纸翻到分类广告，戴上了他的老花镜。"罗伊，这有个事情再合适你不过了。"他说。

"沙利！"露丝叫道，语气带着聪明人都能注意到的尖锐。

"招聘家暴者，"沙利假装读报，"入门级。最低工资起薪，但是提升机会多。申请者仅限有上进心，有自觉性的人。"

"沙利！"露丝又叫道。

"嘿，这不错，"罗伊说，"你是当场编的，还是整个早上都在盘算，就等着我讲到这儿，你好借机说出来？"

沙利没理他，也没理露丝，她的眼睛正如刀子般瞪着他。"是啊，但有一点我不明白，"他对罗伊说，"卡尔·罗巴克刚才正说需要人清理断裂的污水管道。你怎么不出声？让他知道你在找工作？"

罗伊从凳子上起身。他去掉一根牙签的粉色包装纸，正若有所思地嚼着。"你怎么会这么讨厌我，沙利？"他说，"我可从没惹过你。"

"等等，这还有一则，"当罗伊朝门口走去时，沙利又说，"招聘经验丰富的小偷。夜班。有前科者优先。"

"我猜你肯定认为人不会改变。"罗伊说，手放在门把上，头上的铃铛先丁铃铃响起来。

"有时候，他们的确会变。"沙利退了一步，把报纸小心地叠了起来，这样他的女房东又脸朝上了——是他的想象吗？还是她的表情真的变了？变得有点更严厉了？"问题是通常他们都变得更糟。"

"或许我会让你吃一惊的，"他说，"我一直想要问你。住在我的房车里感觉如何？"

沙利轻蔑地哼了一声，不过他清楚罗伊的意图。"你的房车？"那曾经确实是罗伊的，或者说是他和杰妮的，当时杰妮怀着

64

孕，她和罗伊新婚没有地方住，于是露丝和她丈夫就送了这辆房车给他们作为礼物。他们把它停在露丝的房子后面，一直在那里住着，直到罗伊在无忧宫酒店外被逮捕，罪证是一卡车偷来的电视和家具。之后，在罗伊第一次被遣送到州南部后，露丝就把房车卖了，这样杰妮就有足够的钱搬到奥尔巴尼，开始崭新的没有罗伊的更好的生活。当沙利说要接手那房车时，她满腹狐疑。"你要干吗？要住到这房车里？"她问道，"你可是在全巴斯最美的街道上有着漂亮大房子的人。"

"别担心。我不是想把它要回来，"罗伊向他保证，"人们都说那玩意儿容易着火，我读到过的。哪天晚上你要是点着香烟睡着了，醒来就化成灰了。"

沙利迎上他的视线，对峙了一会儿说："是真的吗？"

罗伊脸颊上的肌肉抽搐着，有一瞬间，沙利觉得他就要沿着柜台冲过来了，但他没动。"真的，"他重复道，微笑着，"你知道我是为什么的，沙利？"罗伊接着说，指着他右边的太阳穴。

"好吧，"沙利回道，"谢谢替我做好安排。"

罗伊忽视了他的话，他脸上的表情让沙利沉思，那种一辈子都听不懂别人的笑话，只会在明明没啥好笑的时候傻笑的是什么样的人。

"算总账，"罗伊严肃地说，"一边是我欠的人。另一边是欠我的人。今天早上，就在这儿，我在我欠债的那边又加上了一块樱桃馅饼、一杯咖啡。有些人会忘了自己欠下的债，但我不会。"

沙利点点头。"我很好奇。谁在欠你的那一边？"

"有一天将会是你，"他充满自信地回答，"当我步入正轨时，你就欠我个道歉。我会来收债的。某天晚上我会来找你，我很清楚你把我的房车停在哪里。我会带半打酒来。我们会喝上一两瓶，然后你会承认你看错了。如果我是你，我现在就开始练习，因为这迟早会发生。"

"好吧，罗伊，我只剩一条好腿了。我可不想靠它撑着等到那美好的一天。"

"噢，那一天会来的。某天晚上，你的门前会响起敲门声，那就是我。"

"除非那时我点着烟睡着了。"

"嘿，你说对了！"罗伊说，他食指指着沙利，好像他在猜字谜游戏中猜中了似的，"那也不是没可能。"

弹簧圈

"我相信，"长袍牧师颤抖着说，语调模仿着马丁·路德·金，"巴顿·弗拉特法官称这里为我们的正义之城，是想让我们理解这称之为家的地方不只美丽，而且还体现了另一含义'公正'，我们的社区是公正的楷模，它代表……"

说到这儿，他仰视天空，像是在找一个生涩的词或一个十分抽象的概念，显然，在三万里高空飞机留下的尾迹云中，他找到了。

"正气凛然。"他下了结论。

雷默也向上看去，觉得头晕目眩，还犯恶心，他的膝盖在热浪中突然变软了。如果真在那飞机上该多好。在想象中，他看到自己在某个不知名的目的地着陆，神奇地穿着其他行业的制服——他擅长的行业。那是一种连贝卡·弗拉特法官，甚至贝丽尔小姐做梦都想不到的新生活。当然，他自己也没想到过。

"那么，我们会问，"长袍牧师继续说着，他的目光仍然盯着天空，"怎么才能把这个伟人的梦想变成现实？怎么才能保证我们的正义之城是他最深远的信念之一？"

他到底着了什么魔会去做警察？是因为司法机关强调规则吗？还是个孩子时，他就觉得规则令人欣慰。规则暗示着生活的根本原则是公平竞争，确保了他一定能轮到击球的机会。这一点很重要，因为他已经目睹，在他的同龄人中，有太多孩子要不是被大人强制要求，他们是不会公平竞争的。他最欣赏的规则是简单明确的。做这个。不准做那个。人们喜欢明确，不是吗？那么做警察，就是有关秩序，有关执行人们的意愿，有关公益。没错。事实上，这份工作教给了他一个道理，绝大多数的人根本不会觉得规则令人欣慰，反而因规则而恼怒。即使是最通情达理、最不言自明的规则，他们也坚持要论证其合理性。在他们不可能网开一面的案子里，他们要求特殊处理。他们永远都在试图说服他，他们违背的规则要么是太愚蠢，要么是太专制。当然雷默不得不承认，其中有些确实是。更糟糕的是，各式各样的市民全都怀疑这些制定的法律对他们不利。穷人们得出的结论是富人发牌时作了弊，而富人们则认为重新洗牌会毁了他们也毁了文明。贝卡情绪好时，会争辩说婚姻制度的设置是为了奴役整个性别。有时，她的辞藻特别针对个人，你会觉得雷默自己就是第一届婚姻规划委员会的一员。在警察学院，法律制度至少大体上还讲得通，但现在，雷默也不能肯定了。所以，他想，离开吧。只要登上飞机，离开。因为在贝卡死后，他变了。他对职业的信念被消磨了。既然这样，还有什么值得他留在这儿的？

在法官敞开的坟墓的另一边，站着一个大约十二岁的小姑娘——是尊敬的法官大人的侄女或孙辈？——她正专注地皱着眉头，盯着雷默的腹部。当然，她不可能知道他口袋里有车库钥匙，但她似乎对他的手在那儿做什么得出了错误的推论。他把手拿开时，他们的视线相交，她本来纯真的脸上泛起一个调皮又了然的微笑。雷默感觉自己脸红了，他两手放在胯前紧握，视线越过她投向远方。他的眼睛又一次被尾迹云吸引了。如果他去到一个崭新的地方，他会认得谁？谁又认得他？他又靠什么谋生？

一百码外的地方，在那条把山丘区与山谷区分开的土路边，停着一辆明黄色的挖土机，毫无疑问，就是它在今天上午早些时候挖出了法官的墓坑。雷默认出了罗布·斯奎尔斯，他是沙利的伙计，正坐在挖土机旁边的一片阴影下。他的姿势看起来像是在哭泣。他是在哭吗？难道他也想起了埋在附近的他爱的人？难道他也在渴望新生活、新工作？也许他会愿意和自己互换工作，雷默心想，挖墓和执法相比，更加平和、有益。死者不必再受到世界不公的困扰，也不会再抵制规则。把成千上万的死人都整整齐齐摆成排，他们也不会抱怨。你试试这样对待一个活人，看看会有啥结果。人们自称喜欢直线，毕竟，两点之间线段最短，但雷默越来越相信人类更喜欢走岔路。他天马行空地认为，也许贝卡就是这么想的——她有天生的不想走直线的本能。也许她并不是不爱他了，而是她对婚姻的刻板规则失望了：爱、荣誉、顺从。必须做这个。不能做那个。也许对于她来说，作为警察的他逐渐代表了她不能再遵从的直线。想要走走岔路的冲动真的这么可怕吗？当你走了弯路，难道不还是有可能回到你的起点吗？如果有时间，难道贝卡不还是有可能回到他身边吗？也许他们之间耗尽的是时间，而不是爱。这么想令人好受多了。

最后发现她的人是他。那天他到家早了，他几乎从没早回来过，至少最近没有，从他们之间变了味后，就再没早回过了。一开始，慢慢有些兆头，然后就突然爆发了。那天早上他出发去工作前，他们发生了激烈的争吵。吵什么他甚至都不记得了。啥也不为又啥事都吵。最近，即使他最温和的言论都会引发一场由讽刺、泪水、生气和鄙视所形成的洪流。似乎一夜之间，能引发他妻子负面情绪的东西在以指数级暴增。然而，雷默可以感觉到，她那冗长乏味的抱怨中有一丝不同寻常。毫无疑问，她不爱他了，但仍有些不太对劲。她好像是在表演她所知道的所有有关婚姻危机的电视剧中的场景。他一直在找她周一发飙和周四发飙中的相同点。但并没有。她好像在用一大堆不相干的抱怨来吓跑他。这可以是很小很具体的事情——他忘了放下马桶盖，也可能是更含糊更泛泛的事——他不尊重她的感情，无论大小，都睚眦必报。

所以，当他把车开进他们的车道，看到走廊上那三个行李箱时，他马上意识到那意味着什么，或者说应该意味着什么：她要离开他了。相比其他情绪，这场景更让他觉得富有戏剧性甚至喜感。

前门半开着——她是忘了东西，又进去拿吗？他记得自己穿过了草坪，想着他俩可能会在那儿碰巧碰上。她可能会犹豫一会儿，接着会下定决心。那他该怎么办？让她走吗？还是用武力强留下她，至少等到他弄清楚到底是什么在困扰她？

她就在开着的门里面。她肯定走得很匆忙，这很是明显。楼梯最上面的地毯——现在团成一堆，垂到了半梯上——也许是罪魁祸首。雷默自己就不止一次在上面滑倒过。贝卡曾吩咐他去找块垫子铺在下面，但他一直将之抛在脑后。这，就在这儿，就是后果。她的前额栽在最后一级台阶上，头发前垂遮住了脸，往上两个台阶是膝盖，胳膊在身后，屁股撅在半空中。她看起来就像是从楼梯顶部游着蛙泳去底部，在到达终点前死去的。

他在那儿全身僵硬地待了多久？他甚至都没有查看一下她是否真的死了，只是站在那儿盯着她，无法理解眼前发生的一切。哪怕是现在，已经过了十三个月了，他都不愿回想当时在现场他惊人的无能为力。他脑子里挥之不去的是这整件事所具有的舞台效果——贝卡的身体居然不可思议地平衡成那样，也没有明显的血迹。对雷默而言，这就像是博物馆里的西洋镜，古古怪怪，令他难以琢磨。她毕竟是个演员，这让他觉得，看到的一切都只是个表演。她不可能永远保持那可笑的姿势。如果他耐心些，她最终会站起来说，这就是你想要发生在我身上的事吗？快修好那该死的地毯！

但不是。那不是表演。贝卡死了。在等救护车的时候，他发现了她留在餐桌上折好的留言。对不起，上面写着，我也不想发生这事。请为我们高兴。上面的署名是贝卡一直用的大写的 **B**。

她也不想发生这事？他花了好一会儿工夫才意识到她说的"这事"不是指掉下楼梯或者死亡，因为她当然不可能预知这些。不，"这事"是指爱上别人。她不再爱他是他迟早都能妥协接受的事。事实上，他不是从最开始就明白，能娶到贝卡，是他的运气太好了，他们的婚姻是不可能持久的吗？但与另外一个人坠入爱河？替

70

我们高兴?他连"我们"是谁他都不知道,这事就这么发生了?

在过去十三个月里,那个可怕的下午的情形——贝卡的死,急诊医生和那些在楼梯上围着她转的调查人员,被抬上轮床又被搬到前门的尸体,围观的邻居——都仁慈地开始褪散了,如曝光在太阳下的照片一样。汤姆·布里杰的话却还如重锤在耳。在他四十年的从业生涯中,汤姆学会了法医一贯尖酸刻薄的幽默。到了现场,他看了贝卡一眼——她的前额像是钉在了最下面的台阶上,她的屁股翘在空中——就开口说:"这女人到底在干啥?像弹簧圈一样翻跟头下楼吗?"他并没想到这样说是残忍的,没有意识到死者的丈夫就在隔壁,能听到。最可怕的是,他这话没错。因为贝卡看起来的确如此——像个弹簧圈一样弹下楼梯。这又让雷默想起了贝丽尔小姐,他八年级时,她说过一句非常有名的话:一个准确的词、一个精心选择的短语、一个确切的类比,抵得上一千幅图画。当时他和他的同学们都认为她说反了,但确实如此……当他记起那天下午可怕的场景,"像个弹簧圈"这个词组仍在他的脑子里循环播放,仍会让他的胃翻滚。这个词组甚至有味道:胃液在舌根翻滚。它们的含义还在逐渐演化,从恐惧到生气,再到绝望,最后到……什么?最近,当"像个弹簧圈"这个词组闪过他的脑海时,他发现自己不自觉地咧嘴笑了。为什么笑?他当然不认为这事有什么好笑的。即使贝卡是计划和别的男人私奔,她死了,他也并不高兴。至少他不认为自己高兴。发生在她身上的事并不意味着正义或者其他什么。那这不道德地想要笑的冲动从何而来?是从他内心某个黑暗的角落吗?他思考贝丽尔小姐经常问的那个问题, 这个道格拉斯·雷默是谁?

"我亲爱的朋友们……"长袍牧师吟诵着,如果雷默没猜错的话,眼耳所及之处他根本连一个朋友也没有。"我认为在这世上,公平和正义不只是一个人的责任,不管他有多么伟大,多么睿智。不,那责任属于我们所有人,每一个个体……"

除了我，警察局局长道格拉斯·雷默心想。他眨眨眼睛，把不知是汗水还是泪水的东西眨进了眼里。他对任何责任都十分厌倦。不，他要做的事是放弃。投降。承认被打败。去做个挖墓人。

他突然意识到，当他沉浸在贝卡那悲剧的结局里时，他的手又下意识地移到了裤兜里，他又在按着那个车库遥控器的金属面了。这玩意儿能遥控多远？他心想。会不会有一扇门，或是几扇门——如果夏莉丝说得对的话，正在同时上升？是巴斯的某个地方？还是斯凯勒温泉镇？还是在奥尔巴尼？雷默发现自己因为这明显荒唐的想法笑了，想象着他老婆的情人，那个该死的家伙，看着他的车库门上去，然后下来，接着又上去，明白那个始作俑者就在附近，全副武装。

这就是他要寻求的妥协吗？放弃那个并不适合他的工作。但在那之前首先要找到这车库门的钥匙是谁的，让那狗娘养的家伙知道他被逮住了？只要雷默能够解决这一个谜团，他就能放下其他所有事情——责任、正义、义务、穿着灵活的鹿皮鞋的该死的易洛魁人，以及那些被长袍牧师兴高采烈挂到精神旗杆上的屁话。好吧，可能重塑自我是不太可能了，但你可以放下过去继续前进，不是吗？人们每天都是这么做的。他并不恨贝卡不忠。娶了她只是——就像他从事了执法工作一样——一个错误。除了他之外的其他所有人，似乎都从一开始就意识到了这一点。当在排演晚宴上被介绍给准新娘时，杰罗姆（在雷默坦言除了他再也没有别的亲密朋友后，他才勉强同意做伴郎）脱口说出了这真相。"见鬼，道格，"他说，"你这是攀上高枝了啊，伙计。"当时，雷默很高兴听到别的男人的热忱赞誉，很骄傲能娶到贝卡这般美貌的女子。他的判断——自己是个幸运的家伙——能被他人明证当然让他感觉很好。但伴随着他朋友的热情盛誉，他的内心也开始揣测——这么好的运气注定会用光的。

"有个词，"牧师吟道，"用来描述我们当中那些没有每天肩负起让世界更美好更公正的重担的人。"

那个十二岁的小姑娘现在在用胳膊肘轻推她的母亲。看，妈妈。看那个人手放在口袋里。他在干吗，妈妈？

"你们知道是什么吗？那个词是……'逃兵'。"

他已经不再出汗了，雷默意识到，他湿透了的、沉甸甸的衬衫现在冰冷湿黏。他的膝盖像陷在了果冻里。

"那些人不光逃避了责任和人类的义务，还有上帝本身。是的，朋友们，逃兵逃离了上帝。"

对对，雷默心想，步兵步行了三里，炮兵炮打了田地。

女孩的妈妈正满含厌恶地审视着他，但这一次，他真正感到了自己的无辜，于是给了那女人一个圣洁的微笑。他一遍遍地按压着那金属按键，沉迷于那令人愉悦的想法——某个地方正有扇门因为真正的罪行而升起落下。

"那么上帝会怎样呢？"长袍牧师问道。

好问题，雷默心想。

"上帝爱逃兵吗？"

是的。他爱我们每个人。

"不！"长袍断然，反驳，"上帝并不。"

好吧，那上帝去死吧，雷默心想，他因为热浪和渎神而感到头晕目眩。上帝活该去死。

"因为逃兵就是懦夫。"

不，上帝才是。

"逃兵认为生活中的困难都是别人的，遮蔽太阳和理性之光的乌云都来自别人。"

但为什么云会成为任何人的问题？

"不，朋友们，巴顿·弗拉特不是逃兵。逃避不是他的遗产。在他朝着最后的福报进发时……"

泥土？腐烂？蠕虫？

73

"……我们最后一次向他致敬，在他面前重申……"

是在他身后吧，这不是明显的吗？

"……我们的信念。对上帝的信念。对美国的信念。对我们正义之城的信念。因为只有那时……"

雷默惊动，突然警觉，立刻停止了遐想。是他在热浪里突然失去了平衡，还是他脚下的土地真的在颤动？很明显是后者，因为所有聚集在敞开的坟墓前的吊唁者们都摆出了冲浪的典型姿势，两只胳膊保持着平衡。甚至连那长袍牧师，刚刚还是一副不食人间烟火、不受凡事干扰的样子，突然也敏捷地从墓坑边跳开，好像他被告知那口他以为为另一个人敲响的丧钟其实是在召唤他一样。

雷默第一个内疚的想法是，如果是大地震动的话，他就是罪魁祸首。他默默地诅咒了神灵，而上帝偷听到了，表达了他的不悦。他急着想避免引起进一步的不满，正要进行无声、诚心的道歉时，他听到有人说，"地震。"总的来说，相较于神灵的惩罚，雷默更愿意相信是自然灾害，但他怀疑这只震了最多一秒钟的现象能称之为地震吗？与其说是地质结构的移动，不如说是震动了一下，就像附近某个地方的地面被什么东西撞击了。难道是他之前看到的飞机坠毁了吗？难道是他玩弄的那个车库钥匙导致的吗？他把遥控器从口袋里拿出来，困惑地研究着。他意识到，每个人都在盯着他看。

很快，警察局局长道格拉斯·雷默开始激动起来，难道这不就是他之前一直想讲清楚的警察工作的核心吗？责任、正义、爱、公正、遗产……那些词就和飞机的尾迹云一样缥缈。那穿着丝绸刺绣长袍、华而不实的人光动动嘴皮子，用花哨的辞藻就能假装对这些无所不知。可当大地在你脚下震动，人们转向寻求答案的却是警察。就好像解释这个世界的动荡是警察的工作。只有警察才知道如何拯救。

格斯·莫伊尼汉市长用手肘推推他。"雷默？"他显然对雷默手里的设备感到迷惑，这儿离最近的车库也得有超过一英里远。

"这该死的地面刚才抖得像廉价的震动棒一样。你就站这儿啥也不做？"

实际上，这听起来还不错。如果是地震的话，他真想不出来哪里还有比这广袤、平坦的山谷区更好的地方，这方圆百码内没有任何高到可以砸着他们的东西。但至少目前为止，他还是警察局局长，要做点什么才符合常理。要做的事儿，他决定，是打电话给夏莉丝。她那儿总会有答案，或者有足够的建议，如果这些最终都没效果，至少还有同情，尽管即便是同情也经常掺和着讽刺。雷默把对讲机从他腰带的金属扣上取下来，按了通话键，愣了半拍，心想格斯·莫伊尼汉拿着便宜或者贵的震动棒会有怎样的体验，然后开口说，"夏莉丝？你在吗？"

没有回应。

吊唁的人都在七嘴八舌地讲话，这次雷默好像听到有人说，"流星。"是流星击中了警局吗？正好砸死了总机那儿的夏莉丝？

市长开始用他的食指敲雷默的对讲机。"如果你把它打开的话，也许它能更好地工作。"

啊，没错。他在仪式开始的时候把对讲机关了，不想让这该死的玩意儿在布道时朝他器叫。他把对讲机打开，夏莉丝的声音立马响起，"头儿？"

"我在。"他说，尽管实际上他感觉自己已经不在了。他的四肢末端都在发麻，好像那让地面动起来的东西正在从脚趾钻进他的身体，想要通过他的指尖和耳朵再出来。他转身避开刺耳的嘈杂声，好能听得更清楚些。

"你最好马上回城，"她说，"你不会相信发生了啥事。"

"是流星吗？"他试探着问，身体试着动了动，但他的两条腿感觉像树干一样沉重，难以移动。

"什么？"夏莉丝问。

"道格？"市长朝他叫，他扬扬手。难道这人没看到他正在忙吗?

"是流星吗?"他重复道。

"道格!"他的声音听上去很紧急。虽然雷默才移动了几步,但市长的声音听起来好像有几英里远。

"你还好吗,头儿?"夏莉丝问道。

实际上,雷默的视野好像令人费解地变窄了。前景是他正在讲话的对讲机,在模糊的远处是闪闪发光的挖土机。其他东西都蒙着薄纱。

接着,他又移动了一步,地面突然不见了,就在他意识到地面不见时,它又回来了,伴着他脑子里"砰"的一声巨响。难道他又开枪了,就像那天他对沙利那样? 这一次,他好奇,子弹会落在哪儿?

你知道我对给白痴配枪的看法的,弗拉特法官在附近的棺材里窃笑着。

接着,他什么也不知道了。

离世策略

门上的小铃铛终于停止了叮啷响，当沙利看到露丝瞪着他的眼神时，他几乎希望罗伊·帕迪能转过身来。当年他和露丝还不是普通朋友时，那眼神意味着他有一阵子忘了做爱了。而最近，那眼神没那么恶狠狠了，但更加不祥。"好吧，"她最后说，"有件事你是对的。"

"真的？没想到我还有做对的时候。"

"通常人们会越变越糟糕，"很明显，她指的不是罗伊，"你最近是怎么了？"

他还没来得及回答，男洗手间的门开了，卡尔走了出来，一条裤腿的内缝上渗出一块尿渍。他刚做完手术的几个星期里，穿了医生推荐的成人尿布，但他对沙利说穿那个东西太令人感到羞辱了，所以一旦重拾了他的撒尿功能，他就不穿了。问题在于，偶尔的失禁还在持续着，多半在晚上或一大早。在提起裤子离开马桶时，他会耐心地站在马桶前等小便解干净，但往往他提上裤子以后尿液才会流出来，这似乎是那尿道口现在变得更不受控的表现。显然，刚刚就发生过这事儿。

"你什么时候能碰到罗布？"他说，还没觉察到不对劲，"跟他说我需要他和他的挖土机。"

"那挖土机可不是他的，"沙利提醒道，"那是镇里的。"

"我们可以借来用，"卡尔边说边滑上了他的椅子，沙利立马闻到一股新鲜的尿骚味。

"你自己的挖土机呢？"他问。

"在院子里呢，"卡尔说，"暂时瘫痪了。"

有块毛巾搭在烤箱门上。沙利起身，绕过了吧台，露丝正怒视着他，这可是个冒险的举动。当他有正经事要做，而她的心情恰巧不错时，他会勉强被允许在这附近出现，反之则不然。"我肯定你那个市长好朋友会愿意把它租给你的。"

"是的，可能吧，但我可不想花钱。"

"我为你干过活，很清楚你这点。"

"所以，"他说，这时沙利正擦拭他俩中间的柜台上并不存在的污点，"你真的没再想过性吗？"

"不太经常。"

"好吧，"卡尔说，明显松了一大口气，"希望我到你这年龄时，这一切也能结束。"

"你以为你能活到我这年龄？"接着，他压低声音说，"看，你可能会用到这个。"他把毛巾颇有深意地推到卡尔面前。

卡尔回他一个"这是什么鬼"的眼神，紧接着明白了。"老天，"他从凳子上跳起来，就好像尿湿是那一刻发生的，而不是两分钟前发生在厕所里。沙利捕捉到露丝的反应要比卡尔快得多，她正生气地盯着他，好像怀疑是沙利尿了裤子一样。而沙利不知咋的，竟然也觉得是这样。

"一条毛巾根本没用，"露丝对着正在拼命用力擦那斜条纹裤的卡尔说，"跟我来。"她说，示意他跟着她，他很不情愿地跟了上去，脸红到了耳根。

当通向卧室的门在他身后关上时，沙利被单独留在了这世界上他最喜欢的地方。在深沉的寂静里，他可以听到柜台那端咖啡壶传来的滴答声，带着金属的质感，像是闹钟在走动。外面的热浪仿佛让窗户起了涟漪。他看着车经过，有人从五金店里走出来，一条狗快步跑过街道……他突然有一种深深的混乱感，好像他所知道的真实世界只是电影的场景，电影中，他是唯一的演员，其他的演员甚至剧组人员都回家了。是今天休息？还是到了周末？还是电影已杀青，而人们却懒得告诉他？最终连咖啡壶都没有滴答声时，沙利感到整个胸口充满了恐慌。难道他刚刚经历了医生给他的警告——心脏病会随时突袭他吗？这就是生命中止的感觉吗？一切都停止了，除了意识仍恍恍惚惚地存在，忠诚地履行见证的职责？

"嗨。"一个声音响起来，他一开始觉得是露丝，后来他眨眨眼，看清了是杰妮——露丝的女儿。这几年，她们的嗓音变得越来越相似，以至于他总是难以区分。她的卧室门现在半开着，从里面传来一个小设备刺耳的呜咽声。"回回神吧，沙利。"

"嗨。"他回应，有些尴尬，但也很是感激，因为她的声音让一切又动了起来。一个男人正要跨出五金商店，街上传来汽车的喇叭声。心脏科医生曾警告，他有可能会经历短暂的"叙事紊乱"，甚至幻觉。因为心律失常会使大脑供血过多，或者供血太少。

"知道不，你一天比一天奇怪了。"杰妮说，给自己倒了些咖啡。她睡意惺忪的眼睛下有黑眼圈，她打量着沙利，眼神中的漫不经心丝毫不加以掩饰。"说到奇怪，卡尔·罗巴克怎么会在我的浴室里用我的吹风机吹他的裆部？"

"哦……"沙利拖着尾音，因为杰妮可能是整个巴斯唯一不知道卡尔窘况的女人。

"男人啊，"杰妮叹道，这让沙利也成了一丘之貉，不管行为有多愚蠢。

"嗨，"露丝回来了，盯着女儿说道，"我希望你不要像现在这样，穿着睡袍进餐厅。"

毫无意外，杰妮并不在乎她妈妈的想法。"好啊，那我希望你没带男人在我还没醒时走进我的浴室，不经我的容许就把我的吹风机借给他们。"

"那就请你在中午前起床。"露丝建议道。

杰妮指着闹钟，上面写着 11：29。"还没到中午呢。昨晚是我关的苹果蜂的店门，就不允许我稍微喘口气吗？"

她俩大眼瞪小眼，瞪了好一会儿，直到母亲软了下来。"好吧，洗手间的事我道歉，"她说，"但卡尔刚刚遇到了意外。"说到他的名字，她稍微加重了语气。记得吗？她好像在说，我是怎么跟你说过卡尔的？

"噢，好吧，"杰妮耸耸肩，"我猜已经弄好了吧。"

"是我的主意，"露丝说，"很高兴你也赞同。"

杰妮转了转眼珠，表示她可不赞同，但她不想追究了。"我之前听到的是我那白痴前夫的声音吗？"露丝显然把这当成个反问句了，因为她没有回答。"他把那禁令看得太严重了，"她转向沙利，"这次她给他吃了啥？"

"啥也没有，"露丝说，但马上就看起来心虚了，"一杯咖啡，还有一块放了一天的馅饼。"

"妈，你得把他想成是条狗。如果你喂他，他就会不停地回来。"

"目前他还没有惹麻烦，也还没这迹象，"露丝扫了沙利一眼，"不像有些人。"

"这就是罗伊，"杰妮边说边把她喝空了的马克杯放在了塑料洗水槽里。"他平时不响，但一闹惊人，到时候我的下巴会被他打烂的，像以前一样。"

"他打你下巴是因为你经常顶嘴。"

"不是，他那么做是因为他喜欢打人。"

"就像你喜欢顶嘴一样。"露丝在杰妮路过她时说。

"噢，是吧，"杰妮沉思着，在她卧室的门口停下来说，"让我想一想，这毛病他妈到底是从谁那里遗传来的？"

杰妮一离开，露丝就转向沙利。"我不想听了。"她说。

果然如他所担心的那样，她不愿意再就他们之前争论的话题继续下去。"你不愿意听啥？"

"就是你想讲的那些。"

实际上,沙利非常乐意缄口不谈。因为这些小插曲,他很确定现在的风向对他有利。没有什么比她和自己顽固的女儿产生点小摩擦,更能帮助沙利重获露丝的青睐了。他严重怀疑露丝会在两个不同的战线同时作战,这又不是什么你死我活的死战。很明显,他是对的,自从他让她在瞪眼中占了上风,她的姿态就软了。"谢谢。"她真心实意地说。

"不客气,"他回道,"说不定我要说的是些好话呢。可惜你永远听不到了。"

她向他抛了一个眼神,表示自己乐意冒听不到的险,之后又给自己倒了些咖啡,接着绕过他拉了个凳子过来。她用手指背触摸着他的脸颊。这是几个月以来他俩最亲密的接触,这个姿势足以驱散他残存的迷茫。这才对,这才是他的生活,不是电影。

"你生什么病了?"露丝问。她之前问过同样的问题,但当时她很生气,现在她的语调完全不同了。当时,她这么问是怪他为什么去刺激罗伊·帕迪,至于现在她为什么这么问,他就不能确定了。

"他很危险,露丝。"

"你以为我不知道?"

他并不肯定这点,她真的知道罗伊很危险吗?

"我知道,你觉得自己是在帮忙,但你帮不了的。如果他爆发了,会让你住进医院,或者直接进山谷区墓地。"

"我可能会让你大吃一惊。"他说,借用了罗伊的话,尽管这话出自他口有点软弱无力。

"他比你有四十岁的年龄优势,沙利。而且他打架从来不光明磊落。"

"我明白。"沙利说,他想象中的要除掉罗伊·帕迪的手段同样也不是公平打斗。"如果他惹了我,他就得回到监狱,那样你们

81

就能摆脱他了。"

"是的，可是如果他杀了你，到时候我摆脱的可就是你了。"

只有两年。或许不到一年。难道这才是他为什么去挑衅罗伊的原因？是一种潜意识的离世策略，用自己的方式结束生命，而不是坐等那颗变糟了的心脏停止跳动？你听说过有人在一条黑暗的路上加速，然后挑一棵方便些的树撞上去，或者突然撞向对面的车而自杀吧。如果把罗伊·帕迪放到那个场景如何？一个蠢蛋自杀了？

这个设想有问题，因为它的前提是沙利想死，而他很确信自己不想死。之前，当卡尔解释他为什么要给罗布那份工作时——那份工作可是任何头脑正常的人都不愿意去做的——沙利实实在在地感到了一股刺痛的妒忌，这感觉他很难解释。如果从工厂的地板上咕咕冒出来的肮脏黏液是来自炼油厂的话，要把它清理干净将会是令人恶心得不能再恶心的活。没有人会享受这苦活，包括沙利。他还不至于自我厌弃到去相信，自己应该去做这么可怕的一份工作。他的解释是，吸引他的是那种被需要感。那是他和罗布过去常干的活儿：肮脏但必须有人干的活儿。一旦做完，与之而来的是和所受的苦难完全相反的满足感甚至愉悦感。在冷得要命的天气里砌石膏，感觉不到被冻僵的手指，直到不小心用锤子打中它们，这可不是什么好玩的事儿，但当你最终冒着严寒回到家，那感觉却很好。之后洗个长长的热水澡，虽烫但能忍受的热水也让人感觉很好，一个小时后就能坐上白马酒吧的吧凳上了吧？完美。一天的劳作后，回到舒适地带，会感到啤酒分外凉爽。只要啤酒足够凉就很好，你不会在乎它是否廉价，不会在意是不是只能与便宜的酒相伴。接着到了周五，他们会追着卡尔·罗巴克到处跑，逼着他把手伸进裤兜里拿出那厚厚的一卷二十或五十美元面值的纸币，看着这狗娘养的很不情愿地一张张抽出来，直到他付清你辛辛苦苦应得的酬劳，还有什么比这更让人满足的？直到最近，沙利的生活都是如此。不，他并没有厌倦这种生活，只是因为年龄和虚弱的身体让他靠边站了，说实话，这会发生在每个人身上。只不过，这一次轮到他了。

他又看了看他的女房东，她也在看他。不要自欺欺人了，她好像在说。沙利觉得她指的是之前那个老生常谈的问题——有关上帝赐予了他生命而他是否后悔没有善加利用。这是换了种法子问他，他是不是想要改变生活：在刺骨的寒冷中砌墙，在炙热的阳光下挖沟，或者是坐在吧凳上，一场接一场地喝，没有止境，越来越激烈地争论是否真有性上瘾这事。是因为怀疑自我存在的价值，才使他之前短暂地怀疑现实吗？杀了罗伊·帕迪，或诱使罗伊杀了他，能让他的存在更有意义些吗？

"听着，"他对露丝说，"我会解决掉他，如果这是你想要的。"

"想要？我想天上掉下来个重家伙砸中他的尖脑壳。为什么上帝从来不严惩像罗伊·帕迪这样的人？"

看露丝只是抱怨下，他对这个问题也就没有提供意见。"不管怎样，"他说，"不用担心我。我只是有点不安。"

"不安也是有原因的，"她说，"彼得啥时候回来？"

哈，这才是她想知道的。好吧。这意味着她更不可能知道真相了。"周二吧。怎么了？"

"也许他会改变主意。"

"不，他已经准备动身了，"他瞥了她一眼。"怎么了？"

"如果我说我从来都对他没什么好感，你会难过吗？"

"露丝，他是我儿子。"

"也许我只是希望他能有儿子的样子。"

"他也许还希望在他小的时候，我能有父亲的样子吧。"

"为什么这些让人头痛的事就这么没完没了呢？"

"我不知道。应该有吗？"

"我也不知道，"她坦言，"我们的生活都一团糟。"说到这儿，她朝女儿房间的方向瞅了瞅。

"我们的确是一团糟，"他赞同，"实际上，我觉得彼得基本上是原谅我了。绝大多数时间我们都相处得很不错。"

确实如此。尽管彼得看上去仍然很困惑——为什么两个这么不同的人却被血脉连在了一起。但过去几年里，他们的关系融洽了很多。沙利退休前那十八天他们一起工作的日子起了作用。也许彼得仍然不理解，为什么他父亲是这个样子，但至少，他知道了沙利白天的生活节奏，更别提晚上了。至于彼得，尽管他俩的关系还没那么尽如人意，也还不能深入交流，但沙利还是很高兴且惊讶地发现，彼得并不像看起来这么柔弱了，他对做艰辛的苦力活也没太大抵触。

当然，当彼得又回去教书时，他一点也不惊讶，他和斯凯勒的学术朋友们一起度过大多数空闲时间也无可厚非。但彼得还是会时不时地逛进白马酒吧，对博蒂狡黠地眨眨眼，然后坐到沙利旁的吧凳上。他会一直在那儿待到关门，看上去还挺惬意的，这让沙利很开心。彼得和他自己正处在青春期的儿子的关系，也时不时令人担心。有关该怎么跟孩子相处，他从来不问沙利的意见——沙利也还没笨到要主动指点——他似乎挺感激父亲愿意倾听并给予他同情的。有时候，沙利甚至觉得自己越来越喜欢彼得了。而彼得要的不是原谅而是遗忘——他似乎也越来越喜欢他父亲了，但每次快要喜欢上他的时候，他就退缩了，就像坐在火炉边要碰到了火那样。反过来，沙利担心，在某些方面，儿子还跟以前一样是个深深的谜团，这种神秘感就像他对自己的父亲，也像威尔时不时显露出来对彼得的一样，令人困惑。是因为父子关系本就这样的吗？父子关系应该是怎样的呢？

沙利逐渐感到儿子过得不快乐，这种不快乐扎根在他的挫败中。沙利不理解儿子的处境，他觉得彼得没有做错什么。彼得在斯凯勒最负盛名的文理学院任教。三年前，当校友杂志那个浮华的衰人编辑退休时，彼得接任了他，给这杂志带来了新的生命力。同时，他在电影、书、音乐方面的评论，也时常见诸奥尔巴尼免费报纸的报端。而且，尽管已经步入了中年，他仍然很好看，他轻松悠闲的迷人气质一直都如磁石般吸引着年轻一些的女人们。他抚养长大的儿子，一月就要毕业了，比他高中同学都早半年，春季学期他就要在斯凯勒上大学课程了。到了秋天，他会以全额奖学金在宾尼法尼亚大学注册，成为第二学期的新生。这实在值得骄傲，沙利认为。

而彼得则是从不同的视角看待这一切的。自从被最初雇用他的州立大学拒聘后，他一度欣欣向荣的事业就再也没能恢复元气。现在，作为兼任讲师，他无疑是个二等学者，世界就是如此无情，他可能就只有一直这样下去了。他的工资只有那些全职的、有终身教席的同事的一小部分，也没有就业保险。是的，他是在写评论，可那不是书或剧本。他的婚姻也失败了，拜他那特有报复心的前妻夏洛特所赐，他很少能见到他问题多多的二儿子。那些他生命中出现的女人们不久就会发现，在他轻松悠闲的迷人外表之下，他的内心是何等的苦涩和不堪。

沙利最难以理解的是，为什么彼得一心想离开巴斯，这又能改善什么。他猜是因为威尔要上大学了，事情在变化，如果他想离儿子近一些也情有可原。当然，在大都市里会有更多的教学机会，但如果他搬到纽约市，这似乎是他的计划，那儿也会有更多的竞争，不是吗？他的生活成本会一下子翻上三番，甚至更糟。但当沙利提出这些问题时，彼得——毫无意外——不予理睬。"爸爸，"他说，"威尔走了，我为什么还要待在这儿？为了给你养老吗？"这根本就不是沙利的意思。他其实是想让彼得知道，如果他不是特别想，就没有必要这么匆忙地离开，如果彼得想继续住贝丽尔小姐楼下的大房间，沙利会很乐意住在房车里。那样的话，威尔到了假期就可以回来住。事实上，他很愿意当场签合同把房子转给彼得。毕竟，他总有一天要走的，这可能比他想象中的还快。"我要这房子干吗，爸爸？"时机对时，可以卖了它啊，沙利建议说，但彼得却露出他那种会意的微笑，这往往让沙利非常恼火，因为这笑意味着彼得觉得沙利在骗他。

但另一方面，他真的能责备彼得怀疑他的动机吗？如果哪天卡尔·罗巴克搬出了楼上的房间——那间房是沙利的女房东活着时沙利住的——到时沙利再搬进去也合情合理，他能想象到时彼得会有多么紧张吗。也许他是没有想过让彼得或其他什么人来照顾他，可他儿子不知道这一点。儿子可能想的是，保不齐哪天他摔倒了，摔了屁股，或者中了风得坐轮椅。如果有任何类似的破事发生，他不会责备彼得想要搬得远远的。

而且，如果彼得搬到纽约，沙利会想念他在走廊走路的脚步声，会想念他车的引擎在车道冷却时的滴答声，会想念他突然出现在白马酒吧，坐到那个吧凳上。当然，他也会想孙子。其实，他和威尔倒是有更多共同之处，当然威尔的父亲毫无疑问也感觉到了这一点。这男孩可能继承了彼得的智慧、好相貌和迷人的特质，但他更强壮，他是个很有天赋的三项全能运动员。在他三年级时，他是橄榄球队的开球中后卫。当看到威尔和他一样把对手打得屁滚尿流时，沙利偷偷笑了。这孩子抢球干净利落，他从不伤人，但能让对手牙齿打战。最令他欣慰的是，十年前，威尔刚到巴斯的时候，他还是个胆小到甚至害怕自己影子的孩子。

彼得似乎对儿子的强健也很自豪，尽管他并没有坦率地承认这点。他很高兴看到威尔爱沙利，但他似乎也不急着让儿子去崇拜或者效仿他。彼得甚至认为，威尔有必要冷却下他对祖父如何掌控世界的狂热兴趣，唯恐工具袋、吧凳这些东西扎根进儿子心里。实际上，让威尔在达到合法饮酒年龄之前离开巴斯，是彼得的用意之一，可能也是想要保证，他在白马沙利旁边的吧凳不会被威尔继承吧。

沙利认为，彼得所做的这一切都是露丝所反对的，用她自己的话说，这就是无法对他产生好感的原因。

"如果你心神不定的话，为啥不出去一阵子，休个假？"她建议，"换换环境可能才是你需要的。"

"休假？我本来就退休了。"

她耸耸肩。"我不知道。离开巴斯。离开白马。离开这个地方。"说到这儿，她做了个横扫一切的手势。"可能也需要离开我。离开彼得。你不离开他，他怎么会想你？"

她似乎想说的还有，他不离开她，她怎么会想念他。"那我去哪儿呢？"他说，想知道她脑子里在想什么。

"挑个地方呗，"她说，"阿鲁巴岛。"

他哼了一声。"我跑到阿鲁巴岛干吗？"

"你在这儿干吗？"

"你是说在巴斯？"

"不，我是说这儿。比如说现在，在这个餐馆。"

沙利涌上一股替自己辩白的冲动，这让他自己也很惊讶。"我以为我在帮你。"绝大多数早上都是他在帮她开门，需要的时候，帮忙添添烧烤盘或烤瓷盘。"但如果我碍了你的事的话……"

"你是碍了自己的事，沙利，"她说，"一直如此。你知道我很感激你的帮助，但……"这一次，当她摸着他的脸颊时，这感觉就不那么愉悦了，也许是因为他很确定这姿态是源于怜悯。

"好吧，就阿鲁巴岛吧，"他说，"你可以一块来，既然你觉得那是个好主意。让杰妮管一两周店好了。"杰妮也能胜任。她可能确实是根令人生厌的刺，但她有她妈妈的职业道德。一周要在海蒂之家值三到四次白班，还要在苹果蜂上四到五次夜班，偶尔博蒂在当班时生病，她也会在白马应急。

露丝朝他咧嘴笑。"难道还要邀请上我丈夫？"

"我个人是不想的，但如果这对你很重要的话……"

她揉着太阳穴，好像得了偏头疼。"他最近的行为很怪异。"

"怎么了？什么情况？"

"他变得很体贴。几乎是……处事周到了，"她解释说，"这搅乱了我的心。我一抬头，就能看到他盯着我看，好像他才注意到我在那儿一样。"她耸耸肩，脸上的表情看上去像是羞愧。但并不是，应该是吗？他们曾经这么多年的情人关系，露丝从来没有流露过丝毫羞耻。她也不恨她丈夫，即使是早期她和沙利的感情如火如荼时，她也没提过要离开他。但同样，就沙利所知，她也没觉得自己背叛了那个男人。沙利自己反而有时会有罪恶感，因为扎克虽然是个彻头彻尾的笨蛋，但他人并不坏。"我想尽量对他好些，"她承认，"三十年前我曾经这么尝试过，不奏效，现在可能有用了。"

"那么，"沙利拖着长音，好道出她语焉不详之处，"是因为罗伊·帕迪我才不能再到这儿来，还是因为扎克？"

"我并没有说你不能再到这儿来。"

"你是没有。但你说的是我应该去阿鲁巴岛。"

她没马上回答。"你知道上周杰妮跟我说什么吗？"

沙利把食指放在太阳穴上，闭着眼睛，假装在全神贯注地思考。"等等。别跟我说，是让我去阿鲁巴岛？"

"她说，'你俩都不发生关系了，他干吗还一天到晚待在这儿？'"

"你怎么回答的？"

"她还说，'你知道每天早上我听到卧室墙外传来的第一个声音是我母亲前男友的声音，那是什么见鬼的感觉？'"

"你还没回答我的问题呢。"

"我说跟她没半毛钱关系，"但她眼睛没看他，"我能多少明白她的意思。"

"我也能。"沙利坦言。

"还有蒂娜。"她的外孙女。"我知道她看起来反应慢，但她并不蠢。她在看。她明白所有的事。"

"是的。"

她将报纸掉了个面。现在贝丽尔小姐正看着她，而不是看沙利了。"你怎么想？"她问，"她那废物儿子会出现吗？"

她指的是小克莱福。他是"终极逃亡"乐园项目的推动者。他用他的积蓄投了资并贷了款，还鼓动其他人做了一样的事儿。结果在最后一秒，当州外的投资者突然撤资，扔下当地的投资人，项目陷入困境时，他跑路了。

"不会了，"沙利说，"恐怕我们见他的那是最后一面了。"

"什么？"她说，很明显被他的语调弄糊涂了，"你在替他难过？你忘了他试过多少次让他母亲把你赶走？"

绝大多数时候都是因为沙利抽烟。小克莱福一直担心沙利离开时，会留下一个没熄灭的烟头，把房子和里面的贝丽尔小姐烧了。但是，他们持久的冲突之所以加深并非只因为沙利的粗枝大叶，虽然那是事实。贝丽尔小姐和她的丈夫老克莱福看到沙利家里的生活那么悲惨，就欢迎他住到他们家来，像对儿子一样对待他。小克莱福，他们自己的儿子，把那看成是一种侵犯，他甚至觉得，他们可能更喜欢沙利而不是他。成年了以后，他们也互相看不顺眼。沙利经常把小克莱福叫做"银行"，以让他在像海蒂之家这样的地方当众出丑为乐。他知道沙利继承了自己母亲的房子吗？那样就更证实了他当初觉得母亲喜欢沙利胜过亲生骨肉的担忧吧？

"也许是年纪大了，我也变得心软了。"他承认道，从凳子上滑下来，把钥匙放到了兜里。

"看，"她说，"不要弄错了。我之前说的根本不是有关扎克、杰妮、蒂娜，而是……你到这里来根本就不再是为了我。"他正要开口反对，她摆摆手。"我并不是说你不在乎我了。我知道你在乎。但你到这儿来是因为你不知道有什么其他地方可去。最近你只是坐在那儿盯着你的咖啡出神，这样太让我心碎了。还有……"

还没等她说完，从沿街的某个地方传来一声轰隆巨响！这冲击如此之大，以至于饭店的窗户也在咯吱作响。两只水杯从架子上倒了下来，摔得粉碎。一会儿后，地面也在震动，像被挤压了一般，盐罐胡椒瓶沿着柜台又蹦又跳。

"什么鬼——"露丝说。她一边抓住柜台保持平衡，一边看向沙利，期待着他的解释，但他也一片迷茫。两人都呆立了一会儿，直到露丝笔直冲向前门。沙利的反应略慢，但也上气不接下气地跟着，到了门口，他感到心脏怦怦作响。外面，人们从各个商店拥上街道。一辆警车呼啸而过，警笛高鸣。隔壁那家经营不善的瑞克苏尔药店的老板乔可也来到了他和露丝这儿，沙利把手放在膝盖上弯下了腰。

"天呐，"乔克说，"该不会是日本鬼子①又来了吧？"

大约半英里外的街道的那一头升起了一团黄褐色的灰尘，直冲屋顶。好多天以来，一直祸害巴斯的那可怕的恶臭突然变得更浓烈了，这让沙利的咖啡差点呛到了嗓子口。

露丝一只手放在他的手肘上。"你还好吗？"

"嗯，没事。"他站了起来，努力让自己看起来像个会去——该死的叫什么来着——阿鲁巴岛的人，而不是一个只有着两年甚至一年寿命的人。"我有些头晕。可能是突然从空调间跑到热浪里引起的吧。"也许真的是这样，因为他说完就感觉好多了。

这时卡尔·罗巴克出现在了人行道上。斜纹裤干了，他活跃的本性又重燃了。很明显，吹着吹风机，关着浴室的门，他并没感觉到引发全镇人关注的震动。他推推沙利，压低声音秘密地说："猜猜我在那儿吹我的老二时在想什么，"这时，他才注意到街上的骚动。"天呐，发生了什么？"

---

① "二战"期间，日军曾偷袭美国珍珠港，三百五十余架日本飞机对珍珠港海军基地实施了两次攻击，美军在爆炸的巨响中醒来，仓促进行自卫。

沙利惊讶地发现，他想到了一种可能性。他指着那团黄褐色的云，它正开始膨胀，并慢慢地像以前西部的沙尘暴一样向他们的方向飘来。"问你个问题，傻瓜，"他说，"那边是什么？"

　　血色从卡尔的脸上褪去。沙利现在可以很肯定他不会再想到性了。

栓剂

"你一头栽进了墓坑里？"

夏莉丝的声音混着噼里啪啦的无线电的噪声和难以置信的惊讶响起来。雷默知道，等她看到他，看到他的伤，同情就会随后而来……从对面墙上那扭曲的镜子里可以看到，他正光着屁股坐在那儿，盖着薄薄的病号服，真他妈令人印象深刻。他断裂的鼻子可怕地肿着，两只眼睛都有伤。

他被告知马上就会有医生进来给他看，但那已是将近半个小时之前的事儿了。检查室的冷气和外面闷热的酷暑形成了残忍的对比。他的头在钝钝地跳痛着，但除此之外，他感觉并不太糟，至少肯定没看起来那么糟糕。在山谷区公墓失去知觉时的那种头重脚轻不知身居何处的感觉已经消失了，眩晕也消失了。他很想就这么穿上衣服离开，但他犯了个错，他没把湿漉漉的衣服挂起来，而是随手扔在了空调机上。现在穿上它会像穿上冰冷潮湿的连体服。想到这儿，他不禁打了个寒战。

"栽到了墓坑里。"夏莉丝重复道，显然，她已经接受了这一事实，但还是一头雾水。"比如……覆在了棺材上那样？"

"不是，"他解释道，"法官的棺材还在地上呢。"

"那你怎么进了急救室？"

"是我的脸撞着了。先别去管这个。你再跟我说一下工厂那儿发生了什么。"夏莉丝最近也是出师不利。"整栋楼真的——"

"那么，你，就那样直挺挺地往前倒，摔到墓坑里去了？"

"我是晕倒了，夏莉丝。懂吗？你知道那种用来铺坟墓边的垫

92

子吧？他们说我是被那个绊倒的，但我真的不记得了。问格斯，他看到了整个过程。"

回顾这整个该死的意外，可真是激动人心。按市长的话来说，雷默的膝盖弯都没弯，就像棵树一样倒了下去。"上一分钟你还站在那儿，下一分钟就——！栽到坑里去了，就好像那坑是为你量身定做的一样。你就那样不见了。知道不，就像你想把一只猫塞到袋子里时，经常会有条猫腿支棱在外面？"

雷默错愕地看着他。他为什么要把一只猫塞到袋子里？格斯不是坦白过，他曾经淹死过猫咪吗？他凭啥觉得别人也会熟悉那样的操作？

"从没见过这样的，"格斯坚持说，"你掉进去时干净利落，只有你触地时的一声响和升起的一团灰尘。我从没见过这样的事儿。哪怕是在朝鲜。"

朝鲜是他的试金石，那场冲突的最后七个月，他就是在那里度过的。那是他少数几次长时间离开纽约北部的经历之一，在那备受争议的半岛上的体验，甚至比他在政府里的工作更让他确信自己能担任北巴斯市长。他是在那里把猫塞到袋子里的吗？

"夏莉丝，"他严厉地对她说，"我要听工厂的事，行不？我搞不懂怎么会发生那种事。怎么可能整个大楼就那么……倒了？"

"不是整栋大楼，"她说，"只是北墙。那面朝向莱姆罗克街的墙。"

"其他墙都没事？那怎么可能？"

"我只是转述别人告诉我的事儿。"

"谁告诉你的？"

"当时在现场的米勒说的。"

"米勒。"

"杰罗姆也在那。"

"杰罗姆。"

"你在重复我说的话。"

"你的兄弟杰罗姆。"杰罗姆在斯凯勒温泉镇的警局工作，是警局、大学和市长办公室的联络官，雷默也不确定他具体是做什么的，只知道他经常上电视，要么是在试图解释根本无法解释的事儿，要么是让清清楚楚的事情变得晦涩不清。

"今天他休息，所以他有空到我们局里来一趟。他有个笑话要告诉你。当时正好有关于工厂事故的电话进来，他觉得我们可能缺人手。"

雷默叹了口气。"他干吗要这么做？"因为最近杰罗姆变得日益热衷于了解雷默的状况，经常找借口到局里来，跟他讲笑话，称他为伙计。

"他在担心你。"

"为什么？"

"我也在担心你。"

"为什么？"

"头儿。"她说，好像这问题的答案显而易见，根本不值得一答。他的头现在疼得更厉害了。可能是因为这次摔跤，也可能不是。跟夏莉丝说话总会让他头疼。"我是说，你想象一下，好吗？"

"拜托。"他请求道。夏莉丝总是让他想象这个，想象那个，经常是一些特别令人不愉悦的事儿。比如把猫塞到袋子里，或其他类似的事情。"拜托你不要这样。"

"想象一下，你正和其他一大堆人待在一个大房间里。"

"实际上，我在一个小房间里，只有我一人。"

"然后负责的人说，'好吧，举手。是谁在葬礼上昏倒的——'"

"别说了，求你。"

她当然没听他的。不知怎的，夏莉丝相信，丰富的想象是通向理解的正确道路。"昏倒，"她重复着，"正好跌到敞开的坟墓里。"

"闭嘴，"他说，"我命令你。"

"只有你的手举在空中，"夏莉丝解释着，"这是我想说的。"

"夏莉丝。"

"如果你愿意的话，可以想象成是十万个人。一百万。还是只有你一个人举手，头儿。"

"实际上，我不会举手，"雷默说，勉强顺着她假定的场景说，"我为什么要在一万个人面前承认这种事儿？"

"想象一下，如果你撒谎的话，会被处以电刑。"

"我有个更好的主意。想象一下你为我工作，你不得不按我说的做。告诉杰罗姆，我不想再听任何一个愚蠢的笑话。而且，提醒他，他在巴斯可没有管辖权。"

"我会跟他说的，可你也知道杰罗姆这人。"

"我了解他，还有他姐姐，一个模子里出来的。"这比喻非常恰当，因为他俩是双胞胎。

"让米勒到医院来接我。"

"他正在现场忙着呢。你自己的车呢？"

"在墓地呢。格斯不让我开。"

"那好，我会打电话给杰罗姆的。他不会介意的。"

"不准，"他说，"不准打电话给杰罗姆。我向上帝发誓如果他到这里来，我一见到他就开枪打死他。"

"那你就真的没朋友了。你现在就只有他和我了。如果你杀死了我兄弟，我也再不是你的朋友了，因为那不符合天理。"

"是再也，"他说，"是你再也不能是我的朋友了。"

"你又来了。总取笑我说话的方式。我要把这加到我单子上。"夏莉丝总是说，她在列一个单子，上面记录着工作中他对她的冒犯。按雷默的看法，这单子上有几条近乎可以归为滥用职权了：违法，不道德，值得起诉，污辱人，心胸狭窄，或者只是一般的错误。她没给他看过这单子，不过据她称，单子越来越长，非常详尽。

"你知道我现在头有多痛吗，夏莉丝？"

"这就是为什么他们把你送到医院来，让你彻底检查一下。就待在那儿吧，为啥你就不能配合点呢？杰罗姆可以处理一切。"

"你是说米勒吧。米勒可以处理一切。我们给米勒付工资而不是给杰罗姆。"

"头儿，我们都知道米勒什么事儿也处理不好。不管他在谁的工资单上。"

"我不在乎，"雷默说，"派个人来接我。什么人都行，只要不是你兄弟，行不？不管谁来，把那一大瓶我放在桌子里的强效泰诺带来。还有那瓶健怡可乐。你要来的话，那就请你来。"

"好的，遵命。这算是个测试吗？上周我离开总机去撒尿，你就对我大发雷霆。现在你是想看看我是不是吸取教训了吧？"

"再见，夏莉丝。五分钟后我会坐在医院外面的长凳上。主入口，可不是急诊室的入口。最好有人等在那儿。"

头现在又以猛烈的节奏跳动着，他滑下检查台，摇摇晃晃地走到他放衣服的空调那。他的衣服，不出所料，不但仍然浸满了汗水，而且非常非常冷。想象一下——他几乎能听到夏莉丝在说——穿上它是啥感觉——像是一件湿漉漉的泳衣，又臭又冷……尤其是隐私部位。他闭上眼睛，穿上衣服，夏莉丝是对的，就是那感觉。

他刚在医院外主入口的椅子上安顿下来，杰罗姆的樱桃红敞篷野马就一个急刹车停了下来，轮胎发出尖锐的声音，底盘还在摇晃。当然，是杰罗姆本人坐在驾驶座上。其他人都不许开他的野马，连夏莉丝也不行，她其实并不想开，但她很厌恶被别人告知她不能这样不能那样。她兄弟的解释——这车因为《金手指》①而出名，就是在被奥德乔布用帽檐斩首前，邦女郎驾驶的那辆车——更加激怒她，这哪里是在解释，根本就是在描述那辆车，为了确保双方指的是同一辆车时，才会这么说。雷默也不能理解杰罗姆的推论。他说他不想冒险让人毁了他的野马，但雷默怀疑，他真正痛恨的是有人去动它的座椅。他很高——6.6英尺——腿很长。换个司机要够得到油门就得把座位朝前移。这就意味着，他得再调回去。那样的话，如果他再也找不到那个最舒服的位置咋办，那个他的膝盖只需要稍微弯曲胳膊就可以完全伸直且离方向盘的距离正正好的位置？他在很多事情上也一样挑剔。他同样也不喜欢别人到他的房间里来。倒不是因为他抵触别人的陪伴。实际上，他似乎很享受有人陪伴。但人们总是把东西拿起来，却不会物归原位。他尤其痛恨有人用他的洗手间。"我情不自禁，"他解释说，"我不喜欢有人用我的洗手间排便。"夏莉丝用"强迫症"来形容他这挑剔的毛病，并说，他还是个孩子时就这样了。

一旦涉及他的野马，他就更无可救药了。雷默甚至觉得他不愿意有人坐在副驾驶位上，但那些漂亮的女人例外。但雷默很难归为那一类，所以他不禁怀疑夏莉丝是不是绑着他哥哥的胳膊逼他来医院接他的。他希望是这样——因为如果是杰罗姆自己主动来接的话，就证实了他最近的预感——他的举止越来越奇怪了。

摇下窗户，他一如既往面无表情地说："我是邦德。杰罗姆·邦德。"这笑话的笑点一部分在于他和夏莉丝真的姓邦德。"你在流血吗？"他问，"这可是真皮座椅。"

雷默根本没有从凳子上起身的意思。

"你进来不？"

---

① 007系列电影的第三部，该片讲述了世界各国突然出现大量黄金流失现象，邦德受命调查并阻止幕后黑手金手指的故事，该片于1964年上映。

"我还在考虑。"

"这就是你的问题所在。"杰罗姆说。跟他姐姐一样，他花了太多太多时间在诊断雷默的问题上。"最好把那习惯扼杀在萌芽里，萌芽。人只有到了后来才会醒悟，之前如果没有经历或没有恰当的指点的话，是很难知道自己的习惯会导致啥恶果的。"

"我跟夏莉丝说过了，如果你出现在这的话，一见面我就会开枪打死你，那你还来干吗？"

"是吧，看看？我已经瞄准你了。"杰罗姆的左手紧握着方向盘，上面戴着一种特殊的无指驾驶手套。当他抬起右手时，他的手里握着左轮手枪。雷默叹了口气。这当然是个笑话，但在雷默看来，杰罗姆拔枪也拔得太频繁了。他当然没有把枪瞄准过任何人，只是喜欢摆出詹姆斯·邦德的经典造型，枪管垂直朝上，但他似乎很享受提醒人们他是配了枪的。作为警察，不管是不是黑人，他都有这权利。"快，进来，趁血流出来前。"

雷默站起来，绕过车，打开车门，很高兴看到杰罗姆的左轮手枪又放回枪套里了，进去前他还是犹豫了一下，因为杰罗姆喜欢当人的屁股刚沾到座位就突然加速，副驾驶的门还开着呢。"看到那标志没？**肃静？医院区域？最高时速一小时十五英里？**"

"你担心得太多了。"

"是吗？"雷默说，小心翼翼地钻进去。"呃，我有自己的——"道理两个字还没说出来，杰罗姆已经踩了油门，轮胎发出轰鸣声，把他重重地抛了座位上，头盖骨撞到了头垫，他的脑子顿时如有千万片碎片炸裂。

"你应该只担心你能掌控的事情，"杰罗姆说，他的野马如鱼摆尾那样冲出了停车场，"其他的屁事就应该放手。否则的话，就像一种病，像癌症那样逐渐侵蚀你的五脏六腑，直到有一天——"

"该死的，杰罗姆，"雷默说，"请，请闭上你的臭嘴。"

这时，他的对讲机啸叫了。"头儿，你的司机到了没？"如果没错的话，他听到了咯咯的笑声。

"你和我，咱俩要好好谈谈，夏莉丝。"雷默跟她说。

"好的，遵命。"无线电又一片死寂了。

他盯着杰罗姆看了一会儿，然后闭上了眼睛。"说你没忘带强效泰诺。"

"在储物格里。"

他那一大塑料瓶的泰诺，像神龛里的圣杯一样，被放在储物格里。不可思议的是，储物格里还有一样东西，是一本野马的使用手册。尽管他急需服药，但雷默还是没忍住，他目瞪口呆地拿出手册，那手册就像图书馆的书一样，用塑料皮包着。"谁会有一辆六四年野马的用户手册？"

杰罗姆有点尴尬地转过头，好像藏在阁楼里的秘密被人发现了一样。"那都是收藏家的东西，伙计。要好几百美元呢。我还得专门定制。"

雷默盯着他："你要专门定制一本野马的用户手册？"

杰罗姆耸耸肩。

"是我有问题？"他把用户手册随手扔回了储物格，很高兴看到杰罗姆的脸部抽搐了一下。一旦送走了雷默，他很可能会揪开储物格，重新摆放好那小册子。

"好嘞。"当他们到达医院 T 字路口的尽头时他说。交通信号灯变红了，于是他把左转弯灯打开了，那边是去市区的方向，接着，他侧头看着雷默，他正挣扎着要把泰诺瓶子上的那个儿童安全塑料帽转开。"一个家伙去看医生说，'我便秘了，一星期没排便了'。"

"排便（Defecated）。"雷默重复道，像往常一样，他对杰罗姆能这么彻底地把北卡罗来纳州的词汇从他的字典里剔除而感到惊讶。夏莉丝也一样，但跟她兄弟不同，她喜欢方言，她可以非常自如地在两个方言间转换。这一点雷默觉得非常疑惑，这像是在面对一个性格分裂的人。

"拉屎（Shit）。"杰罗姆解释说。

"我知道这是什么意思。开玩笑时，人们会说这个词。"

"也许那人很有教养呢，"杰罗姆说，"不是每个人都像你一样。不管怎样，离他上次大便已经一个星期了，所以医生给他写了一个栓剂的处方。"

突然，夏莉丝的声音又在对讲机的另一端响起。"噢，还有一件事，墙什么时候倒的？"

"怎么了？"雷默说，他的两个拇指钳紧瓶盖的边缘，他的脸因徒劳的努力而涨得紫红，那塑料帽却像和瓶子熔在了一起，纹丝不动。

"你要把小箭头对对齐。"杰罗姆建议道。

问题在于，雷默根本看不清那该死的东西，不戴眼镜他是看不清楚的，而他现在并不打算戴上。这些箭头好像差不多是对齐了，但也可能没有。他试着稍微调整了一下，但该死的，还是对不准。

杰罗姆伸出手："你要我——"

"不。"

"你还在吗，头儿？"夏莉丝在问。

"我在。"

"它倒在了一辆车上。"她通知说。

"一辆停着的车？"

"哦—哦。是移动的。墙是在它路过时砸下来的。真是百年难遇的怪事，不是吗？"

接下来她难道是想让雷默算算这概率有多大。

"好消息是那辆车是辆旧车。"

"这是在开玩笑吗，夏莉丝？"因为此时，她的双胞胎兄弟兼摔跤搭档就坐在他旁边跟他讲笑话。而雷默的头在抽痛，这两个笑话很可能有个共同点，那就是，讲笑话的人想要折磨他。"难道你

100

要告诉我的坏消息是司机死了？"

杰罗姆恼火地抓过药瓶，敏捷地把箭头对好，瓶盖砰地被打开了，他晃出来两颗胶囊递给雷默，而雷默没有就着喝水就吞了下去。

"棉花球呢？"杰罗姆问道。

雷默傻傻地看着他。

"就是那个放在瓶口的棉球？"

"跟其他正常人一样，打开瓶子后的两秒钟内，我就把它扔了。"

"他们把它放在那儿是有目的的，道格。"

"好吧，"他附和，"为了让药片更难出来。"

"不，是为了保鲜。"

"跟我解释一下它是怎么保鲜的，杰罗姆？"

要不是雷默紧握着瓶子，又晃出一粒药片吞下去，他肯定会把瓶盖盖回去。

"我想说的是，从损失的角度看，是旧车那是幸运的，"夏莉丝解释道，"想想万一是辆崭新的雷克萨斯或者宝马。司机刚好把这好车从展厅里开出来。然后——"

"夏莉丝。有人受伤吗？"

"米勒说，司机有只胳膊断了。可能还有其他伤。"

"米勒，"雷默重复道，"所以，基本上，我们还不清楚情况，那家伙没准已经死了。"

"不，他在医院。你在医院没见到他吗？"

"帮个忙，夏莉丝？打电话给市政工程师，看看医院十字路口的交通灯是不是坏了。我们在这儿等了十来分钟了。"

没回复。被要求完成超出她工作范畴的任务时，她有时会变成哑巴。

"几天之后，那家伙在街上碰到了医生。"杰罗姆接着说，他显然认为姐姐不出声是因为她去办事了。"他一瘸一拐地走……几乎动不了了。自从他上次排便后就一直如此。医生不敢相信，问道'怎么回事？药片没起作用吗？'"

"你想听听这事的诡异之处吗？"夏莉丝插嘴道。

雷默闭着眼睛，把头靠在座位背上休息，估量着还要多久，止痛剂才能起作用。"比厂房无缘无故地倒在一个路过的开车人身上还诡异吗？"

"噢，我相信肯定是有原因的，头儿，"夏莉丝向他保证，"事情不会无缘无故地发生。我们只是不知道是什么原因而已。"

毫无疑问，她和杰罗姆是双胞胎。他俩都相信，在这世界上连棉花球的存在都是有原因的。

"这想法有争议，夏莉丝。有很多人——包括聪明人——都相信万事的发生无因可究。"

"好吧，那么，猜猜当时谁在开车？"

"夏莉丝。"

"听到他名字你会很高兴。"

"哦，不可能是杰罗姆，他正坐在我旁边。"

"严肃些。猜一猜。"

"好吧，唐纳德·沙利文。"

"那可不好。"夏莉丝吃惊地说。

雷默不得不承认，她可能是对的。这么想不好。但巴顿·弗莱特已经死了，老实说，他还真想不到还有什么人是他所希望的，成为这场古怪事故的牺牲品。

"是罗伊·帕迪。"她冲口而出，很明显再也憋不住这个好消息了。

"这我有什么好高兴的？"

"因为他是个混蛋。"

好吧，他可能是有点开心。他曾在罗伊被释放后在莫里森阿姆斯区碰到过他。这怪胎已经和那个悲催的、超重的，名叫科拉的女人同居了。那女人明显迷上了他，而他则更虚情假意、低三下四了。坐牢时，罗伊信了教，或许是他自以为信了教。之前，他明显把坐牢的时间用来雕琢他的犯罪技巧，但这段时间，研究《圣经》和心理学，让他得以以全新面目出现在世人面前。他向雷默保证，之前的罗伊已经死了，消失了。他唯一期望的是，人们不要再用以前看罗伊的眼光来看待他。他尤其担心雷默会不会仍心怀怨恨，因为当他们还是毛孩时，罗伊经常无情地欺负他。但那都不是针对雷默个人的，他解释说。他只是想找个人发泄一下怒气。最近一段时间，在一个年长囚犯的帮助下，他学会了怎么释放那些怒气。愤怒曾偷走他那整个该死的人生。凭着新习得的情绪管理技能，他要把他的人生再偷回来。雷默当时心里这么想，这对于一个职业小偷来说，可不是什么好的比喻。他其实相信一个人可以真正改头换面，但他觉得罗伊不太可能改，是因为当罗伊回想他在高中无止境地凌辱像雷默这样的胆小男生时，嗓音里透着的是一股自豪感。

"你宁愿墙倒在像沙利这样完全无害的老家伙身上，"夏莉丝说，"也不希望倒在像罗伊·帕迪这样真正的混蛋身上。这太恶心。"

说实话，雷默也不明白为什么先想到的是沙利。可能是他怨恨了这个人这么久，已经成了习惯。"好吧，"他自我辩护说，"记得吗，沙利偷走了咱们三个轮锁？"

"但我们并不能确定。"夏莉丝反驳说。

"我们当然能肯定，"他说，"我们只是不知道他是怎么偷走的，不知道他藏在了哪里。你交通灯查的怎么样了？"

"还不知道。你说它用了多久变绿的？"

"我们还等着呢。"

"啊，真的？这么久？"她的声音听上去难以置信。

"再见，夏莉丝。"

杰罗姆朝他咧嘴笑，"接着那家伙说，'你在跟我开玩笑吗，医生？我还不如把它们直接塞到我屁眼里'。"

雷默等了一会儿，突然说，"绿了。"

"嗯？"

他指着绿灯，但当杰罗姆看时，灯又转黄了，他的脚还没来得及松开离合器，灯又红了。

雷默还没拧上瓶盖，所以他又倒了一粒药在掌心里。

"这样好吗？"杰罗姆说，"一下子吞下四粒加强泰诺？"

可能是不好。在急诊室确定他没有脑震荡之前，他们拒绝给他止疼片。两颗强效泰诺可能会让他昏迷，四粒就能让他丧命。好吧，雷默心想。至少死能治好他的头疼。他能感到愤怒的血液涌上他的大脑，也能感到那破碎的心的跳动。

为什么不承认呢？他还没忘掉她。贝卡。好吧，她是愚弄了他。当她像弹簧一样摔下台阶时，她正在和别人搞婚外恋，说不定还是他认识的人。那纸条上说什么来着？请为我们高兴。听上去好像他认识那家伙似的。但也许并不认识。男人只要看她一眼都会当场爱上她。就像他当年那样。不管怎样，面对事实吧。夏莉丝说得没错。他仍然是一塌糊涂。杰罗姆正在努力帮他走出来，也许他是想让他不要老去想那些事儿。雷默真希望墙是砸在他自己身上，而不是罗伊·帕迪身上。

"你不得不承认，这的确很滑稽。"杰罗姆说，很明显，他指的还是那栓剂的笑话。

"笑？我想我都要死了。"雷默说，某种程度上说，是这样。他正扭来扭去，摸着将瓶子塞进口袋。那十几颗胶囊就像大头钉一样在里面滚来滚去，发出咔嗒咔嗒的声音。他担心，如果没有放到一边去的话，他很可能一下子全吞下去，那真就万事大吉了。问题在于，这瓶子太大了，即使他成功地把瓶子塞进裤兜里，那瓶子也会搞笑地凸起来。这让他想起山谷区的那个一直盯着他看的小姑娘，而他当时正出神地想着——

"朝右转。"他突然说，声音太响了，吓了杰罗姆一大跳。

"什么——"

"穿过灯！快点。"

他们到得太晚了。等到了墓地，弗莱特法官的坟墓不但被填上了，整个场地也都整理过了。黄色的挖土机和罗布·斯奎尔斯都不在了。雷默跪倒在湿土上，那下面，老混蛋的棺材下，躺着他的车库门钥匙。他昏倒的时候，手里还握着钥匙。这意味着，最后一个解开他妻子不忠的谜团的机会也没了，同时，可以证明他是一个真正的警察而不是一个笑话的机会，也付之东流了。他喉咙里发出一声哀号，头骨的疼痛令人难以置信。他用两肘夹紧着头防止它炸开。

杰罗姆把手轻轻地放在他肩膀上。"我猜那些泰诺没起啥作用，对不？"

没，没起作用。一点也没有。实际上，他也该把它们塞到屁眼里。

老厂房附近凝滞、浑浊的空气带着一种火山爆发前的浊黄。气味惊人——像类固醇的隔夜恶臭。雷默重重地吞咽了一下，想要控制他翻滚着直犯恶心的胃。在他们开车来的路上，夏莉丝又致电来，报告了另一个问题。还嫌事情不够糟糕，卡尔·罗巴克那帮白痴下属在钻水泥地板时碰到了地下电线，破坏了一个地下变压器，结果让大半个巴斯都断了电。警局和医院都启动了备用发电机。

"现在回斯凯勒。"当杰罗姆把车停在离仅剩三面墙的厂房只有几个街区远的路边时，雷默说。很明显，断电并没影响到斯凯勒温泉镇的城际网，那边一直都是所有灾难止步的地方。毕竟，如果连雷默——对这种分内事——都一丁点儿不想管，就更别提那些非公职人员了。

"等会儿我可以再拐到山谷区一趟。"在回城的路上，他才突然意识到，他的车还停在坟墓那儿。当时，眼看着法官的坟被填上了，他心烦意乱得很，以至于根本没法清楚地思考。

"不成，我得在这儿待一会，"杰罗姆边说边钻出车，锁上了野马，"你看上去不太好。"雷默只能头重脚轻、双腿发软地尽全力爬出深陷的座椅。

劫后的厂房看起来更像个孩子的玩具屋，长长的正面墙没了，正好可以清楚地看到里面。米勒警官正曲着膝盖威风凛凛地站在正中间，但至少在雷默看来，他并不能起到什么作用。一辆"顶尖建筑公司"的卡车就停在倒塌的墙的砖头堆旁，卡尔的手下们这会儿没在忙会使镇子断电的活儿，他们正把砖头扔到背面。附近，那个被压得触目惊心的小轿车——罗伊·帕迪是怎么逃生的？——正被吊到老哈罗德·普罗克斯迈尔的拖车上。

米勒站在那里盯着这一切，好像是在确保恰当完成这些事情是他的职责所在。"局长，"很明显，雷默的到来让他很惊讶，"我还以为你在医院呢。"他一边疑惑地打量着杰罗姆，一边朝他的头儿看去，露出他在这儿干吗的眼神。米勒在部门里属于底层员工，他经常焦虑会被人取代，而已经身在执法部门的杰罗姆可能就是候选人。而且，他是黑人，还是夏莉丝的兄弟。现在到这里来，是不是在确认些什么，比如裙带关系？

"你介意我问一下你在干什么吗？"雷默说。

米勒似乎很乐意回答这个问题。"代表警方出警，局长，"他说道，貌似在背诵手册，"听说你在医院，所以我——"

"能让那些人后退吗，"雷默建议道，指着那群聚集在残存的墙角伸长着脖子围观的人，"可以吗？"

"因为夏莉丝说你在山谷区受了伤，所以我负责这边。"他的意思是，他是发号施令的人，不是听从命令的。

"但现在我来了。"

米勒点点头。很明显，他想提出点质疑，但怎么做呢？

"米勒，"雷默说，"请让那些人后退。马上。"

"你觉得另一堵墙也会倒下来？"

"这面墙已经倒了。"

米勒走开后，雷默和杰罗姆跟市长碰了面，市长是直接从山谷区赶来的，还穿着葬礼的衣服，卡尔·罗巴克正挠着脑袋，研究着某种原理图，"见鬼了，这里怎么会有根电线？"

"供电的？"格斯提示他。

"再也供不成电了。"一个工人边说边把工具刀装到手枪钻上。

"呃—哦，"格斯说，看到尼莫电网公司的车到了，"我们该等一等的，这下尼莫的人会要我们好看的。"

"是要我好看。"卡尔纠正他。

"天呐，看看这个家伙，"格斯终于注意到雷默了，"他们没让你留院吗？"

"我自个儿给自个儿办了出院。"

"为什么？"

"因为我觉得你可能会需要我？"

"为什么会需要你？"

"我也不知道，"雷默说，有点气恼别人用他跟米勒说话的态度跟他说话，"所以我才过来看看。"

"我倒想借一下你的手枪，"格斯说，"我在考虑打死卡尔。你好啊，杰罗姆？"

"市长。"杰罗姆打了声招呼。两个人握了握手。雷默很惊讶，这两个人怎么会认识的。他和格斯握过手吗？

"为什么这种破事在斯凯勒就从来没发生过？"格斯想让杰罗姆解释。

"有法规约束。"杰罗姆说。

卡尔把原理图调了个头，从不同的角度研究着，然后把它递给市长。"帮我看看这上面哪里标了电线。"

"我都能带你去看那根被你的人钻坏的电缆，干吗还要在图上给你指出来。"

"我不能理解的是，"当卡尔朝尼莫的职员走去时，杰罗姆说，"一栋建筑怎么可能在屹立了这么多年后，突然有一天却倒在了大街上。"

"哦，"格斯叹道，"很多原因。首先，有个傻瓜弄断了支撑墙和屋顶的梁骨。"

"怎么会有人这么做的？"

"我猜他们正在弄阁楼的房间，想弄完后再连起来。"

"还有，"杰罗姆说，"地基呢——"

"为了搭内部的电梯井，几个星期前就拆了。"

杰罗姆严肃地点了点头，很显然，他跟上了格斯的思路。

正常人怎么可能懂这些？雷默寻思着。或者换个说法：他自己活了这么久，怎么知道的却这么少？"你难道不好奇吗？"每当他问贝卡为什么读这个或者读那个时，贝卡就会问他"这世界是怎么运作的？人类都有什么特征？"他觉得她说得对，好奇心可能是个好东西，并不一定会害死猫①。但人类的特征又不是什么大秘密，不是吗？贪婪，欲望，愤怒，嫉妒。说到这儿，你可能会遗憾地低叹还有爱。有人说，是爱在让世界运转，但他不是很赞同。爱多数会变成其他情绪，或者伪装成各种情绪的混杂。即使它的确存在，雷默也怀疑它的纯粹性。

"即使是这样，卡尔也不至于惹出这祸端，"格斯说，"但如果

---

① "好奇心害死猫"源于西方谚语。西方传说猫有九条命，怎么都不会死去，却最后恰恰死于好奇心。通常用来告诉人们不要太富有好奇心，好奇心过多反而会害人。

有人在地下室点烟并把火柴扔到了排水管里。"

"瓦斯包？"杰罗姆说，他思维超前的程度与雷默落后的程度一样。

"轰隆，"格斯说，鼓着腮帮子，"这也许是个教训。第一次做蠢事还可以嬉笑以对，甚至第二次都没啥，但事不过三，第三次可是会惹怒上帝的。"他看了一眼雷默，好像雷默就是他说的那种人。

突然，那恶臭更令人难以忍受了。"失陪一下。"雷默说，转身走开了。附近有一片随意堆砌的乱石堆，在那儿他狂吐了一番，他两手撑着膝盖，直到确认不恶心了，才勉强直起身。每个人，包括那帮一直在快乐地给卡尔·罗巴克挖新的排便道的家伙们，都停下来，看着他吐。雷默心想着，他之所以呕吐是因为闷热、恶臭，还是因为他脑震荡了？弄清楚原因当然有好处，就是太麻烦了。但好奇心还是占了上风。

当他终于直起身时，米勒已经把围观的人都赶到了马路对面，现在他回到了之前的岗位上，又在那毫无意义地指挥着扔砖。

雷默走过来说，"米勒？"

"我按你说的做了，局长。"他说，指着那些被他转移到安全地带的人。

"是的，你是做了，"雷默说，"但是你看……"绝大多数转移走的人是待在了马路对面，但又有几个新来的人站在了他们原来的位置上。

"你想让我把他们也转移走？"

雷默点点头。"并且，这一次？"

"什么？"

"待在那儿，那才是你的工作，而这儿"——他指那些扔砖的人——"跟我们一点关系也没有。"

"他不是你说的那种有天赋的人，是吧？"雷默走过来时，杰罗姆评价说。

"是的。"他承认，但不知为啥，他莫名有种想为那傻瓜辩护的冲动。也许是因为米勒正在费劲想要抓住的东西，和他当年还是一个小巡警时无法得到的东西是一样的。毫无疑问，当时他自己也时常激怒他的头儿——奥利·奎恩，就跟现在的米勒一样。比起其他职业，人们更有可能因为错误的动机而选择当警察，比如吸引雷默的原因是，这工作能让人变得有用。你会被分配任务，然后尽你所能去执行。他那时从没想过自己得去弄明白工作的内容，这些别人不会告诉你。打一开始，奥利就鼓励他自主行动，去分析现场，搞清楚需要做什么。当然，会有很多让人感到麻木的重复性工作，但绝大多数时候，尤其是刚开始的时候，你会遇到很多新事情，并不是总能收到指示。没有指示时，年轻的雷默经常被诸多自我怀疑所打击，还有那打从他孩童时期就经常纠缠他的无力感。那时，他的生活环境混乱不堪，他想要改变，却毫无头绪，不知如何开始。他不知道米勒的背景，但能觉察出他身上有着与他一样的欲望，同样也不愿冒任何风险。每个特定关头，米勒都需要被告知要做什么，然后下一步再做什么。把人们转移到安全区，他照做了。因为雷默没告诉他要待在那儿，从头盯到尾，他就回到了之前的岗位等待进一步的命令。"我一直希望他能成长，能胜任这个工作。"雷默虚弱地说。

杰罗姆耸耸肩。"如果安排夏莉丝来处理，只要两秒钟她就能让一切井然有序。"

杰罗姆又说对了。在夏莉丝来之前，整个警局效率低下，犹如噩梦，所有的东西都乱摆乱放。等你终于找到了要找的东西，往往已经忘了最初为什么去找它了。夏莉丝厘清了一切，把部门变成一台上好了油的机器。但她也因此招来憎恨。倒不是因为她的同僚们喜欢混乱，不喜欢井然有序——他们毕竟是警察——而是因为她侵犯了他们的领地，不经允许或没问过他们的意见就做出了改变。她会很唐突，甚至会有点粗鲁，很明显，她没法耐着性子与蠢人相处，这可不是什么值得赞赏的品质，毕竟她要与十几个蠢人共事呢。雷默担心，一旦出街，她可能会惹恼更多人。巴斯的人可不习惯被一个尖牙利嘴的黑人女子呼来喝去。如果派她去莫里森阿姆斯或格特酒吧巡逻，没有被人用她那根警棍暴打死就是幸运的，如果真有那样的事情发生，雷默也只能认栽了。"我需要有良好判断力的人留守警局。"他跟杰罗姆说，对方耸耸肩，似乎不得不承认警察局局长有足够的权利保持愚蠢。

格斯转了回来，他把手搭在雷默肩上。"在你再次晕倒之前回家吧，"他说，"这边都会弄好的。你可以换个时间再因公殉职。"

"好吧，"雷默赞同道，他筋疲力尽，精神萎靡，已经无力反驳。杰罗姆不介意把他送到莫里森阿姆斯后再回斯凯勒。他要一头倒进床里，看看会发生什么。可能他需要的只是打个盹。或者，他会一觉睡到第二天早上。更好的或许是在梦里死去。也许晕倒在法官的坟墓里就是个预兆——他的大限将近。如果那样的话，也好。

"嗨，杰罗姆，"当他们转身要离开时，格斯说，"你考虑过我们讨论的事儿了没？"

"我还在考虑。"杰罗姆说。

"别太纠结。"

"好的，不会的。"

他们到底他妈的在讨论什么，雷默在场时，他们就只能这样拐弯抹角地提？很明显，他们不想让他知道这事。

天呐，他的头好疼啊。

垃圾

露丝把车开进她家陡峭的碎石车道，审视了一圈杂草丛生的停车场，那里跟往常一样扔满了生锈的毂轮、弯曲的轮辋和散落的汽车零件，这些都是从垃圾堆或别人家的前院里捡回来的，露丝思索着之前她跟沙利说她准备开始对老公好一点时，她脑子里到底在想什么，现在她一丁点儿这样的想法也没有了。车道的尽头原本可以停两辆车，但扎克这次又没把他的卡车停好。露丝把车停在斜坡的半中央，脚踩在刹车上，郁闷地面对着眼前的事实——没有她停车的空间——所以被逼无奈，她本应做出如下反应：立马掉头，开车离开？今天下午早些时候，她不是还建议让沙利离开，随便去哪里，只要走得远远的？难道她不也一样可以远走高飞？走吧，她跟自己说，就现在。无所谓去哪里。保不准都不会有人注意到她离开呢？

好吧，这才是问题所在。他们会注意到的。他们会觉得饿。无论是在海蒂之家，还是在她家，人们都等着被喂饱，等着她去喂他们。尽管下午才过了一半，扎克可能就已经饿了，想着她会准备什么晚饭。他有不饿的时候吗？这好胃口是从何而来的？不光是她丈夫。在餐厅，人们也是吃啊吃啊。似乎食物尝起来是什么味道根本无关紧要，只要数量足够，不管是成山的炸薯条，还是卷心菜色拉。就像他们一天里必须要做的其他事情一样，他们吃起来全神贯注，意志坚定，信念明确。一旦吃完，你问他们怎么样，他们会看起来很困惑。食物都吃完了，不是吗？如果真有什么问题，他们早就抱怨了。还有的回答就更不合逻辑了。"饱了。"就好像空虚是他们生活的常态，而吃可以提供暂时的缓解。

讽刺的是，露丝自己绝大多数时候，胃口倒是很小或根本没有胃口。尤其是近些天，因为酷暑和巴斯的恶臭。在这种情况下，谁还能想到食物？如果她去到其他地方，那她正常的欲望——对食物、对性、对快乐——会回来吗，还是这些永远地消失了？她不该试一试弄清楚吗？

很明显，她不会，因为她并没有掉头，而是揿着喇叭把车一路开到后门，她丈夫穿着内裤光着脚站在那儿，还睡眼惺忪地揉着眼睛。好吧，她心想。下午三四点钟正是他在电视机前睡觉的时间，尽管他经常否认，哪怕她当场逮住他在睡觉。她觉得，其实他有合理的理由打盹。一个成功的拾荒者——如果这修辞不矛盾的话——不得不早起，所以每天早晨扎克都在她起床开店前就起身了。五点钟他就出门了，去捡人们在垃圾回收日放在马路边的垃圾。周二和周四是斯凯勒的垃圾回收日，在那里总有好东西，其他社区是别的日子，也有垃圾可捡。到下午他就准备打个盹。露丝虽然也筋疲力尽，却没法午休，因此她难免憎恨被他偷走的时间。而让她更加愤恨的是他从来不承认这点。

"听到了，听到了。"他一边说着，一边在捋着他不服帖的头发。这是什么人啊，都他妈快六十岁了，很多男人都秃了头他却毛发茂密？她以前是怎么忍受那桀骜不驯茅草般的头发的？"你可以下来了。"

"把你的卡车移走。"她说。

"我正在移呢。"他一瘸一拐地下了走廊的台阶，走上陡峭的碎石道。这么一个庞然大物哪里像她当初嫁的那个骨瘦如柴的男生？即便全身湿透，他那时也不过一百二十磅。他十八岁住男生公寓时，还是他妈妈在给他买裤子——露丝当时真应该再深思一下这意味着什么。他现在的体重差不多是以前的三倍。"这才符合他的体型。"当肥胖的遗传基因在他身上显现时，他那身躯庞大的母亲说道。最近，他的身躯几乎能塞满整个门框，绝大多数时候，他得侧着身才能通过。"你以为我在干吗？"

"我以为你穿着内裤在门外溜达。"

"那又怎么样？这里除了我们又没其他人。"

"蒂娜可能会来。"

"她以前就见过我这样。"

露丝揉着太阳穴。"你还是去移你的卡车吧。"

"我在移呢。"他重复道。

她看着他爬到方向盘前，一分钟之后，又钻了出来，用右手做了一个摇晃铃铛的手势，她明白他指的是钥匙。因为他们住在城外，基本没人会偷卡车，所以他经常把钥匙插在点火插孔上，但很明显今天他没有。他找钥匙可能会花好一番功夫，她不情愿地熄了火，下了车，跟着他进了门。

自他们结婚以来，他们就住在这房子里，这是他父母的房子，或者说是他妈的，因为他父亲在扎克还是个孩子时就去世了。老太婆的名字也叫露丝（**Ruth**）——为了不弄混，他们叫她"露丝妈妈"，尽管不久后她就称她为"无情妈妈"（**Mother Ruthless**）①了。从一开始，那女人就摆明着瞧不上这个媳妇。两人第一次见面那天——扎克把她带到这里来见她——露丝那时又是孕吐又是恐惧，到了就问她能否用洗手间。即使厕所门关着，她还是听到了那个让她难受的问题："你就非得找一个全校最不起眼的姑娘，搞大人家的肚子吗？"

之后，扎克将这事件轻描淡写地略过，认为无关紧要。"不要理她，"他开脱着，"她没别的意思。"

"你应该替我说话。"

他伸出胳膊环住她的肩膀，把她拉近。"我不是说了吗？你身

---

① 原文为 Mother Ruthless。

子很棒。不管怎样，宝宝生出来后，她肯定会喜欢你的。"这话说明了他对他母亲有多么不了解。但说句公道话，露丝妈妈至少是爱宝宝的，即便杰妮和露丝像一个模子里刻出来的。况且，不管扎克带谁上门，她都会怨恨。她的丈夫死了，不能帮她应对外面的世界，她决心牢牢掌控剩下的东西，也就是她唯一的儿子。通过他、通过他对她的依恋，她才可以控制她的世界，为达这个目的，她尽她所能去败坏她的新儿媳。这其中就包括让她牢牢记住她住的房子是谁的，她到他们家时是怀着身孕的，以及她连做家务的本事都没有。露丝在自己家里没学过做饭，而无情妈妈很明显并不愿意其他人出现在她的厨房里。"如果你不教她，她又怎么学得会？"当露丝求扎克干预一下时，扎克问他妈妈。最后，她勉强在卡片上写出了几个扎克爱吃的菜的菜谱。但按那菜谱做从来就没做对过。菜谱要么少了主要成分，要么做法不清楚，或比例有错误，这让露丝看起来像是一个接受能力很差的人。"他更喜欢他妈做的菜，是不是，宝贝？"每次露丝失败后，露丝妈妈就会咕哝，而扎克不得不承认她是对的。直到露丝把卡片上的食谱与她在图书馆找到的烹饪书上的一比较，她才终于明白了真相——她在烹饪上做的努力被人搞阴谋破坏了，打那之后，她的厨艺才开始改善。不久之后，她的厨艺就超过了露丝妈妈。露丝妈妈人懒，即便买得到新鲜的食材，她也总是用冷冻的罐头食材。但露丝聪明地不去公开顶撞她，因此这老妇人一直是她厨房的领主，直到她后来中了风，不得不住进镇护理院。在露丝看来，这几乎为时已晚，因为厨房并不是唯一起纷争的地方。"你知道她对你不忠吧？"当有爱管闲事的人把露丝和沙利的事儿告诉她后，她跟儿子说。当然，那个时候她和扎克都已经结婚二十年了。

"管好你自己的事儿吧，老妈。"扎克回复道，他已经听说了流言。

"从一开始我就跟你说她是个荡妇。"老妇人接着说，就好像露丝从第一天起就欺骗了他们。那天她就站在隔壁房间，听着。

"你啥也不知道，妈。你只是在重复小道消息。"

"你跟我一样都知道那是真的，"他的母亲说，"你只是不愿意承认。"

"我希望，"他说，"不要从你这儿再听到这件事。"

这次涉及他妈时，他几乎是站在露丝这边的。自从他妈中了风，他坚持到护理院去看望她。通常是在周日下午晚些时候他结束了车库的甩卖后。在那一次令人难忘的探望后，露丝拒绝再和他一起去。周日能休息对她来说很珍贵，她可不想把这任何一分钟浪费在那个面目可憎的、对她的敌意逐年加深的老女人身上。在她中风后，只有扎克能够听懂她的胡言乱语，那次露丝一起去看望她时，露丝妈妈突然抓住他的手腕，让他的脸俯到她的脸旁。她嘟囔的话，在露丝听来就是一堆乱语，而扎克很明显听懂了，因为他把她的手移开说，"妈，我跟你说过多少次了？我不想听这个。"

露丝曾经幻想等老妇人最终搬出房子后事情会有所不同，但并没有。首先，她没有真的离开，至少对扎克来说是这样。他想念她，还坦言说有时候早上下楼还半睡半醒着时，能闻到他母亲常烤的肉桂卷的香味。有那么一两次他甚至看到他母亲就站在那儿，俯着身子照看炉子。对他来说，这些让他感到安慰。露丝觉得一个男人爱他的母亲没有问题，但他长期对这样一个卑鄙的老顽固这么热爱就是病态了。而且，她厌倦了要跟一个一来恨她、二来根本不在这儿的女人共处一室。为了完全驱散露丝妈妈的影子，露丝建议他们应该重新装修厨房，毕竟它已经又旧又丑了，但扎克却因为这个建议而感到屈辱，提醒她说这房子还是他母亲的呢。而且，他说装修也很贵，他们没钱。她猜真正的原因是，他担心一旦重新装修了厨房，他就再也无法回到小时候的场景——闻不到那肉桂卷的香气，再也看不到露丝妈妈俯身在炉子边了。她当然不敢告诉他，他不是唯一一个在厨房看到露丝妈妈的人。露丝也能在那儿看到她，几乎是该死的每一天，这也正是她为什么想要重新改造它的原因。

今天，走进这个老旧的厨房，迎接她的不是她婆婆的灵魂，而是她丈夫的午餐残羹，昨天剩下的鸡肉米饭砂锅，现在那食物经过发酵已经挥发着馊味了。她不止一次问自己，她怎么会嫁给这样一个男人，好像他唯一遗传到的基因就是竭尽可能去突破自己的底线。她把他留在餐桌上的午餐盘和脏餐具扔到了水槽里。听到餐盘的哐啷声，他停在了门口，一脸害怕的表情，混杂着愧疚和不服气。噢，求你，她心想，说点什么吧，但他只是摇摇头，继续走进了前面的房间。

她拿了块湿抹布回到餐桌旁，在台子的一角砰地重重坐下，泪水涌上了眼睛。怎么会，她心想，这房间怎么比之前更小更狭窄了。以前，露丝妈妈往中间一站，就占据了所有的空间，无法动弹，小杰妮在她大树般的腿中间爬来爬去。但为什么最近，她会经常撞到所有尖锐的边边角角上？每天早上洗澡时，她都能看到她的胫骨和髋骨上新添了丑陋的淤青。她在白马就从来不会撞上东西，那儿和这里一样狭窄，撞上东西的概率更高。

扎克正在前屋穿裤子，屋里很暗，除了那台不停闪烁的电视机（正在演的是部老卡通片——《大力水手》，那是她丈夫众多爱看的片子之一）。天热的时候，他总是门窗紧闭，觉得这样就能保持清凉，所以臭屁味在这儿就分外明显。露丝觉得自己要吐了，她挨个打开窗户，用力拉开窗帘，猛地扭开窗户扳手，把那些干燥变形的窗开到最大。她知道老公正在看着她，毫无疑问，他很困惑是什么又让她心烦了，不过他还是什么都没说，很明显，他决心要避免一场她正蓄意挑起来的争吵。直到最后一扇窗发出了"尖叫"，他才开口，"我现在该做什么？"

她张开嘴，本打算让他吃不了兜着走，但又突然改变了主意。"蒂娜在吗？"他们的女儿晚上大多数时候都要照料酒吧，要很晚才回家，所以外孙女多半都跟他们一起吃晚饭，睡在他们这儿。如果她在楼上那个空卧室的话，露丝想要挑起的争吵就只能再等等了。

"嗯？"扎克说，很明显在回想。蒂娜回家了吗？"好像没有……"

当他要出去移车时，她说，"拉链。"因为从他裤子门襟缝隙里可以看到衬衫。

他猛地拉上。"还有事吗？"

"是的，有事。跟我解释一下，"她说，"你为什么看电视时必须要脱裤子呢？"因为她真的很想知道。她自己的父亲也有同样的习惯，她的兄弟们也是。除非她搞错了，婚姻就像是触发器，好像"我愿意"这誓言是他们可以一进门就脱裤子的信号。就拿沙利来说吧。如果他脱裤子，那肯定是有理由的，如果那理由不在了，他就会把裤子穿上。她今天干吗对他这么凶？在罗伊进来前，他几乎没怎么说过话。他就坐在餐桌前盯着他的空咖啡杯，这让她浑身上下都很不爽，就像她对扎克感到不爽一样。她不是曾经爱过这个男人吗？她难道不是还爱着他吗？万一，她怀疑，他其实病得比他表现出的更重呢？他到底得了什么病？几个小时前，在餐厅对着沙利，她还下定决心要好好对待丈夫，可现在在家面对扎克，她却后悔之前对沙利态度恶劣了。有没有可能她的怒气根本就跟他们两个人都没关系？他们只是靶子，是她发泄的替代品？

扎克对她有关裤子的问题耸耸肩，朝她歪嘴一笑。

"不，说真的，"露丝坚持说，"我真是想知道为什么男人看电视的时候一定要脱掉裤子。"这当然只是徒劳，就像让大猩猩解释完全出于本能做出来的行为一样。你还不如让他解释分子物理。

很自然，扎克耸耸肩。"为了更舒服吧，我猜。"

"怎么会？"

他又耸耸肩。"更自由？"

"但你并没脱掉你的衬衫啊。或者你的袜子。"

"没理由脱掉它们啊。"

听到这儿,露丝又重重地揉着她的太阳穴。"去移卡车吧。"

当他走向厨房时,她问:"你这是去哪儿?"

他摊开双手。"我要——"

"就该让你滚出去。"她说,指着咖啡桌上的木制大烟灰缸,这也是从垃圾堆里捡回来的,那儿躺着他的钥匙,非常显眼。

他走后,露丝环顾着起居室。咖啡桌上和沙发上散着小家电的零件——从外表上来看,像个烤箱,在旁边的双人沙发上,有两个老旧的吸尘器,这两个玩意儿今天早上还没在那儿,这意味着,对于扎克来说,今天收获不少。五十八岁的他如三十岁时那样意志坚定——要囤积居奇,收罗破烂,把无用的废物拆开,把零件撒满家里可以看到的所有地方。很久之前,她就放弃要改变他了,可直到最近,她还是希望能管住他,就像当初美国希望能够阻止共产主义的传播一样。仅从理念上说,她觉得自己的这场战役值得开展,但她真的认为她可能成功吗?她眼前的起居室代表的不仅仅是失败。她被反扑。发起进攻。如此周而复始。这一切是怎么发生的?哦,冲突无休无止。这儿做了点小让步,那儿有一个战略性的小失误,吵的方向不对,无疾而终的争吵数不胜数,最终导致精神疲惫,绝望透顶,最后的最后,是不光彩地投降。可以这样总结。

毫无疑问,她的策略从一开始就有缺陷。为什么要告诉敌人你的底牌?为什么要放任他侵入你最在乎的、拼尽全力保护的地方?她跟丈夫说,你想怎么收垃圾都可以,只要不弄到房子里来。连鸟儿都知道不在自己窝里拉屎。这个声明之后,两人之间长期的地界冲突就开始了。第一阶段是在车库,那儿有两个很大的区域,停他们那两辆车绰绰有余,她想,即使是扎克用来装垃圾的平板车也只有最大的那辆皮卡的一半宽。但不久沿着内墙就出现了一个搭到天花板的架子,她心想,太过分了。(第一个失败的原因:既低估了敌人的野心,也低估了他日益上涨的耐力)。到了那年年末,在越来越多的垃圾的重压下，每一个架子都弯曲呻吟着。接着，沿着车库的中线，在两辆车的中间，多出了一个推推才动动的除草机，一辆生了锈、轮胎漏了气、踏脚板荡在链条上的自行车，还有各种各样的挖土机和草坪修剪器。突然整个车库布满了陷阱，你不得不慢慢行事，无论开进去还是开出来都要加倍小心，因为到处都有地雷——滑冰板、威浮球、呼啦圈，甚至大块大块的培乐多彩泥。沿着外墙出现了很多有凹损的油漆桶。扎克在这些空桶里装上了回收的油和润滑剂。其他桶——有些喷着微笑的窟髅头和交叉骨——装着的是工业溶剂和有毒的化学液体，他用这些来除去自行车链条和其他五金器具上的锈斑。

除了垃圾本身，更令人丧气的是，她丈夫顽固地认为这些都是有价值的，或者说只要他能找到丢失的把手、螺丝、盖子、链环、螺帽、扣环、橡胶柄、轮子，这些东西就能恢复价值。他捡垃圾事业的核心信念是：你需要的东西最终会出现；另一个信念是：人们觉得东西不能用了就把它扔掉是愚蠢的。那些人只是因为那台老旧的割草机的拉绳断了，就出去花好大一笔钱买个新的动力割草机，这让扎克充满了疑惑，而他总想着让他那个对捡垃圾嗤之以鼻的妻子也能培养出同样的兴趣。按她的思路，人们把可能修好的东西扔了，只能说明他们很忙，而不是愚蠢；即使他们真的愚蠢，你也没必要非得早上五点钟起床去扒拉他们的垃圾来寻找证据。如果他们把一个旧沙发摆在了路边，那并不意味着你就该把它装到卡车后面，拖回家，还扬扬得意。（"我能把那猫尿味去掉。"）而且也不意味着你就该把整个人生都用来做这一件事（即使你能成功）——把大家的垃圾重新移到你自家的房子里。

按露丝谨慎的判断，她的争论很是站得住脚，但不知为啥，她并没有强行反抗，而是让了步——这是重大的决策失误——她跟自己说，每个男人都需要一个爱好，尤其是像扎克这种人，否则他很可能会穿着内裤整日待在家里看电视，养成不工作或不劳而获的恶习。他并不是每件小事都与她作对。有时他也是理性的。她让他开个他自己的银行账户，他开了；她警告他不要用他俩共有的账户里的钱来付他在跳蚤市场和家庭旧货售卖①买的东西，他也同意了。她时不时会查一下账户，来确保他按约定好的做了，如果没有，她就会发飙。听他自己说，如果一个东西不能以一美元的价格转手卖出，他是不会花五十美分去买的，据她所知这很可能是真的。只要他不来惹她，她还在乎什么呢？她就是这么想的。让他去填满那该死的车库吧。只要还有空地停他们的车……

然后有一天，她回到家，看到他的卡车就停在外面。在他的停车位，横着一个长长的倒扣着的木舟，木舟的底部有个洞。她自己的停车位，现在已经很狭窄拥挤了，虽然空着，但等她停进去后，发现根本打不开车门，因为那有一个无绳的平底雪橇——当时可是八月中啊——那东西早上还没在那儿，现在纵向斜靠在架子上。她正要揿喇叭，扎克就出现在了后视镜里。"我正要移走它，"他说，把雪橇的一头竖起来，那样她才能出来，"这个船下周就处理掉了。"他补充道。

"好吧，"她附和道，"但到那时又会多出三样别的东西。"

他笑了，明显因为她能理解他而高兴。"我的生意在增长，"他说。

"抱歉，你说你的什么？"其实她已经习惯了把这些称为爱好，这个词里包含的是她做出的让步。

"我在做生意，"他说，"妈妈觉得把生意慢慢做起来是个好主意。"

"哦，去做吧。"

"我做了个招牌。"他补充道，好像这是他的王牌。

"你的垃圾堆里难道找不到个招牌？"

---

① 指人们把闲置的物品放在屋外以低廉的价格出售。

"那也不可能是我的啊。"扎克就是这样。他总会回答她的问题，即使那些不是真的问题，只是嘲弄和讽刺，他也会把它们当成是严肃的问题来回答。

后来那天晚上她又警告他："别让我房子里出现生锈的螺母。"

"这是妈妈的房子，"他说，"我们只是住在这儿。"

"好吧，谢谢提醒我。"

"以后会是我们的。我不是说以后不会。我是说——"

"我知道你在说什么。"

"我觉得你也可以培养兴趣，"他说，听起来有点哀伤，她觉得自己变硬的心有点软了，"我是说对我的兴趣。"

"我筋疲力尽了，扎克。我在做三份工作。"

"我也工作。不光是你啊。"

不，我是家里唯一挣钱的。他知道她这话就在嘴边了吗？也许吧。

接下来的一周，她停车的地方出现了一辆雪地摩托车。"一两天就处理掉。"他保证道。

"那我把车停在哪里？"

"现在是夏天。"他指出，他的话，不无道理。

但等冬天再度降临，她停车的地方还是填满了东西，从地下一直堆到天花板。在一次暴风雪后，厚达一英尺半的雪把他俩的车盖住了，他跟她说，"我在看库房。"好吧，她想。就好像入侵的军队要归还被占领的领土一样。车库现在就是波兰。被占领的波兰。

第二个战场是院子。他们有超过一英亩的土地，但除了房子、车库、一个小草坪，绝大多数都是树木。最初只有几件乱七八糟、奇形怪状的物品——桨架不见了的划船练习架、一大堆不匹配的壁炉用具——零零散散地隐藏在树和灌木丛之间，但不久后突然出现了其他废物，比如舷外马达，那简直就是这世上最丑陋的草坪装饰物。是不是该强调一下自己的立场了？可能吧，但事实上露丝觉得自己真的不在乎了（注意！冲突疲乏！）。跟大多数女人不同，露丝从来没有太在意外表和住在哪里，住在离城外还有半英里路的地方也有好处，那样就不会有邻居抱怨他们破坏小区环境，拉低周围的房价了。而且，正是那个时候，她从之前的业主那儿收购了海蒂之家的，那个女人跟她差不多年纪，在她自己的母亲——创建人海蒂死了之后，搬到了佛罗里达州。露丝成了女商人以后，她开始把家庭生活和酒吧经营区分开来。无情妈妈现在还住在镇护理院，但她的语言能力改善了一些，当他们在假日或其他特殊场合把她接回家时，很明显，她还是把这儿看成她自己的窝，盼望着有一天可以回来，收回她的主权。但她的医生们私下告诉他们，这永远不可能发生，因为她需要二十四小时护理。但目前房子还在她的名下，而海蒂之家在露丝的名下。就让老太婆啰唆吧，她跟自己说。守好自己的阵地，打好自己的仗。当然，看到房子杂草丛生是令人沮丧的——到处都是垃圾，想除草都不可能——但至少房子的周边没有被破坏，她提醒自己，这才是最重要的（严重的战略错误！永远不要交出你的缓冲区！）。到了晚上，太阳落山时，看上去就更糟糕了。那时，院子里的高一些的、扎克靠着树斜放的东西，让露丝不禁想起黑压压逼近边境的军队。她还能质疑他们入侵的企图吗？

接着，发生了意料之外的大撤退，预期的前线进攻并没有发生，整个冲突区的紧张态势大大缓和。罗伊因为抢劫被逮捕，被遣送到州南部服刑，这样杰妮就获得了自由，可以搬到奥尔巴尼开始新的生活。这意味着他们一直住的房车回到了她父母手里。又多了八百平方英尺的储存空间。没有腾出太多空间，但也足够分掉些压力了。接着，每月一次的家庭旧货售卖日越来越受欢迎，受到鼓励，扎克决定每周都举行一次。有段时间，露丝感觉这简直是实现了一种禅宗式的平衡——垃圾基本上以同样的速度进出。庭院和附近的树林突然没那么杂乱了。入侵者们被重新调遣了吗？被遣送回老家了？嗯，就是这种感觉。突然她又能呼吸了，打成平局。他们可以卸下武装，重享和平了。但事实是，多米诺骨牌也仅仅是理论而已。但老实说，她回过神，她真的相信战争结束了吗？她肯定曾经那么相信过。否则，她为什么把房车卖给沙利呢？沙利当时刚从女房东那儿继承了在上主街的房子，他压根儿就不需要那房车。这房车对他而言根本就是多余。但扎克一直说要升级库房，卖房车得到的钱正好可以支付库房的钱，所以为什么不呢？（在战争中，就像在法庭上一样，永远不要问你没有把握的问题。）

沙利来把房车拖走那天，正好新的库房要送过来，而露丝又在海蒂之家埋头苦干了格外漫长的一天。尽管她成年以后一直都做服务员，但如何运营一个餐厅她还在学习阶段。即使她能按时关门——那些喝下午茶的人可是很难赶走的——她也还得再花一两个小时为第二天早上做准备，关掉收银机，查一下账。另外，那天下午女洗手间还出了问题，她还得等水管工过来修厕所，然后才能锁门回家。这真他妈是糟糕的一天，直到她转弯驶进了她家的车道，看到落日的余晖正透过树的残枝洒在金属棚上反射出闪闪亮光，她才想起库房的事。库房？那该死的东西竟然跟房子一样大，简直像个飞机棚。更糟糕的是，她觉得沙利付给他们房车的钱，还不足以买这库房的门。

在车道的尽头，扎克的卡车就停在老地方，旁边她的停车位上停着沙利的小货车。两个男人和罗布·斯奎尔斯一起，坐在地上，背靠着新库房喝着啤酒，看上去就像活宝三人组。她停了车，关了引擎，决定暂时待着不动。看到丈夫和自己的情人这么自然地坐在那儿，就像最好的朋友，让她很意外。同样让人意外的还有附近那堆得像小山一样的树桩。从她坐的地方看过去就有十四个。

"我会把树桩卖掉的。"等她最后走过来，站在那儿盯着他们，难以置信地摇着头时，扎克才解释道。她只能这样表达对他们所作所为的抗议。

"谁会去买树桩？"

他报以招牌式的狡黠的微笑。"人们总会买些奇怪的东西。"他说。

"我看出来了，"她指的是那巨大的金属库房，"可笑的是，你跟我讨论的时候，可从来没提过为了给这怪物腾地方，要把树给砍了。"

"我们——"

"或者说，你为啥没提过这库房的尺寸。"

"我跟你说过它比房车要大。"

"洋基体育场①还比房车大呢。"

他只是耸耸肩，她又问："你从哪儿来的钱？"

"我说过的——"

"你从哪儿来的钱？"她重复道，嗓音里的锋芒足够让他明白他得认真回答。

"不是从斯凯勒储蓄本里取的。"那儿存着他俩的共有账户。

那就是从无情妈妈那儿拿的咯。即使住进了护理院，老太太还在操纵一切。

沙利看起来越来越不舒服。"不如拿杯啤酒，加入我们？"他建议说。

"我正这么想呢。"她说，情绪突然变得很紧张。尽管她已经很累了，她也毫不怀疑自己在醉酒后能干掉他们中的任何一个，但一个打三个的话倒是让她踌躇。而且，说真的，这怪谁呢？被三个白痴激怒是她自找的，一个是她丈夫，另一个是她情人，还有一个——如果她没弄错的话，比她还爱她的情人——虽然他自己不知道，可能永远也不会知道。"你们哪位绅士愿意帮我拿一瓶。"

---

① 纽约洋基队的棒球场。新洋基体育场于 2009 年启用，以取代 1923 年的旧洋基体育场。其面积超过八英亩。

沙利推推罗布。"呆子。去给露丝拿瓶啤酒。"

"为什么让我去？"罗布问。对着露丝，他表现出一副自己的啤酒要被夺走的样子，好像露丝要喝的是他那杯。

"因为我累了，而且膝盖受伤了。"沙利说。

"那为什么他不去呢？"罗布指的是扎克，毕竟露丝不是他老婆吗？

"是他买的啤酒，"沙利提醒他，"或者你跟她说自己拿。如果你觉得那是个好主意的话。"

罗布扫了一眼露丝，明白那绝不是好主意，所以他站了起来，走进屋去。

"所以，"露丝说，还在看着库房，上帝啊，它可真丑。"你还能买到更大的款式吗？"

扎克点点头。"是有一个。"他说。

"但你把持住了。"

"没有足够的地方放。"

"你确定？还有几棵树还没砍掉呢。"

他转向沙利。"我要告诉你什么来着？"好像他俩才是一伙的，不是沙利和她。"我跟你说过砍掉那些树她会不高兴。"这话说得好像他是她肚子里的蛔虫，好像结婚结了三十年就一定意味着亲密无间一样。看着他得到了想要的东西而心满意足地坐在那儿的样子，她很高兴他其实并不知道她内心真实的想法，否则他那愚蠢的傻笑会立马从脸上消失。

"他还需要很长一段时间才会把库房填满。"沙利那天晚上晚些时候跟她说。他们在扎克入睡后，在经常见面的斯凯勒汽车旅馆碰了面。她丈夫一旦睡着是不会醒来的，可以一觉睡到闹钟响。因此，他俩相当安全。

"我知道，你是想让我觉得好受些，"她说，"但没用的。"尽管实际上，像之前一样，性的确会让她好过一点。虽然她没开口，但沙利知道那天晚上她需要他。他绝大多数时候和其他男人一样木讷，但时不时地也会体贴周全，让人有信赖感。他拖着坏膝盖已经工作了一整天，显而易见已经筋疲力尽，滚床单应该是他最不想做的。他本可以请求免了那晚的差事，但他没有。

"说说你俩密谋多久了？"她问道。

"密谋？"

因为即使那些工厂的工人们负责把库房架起来，其他事情——比如把房车拖到沙利那儿，砍掉这所有的树，把树桩垒起来，把坑洞里的土及时填上——这一切都得安排得跟行军打仗一样精准。"从今天早上五点开始你们做了一个星期的工作量。"

"我们是很辛苦。"他一边揉着膝盖，一边说，那膝盖肿得像个葡萄柚。

"都是背着我干的。"她说。

"他请我帮他。"

"你是什么意思？你们两个现在成朋友了？"

"我不知道。据我所知，他也没有其他人可以帮忙。"

"他有我。"

听到这沙利扬了扬眉毛，但他什么也没说。

"还有他那无情妈妈。"

"我可不认为拔木桩她能帮多大忙。"

突然间，她泪眼汪汪地说："我以为你是我的。"

"你想让我推掉他吗，下次他再求我的时候？"

"不是的。"她回答，但她内心旋即改弦易辙，她的身体仿佛在尖叫，是的，推掉他！

第二天，在她要关门的时候，扎克走进餐馆，他很少这样。她从来没说过这里不欢迎他，但他知道海蒂是她的地盘，就如车库，现在的库房是他的地盘一样。"人们说昨晚看到你和他在一起了。"他说。

"人们是谁？"她不屑去问"他"是谁。哦，人们谈论这事很多年了，这还包括，如果她没弄错的话——她那坐牢的女婿。

他说了一遍汽车旅馆的名字。

"你相信他们？"

"我可没这么说。"

"好，"她说，"不要相信。"

"我只是不想听到他们这么说，"他说，"如果我听到了，那么妈也会听到的。"

噢，又是她。"她早就讨厌我到极点了。"

"孩子们也会在学校说。你想让他们对杰妮说三道四吗？"

"我们在讨论什么？你刚才不是跟我说你不相信吗？"

"我说的是我不想听到有人议论。"

"好吧，你已经说过了。"

他一离开，她就一遍一遍地在脑中回放他俩的对话，她开始领会到他的意思了。她可以有沙利。沙利也可以拥有她。他们只是需要更小心些。活得开心点，她跟自己说，有时她确实是感到开心的。她丈夫的默许同时也意味着他觉得根本不值得为她大动干戈，对此她作何感想？还是说扎克为了某种目的在和沙利拉关系？难道在他的生命里，名叫露丝的人中她的重要性仅排第二？

有件事沙利是对的。对扎克来说，可要花些时间才能填满那库房。实际上，他花了好几年。有一天，她路过厨房窗户时，惊讶地发现窗外的景色被靠在墙上的一架铝梯挡住一部分。前一天的强风使一扇窗板松动了，也许他正在修它吧。但接下来的几个星期里，墙边开始陆续出现其他物件——一副雪橇、一个没有抽屉的梳妆台、一只铁凳。她几乎可以感到这些死气沉沉的东西对房子施加的压力。他想把这些狗屎东西都搬进来。接着有天下午她回到家，发现客厅地板上躺着一个拆开的吸尘器。修理它可能花了比他预想更多的时间。也许他本想在她到家前把这烂摊子收拾干净。但还有个更合理的解释。他的母亲在前一周去世了。

　　露丝记得西贡沦陷时的情形，最后一批美国人爬到大使馆屋顶上等着直升机把他们带回家。

　　回家？露丝就在那该死的家里。

　　在那个终于属于她而又不属于她的厨房里，露丝推开水槽上方的窗户。窗外，扎克已经移开了他的卡车，现在正把她的车停到他车的边上。干得漂亮！除了一件事——为了坐到方向盘前，他不得不把椅子移到最后面，但他从来不记得把它再推回去，因为那就意味着他会连着做对两件事，在他们结婚那么多年里这还从来没发生过。

　　当他若有所思地挠着肚皮走进来时，她还在水槽边，盯着院子发呆。绝大多数男人在思考时，会抓挠他们以为隐蔽的地方，但她老公并非如此。"抱歉，"他轻声说，"我正要洗。"

　　"没事。"她用橡胶塞塞住排水口，打开水龙头，所有的抗争情绪突然都耗光了。当她伸手去水槽下够洗洁精时，才发现已经用完了。

　　"今天很糟吗？"

　　"没有，"她说，"挺好的，跟往常一样。"墙上挂着他从家庭售卖淘到的一块黑板，槽里放着一小节粉笔头。当他准备在板上写上洗洁精三个字时，却看到那字已经在黑板上了，正是她的笔迹，所以她转念写上了粉笔二字。

　　"那到底怎么了？"

　　两个答复立马浮现：一切都好和一切也都不好。这样说都对也都不对。"我只是……"

　　"只是怎么了？"

　　"我只是希望回到家，看到……"

"什么？"

崭新的生活。某天下午回到家，迎接她的是崭新的生活，那该多好。但这样的想法有多卑劣？相当得卑劣，她不得不承认。她真的希望她丈夫死吗？并不是，至少她不这么想。她更想住在一个和她丈夫平行的宇宙。那该多美好，在餐厅里忙活了一整天，回到一个安静的家？大声地喊"哈啰"，没人应答？简直是天堂。不用再在冰箱里翻腾着找东西给她丈夫做晚饭，她可以给自己盛一大碗爆米花，一边在沙发上看书一边吃，那沙发不会像现在这样油迹斑斑，充满男人的臭味。困了，就把书放下来，环顾房间，感到的不是满心的厌恶，而是……什么？满足感。心满意足。她这个人，她的本性，她的日常——都能完美统一。没了扎克，和他的胡塞乱堆，这些房间将会空荡荡的，甚至有点荒凉。她不追求更好、更贵重的东西，只要求少一些。真的，所有东西都能更少一些。她给自己创造的世界将是空阔、有序而干净的。

之前，她向沙利建议让他去阿鲁巴岛，这并不是她随随便便从加勒比群岛中选的一座。那年冬天融雪的时候，尿液黄的雪水把脏兮兮的雪堤冲出一条条的沟，她就不该把车停在斯凯勒温泉镇旅行社的门前。他奶奶的，那该死的橱窗上贴满了岛屿度假的海报。在里面，她还翻看了那本厚厚的、满是蓝天碧海的度假胜地的三孔文件夹。她最喜欢的那个套房就在阿鲁巴岛，有着巨大白色瓷砖的浴室。法式门上飘动着白色的纱帘，出门就是绵延的沙滩，海浪近在咫尺，浪声近在耳边。淋浴没有门，没有窗帘，银色的淋浴头从天花板垂下。闪光的白色梳妆台置于其中，对单身旅游的女人来说太完美了。

她肯定是要一个人旅游的。她没兴趣跟任何其他人同行，管他是沙利，或是她丈夫，或是其他任何人，即使是布拉德·皮特也不行。让一个男的走进整洁的浴室简直是亵渎神物。

"你俩在吵架吗？"

露丝和她丈夫都没有听到外孙女走近的声音。当扎克惊讶地叫出声，跳到门道的一边时，蒂娜才出现。蒂娜悄无声息地在家里走动总令露丝不安，蒂娜是家里唯一能够走下那些咯吱作响的楼梯而不发出声响的人。她在学校也这样吗？是不是就因为这个，她的老师们才丝毫不关注她？她上的补习班满是吵闹多动的男孩，也许他们因此很高兴有个小孩既不提什么要求，又不渴望从他们那儿获得什么。

"你刚刚在哪儿？"扎克问道。很明显，她一直都在楼上。

"我们今年春季的健康课上曾经讨论过这个。"她回答。这是另一个她对外孙女感到焦虑的地方。露丝不能肯定她什么时候是在开玩笑。这孩子说的很多话都很好玩，但她说时往往面无表情，有时候当露丝笑起来时，她一脸茫然，甚至露出受伤的表情。"讨论了整整两个星期。"

"我肯定没听到她进来。"扎克说，他面露尴尬的表情，因为之前他对露丝说蒂娜不在家。

听到这儿，蒂娜龇牙咧嘴地说道："我们还说话了呢，外公。"露丝知道，她对外公有着特殊的感情，她可不想把外公往火坑里推。"你问我为什么到家早了。我说因为是假日。"

"哦，"扎克不好意思地说，"对的。今天是阵亡者纪念日。我们还说了啥？"他又在挠肚皮了，很好奇地问。

蒂娜皱皱鼻子。"这儿有味道。"她说。她那只已经做过六次手术的坏眼睛，在她刚进厨房的时候耷拉着，现在转动着似乎在找是什么东西发出的臭味。当她疲惫或难过时，眼珠子似乎也有自己的表达方式。

"怪你外婆，"扎克跟她说，他那傻笑的嘴咧得更大了，"她就不该给我煮米饭。"

"我根本就该啥都不给你煮。"

"你还问我在学校怎么样，"蒂娜说，"我撒了谎，说挺好的。

跟往常一样。"

"今天我们能不谈这个吗？"露丝一边用洗碗布擦干手，一边建议说。"别谈你有多么憎恶学校？"

"暑期班会更糟糕。我真的必须要去吗？"

"是的。这样你才能按时毕业。"

"我宁愿回来给你打工。"

"你已经在打了。"帮点小忙。她在周六早上人最多的时候会在厨房帮几个小时的忙，刷刷锅，用用霍巴特洗碗机。

"做服务员呢？"

"做服务员的话，你需要跟人讲话。"

"为什么？"

"这是绝大多数人过来的原因啊。你不能把盘子啪地放在顾客面前就走人。尤其是上错菜时。"有两次露丝让她招呼一两桌客人时，蒂娜就是这么做的。

蒂娜耸耸肩。"他俩自己交换了盘子。"

"你不应该让人家自己换。"

还有你得看着人家的眼睛，露丝心想，但她马上又感到了羞愧。每次她考虑外孙女的未来时，她关注的总是她身体的缺陷，这也太不公平了。这让她想起一则孩子们在学校会读到的故事：一个家伙就因为一个老人有双"秃鹫眼"就把他杀了，然后碎尸，藏在地板下。这就是人们处理异形的做法：藏起来，让他们消失。藏在地板下或蒸汽腾腾的厨房后面，这样人们就不用看到他们了。这个甜美、迟钝的女孩呢？把她藏起来，这样她就不会受到伤害。把她藏得好好的、久久的，也许只有这样，她才不会问那个你不知道怎么回答的问题：谁会爱我？

"我可以收拾盘子。"

"你想一辈子都收脏盘子吗？"

"你就是啊。"

"没错。你想和我一样？"难道她自己不就是个活生生的反面教材吗，如果没有开个好头，那么即使有脑子，结果也会一样悲惨？

"而且，"扎克说，"如果你为外婆打工的话，谁来帮我呢？"

在过去几年里，到了周末、暑假或其他假期，她一直都是扎克的帮手。他们一起搞家庭旧货出售和跳蚤市场。大多数时候，他们都在找那些坏了的但一看就能修好的小东西，还有那些人们不知道真实价值的东西，你可以便宜买来，再高价出售给合适的买主。尽管在学校里麻烦多多，蒂娜却总能记得外公把东西放在哪里了，如果有人对任何东西表示出兴趣，她能立马把那东西找出来。有时她会说："外公，你上周把它卖掉了。还记得那个粉红头发的女士吗？"她的记性总没错。

"我指的是有报酬的工作。"她跟他说。

"嘿，我没付钱给你吗？"扎克说，"不是有蒂娜基金吗？"每周他都会给她几美元花，也会为那个基金添点数额——他不清楚有多少了——那个他们当初是打算用来给蒂娜做大学基金的，但很明显，她已经不可能上大学了。

"里面有多少钱？"

"我负责放钱，你负责数钱。"他用标准的开玩笑的方式回答她。

"如果你不告诉我，我咋会知道？"

"我能说的是，你比你想象中的要富有。"

露丝清了清嗓子。"你妈妈知道今晚你跟我们一起吗？"

"她又不在乎。"

"她当然在乎。"

女孩耸耸肩。

"她是你母亲。她爱你。"

"她一直对我吼。"

133

"那很正常。你妈妈在你这年纪时，我俩每天都吵架。"

"你们现在也每天吵。"

"但那并不意味着我俩不爱对方。"

"你确定？"

"是的，"露丝说，"我确定。"

然而，她并不确定。并不真的确定。事实上，这些年，她跟杰妮的冲突付出了很大的代价。现在罗伊又回来了，情况就更糟糕了。这看不到尽头的争吵想想就令人精疲力竭。她的儿子——格雷戈里就很聪明。他一到年龄就参了军，从没回来过。不管在哪里，他每年圣诞节都会打电话回来，不过也就打个电话而已。

"不久我就能见到我爸了吗？"

听到这问题露丝并不感到奇怪。事实上，她一直等着她开口问，尽管她不知道该怎么回答。"你想见他吗？"

女孩又耸耸肩。

"你如果不想，不必见他的。"

又耸耸肩。

"你知道家里的禁令吗？"

她点点头。

"你知道你妈妈为什么会有这个禁令？"

她点点头，她点头和耸肩很明显表达的是一个意思。"我不应该让他进门。"

露丝和扎克交换了一个眼神。

"如果你想见他的话，跟我说，或者跟外公说。他可以到这里来看你。"

她的眼神游移。过了一会儿，她说："你们是不是在？"

"在什么？"

"吵架？你和外公？"

跟往常一样，没有任何衔接。思路像弹跳球一样。"我们是在试图做决定。"露丝说，对扎克勉强挤出微笑，如果他想，那么这可以视为休战。

他的确想休战。"她在试图做决定呢，"他跟外孙女说，"我是她爱人，不是斗士。"

露丝使劲咽了口唾沫。有十年了吧？将近十年。他说得对，某些方面他的确表现得和斗士没有半点关系。早些时候，他曾经和沙利正面交锋过。虽然沙利只有他体型的一半，而他却退缩了。

"我房间里真的很热，"她说，"能开风扇吗？"

"窗上的那个怎么了？"

"它不转了。"

"插上插头了吗？"露丝问。尽管蒂娜可能比人们对她的评价更聪明些，但她确实经常会犯低级错误。

当那只坏眼在转动着找答案时，扎克说："为啥咱俩不去看看呢？如果真的坏了，我库房里还有一个。"

他们走后，露丝哭了出来。她正用洗碗巾擦干眼睛时，电话响了。"妈？"

"你不该打到这里来，罗伊。"她说。

"我不知道还能打到哪里，"他说，"真的。"

"你想要什么？"

"我在医院。"

自然而然，她第一个想到的是杰妮。之前太多次他打得她住院。这次发生了什么？是他在餐厅后门候着吗？她经常把车停在大垃圾桶旁的狭窄车位。他是藏在了垃圾桶后，吓坏了她吗？还是想跟她兜售那些有关他已经改头换面的屁话？什么他俩是夫妻一体，什么他们的女儿（他从未考虑过自己的女儿）如何需要一个父亲。杰妮不见得会听信他的花言巧语，可是她需要费些口舌才能把他说走。但语气强硬通常会点燃他的暴脾气。他这次又做了什么？又把她的下巴打烂了吗？或者更糟糕？也许吧。到目前为止，每次家暴都比上一次更严重。这次他把她打昏了吗？还是杀了她？他打电话是要通知露丝这事儿吗？

"如果你伤了她，罗伊，我向上帝发誓——"

"是我受伤了，"他说，"锁骨断裂。左手肘损伤。脑震荡。"

很好，她心想。当罗伊要被释放的消息传来时，扎克在垃圾堆里找到一根有点裂缝的路易斯维尔棒球棍，把它给了杰妮，如果有必要的话，防身用。很明显，杰妮给了他些颜色看。"你被警告过要离她远点的。"她说。

一阵沉默。"不是杰妮。是一栋该死的建筑倒了，砸到了我。"

"砸到的是你？"乔可进餐厅吃午饭时，跟她提了旧厂房发生的事故，包括砸了开车的过路人那部分。

"我的车报废了。所以我需要搭个车。"

"你女朋友科拉呢？打电话给她。"

"我试了。她不在家。"

有趣，露丝心想，这一次他没否认她是他女朋友。几个小时前他还否认呢。"别挂，"她说，"我来找找出租车的号码。"

"没钱坐出租。"

她正想向他表示同情时，她想起了早上跟沙利说的话，她那时希望有东西从天而降砸中他的脑瓜。是祈祷灵验了吗？也不全是，她心想。罗伊不是还活着吗。"好吧，"她说，勉强抑制住一个邪恶的笑，"给我十五分钟。"

"什么事情这么好笑？"

"没啥，"她回答，"你总是厄运缠身。"

"可不是嘛。"他同意。

不快乐

"在那老头旁停一下。"当杰罗姆把车转到莫里森阿姆斯停车场时，雷默说。海恩斯先生正坐在人行道前的一把铝制折叠沙滩椅上，他向经过的司机们摇着一面小小的美国国旗，有些人会鸣笛向他致意。尽管天气酷热，他还是穿着他那件一直穿的磨破了的长袖法兰绒衬衫和一件破烂的羊毛衫。"你还好吗，海恩斯先生？"

"好，好，好。"是雷默预想到的答复。他一直这么回答，从来没两样过。

"你今天看到了多少辆车？"雷默问，这是他俩开了很久的玩笑。

"五十七辆，"海恩斯骄傲地说，"跟平时一样。"

"真够多的。"

"不知道算多不。你咋了？"

"我掉到了坟墓里。"

"我相信。"

"你相信？"

但他的视线越过雷默看向了正驾驶着野马车的杰罗姆。"这位开着漂亮红车的老兄是谁？"

"跟杰罗姆打声招呼吧。"雷默说，朝座位后靠了靠以便老人看得更清楚些。

"哇喔！不会有人来抢占这车吧？"

"除非踏着我的尸体。"杰罗姆保证道。雷默差点以为他要拔枪来展示自己维护座驾的决心。所幸，那武器没有亮出来。

"哇喔！"海恩斯又叫了声。

"阿姆斯区断电了，是吗？"雷默问。

老人点点头。"这儿黑得跟晚上一样。像我一样黑。比我还黑。"

要睡个长长的午觉的想法彻底破灭了，雷默心想。他的寓所，即使在最好的情况下，也能让人患上幽闭恐惧症，如果没有那小小的窗式空调，那儿简直就是个熔炉，现在这也没了，他严重怀疑能否在如此令人窒息的条件下睡得着。但街对面，格特酒吧的窗户里，马提尼鸡尾酒杯却在人们手中发着亮光，这说明店里有电或者有备用发电器。一半的常客——绝大多数都是游手好闲的父亲们、残疾的冒牌艺术家、无家可归者、或各种各样的白痴——都已经脑袋垂到吧台上睡着了。也许雷默也可以这么做。

"你不热吗，海恩斯先生，"雷默问他，"在太阳下坐着？这里超过华氏九十度了。"

"是的，但我自己都已经过九十了。我和这热气，我们互相抵消了。"

"好吧，但你要向我保证，如果你觉得头昏，就得去找个阴凉地儿。这种酷暑对于像你这样的老人是很危险的。"

"你忘了我是从南部来的。热对我没啥影响。"很明显，相比雷默的建议，他对野马和它的主人更感兴趣。"花了多少钱，"他问道，"那漂亮的红车？"

"你不会想知道的。"杰罗姆一边回答他，一边松了刹车。

"看，这就是你不对了，"海恩斯坚持说，"我真的想知道。我才会问。"

格特酒吧里阴暗、凉爽，混杂着它一贯的陈年啤酒和做失败了的蛋糕的味道，与散发着巨大恶臭的巴斯镇有所不同。雷默和杰罗姆进去时是下午三四点，里面已经有六个孤零零的顾客了。一看到警察局局长在一个高大黑人的陪伴下走进来——那黑人的胳膊肌肉发达——他们都像水上的油一般四下散了开来。当门在他们最后一个进来后关上时，七十多岁，身形巨大，剃着光头，胸毛茂密的老板格特踱了过来。格特年轻时大多数时光都在监狱里度过，但自从买了酒吧，有那么三十多年了，他就一直设法远离麻烦。雷默听说他会给镇里的小混混们提供些建议，外加劣质威士忌和便宜的啤酒，这些人乐意把他们愚蠢的计划拿给他看，因为格特总能指出他们很多明显的漏洞。

"哟，哟，"他说，"看看你。"

"嗯—哼。"

"你这是要杀了我，"他说，并且不自觉地向杰罗姆的方向点了点头，"你知道的，对吧？"

如果杰罗姆真的怀恨在心，那他并没有表现出来。"我叫杰罗姆。"他说，把手伸向吧台。格特看上去挺惊讶，不过还是握了握他的手。"你是这家优质置业的业主吗？"

"我拥有这酒吧，如果你指的是这个。"格特说。

"先生，你理解得非常完美。"他顺着吧台瞥到生啤搅酒棒。"你卖微酿生啤吗？"杰罗姆经常去斯凯勒区的一家高档酒吧喝酒，那酒吧的怪名字雷默怎么也记不住。贝卡曾带他去过几次。

"要什么口味的？"格特说。

"好吧，那么，"杰罗姆叹了口气，斜眼看着那搅酒棒，"一杯'十二马'生啤[①]，如果可以的话。"

雷默也要了一样的。当格特去替他们取啤酒时，雷默开口道："我在考虑辞职。"会说出来，他自己都感到吃惊。他其实并没想过要提这事。当然更不会对杰罗姆提，他转身就会把他出卖给夏

---

① Twelve Horse Ale，啤酒牌子。

莉丝。而且更不该在格特酒吧提，这种话在这儿说会被广为传播。

"你只是今天不走运而已。"杰罗姆安慰他。

"一直都很不好，"他回答，"今天尤其糟糕，但过去的每一天都很差劲儿。"

"你把两件事合二为一了——你的工作和你的悲伤。"

"哦。"

"你得对这件事放手，"杰罗姆继续说，"丢了那车库门的钥匙，才万事大吉呢。"

在山谷区墓地时，雷默跟杰罗姆说了那把躺在弗莱特法官坟墓下的钥匙，丢了它就意味着他再也不可能知道当贝卡像个弹簧一样从楼梯上摔下来时，她是在准备跟谁私奔了。

格特把两杯满满的啤酒放在他们面前，接着意识到他不需要参与到对话中，就退到了吧台的另一边，消失在了赛马报后。

雷默一口气喝了三分之一的啤酒，原以为酒这么冰冷，会让他的头爆炸，但并没有。实际上，那四颗强效泰诺还没起药效，但他脑子感到嗡嗡作响，疼痛正带着疲惫从眼睛后面转移到了受了伤的头骨深处。也许他现在缺的根本就不是睡觉而是狠狠醉一场。从以往的经验看，他知道，只要三杯啤酒就能做到。"哦，是的，"他倒抽一口气，盯着无数的气泡从杯底神奇般地冒向杯口，稍纵即逝。"这……这很奇妙。"

"这，"杰罗姆做了个鬼脸，他已经干了一整杯，"简直是马尿。我敢打赌有十二匹马都在这啤酒中撒过尿，而且它们都有尿路感染。"

从吧台的那边，赛马报的后面传来清晰可辨的咕哝声。

雷默摘掉了他的墨镜，审视着杰罗姆。"天呐，你可真是个势利鬼。"他说。

看到雷默的脸，杰罗姆皱起眉头，他的眼睛肿成了一条缝。"请把墨镜戴上。你知道我胃口不大好。"

他把眼镜重新戴上。"好吧，别再劝我忘掉贝卡，"他说，"你没结过婚。你总是同时跟三个女孩约会。失去一个，还有两个。而且她们还多数都是大学生。换着玩儿玩儿。完全是同类，只是不同专业而已。"据杰罗姆自己说，他只约学院三个冷门专业的女研究生，但雷默深感怀疑。大多数女生来自城里，她们对于高大、帅气的黑人男子是很开放的。杰罗姆吹嘘他得拿棍子才能把她们赶开，但雷默深表怀疑，因为肯定有手边没棍子的时候。

"是的，但夏天是我的淡季。校园里基本上没人了。"

"然而贝卡是个女人。"

"我知道。"杰罗姆说，听上去异乎寻常地严肃。

"也请你不要再提我晕倒在坟墓里，跌破脸，丢了遥控器的事儿了，那真是千年难遇的狗屎运，简直是一种耻辱。"

杰罗姆看上去很不安。"你肯定野马停在那儿没事吗？"

万能的主啊。尽管暑气逼人，但杰罗姆还是小心翼翼地盖上了敞篷，还再三确认两边的门都锁上了——简直就是个"车呆子"，如果有这种说法的话。"嗯，你占了两个车位。"雷默说，他不知道这是不是违规。要知道在案的电话中，涉及格特后面停车场的案子可是仅次于莫里森阿姆斯区。"只有蠢蛋才会这么做。"

"你说话的语气就像一个开捷达、喝吉尼斯啤酒的人。"

雷默又吞了一大口啤酒，他闭上眼睛，感受着酒直入胸腔的感觉。天呐，味道真不错。贝卡更喜欢葡萄酒，所以他大多数时候跟着她一起喝葡萄酒。但他妈的他怎么可能忘掉啤酒的味道。他决定再也不需要别的了。不要睡眠，不要财富，不要女人。只要啤酒，还有这凉爽的暗室。他当然不需要杰罗姆跟他说他应该去享受什么。"如果你这么担心你的车，出去，到外面守着它。说实话，你怎么不回斯凯勒，去你的无限极酒吧喝你的微酿生啤。"

"是无极限。"杰罗姆纠正他。

"好吧。"雷默说，他记起了那时髦的招牌。没有字，只有符号，一个醉倒侧躺的 8。"去那儿吧。我要坐在这儿，喝我的马尿，一直等到街对面来电。也许我会待得更久。"

"看，这就是我要说的，"杰罗姆说，"所有这些该死的事情都是密切相关的。你听说过蝴蝶效应吗？南美洲一只蝴蝶扇动一下翅膀就能引起墨西哥湾的飓风？"

"连点成线①，就能获奖。"

"你太沮丧了。这是问题所在，你蜗居在问题社区就是因为你还在哀悼。更糟糕的是，你放任自己沉溺在一个乌烟瘴气、闻起来像基督教青年会的更衣室散发出的恶臭的酒吧里，用劣质啤酒来惩罚自己。"

从赛马报后面又传来一阵咕哝声。

"你觉得你的工作有问题，其实跟那一点关系都没有。"

雷默喝完了啤酒，把杯子重重放在吧台上，声音大到表示他还要再来一杯，但格特并没动，他滑下凳子，说："我要去小便。"

"是撒尿，"杰罗姆说，"女人小便。男人撒尿。"

"还有解手。"

"对的。"

男士洗手间只有五十英尺远，但也费了雷默全身的力气，以至于他到达后过于疲惫，没法站着撒尿。厕所间没有门，马桶座恶心得要命，但他还是坐下了。这尿撒得如同刚才第一口痛饮的啤酒一般酣畅淋漓。*生活就是简单的乐趣*，他心想，这句子在他脑子里骤然成形，呼之欲出。他应该多关注生活的乐趣。他甚至还没尿完就在马桶上睡着了，又一下子惊醒过来。过了多久了？他已经进入梦乡了吗？梦到贝卡了吗？他站起来，把裤子提起来，在肮脏的水槽里洗了手，又在裤子上擦干，纸巾盒毫无意外是空的。只有一个词

---

① 连点成线是一种游戏，一张纸上分布着许多点点的旁边标有数字，根据数字的提示将点连起来形成一个图形。

可以形容那破裂模糊的镜中的自己：可怕。

雷默回来时，杰罗姆就待在原地，这意味着他可能只打了一两分钟的盹。"问题是，"他跟杰罗姆说，回想起他们说了一半的话题，"你满嘴胡言根本无法自圆其说。"他的杯子还是空的，于是他走到吧台后。"你先是说这些事儿都密切相关，接着又说我的工作跟我的沮丧根本无关。那么哪个才对？"在杰罗姆开口前，他朝吧台那边喊道。"我给自己倒一杯啤酒啊，格特。"

"自便，"格特的声音从赛马报后传来，"你已经把我所有的客人都吓跑了。你干脆到收银台去把钱也都拿空吧。我了一百了。"

"这还不够糟，"雷默继续跟杰罗姆说，"我还不得不整天听你姐姐唠叨这些同样的屁话——"

"你是个好警察，这是我要说的，"杰罗姆打断他，表情又严肃起来，"就像你对待街对面的那位老先生。他一天到晚坐在人行道边挥舞他的小旗帜。时不时有人会朝他按喇叭。但只有你停下来和他交谈。你可能是一整天里唯一和他接触的人了。"

"那是社会工作。"雷默说道。他知道杰罗姆是想恭维他，但因为某种原因，他并没有心情接受这恭维。"警察处理案件，防止犯罪，缉拿歹徒。"

"警察的工作就是处理烂事。"

"那你是在说啥？"雷默问，"就因为我不想让一个孤独的老头死于中暑，我就是个好警察？"

"我是说，不要辞职。如果你真辞职了，你会难过的，我是这意思。"

这次从吧台那端传来的是一声窃笑。

"格特，"雷默叫道，"多少钱？"

"我请客。"

"不行。"

"那么两美元。本店的快乐时光。"

他从钱包里拿出两美元。"我放在前台上了啊。"

那边传来愉悦的哼声。"警察付钱买啤酒？世界末日要到咯。"

雷默没理他。他绕过吧台往回走时，注意到卡在酒吧后方镜子一角的一张名片，那是之前为了上届选举印制的。已经泛黄，边角也翘了起来，上面满是指纹，名片在那儿已经有整整一年了。他把它掷到杰罗姆面前的吧台上。"读读，告诉我，我这个警察不是个笑柄。"

"道格拉斯·雷默，警察局局长，"杰罗姆读道，"你快乐所以我快乐。"

格特从凳子上站起来，朝洗手间走去，他的肩膀在抖动。

"再读一遍。"雷默建议道，滑坐到了椅子上。

"你快乐所以……"杰罗姆的嗓音减弱了，"哈，"他斜眼看着卡片说，"你不快乐——"

"我就快乐。"雷默替他接上。

这卡片是市长的主意，可以从助跑阶段到选举阶段发给投票的人。雷默的第一反应是，弄简单点，道格拉斯·雷默，警察局局长，用浮雕式字母印，但格斯反对，提醒他这可是一场政治运动，仅仅宣告他的存在是不够的。"要告诉人们你是谁，你代表什么，"他建议道，"你对警局的构想之类的。"雷默觉得他能理解格斯的意思，但是真的有必要吗？告诉人们他是谁？（每个人都认识他呀。）他代表什么？（他难道代表什么东西吗？）他对警局的构想？（那是啥意思？）把这些都挤到这名片上？

"要吸引眼球的东西。"格斯解释说，感觉到了他的疑虑。

那么，就是一句格言啦。他想了几句，每句都让夏莉丝把关。她在接线台不忙的时候会写诗，有着她兄弟称之为很好的文学鉴赏力。在这为您服务，是他的第一个想法，夏莉丝也还喜欢，但经过反复审视后，她觉得这听起来有点，哦，卑躬屈膝。服务并保护您，听起来也还不错，但他俩都担心这个词已经被规模更大、更重要的警方独家使用了。冲在前线，他俩则一致认为这是对双方最不利的口号，听起来又可怕、又敌对。"试试更友好些的。"夏莉丝建议说。

最后想到了中规中矩的： 你快乐所以我快乐和你不快乐我也不快乐。夏莉丝两个都喜欢，还提醒他"你的"（your）和"你是"（you're）① 可不一样，要加上必要的符号，这可以避免不必要的尴尬。"这两个说的是一回事，"当他逼着她说出喜欢哪一个时，夏莉丝说，"挑一个就行。"因此，他潦草地写下了选择，然后丢到了打印店。

当他都已经分发了快五十张卡片时，有人跟他指出来，写在他名字下面的口号看着不太对劲，上面写着： 你不快乐我就快乐。雷默盯着它，一开始还没发现有什么不对的。但是，等等。多了一个"不"。这怎么搞得？他马上给打印店打了电话，希望能有发火的理由，但也暗暗担心：会不会是他而不是他们把事情搞砸了。"我手边就有你给我们的东西，"电话那头的女孩子说，"上面写着你不快乐我就快乐。"不知怎的，他竟把两个口号混在了一起。但是，那看起来不就是错的吗？雷默问。难道他们看不出来这跟他的原意完全相反吗？这当然也是他在八年级时反驳贝丽尔小姐的话，而贝丽尔小姐则经常提醒他，破解他的潜台词可不是她的职责。说清楚自己的意思是他的责任。打印店的女孩表达的是同样的观点。毫无疑问，那女孩就能理解修辞三角。

雷默设法收回了大多数的卡片，但负面影响已经造成。那些还在流传中的卡片要么变成了人们的收藏品，要么被放在大庭广众下，像张被涂改的支票，出现在像白马酒吧、海蒂之家这样的生意场所。甚至有谣言说，它还登上了《纽约客》，尽管雷默对这很是

① your 和 you're 发音类似。

怀疑。据他所知，那杂志甚至都没在巴斯卖，怎么会有人看到呢？不管怎样，已经遍地羞辱了。接连好几个星期，人们都会在街上拦住他，问他是否快乐。夏莉丝鼓励他用开玩笑的方式一笑了之。"就说，'你不我也不'。"她建议道，但让他去解释修辞环境下的双重否定，就像要他在奥林匹克赛场在高光灯下完成勾手跳一样困难。最好还是每次看到后，就把它们偷偷摸摸地藏起来吧。

问题在于这该死的东西不停地出现，雷默一把它们偷走，它们又会被重贴在那里。他到底分发了多少张这该死的东西？外面大概有五六十张，但他自己已经发现了这么多，事实上可能更多。难道有人又重印了一次？这正是他的老对头唐纳德·沙利文会做的事儿。不幸的是，他缺少证据，没有证据，雷默就不能去指控这个人，正如他们没有证据指控他偷了三个贵重的轮锁而并非一个。因此，毫不奇怪，早些时候，当夏莉丝问他，他希望听到谁被厂房倒塌的墙砸到时，他马上想到的就是沙利。

当雷默终于把整个令人难过的故事说完后，杰罗姆僵硬的表情好像一个便秘的男人正绝望地想要排便一样。"好吧，"雷默说，"你笑吧。"

得到了容许，杰罗姆这才爆发出大笑来，他笑得前仰后合，以至于他得尽全力才能不让自己从吧凳上摔下来。雷默看到像杰罗姆这样不苟言笑、惯于自律的人如此完全失控真有点惊悚。"你不快乐我就快乐，"他低声重复着，笑得眼泪都出来了。"噢，亲爱的主啊。"

"很好，"雷默说，"快乐吧您。"

"噢，得啦，"他说，用袖子擦干眼睛，"你不得不承认这很搞笑。"

"笑吧，我还以为我会囧死，"雷默面无表情地说，"我只是好奇事情发生时，夏莉丝竟然没有全盘告诉你。"

提到他姐姐，杰罗姆才镇静下来。"我说你啊，难道没有意识

146

到这女人完全向着你吗？"

男洗手间的门被打开，格特垂着眼睛出现了。当他爬回到自己的凳子上后，他犯了个错误，抬起头看了雷默一眼，那一眼又让他小跑着回到了厕所里。

"杰罗姆，"雷默说，"你姐姐每一天都在威胁我，说要控告我。她还列了一个单子，专门记录所有我说过做过的她认为值得控告的事儿。如果我辞职了，估计她会高兴地在警局的台阶上跳舞。"

"你错得不能再错了，"杰罗姆说，刚才那阵大笑后，现在他的表情非常凝重，"你低估了她的能力。实际上，她可以去街上巡逻的，你却把她留在警局做接线员。她会做得比米勒好得多。"

"你这是明里夸她，实则贬她，"雷默说，"不管怎样，我是说，她认为我是个蠢货。"

"你的确是个蠢货，"杰罗姆说，这话又让雷默吃了一惊，"我也是。我们认识的每个人都是，老兄。我是说，你看一看，大部分时间我们谁不是蠢货呢？"

"是哦，"雷默说，"但是个蠢货和看起来像个蠢货是不同的。"从洗手间里传来一阵抑制住的笑声。"看，我知道你是个蠢货，杰罗姆。你不用试图说服我这一点。你他妈的爱上了一辆车。"

听到这儿，杰罗姆的眼睛眯了起来，雷默似乎触犯了一个严重的底线。

"但人们并不嘲笑你。"

"那是因为我绝不忍受别人对我不尊重的行为。我衣着得体，谈吐得当，体态优雅。我有很棒的公寓。我开野马。人们看我一眼，就决定转向去要弄别人。当然我还配了枪。人们的确会尊重那个，尤其是配枪的黑人男性。"

"是的，这正是我要说的。"雷默坚持道。第二杯啤酒的酒精正在发挥作用，他有种可怕的酒后吐真言的冲动。"我也配枪。可我不会把枪拿出来，像有些人那样四处挥舞，但它就在我屁股后面，每个人都能看到。当警察这些年来，我只拔过一次枪，结果我拿枪对着的那人把我打昏了。我还不如拿着一根棉签呢。不要告诉我，这样的破事本来就该发生在一个注定是警察的人身上。"

"道格，"杰罗姆说，"人们给你投票。好吧，也许他们是拿你开涮，找乐子，但他们给你投票，伙计。"

"也许他们在想，如果我做了警察局局长，他们就可以犯些罪了，"他悲惨地说，"那些事情我永远都查不到底。如果我真能找到他们犯罪证据的话，他们就不会选我了。"

"那是你的想象——我不得不说你这些想法真奇怪——就像那车库门的遥控器。"

雷默深吸了口气，在做明知不该为而为之的事情时，他通常就会深呼吸。"告诉我。你觉得当初她为什么会嫁给我？"

"你难倒我了。"杰罗姆说，好像他已经深思熟虑过了，觉得没必要再犹豫了。

"谢谢。"

"伙计，你在为一个不理智的行为寻找一个理智的解释。人们为什么会坠入爱河？没人知道。他们只是相爱了。"

雷默之前也听说过这种说法，但这是真的吗？他很清楚自己为什么会坠入爱河。贝卡美丽性感，明显和他不是同类。事后他想过，那最后一点本该是个警醒。也许他应该问问贝卡，她在他身上看到了什么其他女人看不见的特性。但又有谁，在碰到这么好的运气时，能问出这么理智的问题？如果一个像贝卡这样的女孩想要你，你却不想要她，那岂不成了白痴？

"但……那时你很惊讶，对不？"雷默说，回忆着他第一次把杰罗姆介绍给贝卡时他的反应。"承认吧。你心里肯定在想，哇喔！这个女人要嫁给雷默？"

杰罗姆耸耸肩："当然。没错。"

"再次感谢。"他沮丧地起身，朝吧台那端走去。"格特，"他叫道，"我再给自己倒一杯啊。"

那边响起含含糊糊表示赞同的咕哝声，于是他又在吧台上放了两美元。

"好吧，我是惊讶，"当他回来后，杰罗姆说，"但你只是在幻想。我并不是认为你高攀不起她……并不完全是这样。"

"是的，不完全。"

"这更像是……"

雷默等着杰罗姆拨云见日。

"这更像是你俩兴趣点不同。我是说，贝卡喜欢出去工作，听爵士乐，看书，旅行，喝上等好酒，跳舞和——"

"等一下。"

"什么？"

"你只是把我问的问题换了一种让我感觉更糟糕的方式说了而已。"

"但她嫁给了你。她肯定在你身上看到了她喜欢的东西。就像你的工作。人们投票给你。他们也看到了他们喜欢的东西。"

"但你之前说过这两者没有关系。"

杰罗姆叹口气。"我错了。有关系，好吧？现在满意了吧？"

赛马报后面，格特嘟囔了一句，"我就投票给你了。"

格特也投了？"真的？"雷默说，"为什么？"

"我不记得了，"他说，"反正我投了你。"

现在换雷默叹气了，五味杂陈。他从对话中回过神来，想起杰罗姆说的话，有点疑惑。"贝卡喜欢跳舞吗？"

杰罗姆做了个鬼脸。如果连他都知道，雷默也应该知道。这才是重点。到了最后，贝卡最大的不满就是他的心不在焉，他对"眼前"的事物往往视而不见，就像那口号里多出来的"不"，那些事本来只要他睁开眼睛就能看得清清楚楚。显然这也包括她的不开心。好吧，是的，作为丈夫他的失败与他未能做好警察的原因是一样的。他们当然是有联系的。

"我应该跟她一起跳舞的。"他说，想到这儿，一股新的绝望浑身翻涌。她舞跳得真的很好，她屁股移动的节奏通常比音乐稍微慢一些，充满了肉感和挑逗。他现在仿佛仍然能看到，就像在他面前放录像一样。

"你知道怎么跳舞吗？"杰罗姆好奇地问。

"我可以学啊。"

杰罗姆表示怀疑。"别再惩罚自己了。真相只有一个，你又不是很有钱，那么肯定是因为爱。只不过这爱没能持续。"

"是的，但是为什么没能持续？我又没变。我也没有欺骗她。从头到尾，我都是同一个雷默啊。"

"也许这才是原因。也许她想要你改变呢。想要你成长。尝试新事物。扩展视野。"

"她就是我的视野。我也应该是她的视野。"

"那你要求太高了。"

"不，相反，是她发现了新对象，而我却永远没有机会知道那人是谁了。"三杯啤酒。一如既往。像闹钟一样准时。三杯后是醉酒、伤感和自怨自艾。"如果我知道那个人是谁，也许我就知道我的问题出在哪儿了，就能茅塞顿开了。如果以后我遇到别的女人呢？我又该如何避免做同样的事而失去她？"

"也许是因为有些事你没做。"

"比如？"

"问我是问错人了。"

"但该问的那个人已经死了。"

"那么，去问夏莉丝。"

"她怎么会知道？"

杰罗姆耸耸肩。"她是个女人不？"

"头儿？"说到夏莉丝，她的声音就从无线电里突兀地冒出来。有那么一会儿，雷默觉得她好像一直都秘密地潜伏着，只是现在终于决定要露面展现她的价值了。"你还在阿姆斯区吗？你需要离开那儿。"

"我在街对面。"

一阵沉默后，夏莉丝说："阿姆斯区的街对边就只有格特酒吧了。"

"我们正是在这儿。"

"我们？"

"杰罗姆和我。"

"我兄弟在格特酒吧？那里可是挤满了卑劣低下、被社会遗弃的人？是那个格特？"

"这小娼妇的嘴。"从酒吧那一端传来了格特的咕哝声。

"我为什么要离开阿姆斯区？"

"有条眼镜蛇逃出来了。"

"眼镜蛇？那种……印度的？"

"对的。"

"一条眼镜蛇跑到纽约上区做什么？"

"显然你镇的市民中有人在销售异国爬行动物。"

"谁？"

"还不知道那人的名字呢，头儿。"

"但出售毒蛇可是——"

"违法的，没错。"

实际上，他想说的词是疯狂的。

"好像有个笼子在黑暗中被人踢翻了，然后蛇逃了出来，一路跟着那人穿过走廊，游到了街上。"

"好吧。"雷默说。

"我需要用一下男厕。"杰罗姆边说边滑下凳子。

雷默看着他，对他突然出去有些不解。"好吧，"他跟夏莉丝说，"你现在这么做。打电话给动物控制中心——"

"已经打了。他们在路上了。"

"我也过去。"

"要不我让米勒到控制台来，我去找你。"

"不用，"雷默跟她说，"我需要你在那儿。"

"头儿？"她说，"我跟你说过我屁股上的文身吗？"

"没有，夏莉丝。如果你说过，我肯定记得。"

"蝴蝶。小小一只。如果你不让我从这控制台后出去，到我四十岁时，它就会变成一头翼手龙。"

接着她的声音消失了，无线电沉寂下来。雷默朝门口走去，一边心里念叨，我不会去想夏莉丝屁股上的蝴蝶。我才不会。

"有趣的姑娘，"格特说，终于把报纸放下了，"我刚记起来我为什么投票给你了。"

"为什么？"

"你看上去比较……"他很明显在揣摩合适的词，"正常。"

雷默点点头。"正常？"

"是的，比较正常，"格特重复道，耸耸肩，"从我的经历来看，这在执法机关里很少见。"

走出酒吧，热气、恶臭和让人目眩的骄阳迎面而来，整个人就像被迎头击了一棒。雷默停下脚步，努力让眼睛适应。他摇晃了一下后站直了。街对面莫里森阿姆斯区的前面有成群的人在无目的地乱转，其中有很多人雷默都认识。这些就是他的邻居们。他反思着。他也想与人为善，但他们实在不是什么有吸引力的人。有几个他从小学就认识了，上小学时他们就不怎样。如果你想一想，就会觉得很奇妙，人们的命运在三年级时或多或少就定型了。这时，一个戴着颈托、右胳膊吊着三角巾的男人吸引了他的注意力，他看上

152

去很眼熟。当他们的视线相遇时，那男人迅速转了身，这鬼鬼祟祟的举动让雷默意识到那是罗伊·帕迪。几个小时之前，他才被一个救生钳从被砸扁的车里拉出来。难道他已经做好治疗，从医院里出来了？

后面的门打开时，雷默正准备穿过街道。"我得回斯凯勒了。"杰罗姆说。从声音来判断，他似乎想努力装得若无其事，但听上去并不是那么回事。虽然他才喝了一杯啤酒，但他看起来不怎么对劲。

"杰罗姆？"雷默说，突然直觉告诉他，"你怕蛇？"

"我？"他顿了一下，"不怕。"

"但你看起来像——"

"某些蛇，当然，"他勉勉强强承认，"我是说……"

"什么？"

"你看，"他说，很明显有些气恼，"有三件事本不该是一条蛇可以做到的。它不该会游泳。它不该会爬树。它当然也不该像个脊椎动物那样直立起来。"把这些话从胸口里倾吐出来后，他看上去松了一口气。

"我觉得眼镜蛇只会做其中一项。"雷默提醒道。

"一项就够了，"杰罗姆说，扭过头去，"笑吧，"最后他说，"我不在乎。"

"我不是在嘲笑你，"雷默说，"我只是……我不知道……是惊讶吧，我猜。我一直觉得你——"

"勇敢？我敢跟着你去枪林弹雨里，兄弟，但去跟蟒蛇斗可不行。对不起。"

"头儿？"他姐姐的声音从雷默屁股后吱吱嘎嘎响起来。

"什么事，夏莉丝？我这边有点忙。"

"杰罗姆还在你旁边吗？"

杰罗姆摇摇头。

"没有，他回斯凯勒了。咋了？"

"我只是想让你知道，你不能指望他做后援。那家伙害怕花纹蛇。"

不是真的，杰罗姆无声地做了一个口型。但从他退缩的速度来看，这毫无说服力。

"知道了，夏莉丝。"

尽管实际上他自己也不喜欢爬行动物。但他很高兴在喝了"十二马"生啤后，又出乎意料地看到了杰罗姆惊恐的一面，这些给了他回到莫里森阿姆斯区、踏上那街道的勇气。结果直面迎来一阵喇叭声和斯凯勒郡动物控制中心的小货车突然停车时轮胎发出的尖锐的刹车声。那车就停在离他只有几英寸的地方，吓得他跳了起来。

司机有二十多岁，他把头伸出窗户，看上去有些眼熟。"好险，"他说，"我是贾斯汀。我们是不是去年见过面？"

尽管安全了，雷默还是退到了路边，他的心脏还在怦怦乱跳。

"我没听错吧？"贾斯汀说，看上去将信将疑。"一条眼镜蛇？"

"我是这么理解的。"

年轻人沉思着点点头。"我可没带猫鼬。"

雷默跟着小货车穿过街道，贾斯汀想把车停得离人群越远越好，下了车后，他从后面拉出一根长杆子，一头是金属活套。不知道为什么，杆子的长度加深了雷默已有的担忧。如果多些时间再喝一杯啤酒就好了。"这些玩意儿到底有多致命？"

贾斯汀看上去并不关心这问题。"帮个忙，"他踏进了厚厚的帆布裤，看上去像钓鱼靴。"去问问那些人最后在哪儿看到的蛇。"

雷默还没来得及去问，就传来一声尖叫，他从来没在电影院以外的地方听到过这种尖叫，分贝如此之高，以至于他无法判断是男是女。但问题在于这不是从莫里森阿姆斯区传来的，蛇应该还在那里，而这声音是从格特的方向传来的。他僵住了一会儿，那尖叫演变成了可怕的哀号，接着他就匆匆地穿过街道，又是一阵鸣笛和刹车的尖锐声。余光中，他看到海恩斯先生，手里拿着旗，正挣扎着站起来，翻起沙滩椅。他在罗伊·帕迪布满瘀青肿胀的脸上瞥到的是什么表情？幸灾乐祸的笑？但已经没时间去想这些有的没的了。因为雷默突然意识到发出尖叫的人是谁了。

在停车场，雷默发现杰罗姆跪在地上，直勾勾地盯着前方，呆若木鸡。他蹲在他旁边。"它咬了你哪里？"他问。

当他急匆匆穿过街道时，脑子里就形成了这样一幅画面：那眼镜蛇，被熙攘的人群吓住了，不知怎么爬过了繁忙的两车道柏油路，可能是为了找个躲避之处吧。杰罗姆野马的一扇通气窗可能没关，或者那蛇是从汽车的底盘爬进去的——

"咬我？"他说，视线从不远处移到了雷默身上。"去你的吧。"

雷默把这诡异的回复归于蛇毒液的作用，于是跟他说，"不要着急。蛇已经走了。"这是真的：没有蛇的影子。杰罗姆的脸上、脖子或手上并没有蛇咬过的痕迹。上帝啊，难道它爬到了杰罗姆的裤子腿里？不可能。如果有条眼镜蛇在他裤子里滑动的话，杰罗姆不可能那么平静地跪在那儿。除非那毒液引发了或多或少的麻痹。"杰罗姆，"他说，"看着我。它咬你哪里了？"

"是野马。"他说，指着他的车。

"蛇在那里？"雷默很高兴自己最初的臆想被确认了。也许他还真不是一个糟糕的警察。他只需要去相信自己的直觉。但杰罗姆现在好像把他看成了一个阿斯伯格综合征患者，就像他在正常的对话里随便添加了不相关的话题似的。好像蛇跟眼前的事什么关系都没有一样。

"那儿。"他说，脸上露出狰狞的表情，或者，除非雷默弄错了，是愤怒的表情。沿着杰罗姆的食指望下去，他耐心地等着蛇的下一个动作，这样它就能暴露出来。他妈的为啥就是看不到那蛇？

车停在一个斜坡上，跟当初他们停在那儿时一样，横跨着两个车位。只不过现在，他注意到，整个车身鲜红的油漆上多了一道深深的银色刮痕。

他站起来，想走过去仔细看一看，他小心翼翼地接近，脑子里还想着那眼镜蛇。车的另一边也有一条相似的刮痕，车篷布被划成了碎片。他弯腰朝里看时，迎接他的是一股浓烈的尿味。被割破的皮革椅上的泡沫填充物四处都是。

杰罗姆还跪在那儿，直直地盯着他看。"野马，"他喃喃道，"为什么？"好像雷默欠他一个解释。

"谁知道……"他说，但当他把一只手放在杰罗姆肩上时，杰罗姆却出人意料粗鲁地把它打掉，并厉声说，"你这混蛋。"难道他在指责他吗？"我早该知道，"他说，"你在里面待得太久了。"

"在哪儿？"

"男厕所。"

这男人是疯了吗？"杰罗姆，"他说，"我为什么要去破坏你的车？"

"我为什么要去破坏你的车？"他模仿道，好像这问题他应该心知肚明。

雷默放弃了要去搞清楚是什么原因。也许杰罗姆是没有被蛇咬，但他似乎完全丧失了理智。"你看，"他说，"我不能站在这儿和你争辩。我要去把那条蛇找出来。"（好像他不太可能再有理由把这两个句子按这顺序说出来了。）

"我希望它的毒牙能插进你臀部。"杰罗姆说。

"你是说咬我屁股？"

"你完美地理解了我的意思。"

在赶回莫里森阿姆斯区的路上，雷默又跟夏莉丝在无线电上通了话。"过来看看你兄弟。"

"我记得你说过他回斯凯勒了。"

"有人毁掉了野马，"他解释道，"不要问我为什么，但他坚信是我做的。"

"哦噢，"她说，"我马上到。"

不知为啥，这保证让雷默出乎意料地感到一阵安慰。这真是疯了。他在执勤时醉酒，他的头痛报复性地卷土重来，他还要面对一条有毒的爬行动物。夏莉丝来不来会有什么不同吗？他寻思，为什么在这个特别的时候，他发现自己的脑子里竟然在想象她屁股后面的蝴蝶文身？他不是禁止过自己去想吗？好吧，人的大脑真是奇怪，是个难以驾驭的器官。而且他自己的大脑或许比其他大多数人都要奇怪得多。还好，谢天谢地，至少没有杰罗姆的奇怪。一分钟前，夏莉丝的反应似乎暗示着她对她兄弟的不理智并没有非常惊讶。他在心里暗暗记下，以后要问问她这件事。

他在路边停了一下，朝两边看了看，因为至少目前，*服务与保护市民*还是他的工作，于是他朝前走去。

冲动

挂掉医院大厅里的付费电话，罗伊·帕迪走到外面去等他岳母接他，迎面是令人窒息的热浪，他的脖子固定在钢托里，一个胳膊吊着三角巾。作为一个刚刚从死亡边缘离奇逃生出来的人，他的情绪比人们预想的要好得多。有些人会因为遭遇了这种经历而懊悔，并以此为戒，或至少深感不安，严肃地思考一下死亡这一话题。一个信教的人甚至可能因此猜想是否上帝在亲自传递一个警告：他的行为必须马上收敛改正，否则真正严厉的惩罚就要来了。

然而，罗伊既不信教也不是一个轻易会悔过的人。如果真有神灵要跟他交流的话，那这尊神还需要嗓门更大些，表达得更清楚些。因为如果那堵坍塌的墙真暗示着什么的话，难道不应该是上帝、运气、老天，或不管是什么，都青睐于他？都给他撑腰？都为他的利益着想？他那个碎嘴的岳母说厄运一直在跟随着他，但那是因为她一直瞧不上他，所以很自然会这么想。但事实不是这样。罗伊越想越觉得自己很赞同医院里那个员工的说法，那个人很惊讶罗伊能有这般好运气。他本来会丧命，结果现在还活着，而且种种迹象表明，他马上就能活蹦乱跳地走出医院。急症室的医生说，他很快就能恢复如初了。他得给自己找个律师，起诉跟改建工程有关的每个人，可能是整个镇子。至少能赔他辆新车，代替那辆被墙压成馅饼的老掉牙的旧车。还得对他所遭受的疼痛和苦难进行赔偿。谁知道呢？也许会有一大堆现金等着他呢。说不定还有更好的事，他连假装找工作也可以免掉了。他将踏上"工人补偿"这个不需要努力就能丰衣足食的列车驶向美妙可见的未来，过上无忧无虑的生活。

虽然还很疼，但那黄粱美梦已经够让人愉悦的了。这急症室的一切都是免费的。在他被推进来的时候，那些杂种们就知道这一点。那个女人一边把他的信息敲进电脑里，一边冲他直翻白眼。没保险。没工作。没前景。住在莫里森阿姆斯。他妈的，肯定得让别人替他买单。这让罗伊心里很好受。见鬼，他们甚至都没让他付止疼药的钱。这可是好药啊，是那种他可以卖大价钱的药，而不是一般的垃圾货。是的，一个人要看到光明的一面——罗伊就是这种人——总是过分乐观。没人想要一根断了的锁骨，但真的断了，就得想怎么才能使其为你所用。当然，短期内，这代表着挫折。接下来的几个星期，他将是个浑身酸痛、肩膀以上活动受限的混蛋，但这又焉知非福。是的，他一直想开始把那名单上的人一个个干掉，但，真的，这么着急干吗？有机会冷静冷静，把事情想想清楚，可能更明智。

比如坐牢时你就有时间反思。罗伊上一次服刑被分配到洗衣房工作，在一个名叫牛鞭的白发老囚犯的点拨下，他开始意识到自己控制冲动的能力有问题。噢，是的，罗伊是有精心谋划的能力，但一旦被他察觉到有什么意外，那他就会把之前所有的准备都抛诸脑后，所有努力就会付之东流。等他回过神，他已经被戴上手铐，被推进警车的后排了。"控制冲动，"牛鞭用洞悉一切的口吻说，"我很清楚这感受。你和我就像是从同一匹布上剪下来的。"罗伊通常不喜欢有人指出他性格上的缺陷，但牛鞭看上去这么伤感，又很同情他，所以他决定高抬贵手。因为即使是罗伊，也不得不承认牛鞭的诊断是有几分道理的。如果罗伊继续纵容自己冲动行事，他所能期待的最好的结果只是干掉他名单上的一两个人而已，而他却决心跟上面的每一个人都来个了断。牛鞭是对的。他需要耐心。

他从衬衫口袋里掏出那个一直带在身上的螺旋小笔记本，用拇指翻到最近的条目，上面一共有五个名字。在餐馆时，他跟该死的沙利说他有两份名单——他欠的人和欠他的人——但实际上，只有一份。没必要去记录他亏欠的人。他根本想不起来应该把谁放上去。是的，他岳母会载他回城，好吧，她还时不时给他一杯咖啡和劣质糕饼，但她从罗伊那儿拿走的要比给他的多得多。他没法确切列举她到底夺走了他什么，但那是很重要的东西，是一个男人无法或缺的东西。她这么看不起他，把他看得抠抠索索的，难道那不是对别人人格的掠夺？如果你自我感觉良好——罗伊就是这样的人——但其他人永远给你差评，对你的评价渐渐销蚀了你的自信，难道那不是掠夺？当他还是孩子时，他父亲就经常警告他这一点。如果你有好东西，就会有杂种眼热它，盘算怎么从你那儿把它夺走。如果他们真把它夺走了，那除了把它夺回来，去算账，你还能有什么选择？他的老头是没多少钱，但他说得对。如果罗伊是个小偷的话——好吧，他的确是个小偷——那是谁让他变成小偷的？是所有那些让他变坏的混蛋，所以他要找他们算账。

不，罗伊只要有份报复的名单就够了。在遇到牛鞭之前，好像他碰到的每个人都在上面，或应该在上面，但那时名单上人还不多，他还可以记在脑子里。但他更喜欢写下来。这是他从老牛鞭那儿学到的另一个窍门。牛鞭是个喜欢列名单的蠢货。他曾指点他，写下每一个姓。看那样是不是可以让那个人更真实些。他解释道，记下名字能让你对抗自身的弱点，还能对抗时间的侵蚀。就如谚语所言，它能治疗所有该死的伤口，还能带来谅解。可这一点罗伊并不想要。在监狱，一个人拥有的就只有时间，罗伊写下了整整六本，每本四十五页，一页两面，他每一页都写了五到七个名字，到底写几个名字得看情况。未来，他将全身心地去折磨这些人。上面通常都是些重复的名字，只不过顺序有所变动。两周前他出狱时——他是提前释放的，这多亏了监狱人满为患了——他做的第一件事就是从瑞克苏尔药店偷了一本新的螺旋笔记本，每天开始花时间研究，修订他的名单，来确保他被监禁时的想法还有效，而绝大多数时间，他都很满意地得出结论，是的，都还有效。那天早上写下的最近的条目，是这样的：

婊子

婊子她妈

黑鬼警察

沙利

老女人

好吧，这最后一条确实让他犹豫了一下。这是老女人第一次在名单里露面，他一时兴起把她放在了那里。他在报纸上见过她的照片，上面说就在这个周末，中学将以她的名字重命名。对罗伊来说，写上她等于提出了一个有趣的哲学问题：你能跟一个死人算清账吗？以前对他家老头也碰到过同样的问题。"我记得你跟我说过他已经死了啊。"当罗伊提起这事时，牛鞭质疑道。你没法跟死人算账的，牛鞭坚持说，很简单，因为死人已经不在了啊。如果你曾思考死亡是什么的话，这才是死亡的真正含义。无知无觉。从此安息。罗伊觉得他能明白牛鞭的意思。毕竟，他最想做的就是让那些人躺到坟墓里去，所以，如果他们已经在那里了，那还麻烦啥？而且，死人死后可能发达。看看猫王。他死后比活着时赚得还多。人们比以前更爱他。老女人也是这样。她被埋在山谷区已将近十年了，但人们还记得她写给编辑部的信，报纸还重印了其中的一些。贝丽尔小姐，文章结论是，仍活在我们中间。

罗伊的第一反应是，这完全是胡说八道，但他越想越觉得惊奇。如果一个人死后真的仍有某些东西存在，拒绝退出这人世呢？就像那部杰妮拖他去看的电影，就是那里面有性感的白人婊子、大嘴黑女人和毛发浓密的同性恋的电影。说不定老女人的某些魂魄还在徘徊，还附在这个人或那个地方上，仍在想着改善每个人的语法，让他们用她那愚蠢的方式来看待问题。如果是那样的话，那当她的希望最终破灭时，她岂不是会非常失望？

但他仍然觉得把她放上去，名单就全了。他喜欢五个人一张名单，那样看上去势均力敌，而且其中的女人跟其他三人都有关联。不知为啥，沙利很得老女人的欢心，有一次，杰妮做了什么该死的事让他发了疯，他拎着猎鹿的枪到处找她，那个老巫婆把杰妮和小崽子藏在她在上主街的大房子里。沙利现在就是把罗伊的拖车停在了那房子的后面。后来终于有人告诉他她们藏在了哪里，但他不知咋地把门牌号搞混了（他犯的第一个错误），所以他站在人行道上吼，"滚出来，你他妈的傻×！"（他犯的第二个错误）但她当然没有出来，然后他就完全失控了，开始在一栋弄错了的房子的外面开枪，结果把一个该死的老太太吓得屁滚尿流（该死的三连错）。"噢，你把事情搞砸了，孩子，"当罗伊跟他描述发生的事情时，牛鞭在一边窃笑，"你跟我一样把事情搞砸了。"

确实如此。只要热血一涌上，罗伊就会做蠢事。不思考，就去做了，他觉得反正以后会有时间处理其他事的。问题在于——又是牛鞭这家伙道出的真谛——所谓的以后总是几分钟后就发生了，那天就是如此。一分钟就足够让那些该死的警察对报案做出反应了——有个疯子在街道上扛着来福枪吼着污言秽语，那可不是在你们以为的莫里森阿姆斯区，而是在根本想不到的上主街区。下一分钟那些混蛋们就卸了他的枪，并给他戴上了手铐，粗鲁地把他塞进了巡逻车的后排座上。

他又一次玩味着这些名字。杰妮当然位居第一，这跟往常一样，眼不见为净说的就是杰妮。每次他去坐牢，她就会忘记他俩才是天造地设的一对，尽做些傻事。第一次入狱，她把他们的房车卖了，带上那个小臭孩搬到了奥尔巴尼市，以为这样他出狱后就找不到她了。她以为这样就万事大吉了。第二次入狱，她申请了离婚。可能是婊子她妈教唆她做的，但她毕竟照做了。接着，他出狱的前几周，她跟斯凯勒的一个家伙同居了，好像那样做的话就能让他离得远远的。牛鞭让他慢一些，不要老想着要暴打一顿杰妮，好让她改正想法，要控制自己的冲动。那样只会让他麻利地又回到牢房里来。慢慢来，他说，享受你的自由，先找个工作吧。一切安稳后，再去拜访她，要镇静地、面带微笑地跟她讲话。跟她说你想要和她好好过日子。说你有工作了，想要把她赢回来。给她买些好东西，或把她带出去吃晚餐。

罗伊花了一个小时找到她在斯凯勒的居所。到了那附近，他浑身不自在，尤其是接近大学时。那些女大学生们视他如臭虫，她们的男友们护着她们避开他，就好像他有传染病似的。他带了他的猎鹿来福枪，但把它留在了车子后备厢里，他有点高兴，意识到他履行着牛鞭引以为豪的那种自制，但他并没有听从牛鞭的其他建议。跟杰妮同居的那个人渣在校园旁边的街上有个寓所，那边住的都是男大学生。他还没来得及敲门，她就把门打开了。她看起来好漂亮。比以前任何时候都漂亮。"我看到你来了，罗伊，"她说，"你是过来聊你的人生故事的，是不是？"但就在那时，他瞥到了那人渣在厨房里，正在挂电话。那家伙留着修剪整齐的胡子，罗伊看到就想拿砂纸把它磨光。一瞬间，杰妮就躺在了地板上，还在朝他眨眼睛，她的下巴被打烂了。那人渣还拿着电话。一切发生得就是这么快。那人渣应该待在厨房的，可是他冲进了前厅，罗伊正站在杰妮的身旁，等着她起来好再给她一拳。当罗伊揍他的时候，他看上去似乎很惊讶，这让罗伊觉得很好笑，两秒钟之前刚揍过你女友的人打你一顿有什么好惊讶的？接着警察就到了——刚才那混蛋就是在打电话给警察——把罗伊从那家伙身上拉了下来。其中就有那个黑人警察，就是那个开辆红色野马在镇里四处兜风的家伙。下一刻，罗伊就又被夹拥着塞到了巡逻车的后排座。还有更糟的，罗伊不习惯被黑人推搡，更不能忍受被黑人嘲笑。那黑人警察得知他从监狱里释放还不到二十四小时又被抓了起来，便嘲笑他又创下了新纪录。他和警局的其他警察一起大笑特笑了一番。正是因为拿他取乐，所以这黑人和他招摇的红车上了罗伊的名单，并一直待在了名单上。

很奇怪，那嘲笑对他的影响，能让他眼前的整个世界都一片猩红。绝大多数男人，如果可以选择的话，宁愿被取笑，也不愿被打。但那不是罗伊。他知道，自己对肉体的疼痛有着惊人的忍耐力。在监狱里他就不止一次挨过打，淤青愈合可不是什么愉快的经历。他还被打断过骨头。监狱里那些揍他的人绝大多数甚至都不认识他，都是想打就打，并没有私人恩怨。他们在里面，你也在里面，然后就有事发生了，你甚至都说不出为什么。但被嘲笑是不同的。心里的伤口拒绝结疤，永远不会真正愈合。你永远忘不了那些话，或者说话的人。罗伊记不起来上一次婊子不在名单第一行是什么时候了，他痛恨要把杰妮往后放的想法，哪怕是往后放一格都不行。他奶奶的，再加上沙利今天早上还专门激怒他，从那招聘广告上胡编乱诌，想要惹怒他去做愚蠢的事情，好让他重返监狱。他已经快控制不住了。沙利住在他的房车里也是践踏他权益的行为，也是一件让人难以忍受的事。没关系。他迟早要跟沙利算清这笔账。

问题在于应该怎么做，那可要深思熟虑。大多数人都很好搞定。你只需要弄清他们想要什么，然后去夺走他们心中渴望的东西，这没那么难。剩下的人，关键就是弄清他们害怕什么。同样也很简单。只要你问，这些蠢货多半都会说出来。渴望和恐惧是人的软肋。问题是沙利似乎没啥渴望，而且他可能还是该死的战斗英雄，这就意味着他也不会被轻易吓倒。多年前，有一次，他想要杀杀沙利的威风，就跟他那迟钝的岳父透露了沙利和露丝的事儿，他们怎样在附近的汽车旅馆干着丑事，甚至给了那白痴房间门号，但那家伙竟然让他管好自己的事儿。这次他得找到一个完全不同的方法。他听说他俩现在已经断了关系，露丝已经干涸无用了，所有的女人最后都会那样。活该。她们只有一件男人们想要的东西，结果有一天她们连那个也没有了。

杰妮也没啥不同，罗伊一边瞪着名单最上面"婊子"两个字，一边想。有时候，他会觉得心软，会想是否真的有必要跟她算清账。不如坐下歇歇，就让事情顺其自然吧？不，不行。她罪有应得，不是吗？她竟然在法庭上指证他，尽管根据法律，她本来没必要那么做。在他被关押的日子里，他每天都在回想那天她的指证，如果不是因为她，他根本不会坐牢。唯一能让这牢狱生活变得能够忍受的，就是想象出去后找她算账。

但他还是无法不爱她。他憎恨承认这一点，但他还是做不到。在监狱里，他满心仇恨，但当他再次看到她时，他知道他们之间还有情愫。尽管她可能像她妈那样平凡，但他喜欢她穿着苹果蜂制服的样子，她的身材呼之欲出。如果她处理得好的话，根本就没必要把她列在名单上。再次看到她时，他想，也许可以原谅她。如果她走过来，说："嘿，罗伊。"然后用她那个长长的指甲沿着他的下巴线划过，像以前那样，他就会原谅她。但等她真的走过来，他还没来得及打招呼，她就用那该死的限制令给他迎头一击。那么，事情就没那么简单了。

但他可以在本子上把她的名字降一行。他可以体验一晚上看看那会是啥感觉。明天，如果他改变主意的话，还可以再把她调回到第一行。这样也不会有啥损失。

消除了顾虑，罗伊掏出从急诊室偷来的钢笔，把每个名字逐一划去，翻到新的一页，开始写能体现他最新感受的名单。

第一行现在是：**沙利**。

"怎么了。"突然响起一个沙哑的声音，近在咫尺，他从笔记本上抬起头，他的岳母正从她轿车前排的座位上斜过身盯着他看。他是睡着了吗？她在那儿多久了？像大多数鬼鬼祟祟的人一样，罗伊最恨被人鬼鬼祟祟地盯着。尤其当别人像看裸体一样看着你。

"妈。"他僵硬地起身，那痛感让他惊讶。他们在医院给他的镇痛药的药效已经开始消失。他本打算把剩下的药效留到格特酒吧，但现在他想应该多留一些自己用。"我没看见你停车。"

露丝点点头。"如果不是太了解你，我都怀疑你刚刚在沉思。"

罗伊慢慢地、小心翼翼地钻进车，在接近车门时他皱了皱眉。"走吧，"他说，朝她露出他当时能挤出的最大的笑容，希望那笑能掩饰他对她的出现所引发的敌意，"你又小瞧我。"

"你觉得我是在小瞧你吗，罗伊？"

"是的，"他说，"很确定。你早晚会知道你小瞧我了。"

"那么就尽快，"她说，"我老了。"

"你和你男友，"他说，他明知道露丝和沙利已经没在一起了，可还是忍不住挑起来，"他也经常看扁我。我肯定是个容易被人批判的目标。"

"我想你的确是的，"她边说边从马路边驶开。等交通灯时，她转过身带着近乎是关心的神情看着他，"你伤得很厉害吗，罗伊？"

他耸耸肩。"他们给我开了药。"

这红灯相当长。他们坐在那儿，似乎沉默了几个世纪后，罗伊开口说："你看上去在盘算什么。"她看上去的确如此。

"哦？"

"不如说出来。"

"好吧，"她一边说，一边审视着他，那犀利的眼神让他很不舒服，"要多少钱你才肯离开？"

"去哪呢？"他问。其实他连一丝要离开的想法也没有。但他很好奇她会建议他去哪儿。

"我们钱不多，"她说，"为了给你女儿眼睛开刀，那房子重新贷款了两次，饭店也……”她的声音弱了下去，“但我会设法弄到足够的钱给你买张离开巴斯的单程票。也许还能剩点美元帮你重新开始。付个押金和头个月的租金什么的。”

“到哪儿重新开始？”他问，仍然充满好奇。

“你定。”

“斯凯勒？”

“那只有三英里远，罗伊。你在那儿被抓住过好几次了。在那儿能有什么重新开始的？”

“奥尔巴尼？”

“你在那儿也被逮住过。”

“就一次。”

“罗伊。”

“那么你是说，很远的地方。”

“那样最好。”

“对谁最好？”

“每个人。”

“我远走他乡。就见不到我的妻儿了。”

露丝叹了口气。“现在这儿只有我们两个，对不？我没必要对你扯谎，你也没必要对我扯谎。我俩都知道你根本不在乎蒂娜。”

“我俩？我俩都知道？”

“你今年给她寄过生日卡吗？你不用回答，我知道你没有。”

“我在监禁，怎么帮她买生日卡？”

“你那时没在监狱，罗伊。看到没？我就是这个意思。你根本不知道她什么时候过生日。是上个星期。”看他没反驳，她接着说，“而且你也没有妻子。那是你前妻。”

灯终于变绿了，她掉了个头，朝镇里开去。罗伊故意装作一番深思熟虑后开口道：“只有死才能让我们分开。我们发过誓，她和我，我俩。当时你也在。”

"她已经开始她的新生活了，罗伊。你也应该这样。如果你待在巴斯，不会有好结果的。"

"你看得到未来？"

"至少能看到她不会再回到你身边，罗伊。绝不会。"

"也许她会。"

"不会。"

"那么我猜我们不得不等着瞧了。"

"不，没必要等，这不是赌盘。我们没必要等它的指针停下。你一直在伤害她，罗伊。你先是打肿了她的嘴，接着打肿了眼睛，然后打掉了她的牙齿，又打破了她下巴。上一次拿她的头撞水泥墙。不需要水晶球来预测这之后会发生什么，你最终会杀了她的。"

"我？杀了杰妮？"

"噢，你不是故意的，你没想过要伤害她，但这并没能让你停止那么做。你总说是她的错，不是你的。是她挑衅你，让你滚蛋，或骂了你什么。"

"那女人嘴巴太臭，是真的，"罗伊承认，"也许你该跟她谈谈。让她管好嘴巴。"

"我现在是在跟你谈，罗伊，"她说，"如果我让你再待在巴斯，结果就是我女儿被杀死，而你永远蹲监狱。你懂我在说什么吗？没有赢的人。"

"如果你让我再待在巴斯？"

"无论你在计划什么？"她说，"我都不能允许。不会允许。"

他们现在到镇子里了，当他岳母把车停在莫里森阿姆斯的时候，罗伊瞥到格特酒吧后面的停车场里有个红色的东西在闪耀。那个一直坐在草坪椅上的老黑人正朝他们挥着旗帜。露丝也朝他挥挥手，把车停在了停车位。罗伊很想知道露丝觉得他的计划会是什么。女人们总是宣称知道他在想什么。杰妮就坚持说，她能看到那

168

些想法在他的前额滚动而过，这根本就是屁话。如果她真有这本事，她就该知道什么时候躲开了，但她从来没躲开过。但露丝不一样。她似乎真能知道他在想什么，或多或少吧，她从来不信他的鬼话。好吧。罗伊也没指望她会信他。多数时候他说话只是为了看看人们怎么反应。他没想过他的话真能被人认真对待。很久之前，罗伊就不再纠结他这个性格中的悖论了——尽管没指望人们相信他说的话，但如果他们真的不信，他又会火冒三丈。当他跟他们说他已经改过自新时，他们为什么就不能停一停，哪怕是停一秒，去想一下是不是真的呢？好吧，当然，他没变，但至少他还有改变的可能性，不是吗？对沙利和露丝之流来说，尽管他们都知道他有可能改过自新，但他们就是把他看死。该死的，他们怎么能这么确信他不会变？

"那么，到底多少钱？"他问，急于想知道她觉得要花多少才能把他"买"走。而且，看看吧，她是多么急迫地想要甩掉他。哼，这永远不可能。在这一点上他下定决心。她在电话里不小心流露出的讨厌的窃笑声，更让他坚定了他哪儿也不会去。

"我大概能弄到三千美元。"她说。

他摆上一副面无表情的扑克脸。"要重新开始，这笔钱可不够多，对不？"他说，"这点钱，要重新开始的话，当天就花光了。"

"这不是巨款，"露丝没反对，"但我只能给你这么多，这可是免费给你的。我还以为这钱对于你这种憎恶老老实实工作的人来说会很有吸引力呢。你可是一向连买杯咖啡的钱都没有呢。"

"五（千）会比三（千）更有吸引力，"他说，尽管实际上他并不觉得。五只不过是个稍大的数字，但并没有本质的区别。唯一能引起他兴趣的是看她会怎么反应。

"我没这么多钱。"

"你可以借啊。你和沙利关系还是很好的。他继承了老太太的钱……"

"我不会问沙利借的。"

他摇摇头。"我只是在帮你想办法。"

"罗伊，你应该考虑一下的。"

"五千还是三千？"

"三千。我会试试看五千，但目前只能给你三千。"

"假设我接受三千，"他说，开始享受这谈话了，"我不是说我要接受三千。只是假设。我拿了三千，去别的地方重新开始。假设我花光了你的三千，发现不喜欢那儿又回来了呢？"

"条件是你不能回来。"

"好吧，但我们只是假设，对不？假设到时候我觉得相对我的新生活，我更喜欢我陈腐的老生活。你准备怎么阻止我回来？"

"我们会握手起誓。你和我。"

"你是说让我……许个诺？"

"随便你怎么叫，只要你离开。"

"你这个交易有点违背人性啊，"他说，"我是这么看的。比如说你给我三千。像你说的，免费的。但如果我食了言，回来了，也许你会再给我三千？或者到那时可能是五千？那我为了什么……那个词怎么说来着？"

"动机？"

"是的。就是这个词。我离开的动机。我并不是说我们握手发誓后我一定会回来。但，是的，有这可能。"

"这么说吧，罗伊。并不是我真信你的诺言。但如果你蠢到真的再敢回到这儿来——"

她还没来得及说出罗伊确定是某种威胁的话，一扇通往莫里森阿姆斯的外门被弹开了，一个胖胖的秃头男子只穿着一条磨破的滑落到胯部的短裤，像被鬼追着似的从楼里冲了出来。那砂砾铺的停车场上到处散落着啤酒瓶和威士忌酒瓶的碎片。只要是个头脑正常的人都不会光着脚蹿来蹿去，但很明显，不包括那个疯子。他咯吱咯吱地跑过罗伊和他岳母旁边，看上去已狠下决心，他似乎比较过前面的危险和身后的危险，显然他选择了面对前面的危险。但他并没有被追赶的迹象，因此当他跑到人行道后，罗伊以为他会停下来或慢下来，但他仍在拼命地跑，直到消失在莱姆罗克街的街角。

罗伊先回过神。"像你这样的人总是觉得自己可以预测未来，"他说，"但其实并不能。除非你预测到了刚才那个裸奔的男人。"

"是不能，"她承认道，"但如果你跟我说我会看到一个裸男从巴斯的某个建筑楼里跑出来，我想我能预测到是哪栋楼。"

罗伊确定他俩不会在预测未来上达成一致，因此他非常小心地打开车门——他实在浑身疼得厉害——钻出车来。这时从阿姆斯楼里传来一声尖叫，接着又是一声。科拉，那个与他同居的女人，以与她的体型相比令人惊讶的速度与敏捷冲了出来。接着另外两个女人，其中一个抱着个婴儿，边跑边叫着。露丝正要离开，见状停了下来，摇下窗户。"发生什么事了？"她问道。

"里面有条该死的蛇，"科拉说，"一条大蛇。"

罗伊对她的话的真实性存疑，他觉得这是天方夜谭。他知道树丛中有响尾蛇，但这些蛇跑到镇里的莫里森阿姆斯区做什么？他觉得聪明的做法是，带有长柄的东西——比如一把扫把，或者一个耙子，进去把它找出来。但他有其他事要做，那件他之前告诉过自己要记得，但转身忘了的事儿。

"考虑一下我的提议，罗伊。"他的岳母说。

"我会的。"他撒着谎。尽管她看上去并不信他，她还是摇上车窗，开走了。

科拉走过来。"噢，罗伊，看看你！"她说，"我听说你受伤了——"

他伸出一个手指阻止她。"别吭声，"他说，"我正在想

171

事情。"

"当然，罗伊，"她说，"我只是——"

"想起来了。"他突然说。

"你去哪儿？"她看到罗伊转身走开了，"去格特酒吧吗？我能一起吗？我带些钱……"

但他根本就没听。站在路边他能一眼看到停车场，当时他在那儿瞥见了一抹红色。现在看清楚那是什么，他笑了，接着皱起眉，明显感到自己的那股冲动，就是那种到目前为止，他根本一点没法控制的冲动。他回想着老牛鞭是怎么诊断出了他的问题，又告诉他该怎么才能改变的。哈，他是个只会说的人。他比罗伊早几个月出狱，但六个星期后，他又回到监狱里来。罗伊问他发生了什么，他只是说："我看到了机会。"

现在更多惊慌失措的人群开始像潮水一般从阿姆斯楼里拥出来，但罗伊完全没注意他们。他整个大脑都跃动着红色。

不能做，他跟自己说。

但他还是做了。

布吉

那天下午从莫里森阿姆斯冲出来，光着脚，半裸的男人叫罗尔夫·布吉瓦根尼科特什么的（人们叫他布吉·伍基，因为他的姓实在很难发音）。他一直逃到莱姆罗克街的中央，径直穿过了只剩下三面墙的厂房。那时已是下午三四点了，围观的人群多半四下散去了，但卡尔·罗巴克的人和尼莫公司的职员还在那，还有米勒，他代表警方待在现场。这些人都停下来，目瞪口呆地看着布吉旋风般地冲过去。尽管布吉已经中年，胖得不成样子——在高中时他可是跑过田径赛的——但从他挺直的身形、摆动的双臂、豪迈的步伐，你还是能看到他当年做跑步选手的影子。现在被强烈的恐惧驱使着，他跑得越来越远，越来越快，超出了所有人的想象，包括他自己的。但跟年轻充满活力的身体条件相比，恐惧所驱动的能量不够强大，太稀薄，很容易燃烧殆尽，但他正被恐惧笼罩着。因此当布吉的恐惧燃烧尽后，他像个走完发条的玩具一样戛然而止，在街中间一屁股坐了下来，精疲力竭，他也终于感受到了伤痕累累的脚传来的剧痛。

米勒警官很不情愿地离开他舒服的岗位，但他的理智告诉他：一个光脚男人，只穿个内裤，跑到街中央来，如果雷默警长在，肯定希望他去问个清楚。他小心翼翼地根据警察指导手册里详列的最佳方法走近那人，那个文件他早已烂熟于心，这样就免去当场思考的麻烦。实际上，他都能在心中再现那些文字，那上面提醒：一个在逃犯罪嫌疑人很可能身藏武器，当然就目前情况来看似乎不太可能。这个人看上去也不可能再潜逃了。布吉的脚还在恐怖地渗着血，就像有人拿干酪切丝机切磨了它一样，他的胸脯在剧烈地起伏着。很明显，除非有人抬着，否则他一步也迈不动了，米勒因此信心倍增，把注意力转向审讯犯罪嫌疑人上。从哪儿开始呢？他觉得，指证他在公众场合下裸露身体是无可厚非的，因为布吉的黑色生殖器在大腿和松垮的短裤间清晰可见，但他选择提出另外一个他认为更紧迫的问题。"你不能就这么坐在马路中间。"他说。

布吉满眼都是痛苦的泪水，慢慢才意识到旁边有个穿制服的警官，这意味着他的境遇，不仅非常尴尬，现在还非常耻辱。他上气不接下气地，小心翼翼地说。"那不是我的蛇。"

米勒瞬间不知所措，这完全打乱了他的步骤。谁提到蛇了？难道这个人嗑药了，幻想着自己被蛇追？他的瞳孔并没有扩大。尽管他身上散发着酒气，但看上去他并没有喝醉，只是有点呆头呆脑。"我再也不会回那儿了，"他语气坚定，"谁都不能逼我。"

但他愿意去医院，于是米勒给他叫了一辆救护车，夏莉丝叮嘱他要跟着，这样可以录笔录。结果令人吃惊的是，这事的确与蛇有关。据布吉说，107室的房东要在郡监狱待三个月，他就把房间转给了一个自称是威廉·史密斯的人。布吉其实没见过那个人，他是在格特酒吧接到史密斯的电话，说要雇布吉给他干活的，格特酒吧是布吉的第二个家。没人知道这个人是怎么听说布吉的，但很明显他得到的情报显示，布吉是能够用最低工资雇佣到的人，只要那工作不需要做什么实际的事儿。史密斯把自己描述成是个到处跑的销售人员，目前正在纽约北部做着几单生意。他想让布吉替他干三个星期的活，如果一切顺利的话，可以雇他到六月。史密斯还解释说自己会很少来住。他要租用107室暂时储存他的货物。

按照电话里描述的，史密斯让布吉做的事，再适合他的性格和不求上进的本性不过了。他需要在周一至周五的工作时间，偶尔签收一下联邦快递的包裹。但也有其他要求。比如，他不能邀请朋友过来——这没问题，因为布吉本来就没什么朋友——也不能把女人带进来，这更不成问题了。他的老婆十年前就离开他了，从那以后，他就没有约过会，也没有过任何女人。实际上，除非敲门的是自称联邦快递的人，否则他连门都不会去应。签收了的包裹需要马上被放进厨房的大冰箱里，史密斯解释，隔板都去掉了，这样可以腾出更多空间。另外，史密斯也承认，可能会有个不能弥补的小小不便之处——像莫里森阿姆斯的其他公寓一样，107室只有一个穿过卧室才能到达的洗手间，但卧室的门到时候得成天锁着。布吉要上厕所的话，就得去楼上自己的公寓，或者，如果他不想爬楼梯的话，可以到后面的杂草地里解决。他得完事快一点，以免错过了联邦快递。但另一方面，他可以随心所欲地看电视，喝免费啤酒（史密斯还体贴地提供了一个储备丰富的迷你冰箱）。

布吉的另一项职责是得确保卧室窗户上的大空调要不间断运转。（虽然前面房间天花板上有个风扇，但那不够凉快。）史密斯解释说，卧室里有对温度敏感的化学药剂。布吉得一天至少两次——一次早上，一次下午——到外面去确认一下卧室里的空调是否正常运转。如果万一它因为什么原因停止了——比如说风扇皮带断了，或者整个大楼断电了——他得立马拨打用青蛙磁贴贴在冰箱门上的那张纸上写的电话号码。极有可能没人接电话，但他还是要留下详细信息。如果史密斯需要跟布吉联系，他会打107室的电话。布吉问他他们能否啥时见个面，威廉·史密斯说这要求很合理但不太可能实现。如果他可以接受这些条款，那他第二天早上就可以开始工作了。

布吉将信将疑地挂了电话，觉得整个事情很可能是格特酒吧某个混蛋搞的恶作剧，很可能是格特自己搞的。喝啤酒，看电视，那可是他去酒吧付了钱才能做的事，这差事真是好到令人难以置信。然而，就在那天晚上，他回到阿姆斯时，发现邮箱里有个信封，里面装着107室的钥匙，正如他跟威廉·史密斯的对话里所说的，第二天早上又有一个信封，装着预付给他的前半周的薪水，都是现金。

　　布吉天生就不是一个有好奇心、复杂多思的人。他认为自己在政治上是个自由主义者。他不赞同大多数的法规，讨厌所有的政府干预。一般来说，他不喜欢被别人告知他该做什么或什么才是对他好的。他从来不用人提醒管好他自己的事儿，他以此为傲。当然任何愿意付钱让他喝啤酒看电视的人的隐私，都值得被尊重。他也想过，威廉·史密斯可能并不是他雇主的真实名字，对他所做的"生意"，这个人也可能没有完全开诚布公，而且他的"存货"可能也不是百分百合法，但这些又有什么关系？他又不是个警察。有一次，在第一周的工作要结束时，布吉的确有点疑虑。那天下午，情景喜剧刚结束，广告还没马上跟上，在接下来那片刻的寂静中，他觉得自己好像听到了卧室门后有婴儿吱吱移动的声音。尽管不管多大的孩子布吉都不喜欢，但他也不赞同把一个婴儿单独锁在卧室的做法。但他把整个事件又回想了一遍后，得出了一个合情合理又令人宽慰的结论，他肯定是弄错了。因为婴儿会哭，每次要换尿布时都会哭哭闹闹，还会闹着要奶瓶。不，那个吱吱的响声只是他的臆想。又或者，那响声是从门外走廊里传来的。

　　尽管这份工作整体很闲适，布吉偶然也会怨愤。让他很难释怀的是不能使用房间里的厕所。到了他工作的第二周，天气变得不合时节的闷热，尽管头顶天花板上的风扇开着，前厅还是像个大蒸笼。为什么有空调的卧室是个禁区，而且把他锁在卧室外本身就很令人羞辱，这意味着对方并不信任他。尽管之前说过他实际上不可能碰到威廉·史密斯，但这男人真的没有逗留一下、介绍一下自己，这还是太过无礼。因为很明显，他来过公寓，尽管待的时间很短。布吉放到冰箱去的包裹不会超过两三天就会被转移走，布吉猜是移到了卧室。每次布吉的啤酒要喝光时，就会有一两听新的啤酒神秘地出现。

　　绝大多数时候，每天至少会送来一个包裹。包裹的尺寸不同，但绝大多数都是瘪塌塌的，上面标着"易腐败"的字样。有一天布吉签收了一个包裹，尺寸是其他包裹的两倍，当他从快递员手中拿过来时，里面的东西像半瓶子水一样晃动着。布吉按照指示把盒子放进冰箱里，站在打开的冰箱前，他想，如果这些货物真的易腐败的话，为什么冰箱里的温度要被设成五十五华氏度呢？

第二天下午，在把另外一个包裹放进冰箱后，他注意到了在冰箱和墙的缝隙间有一个长把手——也许是把扫帚？——他之前从来没注意过。把手伸到那窄缝里，他拉出一个长相奇特的像杆子一样的东西，他一时也没想明白那东西是干什么用的。杆子的一头是亮橘色 V 形的把手，另一头是一个套有衬垫的钳子。握紧把手，钳子就闭起来；松开把手，钳子就会打开。很明显，这设施是为了抓住某些东西设计的，但这是用来抓什么的呢？也许是储存在高架上够不着的东西？但在莫里森阿姆斯这工具没啥用。布吉有五英尺七英寸高，他直起身，踮起脚尖时，基本能够到天花板。呵，这个单音节的叹词为他的好奇心画上句点。他不再纠结冰箱后面到底是什么该死的东西？去弄清楚它的用途又有什么用呢？说实在的，如果你自己没放啥东西在冰箱里面，那冰箱的温度开得高些又有什么关系呢？对于生活中充满的这种没有意义的谜团，布吉有个很棒的解决方案——如果有什么事让他感到困惑，他就将之抛在脑后。

然而，那天晚上，在楼上自己的房间里，他一下子坐得笔直，他那不听话的潜意识在睡梦中解开了那古怪工具的谜团。钳子不是用来抓没有生命的物体的，而是用来抓过于灵活的活物的，最好保持安全距离。如果温度太低会死掉，太高又会暴躁地醒来。他听到的不是婴儿的动静，而是蛇。威廉·史密斯收集爬行动物，至于用做什么目的，布吉也看不透。

洞察一切可不是布吉所热衷追求的，他更喜欢无知带来的快乐。一想到隔开他和一屋子蛇的仅仅是一扇门，便大大破坏了喝酒给他带来的难得的平静。之前他一直认为很有理由去憎恶那扇锁着的卧室门，但现在早上起来第一件事就是去确认门是锁着的。之前他觉得每天出去两次看那该死的空调是否还在嗡嗡作响没啥用，现在他每小时都会去查一次。他努力过了，但这公寓里的每一个角落都让他坐立难安。一直吸引他的电视剧突然也变得乏味了。前一分钟他还盯着屏幕，下一分钟他就穿过客厅把耳朵贴在卧室门上，紧张地听着那萌动或窸窣的声音。如果他迷迷糊糊地睡过去了，他就会惊恐万分地醒来，觉得有东西爬过他的脚背。联邦快递的人再敲门，他会吓个半死地跳起来。一开始，他每天至少能喝掉一箱啤酒，但现在他只能喝掉半打，这意味着快到傍晚了，他还是清醒着的，这状况让他感到既紧张又疲惫。当他努力吃点东西时，固体食物会在胃里马上消化，他不得不急忙跑到楼上他自己的公寓去上厕所，当他从马桶上站起来时，他的膀胱火辣辣的，他在浴室的镜子里瞥见自己凹陷的脸。他被摧残得不轻。哦，也许他早就残掉了。尽管失去钱和免费的啤酒让他很不痛快，但他还是不得不跟威廉·史密斯提让他另找他人。

第二天是周三，在经过了一个无眠之夜后，布吉打了青蛙贴下面的号码。没人应答，但答录机里传来他之前听到过的同一个声音。"我不在。请留言。"

"史密斯先生，"他说，"我是罗尔夫·瓦根尼科特……呃，布吉。对不起，我不能再为你工作了。过了今天，你得再找一个人替我。"

挂了电话，他还没回到沙发上，电话就响了。"提前两周辞工是惯例。"那声音一上来就说。

"你只雇我三周时间，现在我已经工作两周了。"布吉脱口而出。

"还有一周。"

不知还能做什么，布吉准备开诚布公。"我知道卧室里藏着的是什么了。"

"你是说，蛇？"他的雇主似乎并没有因为布吉的发现而有丝毫惊讶。"还是枪？"

枪？

"还是毒品？"

毒品？

"是蛇，"布吉澄清，"我怕蛇。"

"它们在笼子里。"

"它们在我梦里。我无时无刻不在想它们。"

"对不起，但你现在辞工不方便。"

"对不起，我真干不了。"

"我需要你至少干到周五。"

"对不起。"布吉重复道。

"要不这样，"那人低声说，"我啥时候晚上放一条'访客'陪你？"

"访客？"

"你没注意到吗？你公寓的门跟地板不贴合？"

实际上，布吉注意到过这个，他冷汗直流。

"我说过，我需要你坚持到这周末。"

"好吧。"布吉说，他可不想威廉·史密斯带任何"访客"到他的公寓来。

第二天早上，周四，他刚到 107 室，电话就响了起来。"一切都好吧？"那声音问道。

"很热，"布吉说。前厅的温度计已经显示九十华氏度，但这还没到九点钟。

"把吊扇开到最大。"

"已经最大了。"布吉说，但电话已经没声了。很明显，威廉·史密斯打电话来只是为了确认他来工作了。

第三天，周五，情况更糟糕了，当他走进去，前厅就像个桑拿房。一连两个晚上没睡觉，他疲惫到了极点，除了对环境的恐惧外，他脑子里一片空白。他马上脱得只剩内裤，从迷你冰箱里取出一罐啤酒，他没有喝，而是拿它滚过额头和脖子后面。当他环顾公寓时，觉得有什么不对劲。威廉·史密斯晚上来过了吗？他检查了冰箱？没有，昨天送到的联邦快递的盒子还在那儿。尽管布吉从来没见过那人，却可以觉察到他的存在。他会不会在卧室里和蛇在一起，监视着他？可笑。布吉要精神错乱了。

这一大清早，他唯一能做的事就是喝酒。如果酒精不能驱走他的恐惧，那至少能让他最后的八个小时过得更快些。他安慰自己目前正在做的事情过去两个星期他一直在做，并没有发生任何不测，而且这又是最后一天了。那些爬行动物安全地待在笼子里，对任何人都构不成危险。这噩梦马上就要结束了。他狂饮了一罐啤酒，吐在了水槽里，接着又喝了一罐。当这一罐下了肚，他又开了一罐，然后打开了电视，转到一个游戏节目，把音量调到了静音。

到了九十点钟，那些恼人的想法卷土重来，开始在他脑子里沸腾。谁能保证史密斯不会下午打电话来，要求他再待上一星期？布吉对他那些品种多样的"存货"知道得太多了，史密斯能让他就这么不干了？不担心他向警察告密？如果他现在正在楼上，并从他公寓的门缝放条毒蛇进他房间怎么办？与其等着威廉·史密斯来整治他，不如他先发制人岂不更好？如果他叫了警察，他们几分钟就会过来，那么他的雇主就成了通缉犯。布吉走到墙上的电话前，拿起了话筒。拨号音响起来，他却挂掉了。他犹豫不决、不知所措，于是又给自己拿了罐啤酒。喝完啤酒，他回到了电话旁。这一次，他拨了911，只是为了确认能拨通警局的电话。当那边的女士应答时，他又挂了电话，接着又喝了一罐啤酒。突然他觉得有强烈的便意，便冲到楼上自己的公寓，刚进厕所就大放特放起来。回到楼下，他又一次来到电话前，这一次他下定决心要把电话打完。

墨菲定律①，在布吉身上生效了，即便是他这样的自由主义者也难逃其约束。要出错的终究会出错。当他拨了 9 后，所有的灯突然灭了，电视突然黑屏，吊扇不再吱吱作响，冰箱不再嗡鸣，墙上的钟也停止了滴答声——他自己的心脏几乎也一起停止跳动了。窗帘拉着，房间几乎漆黑一片。布吉混沌的大脑突然觉得 9 和灯灭了有因果关系。难不成他的老板有千里眼，他不但知道自己的雇员要背叛他，而且还知道具体哪一分钟这背叛会发生？还是说他在前厅某个地方安装了摄像头，这样可以监视他？布吉迅速扔下了话筒，高举双手，摆出典型的投降姿势，好像史密斯就在房间里，拿着一把上了膛的枪对着他。他保持了那个姿势好几分钟，直到开始觉得这很愚蠢。这时他听到外面有警笛响，他走到前窗，从窗帘后朝外瞥。外面的世界看起来无比正常。那个老黑人像往常一样坐在折叠椅里，冲着来往的车辆挥动着他的小旗帜。控制住自己，他大声地说，他声音突然安抚了自己。他该做的是打电话给威廉·史密斯，保证自己是个忠诚、称职的员工，不是雇主的告密者，毕竟那雇主除了暗示小小的死亡威胁，对他还是非常周到的。

这一次，仍然是答录机回复，那声音说："我不在。请留言。"

"史密斯先生？我是布吉。刚刚断电了。"

嘎吱的声响从卧室门后传来，这绝对不可能是他的幻听。难道房间已经变热了？

"我该怎么做？"他呜咽道，"如果你在，能接一下电话吗？"

挂了电话，他走到卧室门边，把耳朵贴在门上。什么都没有，一片寂静。不要敲，他跟自己说，但他还是敲了。应声而起的，不是一声嘎吱声，而是很多。

---

① 墨菲定律：如果有两种或两种以上的方式去做某件事情，其中一种选择将导致灾难，而且必定有人会做出这种选择。

他抓起电话："它们醒了，史密斯先生。我能听到它们在里面。"

现在不光是嘎吱声，而是吐舌的嘶嘶声，这绝不是幻听。

"我打电话了，按你说的，"他对着电话那头不存在的人说，"我做了你要求的所有事情。"这人去哪儿了？上一次，他很快就回了布吉的电话。这次他为什么不拿起话筒，说，不要担心。布吉。我知道你都做了。现在是我的问题了。你去格特吧，去喝一杯啤酒。

答录机的磁带用完了他才挂了电话，回到卧室门边。嘶嘶声停止了。他现在能听到蛇苏醒时躁动不安的声音，睡意惺忪的蛇眼正在睁开，三角形的头正在抬起，蛇身正在伸展；还有其他更小些的、吓坏了的蛇在笼子里或藏在报纸下乱游的声音；还有金属丝网被拉紧、膨胀的声音，一开始是试探，紧接着是目标明确要冲出来。

布吉穿着内裤站在那里，突然想到如果万一要逃，他还没准备好，他至少应该把裤子穿上，还有他的鞋子，这些想法真是疯狂。只要在他和这些愤怒的爬行动物之间有扇锁着的门，他就没有危险。那扇门紧紧地贴着地毯，没有东西可以从下面爬进来。不幸的是，他刚安慰完自己，脑子里就活生生蹦出这样一幅画面：一个三角形的小头从褶皱里昂起来，看到他时定住，接着朝这个新目标爬行而来。

他从厨房的椅背上一把抓过裤子，疯狂地想要穿上，这时他听到卧室里笼子倒地的声音。这声音让他僵在了原地，单腿站着，全部注意力都转移到了门上，他差点觉得那门会开，但那门是锁着的。然而突然他脑中浮现了一个令人惊恐的想法：门锁了吗？那天早上他浑浑噩噩，甚至没有查看！他怎么能如此愚蠢？这个问题似乎不言而喻。因为他就是个白痴。他这一生都是。他的妻子为了减少自己的损失多次提醒他锁门，她在逃走前也提醒过他。现在他只能过去证明它是锁着的，因此他裤子还没有拉好，就单腿跳到了卧室门前，一条腿在裤子里，另一条在外面。他把门把手转到右边，这像个做过很多遍的惯常动作，以确认门是锁好的。门当然没锁，为什么要锁呢，布吉头脑异常清楚地想，此刻身体的重量把门朝里面带开。既然他知道里面有什么了，威廉·史密斯就没有必要把门锁上了。光恐惧就足以阻止他的脚步。

一肚子啤酒的布吉被裤子绊得双膝跪地摔倒在地上。卧室很暗，唯一的光线来自前厅。但他能够看到他并不想看到的东西。他能辨认出堆砌起来的笼子的轮廓，慢慢在松绑的黑色绳子。箱子已经摔倒在地，笼子的门也打开了。

开始他没看到眼镜蛇，直到它立了起来。

两个罗布

　　罗布·斯奎尔斯和他的妻子布茨住在镇西部一处摇摇晃晃的村舍里，那房子在一条县级两车道沥青路的偏僻小支路旁。那儿的租金便宜。如果风向一转，就像今晚，你都能闻到旁边垃圾场的味道。暮色将至，沙利把车开进车道，停在他们凹陷的双色斯巴鲁车的后面。"待着别动。"他唤着跟罗布同名的狗狗，狗正站在沙利旁边的前座上，呼哧呼哧地喘着气。那狗重重地叹口气，但还是听话地趴在了座位上，下巴搭在前爪上。沙利可以感觉到，在贝丽尔小姐家的地下储藏室里待了大半天，罗布正急着要放放风，但斯奎尔斯家后面有一片树林，就靠着垃圾场，它很可能会碰到臭鼬。沙利希望半个小时后能顺利地坐到白马他喜欢的那个吧凳上，而不是回家给这个愚蠢的小东西洗番茄汁澡[①]。

　　去年冬天，罗布发现了这个可怜的家伙，它当时饿得半死并沿着结冰的路边一瘸一拐地走，于是罗布就把它带回了家，想要收养它。不幸的是，布茨，虽然她本人不费吹灰之力就让体重突破了三百磅，但看到任何瘦骨伶仃的家伙她都很不爽，她坚持说不行。她可是个有洞察力的人，至少在有关她丈夫的事上，她很清楚要收养这可怜东西的话，照顾喂养的活儿就会落在她身上，所以她告诉罗布，家里只许有一条"癞皮狗"，这让罗布思索了一番这霸道的规定，努力想弄清它有什么隐喻，最后找到了解决方案。结果是，并不擅长照顾任何生物的沙利不情愿地把多余的狗狗领回了家。狗的

---

① 用番茄汁给狗狗洗澡可除去狗狗身上的异味。

184

标签上写着**雷吉**，但沙利把标签移走，重新给它起了名字，并享受这名字带来的愉悦。如果两个罗布都在旁边，他就特喜欢发出命令，看看谁会遵守。如果狗叫了，沙利就会说，"安静，蠢蛋"，这时狗和人都会充满期盼地看着他，都不确定他是在跟谁说话，也都不想猜错，他俩的表情一模一样。如果是人类罗布犯了错，张口回答了，沙利就会说："我没跟你说话。"

罗布狗龄小，但经验丰富，沙利觉得这两点都很糟糕。果不其然，它生龙活虎总不长记性，如果严厉的警告不管用，它就会逃之夭夭。半年后，沙利才意识到，罗布会因为它的主人提高嗓门吼它，就立马小便失禁。但这狗看上去还是很爱主人的，当罗布不乱撒尿时，沙利就会回应它无言的爱。直到最近，他都一直让罗布紧跟着他，包括去海蒂之家，但这家伙不知从哪里感染了生殖器寄生虫，喜欢上了咬自己的生殖器。毫不奇怪，它那血淋淋的、嚼烂了的小东西让所有人都离他远远的。如果它在场，你就没胃口分小香肠了。

虽然现在太阳下山了，但把罗布留在卡车里，把车窗摇上还是会太热，所以他俯下身，把乘客座那边的窗户摇下来。"待着，"他重复道，"听到没？"因为罗布正用人类般渴望的表情盯着他的逃跑路线。"如果我出来，你不在卡车里，我会把你扔在这儿喂狼。"这话也经常引发小便失禁。

罗布又叹了口气，这次叹气声更重了。沙利可以读懂它脑子里冒出来的想法：如果你不想我跳出来，为什么要开窗？

"也不能在车里小便。"

钻出卡车，沙利觉得自己听到附近有一阵低低的呜咽声，但当他停下来去听时，又什么都听不到了。是什么动物被车撞了，爬到了树丛里或房子下面等死吗？他站在那儿，等着声音再次响起，但随着热风传来的唯一的声响是州际公路上的车辆声。走到门廊的一半时，他听到抓挠声，一回头看到狗正站在座位上，前爪搭在开着的车窗框上，摆出起跳的姿势。"罗布！"沙利喊道，"我向上帝发誓，如果我出来你不在卡车里，我会从车斗里取出铁铲，狠狠揍你一顿。"很明显，罗布把这威胁当了真，因为它呜咽了一声，消失在了驾驶室里。它肯定尿得座位上到处都是，沙利悲哀地想。他并不想吼它的。

从某处——这次更近了？——同样的呜咽声又响了起来。是风转向了？还是这声音就是从门廊里传出来的？沙利想往后退一点，瞅瞅门廊下面，但想到可能会有双闪闪发光的眼睛在黑暗中盯着他看，这想法就不那么吸引人了，因此当声音又停止后，他就决定不再理睬了。

之前他一直希望来罗布家探访时只有他一个人在家，但车道上的斯巴鲁的引擎还在嗡嗡作响，这意味着布茨——车的主人，不久前刚下班回家。正是她，拿着一叠垃圾信件应了门。她还穿着制服，稀疏的褐色头发还盘在发网里，这是她在医院自助餐厅工作时的装扮。

"是你。"她说，看清楚了来人。

"是的，"沙利说，"抱歉让你失望了。"

她转身走开了，留他自己进门，把纱窗门关好。"我一直希望会是哈里森·福特①敲门，但从来就不是。"

"下一次来我会带着我的鞭子②，那就像哈里森·福特了。罗布在哪儿？"

"我以为他跟你在一起。刚才我不是还听到你在威胁要用铁铲打他吗？"

---

① 哈里森·福特（Harrison Ford），美国男演员。他著名的角色包括《星球大战》中的韩·索罗和《夺宝奇兵》中的印第安纳·琼斯。
② 在《夺宝奇兵》中，哈里森·福特饰演的印第安纳·琼斯腰间挎枪、手挥皮鞭，这成了哈里森最经典的荧幕形象之一。影片中斯皮尔伯格曾让印第安纳用鞭子对付一头狮子。

"不是，那是对狗说的，"他说，这让她满意了些，"我没见你丈夫。我一直在海蒂之家等他，但他没出现。"

"我还以为你们今天要把树枝砍掉呢，"她边说边把垃圾信件扔进了那个像婴儿摇篮一样大小的柳条篮子里，那里看上去已经装了近一个月的信了。斯奎尔斯家的所有东西都满得溢出来了，放满脏盘子的水槽、装满发臭垃圾的垃圾桶，客厅里堆满了布茨借来的爱情小说。据罗布说，她至少每晚看一本。

"是的，我们是打算把树枝砍掉。"沙利承认。昨天晚上，在离开白马酒吧之前，他俩约好了第二天中午在这儿见面。沙利会带来他的梯子。他甚至一到家，就把梯子扔到了卡车的车斗里，但到了早上，他就忘得一干二净了。那天早上他还瞥见了梯子，但也没能唤起他的记性。尽管他很不愿意承认，但这种过失最近正在频频发生。罗布难道整个下午都在等他？他现在在哪儿？

布茨昂着头，正透过她看书戴的眼镜怀疑地审视着他。他停在客厅边倚着椅子。"怎么回事？"她问道。

"什么怎么回事？"

"你喘得像刚跑完马拉松。"

不完全是，但也差不多了。爬了四级小台阶。胸口像在被大锤重击。"我一会儿就好。"

"你现在一直都这样吗？"

"不是，时不时的。明天醒过来我就好了。"他希望如此。

"你还抽烟吗？"

"我已经记不起来上一次买烟是什么时候了。"他回答。

"好吧，我要问的不是这个。你以为你是在跟一个从来不问人要烟的人说话吗？"

他并不奇怪她识破了他。他白天是基本放弃了抽烟，但到了晚上，到了白马酒吧，他就会跟乔可或卡尔·罗巴克要上几根抽。"不，"他回答，"但我可能是在跟一个该管好自己事的人说话。"

"是吗？"她说，用她招牌式眼光瞪着他。

"我没说我是，"他澄清，"我是说我可能。"

她又盯了他一会儿，终于放过了他。"男人呐。"她感叹道，这让沙利反思——不是第一次——为什么这么多女人会把他看成是那种会让人暴跳如雷的男人，这种态度来自布茨和露丝就更让他难以接受，想想看她们嫁的是什么男人。

"我要脱掉制服，"她边说边朝楼梯走去，"它磨得我浑身疼。"

他没兴趣去想那制服磨了哪儿。布茨，她的，每一寸肌肤都被捂得严严实实。他重重地坐到小饭厅里唯一一把没有堆满垃圾的椅子上，休息片刻，他的呼吸恢复了正常。可能不久后，他就很难恢复正常了。他自己知道这一点。这疾病不受他控制。每隔三四天就会发作一次，但他的心脏病专家说，这样的发病频率维持不了多久。之后就会变成三天发病一次，两天发病一次，每天都发病一次。最后会整日都像今天这样。这意味着病情正在慢慢恶化，但也有可能会突然恶化。

楼上传来愉悦的呻吟声，还没来得及抑制，他的脑海里就浮现了布茨脱了制服，在检查擦伤的身影。他多久才会想到一次性？太他妈经常了。

"我听说那老厂房倒塌了，是怎么回事？"她叫道，声音穿过了天花板。

"就是最靠街的那堵墙。"沙利朝上喊。

"噢，可那是怎么发生的？"她问。

于是，隔着天花板，沙利告诉了她他整个下午听说的事情，卡尔本来是怎么打算加固厂房，然后又是怎么把厂房的横梁和地基搞得更糟的，结果那面毗邻人行道的长墙坍塌下来，砸中了正好路过的罗伊·帕迪。沙利整个早上都在愉快地想象着要怎么干掉罗伊，因此也不能确定自己该不该觉得内疚。如果他没有用编出来的招聘广告刺激罗伊，拖了他一两分钟，可能在墙倒之前，他就已经经过那片区域了。难道沙利的空想被上帝当成了祈祷，还得到了回应？上帝现在开始回复人们的祈祷了吗？从什么时候开始的？

布茨回到厨房，她换上了她喜欢的五颜六色的宽松罩衫，在那衣料里面，沙利看到，动一动，就波涛汹涌。"你怎么看？卡尔是故意的吗，为了骗保险？"

"有人这么说。"

"你也这么认为？"

"如果他这么做我也不奇怪，"他承认道，"但我怀疑这点。"很大一部分原因是，无论卡尔何时有了愚蠢的想法，都会先跟沙利讲。

"来瓶啤酒吗？"布茨打开冰箱问。

"不了，谢谢。"

"好吧。反正我们的酒也喝完了。"不光啤酒，从空架子来看，其他所剩的东西也不多了。他们的经济状况得有多糟糕，沙利寻思着。现在罗布在墓地有了稳定的工作，布茨在医院的自助餐厅打工，但两个人收入都不高。他不清楚他们把钱花哪儿去了，罗布似乎总是一贫如洗。

当布茨把电话簿下面的抽屉拉开时，沙利迅速转过身去，因为他知道那是她放她糖尿病医疗袋的地方。上一次他犯了错，目睹了她把针扎进肚子里的过程，眼看着针眼穿过她宽松的罩衫，当时他差点昏倒。光想想他背后的场景就足以让他满头大汗了。"你弄完了告诉我。"

她得意得咯咯笑，很显然他的不适令她愉悦。"对于你这样的硬汉，也太容易受到惊吓了。"

"如果第二次世界大战时用的是皮下注射，我肯定在训练阶段就逃掉了。"

"哦，你可以转过身了。我好了。"她说。他仍旧等着，不相信她的话，直到听到抽屉又合上的声音。当他终于冒险瞄一眼时，她正在厨房逡巡着，一副极其憎恶的表情，仿佛在说无力改变眼前的景象。"你肯定不知道怎么修洗碗机吧。"

"每次到这儿你都会问这个问题，"他说，"答案仍然是不知道。"

"也许我应该把卡尔弄过来，让他炸掉整个厨房，"她说，"炸成碎片，重新开始。"沙利没有出声，她眯着的眼睛审视着他。"别啰唆，"她建议。

"我没打算要说话。"

"你会的。你会说从现在起一个月后一切又会恢复原样。"

"不对。"他说。从现在起一周就会跟原来一样了。

"我可不傻。"

"我说过你傻吗？"

"没有，我猜你没有，"她回答，"肯定是我脑子里幻听到的。"她走到窗边，朝着黑暗处看去。"你听到过脑子里的声音吧，沙利？"

*每时每刻，姑娘，*他正要开口，她突然说道，"狗娘养的，"她的嗓音充满了惊愕，他也走到窗边。地上躺着他和罗布本来打算下午要砍掉的树干，现在即使在黑暗中也能从轮廓清楚地辨别。这该死的东西是自己掉下来的吗？不，躺在树桩旁的是罗布前一天借来的链锯。难道他等烦了沙利，就从别处借来了梯子？离他们最近的邻居也有半英里远，拖着个梯子走过来，即使是个铝制的也太远了吧。难道他叫了修剪树木的服务？那更不可能了。至少不会在借了锯子之后。而且，如果他付钱给别人去做他答应过自己会去做的事，那么布茨不会对他的老二客气。他可能叫了他的堂兄弟们来帮忙，他们住在斯奎尔斯家族拒绝搬迁的钉子户区，也许是他们例行垃圾清运时，顺路搭了把手，但他也怀疑这一点。罗布跟他的堂兄弟们关系还没好到开口请求帮助的地步，他们也不是那种主动会提

供帮助的人。就她所知，沙利是罗布唯一的朋友。

"这就是我那蠢货丈夫干的事情。"布茨说，难以置信地摇着头。"他花了一个月去做我要他做的事，把那该死的树枝砍了下来，然后他就像完事一样走开了。你敢不敢赌一个月以后它还在那里？"

沙利几乎脱口而出就像这些脏盘子？像这塔一样高的比萨盒子？但他明智地把话吞了回去。"不会，我们明天就把它弄走，我发誓。"他向她保证。

她的钱包放在橱柜上，她抽出一张十美元，把它塞进水槽上一个玻璃杯里，那里沾满橙汁的污渍。"我最后的十美元，"她说，像举起头号证据一般举起玻璃杯，"赌明天这个时候树枝还在那儿。"

这令他很恼火。"别以为我不会拿你的钱——"

"你不会赢的。"她说，那种自负、狡猾和轻蔑的笑大大激怒了他，他从钱夹里抽出两张五美元。"真大方，"她说，把钱塞进果汁杯里，然后放到水槽里那堆摇摇欲坠的碟子塔后的窗台上。"我知道我在跟谁打赌。我倒希望我们能赌点别的。"

"在你想到赌什么之前我就不打扰你了，"他朝门走去，"见到罗布，跟他说，很抱歉我放了他鸽子，我去白马待一会儿。"

他还没走到客厅，就听到她说，"我有个问题问你。"他转身朝向她，发现她的眼睛，一秒前还是干的，现在却噙满了泪水。

老天，他心想。不要这样。他又一次被一个女人的悲伤击败了。他着实有点愚蠢，让这些女人的悲伤一次又一次在他面前上演。他整个生命中这种事都在发生，先是他母亲，那个可怜的女人。老实说自从嫁给了大块头吉姆·沙利文，她就开始与绝望为伍。尽管沙利不是这悲剧的起因，他却把母亲的悲痛记在了心里，早早就知道女人的心碎多多少少与她最亲密的男人有关。也就是说，在这方面他绝非没有责任。在他母亲入土后不久，沙利自己就开始让女人失望了。真的，一个接一个，如脱轨的火车一路下山，无可阻挡。有时他是让女人绝望的唯一根源（比如薇拉，他的前妻），其他时候他只是因素之一（比如露丝，他的情人）。当你看到她们要流泪了，该做的事儿是马上逃走，可你并不总能成功。她们总有办法偷偷地接近你，这些失望的女人，前一分钟还眼睛干涸，下一分钟就泪如雨下。然后沙利就像冻住了一样杵在那儿，就像现在这样，耐心地等着她们哭诉，指控你在她们的悲伤中扮演了什么角色。

"怎么了？"他问道，不得不说些什么，像以往一样，他对自己这一次做错了什么很好奇。

"你怎么不约我出去？"

他朝她扬了一下头。"你是个已婚女人啊。"

"我是说，你们两个。你和他。你们大多数晚上都在那儿喝啤酒。你们怎么从来不邀请我一起？"

"我从来不知道你也想要一起啊。"他说。一个蹩脚的回答，但他还困在你和他这个词上。说真的，什么时候他最好朋友的老婆成了他俩共同的责任了？

"我是没有，"她说，用她宽袍的袖子擦了擦眼睛，"那地方太令人压抑了。"

"是吗？"

"我想说的是，一个女孩子是喜欢偶尔被邀请出去的。"

哈，沙利心想。一个女孩子，他竟对于布茨的自我认知这么惊讶。因为她不再是女孩子？因为她太胖，没有吸引力？一个人怎么看待自己与事实之间又有什么关系？如果沙利没把自己看成是个年近七十的老头——哪怕以今天这情况他觉得自己都有八十了——那为什么一个每晚看爱情小说、孤独寂寞的已婚女子就不能把自己看成是个女孩子？

"好吧，"他说，"也许下一次，如果你想——"

"我刚说过我不想，好吧？"

他们僵持了好一会儿，直到罗布在外面开始叫起来。好狗狗！

沙利咳嗽了一下："对不起——"

"你走，"布茨说，一只手做出将其扫地出门的姿势，"忘了我说的所有的话，行吧？肯定是因为这热浪……"

"相当热。"沙利顺着她的话说。

到了前门，她把走廊的灯打开，把他送到门口的台阶。沙利站在台阶上，惊讶地发现，罗布仍然在车里，看到沙利出现了，它开始在驾驶室不可思议地狂乱地转着圈，好像它正在跟一个臭鼬分享着那狭小的空间。前一秒它还在视线里，下一秒就消失了，整个卡车在它愚蠢的跳动下震动不停。

"天呐，"布茨摇着头说，"看那条疯狗。"

"罗布！"沙利朝他叫道，"停下！"那狗呜咽了一声，停下来不动了。

沙利似乎觉得他还需要对布茨再做点什么，表示善意或者理解什么的，但那些不是他所擅长的，在他想出其他蠢事之前，她说，"比萨。我想吃比萨。"

"他们会送到这么远的郊区吗？"

"至少得订个大份的。"

"那好吧。"沙利说，现在所有的事儿都解决了。一分钟之前他们还处于棘手的尴尬中，那是精神层面的，结果这场尴尬却出人意料地被一个外卖比萨给化解了。

沙利朝他的卡车走去时，纱窗门砰地关上了，但瞬间传来一声巨响。他的第一反应是布茨绊倒摔了一跤，但之后他意识到肯定是厨房里那小山一样的碟子倒了。他听到布茨说："好。很好。你以为我他妈会在乎？"他好一会儿才意识到她正是在说那堆盘子。要是在平时，她一定会把打碎了的和只缺了边的盘子分开，把玻璃和陶瓷碎片扔进垃圾桶，把那些还能用的再放回到水槽里。但今晚她没有。这是她刚才向全世界宣布的。沙利本想回去帮忙收拾一下，但转念一想。被容许溜走却不溜，那就是傻子了。

他打开卡车门，顶灯亮了，出现在眼前的场景本不该让他惊讶，但他还是吃了一惊。罗布的背拼命顶着乘客座边上的门，它恐惧地浑身发着抖，两个膝盖像卡通狗一样直打哆嗦。在它扎眼的红色的阴茎上闪着一小滴尿液，这可能是狗狗体内最后一滴尿液了。整个座椅都湿透了，还有仪表盘、方向盘，甚至挡风玻璃。沙利打开雨刷确认湿气是车内的，果然如此。"罗布，"他尽量平静地说，以防吓着狗狗。"你到底怎么了？"

接着又来了，就在附近，出现了同样该死的呜咽声。他想要返回屋中去提醒一下布茨有东西生病或受伤了，可能是个浣熊，爬到了房子下面。也许罗布看到或者嗅到了，这才吓得它小便失禁尿得车里到处都是。但接着走廊的灯光熄灭了，呜咽声也随之停止，沙利还是决定算了。另一个罗布可能已经在白马，等着他出现了，他到时跟他提一下这件事就好。明天，把树枝搬走后，他们可以用手电筒找找走廊底下，看看是什么在那里定居了。车钥匙还插在点火开关那儿摇晃着，从他坐的地方，沙利只能分辨出树枝横在地上的轮廓。奇怪的是，罗布为什么没把倒下的树截成几段，只要五分钟而已。难道链锯突然坏了？还是因为这个他才把链锯留在露天等着别人偷吗？通常罗布不会对工具这么不小心的。

另一方面，生活总充满了神秘，没有什么比人性更复杂的东西了。他跟布茨的对话，再加上早前跟露丝的对话，都让他觉得筋疲力尽，倍感无力。可能露丝是对的，他应该到别的地方找个海滩。他其实一直想去，尤其是过去去不起的时候。为什么不现在去别的地方呢，现在他能去得起了啊。尽管他都不确定自己今晚是否想去白马，但他知道他还是会去的。他转动钥匙，把卡车挂了倒挡，倒了出去。当头灯扫过伐倒的树木时，不知怎的，沙利突然觉得压在树枝下的是罗布，这不但能解释为什么他缺席了，还能解释他为什么没能完成工作。这诡异的场景非常契合沙利最近与日俱增的想法，他觉得自从他转了运，他的朋友们就开始为他付出代价。那些

194

糟糕的宿命总得有地方去。除非……不。罗布当然不会被压在树枝下。树枝被砍下来时他应该正拿着链锯在树上。他还是打开了远光灯，只是为了在熄灯之前再确认一下。当车灯扫过树下，链锯把手连着睡衣的画面扫过他的脑海，等他把破碎的影像和听觉的证据关联在一起时，他正准备开向车道。尽管如此，他还是停了车坐在方向盘前，让发动机空转了好一会儿才相信了眼前的事实。

在把车子急速调头，他又一次熄了火，越过罗布伸手去够他放在手套箱里的手电筒。他照了照狗狗，试试手电筒还有没有电，那狗把头转开，好像因为这一切而感到尴尬。"你已经知道了，是不是。"沙利说，罗布也没有否认。"好吧。让我们把他弄下来。"

之前罗布这么着急要跳出卡车，它现在倒有点不情不愿的，但它还是听从了主人的命令，溜下座位，小跑到树下，沙利跟着，他的手电筒绕着树干照，现在他看到有些碎木块钉在树干上，还有一个简易梯子。"嗨，罗布，"当光束找到他的朋友，他正靠着树坐着，屁股下的是没被锯掉的那部分树枝，天知道他在那儿坐了多久了。即使在黑暗中，沙利也能看出他朋友已经哭肿的眼睛。"你在那上面干什么？"

"走—走—走—"罗布开口说，但很快放弃了。

"走开？"沙利替他接上。

"是的，走开。"他说。不知为什么，只要沙利能把他卡住的话说出来，罗布就也能说出卡在喉咙里的话，就好像他知道德语或法语怎么说，唯独不知道英语怎么说似的。但如果沙利猜错了，罗布就还是说不出来。

"好吧，"沙利说，"那你计划还在那上面待多久？"

"永—永—永—"

"永远？"

"是的，永远。"

"那可不是个好计划，罗布。"

另一个罗布叫起来，很明显表示赞同。

"实际上，这会比你之前自己爬到那上面去更愚蠢。"

太难以置信了，沙利现在可以看清整件事的来龙去脉了。罗布等烦了沙利，于是把那些碎木片钉在了树干上，然后爬了上去。毫无疑问，他把绳子的一头绑在链锯上，另一头系在了腰带上，这样他就能把链锯带上树。也许他本打算坐在或站在他要锯的那根树枝下面的树枝上。但一旦到了树上，他才意识到这样做不行。如果他坐在较低的树枝上，就够不着上面那根；如果站在那根要锯的树枝上，他就需要三只手——一只手扶着树干稳住自己的身子，另外两只手来操作链锯。到了上面，他可能发现自己唯一的选择就是坐在他要锯的那根枝条上，背紧贴着树干。（尽管罗布不会傻到坐在锯断的要掉下来的那部分上。）等树枝锯断后——好吧，当然，这是沙利假设的——他就用绳子把链锯送到地上。没有东西可以抓着，所以他没办法从坐着的地方爬起来。没有那根现在躺在地上的枝条，所以他没办法朝前倾转过身抱住树干。现在背贴着树干，他也没办法让自己下到另外一根枝条上，但他可以从那儿移到简易梯子的横档上。

"哎？"罗布张嘴说，"哦，去—去—去—"

"去我的？"

"对，去你的。"

"嘿，"沙利说，"不要怪我。这是你自找的。"

"你该—该—该—"

"我知道，我应该过来帮你的，但我忘了。对不起。"

这道歉的结果，当然是沙利可以预见的。罗布又开始哭起来，他之前没能听出来的呜咽声是属于人类的伤心。不想看着他哭，于是沙利关掉了手电筒。"待着别动，罗布。"他跟狗说，然后回到卡车去取梯子。

罗布的声音从树里传来。"我他—他—他妈的能去哪里？"

"我没跟你说话。"沙利跟他说。

放袜子的抽屉

"你说没有蛇是什么意思？"她问。

雷默浑身无力地坐在办公室沙发的正中间，手捂在他的平角短裤上。他以前一直都穿三角裤，直到他第一次在贝卡面前脱衣服，那时她的反应是震惊、厌恶。"呃，"她说，"这一定得改掉。"很明显，这是"铁幕政策"：她只跟穿平角短裤的男人约会。他的无袖背心也不能再穿了。他并不介意换成平角短裤，尽管得费点工夫适应。它们会在前面皱着拱起来，所以他现在才用手捂在上面。但现在贝卡已经不在了，他为什么不穿回他的三角裤？悲哀的是，在他们短暂的共处中，他学会了对贝卡言听计从。她把他从用高露洁变成了用佳洁士，从用李施德林漱口水到用佳洁士思蔻普漱口水，从用阿瑞得敛汗剂到用右后卫牌。现在他自由了，可以用自己喜欢的牌子了，他却发现它们已经融入了他的生活。也许这就是婚姻的意义吧，只不过在他们的婚姻里，改变的只有他。他想不起来贝卡为他做过哪怕一丁点儿的改变。也许是因为他想让她改变的地方太少太少，而她从一开始就把他看成一栋需要修缮的房子，结构挺不错的，但是你得弄完所有必要的修葺，才会不介意拥有它。一开始，你得摧毁它，这是雷默最后感受到的。就像发现要彻底检修他这个人超出了预算，付账的人要严肃地重新考虑还要不要买一样。

从表情来看，站在他旁边的女人在这一点上赞同贝卡，她穿着下班后的便装——紧身牛仔裤和吊带衫，很是火辣。她盯着他，好像这样研究他就能得出和贝卡一样的答案，计算着还有多少地方需要修改，要完成一个一开始就这么糟糕的工程要付出怎样的代价，是推倒重来，还是掏空他的五脏六腑？如此不同的两个女人怎么可能在这一点上有这么惊人一致的判断？

"我的意思是，"他对夏莉丝说，他的尴尬转为羞怒，"没有……该死的……蛇。"

他和贾斯汀两个人搜遍了莫里森阿姆斯的每一个公寓，包括雷默的，还有公共区域。没有蛇，没有一点痕迹。等明天来了电，还得再查一遍，这一次，雷默将有幸不参与。贾斯汀从奥尔巴尼叫来了更多的动物管理人员增援，即使这样，他也不抱太大希望。那眼镜蛇可能滑入了下水道或墙后面，虽然这可能性也不大。因为这热浪，那些没有空调的房间窗户都打开了，以便能迎进来一丝微风，主走廊两头的大门也都打开了。那蛇早就跑了，可能爬到后面杂草丛生的地方去了。等到天亮，那个地方也得搜搜。在那之前，没啥能做的。斯奎尔斯兄弟和镇上其他两三个私人收垃圾的人已经被警告把垃圾桶倒到卡车里的时候要小心。同时，除非官方确定没有危险，莫里森阿姆斯仍然禁止居民进入，所有居民都拿到了代金券，可以在州际公路旁某个便宜的汽车旅馆里住上一夜，那儿的居住环境对他们而言是个明显的改善。

雷默自己也有张代金券，但他选择了办公室的沙发。他是从后门悄悄溜进来的，他不想让任何人知道他来了警局。他累得要死，只剩最后一点力气脱掉被汗浸透的制服，然后就瘫倒在沙发上了，他筋疲力尽，连起身看看门有没有锁上的力气也没有了。因此，夏莉丝看到他时，他正躺在那儿，睡得昏天黑地，连梦都没有，只有非常残酷的人才忍心打扰。实际上，忍心打扰的正是那个屁股上文了一只蝴蝶的人。

"你在这儿干什么？"他问。

"我在这儿工作，跟你一样。你到底在说什么？它游走了，还是一开始就没有什么蛇？"

是前者，他确认着，她会这么问也无可厚非。群体臆想症也是

198

雷默自己听到这件事后的第一个想法。有人喊蛇！而且每个人都看见了几十条，到处都是。可那是他和贾斯汀赶到107室寓所之前的事儿。贾斯汀没花多久就弄清楚发生了什么。厨房里没有锅碗瓢盆其他餐具。客厅里只有一台小电视和摆放在电视对面的破烂长沙发，窗下还有一台塞满了廉价啤酒的迷你冰箱。厨房那个大冰箱已经完全被重新组装了，大多数的架子都被移走了。他拿出一个纸盒给雷默看，嘴里说着"蛇？"当盒子的形状稍微一变，雷默下意识地快速后退了一下，贾斯汀咧着嘴笑，把它放回了冰箱。"毫无疑问，这人是在做这生意。"

据布吉说这人叫威廉·史密斯，但他从没见到他，还说直到昨天才知道自己签名的联邦快递的包裹里是什么。在莫里森阿姆斯住的其他人似乎也从来没碰到过这个家伙。

107室的卧室窗帘厚重，屋内漆黑一片，雷默下意识地打开电灯开关，当然并没有灯光亮起。只有透过客厅传来的光他们才能辨别出床上和沿着一面墙堆叠的笼子。当贾斯汀打开手电筒，立马传来一阵咔嗒和嘶嘶声，那黑暗中不间断的蠕动声让雷默退回到了前屋，他的胃里翻滚着"十二马"牌啤酒的酸气。几分钟之后贾斯汀出现了，他小心翼翼地把身后的门关上，手里拿着一个蓝色塑料提桶，就是给小孩子带到沙滩上去的那种。里面放满了手枪。"他不光做蛇的生意。"贾斯汀说，把它们递给雷默，雷默检查了其中几把。毫无意外，枪的序列码被除掉了。"我敢肯定，你还能找到毒品。"

他们和另外两个警官以及公寓的物业经理一起，花了三个小时，神经紧绷地搜捕逃出的蛇，之后，雷默命令把莫里森阿姆斯封锁，整个建筑物都围上了犯罪现场的胶带。

"我没听错吧？"当他们出来走到停车场上时贾斯汀问道。他还穿着他的长筒靴，靠着他的车抽烟。"你住这儿？"

雷默非常尴尬，支支吾吾地承认了。"我不清楚这里发生了什么。"他指的是他邻居是干什么的，但贾斯汀的意思可能是指这个地方就是个猪圈，而不是一个警察局局长应该称之为家的地方。

"哦，你没必要太担心。这些家伙不会在这儿长期逗留。他们在这开店，做生意，然后就远走高飞。最多三四周。"

"你以前碰到过这类案子吗？"

"听说过，主要是在南部。"

"为什么在公寓楼里，而不是在乡下找个偏僻的角落？"

"那你得问他们了，我猜，成本是个考虑因素。而且乡下人更爱管闲事。包打听。在公寓里吃福利的人都只管自己。他们有太多自己的问题要担心，没空去管邻居。要不是因为断电，你可能都不会知道这家伙在这里。"

"说说这冰箱吧？还有空调？"

"六十华氏度以下蛇基本在冬眠。空调开着，它们会每几天醒一次，喝点水，再睡觉，你甚至都不必喂它们。"

"那如果是九十五华氏度呢？"

"无比清醒。饥饿。容易激怒。"

这一切雷默都觉得匪夷所思。"好吧，可是他们为什么干这个？"

"因为有毒的爬行动物的市场越来越大。实际上，蟒蛇还是个不错的宠物。但得记得喂它们。佛罗里达有位女士开车到超市买牛奶。也就离开了十分钟吧。回到家看到蛇盘在小婴儿的床里，肚子鼓鼓的。"

雷默正想把这个故事分享给夏莉丝听，也许那样她就能离开，留他自己清静会儿了。

"那么你是说，它游走了？"她问道，还一心想着那眼镜蛇。"去哪儿了呢？如果它咬了孩子怎么办？"

"那孩子死了。"

"太残酷了。"

"我们一直搜到天墨墨黑，好吧？你还想要我怎样？"他抛出这个反问句，但很明显，她并没听出来。"求你？真的求你？让我穿上衣服再继续这对话好吗？"他指着他的办公椅，上面搭着他的裤子。"如果你不走，那至少把裤子递给我成不？"

她照做了，挺不情愿地用大拇指和食指捏起裤子。能怪她吗？腰带还被汗液浸湿着。他得把整套制服都送到干洗店去。

"我们该做点什么，这是我要说的，"夏莉丝说，往后退了一点，"服务人民，保护人民，不是吗？"

"我真希望我们定的是这个口号，而不是你不快乐我就快乐。"

"你又多加了一个'不'字。"

他背对着她，起身，提上裤子，瞬间感觉好多了，他感到了前所未有的舒服。"志愿者们正在附近挨家挨户忙着呢，"他让她放心，"提醒人们在蛇被找到之前别让孩子们到外面玩。"

"但如果他们找不到怎么办？"

"贾斯汀说，它会游到树丛里饿死，或穿马路时被车碾死。"

"是有可能，对不？"

"或者等天气变冷了会冻死。"

"可现在刚入夏。我们还处在热浪里。"

雷默弯下腰系鞋带，突然觉得头晕眼花，他站起身，房间开始天旋地转。他不得不抓住桌角才没栽倒。

"头儿？"夏莉丝叫，她的声音听起来很遥远。

"我没事，"他眨眨眼，眼睛又聚焦到她身上，他的神志在慢慢恢复，"就是有点头晕。"

"你多久没吃东西了？"

好问题。他没吃早饭，山谷区墓地那事后就一直没有胃口。"昨天？"

"怪不得，"她说，"好吧。你跟我回家。"

"呃……"

她的眼睛眯起来："'呃'是什么意思？"

"我是说，部门有规定同事间不能交往过密。"

"别担心，老同志。我有自己的原则。我们只是聊聊吃的，不是什么寻欢作乐的事情。我那傻弟弟本来要来的，但他的宝贝被划伤让他太伤心了。所以我有一冰箱的食物，而没有人过来帮我吃。"

"真的？"他仍晕晕乎乎的，也的确饿了。

"炸鸡、芥蓝菜、黑眼豆、粗燕麦，餐后甜点是西瓜。"

"我们得到莫里森阿姆斯停一下，我换身衣服。"

"等等，"她说，"你刚才信我说的了？"

"呃。"他感到自己隐隐脸红了。他没有注意到她是开玩笑，他已经无力反击了。"抱歉，夏莉丝。我这一辈子都在巴斯住。说起黑人，我只认识你和杰罗姆。还有海恩斯先生。"他补充道，想起了那老人。

"你觉得杰罗姆会吃芥蓝菜？"

"我不知道。我只是希望……"

她等着。

他用力吞咽了一下，意识到不管他再说什么都会是个错误，都会让他再次品尝人生的苦酒：两分羞耻，一分苦涩，完美融合，一饮而尽。毕竟，今天真的糟糕透了。和贝卡像弹簧一样从楼上摔下来后他所记得的每一天一样糟糕。他感觉眼睛里噙满了泪水。"我希望，"他磕磕碰碰地说，想着他死去的妻子与眼前和他说话的女人，"我希望不要一碰到女人，我分分钟都变得像个彻头彻尾的傻瓜。"

他原以为夏莉丝会像贝卡那样对他说，这个问题很容易解决：不要再表现得像个傻瓜。但相反，她盯着他看了很长一段时间，说，"羊排，杰罗姆的最爱，还有色拉。你喜欢羊排吗？"

"喜欢。"

"你知道怎么点火吗？"

"如果你是说用炭生火，当然。"

"头儿？"她说，"我能说点我的想法吗？"

"我什么时候阻止过你说自己的想法？"

"这个是私人问题。"

"你指出的不一直都是私人问题嘛，夏莉丝。"

"你不能再这么忧心忡忡，担心出错了。"

这当然是事实。这么久以来他一直都知道。当他还是个孩子时，他就以为停止出错能补救。只要自己做对，就能拥有其他人不费吹灰之力拥有的自信。他母亲说，更好的解决方法是不要这么在乎。可怎么才能不在乎？不管是她还是其他人在这个问题上都没法帮到他。

"我是说，出错也没什么大不了的，"夏莉丝说，"我们每天都会犯很多次错。"

"可我在吃早餐前就能犯很多次。"

"比如说，我从一开始就对你做错了，"他没有回应，她继续道，"你怎么不问我为什么会这样？"

"你在说什么？"

"你有没有在听我说话？"

不，他没有。没有真的在听。他一直在听他自己。跟往常一样，困在道格拉斯·雷默的思想迷宫里，没有出口。他回过神来。

"你做错什么了，夏莉丝？"

"现在我都不知道我是否应该告诉你了。"

"但你会说的。咱俩都知道。只要你想让我知道，你还没有不告诉我的时候。"

"这倒是真的，不过我可以明天再跟你说，而不是现在。"她把手放在门上，又笑了，这次笑得更灿烂。

"告诉我，夏莉丝。那一定是我应该知道的事。"

她的目光向下移到他皮带的位置。"那短裤。错得离谱。我从来就没把你跟穿平角短裤的男人挂钩。"

她的本田思域已经旧了，也不宽敞，但把乘客的座位推到底，还是够坐的。到目前为止，有关夏莉丝的私生活，雷默还没有多想，但种种迹象表明，那座位是她那长腿兄弟而不是她的某个男朋友才往后推的。周五的晚上，其他年轻女人或是外出约会，或是和女友们一起享受快乐时光，畅饮玛格丽塔酒，而她却计划给杰罗姆准备晚饭。这也解释得通，他觉得。对一个年轻的黑人女子而言，在这生活的确不太容易。在巴斯，保守的白人居多，她能跟谁出去呢？她的兄弟——又高，又帅，穿着有品，言谈得体——在斯凯勒温泉是不乏社交机会的。那儿是大学城，州南部的人不受拘泥，思想新潮，有城里人的时髦。如果在那儿夏莉丝的日子会好过些，但雷默对这也抱有怀疑。至少照他的经验来看，一个白人虽然可能会被一个好看的黑人女子吸引，请她出来约会的概率，跟与黑人男子约会的白人女子相比，还是要小得多。如果他们第一次见面时雷默没有结婚，他也不是她的上司；如果她不总是善意地取笑他，威胁要因为工作上的冒犯而起诉他，那么雷默会与她约会吗？好吧，有太多完全无法预测的"如果"了。他已经结婚了，他是她的上司，她确实一天到晚都在嘲笑他，而且大多数时候她声称要起诉他时还挺严肃的。

但也许这些都是屁话。他真的了解她吗？她住在巴斯，但也许她在斯凯勒参加各种派对，也许她夜夜笙歌，也许镇上一半够格的男人都见过她屁股上的蝴蝶文身。他凭什么说她没有社交生活？凭什么说她跟自家兄弟周五晚上在家共进晚餐是她盼望一周的高潮？她邀请人到中年、生活困顿的白人上司去吃杰罗姆的羊排，是不是意味着她意志消沉？有可能。难道不是也有这种可能，他忙着可怜她的同时，她也在可怜他？如果他不是这么小心翼翼地跟她相处，他早就知道实情了。

"储物箱里有手电筒。"他们把车停在莫里森阿姆斯空荡荡的停车场时，她说。除了街区远处的一盏路灯和格特酒吧里的灯光（格特肯定有备用发电机），这里的街道漆黑一片。这要是平时周五的晚上，这里应该人声鼎沸，喧嚣的人群挤满人行道，但今晚不是。很明显，这更证明了，一条在逃的眼镜蛇能给全体人类的想象力带来多大的冲击。

打开本田的储物箱，夏莉丝车里的杂乱令人感到亲切，她和她兄弟的洁癖形成了鲜明对比，这令雷默忍俊不禁。"你知道杰罗姆给他那辆三十五岁的老爷车专门定制了用户手册吗？"

夏莉丝叹口气说："可怜的杰罗姆。"她的嗓音里充满了深切的怜悯，但雷默估不出这程度有多深。她这怜悯是一直如此？因为这是她兄弟，是杰罗姆。还是仅在今天？因为今天他的自尊和快乐都备受打击，濒临崩溃。

"他到底有什么毛病？"

"毛病？"现在她语气里带有警惕，也有保护。他提醒自己他俩可是双胞胎。

"他怎么会觉得我会破坏他的车？你能解释一下吗？"

"很难说，"她说，"唯一的解释是，因为他是杰罗姆。别去太长时间。"他出去时她加了一句。

他不能怪她过于紧张。即使大白天，这个停车场也不是一个女人能单独待的地方。而今晚，停车场空空荡荡，两层楼的居民住宅被警察用胶带封锁了，一条致命的毒蛇在附近游荡，这足以让任何人心惊肉跳。他知道夏莉丝在看着自己，所以在钻过黄胶带进入大楼时，尽力假装镇定自若。在那个通向二楼他的公寓的黑色楼梯井里，他打了个冷战，尽管当时暑气逼人。几个小时前，这里的每间公寓都刚刚被仔细搜查过，但没找到那蛇并不等于蛇不在里面。或许此时它就在这儿呢。他用手电筒的光环扫过楼梯，每走几步台阶就停下来听有没有嘶嘶声。在黑暗里，他的其他感官都格外敏锐，不幸的是这还包括他的嗅觉。他问自己，是谁会在这闷热不通风的楼梯井里撒尿？

打开公寓门的锁，他慢慢把门推开，手电筒的光沿着地板的周围扫了一圈，令他感到有点惊讶的是，啥动静也没有。阿姆斯区的蟑螂问题很严重，即便雷默锲而不舍、满怀希望地把公寓里每个隐蔽的角落都喷了一遍药，生活在里面的蠹虫、蜈蚣，各种爬虫还是兴旺地繁殖起来。他半夜起来撒尿时，浴室的灯让它们迅速跑到下水道或裂了缝的瓷砖下面。以前这情形会令人毛骨悚然，但现在简直再好不过，因为这一幕虽然令人恶心，但说明还有活的生命。他寻思着，是那些致命的蛇把蟑螂吃光了吗？难道那眼镜蛇几个小时内竟然完成了他那些强劲喷虫剂做不到的事情？这让他脑海里浮现出贾斯汀讲的故事——很大程度上让人觉得是杜撰的故事——一个女人回到家，发现一条胖得令人生疑的大蟒蛇盘在她宝宝的床上。雷默会看到那眼镜蛇蜷在他床的中间，因吃了太多的蟑螂而无法直立起来吐信子吗？站在卧室的门那儿，他用手电筒先照了照床，然后是地板。都没有蛇。

他小心翼翼地进去，在斗柜前停了一下，上层的抽屉是放内衣的。多神奇，他心想，一个人的理性竟这么容易被影响。蛇当然早就已经游走了，不是吗？那东西即使没被哪个司机轧死，到现在也应该一路爬到斯凯勒温泉镇了（尽管糟糕的事很少往那个方向蔓延）。有几个地方它肯定不在，其中之一就是关着的袜子抽屉。因为一条蛇要爬进抽屉，它需要用指头把那抽屉拉开，爬进去，然后——这是最主要的——里面还需要有把手再把抽屉合上，就雷默所知，并根据他日常操作的经验，这是不可能的。那为什么这时候他还是觉得它完成了这一壮举？为什么他还是觉得有必要在打开抽屉之前，先用手电筒轻轻敲一敲，听听里面有没有动静？那是因为从亲身经历中，他知道这世界的确是理性的，但一旦有非理性的事儿发生，所有的道理将不复存在。这世界将毫无征兆地开始天旋地转，在一瞬间变得无法辨认。你却还在一如既往前进，凭经验自以为掌控了一切，直到有一天下午你回家早了却发现，你心爱的妻子栽倒在楼梯上，前额好像钉在了最后一级台阶上。那时，你才突然明白你之前的想法错得多么离谱，而你别无选择，只能适应这可怕的现实。你无可否认这种状态会继续下去。眼前的状况也不例外。慢慢地，随着震惊的消逝，世界又恢复如初，然后满意地把你丢进一个巨大的圈里，等你好了伤疤忘了痛开始沾沾自喜时，它就会把一条毒蛇放进该死的袜子抽屉里，又一次展示，是它，不是你，在掌控一切，一直都是如此，你个蠢货。

所以，雷默镇定、理性地慢慢一点点移开虽然不太可能有蛇但也不能完全排除这可能性的抽屉。没有东西蠕动或袭击，于是他又把它开得大了些，然后更大些，身子后倾着，这样即使眼镜蛇袭击，从角度上也会更困难些，直到他看清了里面的东西：内裤、袜子和手帕。连个袜带都没有。

他飞快地脱下衣服，把被汗浸透了的制服踢到角落里（唯恐打扰了那可能挡路的东西）。他本想摸黑冲个澡，但马上改变了主意。他换上一条没穿过的平角内裤——想到夏莉丝凭直觉猜到他喜欢三角内裤，他忍不住笑了，能让她这年龄的女人闪过这念头，让他很开心——接着换上干净的袜子、牛仔裤和一件短袖系扣领的衬衫。以防今晚回来得很晚，或要在外面过夜，他决定带个小包装点东西。这得趴下来，用手电筒照着床底，他把健身用的包放在那儿了。他把包拉出来，晃了晃——跟之前一样的顾虑，因为，呃，如果蛇能钻进放袜子的抽屉，那它要拉开包的拉链，钻进去，再拉上拉链，肯定也没问题。他把两套内衣、三件替换的衬衫塞进去，因为他刚换上的衬衫已经又湿透了。

经过窗户时，他朝停车场瞥了一眼，除了夏莉丝的思域，那里空荡荡的，碰巧车灯亮了，她钻了出来，看起来要么是坐在那里太热了，要么是他花的时间太久，等得她不耐烦了。但看她的姿势，以及她看着黑黢黢的大楼的焦急神情，都隐隐透着第三种可能性：她在担心他的安危。难道那天下午她那蛮横不讲理的弟弟说的是对的——夏莉丝喜欢他？他表示怀疑。正如他不相信贝卡曾经担心过他一样。在警校时，所有的学员都被警告过，从事警察工作会对婚姻产生致命打击。比如凌晨三点被警报吵醒，配偶们就会忐忑不安，担心是否会接到一直担心接到的来电——你丈夫中枪了。他在重症监护室，现在稳定了，但你最好还是马上赶过来。当然这种噩梦般的场景主要是在市区上演，雷默不太可能在巴斯中枪。然而今天，他被一条眼镜蛇咬中的概率却相当高。这世界本就是个危险的地方，贝卡肯定也知道，她老公可能在某天拦下了一辆有问题的车，或者停在某个便利店前，此时正好有个脑子有病的白痴口袋里装着违禁品，一只手拿着思乐冰，另一只手拿着一支点45口径的手枪。雷默时刻准备着向贝卡保证，那种事情是不会发生在他身上的，但令他失望的是她从来没提起过这话题。

外面太暗了，夏莉丝离他又太远，从他站的地方看不到她的面部表情，但一想到那可能是她平时恼怒之外的神色，他就有些飘飘然。当她转向他的方向时，他朝她招招手，然而她又看向了别的地方，他怀疑在没有灯的窗口她能否看到他。

他又到浴室把剃须套装塞进了健身包，回到客厅，他停了一下，想了想在汽车旅馆过夜还可能需要什么东西。奇怪的是，他突然强烈地感觉到——尽管此时这公寓的肮脏在黑暗中已经没有那么明显了——夏莉丝有关莫里森阿姆斯的看法是对的。他选择住在这鬼地方如果不是他的性格所致的话，至少也说明了他的心境。自从贝卡去世，事情就都不对头了，甚至离对头有十万八千里。绝大多数时候，他都处在一种他分不清是悲痛、是嫉妒，还是两者混合的情绪中。但他出了什么问题真的有那么要紧吗？对他来说，重要的是到了要振作起来的时候了。也许今天早上丢了那车库的遥控器是老天最好的安排。他现在明白了。就让一切都过去吧。怀疑，妒忌，自我否定。所有这一切。

当他正想入非非地推开公寓门时，一头撞上了眼前背着光的男人。他举起拳头，挥出去一半，接着他跟跟跄跄地后退，喉咙里发出颤抖的声音，心快跳到了嗓子口，胸膛剧烈地起伏着。他都没有意识到手电筒掉了，直到那手电筒砸中地面，滚到那个黑影的脚边。

"海恩斯先生，"他惊讶道，那人弯下腰，他的老骨头发出嘎吱嘎吱的声音，他找到手电筒，把它还给雷默，"你在这儿干吗？"

"我听到些动静，"他说，"你还在找那条蛇？"

"没有，"雷默说，他的手放在心脏上，那儿还在怦怦地跳动。"现在它可能已经在回印度的路上走了一半了。"

"我以为你是个窃贼，"老人说，"在这样一个乌漆麻黑的晚上鬼鬼祟祟的。"

"好吧，但是海恩斯先生？"

"嗯？"

"如果我是窃贼，你又准备怎么办呢？"

"好好看看你，"他说，"然后在警局的嫌犯名单上指认你。让你这人渣进监狱。"

"但是……"雷默刚想开口，但转念一想，决定不去逗这个想做个好市民的老人了。"海恩斯先生，你不应该在这儿。我们围着大楼拉上了警戒线。在把它撤掉前，这大楼都是不安全的。尤其是对你这年龄的人，一个人待在黑暗里。如果你摔倒了，附近又没有人听到你求救怎么办？"

"我和黑暗是老朋友了，"他说，"很久以前就是。甚至在你出生前。"

"他们没给你赠券吗，海恩斯先生？你今晚可以在假日旅店住一夜啊，还可以在苹果蜂吃顿晚饭，都由巴斯市政厅付钱。"

"我这把老骨头怎么走到那里去？"

"我可以载你一程，"雷默让他放心，"我现在就可以带你去。"夏莉丝不会介意稍微绕点路的。

老人摇摇头。"太晚了，我已经吃过晚饭了。人老了消化不好，要早吃早睡。现在也过了我上床睡觉的时间了。"

雷默叹口气。"海恩斯先生？"

"嗯？"

"你总是喜欢按自己的方式来，是吗？"

"八十多年了，一贯如此。"

"如果我让你待在这儿，你会告发我吗？如果那蛇爬到你床上，咬了你，你会控诉我吧？跟别人说是我让你待在这儿的？"

"蛇已经在回印度的路上走了一半了，"海恩斯说，"你刚刚亲口说的。"

"是的，是我说的，但我犯错的时候多了去了。当我说蛇走了时，我是说可能。我说它走了，可能它并没走。如果我弄错了，是你挨咬，不是我。为什么不让我搭你一程去假日旅店呢？那样我会好受些。"

"谢谢你。我很感谢，但我还是想碰碰运气。你可以明天早上来看看我。看我死了还是活着。如果我死了，你可以说我是自愿的。"

这话在雷默的耳中，就像是遗言，他关上老人身后的门，他们一起走下楼梯，海恩斯先生一只手紧紧抓着扶手，另一只手抓着雷默的肘部，他的手指像爪子，抓得紧紧的。"有人在这儿撒尿了，"他四处瞅着，用鼻子嗅着。"是白人。"

"你分得出来？"

"是的。肯定是个白人。"

"怎么分辨？"

"因为这里住的唯一的黑人是我，我用自己的马桶。"

多奇怪，当他们下楼的时候，雷默心想，人与人的接触竟然能够驱逐恐惧。在这个虚弱的老人的陪伴下，雷默突然就不怕眼镜蛇了。外面响起车喇叭的嘟嘟声。到了楼下，雷默问："你确定在这儿没关系？"

"没事儿的。我要上床睡觉了。之前在外面和你一起的是个黑人姑娘吗？"

所以，他看到了他们开车进来。在雷默钻出车门时，借着丰田的前照灯他看到夏莉丝了。他爬到二楼不是要抓窃贼。不是，他是好奇，就像他那天下午对杰罗姆的好奇一样。"你没错过什么，海恩斯先生。"

"真希望我更年轻些，"他说，"可以跟你竞争一下。"

"你弄错了，她替我工作，"他解释道，"而且我比她大十多岁。"

"那又怎样？"

"而且，她可以找到更好的。"他补充说，又想起了贝卡，很明显，对于贝卡他得出同样的结论。

"那又怎么样？"老人重复道，"每个和我交往的女人都可以找到更好的。说到男人，女人们往往不那么理智。男人们要知道一切皆有可能。"

"她甚至都不喜欢我，海恩斯先生。她还列了一个我的犯错清单，准备以后起诉我。"

"那可能是出于爱。"

"我可不这么认为。"

老人耸耸肩。"过了我睡觉的时间了。"他重复道。

"我明天早上派人过来看你。"雷默允诺道。

"让她来。也许她会对老家伙感兴趣。这也说不定，"他咯咯笑着，摆手告别，"比方说，给我带来一夜好觉。"

雷默看着海恩斯先生慢慢地沿着漆黑的走廊走远，他的一只手扶着墙来支撑身体。他努力想了一下他的生活，坐在草坪的凳子上，一连几个小时，对着路人挥着一面小小的美国国旗。他想起杰罗姆之前在格特说过的话——花时间跟一个孤单的老人交谈真的就是一个警察应该做的。他愿意相信杰罗姆是对的，但一个更好的警察不该允许海恩斯先生今晚待在莫里森阿姆斯。他应该忽略海恩斯的喜好，以他的平安为上。

"我正准备进去找你，"当他从建筑里出来时夏莉丝说，"怎么花了这么久？"

"我装了个包裹。"他说，把它举起来。

他们上了车，她把车门开着，这样顶灯就能亮着，她扬起眉毛对他说："你要在我那儿过夜？你以为羊排只是第一道菜？"

"哦，上帝，不是的，夏莉丝。"他说，感觉自己脸红了。

她的眉头扬得更高了。"你说，'上帝，不是的'是什么意思？是说即使你被邀请，也不想过夜？那是'上帝，不是的'的意思吗？"

"不，夏莉丝，"他说，"我的意思是……"

她对他咧嘴笑，这意味着她又在逗他了，就像那个炸鸡和芥蓝菜的假菜单一样。

"我只希望你不要对我这么凶。"他说。

"我知道，"她回道，"我也希望如此。但我猜，我控制不住自己。"

"请试一试。"

"但我清楚一件事，"她说，用钥匙打着火，关上了门，"下一次我要跟你一起进去。我再也不要一个人等在停车场，担心你是不是被蛇咬了后躺倒在里面的地板上了。"

他看向她，但灯灭了，看不出她的表情。如果这是一段友谊的开端当然很好，但是如果你不知道一个女人什么时候在取笑你，什么时候是真心的，你又怎么可能跟她做朋友？ 至少跟贝卡一起时是这样的，他跟自己说，然后阻止自己想下去。如果他允许自己接着想的话，那后半句就是： 他知道自己所处的位置，他只是她的上司。但事实不仅如此。他根本不知道自己和贝卡处于哪种关系中。他只是想象着自己知道。

　　"不会再有下次了。"他跟夏莉丝说，有个念头在他一直疼痛的脑壳那儿开始形成。而直到现在他才意识到头已经不疼了。"我在考虑搬家了。"

　　往前看，他想。他在想应该继续前进了。

屎班牙佬

对于一个工作日的晚上来说，白马今天的生意相当繁忙，店里坐满了要出城的人，很多人都在打移动电话。大部分人要去的地方——乔治湖、普莱西德湖、斯克伦湖、尚普伦湖——都没有手机信号。而那些沿着州际公路去往蒙特利尔的路段，也会足足有三个小时没有信号。有这么多州南部的人在这个夏季之初就早早地往北边跑，这对博蒂来说本应该是个好消息。但实际情况是，她把自己的血汗钱投到了白马酒吧，成了白马的共同产权人，现在看起来她的一半产权是要打水漂了。真是奇怪，为什么沙利认识的每个单身女人——露丝、杰妮、布茨，现在是博蒂——都怒火冲天，好像风吹来带给她们都是同一信息。"很好，"博蒂看到沙利和两个罗布走进来，白了一眼说，"这下今夜完整了。"

沙利滑到唯一一个空凳子上，就在乔可的旁边，乔可还穿着瑞克苏尔连锁药店的工作服，他把两三个二十美分拍到吧台上以示欢迎。"是因为见到我，她才这样，"沙利说，"还是说她更愿意在冬天游客们都散了的时候再见到我们？"

"实际上，"乔可说，"在这儿，我什么季节都没觉得受欢迎过。"

"坐下，罗布。"沙利说，狗应声蜷到了他的椅子下面。

"坐哪？"罗布说，马上意识到他又掉进沙利的笑话里了。

"你想喝什么，罗布？"博蒂问。

他叹口气。过去二十年在白马，他要喝的酒从来没有变过。她明知道他想要喝什么，为什么不直接给他拿来呢？

"一杯啤—啤—啤—"

"啤酒。"沙利翻译。

"百—百—"

"百威。"沙利说。

"还要其他的吗？"

罗布看看沙利，沙利有时会请他吃个汉堡，有时则不会。"点吧，"他说，"你今天不容易。"这话意味着不久后，他就会开始讲述那个在来的路上他还发誓不会说的故事。

"一个汉—汉—汉—"

"汉堡。"沙利说。

"上面加东西吗？"

"培—"

"培根。"

乔可耸了耸肩膀。"上帝啊，你们这些人太残忍了。"他说。

"还有奶酪。"罗布加了一句，因为他喜欢奶酪，而且这个词也容易说出来。

博蒂转向沙利。"你呢？"

"就一杯生啤。"

"你应该吃点东西。你看起来很糟糕。"

"没有胃口，"他坦言，这很奇怪，因为他早就饿了，也许是因为布茨和她的注射器，弄得他没胃口吧。另外，他现在的确感觉好多了，胸口没那么沉了，呼吸也比白天轻松了很多。"你因为什么事情闹别扭？"

博蒂向他投去一个你别想让我开口的眼神，但她还是开始说了。"巴迪打电话来说又喝醉了，再过一个小时就是他当班，我还得忙着找个厨师替他。"

这时一个女服务员从厨房走出来，肩膀上托着一个银色餐盘，在她身后的门关上之前，沙利瞥见杰妮在里面烤东西。

215

"我在放冰块时打碎了一个玻璃杯，清理时划伤了手。"她举起左手，拇指和食指上裹着五六块邦迪。

"我想知道为什么我的灰皮诺干白①是粉红色的？"乔可问，把他的杯子举到灯光下。

"嗯，奇怪，"沙利附和，"但什么样的人会一上来就喝灰皮诺干白啊？"

"自信的人？无须表现自己男子气概的人？"

沙利的眼珠转了转。"是的，肯定是。"

"还有，布丽奇还让一桌吃了牛排大餐、喝了五瓶啤酒的八位顾客，没付钱就溜走了。"

那羞愧的女服务员碰巧在去厨房的路上。"你不该这么说我，"她说，"我要招呼两倍的客人，你知道的。"

博蒂没理她。"还有，要整整两个星期我的暑期工才会露面，他们中可能有一半已经找到别的工作了，他们甚至都不会知会我一声。"

其他人都有位置坐就罗布还站着，他可不喜欢这样，这时他瞥见一张四人座桌上的两对夫妻正准备离开。他一直盼着整个白马都没人，沙利只属于他一个人。如果他能成功说服沙利移到那张桌上，他会告诉沙利雷默是怎么晕倒在热浪里，一头扎进法官的坟墓的。这个故事会吸引沙利的，他很可能马上就把这个故事据为己有。到明晚这个时候，整个镇子一半的人都会知道这个故事。他很擅长讲故事，而罗布并不介意他这剽窃行为。实际上，他很享受自己的故事在沙利的口中进化变样，直到拷贝全走样。因为口吃和对故事真实性的执念，会让罗布讲故事的效果大打折扣。沙利没有罗布的身体缺陷，也不受他的严格原则限制。他毫不羞耻地润色、虚

---

① 灰皮诺（pinot grigio），酿酒葡萄的一种，属于白色葡萄品种，所产葡萄酒酒精浓度较高。

构、改变、剪裁每一次描述，每一个新版本都会强化之前讲述中能够引起最多笑声、震惊和难以置信的地方，减少那些出乎意料的反应平平的部分。最开始的时候，他会提到罗布是故事的源头，但随着一遍遍地讲述，他越来越自信，他会把故事讲成好像他才是唯一的见证者。在沙利不懈的努力下，罗布甚至有时候很期望听沙利讲故事，而忘了他自己才是亲历过的那个人。

今晚，当然，他急于让沙利来讲警察局局长一头扎进坟墓的故事，因为如果沙利不用局长的愚蠢逗乐白马的每个人的话，那他就会讲罗布被困在树上整整一下午的故事。他只希望能够用一个更好的故事来代替他不想被提及的事儿。"那边有一个好—好—好位子。"他说，指着那边桌子。

"等一下，"沙利的嗓音压低着说，"那边有个吧凳马上就会空出来。"

在乔可的另一边坐着的正是屎班牙·乔，在罗伊·帕迪卷土重来之前，他是整人巴斯沙利最不喜欢的人。乔一直在格特酒吧喝酒，那儿一杯啤酒加一杯兑酒要比外面便宜一美元，而且离莫里森阿姆斯也很近。此外，在那儿可以发表最愚蠢的意见而不用担心被人嘲笑。白马不是什么高雅场所，整体来说还是可以容忍愚蠢言行的，但你可能在某个晚上发现自己跨越了那里看不见的底线，沦为被轻蔑嘲笑的对象，而你原本指望他们即使不赞同，也能稍微宽容些。

"噢，上帝，博蒂，"乔可说，他听到了沙利跟罗布的私语，"又来了。"

她耸耸肩。"我没法赶他走，沙利，除非他真做了什么。"

"你可以用警察突袭①为由，把他请出门啊。"

---

① 20 世纪初，美国禁酒运动时期，位于纽约市贝德福德街 86 号的一家地下酒吧为了应对警察的突袭和买通的探子约定，一旦有情况，探子在电话中的告密语是：86（藏好酒，赶快把顾客请出店外）。

乔可哼了一声。"如果这项规定对所有人都一视同仁的话，那谁还能坐这儿？"

"只有会使用像'规定'这样词的人可以留下，"沙利附和，"还得喝灰皮诺。"

"如果他举止不当，"博蒂说，"我很乐意请他出去。"

"这马上就要发生了。"沙利向她保证。

"啊，该死的。"乔可压低嗓音说。

"是你吗，乔？"沙利朝前倾以便看到他。乔可很配合地往后靠了靠。

"你明明知道是我，沙利，"对方回答，从吧台后的镜子里朝他点点头，"根本不用问。"

"我就觉得是你，"沙利接着说，和气地点点头，"我把眼镜忘家里了，有一阵子没见你了。我还以为是你兄弟。"

"我他妈的没有兄弟。"

"噢，你父母可能觉得有你就够了。那么，阿姆斯区最近情况怎么样？"

"完全他妈的像粪坑一样，"乔说，"当然，我可没碰到一个疯狂的老女人死后，继承她的百万遗产，自此住上好房子这等好事。"

沙利没理他这茬。"哦，至少没有你不喜欢的人住在那儿，对吧？"

"呸，"乔可咕哝着，完全知道这貌似无害的对话马上要发生什么。乔得到他绰号的那个晚上乔可并不在场，但镇上每个人都知道那故事。当时乔被酒吧上方电视里的某个人惹怒了，他开始怒骂该死的"屎班牙佬"[①]占领了这整个该死的国家。他吼着，所有的工作都被该死的屎班牙佬霸占了，白人怎么活。"他们已经占领

---

① 乔将西班牙人 Hispanics 说成了 Spinmatics。

了阿姆斯特丹，"有人问他在面红耳赤地喷什么时，他说，"你们他妈最好醒醒吧。下一步他们将占领这儿。"这时有人猜出来他想说的是：西班牙佬。他说的是西班牙佬。就沙利所知，自从得了那个外号后，乔就再也没有到过白马酒吧。

"我记性不好，"沙利说，"你讨厌哪些家伙来着？"

"黑鬼？"

"乔。"博蒂警告道。

"不，不是他们，"沙利说，"是别的。"

"去你妈的，沙利。"乔说。

从沙利的凳子下面传来一声咆哮。

"乔。"博蒂又警告了一声。

"你知道我说的是什么人。"沙利好像没听到乔的话似的继续道。单从他的语调判断，所有人都会觉得这两人非常友好，沙利只是想要唤起他伙计的记忆。"帮帮我。就在我舌尖，我死活想不起来。"

现在酒吧的上下充满了嗤笑声，乔被这声音激怒了。"你个大傻×。"他对镜子里的沙利说，这让大多数人都转头看着博蒂。现在这儿出现了你在白马不会听到的词，当然更不会在博蒂照管酒吧时出现。罗布站了起来，原地转着圈，咆哮得更响了，它的耳朵竖了起来。

"罗布。"沙利突然喊道。

"什么。"他的朋友回答，还在耐心地站在他后面。

他的宠物重新躺倒后，沙利说，"哦，我想起来了，"好像那一秒他才想起来，"是屎班牙佬。"

乔明显词汇匮乏，因此他没能骂出其他字，而是采取了另一种方法，他把杯子高高举起来，慢慢把啤酒倒在了吧台上，不出所料，乔可被溅得最厉害。

"你还是得付钱。"在这表演结束后，博蒂说。

"不用，我来付。"沙利说，把其中的一张二十美元推给她。

"整张账单？"她很明显不赞同这份慷慨。

"为什么不？"他说。"乔和我交情很好，不是吗？屎班牙？没必要不愉快。"

乔已经离开凳子，站得僵直，看得出来他非常矛盾？他和沙利重归于好了吗？这混蛋是真的在道歉吗？

"然而事实是，"沙利继续说，"我更喜欢他兄弟。"

听到这，乔的脸怒气沉沉，像带着雷电的云，他的右手紧握着。这时罗布站了起来，从它胸口的某个地方传来低沉的闷叫，嗓子里也发出隆隆声，这让乔第一次注意到它。尽管罗布不是个身形巨大的动物，但它看上去非常忠诚坚定，乔却不是这样的人，他放松了拳头。

"罗布。"沙利说。

"哪—哪—哪个？"他那等得不耐烦的朋友说。

"坐下！"沙利跟它说。

狗按照指示坐了下来。

"这是我一直想做的。"和狗狗同名的那个人说道。

当门在乔的身后关上时，沙利转向罗布，示意了一下空出来的凳子。"嗯？你还在等什么？"

罗布也不能肯定。他想要坐下，但不是乔可旁边的那个，乔可不是他朋友，而沙利是。他会从孤单地站着变成孤单地坐着。正如他其他的深切感触一样，他没法开口表达，所以他只是指着吧台上的水渍。"这儿都湿了。"

"哦，真的，"沙利说，"博蒂会擦干的。"

"要不要我移过去？"乔可一边建议着，一边溜下吧凳。

这当然正是罗布一直希望的。但当他真的站到了那位子旁时，他感到的却是苦涩，这种苦涩是他每天都会尝到的，得到想要的东西后，获得的是巨大的失望感，他真的得到了他想要的吗？他发现并没有，他只是被虚妄的东西蒙蔽了。

"一切都还好吗？"当他爬到凳子上，沙利问。

罗布耸耸肩。一切都不好，但他很难说清楚到底什么地方出错了。其中部分原因是他对沙利有着极端的、近乎出于本能的需要。那天下午，他意识到朋友又一次忘记约定，便自己爬上树时，他其至有点希望能出个链锯事故。如果锯断的不是树枝，而是他自己的一条腿，沙利肯定会自责，不是吗？到时候，他自然会意识到都是他的错。为了赎罪，他会把卡尔·罗巴克赶出老太太的房子，让他罗布搬进去，这样他就能心满意足了。他们可以一起吃饭，一起看电视。过一段时间，布茨可能会后悔对他太恶劣，然后是她也想要搬进来，但沙利肯定会将她拒之门外。只有他们两个。他俩将充分地享受二人时光，他可以和沙利畅谈他的所思所想，内心歉疚的沙利会全心全意帮他再站起来。哦……脚。好吧，罗布并没有疯狂到真的想失去一条腿，但如果这是友谊的代价，除了去付这代价外，他还有别的选择吗？沙利的伙计维尔夫，如果只有一条腿他能活得好好的，罗布觉得自己也能。

但不幸的是，根本没有事故发生，那树枝顺畅无阻地就被砍断了，除非你把罗布困在离地面三十英尺的树上几个小时不能下来看成是个小事故。有些事实就像罗布屁股下的树枝一样，又硬又不舒服，扰乱着他支离破碎的幻想。比如，即使罗布真能设法砍掉自己的大腿，他也很可能在沙利出现之前，就已经因为失血过多而死掉。事实上，那腿可能还会消失。垃圾场周围有很多凶猛的动物，其中任何一个都有可能会把这重要发现拖进树林。还有一种可能性，沙利在树根那儿找到的是昏迷的罗布，他因为疼痛或失血而从坐着的树枝上一头栽到僵硬的地面上，就算前面他挺了过来，这坠落也足以要了他的命。除了这些现实的考虑，还有同样残酷的心理现实要面对。比如说，他认识的沙利什么时候自我指责过？如果罗布弄残了自己，沙利肯定会将责任归咎于罗布的白痴行为。他也不会把卡尔·罗巴克赶出老太太的房子。到时候服侍罗布恢复健康的也不会是沙利，而是满怀怨愤的布茨，她很可能过几天就厌倦了她的职责，用枕头闷死他，这样她就可以回去读她的爱情小说了。即使他有幸避免被闷死的命运康复了，结果也会是只剩一条腿的他满巴斯地追着沙利跑。

"嗯？"沙利开口说，"你现在好了吧，还是需要些其他该死的东西让你高兴起来？"

罗布叹口气。"我只希望他们能快点把我的汉堡端上来。"

沙利用肘部推推他，就像他平时想提高罗布情绪时做的那样。

"怎么了？"罗布问，他并不想由别人提高他的情绪，除非是他自己想提高。

"你刚才说了'汉堡'。"

"那又怎样？"

"你平时只能说，'汉—汉—汉堡'。"

罗布并不想让步，但当沙利又用手肘推推他，他羞怯地笑了。因为有了吧凳坐的确很不错，不是随便哪个凳子，而是他垂涎的那个。而且他的确说出了"汉堡"二字，没有结巴。这是他最难发的音，可能是因为他爱汉堡，就算下半辈子只吃汉堡不吃其他东西他都会很满足。不知怎的，他回想起多年前他父亲的问题：你为什么不放弃呢？他意识到，这就是他那天下午在树上的所思所想。也许他应该放弃。

"你的汉堡来了。"当厨房的门打开，杰妮出现时沙利说。她把罗布的食物放在他面前，还有餐巾纸包着的刀和叉。

"又是你。"她说，指的是沙利。

"又是我。"沙利附和道。

"到哪儿都要弄出些乐子来。"

这意味着她目睹了屎班牙·乔的整件事。等早上他到了海蒂，露丝肯定也将知道整件事。但也没人规定他一定要去海蒂。露丝不是几个小时前还想让他离开吗？"我尽力。"他无力地说，但她已经匆匆回到厨房了。

"再努力些。"她建议说，厨房门在她身后关上了。

她说得有道理。今天，两个白痴被他刺激得差点跟他动了手。是的，两个都是混蛋，但问题在于：他这是为了什么？如果他真成功让他们失了控，那么他们会很快解决他。对于酒吧斗殴而言，他太老了，即使不老，他又图什么呢？每一次这种强烈的冲动似乎都在说明同一个缘由。但现在，一旦怒气不在，他就想不起那缘由是什么了。

他旁边的罗布叹了口气。他面前的汉堡动都没动。

"又怎么了？"沙利问。

"没有培—培—培—"

"培根？"

"培根。"罗布准确无误地重复道。

罗布旁的乔可咯咯笑。"奇怪，"他说，"他确实喜欢那个词。"

"'培根'？"沙利说，以为他指的是罗布。

"不是，是乔，"他解释道，"'西班牙佬。'那可怜的混蛋说不出来这个词。"

"西班牙佬，"罗布清楚地重复道，说完他决定像以往一样，不再多想，然后咬上一大口汉堡。"也不是那么该—该—该—"

"该死地难说？"沙利提示道。

"该死地难说。"罗布同意。

沙利情不自禁笑起来。不知怎么，每次罗布的情绪好了，沙利的也会好起来，好像他们的情绪都是相连的。

"他可以只说西班牙佬（spics）的缩写啊"，乔可接着说，"那不就解决了所有问题。"

"或者说解决了其中的一个问题。"沙利说。

罗布很明显也赞同，因为它把尾巴重重往地上拍打着。

灰烬

雷默醒来时，对那感觉的记忆依然愉快、鲜活，贝卡轻轻地用指尖滑过他稀少的发间，接近他的头皮，近到让他的头发微微立起，渴望着她的触碰。他微笑着，陶醉在这感觉中，不愿意睁开眼睛。 我要跟你说个事儿，她低语道。

我知道，他回应。我要秃头了。

回到他们还在相爱的日子，这是在亲密时她最喜欢告诉他的事，好像浴室里的地漏不足以证明这点。到时候你没头发了，我怎么还能像现在这样抚摸你的头发？

两侧还有足够多，他经常这么安慰她，我会梳过来的。

你不会。

我会去植发。

不行。

那你只能——

去找别的男人——有头发的。是的，我会这么做的。

他以为对话会这么进行，所以当她的口吻突然变得严肃时，他很惊讶。不，是其他事。

什么事？他说，见她没有立即答复，他又加了一句，你说吧。

那么你听着。

当然根本没有贝卡或者其他人在跟他讲话。贝卡像个弹簧一样摔下楼梯，她已经死了。他的头发是被微风吹动着。当他最后睁开眼睛时，才从梦境回到现实。没有贝卡。他一个人在黑暗中。无法接受这个事实，他又合上眼睛，希望她能再回来，因为除了手指穿过他的头发，她还跟他低语了什么，他没听清楚，但那似乎很重要。

不管她想跟他说什么，都已经消逝了，人也如此。再次睁开眼，他看到自己正被一只红色的眼珠盯着，在他能聚焦之前，那眼睛合上了。眼镜蛇的眼睛是红色的吗，他心想。它是蜷在他的床脚上吗？他觉得他应该紧张，但不知怎么的，一点紧张感都没有。它已经咬了他吗？是不是因为这个他才觉得醒过来很困难，它的毒液是不是已经流满了他全身的血管？他是要死了吗？这是贝卡想让他知道的事吗？这是她来找他的原因吗？如果是这样，那很好。真的，他想要的就是在这宜人的微风里躺着。当他的头发再次摆动，他看到那蛇又睁开了红色的眼睛。实际上，第二只眼睛也睁开了并在盯着他，直到微风停止，那两只眼又闭上了。接着它们又睁开了，这次闪烁的红光更深，当第三只眼睁开时，雷默完全清醒了。他对眼镜蛇了解不多，但他非常肯定眼镜蛇没有三只眼睛。

接下来一瞬间所有的现实、感官、记忆都汹涌而来。梦中的他在自己家的床上，但事实上他正在夏莉丝家的后阳台上——天太热没法在屋内吃饭——睡着了，那会儿夏莉丝进房取甜点去了。装了一肚子美味的烤羊排和红酒的他本想只是闭目休息一会儿。天呐，那些羊排！他吞了多少块？七块？他真的吃了这么多吗？他为什么不吃几块就停止……上帝，四块都太多了。但主要是因为它们实在太美味了。此外还有一瓶美味的红酒——不，等等——是两瓶。他们还没开始吃，他就喝醉了。

啊，天呐，多么特别的一天！下午在格特，他重新品尝到了啤酒的美味，今晚，他又感受到了红酒的美味。像羊排一样厚重、血红、有质感。贝卡喜欢白酒，所以他们喝白酒，但红酒……哇哦！他怎么会停止喝布赫红酒的？但在今天这个特别的晚上，他最好问问自己，为什么自己没停下来？他是不是牛饮了那本该一口一口慢慢品尝的昂贵红酒？这顿饭花了她多少钱？羊腰排，一磅十多美元。他为什么没在来的路上让夏莉丝在烟酒店停一下，这样他也可以为这顿大餐做点贡献？

但这顾虑立马转变成了一阵恐慌。他做了什么？这整个晚上是什么时候开始变了方向的？事后看，他的愚蠢替代了理性。显而易见，他不知咋地弄糟了这完美的夜晚。他怎么就没看出来有事情要发生呢？那压倒一切的舒适感完全席卷了他，在这么一个炎热的夏夜，有一个迷人的年轻女人陪伴，这不都是先兆吗。他整个人生中经历过的这种迷醉的满足感不都是大难临头的前兆吗？今晚不知何时开始，他不再怕夏莉丝了，这不就是一个警示吗。夏莉丝是个可怕的女人。如果你不再怕她，就说明你不再提防她。

说到这……她去哪儿了？发生什么事儿了？她收拾了油腻的盘子，他的盘子上堆满了羊排骨——他真的用手指把它们抓起来啃的吗？真的这么做了？——然后她把东西端回厨房。他有没有说搭把手，或者站起来替她打开隔断门？他不记得了，也许没有。不，他肯定坐在那儿，瘫成一团，饱饱的，醉醺醺的，下巴泛着油光。他记得厨房的电话响过，夏莉丝去接了电话，扯着长长的线回到隔壁房间。当时他能听得到她越来越小的声音，（不，没事的……听我说……事情就像我说的……跟往常一样，什么都没有，都是你自己想出来的……）这声音让他觉得闭一会儿眼应该不会有事。当她回到厨房，他清楚地听到她挂断了电话。厨房里灯光敞亮，那些胖胖的飞虫撞击着隔断门，在朦胧的声响中他睡着了。

但现在，这同一个厨房却是漆黑一片，充满着不祥。

暴风雨正在往南移动，闪电瞬间照亮了北方的天空和无际的低云，但很快又暗了下去。紧跟着的是轰隆隆的轰鸣，雷暴雨往北部而来，虽还有段距离，但雷默已经能够感到空中的闪电。当微风又刮起时，这次更大些，威倍烤炉下面的炭——那是他们今晚剩下的——发出红光，蛇眼又出现了。他看看手腕，想知道现在几点了，但手腕上什么都没有。他记得他把手表放了警局他的桌子

226

上。他们离开时，他为什么没戴上？之前他为什么要取下来？根据烤炉边的剩炭，他能猜出现在是几点吗？在他睡着的时候，那炭火还在有生气地跳动着。现在剩下的只是一些弹珠大小马上就要熄灭的剩炭。还要多久这些炭会完全烧尽？几个小时？更长？整个街道伸手不见五指。是因为现在是凌晨三点吗？还是镇中心的停电蔓延到这里来了？他隐约觉得弄清楚到底睡过去多久至关重要，好像那样的话，他就能弄清楚自己有了多大的麻烦。

夏莉丝为什么不回来推醒他，把他送回家？是不是她试了，却叫不醒他？说不定他不只是打了个盹，而是昏迷了？考虑到他一整天经历的事儿，还有他几乎二十四小时没吃过东西，很有可能是昏迷了。他知道自己酒量不行。之前他结婚时就喝得太多了，贝卡抱怨过，一旦他睡过去，就怎么也弄不醒。这意味着夏莉丝不高兴了，但怎么能责备她呢？他大吃特吃她的羊排，还狂饮了她昂贵的红葡萄酒，在她拿出甜点前还昏睡了过去。就该让他一个人醒来，昏昏沉沉地待在黑暗中。明天到了警局，夏莉丝毫无疑问会把他今天粗鲁的、不可原谅的行为记到她那长长的表示不满的单子上。

站起身，他试着推了推隔断门，门动也不动。真的吗？他被锁在外面了？又刮起微风，这一次他感到了寒冷。他轻轻敲了敲。没有应答。再响些。"夏莉丝？"

一片寂静。

哇噢。难道她气到把他锁在了外面？她为什么要这样做？他马上有了答案。以今晚的举止，他很可能会做出更糟糕的行为。他可能从醉酒的昏迷中醒过来后，半夜进入她的卧室，占她的便宜。多么荒唐。他绝对不会做这种事情的，但他又怎么会知道？

"夏莉丝？"他又叫了一遍，嗓音中的绝望让他自己也吃了一惊。"求你？"

越发的寂静。之前他一直觉得她是去睡觉了，但是现在他突然有了一个更糟糕的想法。也许她就坐在前厅的黑暗中，享受着他正在经历的苦楚。如果是这样的话，那叫她的名字也没用。而且如果她睡着了，他真想吵醒她吗？不，但他也不想在一个雷暴雨的夜晚待在外面。这门廊有顶，但那斜顶离他只有十二英尺远。风会把雨水平地吹进来，一会儿工夫他就会从头湿到脚。闪电可能先击中烤炉上的金属圆顶，接着会找其他的着陆点，而浑身湿透的雷默正好提供了场地。

"夏莉丝？"他叫道，现在更响了，他把两只手在嘴边做成喇叭状呼喊，想把声音径直传进去，以免吵醒邻居。"我真的很抱歉，我不怪你生我的气了。但你能让我进去吗？我只想回家。"

这么说会不会是羞辱她？也许吧。他有点期待她卧室门里能传出一道光线，然后走出来一个穿着浴袍的生气女子。你是什么意思？你只想回家。你吃饱了羊排和红葡萄酒，就不想替我做些什么吗？这是你该说的话吗？我要把它加到我的单子上。

奇怪的是，在他的想象中，夏莉丝又在用她那嘲弄人的"黑人"嗓音回应他——她在无线电上就是用这种语调跟他说话的。而之前整个晚上，标志着她出身和种族背景的句法和语调都消失了。她听起来很像她兄弟，而且没有杰罗姆的夸张用词。又或者，这只是他的想象？当时他差点就问她了，但话题转向了杰罗姆，他是怎样因为他的野马受袭而完全崩溃的。尽管对兄弟很忠诚，她还是承认对他的精神状态感到很担心。她说他总是高度紧张，而且据雷默观察，他还很偏执。很明显，自他还是个孩子的时候，他跟人相处采取的就是这种特立独行的策略。他需要朋友，之后是爱人，却抗拒亲密，有时，甚至抗拒靠近。据夏莉丝说，他总是小心翼翼地摆出一副自食其力的姿态，但他其实非常容易受伤害。这些雷默都听进去了，但多少还有点怀疑。在很多场合，杰罗姆都跟他提过夏莉丝搬到纽约上州来是因为她需要他，可以离他更近些，今晚她却暗示事实恰恰相反——她离得近，杰罗姆会觉得安慰很多。她还坦言，杰罗姆一直在接受治疗，已经超过十年了。他服用的抗焦虑的药有时能起到预期的效果，有时却让他更加焦虑。

"好吧，当然，好的。"雷默回应，非常乐意赞同她下的结论，以及他俩作为双胞胎的相互依存的关系，但他仍然对下午发生的事感到非常困惑。"他怎么会觉得是我会划他的车？不只是划车，还撕破帆布车顶和皮革座椅，在里面撒尿。"

"跟你没关系，"她让他放心，"如果我在那儿，他连我也会怀疑。相信我。我去过那里。"

雷默的反应看上去一定是将信将疑，所以她接着说："你知道你的问题在哪儿吗？"她说，手里拿着闪闪发光的牛排刀对着他。这个问题她一天至少问他一次，这倒没什么，让他恼火的是，每天她都有不同的答案。"你总觉得你是唯一那个把事情搞砸的人。"

"是吗？"他不清楚为什么她又指出了他的弱点，却让他这么愉悦。也许是因为今晚她的嗓音不但不那么尖刻，而且，几乎，哦，带着深情。有一刻，他甚至希望她放下牛排刀，把手伸过来，握住他的手。

"但是，"她说，"每个人的生活都是一团糟。"

"你也是吗？"

"好吧，不是每个人。"她承认。这时她笑了，他肯定也笑了，所以她说，"我知道这一年你很辛苦，自从……但要知道，你会好的。如果你放过自己的话。"

现在回想起来，那是那个无比美妙的夜晚最美好的时刻。可之后怎么就急转直下了呢？他该怎么弥补一下她呢？

"夏莉丝？"他说，"我付你羊排的钱。好不好？还有红酒？很贵，是不是？我知道你的薪水。我是说，我知道所有人的薪水，不光是你的。但我今晚真的过得非常开心。我想让你知道这一点。你生我的气我不怪你。我不该睡着或是昏迷的。不管是什么。但我真的对不起，所以请你，求你，让我进去吧，我要回去了。"

仍然是沉寂，雷默觉得自己陷入了伤感的状态。

"我在考虑辞职，夏莉丝，"他听到自己在说，"你知道吗？我知道你一直在记录我做错的事，所以我猜我不用再解释原因了吧。我希望我能干得更好些。真的。我希望我能把所有的事儿都干得更好些。不管怎样，我只是想让你知道……"

他停了下来。他想让她知道什么？

"好吧，"他叹了口气，"明天警局见吧。"

她的公寓在一栋两户住宅的顶层，这些住宅的设计，在雷默看来都很相似。在这门廊的正下方是另外一个类似的走廊。他透过栏杆朝下面的黑暗中瞅去，努力想要估量楼上到地面的距离，但目前不可能看清。除非闪电再次亮起，好让他快速扫一眼。问题是房子坐落在一条斜坡上——房子的后面相当陡—— 一路延伸到干涸的河床。离地面距离最短的地方在走廊的前端，所以，他要么就落在前门的人行道上，要么落在邻居铺好的车道上。如果是个孩子可能没问题，说不定会享受那跳跃的刺激，但换成雷默的话，就可能会摔断胯骨。走廊后部下面的地比较软，但从那跳会高个三四英尺，考虑到那个斜坡，他从那跳下去可能会很惨，可能会摔倒在下面的沟壑里。当然，最好是爬下去，而不是跳下去。

走廊前后都有两根看上去非常牢固的柱子支撑着。像他这种体型的人有没有可能从其中一根柱子上滑下去？也许吧，如果他没得选的话。实际上，他就这么做了。他决定不选前面的柱子，因为一旦滑了手，他会掉在非常坚硬的水泥地上；但如果选后面的他可能会摔在一片大栅栏上，很可能被困在上面，甚至会被钉在上面。毫无疑问，一个聪明人会待在原地，蜷成一个球，在走廊上抵抗暴风雨，到早上再去面对夏莉丝的怒气。闪电又亮了，暴风雨正在逼近了。他把一条腿跨过了栏杆。

腐烂的木头即使漆过油漆，也会有种软软的、渗漏的感觉，就像一个漏洞百出的谎言，雷默开始小心翼翼地往下滑，他的大脑在他的腿盘上柱子而那柱子突然从支撑它的走廊脱离时，就已经开始自动记录这令人惊恐的过程了。那一刻，他的脑海里闪过了很多画面，他意识到过去那二十四小时给他上了一场有关地板、天花板、房顶、承重柱的研讨会，一次可能有关死亡的教育。当他意识到攀着的柱子已经没有附着点时，他突然聪明地想到，可以爬回到顶部。他的一只手还在走廊地板上，但要把他的身体拖到地板边缘，他需要两只手。而且即使那样，他也不能肯定他足够强壮到能做到。他有什么其他选择吗？他又不能松手。当他用空着的手朝上够时，他抓住了一块厚板，但这厚板跟柱子一样有松软的感觉，一瞬间之后那腐烂的板子就脱了手，紧接着，他另一只手也滑了，这意味着目前只有他的腿是跟房子连着了。他心想，那么，这下死定了。

但并没有。那柱子，并没有像他想象的那样，一下子就完全从楼上的地板脱落，而是每次只呻吟着剥落一点儿，这让雷默能用胳膊环住它，这才救了他一命。神奇的是，当柱子完全脱离了它应该支撑的门廊时，它竟然止住不动了。现在虽然离地面还有十五英尺，但他稳住了。不幸的是，从楼上走廊窸窸窣窣的声音判断，柱子并不稳当。朝上看，他看到整个结构开始松动。之后他就什么都看不到了，因为突然出现一片刺眼的光，近在咫尺，雷默脑子的第一反应是闪电，所以他紧紧闭上眼睛，为马上要到的轰鸣声做准备。这声音并没有传来，但传来的是楼上噼里啪啦的声响，楼上栏杆的轴子像小嫩枝一样突然断裂，整个结构猛地倾倒下来。雷默不想看到朝他砸来的东西，于是紧紧闭上了眼睛，等着那冲击袭来，但冲击也没来。等他终于睁开眼睛时，他发现处境远没有他想象中那么凶险。是的，那柱子是整个从楼上走廊剥落下来了，但不知怎的，它还连着楼下的门廊，形成了一个 V 形。稍微松了松手，他顺着杆子滑下来，小心翼翼地滑下最后几英尺落到了地面上。

他的错误在于在原地逗留，惊叹这柱子的几何构造，还有头顶上的门廊，尽管已经倾斜摇摇欲坠，但不知何故还好好地悬在高处。他听到了塑料轮子滚动的响声，但还没反应过来是怎么回事，就看到烤炉撞到了栏杆碎裂的部分，翻了下来。正如经常发生的，雷默总是刚撞上好运接着就又突然遭遇厄运的降临。烤炉本来会要了他的命，但它只是轰的一声掉在了他身后，然后滚到了沟里。如果他没抬头看的话，那些如雨般的灰尘以及闪着火星的烟灰就不是什么可怕的问题。

但是，当然，他抬起了头。

听到熟悉的警笛声时，雷默刚走过几栋楼。转过身，他认出北巴斯的巡逻车正紧跟着他，沿着路肩在开。接着前照灯照了照他，因为落下的灰尘而看不太清的他又恍惚了一下。他想开车的肯定是米勒。除了他谁还会这么蠢，把自己的上司看成罪犯？

"难道是你，局长？"

正是米勒的嗓音。"把那该死的灯关掉。"雷默跟他说，抬起手遮着刺痛的眼睛。

当幸福的黑暗再次来临，他走到车旁，乘客座的窗户摇了下来。"你怎么还在执勤？"他问米勒。

"值双份。"他解释道。他脸上的诧异表情简直透着恐惧。"你满身都是什么啊？"

雷默没理他："你怎么在这里？"

"我刚说的——"

"不是，我是说这儿。在这条街上……这街区，而不是其他地方。"

"有电话打进警局。有人报警说看到一个体格魁梧的白种人正试图——"

"那是我。"

米勒点点头，明显很困惑："说真的，局长？刚才，你看起来就像……"

"像什么？"

"像，哦，像个黑鬼。"

"你是说黑人？"

米勒深深地叹口气。"局长？"他说，"我不懂，这到底怎么了。我该弄清楚不？"

"开回警局去，好吗？忘了这事。"

窗户又摇上了，雷默回到人行道上，继续走着，他的眼睛因为灰尘还很难受。到了街区的尽头，他意识到那巡逻车还跟在他后面沿着马路慢慢爬。窗户又摇了下来。

"局长？"

"怎么了，米勒？"

"这是测试吗？如果打进警局的报警电话与你有关，难道我不该向你问话吗？"

一大滴雨砸在雷默的前额上，接着又是一滴。空气里有一股很怪的气味。很浓厚。令人作呕。更多的雷声滚滚响起，雷暴雨现在已经很近了。"不去警局了，把我载到山谷区墓地好吧，"他建议说，"今天早上我把车停在那儿了。你可以在路上审问我。"

"当然，警长。"米勒说，显然因为这个机会很兴奋。

雷默刚钻进去老天就发了怒，暴雨从天而降。"哇噢。"米勒喊道，倾盆大雨被风吹着砸在警车的顶棚，沿着挡风玻璃像弯曲的河流倾注而下。从车的外面传来嘶嘶声，紧接着一声雷鸣爆响在空中，声音如此之大，米勒弹了起来，头碰到了车顶。"好近。"他说。他们都朝后窗望去，但雨太大，能见度很低。不过，雷默也赞同。那闪电离得真是近。

米勒的手离开了方向盘，没发动车。当雨终于小了些，能听清说话声时，他开口说话，假装是不经意问出口的，但其实已经被那想法困惑很久了。"嘿，夏莉丝，你知道的，邦德警官，不是就住

233

在这附近吗？"

"既然你都这么说了。"雷默跟米勒一样擅长装傻。

米勒点点头，又转头盯着顺着挡风玻璃流下的雨水。

"嗯，"雷默说，稍微和缓了些，"邦德警官邀请我吃晚饭，好了吧？"

除非是雷默弄错了，米勒看上去明显觉得这不合适，"那不是——？"

"违反规定？可能吧。不过，仅此而已。我们只是在她家的后走廊上吃了晚饭。"

米勒使劲在闻。"什么味道？"

雷默也在想同样的事。那臭味在车里比在街上更重了。跟巴斯惊人的恶臭不同，它就在那令人不悦的仪表盘的上方。

"局长？"

"怎么了？"

"你是着火了吗？"

"我怎么会——"

"朝那边看一下。"

当雷默把头转过去，米勒喊了一声，从仪表盘那儿抓起一本卷起来的杂志，用它开始重重地拍打雷默的后脑勺和脖子。雷默终于闻到自己头发烧焦的味道，他让米勒拍打着他，那拍打如雨般落下，用的劲道也惊人得大，这让雷默不得不怀疑，他的动机不只是灭火。

"灭了吗？"当击打终于停止时，雷默问道。

"我想是的。"米勒回答他。他把车门开了条缝。这样顶灯可以亮起来，然后用杂志的角检查着雷默的头发，他的头发又长又厚，蜷在后面。"可能有些掉到你的衬衫里面了。"

雷默身子朝后靠着座椅，肩胛骨立马传来一阵灼烧感，好像有人拿香烟戳了那儿似的。

头发的焦味在空气中还很浓重。"你没闻到吗？"米勒问道。

"没，没有。如果一个人知道自己着火了肯定会采取措施的。"

米勒若有所思地点点头。"那么吃了什么？"

"你说什么？"

"晚饭。你和邦德警官。"

"羊排。"

"哇噢。还有呢？"

"芦笋。"

"嗯。只有你们两个人？"

"只有我们两个。"

"那么，你们——"

"不是。"

"你们只是好——"

"还谈不上。"

"听起来你们过得相当不错。你们一直在笑。"

雷默很高兴从米勒嘴里证实了在事情变糟糕之前今晚确实不错，但他这评论也泄露了几个相当明显的问题。"米勒？"

"啊，局长？"

"你是不是迷上了邦德警官？"

米勒心虚地看向一边，尽管只有顶灯开着，雷默还是能看出他因为尴尬而脸红了。"我？"

"如果你听到我们在走廊上笑，那你肯定就在那儿，这意味着刚才你问我她住在哪儿时，你已经知道了。而且，我从走廊爬下来才一两分钟你就露面了。这意味着有人打报警电话时，你就在附近。"

米勒盯着挡风玻璃，雨水仍如瀑布般倾泻着。"天呐，我恨自己，"他可怜兮兮地说，"有时候，我开过来只是为了确认她没

235

事，你知道吗？"

"她知道吗？"

他摇摇头。"请不要告诉她。"

"你为什么不找时间约她出去？"

"害怕，我猜。"

"哦，她是挺凶的。"雷默同意。

"而且我不觉得她喜欢我。"

"你不想弄清楚吗？"

"而且即使她喜欢，"他说，"也有其他……事儿。"

"什么其他事儿？"

"不是我有偏见。只是……"

"她是黑人？"

米勒关上了车门，也许这样顶灯就会熄灭，雷默就不会看到他
已泪如雨下，但他还是看到了。"看到你们两个在一起，欢笑，这
么开心，我才意识到我不在乎她的身份。我也可以在上面吃羊排，
如果不是因为我……"

他是这么悲痛，雷默也不禁替他难过。"米勒。"他开口。

"那你就不担心吗？她不一样……跟我们？"

"你是说她是个女人还是说她是个黑人？"

"是的。"他说。两个都是。"你不怕人们开玩笑？"

"人们一直开我玩笑。我习惯了。"

米勒严肃地点点头。

"总之，邦德警官和我之间不是你们想的那样，所以也没什么
可以开玩笑的。好了吧？现在都清楚了？"

"那你为什么要从她家阳台上爬下来，"他说，"你们……是在
打赌吗？"

"是的，"雷默说，"是打赌。"

米勒看上去对这个解释并不太满意，但他不再坚持了。"你为

什么看起来脏兮兮的搞得像个黑人？这也是打赌吗？"

"不是，这是一个有关烤炉的事故。"他本想解释，但又转念不说了，"我想现在你已经调查完这事故了。干得不错。"

"真的吗？"

"真的。"雨终于小了。"我们现在能去墓地了吗？"

米勒发动车，打了个三点掉头，朝街上开去。远处有火警声。当他们路过夏莉丝家时，雷默说，"稍等。"

米勒停下来。

"用前照灯照下那里。"

米勒按他说的做了，雷默无法相信自己的眼睛。除了他自己造成的触目惊心的破坏外，走廊现在烧得焦黑。

"肯定是闪电击到那儿了。"米勒说。他的上司并没有回复，他奇怪地打量了他一下。"局长？你看上去脸色不太好。"

实际上，他是感觉不太好。在走廊躺着时贝卡来看过他的感觉仍然很强烈。他依然能够感到她的指尖触碰他的头皮，她还低声说有事情要告诉他。如果当时他没醒呢？如果他没有从上面爬下来呢？他肯定已经烧成木炭了。

他们到达山谷区时，雨已经停了，但南部仍旧电掣雷鸣，远处又响起闪电的轰隆声，又一场暴风雨正朝他们这边而来。夏天的暴雨就是如此，没有休止，一场接一场，整晚地，劈头落下。

墓地的停车场现在变成了一个烂泥湖，中间停着雷默的捷达。米勒把车停在旁边，雷默感谢米勒送他过来。虽然雷默曾打赌他们再也抓不到威廉·史密斯了，但他还是让米勒之后去检查一下莫里森阿姆斯，说不定威廉·斯密斯会回来呢。

"局长？"当他钻出巡逻车时米勒说，"你还好吧？"

雷默被他的关心打动了。"我睡会儿就好。"

"好的，只是……"

"只是什么？"

"你看上去有点……"

他在寻找合适的词，雷默想着各种可能性：没精打采？东倒西歪像落汤鸡？心力交瘁、备受蹂躏？或者米勒还是想要重申，他浑身都是灰，看上去像个黑人？

"难过。"米勒最后说。

"是可怜的那种，还是悲伤的那种？"

"是不开心的难过。"

"哦。"

"你难过吗？"

雷默不确定要怎么回答他。米勒身上那点愚蠢的较真劲儿让他既觉得可爱，又有些恼火，雷默仿佛看到了自己的一张老照片，傻笑着合不拢嘴，快乐得忘乎所以。当时你还不知道，这种高兴不会也不可能持久下去，它源于你基因里的愚蠢，你早晚会明白这一点。

"你不应该不开心。"米勒说，嗓音里有种跟他性格不符的自信。

"为什么呢？"

"因为你是局长啊。"

目前是这样，但雷默很肯定，那个最近让他踌躇不定的问题——是否要辞职——很快就会浮出水面。到时候大家都会知道，那个贩卖致命毒蛇、手枪和毒品的罪犯（是的，贾斯汀是对的，在**107**室的浴室里的确发现了大麻、甲基苯丙胺和处方镇痛片）在莫里森阿姆斯住了几个月，而局长也住在那儿。

"听着，米勒，我很感谢——"

"你是局长，"米勒重复着，现在非常坚定，"每个人都得按你说的做。"显然，米勒特别想发号施令，但他不知道途径。雷默自己想吗？命令人们做事情？

"实际上没人按我说的做。"雷默确信地说。夏莉丝如果觉得他的命令不明智就经常忽略它们。还有，她兄弟。甚至连老海恩斯先生也是想忽视他的建议就忽视。一个配了枪的有一定权威的白人都不能让个黑人把他当回事的话，这说明一定的问题，不是吗？

"我就听你的。"米勒说。这倒是千真万确的。在他学会思考之前，米勒别无选择只能做个没啥想法的顺从者。

"我很感谢，"雷默说，想要结束对话，"哦，那么，再见。"

"局长？"米勒说，很明显想要再多聊会儿。

"怎么了，米勒？"

"我要被解雇了吗？"

雷默停顿了一下，不太清楚他在问什么：是问是不是有一天雷默会解雇他，还是要解雇他的想法已经形成了？"为什么这么问？"

"我知道的，"米勒说，悲惨地垂下脑袋。"是邦德警官的兄弟，对吧？"

"杰罗姆？"

"他要来为我们工作吗？"

"没有。"

米勒看起来将信将疑："那他怎么总是在附近转来转去？"

"我也在问自己同样的问题。"雷默承认，想起了那天下午格斯和杰罗姆在厂房的对话。杰罗姆是不是在考虑某个工作机会？市长在催他答复？当时雷默正头痛欲裂，没有深入思考。格斯那儿总是有意外发生。但也许米勒真的猜中了什么。雷默要被取代了——被杰罗姆取代？难道杰罗姆是推测雷默知道了这计划，为了报复他才划坏他的野马的？如果那样的话，夏莉丝在这里面又扮演着什么角色？她邀请他共进晚餐是希望弄清楚他知道了多少吗？他在后走廊迷迷糊糊地睡去时，她接到的那通电话是谁打来的？她漫不经心的口吻好像是跟女朋友聊和男友相处的烦恼。（她说什么来着？跟往常一样，什么都没有，都是你自己想出来的。）但如果是杰罗姆打过来的，想要知道她打听到了多少呢？这有点道理，但夏莉丝在晚餐时并没有表现出特别的好奇。她花了更多时间想要解释她兄弟的奇异举止，而不是询问雷默的动态。

"我想知道她去哪儿了？"米勒说，这问题完全出乎雷默的意料。

"谁？"

"夏莉丝。邦德警官。"

"她去别的地方了？"

"刚才她的车不在车道上。"

确实如此，雷默注意到。她的思域不在那儿。他太关注她被毁掉的走廊，以至于没有留意车不在了，以及这意味着什么。一股如释重负的激流席卷了他，因为这意味着当他恳求夏莉丝让他进房间时，她根本就不在家，也不会听到他蹩脚地说要补偿她羊排，或可怜地承认他是一个糟糕的警察，更是一个糟糕的局长。她肯定是接到电话不久后就离开了。也许她来到隔断门想要解释一下，她会马上回来，但看到他睡得无比香甜，就熄灭了厨房的炉火，这样可以不打扰到他。也许她关了隔断门是为了暗示在她回来之前不要离开。好吧，最后这一点毫无意义，也可能还有什么他不知道的。重要的是，也许，仅仅是也许，她并没有生他的气——尽管她还不知道他毁了她房东的走廊。也许，他开心地想，他们会以为走廊是闪电毁掉的。

"米勒，"雷默说，这人竟然注意到了车不在车道，这让他印象深刻，"你会成为一个好警察的。"

"真的吗？"

"但你得停止跟踪邦德警官。"

"我知道，"他说，"你也许以为我是个偷窥者。"

"我不会，但她会。"

他难过地点点头。"局长？"他说，"你觉得她会和我这样的人出去吗？"

雷默不太想回答这个问题，但他还是想搞清楚，"你还是像你这样的人？"因为雷默不得不承认，他自己就是"像"米勒那样的人：总是不知所措，局促不安，充满自我厌恶。所以，是的，说夏莉丝会喜欢像米勒这样的人，但不是米勒本人的话，会感觉好些。

这时微风又起，轻轻吹动着雷默的头发，就像在夏莉丝家的走廊上的一样，他又一次感到或想象自己感受到了贝卡的靠近，她想要告诉他些事情。他甚至瞥到了那是什么。

米勒看起来很阴郁。"我会被解雇吗？如果我请她出去，而她同意的话？"

"如果是我和她约会的话，是违反规定的，但你不会。我是她上司。而你……"雷默挣扎着想要找到确切的语言来描述夏莉丝和米勒之间并不存在、他也不希望存在的关系。

"我啥也不是，"他说，终于发动了警车，"我知道的。"

罗布的阴茎

沙利生命中很长的一段时间里，绝大多数晚上都歌舞升平，玩到曲终人散，此外他还奉行反对武断和刻板的信念。然而，这些日子以来，他进入了另一阶段，尽管他的核心信念并没有变，但他的行动变了。七十了，至少他的医生们认为他的健康非常糟糕，沙利开始觉得，早年那些不端的行为是更年轻些的人的活动了。尽管他已经比绝大多数人都玩乐得更久，但由于露丝诚心建议他离开海蒂之家一段时间，加上逐渐莫名好转的心跳，所以他又满怀感激、毫不费力地回到他如鱼得水的酒吧生活。雷暴雨滚滚而来，窗外雷电闪烁，暴雨倾盆，沙利不止一次心想，在这么恶劣的天气里，不，应该是在任何天气里，都没有什么比吧凳更好的地方了。

白马到深夜关门前都很热闹，最后一阵暴雨朝北方移去时，酒吧里开始传言镇里来电了。人们（终于）开始朝凉爽的夜里散去，只剩下博蒂、沙利、乔可和两个罗布。杰妮值完班，沙利说要给她买杯酒，结果她只是用"你是不是疯了"的眼神看着他。他妈的这是怎么回事？她好像觉得沙利想跟她交往，因为她妈现在对他不感兴趣了？这跟沙利脑子里想的风马牛不相及，但她的直觉也许是对的。如果她接受了他的酒，在他的吧凳边坐下的话，那看起来像什么样子？而且，罗布还在那儿滔滔不绝。在树上待了一下午后，他看上去比平时更需要他，所以沙利任由他絮叨倾诉。

在酒吧打烊前半小时，卡尔·罗巴克手挽着一个喝得烂醉的、跟杰妮差不多年纪的年轻女人晃了进来。她正是卡尔经常吸引到的那种类型：笨笨的或假装笨笨的、大胸、十分性感。"让我们玩扑克牌吧，"他建议，掏出钱包，数着里面的美元，"九十八美元。"他说，把钱拍到吧台上，"不是普通的九十八美元。是我在这世上仅剩的九十八美元。"

"举手，"沙利说，"这里谁会为卡尔难过？"

"这是给你的教训，"卡尔对他的女伴说，只有她一个人举着手，"如果你想要找同情的话，这里绝对是该死的错误的地方。"

"另一方面，"博蒂说，递给他他经常喝的美格威士忌，"如果你要找的是酒的话……"

很明显，这是对打扑克的回应，年轻女子踮着脚朝他耳朵里私语，但谁都听得清清楚楚，"我记得你说过要带我回家上床的。"

博蒂哼了一声。"你肯定是镇外来的。"她说。

"不急，"卡尔小声回她，接着转向博蒂，"这是杰妮芙，她要一杯自由古巴，你有取笑别人的苦难的时间，早就可以给她做一杯了。你猜得对，杰妮芙来自乔治湖，并不知道这里特别隐私的事情。"

杰妮芙耸耸肩。"我喜欢他说话的方式。"她说。

"是的，我也是。"博蒂说着，把朗姆酒浇到冰上。

罗布，就像以前见到卡尔的女朋友们一样，开始盯着杰妮芙的胸部，那表情就像在想象着奶酪熏肉汉堡。看到他这么关注自己，杰妮芙向他伸出一只手打招呼。"你好！"她说，"你叫什么名字？"

罗布通常发 R 的音没啥困难，但他现在却发不出来。他的结巴令她尴尬，杰妮芙迅速把注意力转向另一个罗布。"噢，瞧！"她尖叫道，"一条小狗！它多可爱啊！"

"你想不想要？"沙利问。

杰妮芙似乎把这当成了个笑话："它叫什么名字？"

"罗布。"沙利说，这让她惊愕地看着刚认识的人。是不是有什么误会？他和狗有一样的名字？如果她问那个穿着药店工作服的高个男人的名字，他会不会也叫罗布？这是个什么鬼地方？

罗布听到自己的名字，站了起来，兴奋地晃动着整个屁股，杰妮芙迅速后退了一步，明显被它血淋淋的生殖器吓了一跳。"它那里怎么了？"她问，这让另外一个罗布的脸涨得通红。

"咬的。"沙利解释说。

"不会疼吗？"

"你问我？"

"这样的夜晚，"在他们挨个走进后室时，乔可说，"让我想起了一条腿律师。"沙利也想到了维尔夫，他们一起朝维尔夫的假肢举了举杯子，自从他去世后，他的假肢就被放在壁炉前的显要位置。他们在扑克牌桌前坐了下来，跟以前一样，罗布小心地坐在沙利旁。乔可把筹码摆好，做了庄家，卡尔太不老实，沙利又太不小心。那狗转了好几圈，叹了口气，蜷在它主人的椅子下面，又开始咬起来。

"你想不想与别人合伙拥有一家建筑公司？"卡尔问沙利。

"那要看合伙人是谁。"

"比如这世界上你最要好的朋友。"

沙利用肘推推罗布，他又在盯着杰妮芙的胸部看了。"嘿，伙计。你有家建筑公司？"

罗布笑了笑，卡尔没有理会。"假设这个最好的朋友下周就发不出工资了。假设今天下午倒塌的墙是他的最后一根稻草。假设他要被厂房的投资者、巴斯镇，以及碰巧在错误的时间开车路过的混蛋、一个有前科的罪犯起诉。"

当然，卡尔经常声称自己马上要遭受经济危机了，但沙利觉得这一次可能是真的。"让我们假设一下，"他建议说，"除了你自己，每个人很早之前就知道这一天早晚会到来。而你想要合作的朋友在过去该死的十年里不停地在提醒你警告你。"

"假设，"卡尔附和，"那个朋友是个大混蛋，挑这个时间来告诉你他提醒过你。"

"假设这同一个朋友就是他妈的你的房东，他都没提过你已经欠了六个月的房租了。"

杰妮芙认真听着，越来越警惕。"你俩在吵架吗？"

"没有，"沙利说，"但我要赢走他最后这一百美元了。"

"如果我想的话，他就能。"卡尔赞同。

"大牌赢。"乔可说，把纸牌放在了桌子中间。

"那就是我。"沙利说着，把黑桃 A 朝前翻过来。

卡尔叹口气。"该死的。"他说。

有时候，你会感到整个世界都是向着你的，沙利觉得，现在就是如此。

分离

雷默发动了捷达，为了防止米勒通过后视镜观察他，他故意把车子倒着开，这样尾灯就会闪烁。当巡逻车开到两车道的柏油路，朝镇里开回去时，他又把车停回停车场，将引擎熄了火。他在小储物箱里搜了一会儿，找到了放在那里的手电筒，当然已经没电了。如果上帝真有暗示的话这就是一个，停止吧，让这该死的、糟糕透顶的一天仁慈地结束吧。明天很快就会来临的，到时候，会有足够多的机会去做更多愚蠢的事情。他现在不是已经把事情弄得雪上加霜了吗？ 回家吧，他跟自己说。

但，回家又意味着什么？家，至少在他做出其他安排之前，仍然在莫里森阿姆斯，官方还禁止入内呢。即使他能忽视自己拉起的警戒线，爬到床上，他也会被那逃跑的眼镜蛇的幻影纠缠。其他的选择也同样没有吸引力。他可以睡办公室的沙发，但明天一大早会被夏莉丝发现，考虑到晚上发生的种种事情，他无法面对。像阿姆斯其他居民一样，他也有张汽车旅馆的优惠券，但这么晚了，又是一个假日的周末，迎接他的肯定是客满的标识。

雷默走向山谷区墓地时，南部又重新传来隆隆声，低云映衬着远处的闪电。天空中又一次电闪雷鸣，他前额上的头发竖直，就像在夏莉丝家的走廊上那样（在他毁了头发前）。只有零星的闪电可以照明，他一直尽量沿着小径走，但还是偏离了。山谷坟墓的指示牌，是平铺在地面上的，凸出来的部分正好能绊倒人，他被绊倒了两次，第二次摔得很重。他带着一身泥站了起来，这都是拜黑暗所赐。又是烤炉的炭灰，又是新添的一层泥巴，他可以轻易地想象出自己成了什么样子。这让他想起贝丽尔小姐在八年级给他读的那本书，讲的是一个男孩在沼泽地偶遇一个逃犯的故事。老妇人还专门跟他说他会觉得自己跟故事中的男孩挺像的，但读完第一章，他就把书放在了一边，拒绝再拿起来。当他考试没通过时，贝丽尔小姐很是困惑，问他是不是觉得书太难了。他撒了谎，说是的，因为事实更令人尴尬。他没读下去是因为那沼泽地的情形吓住了他，尽管第一章结束的时候，罪犯被套上链条带走了，但雷默担心他还会回来。这是一本很厚的书，要花几个星期读完，他知道如果读下去的话，之后都会焦虑不安。不知为什么他在蜜月时把这故事当成轻松愉快的轶事讲给了贝卡听，结果她显然被震惊了。"你没发现吗？"她解释道，"你在自欺欺人。"也许她是对的，但真的，这有那么糟吗？人们不是时时刻刻都在自我欺骗吗，那些事情可比八年级阅读作业重要得多。"我猜得对吗？"他问她，因为很明显她知道那本小说。"罪犯是不是又回来了？"

"他当然回来了。"她承认。她看上去想要说下去，但又改变了主意，这真是羞辱，因为雷默在描述这可怜孩子的窘境时——是不是应该揭发那男人——他发现自己其实的确想知道故事是怎么发展的。（贝丽尔小姐是对的——他跟那个孤单的、没有朋友的男孩很像。）贝卡拒绝满足他的好奇心，也暗示了，即使现在这么多年之后，他还是不配知道。更令人不安的是，这可能是她第一次隐约感到他们的婚姻是注定失败的，一个懦弱的男孩长成了一个懦弱的男人。

这就是他在沼泽地一样的山谷区跋涉时的所思所想，他的鞋子毁掉了，短袜也黏糊糊的。他甚至不能确定他走的是不是正确的路线，直到天空被雷电点亮，他看到了老法官的坟墓，由于之前的暴雨，那土堆缩小了很多。今天早上，他真的是站在这儿听那白痴牧师念悼词吗？感觉像上个星期的事了。天又墨墨黑了，不过他现在已经知道了自己的方位，他很清楚那辆黄色挖土机停在哪里，同时他也注意到，右边几排远的地方有人放了一束红玫瑰。

等他找到贝卡的坟墓，他会……干吗？努力睡过去，这样，在梦里她就会回来找他，就像之前她在梦里出现托话给他一样，如果她能到一英里外夏莉丝家的走廊来见他，她当然可以在这里跟他联络，这儿离她只有几英尺。她之前要表达的事情看上去非常紧急，但现在已经过去这么久了，那会是什么呢？她情人的身份吗？好吧，但为什么是现在？难道她要表达在死后她意识到了自己的错误——是雷默，而不是别人，才是她的真爱？还是告诉他，他应该停止沉迷于追查她情人的身份，接着过他的生活？也许她到走廊来探访他的原因，是想在他和夏莉丝一起度过迷人的夜晚之后，送上她的祝福。有可能。但，哎，也可能是相反的。或许她是来警告他，对夏莉丝他可能要犯可怕的错误？！

考虑到新的暴风雨马上要来临，那他还有可能睡着吗？尽管他筋疲力尽，但他还是觉得非常清醒。而且即使他真的设法睡着，他难道不会被第一声响雷惊醒？也许睡觉不是唯一召唤她的方式。如果她是鬼魂，近在咫尺，她是不是可以直接出现在他面前？如果她真的出现了，他该说什么？他觉得他会先道歉，在这之前，他没有来看过她。他应该为失去她而悲痛，而不是让自己沉浸在她实施背叛的细节中——像个弹簧一样从楼梯上摔下来。如果她爱上别人，就得先不爱他，这里面肯定有他的责任。他如果道歉，也许这是个让他承认从一开始就不该娶她的好时机，因为一直以来，他都觉得自己配不上像她这么美丽、聪明、自信、有天赋、又充满活力的姑娘。当然贝卡会扯开话题。她怎么可能不扯开话题呢？

不过用这种可怜兮兮、卑躬屈膝的对话做开场白有个麻烦，贝卡会迅速意识到，他之所以这么说是源于他的自我厌恶，而这是她最不喜欢的一点。如果贝卡死后还有一部分魂魄徘徊在人间的话，他——承认吧，就是个受害者——要祈求她的原谅。他轻而易举就能想象到她惊愕的反应：老天，你还在执着于这个？但是他不就应该带着善意、理解和原谅去乞求她吗?

　　他唯一能确定的是,如果贝卡真的是个鬼,那这对话——不管内容和形式怎样——一定得在今晚发生。明天早上,他会觉得她来过夏莉丝家就只是个梦而已,他会把这个梦当作自己感情需求的投射来解释——他在潜意识里虚构了她,这样她才能告诉他可以对别的女人有感觉,可以对别的女人采取行动。明天,在明亮的日光下,他当然会觉得一切都是想象出来的,不是吗?但今晚,在黑暗的笼罩下,他想要贝卡真实起来,希望她出于自己的需要来找他,而不是因为他的需要。现在在山谷中,他想要的不只是自己那种虚假廉价的想象。

　　当然这一切假设的前提是他在半个小时之后还活着。他一直都觉得马上到来的暴风雨是友好的,是它点亮了通往贝卡坟墓的小径,但现在它就在他上方——实际上就在他头顶上——这可一点儿都不友好。一道闪电在他头顶嘶嘶作响,一下子就照亮了他的四周,瞬间,在世界漆黑之前,他看到地上密密麻麻的红色。过了一分钟他才缓过神来,脚下撒满的花瓣,是他早上注意到的那束美丽的玫瑰残留下来的。这意味着他离她不远了。贝卡的坟墓就在附近。幸运的话,下一道闪电就能让他知道哪个坟墓是她的。

　　但随后而来的是雨,瞬间即至,汹涌猛烈,一如镇上早些时候的那场暴雨,但现在没有干燥的巡逻车可以躲进去,也没有笨笨的米勒警官可以让他从这暴雨中分分神。到底是什么迷惑了他,让他跑到这里来?他惊叹着,一个小时之内自己两次为大自然的狂怒而感到敬畏。为什么不在捷达车里舒服地待着,等着暴风雨过去呢?几秒钟之后,他就淋得湿透,剩下的炭灰从头发中渗出,像小溪一样顺着他的领子流下来,沿着他的后背,流进他平角内裤的束腰带里。他突然觉得这像是个由他担任主角的鬼故事,结局是:到了早上,人们发现他冷冰冰地死在贝卡坟墓的边上。在鬼故事里,贝卡在一个雷雨交加的夜里召唤他到山谷区墓地来,不是为了告诉他她对一切都释怀了。不，她的鬼魂是来报复的。她把他弄到这里来——雷默重重咽了口唾沫——是为了杀死他。

　　但是，既然他已经意识到那致命的结局，他为什么不待在原地打破这宿命？他不知道这些粉色花瓣的下面埋的是谁，但不管是谁都跟他没有过节，也当然没有理由要对他实施可怕的报复。残留的玫瑰花瓣暗示着这是个女人的坟墓——一个被热爱的妻子、姐妹或女儿。她是谁都没关系，只要她不是……

　　丽贝卡·惠特·雷默。

　　那正是他脚下石碑上刻的名字，而石碑正是他自己当初极不情愿地买下的。一道闪电让那名字清晰地显露出来，当世界又重归黑暗，她的名字仍然像照片底片一样鲜明地留在他面前。丽贝卡·惠特·雷默。随着闪电而来的雷声震动着大地，本来用来固定鲜花的圆锥形金属丝朝前倾覆了四十五度，扎在松动的土里，好像要把带刺裸露的枝干呈现给他看。绿色玻璃包装纸在风中剧烈地啪嗒作响，那张献花人的小卡片还在那儿。

　　雷默跪在了淤泥里，心里想，这才是贝卡想要告诉他的吧。想到这，他心中爆发一阵冷笑。根本没有梦，没有对话。献花人的卡片上会有名字。雷默只要读了那名字就会真相大白。之后闪电就会击中他。他一直寻找的答案会和死亡携手而来。很好，想想看，上帝很公平，自私和愚蠢将终结他的生命。这很公平，因为他是，一直都是，一个白痴。他所追寻的甚至都不能算是智慧，那至少还有点可敬之处。不，他只是想得到些信息，一些无关紧要的东西，他一直想知道的只不过是她男友的名字。他的身份。除此之外，他没有真正考量过这个男人。即使刚刚他意识到这些可爱的红玫瑰是献给贝卡的，他也没有想到自己不是唯一为她着迷、还在爱着她、因为她的离开而无法将生活继续的人。这么明显的事实，他怎么完全没有想到？他还在为多少没有想到的事实愧疚着？

　　最让他困惑的是贝卡本人。在他们短暂的婚姻中，他问过她的感受吗？问过她开心吗？有几次，特别是在最后那段时光，他觉得肯定有哪里不对了，但她总是否认，说自己只是情绪不好，第二天醒来就会好一些。他当然乐意听到这些安抚的话。为什么要深究呢？

对于雷默，这种自我怀疑和指责总会不可避免地引向更多更基本的问题。如果不愿去关心别人的内心世界，尤其是他人的痛苦，还可能成为好警察、好丈夫、一个好人吗？这难道不是最基本的情感共鸣吗？她离开他，想要在那个献花男人的身上找到的是这种情感共鸣吗？他是不是比雷默更花心思，能更深入地理解她？还是说情感共鸣只是冰山一角？如果那男人比他更高、更有型、更帅呢，这些雷默都能容忍，但如果那该死的家伙还拥有更多智慧、才能、优雅和气度呢？他是不是有他所没有的所有东西？

那么，这一切的源头是：虚荣心。他必须得知道真相，哪怕会为此而失去生命。这就是为什么他会伸手一把抓住献花人的卡片。当风把绿色玻璃包装纸从金属丝网上吹下来时，他这么做了。他追寻的信息现在就在他的手中，但就在那一刻，天空被另一道闪电劈开，他觉得右手掌一阵炙热的疼痛，好像那小小的卡片突然变成了火焰。他感觉胸口积压着一声绝望的咆哮，他想做的要么是释放喉咙里的咆哮，要么是松开拳头里的卡片。他决定，咆哮，于是随着雷声，他仰天大吼，他的吼叫与雷声交融，消失在天际。

他不知道吼叫了多久，但当他停下来时，他觉得自己以及他的灵魂都发生了深刻的变化。这是很奇怪的感觉，他头晕目眩，好像身上有什么被劈成了两半。进入墓地时，他是道格拉斯·雷默，是那个生命中大部分时间，也许是一辈子都在走过场的人。而现在，他觉得被分身出了第二条生命，好像那一直属于他而且只属于他的皮肉和骨头现在也属于另一个人。当然那个熟悉无比的道格拉斯·雷默还在那儿，还是那个被贝丽尔小姐赠书，被罗伊·帕迪这样的男孩欺凌，后来被沙利这样目无法纪的人戏耍，被弗拉特法官嘲弄

251

的雷默。是那个将竞选口号笔误成你不快乐我就快乐的雷默。蠢货，面对现实吧。一辈子都想成为一个更好的警察、更好的丈夫和更好的人的蠢货、胆小鬼。

奇怪的是都还没介绍，他就对分身出的第二条生命这么熟悉，好像他这一生都知道这个"另一半"。叫他……什么？ 道格，雷默这么决定，因为他感到那一半要年轻得多，就像孩童时的兄弟。一个卑鄙的家伙。这个道格是什么样的人？他对一切都不在乎。对贝卡，对职责，对人们对他的看法，他都嗤之以鼻。尤其是道格拉斯·雷默，依道格来看，真是太没用了。压抑了这么久，道格现在要开战了，要重铸名声。把这一切该死的都搞定。

道格知道将要发生什么。等他们看了卡片，就知道那狗娘养的人是谁了。

重生

他们玩了一个半小时的牌，最后只有卡尔看上去很失望，所有的筹码都堆在沙利面前。杰妮芙早就觉得无聊了，躺在沙发上睡着了，卡尔站在她的上面，看上去很难过。"你有没有草率地许过誓言？"他问沙利。

"哦，一两次吧，"沙利说，"我结过婚，你还记得吧？"

"对不起，亲爱的，"卡尔将一只手放到杰妮芙肩膀上时，她咕噜道，"我没兴致了。"她翻了个身，很明显，她以为自己在家里的床上。

"让她睡吧。"博蒂说，她的酒吧上面有个房间。

"真的？"卡尔看上去像个刚被判了死缓的人。

博蒂耸耸肩："收银机锁上了。"

到了外面的停车场，他们跟乔可挥手告别。卡尔推推沙利说："借光说句话。"

听到这，罗布的脸沉了下来。他又要被排除在外了，他恨这一点。更糟糕的是，他要让沙利单独和卡尔留在一起，那人似乎认为他俩才是最好的朋友，有时，像今晚，甚至还明说了出来。沙利把卡车钥匙递给他，罗布很不情愿地接受了。

"我之前说的话是真的。"只剩他俩时，卡尔对沙利说。

"你真的破产了？"

"可以这么说。"

"你觉得我能做什么，如果我能，我会帮你。"

"不，我俩的情谊比钱重。"

"那么，然后呢？"

"很抱歉，那房租。"

"不用担心那个。"

"如果你想的话我可以搬出去。"

"我刚才说啥来着？"

卡尔耸耸肩。"好吧，"他接着说，"你相信重生吗？"

"你是说我们死后，把这该死的生活重新过一遍？"

"是的，就像那样。"

"上帝，我可不希望。"

"我不知道，"卡尔说，"再活一次，我们是不是会变聪明些。"

"也有可能更蠢。"

"我可能会，"卡尔承认，"不过我可看不出你会变蠢。"

"你想再活一遍吗？"

"他妈的，"卡尔抬头望天，"今晚简直了，看那天空。"

沙利抬头看，实际上天空很美，空气清新干净，漫天星辰，一轮凸月挂在空中。他想起下午在餐厅时的感觉，一切似乎停止了，他的生命突然就像一部低成本的电影。当时他觉得也许那意味着他活够了，但现在他没有那么肯定了。"我希望你不是要告诉我，当你将要死的时候，你会想念的是那些星星。"

"我都不知道我为什么跟你说话。"卡尔说。

"我也不知道。我们聊完了吗？还是还有什么可聊的？"

很明显还有。"我为什么要做这种事？"他说，看上去真的很困惑。

"什么？"

"向那女孩许诺。"

"我他妈怎么知道？有一半我做过的事，我都不明白是为什么。我怎么可能明白你的？"

卡尔想了一下。"你真的再也没想过性吗？"他问，"我刚发现这真他妈令人难以置信。"

开到罗布住的地方，沙利把罗布输的钱递给他，这样布茨就不会火冒三丈了。"我当时给你递牌时，你怎么不封牌？"沙利问。

"我有三个该—该—"

"该死的皇后，我知道。但我有满堂红。"

"看着不像。"罗布悲惨地回想着。

"这就是玩牌的乐趣。"

"有时你给我让—让—让牌，我封牌了，结果你就什……什……"

"什么都没有了？"

"——该我赢的。"

"是吗？"沙利说，看着罗布把那些钱塞进他胸口的口袋。"哦，开心点。钱总是会回到你身边的。"

等他们开进车道，车前灯扫过树枝时，沙利说，"明天你下了班，过来找我，我们把这些运走。不要忘了啊，因为我和布茨打了赌，我可没法让你们两个人都满意。"罗布要下车时，他说，"嘿。"

"怎么了？"

"你到底是怎么了？一晚上都很奇怪。"

罗布开始哭泣。

沙利叹了口气，知道最好不要再问了。"你难过是因为我跟他们说了你卡在树上的事儿？"

罗布哽咽了一下。"每个人都在笑。"

"哦，是很好玩啊。你自己也笑了。"

"我知道。"

"那还哭啥？"

"我不—不—"

"你不想听人反复讲？这倒是真的。"

罗布用袖子擦了一下鼻子。"我只希望……"

"什么？"

罗布叹口气。从哪儿开始说呢？

"希望我能对你更好些？"

他又耸耸肩，沙利看得出来，这是关键。

"我也希望我能。"他说，不知咋的，这似乎让罗布高兴起来了。罗布喜欢他俩达成一致，他相信只要稍微努力下，沙利就能让他们两个人的愿望都实现。"知道吧，我不是唯一那个可以对对方更好的人。"

罗布茫然地看着他。

"今天早些时候我过来时，你老婆在哭。"

"布—布—布茨？"这次他看起来是真的吓坏了。

"你有几个老婆？"

"她为什么哭？"

"见鬼，我怎么会知道？她是你老婆。"当然这让他想起了薇拉，他自己的老婆，哦，是前妻，现住在镇里的养老院。每次想到沙利，她都会低声咕哝辱骂。之前他都能把她摒除在记忆之外，但今天已经是他第三次想起她了。见鬼这到底是怎么回事？

"我能做什—什—什么？"

沙利耸耸肩。"谁知道？带她出去吃顿晚饭什么的。"

他把沙利给他的钱取出来，犹犹豫豫地数了数。

"天呐，"沙利说，又给了他二十美元，"罗布！"

"怎么了？"

"我没跟你说话。"

罗布一直待在后座，现在从车厢里跳了出来，跳到了他同名的人刚刚空出来的座位上。

"我希望它能换个别的名字。"罗布说。

"他还想让你换名呢。"沙利回答他，把车倒了出去。

从山丘区到山谷区

等雷默终于回过神来，他发现自己还跪在贝卡的坟墓边，暴风雨已经过去了。他清楚地记得，有段时间他的灵魂离开了自己的身体，留下他的躯干。但有多久？几分钟？半小时？那轰鸣的雷声已经北上几英里了，雨也停了，因此可能有半小时了。他检查了一下身体，发现右手痛苦地痉挛成了爪子的形状。他拼命地甩着该死的右手，想让血液重新循环起来，但手仍然僵硬、麻木着。这是中风了吗？他挣扎着站起来，发现他的神经末梢有种奇怪的刺痛感——脚趾、耳朵，不知为啥，还有舌尖。他是被雷劈中了吗？一道霹雳不就能杀死他吗？事实上，都能让他化为灰烬，不是吗？那如果不是直接劈下来的闪电呢？如果那闪电在附近的山峰区击倒了一棵树，然后沿着地面一路传来，寻找一个跪在山谷区泥巴里浑身湿透的傻瓜，传导了不足以断电但足以让一两根电路短路的电流呢？

"哈啰？"他开口，想要试一下刺痛的舌头，这词在他头盖骨里回响着，就像在一个空桶里回响。他为什么会有点期盼有人能回应他？

接着他想起来了：当时天空亮成白昼，他伸手去够那个献花人的卡片时，他的吼叫与雷声融合在一起。还有最后身体被一劈为二，以及那个恶狠狠的新生命充满了他身体的每个细胞的恶心感。道格，他记得给那个分身起的是这个名字。"哈啰？"他又开口，这次声音更大些，像一个人正晃动着鞋子，想听听是否有小石子跑到脚趾间。"道格？"

一片寂静。

谢天谢地。他觉得人们只需要一个道格拉斯·雷默就够了，包括他自己。很明显，他感到那个被凶猛的电流击中的分身，在雨后干燥、清新、凉爽的空气中消失了。总算摆脱了他。

但是，他不得不承认，这是侥幸脱险。他差一点就失去意识，多么危险啊。难以置信，当暴风雨在头顶肆虐时，他真的相信，他死去的妻子正以某种方式控制着大自然要杀死他，像一个复仇天使把雷电引到他身上，搞得像是他背叛了她，而不是相反。太荒谬了。天呐，他竟然差点因为一个献花人的卡片而丧命。

雷默浑身湿透，身子无法控制地发着抖，他涉过脏水，像个僵尸一样往回走，回到停车场时，月亮正从云层后出现，耀眼夺目，天上的星星没有因此而失去光芒真是个奇迹。急速而过的最后一场暴风雨似乎击退了热浪，温度骤降了足足二十度。那天早上，站在炙烤的骄阳下，雷默曾经祈祷可以像这样降温，现在他得到了回复，就像其他祈祷者一样，也像惩罚本身。他打开捷达的车门，滑到驾驶座上，在顶灯下研究着他的右手，惊讶于这僵尸般勾着的五指。他用左手的大拇指和食指，把僵硬的右手小拇指掰直，但每次松开它去掰旁边的手指时，它就会骤然收回到爪子状态，他终于放弃了，感激四周无人，没人看到他跟自己白费力气。

快要凌晨一点了，所以明智的做法是找个地方睡觉。但去哪儿呢？夏莉丝家？不，再也没机会了。即便在正常情况下，让他出现在挑剔的杰罗姆的门前，他也会觉得很勉强，杰罗姆位于斯凯勒的高档公寓简直是放大版的野马储备箱。他能想到的在这个时间还欢迎他的人就只有老海恩斯先生了，但因为雷默自己的公寓就在莫里森阿姆斯，找他也就没有任何意义了。而且，在经历了这么多事情之后，他真正需要的是自己待一会儿，在一个宾馆的浴池里把他诡异的爪子浸泡在温水中，等着神经末梢的刺痛感减弱。到了早上，如果手还不能放松，他只能拖着它去急症室了。听天由命，如果那右手还是持续惹恼他，那就把这该死的玩意儿锯掉。

没法握紧点火的钥匙，他费劲地用左手把它插入钥匙孔，终于设法点着了。引擎一发动，雨刮却突然毫无预兆地动了起来，差点吓死他，把雨刮关上，收音机又突然大声地响起来。他把声音关上，检查了一下，莫名其妙，那收音机停在了一个乡村电台的频率上。雷默很少听收音机，更别提这种乡巴佬的节目。是有人在他车里玩耍过吗？等他关了收音机，他注意到耳朵里开始出现之前没有过的环绕的嗡嗡声。他猛地摇头，更加坚信之前在贝卡的坟墓时触过电。"哈啰？"他又开口，他的声音让那嗡嗡声更大了。

接着，一分钟之后，突然一切停止了，一个粗哑的嗓音说，哈啰，蠢货。

从墓园的大门出去，雷默没有右转到高速公路，而是开到了路的尽头很少有人走的温泉街的入口，转到了左边那条把山丘区和山谷区分开的碎石路上。那路直接通到州际公路，万一运气好的话，他或许能在那条路上的某个连锁汽车旅馆找到个空房间。

他在停车场又等了半个多小时，期盼脑子里的声音再说些什么，但耳朵里的嗡嗡声又回来了，只有更响。睡觉吧。上帝啊，睡眠是他需要的。如果在那儿找不到房间，他会开到劳氏①巨大的停车场倒头就睡。明天他就会递上辞呈。尽管他觉得不太有可能会有人反对或是想知道他辞职的原因，但万一呢，万一人们问起，他就会跟他们说，他耳朵里总有人跟他讲话，他都要疯了。也许他需要开车到由缇卡，到州神经病医院，希望那儿的医生知道他是怎么回事。他们没有弄懂市长的老婆是怎么回事，不过谁知道呢？

雷默开到柏油路中间一个十英尺高的土堆前时，已经筋疲力尽，那土堆挡住了两条车道——好像从天而降——他停下车，盯着

---

① Lowe's Company，美国一家专注于家居装修的零售公司。

它看，难以相信自己的眼睛。难道，像他脑子里的声音一样，这也是他神经错乱臆想出来的？小土堆上有棵干枯的树，从外表来看，大部分已经枯死了，现在正以不可思议的角度倾斜在那儿，根部完全暴露在空气中。在月光下，这整个场景就像一幅荒诞画，细节如梦如幻，隽永的内涵让人无比喟叹。最诡异的是，从土里凸出来一个跟人行道一般高的长方形盒子，上面银闪闪的像个把手一样的东西，反射着雷默的头灯的光。雷默花了好一会儿工夫才把这些构造联系起来，辨认出这是个棺材，那盖子，他现在看清楚了，正倾斜着。朝上看，在离小土堆五十码处的斜坡上有个巨大的坑，这意味着这小山、树、棺材是最近才被移到这里的。

换言之，眼前的场景有个合情合理的解释。他的眼睛没有欺骗他。山区所有的树都有年头了，有的已经濒临死亡，横倒在地。倾盆大雨松动了丘形地面，让一部分山坡完全松动，滑落到路面上来。外面的世界现在还一如既往地照常运行。他已经准备好了一个令人宽慰的说辞，等明天镇民们问警察局局长见鬼了是怎么回事时，就脱口而出。虽然确认了这一切不是自己的臆想，雷默却发现自己沉浸在悲痛之中。实际上，他发现自己在啜泣，一开始轻轻的，后来越发强烈，他的肩膀因为哭泣而颤抖。好像突然意识到这凡尘俗世中的万物，早就注定要经历种种残酷、无法逃避受苦受难。我们跟世人的关系因为恐惧、利益、自恋等百上千个其他的原因而被破坏，这已经够糟糕的了，同样糟糕的是，我们甚至对死人都无法忠诚。在他们入土时，我们表白了自己的爱、仰慕和永恒的忠诚，许诺永不相忘，但接着我们就把他们忘了，或者试图忘却。今天早上，他们刚埋葬的老法官已经从大家的记忆中模糊了。除了雷默也没人记得他可怜的母亲了，等到他也死后，她就会像从来没存在过一样。难怪死人们会抗议。难怪他们的棺材会从地下斜插出来，歪着盖子，好像在说，还记得我吗？记得你所有的承诺吗？可怜的贝卡。如果她真的生他的气，他能责备她吗？他甚至连这种惯常的诺言都没许过。他让她入土是因为他是她丈夫，那是他的职责，但他不愿原谅或忘记她的不忠。今晚，他开始意识到，是他让事情越变越糟。是他对贝卡的怒气转化成了致命一击，而不是贝卡对他的。并不是她在地下报复他，而是他自己充满了复仇心，因为有人比他更懂得爱贝卡，更是真爱，这意识正一步步吞噬他，让他的怒火越来越旺。另一个男人许下了郑重的诺言，正如玫瑰花束所印证的，他还遵守了诺言。

他耳朵里的嗡嗡声突然停止了。

噢，听听。你难道不知道自己有多可怜？

抱歉，你说什么？

嗯，你怎么描述自己？

无法决定自己是被告还是原告，雷默自卫似的一言不发。

诚实些，就一次。

诚实？

我知道，诚实对你来说是个全新的概念。

去死吧你。

好吧，但还是再想一下吧。

我知道自己是谁。

听到这个，对方一阵大笑。 你他妈根本毫无头绪。那老妇人是对的。他的嗓音这时变了。 道格拉斯·雷默是谁？道格拉斯·雷默是谁？他完美地模仿了八年级时的贝丽尔小姐。 天呐，笑死我了，真的。

雷默等着他的笑声停止，终于停了。

好吧，这个黑人女孩，那嗓音继续道。 你说你了解自己？那么跟我解释一下，你为什么要跟她混在一起？

雷默能感到自己的肩膀在抽动。他想到夏莉丝，那个夜晚多么美好，她看上去挺喜欢他。他都不记得上一次他这么愉悦是什么时候了。我不知道，他承认道。

你当然知道。

这很复杂。

这不复杂。试着诚实些吧。

嗯,他心想。 我只是想有个朋友……

看到吗?这正是我说的你在扯淡。你想要的是看她屁股上的蝴蝶文身。

知道吗? 你真是个残忍的家伙。

终于。现在我们有点进展了。

雷默打开车门,把羊排、芦笋、红酒都吐在了地上,他希望能把占据他头脑的东西和胃里的内容都通通吐掉。可是他没那么好运。

觉得好点了吗?他把车门又关上时,那声音问。

是的,好些了。

那声音停顿了一下, 我不是你敌人。

你也很难是我朋友。

那得用时间来证明。

让我自己待着。你从哪里来就滚回哪里去。

你来自哪里我就来自哪里。

不,你是乘着一道闪电来的。当那刺痛停止,你就该消失。

不。

雷默重重咽了口唾沫,尝到一股酸臭味。

那么,我问你: 你就没一点点好奇吗?

好奇什么?

你这傻瓜,有关卡片上写了什么。

我手张不开,雷默说,把爪子展示给人看,好像他不是一个人似的。

再试一次。

这一次,果然,手指可以慢慢伸直了,他的皮肤像被成千的小针扎着。他手心里是皱巴巴的献花人的卡片，他把它放在大腿上，竭尽全力把它摊平，接着举到灯光下。吉氏鲜花，上面凸出的字体写着。下面是那种无处不在的两足长翼、手里握着花束的墨丘利神。

翻过来。

雷默打开门，又吐了，这次基本上是干呕。

别再拖延时间。

我能告诉你些事情吗？雷默问。

任何事。

我厌倦了当每个人的笑话。

他等着被嘲笑，但对方没有。有我在这儿帮你。

雷默盯着卡片看，考虑着他的选择。 等我知道了真相，事情是不是就不同了？

让我们试试。

如果事情更糟糕了呢？

把那该死的卡片翻过来。

雷默照做了。卡片上只有一个词，以这笔迹，雷默猜想写字的人肯定有优雅的运笔。看起来有五到六个字母。第一个很清楚是 A，第二个很像是个 l，Alfred？Alton？不是，还有一个能辨认出的字母——倒数第二个——看上去像是 y。Allen，但拼写里怎么有个 y？终于，他看清了。这根本不是一个男人的名字，是个单词 Always（永远）。

好吧，道格说。我不了解你，但我觉得很失望。

接着，那嗡嗡声又回来了。

掘墓

　　沙利到家时，路边停着一辆他不认识的车。贝丽尔小姐的房子里没有灯光，至少从街道望过去看不到灯光。罗布站在前座上，爪子搭着仪表盘，也注意到了这陌生的车辆，它朝车叫了一声，然后转身看着沙利。"我看到了，"沙利说，"闭嘴，否则要揍你了。"狗支起脑袋，似乎很困惑。沙利从来没有对它动过手，但那威吓总能让对方信服。不能叫带来的压力让它憋不住往手套箱上撒了一点尿。

　　"我们走吧。"沙利说，刚下车，罗布就从他旁边蹿了出去。

　　奇怪了，过了这么多年，沙利还是觉得这房子是贝丽尔小姐的。他在楼上的房间住了这么久，但有时候还是会忘记，还是会从后门的楼梯爬上去，结果发现门被锁着才意识到问题。如果现在住在里面的卡尔听到他走近时，就会大声喊，你他妈的不住在这里了，你这个白痴。尽管彼得和威尔在过去七年里一直住在楼下的房间，但有时沙利看到他们出来，而不是他的女房东老师，还是会觉得惊讶。最近，更奇怪的是，这房子总让他觉得不自在。这是一个好的居所，是这条街上最好的房子之一，而这条街是整个巴斯最好的街道。如果他有意愿出售的话，这个地方会很值钱。这也多亏了他孙子威尔一直在修整草坪，篱笆也弄得齐齐整整。自从他和他父亲搬进来，作为减少租金的回报，他们已经把房子油漆过两次了，还担下了修缮房子的活儿。沙利根本不想收他们的钱，但彼得不听。结果，房子比贝丽尔在世靠沙利来维护时看上去还要好。

　　如果他知道她要把房子留给他，他一定会尽全力劝她不要这么做。他还没有拥有过比汽车更贵重的东西，他活该如此。老妇人肯定知道，他都这么老了，对房子不会有啥奢望，有了房反而可能成为他的负担。难道她是希望通过这样，让他变成一个有责任感的成人吗？这责任感可是姗姗来迟，完全不招待见的玩意儿。可能吧。但更有可能的是，她想要感谢他在她的儿子小克莱福觉察到"终极逃亡"乐园惨败偷偷溜走后给了她精神支撑。儿子不合时宜地离开加上轻微的中风都让老太太不堪一击，她对世事失去了兴趣，越来越足不出户。楼上沙利的脚步声让她安慰。她也知道沙利的儿子和孙子意外地回到了他的生活中，这房子能提供他们立足之地。这意味着在适当的时候，这房子也可以变成彼得的。想到沙利本来一无所有，啥也不能留给儿子，现在有了有形资产可以遗赠，她可能会感到欣慰。但她怎么都不会想到，彼得对这种继承压根不感兴趣，她也不会想到，沙利最终会把她的馈赠看成是令人愧疚的心灵转折点。

公平地说，沙利其实在继承她房子之前就开始转运了。先是彼得帮他赢了那三重彩。在他儿子来之前，他的生活都是按部就班的。换句话说，原本都很糟糕。实际上，成年后的沙利基本上一直处于乐呵呵的倒霉蛋状态。他人生的高潮是用一记右勾拳，准确无误地击中那时还是巡警的雷默的鼻子，像摔一袋土豆一样把他摔在上主街的正中央，因此他得到了一张拘捕令。他大多数假期都在监狱中度过。在他被监禁期间，他十年里每天都买的 1－2－3 三重彩——卡尔·罗巴克把它叫做他的傻瓜三连击——终于有回报了。照理说沙利会错过几期，但彼得，竟然听了沙利醉酒后的吩咐，在场外下了注，因此当沙利出狱的时候，赢得的钱已经在等着他了。确切地说，那还称不上是笔财富，但相对于他记事起就一直处于的经济不稳定状况而言，这已经是能期待的最好的情况了。然而一个月之后，他又中了三重彩，这一次奖金更高。结果在他六十一岁时，沙利做了跟他性格完全不符的事儿，虽然当时他并不能肯定，是不是一定会有回报。他开了个储蓄账户。毕竟，他现在有了一个孙子（实际上是两个，另一个跟着他们的妈妈，彼得的前妻，住在西弗吉尼亚州），威尔上大学需要钱。当年彼得的教育沙利没出过一个子儿，所以这是他目前最起码能做到的。

即使在得了第二笔意外之财后，沙利仍固执地认为他新近的运气不会持久。毕竟，他的霉运像欧洲的火车一样有规律。下一个霉运随时随地会从天而降，之后他就又会回到尴尬的处境：一文不名、贫困潦倒、没有前途，那才是他的自然状态。但事实并非如此。那一年年末，他的女房东死了，给他留下了那栋房子。

甚至连这个都不是结束。最后一道好运——至少沙利是这么希望的——比其他几个加起来更令人不安，因为它源于大块头吉姆·沙利文，那个酗酒、虐待家人、死了很久的父亲。为了表示对老头的愤怒，沙利故意让鲍登街上的祖屋——那个充满了痛苦记忆的场所——破败不堪，直到市政厅忍无可忍责他，说要拆毁它，沙利猜那样的话，就能让一切结束。他压根没想过如何处理那房子周围杂草丛生、毫无吸引力的半英亩土地。他觉得那片土地的位置这么差劲，基本一文不值。但格斯·莫伊尼汉的竞选诺言是要建一条贯穿整个巴斯镇的自行车道，一直延伸到镇外的无忧宫，这样它的另外一边就能接上斯凯勒温泉的自行车道，他希望能把他们这个不走运的群体与斯凯勒这个有史以来的福祉之地连接起来。计划中唯一可行的路线，正好穿过沙利的半英亩地，镇上打算在这里放上整齐漂亮的公园长凳，并建一个大理石的喷泉。市长感觉到沙利不太情愿卖，但也没了解其中的原因，就提出筹码要给罗布·斯奎尔斯在山谷区墓地找一个看管员的工作。当这个也没产生预期的效果时，他又保证会取消沙利所有的违停记录，这些未支付的罚单沙利已经积累了很多年，多到占据了镇上年预算表格里的整整一列。

"雷默知道的话，会发疯的。"市长自鸣得意地说，他很自信沙利肯定抵挡不住让他的老对手不舒服的诱惑。雷默做了警察局局长后干的第一件事就是把沙利的车拉到警局，给它安上了轮锁。之后，当沙利和卡尔·罗巴克弄懂了怎么开锁，偷走了轮锁后，他又买了两个，结果也被偷了。尽管有种种顾虑，沙利还是把他父亲的地卖给了镇里，把钱存进了他的储蓄账户里，现在那账户的钱已经多到不管他怎么吃喝，有生之年他都不可能在白马把那笔钱花光。

照沙利看来，这一切就是命运开的一个玩笑。还是个穷人时，他经常怀疑命运的甲板为什么总是向有手段的人倾斜。尽管不想，但他难道也变成了这些人中的一个？从现在开始，他是不是永远与贫穷绝缘了？他应该对此作何感想？其他人面对挑战学会了与好运共处，他为什么就不能呢？

问题在于，从他第一次中了三重彩开始，他身边的人就开始接二连三地遭遇不幸。先是贝丽尔小姐被她早就料到的最后一次中风打倒，接着一年后维尔夫因为肾衰竭离世，这也不奇怪。并不是说沙利感到自己要对这些令人难过的事情负责，但如果能让他们继续陪伴他，他很愿意归还所有的钱财。他在自己的头脑里建立了一个错误的等量关系：是他们的失才换来了他的得。那以后，他那痴呆的前妻总从家里跑出来，最后住进了养老院，而卡尔·罗巴克，也和他的狗屎运说再见了，先后失去了他的妻子、房子，最近，他得了前列腺功能障碍。如果卡尔的话是真的，那么离破产只有一步之遥的"顶尖建筑公司"破产后，他就彻底玩完了。发生在沙利最亲近的人身上的坏事越多，他就越觉得冥冥中有责任。当然，其中并没有因果关系，但这也不能改变他觉得自己是共犯的感觉。他总是情不自禁地想，他是不是不该有钱，随着他运气的转变，某种看不见的命运的运转也随之发生了改变。

他去看了心脏病专家，得到的诊断是只剩两年了，甚至可能只剩一年了，在他看来，这才是一报还一报。

当他和罗布沿着黑暗的车道走回家时，那狗发出一声低吼，可能是邻居的浣熊回来了。沙利本想在房车的底部装上踢脚线的，他知道那家伙喜欢扒墙，但想到下雨它也会在那儿，所以他就没弄。"你今晚还是进来吧。"他说，罗布好像听懂了似的，在他前面小跑了几步，咆哮着。

走进屋里，沙利打开了厨房的灯，把钥匙扔到小餐桌上秒表的旁边，威尔走时把那秒表还给了他。那表本来是贝丽尔小姐的老公的，他一直在高中做橄榄球和田径教练。差不多十年前当威尔和他父亲来到巴斯时，沙利把表送给了男孩。可怜的孩子。听了好几个月他父母激烈的争吵。彼得和一个同事的婚外情曝了光，这让他的婚姻走向了终点。威尔当时完全明白发生了什么，对要发生的事情感到害怕。不知道还会发生什么的他，对一切都充满恐惧，还包括对自己的弟弟。沙利拿着表，跟他说，他可以设置勇敢时间。今天设一分钟，明天设一分半。这能让他时时刻刻都更勇敢些，证据就在他自己的手心里。这方法真的起了作用。几年来，男孩到哪儿都戴着表，睡觉时就把它放在床头柜上。沙利自己倒全忘了。"这是什么？"他惊讶地问孙子，男孩在他眼前时他经常感觉，他明明已经这么大了，却不知怎么的，总觉得他还是之前的小男孩。

威尔耸耸肩，有点尴尬。"我猜我现在不再需要它了。"

"现在没有东西让你害怕了？"

"有，女孩子。"他承认道。

"嗯，但那是因为你聪明。"

威尔又耸耸肩，这次咧嘴笑了。"我想你可能用得到它。"

沙利被这礼物感动的同时也很好奇。"我有什么好害怕的？"难道去过心脏病专家那儿后，他有表现出过不正常的举动？他孙子是不是隐约知道了他的病情？

"我只是觉得该还给你。"威尔说，又耸耸肩。

沙利按了一下表的开关，第二根表针突然动起来，似乎过了这么多年还急于想表现自己一下。"你觉得它对我这种年龄的人还有用吗？"

"要看情况了。"

"看什么情况？"

"看你是否相信它。"

毫无疑问，他会想念这男孩的。他不再是孩子了，但……

罗布又开始吼叫了，从它胸腔里发出低沉浑厚的声音，通常它只会在有人敲房车门几秒钟之后才这么叫，但现在并没有敲门声。那狗也没有像往常一样，在有访客时将鼻子对着门。相反，它对着房车的车尾，耳朵紧贴着头。"嘿，伙计，"沙利说，"你怎么了？"

罗布愧疚地朝上看着他，好像在表示有什么事不对劲，但接着又开始低吼，它脖子里的毛全竖起来了。起居室里的灯亮着，沙利记得出门时并没开灯。唯一通向卧室的狭窄走廊很昏暗，但仔细一看，浴室门下面透出一线灯光。可沙利这儿根本就没有一件小偷想要偷的东西。他从来不锁房车，这样任何人都可以进来。是卡尔吗？有可能，但沙利二十分钟前才见过他。是露丝？她上次突然造访已经是很久很久以前的事了。是彼得突然从城里回来了？不可能，那样的话他的车应该在车道上。是那辆停在马路边的陌生的车的车主吗？当然也有可能房间里什么人都没有，是沙利自己早上把灯打开的。但罗布似乎并不这么以为，沙利知道如果浴室里没人，或者是个他认识的人的话，这小笨蛋根本就不会叫。

这让沙利打了个寒战。罗伊·帕迪在海蒂说什么来着？他会找个晚上过来向他讨他的道歉？但那也不太可能。厂房倒塌的时候砸中了罗伊的车，他本人也受了伤。

台面上有个沉甸甸的手电筒。虽然那不是个最佳武器，但也能起点作用。沙利踮着脚尖穿过客厅，把耳朵贴在浴室门上。里面传来的声音他辨认不出来。"操她妈的。"那声音说。

沙利挺直身。谁会半夜在他的浴室里咕哝这些污言秽语？这嗓

269

音听起来很奇怪。不像是人类的。难道有人带着一只满嘴脏话的鹦鹉作为礼物来拜访他吗？

他转了门把手，把门推开。

一开始他没认出那个身子朝前倒在马桶盖子上的大个男人是谁，那人下巴抵在胸前，裤子脱到脚踝，睡得正熟。"操她妈的，"他重复着，接着深深叹息，好像非常遗憾。

"操谁？"沙利的声音格外响，这让他的来客突然惊醒，惊愕地看着他。

"沙利。"雷默说，他的嗓音现在听上去完全不同了。

"我没用这个给你当头一击，你真该觉得走运。"沙利边说边给他看手电筒。

"哇哦，"雷默说，朝他眨眼，"我晕倒了。有点尴尬。"

今晚早些时候，罗布跟沙利说了雷默晕倒在法官坟墓里的事，但现在他坐在沙利的马桶上，浑身都是干泥，眼睛又黑又肿，头发乱成一团，看上去是遇到了更糟糕的事。像被人用棒子打晕过，或者被一辆车拖着跑过。"有点？"沙利说。

"好吧，是非常尴尬。"

"你找到你要找的东西了吗？"他能想到雷默之所以会出现在他房车里唯一的理由，是来找他被偷掉的轮锁。

但雷默只是扬了一下头。"什么？"

"你凌晨三点在我家浴室里干什么？"他说，拿手电筒对着雷默。"不要说是为了大便。"

雷默在马桶上移动了一下，房车嘎吱了一声。"我过来是求助的。"他说。

"向我求助？"沙利反问。

考虑到他俩过去的交往，雷默明白他的解释很难取信沙利。"我是找不到其他人求助了，"他又补充道，"我能先便完吗？"

这似乎是个合情合理的要求。"这马桶有时候你得冲两次。"

沙利关门离开前叮嘱他。

三十秒钟后，他两手湿嗒嗒地出现了。沙利从厨房取了一块手巾扔给他。他本想在浴室放一块的，但总是忘——过去露丝还在晚上拜访他时，这种疏忽总让她怒气冲冲地转身离开。

"前门没锁。"雷默说，擦干手，把毛巾递还给他。

"从来没锁过。"

"我们敲过门的。"

"我们？"

"我是说'我'。"

"好吧，我信你。"

"我当时真的，真的很需要撒尿。"

"大多数男人都能站着解决。"

雷默难过地摇摇头，看上去很沮丧。沙利注意到他开始无意识地挠自己右手的手心。"你有没有像我这样筋疲力尽，结果……"他没把话说完。

沙利用脚把一只餐椅推到他面前。"坐下吧。"

雷默坐了下来，因为他的体重，房车又呻吟着晃动了一下。"这像是在船上。"雷默打量着。

在这氛围诡异而凝重的午夜时分，两个男人互相看着，这是两个人都没有想到的。

"你知道吗？你睡着的时候说梦话了？"沙利说。

雷默抽搐了一下。"真的吗？刚才？我说了什么？"

撒谎是最容易不过的事儿，所以沙利就这么做了。"我没听清。你当时听起来像只鹦鹉在说话。"

沙利本以为对方会因为他这么说而大吃一惊，但不知怎么的，他并没有。相反，他只是低着头，看上去非常沮丧。"今晚早些时候，"他说，"我可能被闪电击中了。"

"可能？"

271

"我这么说可能因为真中邪了，"看到沙利扬起眉头，他又补充道，"比中邪更糟糕。好吧，是疯了。"

"我觉得那事是不会发生在一个真疯子身上的。"沙利说，看上去，雷默很感激他这么说，但也对他这观点持怀疑态度。

"现在我脑袋里有个声音。"

天呐，沙利心想。这人还真是不正常了。"那声音说什么？"

"绝大多数都是我不想听的事。他建议我来找你。他说你会帮我。"

"帮你什么？"

雷默深深吸了口气。"你知道怎么操作一台挖土机吗？"

"不难。"

雷默点点头。"那你怎么看在黑暗的掩护下没经过允许去掘墓的行为？"

"从没干过，"沙利承认，"让我大胆猜猜看。你说的是弗拉特法官的坟墓吗？今天早上掉进去的那个？"

雷默叹了口气，显然这些消息传播得这么快、这么远，令他颇为丧气。"我有东西丢在那儿了。"

沙利皱了皱眉头。"是你的钱包吗？"因为，真的。只有钱包丢那儿了，才有人会冒这险。

从对方的表情来看，这正是他不想听到的问题。"呃……实际上，是其他东西。"但沙利没回应，他只能勉强说出来，"好吧，是个车库的遥控器。"

"你知道的，那是可以再配的。你不用去挖一个死人的坟。"

"我老婆……"雷默欲言又止。

沙利隐约记得这故事。有关那女人摔下楼梯，把脖子摔断的事。是雷默发现她的。

"在她死前……她一直在跟别人交往。"他的眼睛里充满了泪水。"她当时是打算跟别人私奔。"

"跟谁？"

"还没找出来，"他承认，"我本以为那人已经离开了，但显然没有。这个周末他放了一束红玫瑰在她坟上。"他递给沙利那张皱巴巴的献花人的卡片。

沙利斜着眼看了一下。"永远，呵？"

雷默点点头。

"好吧，但你怎么知道他不是打电话订的花，让人送去的？你知道的，即使他人在加州，也能这么做。"

"不会，"雷默回答。沙利心想，他也太自信了，怎么可能这么确定？"他就在这儿。我可以感觉得到。"

他一直在用他左手的拇指指甲挠右手的手心。"你的手怎么了？"

他似乎被这问题吓了一跳。他看着自己正在抓挠的手就像那是别人的一样。"没事，"他立马答道，把手塞到了口袋里。

"好吧，假设你发现了那家伙是谁。接着准备怎么办呢？"

他耸耸肩。"也许什么都不做。我只是想知道。"

"那是你现在说的。如果你改变主意了呢？"

"我不会的，"他允诺道，"听我说，如果你不想帮忙，我也能理解的，不会觉得难过。我知道我想要你做的事儿听起来确实有点疯狂。"

有点？哦，是的。要跟一辈子的死对头合作，那人刚刚还疯言疯语说他脑子里有人讲话？这能是什么理智的事？但这主意还是挺诱惑人的。十分钟之前，他还在哀悼上次做疯狂的蠢事是多久前的事儿了。有没有可能这次雷默的提议就是重新犯蠢的开始？也许他只需忘掉那两年、也许只有一年的最后期限，就能做回自己，回到那个自成年以后他就没改变过但被一连串好运——像雷默被闪电击中一样——打破了惯性的自己。他的孙子已经离开了，等到这个暑假结束，他儿子也会离开。他再做模范市民又有什么用？"你想现在就干？今晚？"

"一大早，这确实听起来不像个很好的主意。"雷默承认。

沙利觉得没有见过比他更可怜的人了。想想他和罗布·斯奎尔斯的友谊，就说明了这点。

沙利看了看手表。三点四十七分。他又把钥匙放回了口袋，试了一下手电筒，确保电池还有电。深呼吸了一下，他惊讶地发现呼吸一路畅通到胃部。胸口的压迫感奇迹般地消失了。也许那可能两年、也许只有一年的诊断是屁话。他们只是心脏科医生而已，又不是抽屉里那些最锋利的尖刀。他跟露丝说，他这病情只是因为情绪低落。那诊断是骗人的，他心想。但那如果是真的呢？

"哦，"他边说边站起来，"我们时间不多了。"

雷默看起来很震惊。"你会去？"

沙利耸耸肩。"哈，就算真有什么不妥的，我也是跟局长在一起。"

"我明天就要辞职了。"

"怎么了？"

"我觉得我有点……不合适？"

虽然沙利一直这么认为，但听他自己提出来他还是觉得挺奇怪的。"你受贿了？"他问道。

"没有。"雷默说，很明显被这说法冒犯了。

"你无视百姓们的求助了？"

"当然没有。"

"那么我投你的票。"

雷默看上去很惊讶。"你投我的票？"

"这是个比喻。"沙利回复道，但在选举时他真的投了雷默的票。"嘿，傻瓜，"他对静静躺在桌子底下正咬个不停的罗布说，"你想待在这儿继续咬你的老二还是去挖一个法官的坟墓？"

那狗一跃而起，冲到门口，尾巴兴奋地摇着。看样子这个主意也不见得这么愚蠢。

到了外面，沙利注意到卡尔的电视机屏幕反射到公寓窗户上的画面，先是一个女人胯部的特写，接着是个瘦骨嶙峋的男人勃起的中景。沙利捡起一小撮鹅卵石，朝玻璃窗扔去。

"你干什么？"雷默问。

"这是三人行的活，"沙利回道，"我会去挖坑，但没法用我废掉的膝盖爬下去。"况且，尽管现在他的呼吸还顺畅，万一有意外呢。还是安全些吧，总比后悔来得好。

卡尔出现在窗边，朝黑暗里瞥着。他应该认出了沙利的轮廓，因为他说，"你还想要什么？我最后的一点钱也被你拿走了。"

"穿上衣服。"沙利跟他说。

"你还是决定要把我赶出去吗？"

"不是今晚。"

"今晚把我扫地出门才像你干的事。"

"你怎么了，聋了吗？穿上衣服。旧衣服。"

"谁跟你在一起？看起来像雷默。"

"是我。"雷默说，他又在心不在焉地挠着他的手心了。

"好吧，"卡尔说，"但我真好奇。你们两个竟然会在一起，太难以置信了。给我五分钟。"

"两分钟。"沙利说。

他和雷默走到路边等他，罗布喘着气跟着他们。沙利放下后挡板。"跳进来。"沙利说，罗布这个天才的跳高能手，马上按指示做了。

"它能听懂你说话？"雷默说，很明显被眼前这场景触动了。

"看上去能。"沙利说，把后挡板合上，锁了起来。"有时候说到抽象的概念它就不行了。"

"我小时候养过一条狗，也像它这样咬自己。"他难过地说。

"发生了什么？"

"它被车撞了。"

"嘿，傻瓜，"沙利说，那狗抬起头来，"你听到了没？"

卡尔注意到了挡风玻璃上已经干了的污渍，用食指摸了摸，证实了他的猜疑，是的，是窗里面的。

"我不会。"沙利警告他。

"不会干什么？"

"我不会去舔那手指头。"

因此卡尔就只是闻了闻，接着向沙利投以一个彻头彻尾鄙夷的眼神，他摇下了乘客座的窗户。"上一个坐你旁边的人是谁？"

"罗布，我记得是。"沙利回答他。外面的空气闻起来清新干净，但依然能闻到暴雨产生的土腥味。

"罗布是条狗。"

"是另一个罗布。"

"在这车里，"卡尔继续道，"我们见证了西方基本价值观的消亡，这真令人难过。这包括：自尊、秩序、个人责任感和最基本的卫生。"

"这话竟然来自一个小便失禁的人。"

"看，这就是咱俩不同的地方。我为今天早上的事倍感尴尬。你，却相反，觉得这卡车很正常。"

事实并非如此。沙利时不时也会想着要好好清洁一下这车，但又经常改变主意。首先，干净的车辆只会鼓励那些住在上主街的女士们更经常地来请他帮忙。年长的寡妇们经常靠他来做些零碎的杂活，比如冬天给她们的人行道和车道除雪。她们已近中年的孩子们大多数都住在斯凯勒或奥尔巴尼的郊区，当他们没法带她们去看医生、去超市、去理发店、去新苹果蜂吃中饭时，她们就会转向沙利求助。毕竟出租车是要花钱的，而请沙利帮点忙只需给他点香蕉面包就可以了。刚开始的时候，她们总会说她们是多么感激他，没有他她们怎么办才好，但一旦这种形式上的感谢成为习惯，她们就开始抱怨他车的条件太差，座位上的弹簧都凸出来了，戳着她们干扁的屁股，地板上到处都是晃晃荡荡的泡沫塑料咖啡杯，以及仪表盘上的撬棍——那玩意怎么会跑到仪表盘上的？——每次他加速时那东西就会震动，危险地朝她们一点点移来。

绝大多数时候，沙利并不介意为她们服务，听从她们的召唤，因为他有漫长的下午要打发。但这些老太太总是不间断地朝他絮絮叨叨，把她们送回家时，她们还经常问他下周二是否有空，仿佛他是那种生活过得井井有条的男人似的。她们可能是老了——实际上，她们中很多人都已经是老古董了——但她们就像沙利这辈子碰到的其他女人一样要求他忠诚。每一次在她们提出新的请求之后，沙利不想忠诚的想法就会加深一分。而且，反正罗布还要在里面撒尿，那干吗还要去清洗这车呢？

"好吧，"他说，"我有问题问你。什么样的人开着建筑公司，却没有工作服？"尽管沙利之前提醒过他，卡尔还是穿着他一贯的着装：Polo衫、丝光黄斜纹裤、看起来很昂贵的意大利休闲鞋。

卡尔没理他，他被罗布抓挠车斗的指甲声分了神。"你不该让它待在后面的。"

"它喜欢，"沙利轻轻地说，当然卡尔是对的。"但它是条狗。"

"是的，但如果你急刹车怎么办？到时候它飞出去死了你会作何感想？"

"你是对的，"沙利说，"等回来的时候，你可以坐那里。"

他们停在停车牌前时，卡尔调整了一下后视镜，这样他就能看清雷默的捷达车，他刚紧随他们停下来。"咦，他在跟谁讲话呢？"

沙利瞅了眼后视镜，雷默的确看似在跟人热烈地交谈着。"他那儿肯定有个警局的对讲机。"沙利谨慎地说。但他想起浴室门后那个鹦鹉般的声音。因此也许不是在跟警局通话。

"你觉得他正常吗？"卡尔说，"我觉得，他看上去精神错乱。还有这车库遥控器？这说得通吗？"

"他看上去挺有把握的。"

"或者只是精神错乱。"

"今天他过得挺不容易的。"

卡尔对此嗤之以鼻。"不，我才过得不容易。"

"今天早上他昏倒在了坟墓里，"沙利说，"今晚还被闪电击中了。"

卡尔思考了一下，耸了耸肩。"好吧，我赞同。"

天气好的时候，墓地的挖土机会停在维修库里。维修库是锁着的，但沙利知道罗布把钥匙放在哪儿。他在把钥匙插进锁眼时，突然记起来什么。"在这儿等一下。"他跟同伴们说，接着快速走进去，把身后的门关上。他很快找到了挖土机的点火钥匙，罗布把钥匙绳挂在了墙钉上。他及时想起来雷默的三个轮锁就藏在这里，就在油布的下面。一开始，沙利是把它们藏在哈罗德·普罗科斯迈尔的汽车回收站里的一辆锈迹斑斑的皇冠维多利亚车的行李箱里的，但这违禁品让哈罗德很紧张，因此当罗布有了这山谷区的工作后，沙利就把它们转移到了这里，但他马上就把这事完全忘掉了。他把油布的一角掀起来，它们果然在那儿，崭新如初。他想，等明天他和罗布把树枝拖走后，他就把它们转移到扎克的库房里去，在那儿，不可能有人会发现它们。

东方的天际线开始泛白了，这意味着他们的时间不多了。他把挖土机的钥匙扔给卡尔，爬到上面，罗布跳到他旁边来。"别离我太远，"他跟其他两人说，"我不认识路，这东西的时速只有两迈。"

在他们慢慢朝墓地行进时，沙利发现自己很希望彼得能在这。

他儿子通常对一切持否定意见，至少是有关沙利的事，但有时候他也会放下武装，一起鲁莽行事。几年前，有一次，沙利叫他一起帮忙偷罗巴克的吹雪机。每次下雪，沙利都会来偷，但卡尔会把它再偷回去。每次偷完，他们都会加强安全设施，防止下一次被偷。最后卡尔把它移到了院子里来，拴在了一根柱子上。那东西被高高的、链条环绕的栅栏包围着，晚上还有条名叫拉斯普廷的杜宾犬巡逻着。沙利用藏在汉堡里的一把安眠药成功地把狗迷昏，但他仍然需要彼得爬进栅栏，用钳子（也是他从卡尔那里偷来的）把链条剪开。一切都进行得非常顺利，拉斯普廷肯定在某个地方酣睡着（他们猜），直到彼得割断链条时，他们突然听到一声低吼，离彼得只有一码的地方站着拉斯普廷，它的嘴张得大大的，牙齿恐怖地呲着。有那么漫长的一分钟它和彼得只是对视着，直到那狗开始麻痹，口吐白沫，一会儿后，药丸战胜了它的凶恶，它跪倒在雪地里。

后来在白马，彼得一反常态快乐地咧嘴笑着，整个脸都在泛光。"那，"他跟沙利说，"比做爱还刺激。"看到儿子这么快乐，沙利寻思着这是不是代表着一种转折。也许彼得终于给他自己享受快乐的权利了，而不是总冷冷地讥讽生活。但第二天早上，他又回到了一如既往一本正经的样子，很明显，他在为容许自己参与父亲的愚蠢行动而感到羞耻。太糟糕了，沙利情不自禁地想。尽管并没想让儿子变成他这样子，但看到彼得拒绝承认这么一个基本的事实——他也喜欢寻乐子，他也很不高兴。

到达法官的墓地时，沙利把狗递给了卡尔，他伸开双臂抱着它，狗的阴茎朝外露着。"我们把它锁在卡车里吧。"沙利建议道。罗布的想象力一贯丰富，往往弄不太清楚什么是活物，什么不是。看到挖土机动起来，铁爪挖出一大块土时，它很可能会进入战斗模式。

"好的，"卡尔说，抱着那挣扎的动物离开了，"那里有可能还有他没尿过的地方。"

沙利研究着雷默，到达山谷区后，他的整个举止都变了。一切都已经按部就班地进行着，他似乎才意识到了事情的严重性。他正盯着他们马上就要亵渎的墓地，除非沙利弄错了，雷默此刻的目光盯着的却是他自己。"嗨？"沙利说，把挖土机的爪子摇到合适的位置。

"什么？"雷默回道，突然回过神。

沙利边测试升降臂边说，"你确定要这么做吗？因为我们马上要干的事是——"

"犯罪？"卡尔说，从卡车那儿回来，"离经叛道？违反常理？蠢事？"

沙利没理他。"如果我们被抓的话，"他跟雷默说，"你的声望会受损。"

"那我的呢？"卡尔说。

"你那叫搞笑。"沙利跟他说。

雷默紧张地四处看了看。"谁会来抓我们？"

"在他们露面之前，我们也不知道啊。"

雷默动着下巴好像在咀嚼这问题，最后他停下来下了决心。"好的，管他呢，"他说，他嗓子又发出沙利在浴室门外听到的鹦鹉般的声音。雷默自己肯定也觉察到了声音的奇怪，因为他马上清了清喉咙，就像有不属于他的坏东西占据了那里，他要把它驱赶走一样。"我们都已经做了这么多了。"

听到这，卡尔哼了一声。

"什么？"沙利问。

"没什么，"卡尔说，"我只是想到了拿破仑侵略俄国。"

沙利和雷默都眨了眨眼睛。

"还有十字军东征、西班牙宗教法庭和越南战争，"卡尔接着说，"如果不是因为有人说，管他呢，我们都已经做了这么多了，这些见鬼的事儿就没有一件会真的发生。"

听到这儿，沙利把升降臂前推，把挖土机的爪子送进巴顿·弗拉特法官棺木上方松软的土里，他本该被授予——如果他死的再及时些的话——沙利的女房东两天后将被授予的首届无名英雄奖的。沙利觉得十有八九明年会是他得这个奖。

几分钟之后，挖土机的铲齿碰到了巴顿·弗拉特法官的棺材，发出指甲尖划过黑板似的尖锐声音。三个人都退缩了一下。"放松，法官大人，"沙利朝着墓穴喊道，"是我，不是上帝。"

之后，他更加小心了。然而挖土机可不是什么精密的仪器，而且天太暗也看不清楚，因此一分钟之后他又碰到了棺材盖。

"上帝，"卡尔说，"别弄裂了那该死的东西。"

沙利担心的也正是这个，他停下了挖土机。"让我们先找到边缘吧，"他建议道。他的卡车后面常年备着一把扫帚，雷默过去取。"到那再拿一把耙子，"沙利在他身后叫，"再拿两把铁铲。"

雷默用鹦鹉般的嗓音回答他，说了什么，沙利听不清楚。卡尔歪着脑袋去听这声音，朝沙利扬扬眉，沙利只是耸耸肩。

当棺材的形状露出来时，沙利就能在四周操作了，他把墓穴挖深，这样就有了足够的空间让一个人站在前面，另一个站在侧面。当他把引擎熄火后，机器颤动着停了下来，除了罗布在卡车里兴奋的吠叫声，一切归于寂静。"好啦，小伙子们，该你们了。"沙利说，从挖土机上爬下来，拿过卡尔手里的手电筒。

"你不来吗？"卡尔挖苦他说，爬进了墓穴里。

"哈，那就绝了，"沙利说，"我们三个都下去，就没有人拉我们上来了。"

"我希望你没有幽闭恐惧症。"当雷默也下到坑里时，卡尔对他说。

雷默回答说。"实际上，我有幽闭恐惧症。"

卡尔停下来打量着他。"见鬼了，你的嗓子怎么回事？"

雷默清了清喉咙。"是最近的事。"

"你的声音听起来像隔着层屏风。"

沙利把手电筒的光对着洞里照，注意到棺材锃亮的表面现在有了两道平行的、深深的抓痕。卡尔在抓住其中一个装饰把手时，把手断了。"很好，"他说，把把手递给沙利，沙利把它扔到了挖出来的土堆上。

一开始，即便卡尔和雷默用力拉，棺材还是纹丝不动，好像里面装的不是一具因辐射和化学反应会腐烂的尸体，而是藏着纯金。接着，随着猛的一声吸气，棺材突然松动了，可以听到里面的东西在移动。"你知道吗？"卡尔说，"我刚刚决定以后要火葬。"

"我会试着记住的。"沙利跟他说。

"那么，接下来怎么办，老板？"卡尔问，"把棺材拉出来吗？"

"不用，只要让它竖起来。"沙利说。

"你猜哪一边是他的头？"卡尔问，挠着自己的脑袋。

"窄的那一端应该是脚。"沙利建议道。

"这是个完美的长方形，傻瓜。"

"那我就说不上来了。"

于是这两个人，咕哝着、抱怨着，成功地把棺材竖了起来，沙利把手电筒递给卡尔，他把光线对着棺材原来位置。"好吧，"雷默说，跪在地上，"应该是在这儿。"

"废话，"卡尔回复说，"我不明白你怎么能确定那该死的东西就在这儿。"

"肯定在，"雷默说，手掌在泥里摸索着，"我能确定我晕倒的时候，它就在我口袋里。"

"好吧，但那之后你不是去医院了吗？也许它从口袋里掉到那里了。"

"检查室的地板上没有地毯。如果它掉出来，我会听到的。"

"那如果掉到救护车上了呢。"

沙利也想到了那一幕，但雷默似乎没在听。"快点，快点！"他又用那鹦鹉般的嗓音说道，他在仔细检查着手指间一捧捧的土。因为雨水，墓穴底部的土都化成了泥浆。"它应该就在这儿。"

卡尔看了沙利一眼，暗示它不但不应该在那儿，实际上也没在那儿。

"雷默，"沙利说，"你这样只会越弄越糟。用耙子来找。"他把耙子递了下去。

最后，连雷默都明白他们很可能是白费心机了，他在潮湿的泥巴里拿着耙子像着了魔似的耙着，但几分钟之后，他也很清楚，墓穴里根本没有那玩意儿。卡尔从他那里拿回耙子，把它递还给沙利。"我不明白，"雷默说，"没有道理啊。"

"我有个主意，"卡尔说，"我们可以挖开其他人的坟墓。去看看是否在他们的棺材底下。"

雷默茫然地看着他，好像他的提议是认真的。

"好了没？"卡尔说，向沙利伸出一只手，沙利抓住他，把他拉了上来。

雷默却没有跟着来，沙利问，"你是准备待在下面吗？"

"我还不如留在这儿，"他悲切地说，"实际上，我最好待在这儿。你只要把我埋起来。我就能结束痛苦了。"

"雷默，"沙利平静地说，"够了。"

他说了一句话，沙利没有听清。

"再说一遍？"

"我说……现在我永远也不会知道了。"

当沙利瞥向卡尔时，他惊讶地发现卡尔的表情不是恼怒，更像是同情。

"坐下来，"沙利和卡尔合力把雷默拉了上来，"你看上去糟透了。"

雷默在那堆挖出来的土上坐了下来，两手捧着脑袋。

沙利和卡尔的注意力回到了竖着的棺材上。

"把他翻倒回去？"卡尔说，"还是掉个头？"

"如果就这么翻倒，那他就永远头朝下了。"

"你觉得如果你死了，会在乎吗？"卡尔说。

"我会在乎。"

"好吧，"卡尔哼了一声，"说得好像你一开始就知道哪头会朝上一样。"

他们一起把棺材掉了个头对着洞的另一边，慢慢地把它放到他们能够着的最深的地方，剩下最后的几英尺他们只能把它扔了下去。掉下去时"砰"的一声让三人都退缩了一下。

"我们真是做了一件可怕的事。"这次雷默用自己的嗓音说道。他把棺材的银把手捡起来，在手里翻转着。"我们冒犯了一个人的坟墓。为了什么呢？"

沙利知道他的感受。这时，他的情绪有点激动，如果遥控器在那里，某种程度上，就能让这整个行动的疯狂有个合理的解释。到时候，他们在白马反复讲这个故事时，这愚蠢的行为也能激动人心些。但现在……

只有卡尔看上去无所谓。"雷默，"他说，"法官大人不会介意的。他已经死了。你知道'死'是什么意思吧？"

"同时，"沙利爬回挖土机，准备把机子还回去，"我们还没完事呢。我得把那土耙回去，"他对卡尔说，指的是雷默正坐着的那堆土，"不能让它拱在那里。"

雷默摇摇头。"它应该在棺材的底下。"

"你以为呢，"沙利说，"让我看看那东西。"他说，指着雷默正在抚弄的银色棺材把手。

对这要求，雷默一脸迷惑，但他还是站了起来，把把手递给了沙利，沙利马上把它扔回了坑里，它当啷当啷地滚向了棺材。

"嘿，"他说，指着东方的天空。"新的一天。"

雷默朝沙利指着的方向看去，但他茫然的表情仿佛在说，他在找根本就不在那里的东西。

当第一缕阳光在无忧宫公园的树间闪烁时，他们又一次把车停在了贝丽尔小姐家的门前。卡尔脱掉了毁掉了的休闲鞋和满是淤泥的袜子，看上去并不急着下车，沙利关了引擎，两个男人就坐在那里，这让罗布无比困惑，它正在车斗上疯狂地转圈，时不时地喷出点尿。沙利寻思着它哪来的那么多尿？卡尔把他的袜子团成一个球，擦着车内的挡风玻璃，表面上是在擦那干了的狗的尿痕，实际上是在玻璃上抹出了一个模糊的褐色飓风的形状。"看，"他说，很明显对自己的劳动成果很满意，"一个完美的'狗屎风暴'①。"

"谢谢。"沙利说。

"不用谢，"他回答道，把袜子扔出窗外，接着又扔掉了鞋子。"你为什么不把这车炸掉，给自己换个像样的座驾？"

两年，也可能不到一年。这车子比他本人状况还好，他还能对它有什么要求？

"知道不，"卡尔接着说，"直到今晚我才意识到你和雷默骨子里是同类人。警长当然能供得起比他的捷达更好的车子。"

"也许他喜欢那车呢，"沙利说，"可能你身上也有他不能理解的事。你想过没？"

"反正我知道一件事。那人已经严重不正常了。"

他们在墓地就分道扬镳了，雷默许诺回家睡一会儿。沙利不确定他真会那么做。卡尔是对的。他确实有些狂躁不安。他之前见过类似状况的人，在经过长期抗争后，虽然还活着，有时还过得不

_____
① 指遇到连环的倒霉事件。

错，但再深入些观察，会发现他们早就自我放弃了。迷失的人，甚至都不想被人发现。

"他车里没有对讲机，"卡尔补充道，"我看了。"

"是吗？"沙利说。

"是的。"

正在这时，太阳光穿过树缝射了过来，突如其来的光芒让沙利眯起了眼睛。卡尔朝前倾，透过他的"狗屎风暴"看着阳光，他说："很神奇，不是吗，想想看，不管该死的事情怎么发展，这世界还是照常运转？"

照沙利看来，如果它停止运转了，将更神奇，但他能明白他朋友的感触。因为这世界就是这样全力前行，没有原因，没有所求，无视生命或死亡，无视一切。他想起威尔还给他的手表，它的秒针不停地滴答滴答地走着，似乎对这周而复始的旅程很是满意。机械的世界和活生生的人类世界没有太大不同，绝大多数人，包括沙利自己，绝大多数时间都理所当然地过着他们的日子。他的快乐一如既往地扎根于日复一日的生活中，今天跟昨天除了一些无关大碍的细节，没有不同。大多数早上，在现在这个点他就早早起床了，刮胡子，洗漱，接着去镇里帮露丝开餐馆的门。这些如此基本、如此日常的事情真可能会被改变吗？

也许露丝是对的，他之所以每天早上出现在海蒂之家，是因为他不知道还有什么事情可做，有什么其他地方可去。当然，他很愿意告诉她那不是事实，他会去是因为他对她感情依旧。他的生命中没有其他女人不正是证据吗？他无法想象自己在晚年还会有其他女人。这的确说明，露丝对他来说非同一般。但他想到雷默在山谷区墓地，两眼发直，一遍遍重复着"它应该在这儿"，可世界对他的所求根本不屑一顾的场景，他还是感到唏嘘不已。

也许是到了该尝试些变化的时候了。也许他去海蒂之家只是打着去帮忙的幌子，而实际上是为了自己。如果露丝的丈夫哪天没任何缘由地突然想要她回归，而他的妻子对他比过去心软，那他夹在中间又算什么？如果杰妮讨厌每天早上醒来就听到沙利的声音，因为那提醒着她他和她母亲的情事对她们家庭造成的伤害，他能怪她吗？虽然他会否认，但他确实造成了伤害。露丝的儿子格雷戈里，杰妮的弟弟，高中后就离开了家，他肯定知道发生了什么。所以如果他是出于习惯才去的海蒂，那打破这习惯不正是他的责任吗？毕竟，海蒂之家又不是这镇上唯一一家可以点一盘炒鸡蛋，闲扯吹牛的地方。

除非，呃，它就是那唯一的地方。当然，在州际公路出口处有连锁店，但那里的柜台上总是挤满了结完账后各奔东西的人。露丝好像就在建议沙利变成那样的人。去阿鲁巴岛的人。她想知道他为什么不去。他有钱。就像她不理解他为何不换一辆更好的车一样。见鬼，到底为什么不？因为，他会解释说，就像威尔秒表的秒针一样，他的中心已经固定了，他的行动必须围绕着他看不见的齿轮转，不可能有太多变化。

罗布厌倦了毫无缘由地就被关在卡车的车斗里，它尖叫了一声，跳到了街道上，接着像个训练有素的士兵一样翻滚了一下，重新站起，箭一般冲向房车。两个男人注视着它，都有点嫉妒它。人怎么可能去嫉妒一条阴茎被啃了一半的狗呢？嗯，他又一次觉得，这有什么不可能的呢？罗布绝对是个乐观派，而乐观这东西，年纪越大就越难拥有，即使召唤来，也很难持久。

"你见过托比没？"卡尔突然问道。

"我为什么要见她？"沙利问，但大约在十年前，他曾经很迷恋卡尔的这位前妻。

"告诉我。"卡尔说，他很清楚沙利的迷恋。

"想起来了，去年秋天见过她一次。应该是假期前后。"

"是吗？"

"是啊，她顺道来的。"

卡尔坐直了。"顺道来，"他重复道，"来看你？"

"她觉得我可能想把这房子挂牌，"他说，冲着贝丽尔小姐的房子点点头，"她现在在做房地产。"

卡尔放松下来。"是的。我听说她现在做得不错。她看起来怎么样？"

"好极了，"沙利说，看上去很享受，"不能更好了。那性感的尤物。"

"去你妈的，"卡尔说，接着叹了口气，"我真无法相信我竟然让她投向了那个腿上多毛的女同性恋的怀抱。"

"人家肯定拥有你没有的东西。"

"不，她没有我有的东西，"卡尔纠正他，"我过去是有的，直到最近那玩意儿出了些问题。"

"需要时间恢复的。"

"我不敢保证，"卡尔沉思着，"除了那玩意儿，男人还有什么用？"

这正是沙利这一生都在刻意回避的问题，他觉得该换个话题了。自从目睹了雷默在山谷区墓地令人同情的痛哭，哀号没有了车库遥控器就再也没办法知道那所谓的男友名字后，就有一个问题一直萦绕在他脑子里。他决定开口问出那个问题，"告诉我那不是你。"他说。

"什么不是我？"

"和雷默的老婆。"因为如果有机会，卡尔肯定不会犹豫。沙利从没怀疑过这一点。但，坟墓上的那束玫瑰？卡片上印着永远？至少，这些举动不像卡尔·罗巴克的性格会做出来的。但谁知道呢。

"妈的，不是我。"他说。

"你确定？"沙利问，尽管根本没有必要再问一次。卡尔虽然一肚子坏水，但据他所知，这个男人在重要的事情上还从来没跟他撒过谎。

"怎么？你以为我是这镇上唯一的风流鬼吗？"

"很好。"沙利说。虽然他不认为自己是卡尔口中"雷默的同类"，但他的心却向着那可怜的混蛋。

卡尔又说了一遍。"对不起，你说什么？"

"我说不是我，但我知道是谁。"

卡尔径直盯着前方，看着那布满一道道尿痕的挡风玻璃，毫无疑问，他在等着沙利问他那个明显的问题。但沙利不想问。因为，他跟自己说，跟我无关。但那是谎话。他不问是因为他不想知道答案。因为恐怕他自己已经知道了答案。

共犯

　　《北巴斯周刊》的读者通常不会期待在他们这份当地报纸上看到真正有关巴斯的新闻。零星的、偶然的新闻事件会悄悄混进版面，比如这周有关中学将以贝丽尔·皮普尔斯重新命名的新闻。但通常，《北巴斯周刊》一向只会报道教堂联谊会、意大利面晚餐、婚礼、葬礼、少年棒球联合会的比赛分数、社区大学校长嘉奖学生的名单这类新闻。《北巴斯周刊》的真正使命，好像是报道斯凯勒温泉镇更激动人心的活动：那儿的赛马场提供各式新奇的赌注；那儿每周都有新饭店开张，源源不断地供应诱人的、使用五颜六色神奇的原料（荨麻！乌贼墨！）制作的不同寻常的美食（厄立特里亚美食）；那儿的书店和大学英语系共同主办知名作家的活动，活动后你就可以去隔壁，在朋克犹太乐队的伴奏下跳舞，或在那新开的十二屏多功能电影厅里欣赏一部电影。

　　不，如果你想要巴斯的新闻，你得订阅《斯凯勒温泉民主报》，那是一家以重拳出击、深度调查为荣的日报，尤其关注它的邻居巴斯的动态。比如，有关巴斯大恶臭，《北巴斯周刊》不报道这类新闻，但它是《民主报》整个夏天的头版头条，还有山谷区现存的问题（有个头条标题是《巴斯移动的死人》，就好像在评论一部僵尸电影）。老厂房工程漫长的拖延和泛滥的预算超支被认为有年度新闻价值，这个工程的前景越来越暗淡，市长格斯·莫伊尼汉近日努力要撇清关系，但仍逃脱不掉深陷其中。

　　当然这些头疼的事还没包括格斯的老婆，她身处另外一个与日剧下的漩涡中。那天晚上，艾丽斯在晚餐时异常狂躁，格斯不得不叫来医生，经格斯的同意，医生给她开了镇静剂。她筋疲力尽，药效又大，所以在中午前都没能醒过来。

艾丽斯的精乱错乱也是有起有伏，有时几个星期，甚至几个月，她都会显得非常平静。她要么读书，要么画画，要么盯着窗外黑暗的无忧宫森林。之后她又会不明原因地开始四处乱跑，在他们凌乱的大房子里，狂躁地、紧张兮兮地从一个房间游荡到另一房间，好像在找什么遗失的东西。格斯逐渐掌握了一些信号：她本来温和微笑的嘴角突然开始紧张地抽动；她之前一直看得入迷的书突然不再有吸引力；她画得精细的笔触突然变得松散、随意，不再贴近她正试图捕捉的现实，好像她的大脑和画笔的联系突然中断了。

他知道艾丽斯那可怜的女人在焦虑袭来时，也能感受到变化。轻微熟悉的声音不再能安抚她，反而吓得她魂飞魄散。她寻觅的东西好像总在眼前，但每次要捕捉它时，瞬间就消失得无影无踪。在格斯看来，她似乎总在分阶段地记住那些最好是彻底忘记的东西。每次他问是不是有事情在困扰她时，她都会给他一个茫然的表情，好像他说的是德语一样。有一次，他问她在找什么，她回道："我？"他情不自禁地想，她是不知道他在问什么，还是她其实已经回答了他：她找的是她自己。终于，当她感到房子太束缚她时，她开始逃走，于是不停地有人向他报告，她在城里，似乎无处不在，拿着那该死的电话，把每个人都吓得半死。

昨天她声称见到一个人，那人吓坏了她，但当他问是谁时，她又用那种茫然的眼神看着他，好像他应该知道一样。"是库尔特吗？"他问。因为有那可能。那男人离开已经快十年了，格斯想不到有什么理由他会回来。艾丽斯摇摇头。"库尔特走了。"她解释说，好像格斯不知道这人离开了一样。谁知道呢？她也许指的是雷默。是雷默早上在公园找到她，把她带回家的。通常，她能认出他是她朋友贝卡的老公，明白他不会产生威胁或危险，但穿警服的男人总是吓到她，雷默当时穿着蓝色警服，她可能因此没认出他。

最让格斯心烦的就是那让人毛骨悚然的电话了。最近，她总是带着那电话，那东西就像氧气一样成了她的必需品。有时，他们静静地吃饭时，电话会"响"，她会站起来，穿过房间，把它从包里拿出来，"接"电话。她似乎还记得他俩有关晚饭时不能打电话的约定，所以她会放低声音说，"我现在不能接电话"，然后把手机放回包里。其他时候，她会耐心地倾听她想象中的人说话，她的眼睛里时而充满泪水。"噢，亲爱的，"最后她会说，"事情比我们想的还要糟。"有时候，他会好奇，他自己是不是就是她聊天的话题。"他不知道，"她会低声说，然后停下来再听一会儿，"当然他有这权利，但如果那会毁了他呢？"有时候，她的对话很有意思，格斯也会被吸引住，也会怀疑电话的那端是不是真有人在，非常想知道那个人在说什么。这真是让人心绪不宁，他考虑着是否应该把电话从她那儿抢走。

那不可避免的危机可能已经逼近，接下来的几天就知道会怎么样了。有时——谁知道是为什么？——艾丽斯内心的纷扰会平静下来，她可能会回到画架旁，拿起画笔，画出平静的蓝色、绿色、黄色。更有可能的是，她的精神状态在每况愈下，最后的终点将会是由缇卡——州精神病院。这等待是他最痛恨的。就像是在照顾一个发烧的孩子，看着她体温在危险地攀升，祈祷能降下来，又担心降不下来，对结果你感到无能为力。

这些就是格斯失眠的原因。他早早就上床了，希望这恐怖的一天能有个令人宽慰的结尾，但他仍思绪翻腾。对于厂房的一整面墙竟会那样倒塌在街上，他仍感到难以置信。同一天竟然会有一条致命的、本该生活在印度的爬行动物从莫里森阿姆斯逃了出来？同样，头脑里驱赶不走的还有他那愚蠢的警察局局长，他竟然一头栽进了弗拉特法官敞开的坟墓里，扬起一缕缕的灰尘。毫无疑问，这三个故事都会出现在斯凯勒报纸的显要位置。天呐，他们有得好兴奋了！每次他要迷迷糊糊睡着时，一阵雷电滚滚而来，他就又会清醒起来。他才是需要镇静剂的人。为何不吃一片呢？当又一阵打桩式的响雷震动整个房子时，他起了身，去看看艾丽斯怎样了。她看上去睡得非常香甜。之后的电话也没让她醒过来。

电话是在最后一阵暴雨之后不久开始进来的，响了整个晚上，大多数都来自市民，他们想知道该死的电什么时候才会来。格斯在竞选市长时犯的最大的错误就是——当时他是中了什么邪？——把他家的电话公之于众了。他能回想起来当时的想法是：要成为真正的社会公仆，对他的选民们公开联系方式，让他们随时可以找到他。但之后问题很快就显现出来，大部分想要跟他交谈的，尤其是在深更半夜打进来的，都是些醉汉，或是疯子，或是又疯又醉的人，所以等他一安全选上，他就安装了个自动应答机来滤掉那些疯子，然后用他没有公布过号码的手机来回他真正想要交谈的人。他录在答录机里信息是：每个电话对他都很重要（谎话），他一有机会就会马上回复（另一个谎话）。那些人能发泄的时间之久真让他震惊。有几位来电者汇报了些奇闻异事：田里的牛通体泛红地抽着尾巴；图书馆草地上那个联邦战士雕像的刺刀上停着一个神奇的蓝色球体；山谷区石制十字架坟墓的尖头着了火。一个来电者问，是不是那儿有什么邪恶的东西？照格斯看来，这些都更像是低级的恶作剧。还有不到两周学校就要放假了，要进入恶作剧的高峰期了。如果石头十字架着了火，那是因为有些蠢货往上浇了机油，用火柴点着的。到了早上，他会让雷默去医院查查，看看有多少青少年因为烧伤在接受治疗。

还有些没那么诡异的事件。有一个人，镇里的人都叫他屎班牙·乔，他母亲打电话说她儿子去了白马酒吧再也没回来，她觉得有不正常的事情发生了。她暗示格斯一些激进的自由主义者总是跟她儿子过不去，因为他对少数族裔、同性恋，还有那些掌控一切、肆意妄为让美国都无法再称为美国的人敢怒敢言。五点多时，最后一个疯子打电话进来，报告说有一伙盗贼在挖巴顿·弗拉特的坟墓。尽管这说法荒唐无稽，但以防万一他还是打电话给了警局，一个名叫米勒的警官被派去调查。米勒在犯罪现场一个人也没找到，但离斯普林街出口一百码的地方，他看到的情景更匪夷所思，令人不安。马路上有一座巨大的土堆矗立着，一棵有着硕大枯萎树根的老树插在上面，六七口棺材顺着被暴雨洗刷过的泥泞斜坡滑下，散落在周围。整体看上去像一座小岛一样坐落于马路中央。

这就是为什么市长透过卧室的窗户看着东方亮起来的天空无法入睡的原因。最好还是起床，迎战新的一天吧。十点左右《民主报》才会被送来，与其等着，不如自己开车去斯凯勒，抓起一份新鲜出炉的报纸，在每个人都谈论的新开的星巴克里喝杯昂贵的卡布奇诺以直面他必然的惨败。三美元五十美分喝杯咖啡还是有些贵的，但他听说那里有舒适的皮椅，他可以陷到其中的一个椅子里，坐在一群时髦的、从没遭遇过这么糟糕事情的斯凯勒居民中间，用这么一点小小的奢侈，相对平静地去读有关他自己镇的坏消息。等他回到巴斯，回到他老套守旧的选民中间，坏消息就会像旧帽子一样让人舒服些。他静静地穿好衣服出门，已经走了一半，突然想起他应该再去看看艾丽斯。就是那个时候，他发现艾丽斯，那可怜的、头脑不清楚的善良女人不见了。

该怪谁呢？责怪库尔特倒不错，大多数时间格斯就是这么做的。其他时候，就像现在，他琢磨着自己复杂的情绪。他知道，当然，在认识他之前艾丽斯就有这毛病，甚至在认识库尔特前，库尔特说，她在大学时就是个放纵的女人，因为嗑药导致她的脑子有点分裂，但格斯怀疑这话的可信度。她可能会想尝试一下嗑药——毕竟，那时是七十年代——但也只可能是在别人的教唆下，他怀疑库尔特就是控制她的思想、让她行恶的斯文加利[①]。结果呢。雇用

---

① 斯文加利是英国小说家乔治·杜·莫利耶的小说《爵士帽》中，通过催眠术控制女主人公的邪恶音乐家。

他——格斯自己也投了关键一票——一个悲剧的错误。更糟糕的是，他还被人警告过不要雇他。选拔委员会的两个同事感觉到了不对劲、不合情理的地方，但那不是他们该管的事儿，所以格斯提醒他们，不明确的疑虑有时候只不过是变相的偏见。库尔特的笔头功底不错。是的，他公开发表的文章是不多，但他在专业上很活跃，在无数的会议上宣讲，他看上去也认识很多政界的大人物。他的推荐信是格斯见过最有力的。

但一天晚上，库尔特到校园参观不久后，格斯在家里接到一个电话。"你不会想要雇用莱特教授的。"打电话的人突兀地说。格斯首先想到的是，这个人肯定是选拔委员会的一个同事，但那听起来像是长途电话。格斯问："你是哪位？"那人说这不重要。重要的是他知道库尔特·莱特是个坏蛋。格斯记得自己当时笑了起来。学术界谁会用这种语言？在那儿，像"坏蛋"这种词早就被诸如"不合适"之类的词替代了。这打电话的人，不管他是谁，肯定精神错乱。"好吧，"格斯跟他说，"你说的似乎是少数人的观点。他的推荐信——"

"其中一封是我写的。"对方说。

"你——"

"我们想让他赶快离开这儿，"那个人说，"一两年之后你也会这么想的。实际上，你也会写一封像我这样的信。"说完他就挂了。格斯马上回拨了来电显示的号码，但只有铃声，无人接听。

格斯还有几年就要退休了，他住在学校的一栋联排别墅里。那年库尔特和艾丽斯到斯凯勒时，格斯正在旧金山访友，等他回来时，他们已经搬进了他那一单元的另一半屋子里。他到家时碰到了艾丽斯。她不知道邮件通常要到下午三四点才到，正站在马路边检查邮箱。格斯立马迷上了她。她是如此高挑、优雅、四肢灵活。他喜欢女人留长发，即使是年纪大的。他自己的母亲就是长头发，一直到七十多岁。他自我介绍说自己是她老公在政治学系的新同事，欢迎她到这个大多数都是教职员工的社区来。她有点羞涩，但对他说的每句话都听得很认真，她的笑容是他见过最美丽的微笑，尽管她笑的不是时候，笑的原因也似乎更是来自她的内心，而跟正在进行的对话无关。

第二天早上，她丈夫打电话邀请格斯下午晚些时候到他家后面的露台上去喝酒。"谢谢你打了电话，"他们握手后库尔特说。尽管他比格斯年轻了二十岁，但他留着厚厚的胡须，看上去很假，像便宜的假胡子，这让他看起来像个中年人。他们聊天时，他倒了两杯酒——为什么是两杯？格斯寻思着——他把那杯少一点的递给了格斯。

"什么？"格斯困惑地说，"打了电话？"

"我想是因为你的推荐才让我们不用排队的。"库尔特说，指着他们那半边房子。

实际上，格斯对这个很困惑。这联排房尽管没啥特别的，但因为就在校园里，所以需求很多。而且，跟斯凯勒市场上的房子相比也很便宜。这些新来的怎么可能轮到？他正要说他并没有为他们打过电话？但不知为啥，他没开口。是因为那个警告吗？还是由于他想从一个懦弱的好人变成一个正当的坏人，如果这是他人生的走向的话？这时，露台的门开了，艾丽斯——她看起来多么可爱，格斯回想到——拿着盛满水果、奶酪和饼干的托盘出现了。"你已经见过我的艾丽斯了。"库尔特说，他的话似乎让她挺困惑。难道她这么快就忘了格斯？把托盘放下来时，她的胳膊肘碰到了酒瓶，那酒瓶晃了一下，正要倒下去，被库尔特接住了。一半的饼干撒到了平台上。"啊，抱歉。"她说，更像是对她丈夫而不是对格斯说，格斯蹲下来帮她捡起来。"我太笨手笨脚了，"她说，"真该被人一枪打死。"

"那似乎也太严重了。"格斯说，希望她因为他的理解而报以微笑，但她正焦虑地向上看着库尔特，好像想看看他是否跟格斯的

296

看法一致。对方没有反应，于是她快步回到了厨房。

等他们喝完一瓶上等的霞多丽干白后，库尔特走了进去。艾丽斯没再出来，格特不知道应该往哪方面想。从一开始，就只有两杯酒。她是不是不舒服？为什么库尔特不解释一下她的缺席？

"那么，你在这儿多久了？"库尔特带着另一瓶酒回来时问。这问题有点非议的意味，所以格斯在他熟练地开新酒时小心翼翼地回答。

"快三十年了，"他承认，"我没打算待这么久的。"

库尔特给他又倒了一杯，这是第三杯了，然后给他自己也倒了一杯。前两杯他都给格斯的稍微少些。难道有人跟他说了格斯酒量不行，还是纯属巧合？格斯的结论是，肯定是巧合。毕竟邀请他过来是盛情的行为，而且这也不是便宜的霞多丽干白。

"在这里三十年？"库尔特难以置信地说，"在斯凯勒温泉？"

好吧，格斯心想，也许这儿不是安娜堡或麦迪逊，但也不错啊。难道这个人已经衡量过了斯凯勒的状况，发现有不足之处？"我猜已经像家一样了吧。"他弱弱地回答，决定喝完这杯，不再喝了。

"但还是很不容易，对吧？"

为什么那个人笑得这么怪异？"抱歉，我没听懂。"

库尔特耸耸肩。"我都不知道这里还有同性恋社区。"

格斯太过惊讶，一时反应不上来。"这儿没有，"他最后承认，"但我也不肯定，因为我不是同性恋。"

"噢，"他又耸耸肩，没有丝毫要道歉的样子，"我只是猜测。"

为什么这么问？因为他没结婚？因为他刚从旧金山回来？格斯觉得这些毫无根据的猜疑尤其伤人，他刚到这儿时，就有一两个新同事得出一样的结论，他们的根据是什么，无论那时候还是现在，格斯都想不出来。大学里是不是还有其他人怀疑他的性取向？他觉得自己脸都红了。

这人的妻子还是不知所踪。"艾丽斯一切都好吧?"他大着胆子说。是的,他很渴望换个话题,但她不出来很奇怪,不是吗?难道库尔特只拿出两个酒杯是因为他从没打算让她加入他们?也许还命令她不要加入?

"她啊,永远没人知道,"她丈夫说,他语气中的不在乎让格斯不寒而栗。"你会发现的,邻居。"

格斯把酒杯放下来。*致有关人士*,他想到。*我极力推荐我备受尊敬的同事库尔特·莱特。他在我们学院时间不长,但完全改变了一切。*

莱特夫妻在斯凯勒出现后不久,格斯系里的人际纽带就开始支离破碎。长期的好友开始因为误解而生疏,追根溯源,问题总出在库尔特说的话里。谣言开始流传。比如,有关格斯是同性恋的传言就突然开始流行起来。这些谎言还不是最糟糕的。格斯在系里最好的朋友有一天出现在他的办公室,她的眼睛因为哭泣几乎肿得睁不开来,她想知道他为什么背弃她的信任。十年前,她曾跟他解释过她和她老公曾有过一个脑瘫的孩子,他们最终决定把他送到收容所,这决定差点毁掉了他俩和他们的婚姻。格斯向她保证他从来没对任何人透漏过,她拒绝相信他,声称她只跟他说过这事儿。到了感恩节前后,似乎系里每个人都知道了其他人的可怕的事情,格斯曾经非常友善的同事们开始过着教书回家两点一线的生活,不再参加委员会会议和每个周五下午学校附近酒吧里例行的快乐时光。"政治系发生了什么事?"一个历史系的朋友问他,"之前你们这些人可是派对动物啊。"

原来库尔特是个对不同学科都有兴趣的人,他很快就认识了其他系的教职工,令人惊讶的是,他非常受欢迎。很明显,他是个有天赋的模仿者，他可以准确无误地模仿政治系的同事们。"你从来没听说过他是不？"格斯在英语系的一个老朋友说。"你应该结交一下的，"她热心地说，"很滑稽。"

他问她为什么时，她有点尴尬。"他是不是把我说得像个同性恋？"他说。

"哦，是的，但——"

"但什么？"

"你确实像。"

"我像同性恋。"

"不是轻浮什么的，只是，你知道……"

那周晚些时候，他碰到了查理，校长办公室负责校内住宿的人。"我一直在想，"他问，"库尔特·莱特怎么会住进我那栋联排别墅的。不是要排队吗？"

他看上去很惊讶。"哦，你的举荐当然不会有错。"

"我？"

"当然，艾丽斯的病情也让我们把他们移到了名单的最前面。"

"查理，"格斯说，"我从来没给莱特写过任何推荐信。"

"就像我当时跟你说的，没有必要。电话聊一聊就足够了。"

"但我们也没在电话上聊过。"

那家伙的表情变了。"这可一点都不好玩，格斯。为你我可是破了所有的规矩。如果你和库尔特真的闹掰了，对不起，我也不可能把他和他老婆赶出他们的家。你不会是想让我把他们赶走吧。"

"我不会的，"格斯让他放心，"我只是说，如果你跟自称是我的人通话的话——"

"那就是你，格斯。你不觉得我俩认识都三十年了，我应该听得出你的声音吗？"

"查理——"

"而且，想想看。你要泼库尔特脏水，肯定会伤到你妹妹。"

"我妹妹？"格斯重复道。

"好吧，"查理让步，"是你同父异母的妹妹。"

那个周末格斯等在窗前，见库尔特一离开，他就去了隔壁，揿响了门铃。他揿了好几次，艾丽斯才来应门，她穿着紧身睡袍。和平时一样，她似乎没有认出他来。

"我不想打扰你，艾丽斯，"他跟她说，"但我能进来吗？"

"抱歉。"她说。这女人为什么一直要道歉呢？"库尔特没在家。""我知道。"他说，尴尬了一会儿，她终于从门前让开了。

屋内很暗，窗帘拉着，只有两个小灯亮着。格斯听说她喜欢画画，但没有灯怎么画呢？他巡视了一周，想要找到创作艺术的痕迹——画板，彩笔，画架——但什么也没看到。"我只待一小会儿，"他让她放心，思索着她为什么总是这么容易受惊。他突然意识到，这次拜访是个坏主意。他过来是觉得也许她能够帮他多了解一点她老公，比如发生了什么，为什么他要制造这么多麻烦，撒这些弥天大谎。比如，她是不是知道，他骗别人说她和格斯是亲戚？但当你看到艾丽斯时，你就知道她什么忙也帮不上了。

"这儿一切都好吗？"他问，这让他自己都吓了一跳。他本不想这么直接的。

她想了一下。"库尔特说我睡得太多了。"她承认道。

他点头，思考下面要问什么。尽管他知道这问题太唐突了，因为他还不怎么认识她，但他终于还是问出了口："你幸福吗，艾丽斯？"

"幸福？"

"这里墙很薄。"他解释道。

她朝他眨眨眼睛，好像她把这话当成隐喻了。

"库尔特抬高嗓门时，"他说，"我能听到。你哭时，我也能听到。"

她用手掩住嘴。"有时我让他很生气。我也不想的。"

格斯点点头。"他不是个很好的人，对吗？"

她想了一下。"我可能的确睡得太多了，"她说，"我只是……没办法清醒。"

"艾丽斯？"他说，"如果你需要朋友，我就在隔壁。"

她转头盯着把两家人家隔开的那面墙，好像在想象他在另一边，耳朵贴着墙的样子。

"好了，"他说，"我得走了。希望我没有让你不开心。"

"没有。"她说，但语气不是很肯定，她跟着他走到门边。他开门时，她说，"格斯？"

他转过身看着她，很惊讶她用了他的名字而不是姓。"怎么了，艾丽斯？"

"你是？"

什么，同性恋？是她丈夫这么说的吗？"我是什么，艾丽斯？"

"幸福的吗？"

"嗯。"他说，觉得自己有点反应迟钝。好吧，他幸福吗？有那么一瞬间，当她叫他名字的时候，他的心脏因爱情的可能性而激烈跳动。因此，是的，有一种可能是，幸福的情绪在膨胀，之后事实会让那种情绪消失，毕竟——他还不怎么认识她，她是另一个人的妻子，面对女人他是个傻子，而且一直都是。"不，艾丽斯，"他坦言，"我不觉得我幸福，不。"

"对不起。"她急忙说，好像格斯的不幸福是另一件因为她的无能而导致的事，是她一旦解决了睡得过多这个问题后需要全力关注的事。

作为市长，格斯有无忧宫大门的钥匙。因为无忧宫旅馆关闭了，所以这私人物业除了在特殊的场合，不再对外来车辆开放。沿着路面有蜿蜒的自行车道，车道旁边有铁制长椅，艾丽斯喜欢坐在几年前格斯捐赠的那把上，上面有他俩的名字。那天早上他也希望能在那儿找到她，公园的宁静和隐蔽有时能对她起到安抚作用。为什么不让她在第一缕晨光穿过树林时就坐在他们的椅子上呢？在这儿，她可以随心所欲地对着她的话筒说话，不至于打扰任何人。但不幸的是，她并没在那儿。

他突然感到非常失落，停下车，走到椅子这边坐下，车没熄火，驾驶室的门开着，这样他可以听到警方无线电的声音。离家之前，他打电话给警局让他们出去找找。他觉得有必要做点什么，但能做什么呢？坐在这椅子上很舒服。他闭上眼睛，听着松树上方微风吹拂的声音。就这么会儿工夫他睡着了——接着他惊醒了，一副惊慌失措的样子，想着是不是无线电吵醒了他。他是不是错过了什么信息？艾丽斯被找着了？透过树枝的缝隙，他能辨出老宾馆的样子，它看上去是那样雄伟，同时又是那样哀伤，上层的窗户折射着正在升起的阳光。无忧宫。无忧无虑。当初的创意就是卖给那些充满烦恼的人。基本上每个人都满腹忧虑，绝望地寻找着救治的方法。那些愿意相信神仙水存在的人。纽约上州的卢尔德①。细想一下，他自己就需要治疗。他之前有这么想要放弃的吗？

库尔特对格斯的评价之一就是，他是个轻飘飘、傻乎乎的乐观主义者，他认为任何破裂的东西都能修补。他的直觉告诉他，格斯想要挑战北巴斯镇自暴自弃、没有出路的悲观主义，想要把它从过去不幸的桎梏中解放出来。但小镇的泉水都枯竭了，斯凯勒的却没有，能怎么办呢？其他那些困扰这小镇的事情，是可以补救的，不是吗？但是他严重低估了所要付出的努力。他不得不得出结论：这

---

① 卢尔德，法国南部小镇，接近西班牙边界的波河，是欧洲天主教朝圣重地。传说那里的泉水能治疑难杂症。

里人的本性是僵化、无法改变的。他们需要相信，是运气决定了这世上的一切，而他们时运糟糕，且将永远如此，阿门，这种信念可以让他们不用为当下努力，更别提为将来了。

他们错了吗？现在连格斯也不敢肯定了。也许他们仅仅是太现实了。每周他都会接到下州区开发商的电话，要商谈无忧宫的项目。他跟他们说，这儿可是一个潜在的金矿，历史悠久、风格多样。过去会有远至亚特兰大的人过来考察。"但这儿是属于北巴斯地区？不是斯凯勒？""我们是姐妹城市。"格斯让他们放心，但他能看出来那些人得出的结论是：巴斯是个丑陋的姐姐，是永远没人约、永远自行量体裁衣的那个，但这种人会受女孩子的喜欢。

谁知道呢？也许巴斯以前真的运气太差了。就连山谷区在地下埋了几个世纪的死人们，现在竟然也露出了地面，这是过去战胜了现在。如果连你曾祖母罗斯都从有毒的土里现身，像在抗议，你又怎能期望人们去想象更好的未来。只要一下雨，镇里的地上就会布满黄色的液体，空气不但令人恶心，甚至可能都有毒，你又有什么底气去跟人们说他们不该认输呢？当你全心信任的建筑公司所承包的项目竟然摇摇晃晃、偷工减料地倒在了大街上，你又怎么说服他们去相信每个问题都有解决方案呢？竟然有人偷偷在公寓中塞满有毒的爬行动物，你又怎么让社区的人对你有信心，相信这社区是好的呢？你又怎么阻止其他人窥见他们早已伤痕累累的心和盘踞心中的罪恶呢？

库尔特还看明白了另一点，那就是格斯无法抗拒要让艾丽斯康复这一挑战。他不但想要解决她的问题，还把自己对一个受伤灵魂的怜悯与爱情混淆了起来。好吧，他是努力了。给了自己这么大的信心。然而，就像巴斯镇一样，艾丽斯的问题远比他想象中的严重，他所有的尝试都没有起作用。但他不想承认，他太不自量力了，现在他有苦也说不出。这种罪恶的名字叫：要面子。除了面子，什么都不剩了。

公园的外面传来急刹车的声音，格斯皱了皱眉，等着接下来金属撞击的声音，玻璃破碎的声音。当没有任何动静时，他想象着艾丽斯被撞倒在人行道上的场景。这会是上天的恩赐吗？这个问题赤裸裸地摆在那儿，令人震惊，又无比邪恶。他怎么能有这念头？什么样的人才会允许自己这么想，哪怕这想法转瞬即逝？

警方无线电发出一阵刺耳的响声，接着又归于沉寂。

在他拜访艾丽斯后不久，有天下午格斯回到家，发现有个人背对着他坐在露台上，脚翘在桌子上，盯着远处的树林。他花了好一会儿才辨认出那是库尔特，他把胡子剪了。他在窗帘后看了他一会儿，想要弄明白他拜访这儿与他曾拜访过隔壁有多大关联。非常大，他得出结论。库尔特很有可能听到他开车回来了，只不过是在假装陷入沉思。

听到露台的门滑开，他抬起头，向格斯露出他令人不悦的微笑，他既没有站起来，也没有把脚放下来。

"来杯葡萄酒？"格斯说。

"我以为你永远不会问呢。"他的意思是，自从他上次邀请格斯后已经快一年了，而格斯从来没有回请过他。

格斯开了瓶干白，拿了出去，还有三个杯子。"艾丽斯会加入我们吗？"

"她不加入为好。"

格斯把酒倒进两个杯子里，把第三个放在桌子上。他一杯倒得比另一杯稍微多些，把那杯递给库尔特，库尔特笑了一下说："你注意到了。"桌子的中间有一个马尼拉文件夹，上面有格斯的名字。"通常人们的确能注意到细节，"库尔特接着说，"尤其当你有意想引起他们的关注时，但他们很少采取行动。然后他们就会困惑，为什么生活中充满这么多遗憾。"

格斯抿了一口酒，皱了皱眉。是这瓶酒发霉了，还是他尝到了喉咙里突然升起的酸味？也许是后者，因为库尔特似乎没有什么反应。

"比方说，你从一开始就注意到了艾丽斯有问题，但你问了吗？你有好奇心，但你有没有问，库尔特，伙计，那该死的女人到底有什么问题？她小时候摔着脑袋了，还是怎么了？"

"艾丽斯是怎么回事，库尔特？"

"我他妈怎么知道？"他说，拿起第三个没用过的杯子，仔细地研究着，好像在找污渍。"但肯定有问题，你说对吗？"

听了这话，格斯涌起一股怒气，随之而来的，是一股令他自喜的勇气。"好吧，那么，你怎么了？"

听到这，库尔特用空杯子敲着桌子边。杯子没碎，但从杯子边到杯身出现了一道裂痕。"库尔特不是个很好的人，是吧？"库尔特说，是真的，他模仿格斯的嗓音真是惟妙惟肖。

一下子，格斯的勇气用完了。"请不要这样，"他虚弱地说，指的是模仿他，而不是弄破杯子。

库尔特神秘兮兮地靠向他。"如果你需要一个朋友，"他说，"我就在隔壁。"

"我说了不要。"

库尔特耸耸肩，朝他自己的杯子里倒了更多酒。

"你想要什么，库尔特？"

他好像在思考这个问题。"我想要什么？你也许很难相信，事实上我也不知道。我活在当下。比如说现在？我们正分享的这一刻？很有收获。说实话，当听到你的嗓音、你的话从我嘴里出来时，你脸上的表情太美妙了。你不知道是破口大骂好，还是装聋作哑好。"

"你真的太邪恶了。"

"嘿，别说我没警告过你，"当格斯惊讶地看着他时，库尔特接着说，"你不会想要雇佣莱特·库尔特的……我们想要他赶快离开这儿……"

格斯感到一阵恶心席卷全身。有那么一会儿，他觉得自己要昏倒了。"是你。"

"嗯，我想，你需要一个警示。"

"你是怎么学会模仿声音的？"

"跟进入卡内基音乐厅一样，伙计。练习，练习，练习。我录下重要的电话。只要一两个句子。男人，女人都行。孩子要难一些。"

"但我和艾丽斯的对话不在电话上啊。我和她在屋里。你不在家。"

"是，格斯，你这么做太卑鄙了。等着我离开？但我原谅你。有时我出去，会留个录音机。不是我不信任艾丽斯。她不会那样。但老实说，有时候女人一个人待着时说的话，真他妈无比珍贵。"

"你为什么要告诉我这些？"一个正常的人不会说这些，不是吗？

"每个艺术家都需要被欣赏，是原因之一，"库尔特说，又倒了一杯酒，"但我也很容易厌倦。像现在。尽管在这方面经验很丰富——我说的不光是你，不要沾沾自喜，还有这学院，这整个纽约上州一潭死水的地方——但还是会觉得厌倦。计划经常是很有趣的，但执行起来呢？到了某个阶段，收益递减规律显现时，事情就变得索然无味了。我目前厌倦了你和你们这事儿。"

"抱歉让你觉得无趣了。"

"嘿，不是你的错。你有点过于称职了。"他说，把马尼拉文件推向他。"我需要你帮些小忙，然后我就不打扰你了。"

文件夹里是个事先写好地址、贴好邮票的信封，还有一张一页的推荐信，上面标着**样本**两个字。

"我也提醒过你这个，如果你回忆一下的话，"库尔特说，"如果你想，也可以忽略那封信。那只是包含了谈话中可能会问到的要点。但你得尽量用自己的——那什么词来着？语气，对的。但因为我要做的新职位是管理类的，如果你能强调我善于与人周旋，我会觉得你帮了我。"

"我真的能用那个词？与人周旋？"

"放松点。得很久才会有人明白这双层含义。不用良心不安。我如果被雇用了，这简直是必然的，也不会是因为你的推荐信。你知道的，这些都是形式，是防止后悔的屏障——结果，毫无例外，根本没有什么屏障。"

格斯拿起信封。"你就不担心我会打电话给这个珍妮·阿普勒鲍姆，告诉她一切？"

库尔特摆摆手。"没必要。已经做过了。相信我。这女人已经被预先警告过了，清楚明了。不幸的是，我觉得她可能得出的结论是，那个警告她的人精神错乱，跟你当初一样。"

"你才是那个精神错乱的人。"

"哎呀，"他说，把瓶子里最后一点酒倒到杯子里，"我喝了大部分，是不？"

格斯抿了一口自己杯子里的。那啤酒现在尝起来味道好些了，恐惧引起的恶心已经基本消失，留下的只有悲伤。"艾丽斯是什么毛病，库尔特？你对她做了什么？"

"你太高估我了。是的，我有时会打击她的自信，但我说的都是她自己已经知道的。像大多数人一样，艾丽斯落到今天这个地步少不了她自己的原因。但我觉得她并没有造成永久性的伤害。如果有个好男人，她会健康的。"

"但她嫁的是你。"

"可怜的艾丽斯，"他同意，"我觉得她喜欢你。当然，她不知道你是同性恋。"

"我不是，库尔特。"

他耸耸肩，好像这一点不值得争辩。"接着你会告诉我你没有政治野心。"

对这个格斯没有回复。

"天呐，"库尔特说，揉着他的太阳穴，"我都能看到你的脑子里在想什么。你在想，猜得真准——对吧？每个英语系的教授抽屉里都有部小说，每个政治系的教授都想证明能教政治的就能搞政治？"

这正是格斯一直想的。但真的，这变态是怎么知道他长久以来的计划的？他可从来没跟任何人说过。

"那房子是个好主意，"库尔特说，"上主街，无忧宫旁边的那栋？你一直过去看的？需要费点心思，但像内行人说的，骨架子不错。巴斯的房价只会上涨。"

"你跟踪我。"

库尔特哼了一声。"你以为我在你后面，格斯？你真这么想？你该明白，从一开始，我就比你超前很多。还是说说那房子吧？是个好主意。一个外来的人很少能把小镇政治玩好。得把根扎在社区里，还得共担些风险。嗯，出个价。得用当地人来修复，哪怕他们总把事儿搞砸。"

这些都是格斯已经得出的结论。但为什么他的策略会被一个他由衷讨厌的人来证实，这会让他舒服？

"还有一件事儿你得琢磨琢磨了。巴斯这样一个乡下小镇，人们会投票给一个同性恋吗？"

"又来了。"

"喂，你要说服的不是我。我想说的是你得争取那些女人们的支持，她们能让你成功。"

格斯把信又塞回信封。"你说你要让我帮忙。"

"对，"他边说边坐直身子，拇指在桌上轻敲着。"差点忘了。如果不太麻烦的话，我想请你在我离开时照看一下艾丽斯，确保她没事。这么快又要搬走，她要崩溃了。我后天要飞加利福尼亚。得找地方住，见见新同事，给他们下点命令，让他们加油干活，还得安排一下搬家的人，有一百样的事情要做。但我这个月中会回来，之后就像我说的，我们就不会打扰你了。"

库尔特拿着瓶子站起来，他的杯子空了。他向格斯伸出手。格斯表现出犹豫时，他看上去真的受到了伤害。"得了吧，"他说，"又没死人。干吗哭丧着脸？如果我们像朋友一样分手，我会感觉好些。"

真恨自己，但格斯还是握了那人的手。

"你答应我了？我不在时你会替我照看艾丽斯吧？"

"是的，我会的。"

"知道不，"库尔特说，"如果你把牌打对，你会得到你想要的。"他又耸耸肩，"或者是你想象自己想要的。"

那么，格斯心想，这最终成了一个交易，艾丽斯本人就是一个筹码。他是否一开始就有所察觉？接下来的几个星期就是履行这契约。格斯开始按照承诺照看艾丽斯。她比以前更焦躁了，但除了让他去商店顺便给她带回半加仑牛奶、一打鸡蛋外，她需要他的地方并不多。他也没去想为什么他们的旅行车不在车道上，库尔特不会把它开到奥尔巴尼去赶飞机，然后把它停在长期停车场里。艾丽斯不开车，要车也没用。有天早上，他问她，既然她在努力少睡一些，为什么还让这地方这么暗，大白天的把窗帘拉得这么严实。"他喜欢这个样子。"她说。

"但库尔特不在这儿，"他指出来，"你喜欢什么样子？"

她似乎第一次考虑这个问题，她自己的喜好。当窗帘拉开，公寓里一下子洒满自然的光线。格斯才注意到有东西不见了。他之前来过一次，没有看很细，但厨房角落里以前不是有台笔记本电脑，还有个博士收音机吗？

"库尔特给你打过电话吗？"第二天他问道。她像是在回答一个暗藏陷阱的问题，"他没有。"他注意到厨房的窗沿上有一排药瓶，都是些处方药：帕罗西汀、赞安诺，还有些其他的。

"我身体不太好，"当他问这些是干什么的时，她解释道，"它们能帮我不那么惊恐。"

库尔特离开一周后，格斯问她能不能看看他们的卧室。如果艾丽斯觉察到这请求有什么奇怪的话，她至少没有表示出来。库尔特还有些衣服在衣柜杆子上挂着，但比格斯想象中少。梳妆台抽屉里有他的内衣、一些零散不配对的袜子和几条发黄的手帕——这些东西格斯也会塞到自己的抽屉里面——可脏物在哪呢？他逐渐意识到他看到的其实是蛇皮。这让他想起他们最后一次谈话时说到的事儿，当时并没有引起他的关注。库尔特两次说到"不会打扰你了"。第二次他说的是我们。第一次他用的是我。那是说漏嘴了。库尔特不会回来了。

就像拉开的窗帘慢慢迎来的光亮，艾丽斯也逐渐意识到了这点，尽管她还在坚持说库尔特马上就会回来，之后他们会在加州开始新生活。照格斯看来，这些话就是试探。他会反驳她吗？"今晚我给咱俩做晚饭怎么样？"有天早上出发去工作前，他建议道。他可以在自己家厨房准备菜，然后端过来。他们可以在后面露台上吃，拉门开着，这样如果电话响，艾丽斯可以听得到。"可以吗？"当他递给她一杯红酒时，她明显动心了，他说他觉得喝一杯没什么的。他也建议她去咨询一下当地的医师，看看正在服的药是不是真的都需要。饭后吃过甜点，起身回隔壁时，他装作不经意地说，好像他是那时才有的想法："从现在开始，我来照顾你怎么样？"

她看着他，似乎是懂非懂。"你是个非常好的人，"她说，"但库尔特怎么办？"

"等他回来我跟他谈。"

那天晚上他躺在床上，想着他在朝鲜的那一年，当时冲突快结束了。有关在那儿服役的经历他从来没有对任何人撒过谎，除非有人问起来，他没主动说过他在那里其实并没有参加战役，而是在军需官的办公室里做事。在那里他学会了权衡利弊，运筹帷幄，结交朋友，为了共同利益谋成大事。回到美国本土，他准备充分利用退伍军人法。在奥尔巴尼，他了解到了另一个庞杂系统的复杂本质，并学会了要怎样才能在其间游刃。他的学术生活硕果累累，严谨靠谱，至少没有不诚实的行为。当电话响起时，他正百感交集地回忆着他在军需官办公室时和他一起工作的男孩。

"那么，"库尔特说，"可爱的艾丽斯怎么样了？"

"我们在你家露台上吃了晚饭。她还以为你会为她回来的。"

"但你思路更清楚。"

"你们两个究竟结婚了没？"

"上帝，没。是什么让你有了这样的想法的？"

"一方面，是因为你的简历；另一方面，是她说你是她丈夫的。"

"哦，对的。"

"那么你是来跟我说我们再也见不到你了？"

"是的，我不想回该死的斯凯勒温泉了，如果你是这个意思的话。"

"嗯，我当然是这个意思。"

"放轻松吧。"他说。不知怎么的，格斯就是信了他的话。"说到轻松。你知道我放过你有多容易吗？"

实际上，格斯非常清楚。"再见，库尔特。"他说，但对方已经挂断了。

之后的十年里，格斯大部分时间都把库尔特抛诸脑后。但就在他当选为市长的那天早上，他看到了院长杰尼特·阿普鲍姆的名字，当初他给库尔特写的推荐信就是递给她的。她现在不再做管理工作，而是回到了全职教学。"我知道你是谁，"当他自我介绍时，她说，隐隐透着敌意。"你知道那个男人给我们带来了多大的不幸吗？"很明显，他毁了几位同事的事业、几桩婚姻，还引发了一个人自杀。"他走了，对不？"格斯询问道，女人说是的，他离开一段时间了。上一次有关他的消息是他在欧洲，给北欧组织还是联合国服务？她不记得了。

他觉得有点不舒服，表示了感谢，正准备挂掉电话，她说，"那么……你为什么那么做？明明知道，还写那封信？"但她的嗓音里，除了正义的愤慨，他还听出了别的东西。"你自己不也写了一封类似的推荐信吗？"他问。接下来的沉默让答案了然。

嗯，那时他跟自己说，如果一个生命迷失了，至少另一个生命得到了拯救。自从不再碰大部分的药物，一个崭新的艾丽斯出现了，那是格斯从来没见过的。她并没有变得很外向，但她完全融入了外部世界，而不是藏在黑暗中。不久之后，她跟库尔特一起度过的那几年噩梦般的日子开始逐渐消退。格斯再也不在对话里提到那个名字了，因为那经常让艾丽斯沉默，他觉得，她是在懊悔逝去的那几年。在他们婚礼的前几个月，艾丽斯的情绪这么愉悦，这让他相信库尔特是对的，他对她并没有造成持续的伤害。她需要的不过是个好男人。

他们举办了简单的民间仪式，很快就动身到意大利度蜜月了。那个冬天，他买了一栋位于上主街的老式维多利亚式房子，稍微修葺了一下。他们回到国内时，本来是要住回到那个大房子里去，就是那个现在租给其他教工的老式联排房。艾丽斯倒是说她挺喜欢那房子，但他感觉那房子太大了，让她胆怯，甚至可能吓坏她。虽然他解释说，他们没必要在半夜被镇里的喧嚣吵醒，但艾丽斯还是不太愿意分房睡。过了一段时间，她之前的焦虑又卷土重来。"有时候，我是会变成这样子。"当他问她出了什么事、为什么这么紧张不安时，她说。"但他已经走了。"他反对道。毕竟，库尔特是她问题的根源，不是吗？如果不是他，那会是谁？

那年秋天——他教书生涯的最后一年——他接到一个校园警察的电话。艾丽斯去了她的老式联排房，制造了事端，她似乎觉得自己还住在那里。"你不是我丈夫，不是吗？"他赶过去要把她接回去时，她惊叫，那口气与其说是在问她是否嫁给了他，不如是在控诉他没有达到她预期的丈夫的标准。

这天早上，坐在无忧宫属于他们的凳子上，最困扰格斯的事也许他永远无法知道答案。库尔特说什么来着？如果他打对了牌，他就能得到自己想要的，或者想象中自己想要的？嗯，但那是他自己把牌打对了，还是库尔特替他打的？当时做决定时，好像是他自己做的选择，但现在他不能肯定了。要感谢那个人的是，他遵守了诺言，至少就格斯所知，他再也没有回过斯凯勒。他不信艾丽斯今天看到的是他。也可能她谁也没看到。他妻子失控时，脑子里看到的比实际感官看到的世界还要真实。尽管没有证据，他还是相信他们再也不会见到库尔特·怀特了。另一件他永远不知道答案的事是，艾丽斯需要的仅仅是一个好男人吗？因为他现在可以肯定的是自己并不是个好男人。他本想着不但要对艾丽斯好，还要为她好，但其实是她更能帮助他和他的事业。人们感受到她内心的善良和脆弱，总是不由自主被她吸引。他们欣赏他对她的保护。这些经过奇特的演算后，变成了选票。库尔特，当然，也预见到了这一点。

他打对了牌，他下结论。他已经得到了想象中想要的东西。

朗梅多，是一片新兴的区域，那儿的房子绝大多数是两层联排，格斯对那儿非常熟悉。有些年轻的大学教员，工作没几年，买不起斯凯勒市场上的房子，可不就觉得买在这里比租房子好吗？开发商本来计划种上树和灌木丛，但因为销售缓慢，很多植被就因此疏忽照料，枯萎死了。所以，尽管现在貌似各个单元都住满了，但照格斯来看，这种社区永远成不了房地产经纪人口中的成熟社区。它会从新的小区直接走向破败的。

他本来担心等他赶到时，艾丽斯已经离开，但并没有，跟被人看到时一样，她就待在荒废的社区中心的石头长凳上，进行着她想象中的电话对话。她穿着绝大多数时候穿的那条曳地长裙，让他松了口气的是，她还穿了一件蓬松的上衣。有时候她醒来时焦虑不安，会只穿着长袍拖鞋就出门，甚至，有时更糟糕，只穿着睡衣。他把车停到停车场，熄了火，因为她过于投入在她的对话中，没有注意到他的到来，格斯就坐在那里，看着她，想着眼前的情形他有多大的责任。过了一会儿，他钻出车，和她一起在凳子上坐下来。看见他，她说："我得挂了，回头打给你，"说着把听筒放回包里，"出什么事了？"她问。

"没有，"格斯说，"我只是很高兴找到你了。"

她用袖子擦着他满是泪痕的脸颊。有很长一段时间，他俩就是这么亲密。但天知道，现在这种情况太少太少了。是他的错，不是她的，但根本上也可能并不是他的。也许是上帝的错，或是大自然的。谁知道呢？

"你难过了？"她说，拿起他的手。

"也许有点。"他承认。

"为什么？"

"因为我想要你好好的。"

"我是好好的啊。"

"那就好。"

"有时候我也会难过。"她承认。她正看着离得最近的联排房，突然格斯反应过来为什么这个街道看起来这么熟悉。雷默和他

314

妻子之前就住在这里，也许正是在这个地方——她的名字究竟叫啥来的，贝基？天啊，他的脑子乱成了一锅粥。不，是贝卡。她在地毯上滑了一跤，从楼梯顶端摔了下来，折断了脖子，可怜的女人。能看得出来，雷默还在责备自己。也许男人们只会自责。

"她跟我说过。"艾丽斯说，仍然在盯着那房子。很奇怪，有时候，她能知道他在想什么。

"什么？"

"她的内心。"

格斯开始仔细看着她。她是在责备他对她隐藏了心中的秘密吗？

"今天早些时候你看到的是库尔特吗？那个吓了你一跳的男人？"

"库尔特走了。"

格斯又开始哭了。他可以感到自己的眼泪。"小可怜，"他说，"你完全糊涂了，是不是？"

"是吗？"

他们起身，她顺从地跟着他走到车边，他给她系上安全带时，她一直越过他看着雷默之前的家。"你会好的。"他向她许诺。

当车转过拐角，看不到那联排房时，她的手机响了，当然只不过是在她的想象中响了。她花了好一会儿工夫在包里找到电话听筒。"你好，"她说，"噢，是的，嗨。"

格斯第一次明白。在这些想象的对话里，艾丽斯从来没有打给过别人。他从来没有听她说过：嗨，是我。希望没有打扰到你。我只是想我们上次通话有多久了。不，总是别人打给她。她是被需要的那一方，是可以倾听，不做判断和争辩的那个。她是聪明的，值得信赖的朋友。当事情糟糕时，你可以转向求助的朋友。"你对自己太苛刻了，"他听到她正在说，"我知道有多困难，"她接着说，"但最重要的是要记得你不是孤单一人。我就在这儿。"

电

开往海蒂之家短短的车程是露丝一天中最美好的时刻，十二分钟属于自己的安静时光。即使像今天，她外孙女跟着她也是如此。毕竟，即使蒂娜在，也像是她一个人。这一代代爱说话的女人中是怎么就出了这么一个乖巧的、安静的孩子，真是个谜。但生活不正是充满了这种谜团吗？

这谜团也包括电。昨晚扎克的库房被闪电击中，这么大的威力，把屋顶劈出道裂缝。随之而来的雷声像世界末日，震得屋子里的三个人都从各自的床上跳了起来。一分钟之后，蒂娜睡眼惺忪地出现在露丝的卧室门口，看上去非常像在她这个年纪时的杰妮。露丝从没见过一个孩子这么怕闪电。

"没事的，两只鞋。"露丝说，那是蒂娜很小的时候的昵称。"你可以进来。"于是她就爬到了床上躺在她旁边，马上就又睡着了。又过了一分钟，扎克出现在门口。"来看看这个，"他说，然后她走进他房间，他的后窗对着库房。闪电击中了屋顶，一块镀锌瓦楞板竖了起来，像个哨兵站在那儿，它的顶端有怪异的蓝色火焰在狂风中燃烧着。天空又被闪电劈开，雨水倾盆而下，他们本想着火焰会被浇灭，但它仍像海市蜃楼般燃烧着，雨在它周围的金属屋顶上跳跃着，直到火焰逐渐减弱消失，那时露丝才意识到她和扎克的手握在了一起，这是好多年都没有发生的事了。他们接下来做的事情是更久以来没有做过的。

扎克准时在五点醒来，他静静地穿上衣服，走到楼下给自己泡了一杯速溶咖啡，这是他的习惯。露丝，仍睡意蒙眬，但已经对发生的事情后悔不迭了，看到一切一如往常，这说明她丈夫对两人间发生的事情并没有太在意。但愿他能懂，就像是闪电本身，这次突发的性爱是反常的，是小概率事件，以后在他们的生活里也不太可能再发生。她上次踏入这个房间是多久前的事儿了？她甚至都不打扫这间房了。如果他自己把床单扯下来，搬到地下室，而她碰巧在的话，她倒是不介意把他的、她自己的以及蒂娜房间的一起洗掉。洗完后，她会把床单和枕套放在走道里，让他自己铺床。昨天晚上，她为什么要跟着他进这房间？他怎么会觉得他俩会进一步发生关系？是因为他们看着那蓝色火焰时，她没把手缩回来吗？那他怎么会想着让她去看？当然，那是奇特的景象，几乎是神奇的，但为什么找她？蒂娜一直是他的崇拜者。他是不是先去的蒂娜房间，看她不在那儿，然后才去找露丝的？不知怎的，她并不这么认为。他似乎并没想着要吵醒那孩子。不，他是想给露丝看那火焰的。之后会做爱似乎也同样令他惊讶。虽然那体验并不是特别棒，但也并非一无是处；而今天早上，她特别想啥都没发生过。

她听着他的卡车正沿着倾斜的车道倒车，从倒车切到二挡——应该是一挡没能加速——然后朝镇里开去。她又躺了几分钟，想要弄明白发生了什么，怎么发生的。是因为她禁欲太久了吗？还是因为他们看到的库房上方的蓝色火焰和他俩之间休眠已久、忽明忽暗、若即若离的亲密之间有着什么联系？一阵愉悦的微风吹动着窗帘，新鲜、宜人，带着还未到来的清晨，她本可以再在床上赖一会儿的，但她听到自己房间的闹钟响了，她不想蒂娜发现她在扎克房里，因为蒂娜会跟她母亲说，而她母亲会特别想要知道前因后果，只要不是她自己的事，她的好奇心就会分外强烈。

蒂娜肯定晚上啥时醒过，然后拖着脚回到她自己房间去的，因为露丝的床上是空着的。之后，露丝洗了澡。在厨房里，她睡眼惺忪的外孙女走了过来，女孩说完全不记得有响雷，也不记得来过她床上，这让露丝怀疑这整个事件——从闪电到蓝色火焰再到做爱——是否真的发生过，还是这只是一个清晰的梦。但外面屋顶上那烧焦的痕迹即使在黑暗中也鲜明可辨，那瓦楞铁皮还直直立在那里，说明至少那一部分是真实的。

"我们可以往上主街开吗？"当她们到城郊时，蒂娜问。

"为什么不呢，"露丝说，虽然她们有点晚了，这么走还要多绕几个街区的路。实际上，她并不急于赶到餐厅。在跟沙利说了希望他还是不要来得这么勤快后，她觉得如果他真听进去了，她会想他的。焦虑一个接踵而来。沙利不会晚上死掉了吧？那库房上的蓝色火焰是不是就在暗示这个——宣告他的离世？她是不是当时就明白这个了？昨天她还在想，要是能住在一个没有男人的世界里该多好。难道那梦对现实产生了影响？她和扎克之间发生的事情难道意味着扎克现在成了她生命中唯一的男人吗？

当他们路过上主街那个属于沙利但他拒绝入住的房子时，蒂娜身子前倾盯着看。去年秋天，这可怜的女孩喜欢上了威尔——沙利的孙子。露丝怀疑威尔可能甚至都没意识到这一点，他肯定没有给过她机会，据蒂娜说，他对每个人都很和善，即使是对不时髦的姑娘，也一点架子都没有。他这么受欢迎，完全有权利那么做。他和他祖父进餐馆时，总会礼貌地打招呼。总是称呼她的名字，向她问好，似乎他真的在意她，所以她深陷其中。但现在他去了纽约市参加一个暑期实习生的项目，然后会去上大学，她都不知道什么时候甚至以后是否还会见到他。她仍然要路过那房子看看，这让露丝非常痛心。

车又开过了几个街区，露丝才意识到沙利的卡车没在家门前停着，这意味着他一早就起来外出了。有时候，他睡不着，就会在餐厅后面等她来开门。如果他今早在那儿，她会有点儿酸楚，但她会很高兴见到他，因为那说明蓝色火焰不是有关他，这才会让她安心。天呐，生活真是乱成一团。

"你知道性的，对吧？"听到自己这样问，露丝也吃了一惊。

蒂娜转过身茫然地看着她。

"我在和你说话，"露丝说，"如果你能听到，举起左手。"

蒂娜举起了右手。

"真有趣。"露丝对她说，尽管她并不能肯定蒂娜是不是在开玩笑。她外孙女经常分不清左右。她小的时候，露丝曾尝试帮她，拿着她的手腕，两只手都背握着朝前，手掌摊开，跟她说左手的拇指和食指会自然形成字母 L。那天晚些时候，她考了考她，看看这概念掌握得怎么样，蒂娜听话地把两只手伸出来，她蜷着手心，很自信地把右手说成了左手。难道那时她就在开玩笑吗？

"我是认真的，"露丝说，"男孩子都想要性。即使是好男生。"

蒂娜又看了她好一会儿，还是面无表情，像戴了面具，接着又转过身盯着窗外，好像她俩都没开口聊过。

"你知道你会怀孕，对吧？"露丝接着说，"你都知道是怎么回事吧？"

蒂娜举起右手。

"是什么意思？你明白，还是有问题？"

还是那种似笑非笑的表情。

"你想知道我在你这年纪时是怎么想的吗？"

她又举起右手。

"我以为如果有男生摸了我乳房我就会怀孕。"这是真的。她当时的确这么想过，但那时她比现在的蒂娜要小得多。"然后真有人摸了。"

她转身看着餐厅和瑞克苏尔药店中间的小巷。她女儿的车就停在大型垃圾桶的后面。没有沙利车的影子，也没停在街上。她又一次想到那蓝色火焰。

"你那个了吗？"她外孙女在问。

"我哪个了吗？"

"怀孕了吗？"现在露出了真正的微笑。

"你在取笑？作弄你外婆？"

女孩点点头，笑容更奔放了。"外公是那个男孩吗？"

露丝熄了火。"我那时还没有碰到你外公呢。"

"那是谁？"

"一个男生。你不认识。他已经去世了。"

"什么时候？"

"战争时。"

"哪场战争？"

"他打的那场战争。"

"你是在生我气的吗？"

"没有，我在生战争的气。"

"你为什么允许他？"

"去战场？"

"不，是摸你。"

"我没有允许。他就是这么做了。"

"你允许其他男生了吗？"

"我们为什么要谈论我？"

"我在努力学习。"

"是的，好吧，"露丝说，把钥匙放回钱包，又加了一句，"是因为感觉很好，我猜。"这份坦率让她脸红了，但她不确定是哪个自己让她更羞愧，是那个开始让男生讨好她的自己，还是试图劝阻外孙女远离性行为的自己。"这让我觉得我挺重要的。周围没有其他人跟我说我很特别，因此当男生们说我特别时，我信了他们。"

笑容从蒂娜的脸上消失了。"那么我不应该相信那些男孩子说的话？"

"噢，见鬼，两只鞋，我不知道。他们说那些话时都觉得自己是真心的，或许有些人是真心的。重要的是你怎么看待自己。"

"那你怎么看待自己？"

"现在？"

女孩耸耸肩。

"老了，"露丝坦言，"愚蠢。困惑。"

蒂娜只是看着她。

"我知道你在想什么，"露丝说，"如果我又愚蠢又困惑，我怎么给你建议？"

"那不是我刚才想的。"

露丝身子朝前倾，绕过前座，把外孙女紧紧地抱在怀里。"我只是不想让你受到伤害。"她说，泪水流淌着。

"妈妈说你不爱外公。"

"她说的？"

"她觉得你爱的是沙利。"

"她跟你说的？"

她摇摇头。"她这么想的。"

"你能看透别人的心思。"

女孩郑重地点头。

"好吧，那我现在在想什么？"

"我们迟到了。"

"猜得对。"露丝说，因为是她一直惦记着的。要干活了。

当她用袖口擦干眼泪，深呼吸，准备下车时，蒂娜说，"外婆，你是受伤的那个，不是我。"

他们从后厨进去，露丝让那重重的门敞开着，给这地方透透气。快递员马上就要到了。后屋放着洗碗机和一个小型的嵌入式冷藏柜，她注意到克利里已经到了，还拖了地板。他是个酒徒，靠不住，尤其是从周五晚上开始。有时候周六早上，她会发现他在长长的不锈钢滴水板上做拉伸。但昨天晚上他擦了地，甚至还倒光了垃圾桶。"如果你没有作业，我可以让你帮帮忙。"露丝说。

"今天是周末。"

"你读完你要读的那本书了吗？《动物房子》？"

"是《动物农场》，"她说，"《动物房子》是部电影。"

"你读完了没，那才是我问的。"

女孩只是看着她。她的意思是她已经回答过了。

"你可以先把霍巴特洗碗机里的器皿拿出来。"露丝跟她说。她头一天总是会把餐具堆满洗碗机。如果他们今天早上很忙的话，她可能会用上每一个马克杯。

到了前厅，她把咖啡机打开，烤架上放满了培根和整齐的烤肠串。她习惯先烤个半熟，等到有客人要时，就再放在烤架上烤烤。如果沙利在，他会拿过一大块昨天的面包，用它来接溅出来的油。虽然他总说对烹饪没兴趣，但露丝从没见过哪个男人在厨房里能像他这么游刃有余。他好像本能地就适应了这里的节奏，在烤架和柜台的狭小空间里，知道她什么时候要侧身经过他，而她丈夫，无论是在家里还是在餐厅里，都总能正好挡在她要打开的任何门前——冰箱、烤炉、餐具柜。他的身躯当然是部分原因，但他真的不能预见要发生什么，即使是整个操作程序是完全可以预测的，就展现在他眼前。而沙利，即使背对着她，也能感觉到她在哪儿，为什么在那儿，他会朝前一小步，或朝后一小步，让她能自如地到她想去的地方。在床上他也有相似的本领，所以很好。她经常想，如果他也能预知她的情绪就好了。但当然男人是需要被反复提醒的。即使那样……

蒂娜走出来，从洗碗机伸出的手还湿漉漉的，她端着一个双层托盘，上面满是玻璃杯和咖啡马克杯，一下子没抓牢，托盘砰地落在柜台上，所有杯子都跳动着发出响声。"悠着点。"露丝叫道。她是已经向奥尔巴尼的餐厅供货店下了单，但货来之前，她很缺玻璃杯，打碎一个都不成。

"抱歉。"女孩委屈地说。

"如果你把你妈吵醒，才真要抱歉。"她知道杰妮昨晚在白马值了夜班，她敢打赌在那之后她出去喝酒了，因为她知道蒂娜和她、扎克待在一起。她看着外孙女把杯子垒在架子上，她寻思着几年之后，蒂娜是不是也会有自己的孩子，然后杰妮到时也会像她这样盯着自己的孙辈。这想象令人感到压抑，于是她把注意力回到油花四溅的烤盘上，用长铲轻敲着培根和香肠串。她的余光瞥到蒂娜，她正拿着空盘子回后厨，突然停了下来。"外婆？"

"怎么了？"

她没回答，露丝朝上看，看到通向女儿房间的门开着。里面站着罗伊·帕迪，光着脚，没穿上衣，他的牛仔裤拉得这么低，一小撮卷曲的阴毛在股间露了出来。他苍白的胸膛上刻了一把剑的文身，那剑的尖端滑稽地消失在他泡沫颈托的下方。他的脸还肿得离谱，眼睛也肿胀着。他站在那里，已经看着她们多久了？

"不是很欢迎我啊。"他说，很明显是对着女儿说的，但他的眼睛还盯着露丝。"你不准备给你可怜的老父亲一个拥抱吗？"

露丝跨步到外孙女的前面。手里还拿着长柄铲子，她真想用这致命的家伙给这可耻的家伙一巴掌。"你在这儿干什么，罗伊？"

"嗯，妈，我猜你可以说我是受邀而来的。"

紧接着，她行动起来。"起来。"她说，推开他挤进卧室，在黑暗的卧室里，杰妮的身体大张着躺在床单上，全身裸露着。她死了，这是露丝的第一反应，一下子，杰妮仿佛又是她的小女孩了，两条短短的小肥腿东倒西歪地走过来，胳膊伸着，叫着抱抱！抱抱！他终于杀了她，她心想。但紧接着，她闻到了封闭房间里做爱的气息，看到她女儿不但在呼吸，还轻轻打着鼾。床头柜上有瓶空的金馥力娇酒，那是罗伊喜欢的令人讨厌的烈酒。打开刺目的床头灯，露丝狠狠地踢了踢床垫。

"怎么了？"杰妮叫道，直直坐起来，眯着眼看她，"操。"

"他在这里干什么？"露丝问，把那闪闪发光的铲子对着罗伊，在跟着她回到房间之前，他到吧台给自己倒了一杯水。

杰妮看着他，抱怨了一声，又转向露丝。"别说了，妈，"她滑到床单里，把床单拉到了胸口。"我警告你，听到吗？别说了。"

"太晚了。我已经说了。"

罗伊很熟练地用大拇指把药瓶瓶盖顶开，把一颗胶囊倒在手掌里，喝了一整杯水把药吞下去，他的喉结随着水上下跳动着。

"他需要一个地方住，好吧？"

"在找到那该死的蛇前，他们不让人回到阿姆斯。"罗伊说，四处瞅着想找个地方放杯子。

"我没跟你说话，罗伊，"露丝跟他说，"我在跟我的蠢女儿说话。"

"好吧，"杰妮说，"我蠢。你聪明，我蠢。"

"你怎么回事？你对这个男人已经发了禁止令了，现在又邀请他进你卧室？"

"是的，妈。我是这么做了，"她咬牙切齿地补充道，"你知道吗？我还跟他上床了。"

"是的，她跟我上床了，"罗伊应和，"就像过去一样，对不，宝贝？"

露丝冲他吼。"像以前什么时候，罗伊？是给她的脸一拳的时候？抓着她的头往墙上撞，让她脑震荡的时候吗？你说的是这些过往吗？"

他没理她，只盯着杰妮。"告诉她。"

她坐在那儿，按着太阳穴，床单滑落了，她的胸部又露了出来。"告诉我什么，罗伊？"

"你知道的。我们又在一起了。又是一家人了，像从前一样，只有更好。"

324

杰妮不加掩饰地露出不置可否的表情看着他。"别傻了，罗伊。我们当然回不去了。"

"跟昨晚说的可不一样啊，姑娘。你全忘了？"

"昨晚干得很不错，罗伊。这就是我想说的。我很淫荡，是吧？"

"哼，你又来这一套。我们之间可不止这个。"

杰妮难以置信地盯着他看了很久，然后跟她妈说："好吧，是的。让他进来是很愚蠢，但你知道有闪电时我有多害怕。"

"闪电，"露丝重复道，"这个人打得你半死——"

"那都过去了，"罗伊边说边挠着自己牛仔裤腰线以下的地方，然后观察着自己的指甲。

"你注意到了没，"露丝跟杰妮说，"你刚才顶撞他时，他是怎么攥起拳头来的？你看到没？你以为他说不打你就不打你了吗？上一次你住了三天院。你该害怕的是闪电吗？"

"一个人会情不自禁怕他们害怕的东西。"杰妮说，很明显，露丝说的有相当一部分至少她还是听进去了。她要么相信自己看到的，要么相信她妈看到了。"他没打我。你看到的，不是吗？"

"那不代表他以后不会。"

"那都过去了，"罗伊说，他的新口头禅，但此刻，他没有握玻璃杯的那只手又握成了拳头。"是真的。"

"仅此一次，"杰妮说，很明显指的是做爱，不是指以前的殴打。"他知道的。"

"这你就错了，姑娘。我不知道。"

"哦，那你他妈的就是个蠢货，罗伊。"

"你刚才叫我什么？"他说。

"滚出去，罗伊，"露丝说，"在我们叫警察之前。"

"谁要叫警察？"罗伊问，"你？还是她？"

这时露丝才想起来餐厅里的外孙女，毫无疑问，她听到了这一切，她可能已经像小时候看到同样的两个人朝对方吼叫然后升级到开始殴打时的那样，蜷成了一团。"你该走了，罗伊。在事情更糟前。"

"是谁的错？你生的她这张嘴。"

看到她走过来，罗伊没有移动。"走开，罗伊。"她跟他说。

就那么一下子，她已经在地板上了，还在朝他眨眼，满嘴咸腥。杰妮尖叫。

"你瞧。"罗伊愉快地说，好像他刚赢得一场争辩。

尽管努力地在想，露丝还是无法把各种片段组合成完整的画面。罗伊站在她上方，右手满是鲜血。她意识到，他是用空瓶子捅了她。她的大腿上有一大片血。

"那么这都是谁的错，嗯，妈？"罗伊问，他的嗓音听起来很遥远，"告诉我。"

"妈妈！"杰妮的尖叫听起来更遥远。"不要，罗伊！"

露丝刚设法跪起来，罗伊又击中她，这次是用拳头。她的后脑勺撞到墙上，并没觉得特别疼，但脑子里出现了可怕的爆炸般的响声。

她还没能回过神，罗伊就跪了下来，跨坐在她身上，当他举起拳头时，她闭上眼睛，心想，好吧。他是在打他的丈母娘，而不是杰妮。如果他真把她打死了，哦，那么也好。那样他就可以永远消失，杰妮和蒂娜终于可以摆脱他了。也许因为她脑子里的轰鸣声听起来像海浪，她又一次想起那阿鲁巴岛宣传册里白得发光的浴室，多么清新完美。也许天堂就是那样的。一个干净的地方，阳光从天窗洒下来，干净的海浪如此之近，你可以听到浪花发出的哗哗声。

罗伊的下一拳没有打下来，她也没再感到他跨坐在她身上，露丝突然害怕起来。难道他把注意力转向了杰妮，甚至是蒂娜吗？不。当她睁开眼，看到罗伊坐在她对面，背靠着床腿，看起来和她一样晕眩困惑。他一只耳朵绽出一片血。沙利奇迹般地出现在罗布一分钟前站的地方，他拿着一把平底煎锅。露丝开始哭泣，她太高兴了。不是因为罗伊不能再打她，或杰妮也安全了，而是因为沙利还活着。不管那库房顶上的蓝光是什么含义，都不是指的他。昨天她对他很差劲，她让他不要再这么勤快地过来，去找个别的地方，但他还是来了。他不再是那个最近出没在她柜台上的"幽灵"，一个愁眉苦脸地盯着空咖啡杯还大声喘气的古怪老头。她突然想起来，那就是一个垂死的人。现在在她前面站着的是以前的沙利，无畏、果敢，在这生死攸关的时刻全身心地对付罗伊·帕迪这个凶手，不惧后果。

这时，他想到了她，他俩的目光相遇，他丢掉了平底锅，不再对罗伊感兴趣。她肯定游离了一会儿，因为等她回过神，他已经在她旁边跪下了。她想叫他名字，他说，"嘘"，然后把她的脸放在他的双手中间，固定着她的头，这样她就看不到别的了，除了眼前这个男人，这个她交往了这么久的男人。那是因为她太孤单了，比她认识的其他人所该承受的孤单还要孤单。她知道他俩错了，他们做的事情会开启一扇通往糟糕结果的大门。难道他们现在迎来了那糟糕的结局？她想问沙利，他是不是觉得眼前这情形可以追溯到这么多年来他俩的交往，因为，如果是那样的话，罗伊就是对的——这都是她的错。但她的嘴没法说话，每次她想讲话，沙利就一直"嘘"，让她不要开口。都结束了，他在说，她现在安全了，杰妮和蒂娜也安全了，没什么要担心的了，她会好的，在医院，他们会让她恢复如初的。听到这些她很高兴，因为她觉得一切都糟透了，一切都无法挽救了。但话又说回来，她懂什么？她见鬼地怎么会懂这世上的一切？从做姑娘时，第一个男孩摸了她胸部，她允许了，因为那感觉好，她感觉很好，但大多数时候她都感觉不好。她花了很多很多年才明白，大多数人都感觉不好，这世界就是要让你觉得，它对你很失望，你永远不配做它合格的子民。但沙利说，不会，一切都会好的。远处警笛声接近了，露丝闭上了眼睛，不再想着开口，让自己相信沙利说的每一句话。

327

秘密

雷默淋了浴，从莫里森阿姆斯出来时，海恩斯已经坐在了路边他的折叠椅上，对着来往车辆挥着他的小星条旗了。雷默低头穿过自己设的警戒线时突然想到，他这个白人警察局局长和海恩斯，这个难以置信的爱国老黑人，是仅有的两个嘲弄了法律的居民。其他房客，混杂了无业游民、小偷、欠债鬼，他们正理所应当地享用着由市政府买单、假日酒店提供的相对奢华的住宿。

看到雷默走近，海恩斯先生要站起来，雷默示意他别起来。"你今天看到了多少种车，海恩斯先生？"

他咧嘴大笑，享受着他俩之间一直以来的玩笑。"五十七种。跟平时一样。"

"嗯，以后车型会与日俱增的。到时你怎么办？"

"更努力地数呗。其他人放弃的时候接着做。"

放弃，雷默心想。这是今天的第一要事：写他的辞职信，要在离职前两个星期提交。没了车库遥控器，他能发现贝卡男友身份的概率就基本为零了。如果那个讨厌的道格不喜欢这结果的话，那就完蛋了。在山谷区的惨败后，他再也不想听道格的了，事实证明，那家伙根本不可靠。但因为他可能根本不存在，这就等于说是雷默自己不可靠，当然这不是什么新闻了。

"跟我说说你跟昨晚看到的漂亮黑人女孩进展得怎么样啊？"老头问。

"她为我工作，海恩斯先生。我们根本没有交往。"

"那么让她来这。你不想要她，我要。她可以成为我第五十八

328

个……你懂得。"

"我会转告她，说你单身待娶，对她有意。"

"我喜欢她的长相。不像有些人皮包骨头。我以为你早些时候是在跟她说话呢。"

雷默不知道他这早些时候指的是什么时候。"什么时候？"

"一个小时前，你进来时。我听到你说这个那个的，所以我走到窗边，心想你可能在跟她说话，但发现其实你是在跟自己争吵呢。"

"你夸张了吧，海恩斯先生？我可能只是喃喃自语而已。"

"你需要找个真人跟你说话，这是我想说的。你怎么弄得那么脏？"

"盗墓。"

"好吧，别跟我说。我才不在乎。我也有秘密。每个人都有秘密。"

"无论如何，"雷默说，"看到你没被蛇咬我很高兴。"

"还没咬到我，"他咯咯笑，"我动作太快了。等它立起来，我已经逃走了。你记得萨切尔①不？我跟他一样厉害。"

"帮我个忙，"雷默说，一只手放在老人瘦骨嶙峋的肩膀上，"今天不要在太阳底下坐太久。现在还好，过一会儿就变热了。"

海恩斯保证他不会的。等他钻进捷达，他的对讲机叫了，是夏莉丝的声音："头儿？"

他看了眼手表。她的班还有一个小时才开始。这可不是好兆头。"对不起，夏莉丝，"他说，"但我不想谈昨晚的事儿，行不？你能尊重我这个愿望吗？如果我冒犯了你——"

"你看报纸了吗？"

"哪个？"

---

① 美国讽刺漫画 Get Fuzzy 中狗狗的形象。

"《民主报》。"

"没有，怎么了？"

"你上了头条。"

那么，是有人在山谷区看到他们了。这兆头更不好。"夏莉丝，"他说，"我们把他原样放回去了。"

"什么？你在说谁？"

"你在说什么？"

"你从我家走廊爬下去的照片，在那该死的报纸的首页。那个住在我楼下的男人？他是个摄影师。为《民主报》工作。肯定是马上就送到了报社，赶上了早间版。"

"哦，"他说，记起了那道在他顺着柱子爬下来时让他暂时失明的闪光。他还以为那是远处被低云折射过来的闪电。"该死。"

"好了。我要失去工作了，对不。"

"你当然不会。听着，我现在就来。五分钟后到。"

"市长要见你。"

"好吧。"

"你最好准备个好故事。"

"我会跟他说我被闪电击中了。"

"太扯了。"

"是真的。我真的被闪电击中了。"好吧，不是在她家走廊上。但如果他不爬下来，可能真的会被击中。"我现在在身上很不对劲。"他手掌的中心，握住献花人卡片的地方完美地烙着一个订书针的印子，那订书针是用来把卡片钉在绿玻璃纸上的。洗澡时，他曾拼命想搓掉，却让那里发炎了。现在那地方痒痒的，好像在皮肤下面有个真正的订书针。"我还有其他不对劲的地方。"他纠正说。

"比如？"

"我觉得……很搞笑。"

"是奇怪的搞笑还是好玩的搞笑？"

"我耳朵里经常会有嗡嗡响。我还会有奇怪的想法。"

"比如……"

比如，我可能爱上你了？他当然不能那么说。他想再举一个例子，一个奇怪的但又没有那么离奇的例子，这样她不会认为他完全没了脑子。

他还没想出是什么，就听到她问道："你跟谁在一起？你刚才的嗓音好奇怪。我是说，除了你在说话还有谁。"

等等，难道他说出来了？难道他真的跟夏莉丝说他爱上她了？几分钟之前，海恩斯还指责他自言自语。是真的吗？"呃……这是另一件事，"他承认，"我脑子里的一团乱麻？显然我说出了一些。"

"我要把那也加在我的单子上，"她说，"这些奇奇怪怪的屁话。事实上，我还是现在加吧，以免忘了。 头儿说……他爱上了我。"

"你漏了个词'也许'。"

"人们会按你说的写， 我——"

"你又这样了，夏莉丝，"他说。

"怎么样了？"

"用黑人的腔调。"

"我要把那也写下来。"

"昨晚你——"

"你昨晚也很不同。"她说，口音突然都消失了。

他们在一起的夜晚那样突然，开始时那么美好，结束得又这么灾难，这些又涌现到了他的脑海里。他发誓要把这事抛诸脑后，但现在他又想起来了，充斥着羞耻。"我能问一句吗？"他说，"发生了什么？"

"我以为你不想谈论那个。"

"夏莉丝。"

"还记得我接过电话吗？是杰罗姆打来的。他要我送他去医院。他觉得他有心脏病了。"

"他怎样了？"

"他们让他待一夜观察观察。他们觉得是惊恐症。他之前得过这个。"

有车经过，朝着海恩斯揿喇叭。雷默朝上看，只见一个男的从格特酒吧的后门出来，一手拎着一个垃圾袋。一辆车停在昨天野马被划伤的大垃圾桶旁边。从雷默坐的位置望去，只能看到尾灯和一部分挡泥板，看不出什么牌子或型号。从海恩斯坐的地方，倒是能看到整辆车，雷默又想到他可能见过那个划野马的人。

"夏莉丝？"他说，回到眼前的事上来。"我以为你因为羊排生我的气。"

"你说什么？"

"我把你所有的羊排都吃了。我是猪。"

"你当然得吃我的羊排。是我邀请你来吃晚饭的啊。你不吃杰罗姆也会都吃掉的。我能抢到一块吃是幸运的。"

"我喝光了你昂贵的酒，还睡着了。"

"一看你就知道没见过世面，你以为那酒很贵啊。"

"那么你没生我的气？"

"我当然没有。"

"那你为什么把我锁在走廊上？"

"把你锁在走廊？"

"门是锁住的。"

"不，它只是潮的时候卡住了。你推拉的时候得往上抬一下。"

听到她这么说了，他才想起来，当初她领着他到走廊上时，不但抬了抬把手，还踢了踢门的下面。

332

"我给你留了张条子。"她说。

"是吗？"

"就放在你面前的桌子上了。我说我不知道多久才能回来，如果你想的话，可以等着我。"

"肯定被风吹走了。"他说，回想起他打盹的时候一丝风都没有，但醒的时候微风吹拂。"厨房也没开灯。"

"小虫子成群。纱门上扑了许多。"

"天呐，我真是个傻瓜。如果你想，把这个也写下来。"

"已经写了。"

他知道她没有。她真的写过任何一个吗？还是这单子只是长期的恶作剧，就像他和海恩斯之间的玩笑一样？

"夏莉丝？"他说，"你信鬼神吗？"

"什么？因为我是黑人，我就该迷信吗？"

"夏莉丝。"

"不。"

"什么不？"

"不，我不信鬼神。"

"但贝卡昨晚来看我了。两次。"

"你死掉的老婆来看你。"

"第一次是在你家走廊上。她在梦里出现了。"

"你梦里的贝卡怎么就成了鬼？"

"之后，在墓地，她要杀了我。"他在思考怎么会有人在光天化日下说出这些话，现在他知道了，这都是些疯话。

"'之后，在墓地'这是什么意思？你去那里干什么？"

"我去道歉了。"

"去向一个死了的女人道歉。深更半夜的。"

"这听起来有点疯狂。"

"你是在那儿被闪电击中的。即使你真的被击中了，又怎么确

333

定是贝卡干的？"

他叹口气。"我真的失去理智了，对不对？"

他希望她马上否定，但她没有。最后她说，"你今天过得很糟。"

"今天如此，以后还会。我能去看看杰罗姆吗？"

"不，"她立马回答，"不要。"

"他还是觉得是我划了他的车？"

"可能吧。他这样子……"在之后的沉默里，他能听出来她的担忧。

他没有怪她不让他去。他从来没见过像杰罗姆这样忧心忡忡的人。他还记得自己从杰罗姆面前转身离开，朝莫里斯森阿姆斯走去时的如释重负，虽然这意味着他要面对一条眼镜蛇。他迅速在脑中回放了一下那过程：他穿过马路，听到刺耳的刹车声，动物控制局的车在他左膝盖几英寸前停下，接着又看到停车场里四处窜逃的人群。他想到罗伊·帕迪就在其中。即便他想方设法想要混在人群里，但他的颈托还是让他脱颖而出。是有那么一会儿，所有人都在看着阿姆斯区。除了罗伊看着格特酒吧，而且一看到雷默，他就转过了身。

突然他耳朵里的嗡嗡声消失不见了。 抓住他，道格说。

"抓住谁？"夏莉丝问。

雷默没理她。"你是不是有事情没有告诉我，夏莉丝？"

她迟疑了一会儿，开口说。"比如说？"

"市长想要杰罗姆竞选我的职位，因为——"

"不，事情不是那样的。"

"那是哪样的？"

"实际上，这事不该让我知道。不该让任何人知道。"

"但你的确知道。"

"我和杰罗姆之间没有秘密。我倒想有。"

"你和我之间呢，夏莉丝？我们之间有秘密吗？"

"好吧，你不是从我这里听说的啊。斯凯勒和巴斯的上层在洽谈，要把两个区的公共服务联合起来。警方、消防、垃圾回收。"

"巴斯没有垃圾回收啊。"

"会有的。是为了减少人事冗余。一个管理层、一条行政线。"

"裁员。"

"减少开支。"

"是裁员。"

"更加精干有效。"

"就是裁员。那杰罗姆会做什么？"

"他监控整个过程。他的硕士论文写的就是这个。"

雷默，很少愤世嫉俗地下结论，现在冷笑着说，"就是只替罪羊，一旦事情不顺的话……怪不得他会得惊恐症。等人们发现是谁在背后操纵这一切，就会有人——"

"开枪打死他，"夏莉丝替他说完，"对的。他也想到这种可能性。实际上，他已经在考虑搬回到北卡罗来纳州了。"

"你也会走吗？"他问，忍住了求她别走的冲动。

"你是说从这桌前走出去？去其他地方，做些真正警察做的工作？"

这问题让雷默头晕。"那巴斯还会有警察局局长吗？"

"不清楚。"

"格斯支持吗？"

"我记得是他的主意。还记得他竞选时的口号吗？ *让我们成为斯凯勒温泉*？"

"操！"雷默吼道，自己也很惊讶会反应这么强烈。

这声吼叫后长时间的沉默让雷默沉思，也许此刻格斯就站在夏莉丝的桌旁。他听到整个对话了吗？也许他和夏莉丝正联手监视他呢。

"头儿?"她说。

"嗯?"他回答，清了清喉咙。

"刚才是你吗？那个说'操'的人？"

"我不知道。"他老实承认。

"又是你，"当雷默又出现时，海恩斯说，"我以为你走了。"

"你知道罗伊·帕迪吧，海恩斯先生？几星期前搬进阿姆斯的那个？"

"他长什么样？"

"瘦骨嶙峋。有文身，"雷默说，"脖子上有个颈托。"

"跟那个叫科拉的女人住一起的？"

"我想知道你昨天看到他来格特酒吧了吗？"

"这儿的人都在格特酒吧出没。我没太关注他们。"

"我是说在后面。在停车场。从这儿你能看得很清楚。"

"然后呢？"

"还记得昨天跟我在一起的高个子黑人吗？"

"那个开耀眼红车的人？我听说有人毁了他的车漆。"

"你看到是谁干的了吗，海恩斯先生？"

"我的眼睛可看不了这么远。"

"那要是近一点的位置呢。你就坐在你现在坐的位置，你难道没看到罗伊·帕迪从那个小巷子里出来？"

"如果我说是，会不会给那孩子带来麻烦？"

雷默想撒个谎，但还是决定不了。"有可能，"他说。

"好吧，"海恩斯说，"因为我怀疑他就是那个在楼梯井撒尿的人。"

雷默听起来也觉得是这样。

"我范围缩小些，"老人说，"那人要么是他，要么是你。"

一个疯子。他登在报纸上的粗糙照片看起来就像个疯子。这照片是从夏莉丝家下面的厨房窗户那儿拍的，捕捉到了柱子从走廊脱落下来时，在那不可思议的一瞬间，以及他目瞪口呆的样子。当然他是在往下爬，但从照片看，他也可能是在往上爬，一个入室抢劫的人。他淤青、肿胀的脸看上去让人觉得是摔下来造成的，可那还没发生呢。标题写着：发生了什么，局长？

他反思着自己，一个靠着重负累累的职位来谋生的中年男人，这又让他回想起贝丽尔小姐在他的作文上不断纠缠他的问题：谁是道格拉斯·雷默？到底是谁？三十多年后他还是无法提供答案。更糟的是，他只有四十八个小时的时间来找到一个答案。那老妇人钟爱的修辞三角的三边现在都还空着。有关这个前任老师，他根本不知道发言时该说些什么好，他无法让他的听众一目了然。还有多少人记得她？那少数记得她的人，是在念着她的好吗？如果是，他们会拿他在个人生活上和工作上的失败来批评她吗？毕竟，如果她是这么好的老师，又怎么会培育出一个用你不快乐我就快乐做口号来竞选警察局局长的呢？

他把报纸扔到废纸篓，朝上看时，看到了那眼镜蛇，颈部扁平，正直立在旁边文件柜的上面。他眼珠一动不动地盯着它看，接着敲了一下对讲机。"夏莉丝？"他说。

她马上出现在对讲机前。"头儿？我没看见你进来啊。"

"我从后面溜进来的。你能过来一下吗？"

两秒钟后门打开了，他指着眼镜蛇。"那东西怎么到这儿来的？"

"嘘。"她说，走近些。

"看仔细了。"他建议。

"看上去真像真的。"

"我就是这么想的。我心脏到现在还在怦怦乱跳。"

她把雕塑拿下来，研究着。"陶瓷的？"

"如果你这么说的话。我昨天离开时，办公室是锁着的。"

"等等，"她说，眯起眼睛看着他，"你是说是我把它放在这儿的？"

"我是问谁还有钥匙。"

"头儿。在这儿工作的是警察。他们知道没有钥匙怎么打开门。"

"我就不会。"他指出，很郑重。

"我没说你。"她说，这让雷默怀疑她这是在褒扬他还是在羞辱他。"而且，好多罪犯进出警局，也有可能是他们。"

"我在想可能是杰罗姆。有可能是他的点子，是他开的这个玩笑。"

"杰罗姆有不在场证明。他整晚都在医院。服了镇静剂。而且，我跟你说过，杰罗姆怕蛇怕得要命，即使是陶瓷做的蛇。"

"也许他有共犯。"

"那么我也是犯罪嫌疑人了？"

"我会把你排除掉。"

"我也有不在场证明。昨天晚上？我和局长本人在一起。"

"并没整晚在一起。"

"的确。"她同意。

"而且，你今天早上是在我之前来的。"

"头儿？"

"嗯，夏莉丝。"

"我不知道这该死的蛇是哪里来的。"

"你能替我写一篇赞颂贝丽尔·皮普尔斯的文章吗？为中学重命名？如果你替我写了，我就愿意相信这事跟你没关系。"

"不可能。我甚至从来没见过那女士。"

他们对视了一会儿，雷默看来，两人的目光中都带着深不见底的对彼此的失望，直到最后她说，"把谁原样放回去？"

"什么？"

"我跟你说你上了《民主报》的头条新闻时，你说你把他原样放回去了。"

"我说了吗？"

"有人今天一早打电话给警局。市长也打了电话来。说弗拉特法官被盗了墓。"

"真的？"

"就是被'挖'了。"

"我知道那个词的意思，夏莉丝。"

"而且，你的确承认去过山谷区，还被雷劈了。"

"夏莉丝？"

"嗯？"

"你会成为好警察的。"

"我说的吧。"

"记录本上还有什么？"

她走出办公室，回来时拿着记录本。"你想听所有的？"

"拣重要的说。"

"总之，是个疯狂的夜晚，市长的老婆又跑丢了，但我们找到了她。"

"这次去了哪里？"

"朗梅多街区。"

"真的？"

"是的，为什么去那？"

"那是我和贝卡以前住的地方。"他记得那时早上出公寓楼时，常常看到她在马路的另一边徘徊着，焦急地等着他离开去上班，这样她和贝卡就能喝咖啡了。他跟她说过好多次，她不用等在外面，随时可以来按门铃，但第二天她还在那里，耐心地等着见她最好的朋友。也许是她唯一的朋友。不知怎的，贝卡拒绝接受人们有关艾丽斯·莫伊尼汉越来越不正常的看法，她更愿意相信艾丽斯只是性格有点奇特，过于敏感，就像那种通灵的人，能注意到其他人都注意不到的东西。有没有可能贝卡昨晚也去看了她？否则的话，还有什么原因过了那么久艾丽斯又回到朗梅多来？"她在那儿干了什么？"

"在用她的手机讲话。"

"愿上帝保佑她。好吧，还有什么？"

"加汗夫人又打电话来了。说她儿子昨天晚上离开白马喝酒后，再也没回家。"

"是屎班牙·乔？"

"就是那个。"

"你怎么跟她说的？"

"没说我想说的。而且，一小时前在海蒂之家有人打架。猜猜是谁？"

道格马上就知道了，一秒钟之后雷默也明白了。"罗伊·帕迪。"

"但这一次他打的不是他前妻，是她妈妈。"

"是露丝吗？"

"把她打得很惨。"

"他现在被关起来了吗？"

她摇摇头。"救护车到时，他趁乱溜了。显然，在扭打中他也受了伤。"

"和警官？"

"不，是你老朋友沙利在关键时刻出现了。用一个长柄煎锅打了他脑袋。"

"很好。"雷默说，很惊讶他有生以来第一次在想到他的死对头时，泛起的是赤裸裸的喜欢。但想到他们在山谷区所干的行为不当的冒险时，他心里还是有些膈应。当然，现在这并不重要。"我很确信，是帕迪划了杰罗姆的车。我看到他在附近出没。到逮捕他时，让警官检查一下他的钥匙，看看凹槽里有没有红色的油漆。"

"他不可能跑远。从昨天开始他就没有车用了。"

"是的，但在阿姆斯区他有个相好的女人，叫科拉什么的。得确保她没把自己的车借给他，发布全境通缉那辆车的通知。动物管控局搜查得怎么样了？"

"贾斯汀刚打电话来。今天早上他会跟四五个他们部门的人再搜一遍那个地方。但他们觉得那蛇早已经爬走了。"

"他们把其他爬行动物都弄走了吗？还有其他啮齿动物？"

她点头。"以后要出租那个单元可真靠运气了。"

"还没有威廉·史密斯的踪迹吗？"

"据米勒说，昨天过了半夜，一辆开得很慢的白色货车来过。那司机肯定是看到犯罪现场的封锁线了，因为他马上就开溜了。"

"米勒没去追吗？"

"他说你让他监视整个建筑。他的原话，'监视'。"

"你知道他迷上你了吗？"雷默说，马上因为背叛了那傻瓜的信任而感到很内疚。"他一直在鼓足勇气想约你出去。"

"米勒。"她明显很窘迫。

"对他态度好些。"雷默建议道，尽管她的反应令他暗暗窃喜。"不管怎样，一旦确定没有蛇，你就可以开始放人回来了。市长在办公室吗？"

"没，在家呢。"

"我们部门有文具吗？"

她抬头看他，好像他疯了。"当然有。"

"给我拿张纸。再拿个信封。"她去拿时，他在背后叫道。她带着一个信封和两大张纸回来了。显然，她不知道这封信会有多短。"今天几号来着？"他问道。她回答了他，雷默致了谢，说暂时就需她做这么多。他在纸的右上角打了日期，在左边空格开始写上敬爱的格斯。这样写当然不对，所以他把纸团成一团，扔到了垃圾桶里。夏莉丝又做对了。她可能本想拿给他三页纸。他又一次写下了日期，接着新的称呼，亲爱的莫伊尼汉市长，接着，正文：我不干了。然后最后：您真诚的，道格拉斯·雷默。他把纸折了三折，停了一下，又打开，在名字后面填上局长两个字，这么做时他想到了贝丽尔小姐，不禁笑了。他写的可能是这世界上最小的修辞三角，但他很高兴地发现角的三边都有：有明确的主题，专门的观众，对说话人的身份还进行了两次确认。现在不用做别的了，只要递过去。

但当他站起来时，他发现夏莉丝并没有离开房间，而是四处转悠着，现在目光正越过他的肩膀张望。除非他弄错了，此刻她的眼中噙满了泪水。

雷默并没有直接把车开到莫伊尼汉市长在上主街的房子，他开了部门的越野车，一时心血来潮开到了白马酒吧。停车场里除了照料酒吧的那个住在公寓二楼的女人的破车外，空荡荡的。他把车停在冒着臭气的大垃圾桶旁，绕着四周走着，寻找着他也说不上来是什么的东西。也许找的是争执的痕迹吧。屎班牙·乔是个偏执狂，是个白痴兼大嘴巴，因此他有可能在离开酒吧时，冒犯了别人，被踹晕了，然后被拉到了高高的杂草里。但并没有这种痕迹，而且他似乎也不太可能在大垃圾桶里。虽然雷默只是匆匆看了一眼，那恶臭还是让他直犯恶心。

哦，好吧，回到车里，他寻思着，一个想法冒了出来。难道这想法是道格的？还是他自己的？很难说。他就在那儿坐了一会儿，抓着手心，手心还是痒得厉害。挠着掌心很舒服，但一旦停下，那痒就加倍重来。他朝镇里开去，还没开到四分之一英里远，就看到一道深深的、黝黑的刹车痕迹一直延伸到砂石路肩。他停下车，沿着柏油路搜查，终于发现了路肩上厚厚的毛玻璃碎片，他拿起来仔细观看。他猜是一块反光镜上的。他用玻璃的锯齿磨着手心：太舒服了，但紧接而来的是更糟糕的痒。在附近的草丛里，他发现了更多的碎片，其中一个还有一层铁锈色。他闻了闻，回到越野车上，把它放入了证据袋里。仪表盘上有支比克笔，他把笔帽取下来，用长长的塑料尖挖着掌心。从他站的地方，可以看到之前没注意到的地方，一片高高的杂草被碾平了，一道车辙一直延伸到了树林里。

他正注视着眼前的景象，一辆噪音很大的车停在了他的车后，米勒警官转了出来。"警长？"他叫道，好像在怀疑雷默的身份。"你在干吗？"

"我正要问你同样的问题。"

"我回家。刚结束我两份执勤。"他补充道，怕他老板要质疑他擅自离岗。

"想要到树林里走一走吗？"

"呃，局长？"他说，指着雷默的手。"你在流血呢。"

嗯，确实如此，他用比克笔帽挖的地方现在绽出明显的血痕。"妈的。"他说，在裤腿上擦着掌心。又仔细看了看，很惊讶看到那伤口那么深，那么肿。米勒在讨厌地咯咯笑着。

"什么事儿这么好笑？"他厉声问，很不高兴另一个人竟会觉得好笑。

"对不起，什么？"米勒说，雷默从他迟钝脸上的吃惊表情明白了并不是米勒在笑。这咯咯声来自其他地方。不用猜就知道是哪儿来的。"你还好吧，局长？"

雷默没理他。"我觉得我们需要一辆救护车。"他说。

"看上去还没那么糟。"米勒说，还被他血淋淋的掌心困惑着，也许让他困惑的是，竟然有人会不知不觉地把自己伤得这么严重。

"不是为了这个。"雷默跟他说。

米勒好奇地四处打量了一圈。"那是为了什么？"

"为了我们会在树林里找到的东西。"

"你没说清楚，局长。"

"你看到那些草都被压平了吗？"雷默说，"不要走那儿。你叫好救护车，就按我走的路线走。"

他没走多远，发现了乔·加汗躺在一丛褐色的松枝上，还神奇地活着，他的呼吸还足够把一个小血泡从没有完全堵塞的鼻孔里吹出来。雷默跪在他旁边，检查了他的脉搏，非常微弱。一分钟之后，米勒从灌木丛冲了出来。

"哦，天呐，"他说，突然停住脚步，"有具尸体。"

雷默提醒自己，不管去哪儿还是让米勒随身跟着。他的迟钝给别人带来自信，这一点还真没人能跟他相比。"你叫救护车了吗？"

"在路上了。"他说。

实际上，他能听到远远的救护车的鸣笛声。"好，"他说，"这家伙还活着。"

米勒小心翼翼地走近，看到乔的左脚正以可怕而奇怪的角度不自然地蜷曲在膝盖处。"真不敢相信他用那条腿走了那么远。"他说。

"不是他自己走过来的，"雷默肯定地说，"他是被打晕他的人拖到这里来的。"

"你是说——"

"是的。他被扔在这儿等死。"

"谁会做这么可怕的事？"米勒问。

是的，雷默心想，他的掌心开始一阵阵犯痛，这痛跟之前的痒一样强烈。还是去哪儿都带上他。

无法预测的树

罗伊像个醉汉一样在街上歪歪扭扭地走着，他的头还因为那长柄锅的敲击嗡鸣着，考虑到他那该死的坏运气，他没想着能松口气，但他才走了几个街区，就听到车喇叭的嘟嘟声——只剩一只耳朵管用，那声音听起来很遥远——该死的科拉坐在她那该死的车的方向盘后，在招手让他过去。再过一两分钟就会到处都是警察，搜捕一个瘦骨嶙峋、文着身、带着颈托的长发男人，这描述很符合罗伊，也只有他符合。

科拉是在她祖母去世时继承这辆车的——一辆很老旧的福特平托，这让她妈妈很生气，她一心想着自己继承这一无是处的垃圾。那车一边是黄色一边是粉色，已经不太可能看出来哪些配件是原配的，哪些是从旧汽车废品站更糟糕的车上换来的。科拉戴着她一直戴的纽约大都会的棒球帽，倾过身子把乘客位的车门打开，她叫道："嗨，这边，罗伊。你这是参加完派对了吗？"等他踉跄地爬进车，她才看清楚，他一只耳朵像被撕裂了一样，整张脸又红又肿。"罗伊，"她惊呼，"你受伤了！"

"该死的，科拉，你能不能不跟我说我已经知道的事情。"罗伊说，转着后视镜审视着自己的伤势。该死的沙利。他妈的，操他妈的沙利。"那狗娘养的差点把我整个耳朵敲掉，杂种。"

"谁？谁干的，罗伊？"

"他妈的，"他说，"走你的。"从以往丰富的经验来看，罗伊知道他这次糟糕的冲动造成的恶果很快会往南方向他追来。他到现在还没有被戴上手铐，被塞到某辆巡逻车的后排，可真是个奇迹。

即使有这个傻瓜婊子的帮忙，他不久后也会被逮住的。

"我送你到医院吧？"

"该死的，不要。"他说。警察们肯定已经遍布了医院，不管是这儿的，还是斯凯勒的。

"得有人把那边耳朵缝上去。它悬在那呢。"

他把镜子转回来对着她的方向。"我看到啦，科拉。"实际上，那耳朵的样子让他反胃。更糟糕的是，尽管坐下来了，他也没办法保持平衡。他的声音听起来跟这个白痴的声音一样尖细、遥远，这让他怀疑被平底锅砸过的耳朵已经永久失聪了。话说那个一拐一瘸的老家伙是怎么偷偷接近他的？好吧，问这个问题等于是同时回答了。当时他气血上升，不只是上升，简直是在他该死的耳朵里咆哮、沸腾。随着打到他岳母身上的每一拳——就是这个老淫妇，前一天还想贿赂他，让他离开——这气血就像海边的波浪一样拍打着上来。当然他听不到沙利从后面过来了。当时即使一大群沙利骑着马来，他也不会听到的。

"那你现在想去哪儿？"科拉问。

好问题。他有点想去格特酒吧。溜进其中一个昏暗的沿墙卡座里，开始痛饮。一杯接一杯喝到该死的警察进来，把他的屁股从那儿拖开。让科拉买单，或者格特本人买单。他才他妈的不在乎呢！他去的地方对他而言就不存在账单这回事。问题在于，警察们很快就能想到那儿。还有个问题。格特虽不是什么胆小的人，但他看到罗伊的耳朵很可能会让他滚蛋，让他等看起来能露面了再回来，也就是说，等不再这么血流不止了再回来。或者格特不会让他们拖到最后再买单，那该死的家伙对这种事有第六感。而且，躲在酒吧里等着该死的警察来逮捕他可不是他罗伊的风格。他应该至少试一试逃一下，对不对？毫无疑问，这一次会很难。他得离开很长一段时间，这意味着，他有义务把最后这几个小时的自由时光利用好。他需要的是个计划，可是沙利，该死的，砸坏了他的脑子。"带我去高速旁边的西维斯药店吧，"他跟科拉说。

"瑞克苏尔更近些。"她指出。

该死的女人，罗伊心想，把后视镜猛地又拉回来，看看他的伤口是不是还跟三十秒钟前看上去得那么糟糕——还是一样。"你他妈能不能就按我说的去做？"

"你对我发哪门子火，罗伊？我只是想帮你。我会做你想让我做的任何事。只是对我好一些，好不好？"

他把手举起来，做出投降的动作。"好的，科拉，好的。看看我对你多好？看到没有，多好？那现在我们他妈的能不能走了？"

他本以为她会绕过街区开，但相反，这蠢猪在该死的主街中心做了个三点掉头，然后开向他来的地方，正好经过海蒂之家，那可是他正在逃离的地方。一小群人围在外面看着急救人员把他岳母抬到救护车上。一个穿着警服的傻子正在跟杰妮解释她为什么不能坐后面跟她妈一起，但这小淫妇一把推开了他，爬了进去。接着，他看到了沙利，比其他蠢蛋都高了半头，看见他，罗伊脑子里闪过一个念头，但还没清晰就一晃而过了。不要紧。罗伊知道自己一旦有了啥想法，不久后那想法会再出现的，现在他有更紧迫的事，警车在朝他们加速驶来。他迅速滑下座位，警车在路边猛地停下，发出尖锐的刹车声。

你敢相信不，科拉竟然慢下来，打了左转灯。"瑞克苏尔就在这儿。"她解释道。他妈的好像他忘了瑞克苏尔在哪儿似的，或者他妈的他没跟她说过让她去西维斯。

"不，你这该死的——"

"别再朝我大吼了，罗伊，"她说，但她还是把左转灯关上，回到了右边车道，"我只是说这些药店里的药都一样，而这家店就在这儿。"

"你难道没看到那边该死的救护车吗，科拉？那警车？"他说，朝后窗瞥了一眼。"没看到我滑到座位底下吗？这些都他妈的没让你明白什么吗？"

一下子哭声响起来。"你是不是做了什么坏事，罗伊？他们是不是又要把你送到监狱里去了？"

"如果你他妈的闭嘴，接着开，他们就不会。"

"帮你我会有麻烦吗？"

"他妈的，不会，科拉。"

"他们把我的儿子带走了，说我不适合养他，我正准备把他夺回来，所以——"

"你他妈听我的就行。你不会有麻烦。警察会审问你，只要跟他们说你就是让我搭了个便车。跟他们说你就是个傻瓜，啥也不知道。不要担心，他们会信你的。"

科拉开始默默地哭，两个人都没再讲话，直到她把车停在了西维斯的停车场，在那儿罗伊又往座位下滑了滑。

等科拉熄了火，用袖子上擦了擦眼泪后，他说道："让我看看那顶帽子。"

"看什么？"她说，把她的棒球帽递给他。

"你别管。也许我是个该死的棒球迷呢，行不？"他把帽子戴上，防汗带碰着受伤的耳朵时，他疼得缩了一下。

"你到处都是血。"她说，身体也抖了一下。

他调了调松紧带。"上帝，科拉。你要这么大的头干什么？里面什么该死的东西都没有。"

她咯咯笑，认为这是个笑话。"那是因为你的头只有花生那么大，"她说，"里面都是屎。"

今天说废话可不是时候，罗伊心想，他伸出手猛地拍了下科拉的脑袋。她的太阳穴撞上司机位的窗户，又弹了回来。

"噢，罗伊，"她说，眼睛里升起泪水，"这很疼。我就是想幽默一些。你开不起玩笑吗？"

罗伊本想再打她一巴掌来回应，但记起来他还需要她的帮助。"看着我，科拉，告诉我，我有该死的跟你开玩笑的心情吗？"

"你让我完全糊涂了，罗伊。我不知道你想让我干什么。"

"呃，闭上你的臭嘴，我再跟你说一次。你做得到吗？"见她没有反应，他又问，"嗯，你做得到吗？"

"是的，罗伊，我可以。我现在就在这么做呢，你看？"

"好吧。你先得给我这耳朵买个蝴蝶夹。你知道我说的是哪种吧？应该在医疗设备区。还有邦迪什么的。你明白吧？"

她什么也没说。只是看着他。

"你他妈的明不明白？在我他妈的再打你之前，说你明白。"

"是你跟我说让我闭嘴的，罗伊。我正在这么做啊。"

"你想我再打你一顿？"

"我想你对我好些。如果你对我不好，那你就自己走回镇里吧。"

或者，罗伊心想，我可以拧断你该死的脖子，看看你的肥屁股能不能装进后备厢里，然后把车开到奥尔巴尼，把这该死的车停到公交枢纽站，等你发臭时人们才会找到你。实际上她已经发臭了，不知道是因为她涂的某种廉价香水，还是别的。想到灰狗长途巴士，他想起昨天婊子岳母给他三千美元让他消失，当时这钱没有打动他，那只表明他没有考虑清楚。有什么能阻止他拿了那钱，去别的地方——比如说大西洋城——等身无分文了再回来呢？幸运的是，他现在开始想清楚了，至少他清楚地意识到了他还需要科拉一段时间。

"还有橘子汁，嗯？"他接着说，晃动着装着他止疼药的塑料管。"要有东西让我把这些小玩意咽下去。"

"我能吃一两粒吗？"

他妈的绝对不行。"当然，"他跟她说，"我一直乐于分享的，不是吗？"

但当她伸手去够门把手时，他抓住了她手腕。因为他突然不喜欢她脸上的表情。"不要做你想的事儿。"他说。

"你什么意思？"

"你想着进去后，跟人说打电话叫警察来。"因为如果处在她的位置上，他可能会这么想。

"我没那么想，罗伊。"

"见鬼。别跟我撒谎。看着你，我就知道你在撒谎。"

她又开始哭了。"我发誓，那念头只是一闪而过。"

让她走出车门，他是在冒险，但似乎他也没有更多选择。"你只有一分钟，"他说，"不要让我进去找你。"

"我需要些钱。"

"用你自己的。以后我会还你。"

"从周二开始你就没还过我。"

"你在说什么？"

"在格特。"

"你说你请客。"

"不，我说的是——"

"你能不能快点去买那些该死的东西，照我说的做？我会还给你的，包括在格特花的。"

"你发誓？"

"再买几打啤酒，"他加了一句，"我们要去趟水库。"

"真的？"

"还要些品客薯片。"

她叹了口气，垂头丧气地说："好的。"

在她走进西维斯药店前，他就睡着了，也可能是疼晕过去了。接着她回来了。他能感觉到，她肯定离开了不止一分钟，但也没有太长。她看上去也不像出卖了他那样惶恐。她把两个装满东西的大塑料袋放在两人中间。

"把橘子汁递给我。"他说。

她递给他一个大塑料瓶，里面的饮料冰冷冰凉的，正是他喜欢的。他口渴得要命，一股脑儿喝了半瓶，才想起来止疼药。把剩下的药片倒在掌心里，他数了数，有八片。他把其中四片倒回药瓶，就着剩下的果汁把其他的吞了，把空瓶子扔到了后座。"干吗？"他说。

　　科拉坐进了司机位，正盯着他。"你说我也能吃一片的。"

　　"你能，"他说，"得等到你他妈的耳朵有一半像这样挂着时。"

　　"我喜欢吃完药后的感觉，"她解释说，"而且你也答应了我的。"

　　"你知道怎么开到湖边吧？"

　　她点头。

　　"那么走吧，在啤酒变热前。"

　　她还是坐着没动。"一共花了快二十美元了。"

　　"他妈的怎么可能这么多。"

　　她给他看收据。十七美元和找回的零钱。"好吧，那又怎么样？"

　　"那天下午在格特花了近三十。"

　　"你请客的。"

　　"那至少把今天的付给我。"

　　"等我们到了湖边。"

　　"现在，罗伊。"

　　"啤酒在变热了，姑娘。你知道我不喜欢热的啤酒。"

　　她用钥匙发动了车。"你就是不喜欢花你自己的钱。"

　　这没什么好争的。杰妮睡着时，他从杰妮的钱包里偷了两个二十美元，这样他能还科拉其中的一张，但钱是这样的：你永远不知道你会需要多少。按罗伊的经验，你他妈在泥潭里陷得越深，想要把自己挖出来时所要付出的代价就越大，而现在他都要陷到屁股这么高了。有一件事是确定无疑的。在海蒂他再也喝不到免费的咖啡了。他杀了一位金主。哦，没有杀死她，但也差不多了。再也没有人给老罗伊发放一天的免费的派了。但一切都值得，让该死的大嘴婊子闭嘴，抹掉她脸上高高在上的表情，值了。他还能感觉到他的指关节在兴奋地颤动。之后，他要把名单拿出来，满意地把她的名字划掉。

科拉难过地看着他。"杰妮不可能再接受你了，罗伊，"她说。好像这是他们老生常谈的话题，而不是她脑子突然抽风提出的新话题。

"我是怎么跟你说的？"上周在格特时，罗伊跟她说了，他不想从她嘴巴里听到杰妮的名字。实际上，正因为她提到了杰妮，他才决定让科拉付啤酒钱的。

"我只是说说。"

"不管怎么说，你又是他妈的怎么知道的？"

科拉拉到倒车挡，看着后视镜。"你应该对我好一些。喜欢你的是我，不是她。"

"好吧，如果她不喜欢我，又怎么会跟我睡？"

科拉猛地刹了车，瞪着他，眼珠仿佛裂开了似的。"什么时候跟你做的？"

"昨天晚上。"

"你撒谎。"

"我要打个盹，"他跟她说。止疼药开始起作用了，他看东西像是蒙了层纱。"到了湖边把我叫醒。"

他闭上眼睛，一直闭着数到了二十。等他再次睁开眼睛，车子移动了，正开出西维斯的停车场。科拉在哭泣，这让他挺高兴。他不能肯定她会相信他说的有关杰妮的话。他自己都很难相信，但很明显她信了，这意味着她现在会更努力取悦他。他不知道，对她来说他还有什么用，但世事难料。

迷迷糊糊中，他又想起了杰妮，昨晚她在床上多棒。就像她也跟他一样坐过牢，跟他一样饥渴。他们在床上一直很好，她也承认。好吧，她是没有同意复合，但她也没说将来不会，至少在今早婊子她妈怂恿她之前没说过。不管怎样，她又是他的了，哪怕只是几个小时。即使只是因为如她所说的，她太淫荡了。

　　他是在科拉的车轮离开车行道时醒的。坐起来，他看到他们刚刚开进露营地肮脏的停车场。现在才早上九点，但天已经热了，即使这么早，那儿也停了有六七辆车。到了中午，停车场会停满车，沙滩上到处都会是戴着游泳圈的小屁孩们，尖叫着，"妈妈，妈妈，妈妈，看我。"或更糟糕，"妈妈，看那人的耳朵！"操他妈的。海岸线上尽是营地，视线所及的地方都是，但旺季还没到，大多数都是空的。"开到那条泥土路上。"他跟她说，指着那边。

　　"你不能去那边，"科拉抗议，"看到那牌子没？上面写着私人所有？"

　　他看得清清楚楚，但他丝毫不在意。"我们找的就是私人所有，"他说。"在那样的地方，我们才能安静地喝啤酒。"车开到这里来的路上，他只睡了十五分钟，但现在他感觉好多了，耳朵里和脸颊骨的抽痛也没那么剧烈了。而且醒来时他有了个新计划，计划总能让他谨慎、乐观，虽然他的计划很少能成功。不要紧。他喜欢做计划，彻底想清楚，欣赏它们会如何展开，直到有事情发生，把一切搞砸。

　　他看到科拉已经停止流泪了。"这儿真好。"她一边感叹着，一边沿着有车辙的单行道小路慢慢向前开着。正如罗伊想的，只有将近六分之一或七分之一的营地里有人，有车子斜着停在树丛里，码头的尽头一辆摩托艇上下浮动着，湿漉漉的泳衣夹在两树中间的晾衣绳上。把窗户摇下来后，高高的松树中间非常凉爽，空气中充满了松针的气味。他们只碰到一辆对面开来的车。科拉尽可能地朝右边让，用喇叭向对方打招呼，在两辆车紧挨着穿过时，露出满脸微笑。

"不要引人注意。"罗伊指责她，尽管，真的，他转念一想，他妈的为什么不？毕竟他们坐在一辆一半紫一半黄的车里。想不被注意都难。

"就在这儿怎么样？"他们到了一片空地，营地都暗着，似乎没人住，科拉问。"我们可以坐到那边的甲板上。"

"接着开。"

"为什么？"

"因为是我说的。"

他们接着开，他转头看她时，不出意料她又哭了。

"你知道为什么有的人天生就运气好？"她嘟囔着。

对罗伊而言，这就像在问为什么天是蓝色的一样。本就如此。

"为什么杰妮是那个样子，而我是这个样子？"

"不要看到啥吃啥。"罗伊建议道。

"我没有，罗伊。我试过节食。但没用。我赌杰妮根本就不用节食。"

"我不用再提醒你，不要提她的名字好吧。"

"那正是我要说的，罗伊。她那个样子，简直是命运的宠儿，我甚至都不能提她的名字。我才是那个对你好的人。"

"她昨晚对我很好，这是真的。"

"一个晚上而已。"

罗伊耸耸肩。

"这不公平，我是说。"

"什么不公平？"

她吸着鼻子，擦了擦眼泪。"所有这一切，"她解释道，"事情不该这样。"

罗伊本想附和她，因为她在任何其他事情上都得出跟这一样的结论，但如果要赞同一个这样愚蠢的婊子，你也就一样愚蠢了。

"拿你来说，"她接着说，"你才刚刚出狱，现在他们就要把你送回去了。其他人也做坏事。政治家什么的。他们就不会入狱。"

"有一些会。"

"但大多是我们这样的人，罗伊。像你和我这样的人。我们却被惩罚。你知道这是事实。那些富婆？她们不会把她孩子带走。她们只是看了我一眼，就说我不适合。她们看了你一眼，你就坐牢了。这难道不让你发疯吗？"

蠢得像猪一样的女人才会让我发疯，罗伊心想。尤其是你。

过了一会儿，她说，"如果这小地方有一处是我们的该多好？"他搞不清楚她是换了话题，还是还在说同一个，"我们可以住在这里，没有人打扰我们。"

"这些地方甚至都没有隔冷设施。到时你会连屁股都冻掉。"

"我打赌有些里面有。"

"我告诉你，没有。别人跟你讲话你要听着。"

"好吧，但你怎么知道？你进去过？"

实际上，他是进去过。有年冬天，就是在这条路上，他洗劫过大约十几个营地，如果不是运气差还可能再洗劫一些。傍晚前，他把卡车停在了一个铺砌过的车道上，旁边有处营地，他在里面看到一瓶还剩了五六指深的上等威士忌，不足以带回家的，但酒太好了留在那儿也可惜。那是十二月中旬，营地里断了电，冷得要命，但有个大大的软座垫椅，上面有叫不出名字的土耳其小垫子，他自己也穿着秋裤和皮质大衣，所以他就跷着脚，把最后那点喝完了，他喝得很慢，感受着琥珀色的酒从胸口流到神经末梢的热度。睡着时，他脑子里还在提醒自己别睡着了。这个盹肯定不超过半小时，那时开始下雨夹雪，到他要走时，路面上已结了一层冰。他没注意到车道的小斜坡是通向水库的。这卡车是后轮驱动，他挂了倒挡，车轮只是空转。除非他叫个拖车，否则他哪儿都去不了，但他不可能那么做。换一天晚上的话，他肯定会走回房间，待上一夜，到第二天早上再说，但因为老天像个贱货一样开始疯狂下雪，他只能在冰冷的雨中步行到了大马路。还好他这么做了，因为那晚雪下了快两英尺，这意味着那装满了该死的偷来东西的卡车，得在那个位置待到化雪。

他足足病了一个星期，等他感到好一些了，他去了格特酒吧，把这真实发生的事情当成是假设的情况讲给格特听。格特对罗伊来说一直没啥用，但他确实擅长处理问题。他仔细听着，最后说，"报警，就说车子丢了，"这让罗伊吃了一惊，"冬天只有越野滑雪的人才会出现在那里，"格特解释说，"他们怎么知道不是营地的主人把车留在那儿的。冬天过半会有一次回暖，你可以回去看看是否能发动引擎。如果有人在你能把车弄出来前就报了警，你可以说是偷车的人干的。他们会知道是你，但他们没办法证实。"

罗伊谢了他的建议，这听起来挺缜密的。该死地，这整个冬天都在下雪，也没有真正地回暖，到了四月，他搭了便车去了水库，走了进去。当然，那卡车还在原地——除了一棵他妈的该死的树倒在了上面，瞧瞧他的运气。当他讲到最后这部分时，格特沉思地抓着光头说："这就是犯罪麻烦的地方。总会有你预想不到的倒下的树。"罗伊能明白他的意思，但仍觉得他错看了犯罪，给它按了莫须有的罪名。那不能预测的树，落在无辜人身上的概率和落在罪犯身上的一样多。他自己就是个例子。现在他脖子上戴着颈托不是因为他做了违法的事情，而是因为他在错误的时间出现在了错误的地方。该死的倒塌、树、墙，还有他妈的流星。为什么把这些都怪在犯罪上？但毫无疑问，格特其他方面说的都是对的。看到这卡车注册的名字，警察们就知道是罗伊偷了所有这些东西，但他们也没办法证实，他报警说丢了卡车也让这些警察措手不及。而且，那些拥有这些营地的人大多数都是从其他地方来的，所以谁会在乎？

"我敢说他们肯定有人有壁炉。"科拉还在说着，看样子她是下决心要相信，他们在一个结冰的湖边、没有取暖措施的营地里可以度过一个纽约上州的冬天，这离最近的邻居还得有几英里远。"天冷时，你只要往里面加根木头，坐在周围玩游戏，会又暖又舒服。"

"他们会在春天发现你，"罗伊肯定地说，"或者在你冻死后被浣熊吃剩下的半个身体。"

科拉重重叹口气，明显很困惑他为什么拒绝参与她这么愉悦的想象。"你不喜欢做梦吗，罗伊？想象事情会更好？我知道这是假的，但又怎么样？你不喜欢想象拥有比如像这样的一个营地，或者有新车可以开，那多好啊？"

"见鬼，女人，我现在想如果你能让你的下巴他妈的休息会儿，我得多高兴。"现在他们已经把车开到了水库最远的地方。他指着前方。"停在那儿。"

真是奇迹，她按照他的话做了，停在了一个看上去没有人的营地。附近有其他人，但你很难透过树林看到他们，也看不到有车辆。有鸟在水那边叫，尽管看不到。微风吹过松林顶部。科拉四处看着，很不解。"我不明白，"她说，"我们为什么一路开到这里。"

天呐，她是有多愚蠢。

"这些他妈的是什么东西？"他举着装夹子的包装袋问，那些夹子在第二个西维斯袋子的最下面。

他们现在坐在摇摇晃晃的码头上，脚在水里摇晃着。他选了一个狭窄、隐蔽的小水湾。水库对面的几个营地看上去就像大富翁棋盘上的小绿房子一般大小。一艘摩托艇出现在湖中央，一瞬又不见了。罗伊已经一口气喝下了一罐啤酒，又开了一罐。科拉还在啜着她的第一罐。他们把其他九罐浸在了岩石下冰凉的水里。

科拉畏缩了一下。"这些不是你想要的蝴蝶夹吗？"

嗯，是的，那该死的包装上写的是，但任何他妈的傻子也能看出来这不是罗伊想要的夹耳朵的夹子。"这些是夹纸的夹子，蠢蛋。"

"其他的他们都卖完了，"科拉解释说，"我跟那男的说了你要什么样子的，他们带我去看了货柜，但都没有了。"

"所以你就买了这些该死的东西？"

科拉耸耸肩："我觉得如果你有一小片布或纸巾的话，这些稍微小一点的也能行？"

他盯着她："我应该把你扔到该死的湖里去，那才是我该做的。"

"罗伊，我已经尽力了。他们没有其他的，好吗？也许瑞克苏尔有，但你又不让我到那里去。"

"这么说他们也没有品客薯片咯？"他说，举起一大袋子她买的奇多。

"我喜欢奇多，"她说，"而且，是我的钱，所以我来定。"

"嗯，就这些垃圾，我不会还你一分钱。"

"好吧，"她说，"那么，你不要吃奇多。饿着吧。你可以坐在那里，一个人难过去吧。"当他站起来，她问，"你去哪儿？"

"你他妈的在乎吗？"他说。她那个主意，把他的耳朵包在软物里，然后用夹子固定住，虽然很蠢，但也没有更好的方法了。

"你要破门而入吗，罗伊？"

"也许根本没锁。"

门当然锁着呢，但木头已经松软了，重重踢了两脚就让它从门框上掉了下来。

"你这样做会让我们陷入麻烦的，罗伊。"她从码头那边叫道。

"我他妈的已经深陷在麻烦里了，科拉。"

这该死的地方唯一的一面镜子在黑暗的洗手间里，镜面模糊不清。很明显，这主人是不打算在夏末前入住了，因此还没有通电。狭小的房间里只有一扇小窗户，高高的，虽然他把窗帘拉开了，但还是几乎什么都看不见。

他把最小的那种蝴蝶夹的包装拆掉了，摁紧金属边，让夹子尽可能地张大，又用他的拇指把它撬得更开些，然后在那个没受伤的耳朵上试了试。该死的还是太紧了。再大一点的那个看上去更有希望点，但也还是太紧了，他没办法用手掰弯夹子边。他把夹子的一边靠在水槽边，他用全身力气压，终于起了作用，他感觉那金属松动了。不幸的是，这一次，口太松了，夹子从他没受伤的耳朵上径直掉了下去。 该死的婊子。毛巾架上搭着一块磨破的毛巾，他把毛巾一撕两半，又对撕了一下。如果他可以先把耳朵包起来，说不定可以固定住……试了一下，痛得要命，他竟然没有晕倒就把耳朵包上了。但当他刚用夹子接触到那临时凑合的绷带时，它又散开了。 我操，我操，该死的女人。现在他能想到的就只有一个选择了。他花了好一会儿工夫说服自己。"数到十，"他大声说，把晃晃荡荡的那部分耳朵用拇指和食指夹住。数到五时，他心想，他妈的干吗要数到十？

然后，他下手了。

科拉还在码头上，当他从营地里出现，用浸满血的一团纸巾捂着残存的耳朵时，她站了起来，很明显要被吓尿了。"我听到你尖叫了，罗伊。你还好吗？"

"我看起来好吗，科拉？"他把拽下来的那片耳朵给她看。她发出尖叫，猛地退了一步，罗伊尽全力把它扔向湖里，一声扑通声后，漂了一秒，那耳朵就沉了下去，看不到了。"我的啤酒呢？"

她又在抽噎了。"我给你冰着呢。"她说，指着两块石头之间，她竖着插进去的地方。

"给我拿来。"他说。

"好的，罗伊，"她应着，但还没把胖屁股挪到那儿，一个小浪打来，也许是某个摩托艇冲击了海岸，把啤酒罐冲翻了，啤酒嘟嘟地流了出来。

"把它拿来。"他说。

"它洒出来了，罗伊。"

"我跟你说了，把它拿来。"

她照做了，他把罐子朝湖上扔去，它砸在耳朵落下不远的地方，在那儿漂着。

"再拿一罐。"

她照做了。"对不起，罗伊，我办了错事。"她说，嘴唇颤抖着。

他把新的一罐啤酒打开，喝了一半，在码头的尽头坐下，看着还在漂动的啤酒罐。"不要在那儿傻站着，"他说，"给我坐下。"

她在他旁边小心翼翼地坐下。"你不用还我钱。"她说。

"我知道我不用。"

"你的耳朵……我很难过。"

"我也很难过。"

"你不生我的气了？"

"见鬼，是的，我生你的气。"他说，但他并没有，或者没有之前这么气。不知怎么的，他的怒气随着那些血流逝了。至少她没再抱怨。

"我努力了，"她说，"我真的很努力。"

他只是耸耸肩。他现在能更清楚地看待这个耳朵事件了。"跟你没关系。"他承认。老牛鞭如果在的话，就会这么说。竟然让沙利这样的老瘸子偷袭成功是他妈罗伊自己的错。科拉可能是呆若木

360

鸡，但用那该死的平底锅打他的并不是她，该死的药店没有合适的夹子也不是她的错。而且即使有，也不一定管用。他当时应该把那该死的耳朵缝回去，但没有这个可能性，那也不是她的错。好吧，买奇多是她的错。她本该按他说的买品客，但即使那件事，她也有理。毕竟花的是她的钱。

他们静静地坐了一会儿，科拉说。"那里面真的好吗？"

"营地里？"他说，喝光了他的啤酒。他意识到如果他要安全度过这一天的话，他得调整一下自己的节奏。不管是剩下的啤酒还是剩下的止痛片。之后要做的事已经逐渐清晰了。"很不错，我觉得。去看一看吧，如果你想的话。有你喜欢的，就拿走。"

"我其实宁愿在这儿跟你一起坐着，多安静。"她说，把手放在他的手上。罗伊不喜欢这样，他一般也不会允许丑女人触摸他，但不知怎么的这次他允许了。"我可以想象那儿都有哪些好东西。我一直喜欢那些东西，你知道？"

事实上，他妈的他一点儿都不明白她在说什么，但这让他想起他家老头，老头过去一直强调，"要这要那"就是在浪费时间。但对他而言，得到了想要的东西后的失望要比得不到的失望还浓烈。罗伊记得那一天，他父亲把这一点表达得清楚无误。他们从外面回来开车回家，停在一家小餐馆吃饭，他们就坐在柜台旁。给他们的菜单上有食物的图片：壮观的培根火鸡三明治汇、巨大的肉球餐、塞满填料的火鸡、涂着肉汁的土豆泥、放在三角形吐司上的牛排三明治。十二点了，罗伊已经很饿了。"我能——？"他刚开口，但老头注意到了他看的地方。

"不行，"他说，"从儿童菜单里点。"罗伊知道，那是因为那里的东西便宜。煮熟的热狗、一个烤焦的小小烤乳酪三明治、小份意大利面。

按规矩罗伊不会争辩，因为那只会得到掌嘴或更糟。但在公共场合，他有时会小小抗议一下，因此当女服务员来点单时，他用只够她能听到的声音说："我觉得我超过了吃儿童餐的年龄。"

"你几岁了？"她问，朝罗伊眨了眨眼睛，让他知道她是站在他这一边的，但他父亲注意到了。

"十岁。"他在罗伊张口之前说。因为菜单上写着：十岁儿童及以下。

"他看上去要大得多。"女服务员说。

罗伊看到老头僵住了，阴暗地瞪了一会儿那女人。柜台那边有些穿着扣领衬衫、打着领带的人，他父亲通常对这些人避而远之，他似乎怀疑他们是法官，而总有一天他得在法院站在他们对面，罗伊看到他注意到了他们的存在。罗伊意识到他可不想惹事。"你应该跟那个年轻女士说你要什么，"他父亲说，"还是让她猜？"

"我能选什么？"罗伊说。

那女服务员比他父亲老，但很明显喜欢被说成"年轻"，也决定调皮一下。"是的，爸爸。他能吃什么？"

他父亲似乎刚做了什么决定。"随便他要什么。"他说，声音足够柜台那边的人听到。

"真的？"罗伊将信将疑。他之前可没有被给过这种自由。

"只要不要点了又吃不完。"

从图片上看，外馅牛排三明治的中央又厚又红，还配有小山一般高的看上去酥脆的薄薯条。"连这也能点？"他指着这个菜单上最贵的。

"为什么不？"他父亲说，尽管罗伊注意到他的微笑很牵强，好像在完全掩饰另一种表情。"但你得全吃完。一口也不能剩。"

"看上去他完全胜任。"其中一个系着领带的家伙咧嘴笑着。罗伊自己也感染了那人的信心。好像他正是那个能一口吃下这个成人份牛排的男孩。

但当食物端上来，跟菜单上的肉完全不一样。更糟糕的是，它看上去整个都没烧好，牛排硬得像皮革，那厚厚的、波浪切割的薯条又软又冷。罗伊立马希望自己如果跟爸爸一样，点了奶酪汉堡就好，但他知道最好还是不要说出来，也别提这牛排跟图片中的一点儿都不一样。他一直希望他父亲能够注意到这不同，抱怨一下，但他没有。当他吃完汉堡，他把盘子推到一边，假装在读被人丢在柜台上的报纸。但罗伊知道他在通过眼角看他。"剩一口都不行。"当罗伊慢下来，老头压低嗓音说。

"有软骨。"

"那也得吃下去。"他说，这时硬装出来的笑容消失不见了，他嗓音中的恐吓清楚无疑。也许是这让那女服务员走了过来。从她脸上的表情来看，她以前碰到过他爸这样的男人，而且很不喜欢。

"嘿，不错！"她边说边把盘子端开——谁会想吃最后几块软骨？——在他爸还没来得及反对之前。"来个热巧克力圣代怎么样？"

"当然，"罗伊还没来得及说他太饱了，他父亲就接了嘴，"要确保上面有樱桃。"接着，他站起来，朝洗手间走去。

那圣代也巨大无比。罗伊勉强吃下去两口，包括那樱桃，但在那些甜味中间他仍能尝到酸酸的果肉味，马上他知道他完了。他胃里一丁点儿地方也没有了。等他父亲回来，看到剩下浪费的，就麻烦了。也许不是在餐厅里，但之后，在车里，或者到家，皮带在等着他。他怎么还没回来？罗伊心想。他在凳子上往后倾了倾，希望能看到他从厕所出来，但没有。

在柜台忙乎的女服务员正在和一个卡座里的人交头接耳，罗伊觉得自己听到了"从后面溜了"。戴着脏围裙的管烤肉的高个男人被叫了过来，之后罗伊的服务员说了什么，他走进了男士洗手间，一会儿后出来，对她摇了摇头。她走到罗伊坐的地方，罗伊正盯着自己一口也吃不下的圣代，在想能不能控制住满眶的泪水。

"我早该知道，"她说，他没回答，只是艰难地吞着，想要把食物咽下去，她给他看了账单，最下面划出了金额，"我该怎么办？"她说。他知道他父亲会怎么说，但他才十二岁，要好几年之后才有勇气说出来那样的建议。"他们会从我薪水里扣。"她对他说。现在柜台那儿每个人都在看着他们，还有附近卡座里的人。"别这样，达拉，"一个系着领带的人抗议，"不是孩子的错，"很明显她也觉得是这样，因为她语气软下去不少，"你在附近住？"她问。

他说是的。

"你能自己回家吗？"当他点头，她说，"好吧，走吧，饭桶。"

来到停车场，他们本来停车的地方，现在空了。罗伊把吃的东西都吐了出来，在呕吐物中那樱桃清晰可见，不久后他觉得好多了。好消息是餐厅就在九号路，这意味着他要么可以走回去，要么可以搭个四英里的便车回去。他决定走回去，因为这样花的时间更长，也许他父亲会觉得他已经受了足够的惩罚。走在川流不息的马路上，他想着要不要因为他父亲对他玩这种低级的把戏朝他发火，但最后决定那对他没啥好处。而且他真正生气的是那服务员，她的那句"我早就知道"不可原谅，就好像一看到他和他父亲，她就该警觉一样。还有柜台那边的男人站在他这一边时给她的那个眼神。仿佛她能看到他整个令人不齿的人生。这让他拳头都攥了起来。

而且，还有一个宝贵的教训。他父亲是对的：想得到不值得要的东西或希望事情能有所不同的确是浪费时间。像科拉这样的女人——也可能所有的女人——都永远不会明白这一点，即使证据就近在眼前。科拉愚蠢的脑子里想象着一个罗伊，她更喜欢那个罗伊而不是罗伊本人。毫无疑问，那个蠢货对她很好：跟她说她很美，哪怕她自己都知道她并不美，跟她说她是个好妈妈，哪怕她把兜着尿片的孩子一个人扔在围栏里哭成泪人。但眼前这个罗伊呢？那个跟她一起坐在码头上的？嗯，那个罗伊实事求是。他知道图片中的牛排不是真的，就像那个想象中的罗伊不是真的一样。就像他知道，今天下午晚些时候，等啤酒喝完，他俩只会有一个人回到科拉该死的车里一样。

尽管那时他才十二岁，他仍然为没有责备他家老头而庆幸。他还没有走半英里，就听到喇叭声，他父亲把车停在路边，示意他进来。"怎么样，"他说，"有没有学到些东西？"

罗伊点点头。

"那就好，"他父亲说。把车开起来，他似乎对事情的进展很满意。罗伊可以看出来，他不再生气了，这意味着等到了家他不用挨皮带了。

"她可真够蠢的，"罗伊说，"那个服务员。"

"也许下一次她就能学会管好他妈的她自己的事，"他父亲说，"在张开她厚厚的大嘴巴前想清楚。"

他们沉默了一会儿，罗伊说："每个人都盯着我。"实际上，当他溜下椅子，朝前门移去，走向停车场时，他仍然能够感受到他们的目光。

"他们肯定会这样，"他父亲说，"但现在你在这儿。你没死。"

确实如此。那时他在那里，但现在他在这儿了。

"把奇多递过来。"他说。其实，他还是有点喜欢奇多的，除了它们会把手指染红。

她递给他时他注意到，袋子基本上空了一半了。他在营地里把他该死的耳朵揪下来时，她在吃这个。他本想说点什么，想着他会不会让她再哭起来，但最后——又一次——他决定不说。相反，他吃了一把奇多。"这不太差。"他承认道。

她朝他笑着，嘴巴染得红红的。

格特对这事的看法

杰妮进来时，沙利正站在窗边。她的眼睛因为哭泣几乎肿得睁不开。这么一大清早，除了沙利和蒂娜——露丝的外孙女，急救区的等待室几乎空空荡荡。他可以看出来，蒂娜的魂都已经不在了。他一直不知怎么跟这姑娘打交道。她听不懂玩笑，而对于像她这年纪的女孩他也没有其他方法。如果他尝试跟她说话，她就会茫然地盯着他，就像你看着电视屏幕，魂灵头却不知跑到哪里了一样。当然，这是不同的。蒂娜坐在那儿非常安静，盯着不远处。她这么悄无声息，以至于他时不时瞅瞅她，确保她还在呼吸。

杰妮和沙利在简短的视线接触后，走向女儿，在她正前方蹲下来。"嘿，小傻瓜，"她说，很明显想要让她振作起来，"你还好吗？"当看到女孩失焦的目光动都没动，杰妮紧张起来。"蒂娜，甜心。我知道你不想，但你必须得缓过来，明白吗？我知道在那儿发生的事情很糟糕，我知道你觉得待在自己的世界里更安全，但你不能待在那儿，因为那不是真的世界。记得我们之前谈过的吗？记得医生说过你在那儿待得越长，就越难回来吗？现在不用怕了。这儿只有你和我。还有沙利。你一直喜欢他的。"

这对沙利来说可是个新闻，如果是真的话。

"这都不是你的错，甜心。你知道的，对吧？我做了件很蠢的事。让你爸爸发了疯。但他现在走了，没人再会受到伤害了。你懂的吧？只要你缓过来，事情就会好转，你和我，外婆，我们都在这。等外公找到那该死的家伙，他也会来。外公是你的特殊朋友，对吧？"

366

听到外公，蒂娜慢慢眨了眨眼睛，沙利仿佛看到她的眼睛开始聚焦，但接着它们很快就又游离了。沙利不会怪她。只要看看她妈妈就会知道，她妈妈的鼓励是强迫的，是盲目乐观的。她很长时间都不会好转，也许永远不会。

杰妮放弃了。"好吧，甜心。你可以再待久一些，但我跟沙利说完话后，你就要回过神来，好不？接着我们就会重头开始，像以前一样。事情总会变化，还记得吧？放弃能有什么好处？向上，对吧？向上才是唯一的方向，那才是我们要去的地方，只要你缓过来。"

杰妮站起来时，膝盖发出咯吱声，这让沙利意识到，朝他走来的女人已经不再年轻。难道是过去的那一个小时让她突然迈入中年？"多谢，"她说，她站在他旁边，他正朝窗外看着下面的停车场，"我猜是你把她带到这儿来的吧。"

沙利点点头。警察到达现场后，他领着他们来到后面的公寓，却发现罗伊·帕迪在他们到外面忙着急救时，已经恢复神智，仓皇溜走了。沙利和警察交谈时，那些常客一直聚在门口，沙利朝他们摇摇头，指着"关门"的牌子时，他们似乎了解了情况。那时，他才注意到屋里不止他一个人，那姑娘在角落的卡座里蜷成一团。"人们都把你忘了，是吧？"他说，从她身边绕过。她没回答，于是他接着说："我还需要在这儿处理些事。然后我们就去医院，好吗？"

她只是点点头。

他要做的第一件事是关了烤架，把所有的培根、香肠都倒出来，现在都快烤成炭了。他在后厨找了一个纸板箱，打开取出一支记号笔，走到收银机旁找到一些胶带，给送货的快递员做了一个"关门"的牌子。在前门招牌的下面他又贴了一个牌子写着：关门直到通知恢复营业。蒂娜一直坐在卡座里。"你能想到还有啥事要做吗？"他说，但她好像一片迷茫。"我们从这边走。"他建议道，用手指着。前门已经锁上了，他们离开时把后门也锁上了。

在卡车里，她的头伸得直直的，对着卡尔在窗户上弄出来的褐色旋风。他开车去医院的路上，她就一直盯着那个，等他们到达时，她已经是现在这个样子了。沙利没办法唤醒她，只能挥手叫来一个护士，帮他一起把她弄出卡车，弄进急症室。"她怎么了？"那护士问。他跟她说，是因为目睹了外婆被攻击。那解释似乎没能令她满意，她疑惑地看着他，但他也不知再说些什么好。蒂娜小时候做过自闭症测试，露丝也说过，在紧张的时候——尤其是她父母打架时——她偶然会进入这种神游状态，但他觉得她已经过了那阶段了。他又错了。

"她会好吗？"沙利小声问杰妮，向女孩点点头。他欣赏刚才杰妮跟女儿讲话的方式，露丝女儿的这一面他还从没见过。

"到最后会好的，"她说，"这是她的防御机制。事情变得太糟糕时，她就会自我封闭。我希望我也能这样。"

"有个护士说，她去叫医生来看看。"

"上帝，"她说，转身看着女儿，"她目睹了整件事，是吗？"

"我到时她就站在门口，是的，很可能。你不记得了？"

"对我来说一切都不清楚，"杰妮承认道，"我记得大声喊着让他停止。他的拳头把妈一次次打倒。然后你进来了。我看到你脸上的表情，但这都像在水底发生的，模模糊糊。"

"你很幸运。"沙利说，他的回忆非常鲜活，好像在他脑子里有个彩色录像机在回放：露丝被猛击后，头破血流，毁掉的脸几乎不可辨认了，她的视线和他交会了仅仅一刹那，就仰面倒了下去。"医生们说什么了吗？"

"他们没用'昏迷'这个词，但她仍然不省人事，所以……"

"他们也没说得很严重，"沙利说，"她会熬过去的。"

"我知道，但，上帝，沙利，他打掉了她一半的牙齿。打断了她的鼻梁，两侧的颊骨都骨折了……"

他拥她入怀，他抱着她直到她哭出来。有那么一刻，沙利朝门口望了望，有点希望能看到扎克进来。他们的拥抱是纯洁的，但沙利还是禁不住猜想，如果她父亲看到会怎么想。他想起卡尔说的，不管事情变得多么糟糕，世界还是会照常运转。他的意思是无论我们把事情弄得多糟糕，因为事情是没法自己把自己弄糟的。沙利觉得自己的胸口很重，但是什么充斥其中——难过、恐惧、愤怒——他不清楚。

"我一直在想昨天跟她说的话，"杰妮终于放开了沙利说，"我说为什么每次都是我的下巴被打烂，就像在说该轮到她了，结果就发生了这种事。"

"是的，但不是你造成的，"他说，"不是你把她打得不省人事的。"

"不是，"她垂下眼睑，"但我跟打她的那个男人睡了。事情发生时，我只在旁边看着。我是尖叫着让他停下来，但我什么都没做。我让她替我挨了打。"

"她想那样做。你以为她为什么会挡在你们中间？"

"我要找到那狗娘养的，杀了他。我发誓。"

"不，你去照顾你女儿。罗伊交给我。"

"你都不知道他在哪儿。"

"我会找到他的。"他说，又看了一眼女孩，希望她没听到刚才的话。"你爸爸还不知道发生了什么事？"

"我在家里电器上留了个字条。他可能还在四处溜达。也可能在库房里。"

"我会过去一趟。"

"是吗？"

"就现在。"

他走到一半，听到杰妮说，"等你找到罗伊后……"

"什么？"

她走到他跟前，对着他的耳朵悄声说："狠狠打。请答应我一定往死里打。"

扎克肯定是听到了沙利的卡车转到车道的声音，因为等沙利把车停好，扎克已经站在敞开的库房门口了，正用一块破布擦着手。他穿着油腻的牛仔裤、一件磨破的格子花呢上衣。他的内衣露在皮带外面，头发乱蓬蓬的。沙利经常这么想，如果"蠢货"这个词不存在的话，你就不得不发明这个词才能恰当地描述他。看他没下卡车，扎克走了过来，看上去很担心。"你还好吗？"

沙利举起手，扎克耐心地等他恢复正常呼吸。"嗨。"他终于开口了，但这一个词用光了他肺里的所有氧气。现在他胸口的压迫感比在医院时更严重了，重压像波浪一样一波波袭来，吸气都很困难。他把车拐进车道时，这难受席卷了他全身，真是要命，但现在已经快过去了。"让我坐一分钟。"

"坐一天都行。"扎克一贯好脾气地说。对这个男人沙利已经亏欠很久了。这两个星期他都刻意地避开，担心扎克约他做他一直拖着的事，比如需要他帮忙把沙发床拉出库房，拉进卡车车斗，这样的活，以沙利目前的身体状况根本应付不了。"反正我也没地方去。"

"不，你有，"沙利跟他说，又一次喘不上气来，"露丝，"他终于努力说了出来。

扎克抬起头。"她还好吗？"

沙利又把手举起来，等着又一波重压从胸口退去。"她在急救室。"

听到这，扎克满脸困惑，好像他怀疑沙利在跟他开玩笑。"你确定？"

"她很糟糕。罗伊打了她。"

"是露丝？"扎克重复着，挠了挠下巴，"不是杰妮？"

"杰妮在陪她。还有蒂娜。"

"她俩都好吗？"他问。

"杰妮没事。"

"蒂娜又出神了吧？"

沙利点点头。

"我能让她从那情况里走出来。"他说。他没有夸张，显然他对这本事深感自豪。

"哦，那他们可能需要你的帮助。"沙利说。真的，有什么事能让这家伙激动起来呢？

"你说罗伊把她伤得很重？"

"是的，"沙利承认道，"很重。"

"她会死吗，沙利？因为——"

"我不知道。但是做好心理准备。你可能一下认不出她。她整个人都……"他找不到恰当的词来描述她现在的样子，也想象不出扎克怎样才能算做好心理准备。

扎克正朝库房看去。看到他在现实生活中是怎么处理问题的，让沙利有点理解露丝跟他相处时的挫败——她，做事不可思议地快，永远在等她丈夫追上她。任何人到现在都应该已经在去医院的半路上了，他们会无视停车标识，朝前面的司机猛揿喇叭，超车。如果世上都是他这种人，根本就没有必要设停车和限速标识，或是各种法律了。

"她和我……"他开口，接着停下来，眼睛里突然充满了泪水。"你看到那上面的东西了吗？"

沙利太关注眼前棘手的情况，并没有留意到库房顶上那细长的金属条，它有七或八英尺长，笔直地竖在那里，像是个去掉了水平臂的风标。在它的底部，闪电击过的地方，有块巨大的烧痕，这意味着他们很幸运。沙利听说过很多外屋因为没有恰当的接地保护，

371

被闪电击中时爆炸的事故。当然大多数是堆满干草的谷仓，但也有别的。

"昨天晚上，你都不知道她和我在上面看见了什么。"扎克说，即使到了现在他的嗓音里也充满了敬畏。"你肯定无法相信。一个大光球。模模糊糊，就像磨砂灯泡，但真的很亮。它就出现在屋顶正中央，稳稳地停在那儿，像是要坠落下来。那就像在做梦一样不合乎情理，却真的在那儿。它的突然到访，是要告诉我们什么信息的。"

沙利不需要顺着库房顶方向往上看，就能看到扎克的卧室。如果他和露丝都看到了那个光球，那么他们肯定站在同一扇窗户前。她的卧室在房子的另一边。他回想起露丝昨天跟他说过，扎克最近举止奇怪，好像这么多年来他第一次注意到她。扎克这么费力地描述的，到底是库房房顶那颗诡异的光球，还是他和露丝半夜一起看到它的事实——在那个露丝一直让沙利相信她从未踏足过的房间里？

"你觉得它会不会是在暗示我们要发生什么？比如罗伊要——"

"我觉得你需要去医院了。"

扎克使劲咽了口口水。"如果我到得太晚怎么办？"

"我觉得你不会。"

"好吧。"他终于同意了，拍着裤子找钥匙，摇了摇头。当他往房间走时，沙利突然想到罗伊，问："罗伊今天早上没有来过这里，对吧？"

扎克停下来，思考了一下。"没有，我很久没见过他了，自从——"

"没关系。"沙利说，接着用钥匙发动了车。

"我听说他和一个住莫里森阿姆斯区叫科拉的女人同居了。"

"我也听说了。"

扎克不可思议地又停了下来。"你会做那样的事吗？像他对露丝那样？"

"不，当然不会。"

"我也不会。"他说，但他似乎脑子里在想别的事情，所以沙利等着，脚踩在刹车上。"我一直都知道你和她的事儿。"扎克终于说了出来。

"我猜你是知道的。"沙利说，觉得又一股重压劈头而来。

"给你看点东西行吗？"

"好的，但——"

他从牛仔裤的后兜里掏出一本银行存折，把它递给沙利，他的表情带着那种一个男人在分享孙子们照片时的自豪。"看那个数字。"他说，指着账本下面。竟然有二十多万美元。

"露丝知道吗？"

他摇摇头，自豪变成了羞愧。

"这是一大笔钱，扎克。你从哪儿弄来的？"不是他做的生意赚来吧。

"用五十美分买进，再用一美元卖掉。"

"我知道那规则，"沙利说，"但你得做五十万次才能赚这么多。"

"那我肯定做了五十多万次了。"

"为什么不跟她说？"

他摇摇头。"可能是因为我一直想让数字更大些吧。她从来不觉得我做的事有任何意义。她甚至不觉得那是生意。她也不认为我是在工作，至少不是像她那样工作，她当了那么多年服务员，然后开了海蒂之家。我猜我是想让她知道我也在工作。我给她看的数字越大——"

"呃……"

"但那不是实情，"他继续说，"我不告诉她真正的原因是我答

373

应过我妈。"

"我不明白。"

"露丝是对的。我现在明白了。妈经常想在我俩中间横插一脚。"

"你答应了你妈什么?"

"在露丝告诉我她和你的事之前,不跟她说这笔钱。现在我等得太久了。如果她死了,我就再也没法告诉她了。"

"那去吧,"沙利说,"快点。"

他深吸了一口气。"好的。"

当他回头朝房子走去时,沙利在后面叫住他,"你知道那已经结束了,对吧?"

"是吗?"

沙利点点头。"你不介意我们还做好朋友吧?"

"嗯,"扎克回答,"没关系,都过去了,但我更希望你们不会重新开始。"

"不会的,"沙利许诺,"已经结束很长时间了。我为发生的事情感到抱歉。"

有一件事从没改变过,扎克消失在屋里时,沙利心想。他和露丝关系中最糟糕的部分一直都是谎言,说出的谎话,以及暗示的谎话。现在也仍然是。因为沙利并没有为爱过露丝而感到抱歉,现在仍然爱着她,这一点一直没有改变。

沙利把车停到停车场时,黄色的警戒胶带还拦在莫里森阿姆斯区的三个入口处。他把车停在两辆动物管控局的卡车旁边,伸手去够座位底下他放在那儿的撬棒,感受着它让人安心的重量,接着把它放在了乘客位上,这样随手可及。有二三十个从外表来看是阿姆斯的居民,在停车场上聚集着,明显在等待被允许回到公寓的通知，毫不意外，罗伊·帕迪，并不在其中。此外，也没有他女友的半紫半黄的车的影子。沙利在镇上见过那辆福特平托车，他也记得司机，是一个三十五六岁、胖胖的、有点病态的女人，她经常戴顶纽约大都会的棒球帽来遮住她快秃了的头。不知怎的，他很确信这天早上他见过这车和这女人，但在哪儿呢？在医院的停车场吗？有可能，但那不太对。是他去露丝和扎克家时看到的？不，应该是更早些。那么就是在海蒂之家了，是在露丝被抬上救护车时吧？在那骚乱之中，他又怎么会注意到那车？但这可能性是最大的。

老海恩斯还像平时一样坐在那里。看到沙利走近，他正式地招呼道："唐纳德·E. 沙列文先生。"沙利不知道中间那个首字母是从哪里冒出来的，但那不是他的中间名啊。"你看上去没那么热。"

"我没觉得热。"沙利承认。

"怎么会，像你这样的小伙子？"

"我这是报应，"沙利跟他说，"你看起来倒很不错。"

"我的确不错，"老人笑着说，"报应可别找上我。"

"他们还在找那蛇吧。"

"还在找，"老人哼了一声，"这儿还不足以让那些家伙操心。现在又有了爬行动物。"

"说到蛇，"沙利说，"你知道罗伊·帕迪这个人吗？"

"警察早些时候来找过他。听说他今天早上惹了麻烦。"

"如果我在他们之前找到他，那他麻烦就更大了。"

"如果到时你还记得，替我好好揍他一顿。他总是满嘴说我不喜欢的那个词。"

"我应该知道你说的那个词。"

"可能是从他爸爸那儿学来的，就跟大多数疯子一样。"

"我就是从我爸爸那儿学的。"沙利跟他说。

老人向他点点头。"詹姆士·E. 沙列文先生，"他说，"他们叫他大个子吉姆。我记得他。"

"我猜不是什么好印象吧。"

"其他人比他更糟。"

"说出五个人来。"

"你知道你该怎么做吗，唐纳德·E. 沙列文先生？"

"告诉我。"

"你应该让警察找到那男孩。让他们揍他而不是你。你看上去像是挨揍的。实际上，你看上去像已经被人揍了。"

"我会非常小心的。"沙利承诺。

"那去做吧，"老人说，"你会没事的。"

"上帝，"当沙利坐到酒吧角落的吧凳上时，格特从报纸里抬起头来说，"发生了什么？白马酒吧烧掉了？"

"据我所知没有，"沙利跟他说，眨着眼睛，因为突如其来的黑暗使得眼睛有些恍惚，"为什么这么问？"

"上一次你是什么时候关顾我的酒吧的？"

"是有一阵子了。"沙利承认。他看到酒吧里只有他和格特两个人，但听上去好像有人在厨房里乒乒乓乓地忙乎着。

"那么今天为何大驾光临？"他放下手中的报纸，但并没有起身的意思。

"难道你认为是因为你的服务？"

"服务？"格特说，好像这是个外来词，"那么服务是我眼前这男人想要的咯。"

"我不觉得你会有治胃灼热的药。"

"哈！"对方说，终于溜下凳子站了起来。"我怎么会没有治胃灼热的药呢？"他沿着吧台，一把拿来一大瓶美乐事①，"砰"的

①　抗胃酸药物。

一声放在沙利面前。接着是一品托的佩普胃药①，最后是 150 片装的布洛芬。他用吧枪注了一大杯水。"别客气。不收钱。"

沙利嚼了两片抗酸药片，做了个鬼脸，就着水吃下去三片布洛芬。

"不要吃这个？"格特说，举了举佩普胃药。

"以前我妈得就着果汁才能喝得下去那鬼东西。"

格特把三种药放回原处。

"人都去哪里了？"沙利问。现在才早上十点，但格特那些嗜酒成瘾的客户们才没有正常饮酒的时间观念，他早上的生意通常很繁忙。

"那该死的蛇把每个人都吓个半死，"格特说，"昨天晚上也这么死气沉沉。"

沙利点点头。"你的老客户们都跑到白马去了。乔和其他人。"

"屎班牙·乔，"格特笑起来，"他妈每个整点就打电话进来，问我看到他没。好像昨晚一晚没回家。"

"他大约十点离开白马的，"沙利跟他说，"肯定去别的地方了。"

"比如说哪里呢？"

"好问题。那里和这儿是我知道他唯一会去的地方，昨天白马之后，就只有这里了。"

"博蒂把他请出去了吗？"

"我印象中是这样的，除非她改变了主意。"

"之前发生这样的事是什么时候？"

几年前，博蒂和格特是一对儿，直到她提出分手。他觉得她拒绝和他复合只不过是太固执，这么固执可是严重的性格缺陷。

---

① 治疗恶心胃胀、消化不良的药物。

"罗伊·帕迪呢？"沙利问，"他今天早上来过吗？"

格特对上沙利的视线，接着摇摇头。"露丝的事我很难过。"

"你听说了？"

"整条街都传遍了。不得不说，我很惊讶。"

"那个和他一起住的女人呢？见过她吗？"

"科拉？她昨晚来这里找他。今天早上没见过。"他看着沙利。"你看上去除了抗酸片还得吃点别的。"

他没觉得饿，但格特也许是对的。

"我让杜威给你煎两个蛋。"他说。

沙利转了转眼珠。"杜威？"

格特向他耸耸肩，默认了沙利的疑虑。杜威和沙利年纪相仿，一般晌午之前，他手抖得连铲子都抓不住。在露丝买下海蒂之家前，他一直在那儿做早餐，但露丝不得不让他离开，因为柜台的顾客们抱怨，即使他在烤洋葱，他们仍能闻到他身上的味道。在格特，他被禁止出厨房，所以只能通过一个关闭的服务窗口朝他大声喊订单，而那窗口，只有他在壁架上放上炒好的菜时才会打开。

"杜威！"格特大声喊着。

"什么？"传来杜威的回应。

"给沙利煎两个蛋！但先洗洗你的手！你知道他有多挑剔的！"

"去他的！"

"还有培根！"格特加了一句。

"没有培根！"

"那火腿呢？"

"没有火腿！只有葡式香肠！"

格特朝沙利扬了扬眉。

"为啥不来点？"

"噢，你可是刚刚嚼了胃药的。"格特指出来。

这时前门打开了，一簇亮光射进昏暗的房间。一个沙利模模糊糊认出样子的男子沿着长长的吧台走了进来，带着一种盲人对四周布置了然于心的自信。他坐在格特旁边的凳子上，转向另一边，打量着。"沙利？"他不可置信地问，"你是迷路了，还是白马烧掉了？"

格特走到啤酒龙头那儿，没问就接了一高脚杯的"蓝带骑牛士"鸡尾酒。"什么好消息，弗雷迪？"

"他们被允许回阿姆斯了。"他说着一口气喝下半杯啤酒，满意地咂巴着嘴巴回味着。

"找到蛇了？"

"刚刚，"弗雷迪说，"你会喜欢这故事的。四个动物管控局的家伙穿着到屁股的长筒靴挨家挨户地搜。他们在里面搜了两个小时。蛇的影子都没有。所以他们出来，公布回到里面是安全的。其中的一个蠢货开门时，猜猜什么东西爬出来了，就在他两腿之间。"

"又一个值得自豪的政府部门。"格特笑起来。

"但我该表扬那家伙，"喝完了剩下的酒后，弗雷迪不情愿地说，"他一脚踩向那玩意儿。这可要给他颁勇猛大奖，不管是不是穿着长筒靴。"

格特又给他倒了一杯啤酒，接着回到沙利旁边，对方低声说，"想象一下你是罗伊·帕迪。"

"我他妈干吗要这么做？"

沙利没理他。"你刚刚违反了你妻子的限制令，更别提你的假释条款，还有只是想证明你有多该死，你把岳母打到半死。你很蠢，但并不弱智。你知道自己会银铛入狱，这意味着你时日不多了。你是会逃跑，还是会藏起来？"

玩起角色扮演，人人都知道，没人能比格特厉害。他一辈子热衷这些难题。他把一只胳膊靠在吧台上，好让自己舒服一些。"昨天我的车被砸坏了，所以对我来说，逃跑是个问题。"

沙利点点头。"比如说你可以开你女朋友的车。"

格特哼了一声。"我可没法开一辆一半紫一半红、粘满胶带的破车。就是不行。"

"那么？"

格特的眼神呆滞了，他深入所扮演的蠢货角色中，眼睛微微斜愣着。"我惊恐未定，他们在医院给我开了止疼药，所以我也没法清醒思考。我只能靠已经有的本事了。"

"你有什么本事？"

"入室行窃。我有个本事就是把胳膊伸进玻璃格里，又不会伤得太重。我是伸手探进室内靠感觉打开门的专家。"

"但这是光天化日，可能有人会看到你。"

"得大费周章。选离城远一点的地方，一栋没有左邻右舍的房子。"

"你不担心房主会突然回来吗？"

"他们才是应该担心的。我？我实在是没啥好失去的了。"

弗雷迪，很明显觉得被忽视了，从吧台那边叫道。"格特！你听说了没，他们找到乔了吗？"

格特眨眨眼，像一个游泳的人回到了水面。沙利可以觉察到，现实没有他刚刚沉浸的冒险有吸引力。"在哪儿？"

"躺在树丛里。有人碾过了那可怜的家伙，接着把他拽到那里，让他在那儿等死。"

格特摇摇头。"我应该跟他说跑到离巴斯中心这么远的地方是个错误。"

"他们没想到他居然还活着，"弗雷迪说，"谁会这么做？"

"屎班牙人。"沙利插话道。

弗雷迪赞同地笑了。"他永远没法说清楚'西班牙人'。"

"除非……"格特说，压低嗓音，又回到了他的角色中。

"什么？"沙利问。

"很可能在窘迫中，我想起了我第一次犯的罪，即使是现在，排除通货膨胀，我都收获颇丰。无忧宫。我对自己说，为什么不？它就坐落在树林中，空无一人，我把手肘伸进去时没有人会听到玻璃粉碎的声音。"格特现在笑着，点着头。"我越想越喜欢。如果够幸运，我会给自己几天时间。或许一周？等风声过去，谁知道呢？也许我能迅速脱身。好吧，也许不能，但有时候是会发生奇迹的。"

"你不担心看门的人吗？零散的场地保安？"

"并不很担心。我听说那儿的保安是斯凯勒一家私人公司提供的，一天就来几次。他们可能根本就不会进去，即使进去，又怎样？他们会因为像我这样的笨蛋可能藏在其中的一间房子里，就去检查两百多间房子吗？"

格特严肃地看着沙利，他的目光又聚焦了。他耸耸肩。"我尽力了。白痴是很难预测的。"

"非常感谢，"沙利真心地说，"如果真是这样，我欠你一份人情。"

厨房的窗户打开了，沙利的早餐被哐当放在窗台上。格特把它和一套餐巾包着的餐具放在沙利面前。"如果真是这样，"他说，"他们将在那儿发现你的尸体。"

食物放了沙利眼前，他觉得有了点食欲，于是他开始埋头吃起来。吧台后面的电话响起来时，他几乎吃完了。格特接了电话，闭着眼睛，好像很痛苦。"没有，他没来过，"他说，"我知道……好的……当然，加汗夫人。我会的。"

沙利把盘子推到一边，突然心头一紧。也许是因为想到，如果昨天晚上在白马他没有嘲讽乔，他可能还坐在吧凳上，就能避开急速的汽车，那样的话，他可怜的老母亲就还拥有这个儿子。

"给，"格特递给他一块毛巾，注意到他冒出汗来，"很辣，那香肠。"

话以致命

她在打开店门时，注意到了那辆饱经风霜的灰白色货车。因为在过去十八个月里面，克鲁纳斯乡村市场——一个加油站/便利店/洗车聚集地——被持枪洗劫过两次，她一直对可疑车辆很警觉，尤其是在夜间，快关门时，收银机里都是钱。要不是它歪歪扭扭地停在没人会停的超出洗车区域的地方，她可能根本不会注意到这卡车。因为她经常把车停在大垃圾桶旁，这样能把前面更方便的停车空间留给顾客。她从后门进来，只开了一排灯，能看得清就行，但不会让汤姆、迪克、哈利们知道克鲁纳斯开始营业了。她还需要大约一刻钟准备好收银机，启动加油泵，为自助咖啡机滤好咖啡。当人们开始在外面排队时，咖啡机还在滤煮，不管是短途到斯凯勒，还是到下州奥尔巴尼远途通勤的人，都急着喝上一杯提神。他们中必会有人朝里瞅，看着她四处忙乎，轻敲门，指着腕表。这时，尽管还有几分钟才到开门时间，她也会轻按开关，启动旋转招牌和头上的日光灯，打开门，开始一天的工作。

据她的描述，货车司机衣冠不整、睡眼惺忪，好像他在那儿过了一夜，正努力要清醒过来。他说他是在她进来前几分钟才停好车的，接着迷迷糊糊地睡了一会儿，等着她开门，但凯伦——那服务员——怀疑这真实性，尽管她也说不上来，为什么有人会在这种无足轻重的事情上撒谎。她也无法解释为什么对一个这么努力表现出友好无害的人毫无好感。她跟雷默说，除了睡眼惺忪，那人外表谈吐都没什么特别的，但她觉得那人可能来自很远的南部。他穿着牛仔裤，白 T 恤，立着的领子那儿泛黄，戴着一顶棒球帽，上面有个她不认得的圆形标志。他买了咖啡、橘子汁、一小块蛋糕和一盒香烟，接着说了句好像是，嗨，那么，既然到这儿了，我还是洗一下车吧。她又一次清晰地感到他是故意误导她，但到底是为了什么目的呢？就好像那家伙在等待时机，等着其他客人都离开，这样就只有他们两个在店里了。但她说，她并不是很担心。她在柜台里放了一罐催泪瓦斯。但她也可能是误会了他，因为到了只有他俩时，他什么也没做，只是付了钱，洗了车，离开了。

雷默问那人是用信用卡付的钱吗，她说不是，他付的是现金，这也有点奇怪。现在人们买超过十美元的东西通常都用信用卡或借记卡付钱。但现在想起来，更奇怪的是他为什么把车倒进洗车区。她不记得有其他顾客这么做过。就好像是……

"是的，"雷默说。就好像他不想有人看到卡车的前面。"他停在哪块区域？"

"最远的那块。"她说，这雷默也能猜得到。

在那块洗车区的下水道，他发现了一小片褐色的厚玻璃，跟他的证据袋子里的碎片完全吻合，在垃圾桶的底部还有其他更大些的碎片。

"市长要见你。"当他回到越野车时，夏莉丝通知他。

"跟他说晚一些。我正忙着。"

"我说了。但他说很重要。"

"跟他说去他妈的。"道格吼起来。

无线电吱吱响起来，接着是沉默。

"抱歉。"雷默说。让他困惑的是，道格不请自来的插话开始变得像自然的身体反应——如打嗝或持续已久的让人不胜其烦的干咳。"对不起。我有点缺觉。他在哪儿？"

"在山谷区墓地。他说什么死人又动了。你听得懂吗？"

雷默只听到了前半部分。当她说"山谷区墓地"时，他想起了自从离开墓地后一直困扰着他的事情。是什么呢？是车库遥控器吗？他努力集中精力回想，但信号太弱了，只使得他耳朵里的嗡鸣声越来越响。

"头儿？你在吗？"

"抱歉，我在想事情。"

"那你要去那里吗？山谷区墓地？"

"稍后吧。"

"头儿？"

"什么，夏莉丝？"

"你吓着我了。"

有人在敲窗户，雷默惊跳起来。哦，是凯伦，那个服务员。"对不起，"她说，"我又想起来些事情。那卡车开走时发出滑稽的刮擦声。"

"门关着你在里面都能听到？"

"一个顾客正好那时要离开，所以门开着。是一种尖锐的声音。像——"

"就像轮胎上有金属的东西？"

"对，就像那样。"

哈罗德·普罗克斯迈尔，自从他老婆去世后，他就一个人经营着哈罗德汽车世界，雷默停下车时，他正忙着撬下一辆货车的前轮胎。

"我有预感，"当雷默走过来给他看了徽章后，他说。他们站在哈罗德几个小时前买的车前研究着，"偷的？"

"我也不知道，"雷默坦言，"但它很有可能涉及昨天晚上县公路上的肇事逃逸案件。"

"谁被撞了？"

"一个叫加汗的人。"

哈罗德摇摇头。"我不认识他。他死了吗？"

"神奇的是，没有。至少现在没有。"

"当时看到反光镜没了，我就觉得奇怪，"哈罗德指着侧面说，"那家伙声称，他的孩子把车开进沟里去了，但车是佐治亚州的车牌，那可是很远的路。我没有看到血。"

"他在来这之前去了洗车店。"

"他有地方不对劲。"哈罗德说。

"怎么了？"

"他一钻出卡车我就有这感觉，"哈罗德说，"好像他还没下定决心。今天早上只有我和那孩子——安迪——在忙乎，安迪到后面吸毒……嗯，吸毒。就只有我和这个家伙，他的眼睛四处飘移，就像，我不知道，也许他想要确认这附近只有他和我。接着安迪出现了，我可以看到他的眼神变了。好像那时他才下定决心要把卡车卖给我。"

"而不是？"

"谁知道呢？"哈罗德耸耸肩，雷默可以感到，他有点惭愧，"我一般不会这么想。可能是……"

"是什么？"

"我不太好意思承认。"

"我来这儿不是针对你，普罗克斯迈尔先生，如果这么说有用的话。"

"嗯，有点用。我脑子里有东西在长。一个肿瘤。纤维瘤。他们说，不是癌症。但他们不能手术。不管怎么说，我会头痛。"

"吸毒能起点作用。"

"是的。不管怎么说都能减缓些。我知道孩子是不该吸毒的，但我吸的时候很难跟他说，他不能吸。没有他，我甚至不知道从哪里能弄这些毒品。"

"那车有相关文件的吧？"

"有的。大多数时候，我都是诚实守法的。"

"大多数时候？"

"哦，这就是汽车生意。"

哈罗德的办公室是一间独立的房车起居室。他递给雷默车的产权文件，他还没时间归档。雷默不是很清楚佐治亚州颁发的汽车文件应该是什么样子的，但印这文件的纸的重量有点不对劲。登记的车主是马克·林沃德。

"你给了他多少钱？"

"一千三百美元。我跟他说，这车在最近这场事故之前就不行了。跑了二十多万英里了。我只能用它的零件。我以为他要讨价还价，但他没有。他看上去更想让我付他现金。这也让我生疑。"

"你把那么多现金带在身上？"

哈罗德指着角落里的一个老旧的保险箱。"没办法，做这行的。"

"那他怎么离开的？坐出租车吗？"

"安迪用拖车载了他一程。"

"到巴斯？"

"斯凯勒火车站。他说他下午要早点到奥尔巴尼。"

"是什么时候的事儿？"

"几个小时前？"

"那个安迪还在这儿吗？"

他们走出去，哈罗德叫那男孩的名字，他从一排排旧车中现了身。隔着三十英尺远，雷默也能闻到他身上的大麻味。

"嗨。"他打招呼，紧张地看着雷默。

哈罗德看着那孩子，深深叹了口气。"安迪，"他说，"跟你讲话的是雷默先生。巴斯的警察局局长。"

男孩站得更直了。"哦，"他说，"嗨，先生。"

"他想问你那个卖货车给我们的人的情况。"

现在轮到这孩子叹气了。"我只买了两盎司。我发誓，就是给我自己用的。"他的眼睛闪过哈罗德，只有一秒钟，就又回到了雷默身上。

"安迪？"雷默说，他有点喜欢这孩子了。他可能吸了很多毒，但他刚刚有机会可以把一切推给他老板，但他没有。

"嗯？"

"给你以后做个参考？最好别人没问就不要主动说。"

"哦，好的，"男孩说，"我明白怎么做了。"但接着他突然后退了一步，指着雷默的手，这吓了雷默一跳。"老兄，"他说，"你是神啊？"

雷默这才注意到他的掌心在流血。显然他又在抓了，他左手的指甲血红血红的。"离神远着呢，"雷默确定地说，"那么，普罗克斯迈尔先生说你把货车的车主送到了火车站。"

那孩子点点头，但一直盯着雷默的手，哪怕雷默把手掌移开了。"比尔？是的。"

"他跟你说他叫比尔？"

"是的。"

雷默把手放到背后，这时孩子才眨眨眼，终于对上了他的视线。"你们谈了些啥？"

"我跟他说大巴会便宜些，但他说他喜欢火车。"

"还有呢？"

他又看了一眼哈罗德。"如果我跟他走，他会给我份工作。"

"做什么呢？"

"稳定的工作，他这么说的。但我跟他说，我不能离开这个县。他说，'你想一辈子都按别人说的活？'我说，'不，但我真的不能离开这个县。'接着他说，'哦，你说过这个了，'我问他，'盒子里是什么？'因为他把他的背包放在了地上，却把那个盒子放在膝盖上，好像盒子很重要，而他希望我问似的，所以我就问了。他说如果我替他工作，他就告诉我。但我说，'我没开玩笑，如果我离开这个县，我就会，嗯，陷入麻烦，'他说，'这话你跟我说了三遍了，'然后我说，'我们到了，这就是火车站。'"

"他说他要去奥尔巴尼吗？"

"是的，然后他会去其他地方，比如芝加哥或丹佛之类的。"

"他主动说的，还是你问他的？"

"他说等什么时候他们让我离开这县城了，就去找他，比如我可以到芝加哥或丹佛，他会在那儿。你会逮捕我吗？"

"今天不会。"

"谢谢，老兄，"安迪说，明显松了一口气，但马上又警觉了，因为雷默把手又放到了前面，"你知道吗，你说不定真的是个神呢。你有那个标记，老兄。就在那儿，它清楚地显现着。"

"你这么觉得？"

"我妈妈会这么说。她非常虔诚。"

"好吧，那我有个信息告诉你。"

"来自哪里的信息？上帝的还是其他什么的？"

"是其他的，"雷默说，伸出他的圣痕，"戒掉毒品。"

"好的，我会的，"那孩子回答，"说到做到。"

等回到越野车，道格说，你现在明白了吗，还是需要我再描述一下发生了什么该死的事儿？

我明白，雷默对他说。

斯凯勒温泉的火车站只有一个砖头小屋和水泥月台。小小的候车室里空无一人。外面凳子上有两个人，一个女人头靠在男人肩膀上睡着了。奥尔巴尼和蒙特利尔之间一天有四班车，两辆朝北，两辆朝南。第一辆去奥尔巴尼方向的火车一小时前出发了，另一辆要到下午晚些时候才有。

雷默给检票口的人看了徽章。"跟今天早上报纸上的人挺像的。"那人说。

雷默感到道格要爆粗口了，于是赶紧闭上了嘴，用力咽了口口水，这似乎起了作用。"谢谢，"他说，"我在找一个人，他可能今天早上买了去奥尔巴尼的票。中等高度，中等体格，穿白色 **T** 恤，领口泛黄，立着。眼皮耷拉着，看起来像半睡半醒。可能背个双肩包，拿个小盒子，或塑料冰盒。"

"对不起。我想不起来见过这个人。但乘客是可以从机器自助买票的。"他说，指着门里的一个机器。

"这个可以用现金吗？"

那人摇摇头。"只能刷卡。"

"有没有读出器？可以看到信用卡上的名字之类的？"

"你得打电话给制造商，让他们打开。"

雷默走到机器前，但似乎有讨厌的家伙把公司的联系方式撕下来了，在原处又乱写了一个。

想想看，道格说。

我在想呢，雷默跟他说。

哦，那我就等着。

那孩子说这家伙喜欢火车。

你信他？

如果他不乘火车，那到这里来干吗？

想想看，这附近还有什么？

雷默把车停到公交站时，去蒙特利尔的大巴正要倒出停车位。雷默追捕的人跟哈罗德和安迪都是说他要去奥尔巴尼，但……

他轧了加汗后会去哪儿？

北边，雷默说。

对的。那么快行动吧。

冲过停车场的双重门，雷默把徽章对着穿制服的女职员挥了挥，但她没注意到徽章，看他冲向那里，还以为是他迟到了，要赶上正启动的车，于是她把两个手举起来，堵在他前面。雷默听到了她的咕哝声，但他没时间道歉就一头朝前冲去。

巴士司机怎么也想不到会有人在这个时候直冲到他面前，等他踩下刹车，那车在离雷默膝盖几英寸的地方摇晃着停住了。

"停到车位上。"当车门快速打开时，雷默上了三个台阶，向司机举起徽章。出人意料的是大巴满满的，只有几个空位。"在我下令之前不要开门。"

令他惊讶的是，那人什么废话都没说，就按他说的做了，他看着雷默就像看着一个你知道不能对着聒噪的人一样。以前有人这样对他吗——敬畏交加？这可不是每个人都能享有的，雷默心想，他有点感觉良好了。

看到他了吗？道格想知道。

我确定看到了。

后排，靠窗的地方。他旁边有个空位，这车上空位很少，这让雷默失笑。这家伙不管走到哪里，人们都自然而然地退舍三尺。

你确定？

我刚说过的。

"他在跟谁说话？"雷默听到一个女人问坐她身边的人。

大巴的空调开得很足，雷默注意到那个人穿着长袖衬衫，但脖子那儿的 T 恤领子很脏。克鲁纳斯乡村市场的职员没有认出他帽子上的圆形标志，雷默一开始也没有，后来他仔细看，才发现是条蛇咬着尾巴。帽檐下的眼睛正如所描述的——睡眼惺忪，厚眼睑，百无聊赖。他正朝窗外看——一副漠然的样子？——但雷默从他头倾斜的角度就知道他高度警惕，留意着他周围的情况。当雷默到了他那一排，他才懒洋洋地转向他，嘴角升起浅浅的令人不悦的笑。

不要,道格建议，但雷默还是在他旁边坐了下来。"威廉·史密斯，对吗？"他问的时候知道自己肯定没错。因为这不光是个肇事逃逸的司机，还是个贩卖毒蛇的贩子。昨天晚上，米勒在莫里森阿姆斯巡逻的时候瞥到过他，司机一看到犯罪现场的胶带就加速开着货车离开了。如果他当时是个更好点的警察，就会追上去，让这坏蛋靠边停，那样的话，很可能会救了可汗，没几分钟后他就被碾压了。但米勒可不是坐在雷默旁边这人的对手，到时候，有可能是他，而不是屎班牙·乔被拉到树丛里去。克鲁纳斯商店的年轻女人和老哈罗德·普罗克斯迈尔隐约的感觉是对的。他们曾经离这人这么近却还活着，真是太幸运了。即使是喝醉了，布吉·瓦根尼科特在酒精的混沌中仍然明白，他看顾的一屋子的蛇不过是雷默身边这个更致命的人的替身。

但即使清楚很危险，他也不能卸下枪套，用枪对准他。如果在这么拥挤的大巴上开枪，谁知道会有多少无辜的人倒下？

威廉·史密斯现在笑得更开怀了。他转过身，正靠着大巴。他大腿上的盒子沿着顶部和边上打了几个小洞，雷默明白那用途。

"嗨，好邻居。"那人说。

"我需要你跟我走一趟，"雷默说，"安静些，这样我们不会吓到其他人。你明白吧？"

史密斯的笑消失了。"难道你还不清楚我吗？"他说着，打开了盒子两边的金属扣。

"肯定是条很贵的，"雷默说，"贵到你不想把它留在那儿。"

"哦，是的，"他说，提起了盖子，"这个小家伙从非洲一路到了这里，就是为了认识你。"

雷默心想，这是他见过的最漂亮的东西。黝黑光滑，身上有鲜红和明黄的斑点，在它睁开和主人一样睡眼惺忪的眼睛之前，它漂亮地蜷成一团，看不到头尾。接着它昂起头，要把雷默看得更清楚些，雷默想动，但发现自己动不了。这像适用法律暂时被搁置一样——他还没被咬，那毒液却似乎已经在他血管里流淌，让他麻痹了。还好道格并没有受影响。令雷默吃惊的是，他用他那奇特的、像鹦鹉般的沙哑声说："蠢蛋，你拿的是个空盒子。"

很明显，这可不是威廉·史密斯意料中会听到的。事实上，他大吃一惊，惺忪睡眼一下大张，雷默可以从中读到他的想法：难道蛇逃走了？这怎么可能？他朝前倾，向盒子的盖子瞥去。

雷默从不知道一条蛇可以把颚撑得这么彻底，把嘴张得这么大。斯密斯整个左眉都消失在它的三角脑袋下面。好像有那么几秒钟，它就像一条明亮色彩的彩带一样挂在那里，附在他脸上，接着落在了他的膝盖上。从他们后面传来一个女人刺耳的尖叫声。接着道格伸出雷默的手，把蛇抓了起来，放回到盒子里，把盖子盖好。史密斯揉着左眉，那里瞬间肿胀起来，他的表情看着像是有点尴尬地朝着雷默。"他妈的，"他说，"我早该明白的。"

话以致命，雷默心想。或者是道格心想。到底是谁他也区分不开来。现在这区分也无足轻重了。

二十分钟后，雷默回到越野车，闭着眼睛坐在那儿，把头靠在座位上休息，他开始感到熟悉的世界又慢慢回来了。在大巴上，他的心脏好像要跳出胸口，就像电影里的外星人一样，现在他的呼吸终于恢复正常了。多亏了空调，他开到了最大，所有的通风口都对着他，汗开始在他的前额和脖子后蒸发。如果能把司机位那边的门关上，让空调真正打起来就更好了，但那得意味着要把装蛇的盒子拿进来跟他待在一起。现在它被放在车旁的路边，他可以看着。现在蛇不再有威胁，他对蛇的惧怕又卷土重来。每次盒子轻微摇动，他都要去检查一下，确认那金属把手是不是安全地扣紧着，那发了怒的魔鬼会不会把它们弹开。

停车场那边的事情似乎也尘埃落定了。几个乘客在仓皇逃出车的惊恐中受了点小伤，但急救车已经处理了。有一阵子群情激愤。坐在前面的人没看到发生了什么，他们只是因为开车晚了而生气。坐在后面受到惊吓的人一开始拒绝再上车，直到大巴被彻底搜查了，没有发现其他蛇。雷默发现整个场景让人非常沮丧，简直是人性自私的众生相，当两个斯凯勒的警察到达时，他很高兴他们过来接手。

来了两辆救护车。威廉·史密斯被抬上第一辆，已经开走了。没有鸣笛，没有必要了。雷默跟他待在一起时，他一直猛烈地痉挛着，当离开大巴时，那抽动突然停止了，他觉得反胃。第二辆车是给雷默在月台上撞到的女人的。雷默记得自己只是推撞了她，但目击者称他摆动的前臂让那女人完全摔倒在地。当轮床推进第二辆救护车时，他瞥见了她肿胀、迷茫的脸。救护车刚倒出去，警笛拉起，贾斯汀的动物监管货车就停在了同一个位置。看到马路边上的盒子，他走到雷默的越野车旁。"这就是我的蛇？"他说，蹲在他旁边。

"快，它归你了。"雷默跟他说。

贾斯汀检查了一下把手，把盒子搬到货车上，他戴上橡胶手套，拿起一个长柄的钳子，打开它。当蛇沿着金属杆蜷成一个彩球时，雷默不得不移开视线。

"好吧，接着，"贾斯汀回头说，"我要检查一下大巴，确保没有其他蛇。"

"没有了。"雷默跟他说。

"我知道，但这是例行惯例，而且也能让乘客们感觉好些。待在这儿，行吗？"

雷默答应了他。他肯定是睡过去了，因为当夏莉丝的声音通过无线电噼噼啪啪响起来时，他突然惊醒了。"头儿？"她说，声音听起来惊恐万分，"你在吗？"

不要回她，道格建议道。他俩在大巴上时他一直没出声，雷默还以为他可能消失了，但看样子运气不够好。让她熬熬。

"斯凯勒的警方频道刚传来个消息。说在公交站有骚乱？你在那吗？"

雷默伸手去够听筒。你敢，我就咬你。道格警告他。

噢，请便。雷默镇定地拿起听筒。用谁的嘴巴？

好吧，好的。我不能真的咬你。

"他们报告说巴斯的警察局局长在现场，"夏莉丝说，"有人死了？请告诉我那不是你。"

我真的需要接听。

错。她想跟你说话不等于你想跟她说话。

但我想跟她讲话啊。

不，让我们诚实些。你是想看她屁股上的蝴蝶文身。这一次，你就好好把握机会吧。

雷默看到贾斯汀来了。"是真的吗？"他说，又俯下身子，"里面的人跟我说的，是你徒手抓起了蛇，把它放回的盒子？"

听到这，道格咯咯地笑。是的，对的。他抓起的蛇。

雷默没理他，他更愿意跟个实际存在的人交流。"不是很明智，我承认。"

"哇，"贾斯汀说，"你知道吗？你抓住的是条珊瑚蛇。世界上毒性最大的毒蛇之一。"

"盒子打开的时候，它怎么没有马上咬我？它有机会的。"

贾斯汀耸耸肩。"专业些的说法？盒子放在那家伙的膝盖上，对吧？就在空调出风口旁边？冷风可能降低了它的体温。它花了几秒才变得警觉。否则……"

"对的。"雷默说，感觉他的胃又在翻江倒海了。

"你可能不信，但刚在大巴上，你简直就是九死一生。"

道格哼了一声。

"蛇会怎么处理？"

"哦，珊瑚蛇非常珍贵。爬行动物学家们会很想要它的。"

"头儿？"夏莉丝的声音又在无线电上响起来。

贾斯汀直起身子。"我要让你回去工作了。"

雷默点点头，拿起听筒。这次没有传来道格的抗议声。"夏莉丝？"

"感谢上帝，"她说，听起来真的松了一口气，也许比松一口气还要多些其他什么，雷默笑了。"你还好吗？"

"哪种'好'？"

"没有受伤。"

"我没事。但那个神秘的威廉·史密斯死了。"

"那个蛇贩子吗？你找到他了？"

"他就是昨晚肇事逃逸的司机。"

她的声音平静了，几乎带着敬意。"你不得已开枪打死了他吗？"

"不是，他带了条蛇上大巴，蛇咬了他。"

"谁说这世上没有公理？"

雷默没有回应，于是她说，"头儿，你不是要将功补过吧？"

"一个人死了，夏莉丝。"

"是的，但那是个很坏的人。"

"而且，我还伤了一个女人。她挡了我的路，我把她撞倒了。他们用救护车把她送走了。"

"但你不是故意的。"

"不是，但我仍然是个危险人物。我失去了自己的想法。我脑子里有个声音跟我说要做什么。"

"不要听他的。"

"没得选啊，"他跟她说，他开始明白，不管是否喜欢，他和道格是纠缠在一起了。如果不被闪电再击中一次的话——概率极为渺茫——他不知道这另一半怎么才能消失。"而且，这声音？他比我聪明。他跟我说到汽车站。没有他的帮忙，我永远找不到树林里的加汗。"

"头儿，这个声音？如果他在你脑子里，那他就是你。你不能比你自己更聪明。"

"他正跟我说别信你呢，夏莉丝。"

这似乎让她卡了壳。"我？"她说。

"我能信你吗，夏莉丝？你不是和格斯一伙儿的吧？因为——"

"我是替你工作，不是他妈的市长。是你。"

"跟杰罗姆说如果他想要我的工作，他可以来做。"

"他不会。"

"夏莉丝？"

"嗯，头儿？"

"如果我挡了你的发展，我很抱歉。我是指工作。你是我最好的警官。只是……我不想你受伤害。"

"我知道。你已经说过你爱上我了。"

"你总是省掉那个'可能'，"他跟她说。接着，他朝上看了一眼，加了一句。"哇哦。"

"这是什么意思？'哇哦'？"

"新闻六频道的车刚开进来。"

"好的，"她说，"去打个招呼。你刚抓住一个罪犯。除去了一个公害。破了两个案子。"

"我会说出蠢话的。你快乐所以我快乐之类的。"

"真的吗？"夏莉丝指出，"你刚才说对了。"

"看到吗？"他说，用钥匙打着火。"即使我对了，那也是错的。"

"请告诉我你会去山谷区墓地一趟。市长每十五分钟就打来一次电话……"

在"山谷"这个词后，她的嗓音在他耳朵里变成越来越远的嗡嗡声。他之前一直努力在想，但就是想不起来的事情，又回来了，这一次信号强多了。

"夏莉丝?"他说，"派米勒到墓地去。让保管员带他去维修库。"

"为什么?"

"因为咱们被偷走的轮锁在那儿。"

"你怎么知道的?"

"可以说是直觉。"

无线电沉寂了一下，接着响起来，"头儿?"

"嗯?"

"你不能辞职。"

"为什么不?"

"你正变得越来越好。"

在回巴斯的路上开了一半，停在红灯前时，他感到耳朵里的嗡嗡声在增强，他知道那意味着什么。果然：现在高兴了?

没有,雷默跟他说。

你在咧嘴笑。

你怎么知道的?

我感到的。我能感到你在咧嘴笑。

好吧，也许我是有点高兴。不行吗?

你得感谢我。

为什么?

让你没有干扰地跟蝴蝶女孩调情,他说。接着，停顿了一下，她在玩你，就像玩小提琴一样。

又来了，他妈的你怎么知道?

你就是不明白，是吧？你知道的事儿，我都知道。就是这样。

我信任她，雷默坚持。

那你就完了。

有喇叭响了，从后视镜中雷默看到有一辆车停在了他后面。因为和道格的对话分了神，很明显，他整个绿灯都没动。他朝后面的家伙抱歉地挥挥手。

他决定另辟蹊径。如果我问你个问题，你会诚实回答我吗？

问吧。

贝卡的情人？你知道是谁吗？

当然。你也知道。

沙利的儿子，对吧？她每次说和她剧院的朋友在那个什么酒吧……无极限酒吧？

实际上，她是在跟他见面。

雷默在镇里见过彼得·沙列文，长得很帅，衣着讲究，是那种典型的上流学院范，明显很有修养。在学校里，他做了出格的事，但雷默不知道他到底做了什么。毫无疑问，他是贝卡喜欢的那种男人。他们可以谈论书籍、话剧、艺术和音乐。她一开始就该嫁给这种男人，他让她意识到接受道格拉斯·雷默是多大的错误。

后面的司机又开始揿喇叭了，雷默没理他。

不管怎么说，这是我慢慢发现的，道格。那又怎样？好吧。我不在乎。

胡说八道。

我以为我在乎，但如果这次跟夏莉丝……

请先结束一个疯狂行为，再开始另一个。

贝卡死了。都结束了。找不到那个车库遥控器就是个征兆。夏莉丝是对的。该继续前行。

更多的喇叭声响起，现在音量更响了，那人简直是在拼了命地按喇叭。雷默觉得他的头要炸开了。

道格发出讽刺的嘘声。听你自己的吧。

是吗？好吧，听你的我差点丢了命。

你以为你这么容易摆脱我？

也许不行。我不知道。也许我根本无法摆脱你。但那并不意味着你能发号施令。这儿我做主，不是你。

现在喇叭变成一阵持续的长鸣了。雷默闭上眼睛，但那似乎只让声音变得更响，好像喇叭声就在他自己车里似的。灯又绿了，但他还没来得及踩油门就又变红了。他后面的车主气得要命，一张胖脸因为愤怒而变得一片通红，他不停地按着喇叭，催促雷默通过交叉口。那人把窗户摇下来，头伸了出来，吼叫着，"嘿，蠢货！你他妈什么毛病？"

雷默下了车，走过去，那人脸上的变化很让人愉悦，他的愤怒转成了疑虑，接着只剩下惊骇。车窗迅速被摇上，还落了车锁。雷默一边用左手把他的徽章拍到车窗上，一边用右手示意他把窗户摇下来。那家伙看看徽章，又看看雷默的脸，又看看徽章，最后看了看他掌心上可怕的红色伤口，好像是在努力解释这些互相矛盾的证据。这肯定是个警察，他终于把车窗摇了下来，朝雷默怯弱地露齿笑了一下，那笑消失在了雷默的拳头下。那人的头被重重地打到右边，唾沫溅到了乘客位的窗户上，他朝前倒在座位上，身体又被安全带扯着，雷默看到那人的眼睛在眼窝里恢复转动时，觉得一阵舒爽。他心想，这就是很多很多年以前沙利用拳头猛击他的脸时的感觉吧。为什么这么久以来，他要压抑暴力带来的愉悦？感到遗憾的是，车里只有一个好斗的蠢货，如果能多痛打几个感觉会更好些。他耳朵里的声音和之前的喇叭声一样响，但他走回车时，发现自己在快乐地哼着几个世纪以前的曲调，他想到那歌词是：我宁愿做个锤子而不是个钉子[①]。

[①] Simon & Garfunkel 的歌曲 El Condor Pasa。

灯又变绿了，他启动了越野车，小心翼翼地通过了交叉口。后面的车没有动，在镜子里越来越小，当雷默转向巴斯的公路时，它就完全消失了。他大约开了半英里，嗡嗡声停止了，他停靠在路肩上，调整了一下后视镜，在它的矩形框中，观察着那蠢货吓得屁滚尿流的脸。如果他对贝卡展示的是这样的脸，他心想，贝卡还是会继续爱他的吧？这是女人们想要的吧？甚至是他自己想要的？

　　把镜子推回原处，他盯着手掌。中间还能看到鬼魅似的订书针的形状，但旁边红肿的区域可能发了炎，肿成了两倍大，看上去像个子弹的伤口。他重重地挠着。

　　更重些。太爽了。

　　你再说一遍，道格说。这儿谁说了算？

家

无忧宫关了门，通往那儿的路也封了，但沿着它石头墙的内侧有一条辅路，非常狭窄，没铺砌过，但上面有车辙。门口树上钉着一块牌子：**私人居所，禁止入内**。但沙利忽视了它，罗布支起脑袋，疑惑地看着他。"我看到了。"沙利跟它说。有时候，他真的怀疑这小混蛋能看得懂字。

作为回答，那狗重重地打了个喷嚏。

"我不想听到这声音。坐在那儿，乖乖地，否则我把你放到后面，锁在车斗里。"

罗布又打了个喷嚏，这次更响了，似乎在暗示它觉得这只是个空洞无力的威胁，其实本来就是。

小路穿过高高的松林蜿蜒了半英里多，就到了宾馆后面一个空荡荡的小型停车场。沙利虽然很失望没有看到他要找的那辆双色车，但他还是把车停在了停车场。

"二十分钟。"他跟罗布说，心想如果罗布真能识字的话，他也许还可以告诉它具体时间。"如果等我结束你还没回来，我就把你留在这儿。懂吗？"

罗布看样子是听懂了，因为它开始兴奋地朝上跳，它的脑袋"砰"的一声撞到了车顶，这肯定会疼，但很明显还不够疼，因为它还在继续跳，继续砰砰地撞着车顶。

"停下来，在你撞死自己之前，"沙利说，靠过去替它打开乘客那边的门，"二十分钟！"他叫道，罗布已经消失在宾馆的角落，它可以绕着整个无忧宫撒欢了。

现在只剩下他一个人，沙利把引擎关上，沉浸在过去中。奇怪，无忧宫离贝丽尔小姐的房子只有不到一百码的距离，但他已经有好多年没有来过这里了。还是个孩子时，至少有相当一段时间，这里是他的最爱。

在宾馆关闭后，他的父亲曾被雇做首席监管护理员。工作内容是要确保邪风恶雨不会从破碎的窗户刮进房间，以及及时汇报坏掉的管道和其他问题，包括受损情况。宾馆关闭时，最贵重的家具和设备都已经放进仓库或出售了，但还是有足够多的东西值得偷，所以大个子吉姆的工作就是用他的存在来阻止小偷，或深更半夜在树林里举行派对的人，他们会把空威士忌瓶子乱扔一气。按照他跟沙利和沙利的哥哥帕特里克所说的，他的工作还包括赶走当地的男孩。他们如果进来，会翻过铁丝栅栏，在草地上踢足球，这会毁了那片昂贵的草坪。大个子吉姆把这——让这些无法无天的小混蛋们产生对上帝的敬畏之心——看成是他工作中的重中之重。

但沙利和他哥哥可以在这片土地上乱跑。很大程度上这意味着他们可以探索树林，玩角色扮演游戏，就像男孩子们经常做的，当然现实中，这是不可能发生的。花园里有很多路都穿过树林，最终会回到宾馆，无论你选择哪个方向走上半英里多，都会来到石头墙或花园边的栅栏，要么引着你来到一边斯凯勒的入口，要么来到另一边巴斯的入口。天气恶劣的情况下，如果他们的父亲心情不错，就会允许他们进到室内，让他们多少可以自由地探索宾馆，只要他们不打碎东西。在舞厅，剩下的家具都堆在了一角，用床单覆盖着，兄弟俩最喜欢做的就是先跑上几步，然后在光滑锃亮的地板上一路滑过去，直到有一天帕特里克踩了一枚钉子，把他的脚从脚趾划到脚跟，足足缝了三十多针。图书馆里有个巨大的台球桌，球袋是皮质的，一开始对他们没啥用，但有一天他们撬开了旁边的衣橱，里面有几根桌球杆、摆球筐、架杆和一套球，不知为啥，不到八个。因为地面有坡度，时间一长，桌面有些倾斜，沙利和他的兄弟适应了这台球桌，甚至开始喜欢这游戏。只要用合适的速度和角度来撞一下球，你就可以让球不可思议地转个弯，重力会让它滚到边角的球袋里。因为沙利是在这个球桌上学的球，所以他还以为倾斜的桌子就是这游戏设计的一部分，很多年以后，当他再玩桌球时，他才重新学了这游戏。没有了重力因素带来的兴奋，他发现自己并不喜欢在平整的桌面上打桌球。

这么空旷奇妙的地方是每个男孩的梦想，但对沙利和他哥哥而言，这也是他们逃离位于鲍登街上不快乐的家的避难所。在那儿，他们可怜的母亲基本上就是个囚徒，经常因为眼睛乌青，嘴唇肿胀、破裂而无法见人。造成这一切的大个子吉姆，却是附近酒吧的常客，在那儿，作为无忧宫的非官方主人，他经常做东，挥霍着毫不遮掩的慷慨。他认为这份工作内容繁杂，责任重大，所以给的报酬不够多，这让他觉得搞点赚钱的副业也情有可原。尽管无忧宫当时设施不多——除了几个房间，其他的水电都被切掉了——他还是能把房间以很合理的价格按小时出租，这笔钱是他看管收入的两倍多。实际上，据说有时候他自己也会带女人到那儿。

当然人们会警告他，这些胡作非为早晚会被发现，到时候他会被解雇，但大个子吉姆根本不听。毕竟，他要汇报的人住在奥尔巴尼和纽约。因为一辈子都待在巴斯，他对距离有着误解。自从北部高速建成，奥尔巴尼离巴斯只有三十五分钟车程，对他而言，却远得很；而纽约，就更像是在月球的另一边。住那么远的人又怎么会知道他做了什么？这地产的主投资方是一家人，正分成纷争的两派，他们就怎么处理这儿无法达成一致，已经够焦头烂额的了。而且，如果这些人要领着潜在的买主来无忧宫，他们通常会提前很多天就通知大个子吉姆，这样他可以确保一切井然有序。

沙利的父亲不知道的是，那些人并不是不清楚这儿发生了什么。他没挨批评不是因为他们毫不知情，而是他们自己也并不拥有这个地方。如果他在巴斯有所收敛，低调行事，他们需要担心什么呢？如果他到处搞得像个大人物，大嘴巴，自吹自擂，是一个讨厌的人，夸大自己对无忧宫的重要性，有时搞得这宾馆好像归他所有一样，也无关他们痛痒。他们既不是律师，也没有雇佣律师，这意味着他们最在乎的是他的责任感。是的，他们希望大个子吉姆能把那些不该进来的人挡在外面，主要是为了，万一他们受伤会惹上法律官司。他们知道他是个酒鬼吗？当然。他们在乎吗？并不。大型地产的看守员通常都酗酒。

但他们的确在乎他抽烟，在面试时，他保证过不抽烟。一个世纪前最早的无忧宫被烧成了平地，尽管现在的主人们在其他事情上很难达成一致，但都决不允许自己的宾馆再被烧毁，除非是他们自己为了赚保险赔偿才会这么做。代表主人来探访的人，每次在家具上看到烟灰，都会反复提醒他，吸烟会导致他被解雇，每一次大个子吉姆都会允诺戒烟，说他也一直这么希望，现在有了他需要的动力。是的，有时他的确戒了一两周的烟。但等他们下次来时，就发现他又重蹈覆辙。在他衬衫口袋里可以看到骆驼牌香烟的烟盒，图书馆会有他忘记藏起来的积满灰的烟灰缸，橡树吧台上会有刚抖落的烟灰——他喜欢在那儿招待女人，然后带她们去一个有床的房间。他们会指出他的恶行，并明确说这是最后一次警告他了，下一次再犯，他就得滚蛋。斯凯勒区有的是男人在找工作。

他们为什么给他这么多次机会？嗯，在西装革履的人面前卑躬屈膝可是大个子吉姆少数几个真正的技能之一。而且，当然这些人急着回奥尔巴尼或纽约城，所以他也不用溜须拍马太久。尽管他们威胁说要多来几趟查他，但他知道他们不喜欢来无忧宫，除非被要求，否则他们不会来的。当然这样卑微示好之后，他会不舒服一阵子，沙利和他哥哥会在他被斥责后避开风头。但这种羞辱只会持续一周或两周，在那之后，他父亲良好的自我感觉和自我价值又会回归，同时恢复的还有他的吹嘘和傲慢。"他们以为自己能找到不抽烟的人？"他自言自语，"就付这么点钱？"

404

就像很多人憎恨他人的权威，大个子吉姆也讨厌被别人质疑。沙利和帕特里克当然更清楚这点。那些当地的孩子可不管这些，他们无视**禁止入内**的牌子，这样的牌子沿着围栏每隔一段距离就有一个，讽刺的是，这些牌子为他们翻墙过来提供了落脚点。虽然这些孩子与他的那些问题相比根本不足挂齿，但他们的父亲还是说服自己，以及每个愿意听他说的人说——如果这些小混蛋进来了，到处乱跑，踢足球，弄坏原来的草坪，他就将面临失业。他似乎并不明白，跟足球相比，这些孩子更喜欢的运动是逗大个子吉姆·沙列文。他们敏捷、迅速，而他迟钝、笨拙——而且一天中总有些时候——他还醉醺醺的，他们无情地逗弄着他，让他追赶他们。等他追来时，他们会像蟑螂一样四散到各处，逼着他决定先追哪个混蛋，尽管追谁都没啥区别。这群小怪物根本不是生病的羚羊，大个子吉姆也不是他自己想象中的雄狮。男孩们尤其喜欢让他离得很近。会有人假装摔倒，或崴了膝盖，在最后一秒才会像羚羊一样弹开，跳过栅栏，落在一臂远的另一边，把汁水饱满的草莓扔向他。对他们而言，他们的追赶者是个多么好玩的人。他们轻而易举就能用可笑的举动让他雷霆大怒。这家伙有啥毛病吧？他怎么可能每天都陷入同样的圈套，似乎从不吸取教训，哪怕这事是刚发生的，或发生了一段时间但还很鲜活？作为只有十三岁的男孩子，他们喜欢他笨拙的恶意，似乎通过他，他们可以瞥见马上就要进入的成年世界，在那个世界里，各式各样的蠢货制定并实施规则。从这个角度上说，逗弄大个子吉姆·沙列文岂不是他们的道义？看看他们和他之间隔着的铁栅栏，似乎就是这样的。

　　但这么你追我赶会不会以悲剧收场？会不会有个孩子没抓牢，从栅栏上摔下来？有一天，悲剧果然发生了。栅栏上的铁刺扎入了一个男孩的下颌，从他受惊张开的嘴里穿了出来。他的两个伙伴说，这不是一个意外，如果不是那个强壮的大块头男人猛烈摇晃栅栏，那男孩就不会打滑。大个子吉姆否认了，说那铁栅栏坚固、笨重，不可能晃得动。不管事实如何，那个男孩像条上钩的鱼一样挂在那里，他的胳膊一开始疯狂地拍打着，接着就软弱无力地悬在了身子两边。消防人员在几次可怕、失败的尝试后，终于从铁刺上救下了那个无比受惊的男孩。惊奇的是，他没死。

这事故导致大个子吉姆丢了工作，这让他之前的预测——那些小混蛋们会让他失业——看上去有了先见之明。据他说，他丢了工作是因为尽心尽职，这他妈的还有什么公正可言？好像他在其他方面都是一个模范员工似的。之后的日子里，他也无法理解为什么这个偶然事件会让整个社区里的人都义愤填膺。人们对他突然这么充满敌意，你会觉得在这之前他就肯定做了什么错事。现在他也没办法在无忧宫招待他之前的朋友了，于是他们忘恩负义，像对待一个怪物一样对他。很明显，他们一直以来都嫉妒他，如今倒是幸灾乐祸。这足以让人深深怀疑整个人类的本性了。

丢了无忧宫的工作让大个子吉姆彻底陷入了酒精里。之前他是在公众场合酗酒，现在变成了一个孤单的深度酗酒者——他安静、孤僻、自怨自艾、愤愤不平。他的妻子一如既往是他情绪的发泄物，而沙利也遭受了他的言语污辱和拳脚相加。"不要回嘴，"有几次他要为妈妈出头时，妈妈跟他说，"这只会让他更糟。"沙利看不出这话哪里有道理。畏缩、软弱和抗争一样会引起甚至会增加他父亲的怒气，帕特里克就是个例子。沙利想不明白，虽然他哥哥经常站在他父亲这边，但他也没得到比沙利更好的对待。但他年长沙利两岁，这意味着他可以早一点逃离鲍登街的房子。沙利当时觉得他哥哥遗弃了母亲，是个懦夫，但轮到他时，他也做了相同的事。

从某方面来说，他离家更早。当时是高二，他开始打橄榄球，克莱福·皮普尔斯——贝丽尔小姐的老公，是北巴斯的教练，很喜欢他的勇敢无畏，把他护在羽翼之下。他和他的妻子——她做过他八年级的英文老师——向他敞开了他们家的大门。到了高三，他在他们上主街的房子里待的时间比在鲍登街的要多得多。沙利尽他所能来回报他们对他的好，他冬天清理人行道、车道，夏天修剪草坪，秋天打扫路两旁老榆树掉下的堆成山的落叶，这些活本会落在他们的儿子小克莱福头上。他是一个温柔的男孩，比沙利小四岁，看上去挺高兴沙利做他的哥哥。实际上，是高兴自己的活儿少了。沙利不但擅长使用各种工具，他也不怕去干没把握、不知道结果的活儿，老克莱福很高兴看到他越来越手巧。贝丽尔小姐才是真正明白他动机的人。只要能离开鲍登街，什么事儿他都觉得值得尝试。一毕业他就入了伍，但报到前他没跟父母说。尽管他母亲可能预感到会有这么一天，但她还是接受不了。

"你要离开了？"她重复道，被他说的消息震惊了，当时他站在厨房门口，行李包就背在肩上。她脸上的表情就跟他父亲响亮的巴掌落在她脸上时的表情一样。

"你还要待在这儿吗？"他无情地回答。

她紧张地扫了一眼前屋，他父亲像往常一样坐在那儿，窗帘拉着，电视开着，但声音很小。沙利不记得上一次他俩讲话是什么时候的事儿了，但他知道，那老头总是假装不感兴趣，其实正听着。"我为什么要离开？"

当然，她其实问的是：我能去哪儿？我怎么生存？谁养活我？他也没有答案，于是只能告诉她已经知道的事实。"他把你当成狗，比狗还不如。"

又一次，她恐惧地看看前屋。"他只是脾气不好而已。"

"不是，他又卑鄙，又愚蠢，还是个懦夫。他在陷入酒精之前就是这样子。"他心想。来呀，老头。过来呀，如果你不喜欢我说的话，就过来给你点颜色看看。他准备着，如果需要，就放下行李包，扑向厨房。

"他内心深处，"她说，"是爱我们的。"

"不，他不爱。"

她压低声音，恳求道："如果我离开，他就谁都没有了。"

"他根本不配有谁。"

这时，她捧起他的手。"不要因为这个世界冷酷无情，"她说，"就变得这么冷酷。"

不？他心想。因为他得出的结论完全相反。美国马上就要陷入战争，而他将身处其中。需要的就是冷酷，他非常清楚。所以那天早上他和她吻别时，瞥都没瞥前屋一眼，已经变成了他母亲不希望他变成的样子。

但他还没有冷酷到不跟贝丽尔小姐告别就离开小镇。尽管他想过要那么做。她听说沙利入了伍，并不像她丈夫那么激动。他问她为什么，是不是觉得马上到来的战争是错误的，她回答说所有的战争或多或少，都是错的，但不是因为那个。她是担心他死掉吗，也不是。真正让她担忧的，她解释说，是他可能对自己施加的暴力。他不但会以身试险，他还会把本我置于险地，就是那个梭罗认为值得防御保护的本我，也是那个思想家爱默生一直歌颂的本我。（他们在她八年级的课上读过《论公民的不服从》和《论自立》。）年轻人，她说，经常会在有机会认清自己之前，就被要求拿心底的那个本我冒险了。在她看来，让他们赌上他们还尚未意识到自己所拥有的东西是错误的，更别说值不值得了。"而且，"她补充道，"我担心你是因为错误的原因才入的伍。"

"你觉得我是为了什么呢？"他问，好奇她竟这么了解自己。

"我怀疑"——她叹气——"因为你太年轻，你不知道还能怎么办。"

他的确年轻，但他不喜欢被提醒这一点，他更不喜欢被这个对他这么好的、矮小的驼背老妇人提醒。她这么睿智，不但睿智，还把他看得这么透。而且，她经常能胜过他，这让他只能稚气地逞强嘴硬，尽管他自己并没有意识到这点。"我只是在想，"他说，"得有人把阿道夫①的帽子拿给他。"作为回答，她对他露出和善、了然的微笑，仿佛在说她完全明白他，就像以往一样。

那都是他离开前一周的事情了。现在，当他来到他们的房子，皮普尔斯教练正坐在门廊上读报纸。沙利放下行李，走上门廊台阶，和他握手。

"你要走了。"教练说，没有松开手。

"是的，先生。"沙利点头。

"去给阿道夫送他的帽子。"

这让沙利笑起来。贝丽尔小姐重复了他跟她说的话，但他很确定，是善意的。

"她在里面，沙利，"老克莱福跟他说，给他使了一个眼色，清楚地表达了他很明白这告别有多困难——好吧，是有多无能为力——他明白女人一般都，这一位尤其是，不但想拥有你的一切，而且还想拥有你其实没有的而且永远也不会有的东西。作为回报，她们会给你你并不想要的，或者没有用的，甚至是更糟糕的、对你有好处的东西。这正是贝丽尔小姐抬起头，看见他站在厨房门口时做的事情。"我可以请你喝杯茶吗？"她说，好像他这个年龄的年轻人已经被引导得足以会喜欢茶似的。

"我讨厌茶，"他跟她说过无数次，但在这个特殊的场合，他不想伤害她的感情，他温和地说，"好的，但仅这一次。"

这似乎让她挺高兴，而且他还在厨房的桌边坐了下来。"要加奶和糖吗？"

"那会不会让它尝起来像啤酒？"

"唐纳德，"她说着把热腾腾地杯子放在他面前，"我真不想看到你走。"

"我知道。你说过了。"

_____

① 指阿道夫·希特勒。

"对不起。我没有理由让你改变主意。我忘了你有多固执。"

去争论这个没有意义，所以他没有争辩。他啜了一口茶，做了个鬼脸，把茶杯推到一边。"上帝啊。"

但她现在严肃起来了。"你必须告诉我。你家里那边怎么处理的？"

他环顾了一下厨房。"这里比那个地方更像我的家。"他说。

"噢，你可怜的母亲。"她说。

"我不会跟她这么说的。"沙利让她放心。

"我知道，唐纳德，但如果你这么想，她会感觉出来的。你不知道吗？"

"如果那是我的感觉，又怎么可能当那感觉不存在呢？"

"你说得有道理。"

他笑起来。"是吗？"

"是的，"她说，"你经常说得有理。但那并不意味着我得赞同你。我能问一下你是怎么跟你父亲道别的吗？"

"他在一个房间，我在另一个。"

她困惑地看了他一眼。"你知道原谅是什么吗？"

"是个概念，我猜。"

"我是说该怎么做。"

"有人是个混蛋，你跟他说没关系都过去了？"

"这是故意曲解。"

"那么我说得不对吗？"

"半对半错。"

"好吧，至少还有一半对呢。为什么这么笑？"

"因为我会想念你的陪伴。"她说。

"我也会想念你的陪伴的，"他跟她说，"还有教练的。"

"但想我更多一点。"

他转头看了一眼，确保那个人还在沙发上坐着，而不是站在他身后，等着他的答案。"我猜会的。"他说，惊讶地意识到自己是会更想念贝丽尔小姐，他感到有点背叛那个男人的羞愧感，跟他自己父亲相比，他待他更像待儿子一样。

"我们不是因为他们值得原谅才原谅他们，"她说，"我们原谅他们，是因为我们值得这么做。"

"我觉得这是我无法理解的事情。"

她耸耸肩。"你知道吗？我也不理解。但这是真的。"

"也许等我回来我会变得更能谅解。"

"你一定知道有个事叫太晚了吧？"

他知道，但那是一个年轻男人的理解，太过自信又不全面。"你又在笑了。"他跟她说。

她指着他的茶杯。"你把茶喝光了。"

确实如此。他不记得他喝了，除了那难喝的第一口，他啥也不记得，但现在茶杯是空了，而他的心是暖的。

"有一天你会更了解你自己，"她预测说，"我是说，你的本我。"

"你真这么觉得？"

"是的，"她说，把杯子收起来，"我真这么想的。"

他震惊地意识到，她这是放手让他去参加那隐约可见的战争了。是她的爱，他心想，让他第一次觉得害怕？让他想要待在她这温暖的厨房吗？当然他不能，他俩都知道。木已成舟，是他自己的选择。

他父亲死了的消息传来时，他正在英格兰为诺曼底登陆做最后的准备。知道他母亲去世的消息时，他已经在巴黎了。等他回到美国似乎是一百年以后的事儿了，他去了他们紧挨着的坟墓。但也只去过那么一次。站在山谷区墓地，他什么感觉都没有，这意味着，他觉得，贝丽尔小姐是对的，真的有个事叫太晚了。诺曼底、巴黎、贺根森林战役、集中营，最后到柏林……最后都堆积成：太晚

411

了。他在战争中找到自己了吗，人们总认为年轻人会在战争中找到自己？可能吧。战役中他表现得很好，证明自己面对恐惧仍能胜任。但他是不是从一开始也失去了他不确定拥有的内在呢？贝丽尔小姐所担心的，他的本我是不是受到了伤害？他还记得当再次见到他时，她脸上混合了宽慰和一直以来的喜爱，回来的这个男人既是也不再是当年去参战的男孩了。

　　这几乎是在浪费时间，沙利突然觉得不能胜任他给自己布置的任务，他想，就这样让它过去吧。如果罗伊·帕迪在无忧宫，那个半紫半黄的车就该在停车场。但也有可能，他只是让那个叫科拉的女人把他放在这儿，那沙利把撬棒攥在手里就对了。宾馆送货的门锁得紧紧的，没有强行入内的痕迹。他有条不紊地检查着周围，查看着每个入口的门，寻找破碎的窗户。这花了他快半个小时，等他筋疲力尽地回到停车场时，那儿停了另一辆车，是一辆新款林肯城市。它的主人是个高大、长相柔弱、六十多岁的男人。他戴着反光太阳镜，留着精心修剪的黑胡子，可能用来掩饰他那短小的下巴。他的头顶秃了，后面和侧面头发很长，他在后面扎了个马尾。他正弯腰挠罗布的耳朵，这让那狗愉悦地喷出一小股尿来。

　　当他看到沙利拿着撬棒靠近时，他直起身体，看到沙利把棒子扔进车里后，才松了一口气。"可爱的小狗，"他说，"只是它的……"

　　"阴茎？"

　　"是的。怎么搞成这样子的？"

　　"它咬的。"

　　"你不阻止它？"

　　"没试过，"沙利边说边打开司机的门，"这是它的阴茎。"

　　"是的，但——"

"我们走吧，傻瓜。"沙利说着闪到一边，这样罗布可以爬上座位。

"我在考虑买下这个地方。"那人说，摘下他的黑色墨镜。

沙利差点脱口而出，快点买吧，但他忍住了。

"嗯，不是为了我自己。"那人补充道，好像沙利在质疑他的话。摘掉眼镜的他，看起来有点眼熟。"我是一个开发商的代表。"

"好吧。"沙利说，他钻进卡车表示自己对这个家伙在这儿做的事情完全不感兴趣。

"分时度假模式①，"他接着说，一脸傲慢无礼，"你听说过吧？"

"没有。"沙利边说边用钥匙打着了火。那男人的失望让他看起来更眼熟了。"我认识你吗？"

是那个微笑吗？那人的胡子动了下，也许吧。还是说他做了个鬼脸？

"你可能在镇上见过我。我来了有几天了，跟不少人交谈过。这么说吧，想了解一下情况。你住在这附近？"

沙利点点头。

"你喜欢这吗？"

他调到倒车挡，决定要走了。"从没想过这问题，"他说，"这里是家。"

"家，"那男人重复道，好像沙利说了什么深刻的话，"是的。"

沙利后退，三点掉头，回到了辅路，在那儿他从后视镜里瞥了眼那男人。调回后退挡，回到停车位，那人踱了过来，说："嗨，沙利。"

他把手伸出敞开的窗户。"你好，克莱福。"

———————

① 分时度假模式，是指把酒店或度假村的客房的使用权分成若干周，按十年至四十年甚至更长的期限为周期，以会员制的方式一次性出售给客户。

413

道格食言

　　尽管山谷区马路中央凸起来的那座小土丘只有之前一半的大小了，但即便在明媚的午后阳光下，它看起来也没比昨晚满月下的少诡异多少。半露的棺材被人从草皮里挖了出来，放在了平地上，之后可能会再被埋在其他地方。在一群用锄头和铲子挖着剩下土丘的人中间，雷默认出了沙利那个奇怪的朋友，罗布·斯奎尔斯，毫无疑问，他们在找其他的棺材。市长格斯·莫伊尼汉、镇领导罗杰·格拉汉姆和负责山谷区日常运作的公共部门的阿尼·德拉克洛瓦在监工。

　　格斯在打手提电话，但他第一个注意到雷默来了。他很快挂断电话，把电话放进小皮套里。"我们的风云人物来了。"他大声说。

　　雷默不清楚这话里有多少讽刺的意思，只是说，"给你。"他递给格斯装着辞职信的信封。另两个人正目瞪口呆地看着他，所以他问道："怎么了？"

　　"你看起来……"罗杰开口，接着顿住了，很明显找不到合适的词。

　　"精神错乱了？"阿尼建议。

　　"是的，就是这个词。"罗杰肯定道。

　　雷默觉得，道格正死盯着这些人。好像雷默想让别人感知到他的存在似的。

　　"你额头上的是血吗？"阿尼问，"还有头发里的？"

　　"还有衬衫上？"罗杰说，指着雷默袖子上铁锈色的血迹。

格斯嫌弃地看着雷默的信封，因为那上面也有血迹。

"对不起。"雷默说，不情愿地给他们看了看他的右手心。

"哇！"三个人都惊退了一步。

"那是什么？"罗杰问道，"枪伤？"

雷默不能怪他这么想。那的确看着像枪伤，而且比他上次看时肿得更厉害，更红了。他的手指看起来像煮过了的香肠，伤口在渗血。"是烧伤，"他说，"很痒。"

"是感染了，"格斯惊骇地说，"去急症室看看，这是命令。"

"你不看看信吗？"雷默问，对自己写得即便微小但完美的修辞三角很满意。

"没必要。"格斯说，把信封折了起来，放进了夹克衫口袋里。"夏莉丝已经告诉我了，你不能辞职。好吧，是的。今天早上我看到报纸上那张照片时，我是准备用一把涂黄油的刀子把你的喉咙割开，但之后你赤手空拳制服了一个大坏蛋。还救了一车的人，让他们没有被蛇咬到。"

尽管雷默很高兴格斯能把这些事情往好里解释，但他也很清楚这与事实完全不同。威廉·史密斯，或不管他真实名字是什么，最多只是个小坏蛋，而且他是自己丧命的。此外，也不是雷默使那些人没有被蛇咬的。如果不是他要逮捕史密斯，那蛇还在盒子里安全地待着呢。

"而且，看样子你在树林里发现的那个人可能活过来了。乔什么的。这可是一级棒的警察做出的事儿。你救了他的命。"

"我还是得辞职。"

即使格斯听到了，他也没有做出任何反应，在雷默阻止他之前，他已经走上前来，把手放在了他额头上。"天呐，道格，你在发烧。去医院，服些抗生素，治一治那只手，再吃点布洛芬，然后回家，把自己弄得能见人些。你上电视时，可不能看上去像杀人狂魔杰弗里·达默①。"

"上电视？"

"晚间新闻。"

"绝不，你口袋里有我的辞职信。"

"没有的事，你从来没写过。"

"我不能上电视，我会看起来像个傻子。"

"我会跟你一起的。"

"那我们两个都会看起来像傻子。"

"小菜一碟。他们会问你发生了什么，你告诉他们就行。"

"告诉他们什么？"

"事实。"

"那如果他们问我《民主报》上的照片呢？"

"他们不会，我刚刚跟一个制片人通过电话。他们只对公交站发生的事儿感兴趣，他们想让你成为一个英雄。"

"如果他们问我挖法官坟墓的事儿呢？"

"他们不会，我跟你说了。"

"等等，"阿尼说，"有人挖了弗拉特法官的坟？"

"当然没有，"格斯跟他说，"道格就是太累了，他脑子不清楚了。看看他。这人都产生幻觉了。"

"是的，所以我们还要让他上电视吗？"罗杰的质疑不是没有道理。

"他就是需要些抗生素把体温降下来，"格斯说，"然后再打个盹，他可以在车里睡会儿，他会好的。实际上，可以给那些报道的人看看你的手，跟他们说是蛇咬的，他们会相信的。"

这时，雷默听到有人叫他的名字。他看到米勒兴奋地朝他冲过来。"你猜怎的？"他说。

----

① 美国著名连环杀手，在 1978 年至 1991 年间共杀死十七名男子。

"你发现轮锁了？"

"在维修库，就在你说的地方。你怎么知道的，局长？"

"你可以不那么叫我了，我刚辞职了。"

米勒听到这个消息看上去着实受到了惊吓，好像这意味着现在是他得到了那职位似的。当然随着时光的推移，这也可能发生。毕竟，这曾发生在雷默身上。"你不能辞职，局长。"

"这是刚才我跟他说的。"格斯说，米勒急切地点头，很高兴有一个位高权重的人赞同他的判断。

"你看看我。"雷默说。

罗杰像是在看有《链锯杀人魔》情节的恐怖电影一样，大大后退了一步。

"怎么了？"雷默问。

"不要再抓了！"对方尖叫道。

你应该考虑一下，道格说。

什么？

上电视。

绝不。

让我讲话好了。

是的，好吧。

这的确有诱惑。倒不是他自认为是个英雄，而是想到格斯想在电视上塑造他这形象，确实使他受到了鼓舞。他们不会睁着眼说瞎话。如果乔·加汗能活下来，那他雷默的确救了一条人命，尽管那人是一个彻头彻尾的混蛋，但总归是一条人命。至少他妈妈会开心的。而且，他也的确很踏实地履行了警方的职责，找到了威廉·史密斯。好吧，他并不是，如格斯说的，单枪匹马。是道格问了他正确的问题，一步步引导着他，牵着他的鼻子，从证据到推理到假设再到结论。当雷默看到毒蛇几乎瘫痪时，是道格抓住了它，把它放回盒子里去的。当然，他用的是雷默的手，所以仍然成立。

咱俩是个团队，道格说，他像之前一样在偷听。你应该这么想。是搭档。

但你并不存在，雷默回答道。你只是电流，等我把这边的事儿一了结，我就去格特那儿，整个下午、晚上都去喝啤酒。每次一上头，我就去撒尿，把你一点点撒出去。这才是你该想的。

我们去哪儿?道格想知道。

你知道的。

是的，但为什么?

去你妈的，雷默吼道，他惊讶地发现他的声音听上去更像是道格的而不是他自己的。让我俩单独待会儿。

贝卡的坟墓现在看着不太一样。昨晚满地的花瓣大多数都被风刮走了，剩下少数的在太阳下发蔫发黄，裸露着带刺的茎。那一排墓的远处，一个树篱下面，雷默看到了她的男友用来放玫瑰的锥形玻璃纸。永远不变，彼得·沙利文写的。为什么不写上名字? 雷默在上帝、家人和朋友面前，曾经向同一个女人发过同样的誓言，他和贝卡都发誓说我愿意，但才不过短短几年，就发现事实并非如此。她的死亡让三个人都从永远不变变成了永远不再。

头顶的天空悠远，蔚蓝，万里无云，雷默觉得很是舒心。尽管不可能，但如果贝卡的鬼魂真的存在，她还想电死他的话，那这么好的天气，她得花点时间才能弄出电来。但最好不要逗她，所以他只是说，"是我，贝卡。我回来了。你觉得怎么样? 二十四小时里我来看了你两次，尽管之前……"他停下来，决定重新开个头。"我一直在反省自己，我只是想让你知道……"但这个想法也没能进行下去。

他到底想让她知道什么呢? 他原谅她了? (他不能肯定。)他理解她? (真的吗?)他能肯定她爱上了沙利的儿子，因为他聪明，长得好，有学识，能够谈论贝卡渴望讨论的一切话题吗？也许都不是。也许只是热烈的性爱。而且，他也没有任何证据证明那人就是彼得·沙列文。最好说些他能确定的事儿。

"我只是想告诉你，今天我差点丢了命。我逮住了一个罪犯，也救了一个人，他们是这么说的。噢，我还推测出了沙利把那些轮锁藏在哪里了。我跟你说过是他偷的。不管怎么说，你终于可以为我骄傲一次了。"

一片寂静。他本来还以为道格会讽刺他几句，但没有。

"我想你活着的时候，我从来没让你骄傲过。那让我感觉很不好。也许即使今天你也没有那么以我为傲。我承认，我还是那个，那个你嫁的家伙。我还是会把事情弄得一团糟。我只是想让你知道——对我来说？——今天挺不错的，是自从你死后第一次感到不错。我猜我想说的是，我不再怪你去找了一个……更好的人。所以我想，时间让你和我，让我们达成了妥协。"

他停了下来，给她时间……干吗？显示一些迹象？

"因为我想我终于弄明白了你想要什么，为什么会对我这么失望。我想你是想要隐私。是不是，贝卡？你不想我去探寻你的内心？你想保留内心的秘密。"

他又停顿了一下，让她有时间考虑。

"不管怎样，这是我的提议。如果你想的话，你可以保守秘密，让我来弄明白接下来会怎样。这样可以吗？我想我可能知道那个人是谁了。但我发誓，我不会去打扰他。我不会问是怎么发生的。你俩谁先开始。因为，你是对的，这跟我无关。所以……你觉得如何？"

这时一阵非常轻柔的微风，轻轻地吹起了他的头发，就像在夏莉丝家的走廊上一样。他感到自己微笑了。

"雷默局长？"

这嗓音这么近，他以为肯定是道格在恶作剧，但他转过身，看

419

到的是罗布·斯奎尔斯。他手里拿着什么东西，雷默花了好一会儿工夫才意识到。

"我昨天发—发—发—发—发现的这个，"罗布说，因为讲得吃力，所以他出汗了，"在底—底—底—底——"

"坟墓的底部？"

"坟墓的底部。"罗布同意，因为被理解了，很明显松了一口气。

雷默拿过遥控器。

罗布离开后，雷默背对着贝卡的坟墓站着，手里翻动着那玩意儿。又一阵微风吹动了他的头发。

但当他再转过来时，是道格在说话，但那声音分明是雷默自己的，没得商量，亲爱的。

看样子他和贝卡没有握手达成一致。

猜字谜

　　睡了几乎一整天，卡尔·巴尔克在下午两点半突然惊醒了，醒来时，手还揣在短裤里。令人沮丧的是，这失常的行为在最近成了常态。大多数时候，他都在快该起床的时间才能睡着，结果来上班时就像个梦游的人，失神、头脑混乱、注意力不能集中。一杯三分特浓咖啡也无法让他保持清醒，而且在巴斯你也买不到这样的咖啡。等到他的职员去吃中饭，卡尔通常会回一趟家，想着在沙发上打个小盹，但一旦睡过去，他就睡得昏天暗地，哪怕他崭新的手提电话，就放在几英尺远的咖啡桌上，音量调到最大，也无法吵醒他。下班时间是五点半，他通常能及时赶回工地，检查当日的进展，衡量新的风险，在班组长的协助下决定第二天有哪些难题要优先处理，当然那些难题就跟当天的一样，往往得不到解决。

　　这天早上，在山谷区的一番折腾之后，卡尔暗下决心这一天要洗心革面。他洗去了淤泥，换上了一条干净的内裤，打开早间新闻，决定一看完新闻就马上开工。今天是周六，通常不需要去工作，但这周发生了工厂坍塌事件后——这事被正式认定为是个大灾难——有太多的事等着做，件件都很紧急。首先，他得找到罗布·斯奎尔斯，让他把地下室地板下渗出来的黄色屎尿清理干净，这样，周二泥瓦匠可以重砌倒塌的墙，而他的员工也可以接着修茸。要说服罗布在节假日工作可不容易，除非沙利也能参与。能和他的好朋友在这么宽敞的空间里待上一整天，冲着这优势，罗布不但会愿意站在屎尿里，而且就是让他吃下去他都肯。但得花点功夫说服沙利，即使他同意，还要考虑他是否吃得消。最近，卡尔开始怀疑他是不是出了什么严重的问题，是身体方面的，但他在保密。稍微用点力，他就会大口喘气。今天早上在挖土机上他是好好的，但他爬上去花了大半天工夫，爬下来又是大半天。他们才工作了一个小时。沙利能撑八个小时、十个小时，两天？三天？那下面到底有多少肮脏、恶心的屎尿？他们都还不知道。他唯一可以肯定的是，整个清扫要付双倍的工资，哪怕两天的工作被拖到三天，也得付双倍。他到哪儿去弄钱付给他们？

要不是因为他睡着了，浪费了他妈的整整一天，他本打算去海蒂跟沙利一起吃早饭，利用这个机会再提一提让沙利贷款给他的事儿。尽管卡尔并不太想接受这个人的帮助，因为沙利这几年来一直说，他早晚会把他家老头的家底败光，但用沙利自己的钱付他工资还是很有诱惑的。但那真是沙利的钱吗？过去一个星期前后，卡尔在白马玩扑克输给沙利五百多美元，这就意味着沙利要贷款给他的用来支付他俩工资的钱，不久前这钱还在卡尔自己的口袋里。这是不是就像给他们付了两次双倍的工资？这个问题太复杂了，要想弄明白这个难题会让他头痛。所以他闭上了眼睛，现在已经他妈的七个小时过去了，他的头还在疼。

电视上放的是加里·格兰特的电影，和奥黛丽·赫本一起演的。电影里，她刚过世的丈夫给她留了一个行李包，每个人都相信里面——是把钥匙？还是密码锁？还是密码？——价值一百万美元，尽管包里的东西看起来一文不值。这电影卡尔看过好几遍了，他记得每个人都忽视了信封上的邮票。现在电影正播到那里，包里的东西摊在巴黎旅馆的床上，奥黛丽和加里两个人正翻着梳子、牙刷和其他没用的东西。"邮票，蠢蛋。"卡尔对他们说，尽管第一次看时他也压根儿没想到那邮票的价值。卡尔细细想来，加里·格兰特甚至比他还要愚蠢。如果奥黛丽在旅馆的房间里挑逗的是他的话，至少他会把那些垃圾都倒到地上，再跟她做几小时的爱，哪怕她瘦骨嶙峋。他们可以在那之后再继续搜查，如果他们永远发现不了那张邮票价值连城呢？至少他们还发生了关系，这也值了。

但这只是把事情简单化了。人们是无法客观看待自己的处境。好吧，当然，奥黛丽和加里是处境困难的。除了不知道那邮票的价值，他们还有一个美国大使馆的官员和三个残忍的、能力非凡的暴徒贴着他们的脖子，如影随形——说到脖子，奥黛丽的真是精致无比。但就卡尔看来，他们至少还可以互相为伴，而且如果真要说危险之地，有比巴黎糟糕得多的地方。与他们相比，卡尔自己的处境除了没有被暴徒追踪，可比他们差得多了，他既没有价值连城的邮票，也没有美女做伴，他妈的，就是有美女神奇地出现了，他的鸡巴也不管用。他在纽约州的北巴斯孤身一人，所以真的，能给这些家伙的同情也只有这么些了。

至少他不认为自己有贵重的邮票。有没有可能，就像电影里的角色一样，他其实拥有他不知道真正价值的宝物呢？如果有，是什么呢？它不必价值一百万。五万就能解决他的燃眉之急。好吧，可能最终他是需要一百万，但五万就能让他撑到下个周末，到时候他的下一笔贷款要到期了，但他还得付薪水。五万块就这么难凑吗？他环顾了一下公寓，想找到价值五万的物品，但托比，他的前妻，带走了所有值钱的东西。如果不是东西的话，那有贵人吗？格斯·莫伊尼汉在援助了他两次后，就说得很清楚，他不会再帮他了。沙利自从转了运，就坐拥一堆现金。尽管可能没有他需要的这么多。他还认识谁有这么多钱呢？而且那人还得愿意借给他。谁会觉得把钱借给卡尔·巴尔克是个好主意？

电话才响一下，她就接起来了。"斯凯勒地产。我是托比。"

"嗨，宝贝，是我。"

"不，"她跟他说，"没门。"

"什么东西没门？"

"不管你要啥。钱吧，我猜。"

"有可能是做爱呢。"

"你又行了？"

手术后的一天晚上，他喝醉了，给她打了个电话，希望得到点同情，至少不是嘲笑。"还不行，"他坦言，"不过，快了。"

"你希望？"

"嗯，我只剩下希望了。你把东西都拿走了。"

"我的律师比你的要好得多。"

"但我的是免费的。"实际上，不只是免费。维尔夫打输了官司，觉得很愧疚，借给了卡尔不少钱，然后在他还钱之前就死了。

"你还经常看到沙利吗？"

"基本上天天见。昨天晚上我们还一起盗了墓。"他觉得这么说肯定能引起托比的好奇心，但他们结婚太长时间了。她对他这种障眼法熟悉得很，很少中圈套。"而且，他有一天还提到了你。"

"提醒他我想把他的房子挂牌。事实上，如果你能说服他把房子出售，我可以考虑借你些钱。你想要多少？"

"五十。"

"五十美元？"

"五万，五十个一千。"

"你总是骗钱。"

"是吗？好吧，你也在与骗子为伍。我一直听人说你变成了很牛的房产经纪人。"实际上，每一次她卖掉斯凯勒一栋价值百万的房产，都会有人觉得有义务告诉他细节。"而且，如果你卖掉沙利的房子，我就得睡大街了。你觉得我会帮你让自己无家可归吗？"

"我不知道，卡洛斯。我真的不知道。"

他情不自禁笑起来。"嘿"他说。

"什么？"

"你都好多年没这么叫过我了，"那是他们刚结婚时她给他的昵称，她那时还很喜欢他的小把戏。而那时，他也总能逗得她大笑。那时她还爱着他。在他做了种种让她不再爱他的事之前。

"好吧，呃……"

"我有个疯狂的主意，"他说。

"如果是你的主意，那肯定是。"

"我们为什么不约会呢，你和我？"

"这可不只是疯狂了。"

"西尔维娅不喜欢？"西尔维娅·普拉斯是她那个诗人女友的绰号。当然，这绰号并不完全适合她，因为至少据卡尔所知，普拉斯是自杀的，而且也不是个女同性恋。但他对女诗人所知甚少，普拉斯至少比艾米丽·狄金森要合适，据他所知，艾米丽也不是女同性恋。

"实际上，我们已经分手了。"

"啊，不会吧？怎么了？"

"跟我俩分手的原因一样。"

"她外面有人？"

"是的。"

"她真是个白痴。"他跟她说，惊讶地发现他是真心实意地说这话。

"就她是？你不是？"

"不，我也是白痴。"

"你真的需要五万？"

他突然觉得有些羞愧。"不，"他说，"不是，我很好。我打电话只是看看你怎么样了。"

"噢。"

"那么怎样了？我是说，西尔维娅之后？"

"你是说，我是不是准备回到你的怀抱？"

他意识到自己的确有这个意思。或者说那确确实实是他的意思。"那很可怕吗？"

"是的，的确是可怕的想法。"

"好吧，"他承认，"那么，下一个是谁？"

"也许没有人。"

"但如果有。会是个男的还是女的？"

"要么是男，要么是女。"

电视上，一个有超凡能力的暴徒，那个戴着顶不合适的斯泰森毡帽的人，正在巴黎邮票集市熙熙攘攘的小摊前毫无头绪地闲逛。突然他停了下来。这时一组快镜头，好多邮票的特写镜头，伴随着血脉偾张的音乐。当演员转身面对镜头时定格了。找到了！而加里·格兰特仍在暗处远远地看着这一切。该死的蠢蛋，卡尔心想。蠢货，傻瓜。蠢得要死。但卡尔知道他会活下去的。他根本配不上奥黛丽。或者任何女人。他已经远远过了鼎盛期，至今还在吃年轻时的老本。也许他自己也知道这一点，也许这就是为什么在宾馆时他明明有机会，还是没有把她争取回来的原因。

"之后会怎么样？"托比问道，这让他迷惑了。难道她也正在看这部电影？

"什么之后？"

"你输了公司之后。"

哦，是的。她说的当然是他。她没有陷入障眼法。"也许我不会输呢。"

"为了讨论下去，让我们假设你会。"

"为什么？"

"因为我很好奇如果你输了会怎么办。"

他输了"顶尖建筑公司"——这个他父亲一手创建、一生热爱的公司之后会如何？这个他一直讨厌但从来没法摆脱的公司？

现在加里就站在那个戴毡帽的家伙之前站的地方，如果他还不顿悟就他妈太气人了！他也转向镜头，脸上因为恍然大悟而发光。

"你觉得我该怎么做？"卡尔问。

"做你一直想做的。"托比跟他说。

"是什么？"

"可怜的卡洛斯。"她说，好像是对着一个孩子，接着线路断了，她的声音消失了。

她的话还没说完。不，事实清楚明了。他彻头彻尾地破产了。

下面传来踩碎石的脚步声，卡尔走到窗前，希望看到沙利沿着车道一瘸一拐地走来。如果是沙利，他会有机会问他吗？他应该怎么提起这个话题呢？ 我们今天早上谈的，你来提供？贷款？嗯，实际上，事情是这样的……

但不是沙利。那人背对着他，他花了好一会儿工夫才认出，底下那个有点秃的金发脑袋是雷默的。他从裤子口袋里拿出来一个东西，对着车库的门。是他们在山谷区找的遥控器？见鬼了，他是怎么找到的？门一动没动，他又向前走了几步，又试了一下。卡尔真想朝下喊，跟他说没用的，这个或其他任何东西都不可能让门打开，因为很简单，这里没有装自动开门装置。但，他只是着迷地站在窗口看，貌似雷默自己明白了这一点，他用把手把门拉开，朝里瞥去，他的手沿着本该有的金属轨道的框架摸索着，接着，沮丧地又关上了门。他重重地叹了口气，把遥控器放在牙齿中间咬着，盯着远方，用他的左手指甲用力地挖着他肿胀的、鲜血淋淋的右掌心，仿佛因为某种卡尔无法理解的原因，给他带来了某种解脱。但也许并没有，因为当他把遥控器从牙齿中间取出来时，他转过头，像个被牢笼困住的野兽般吼叫了一声。接着他用尽全身的力气，把遥控器朝街上扔去。

尽管这侵犯了那个人的情感隐私，卡尔还是无法控制。当雷默像个僵尸一般沿着车道走回来时，卡尔快速走到公寓的另一头，这样才能从对着街道的窗口看清他。在那儿，他看到雷默钻进停在马路边的警局的越野车，发动了引擎，卡尔本以为他会开走，但相反，他又钻了出来，穿过街道，从草坪里取回了遥控器，又把它放回了裤子兜里。

雷默终于离开后，卡尔还在朝街道瞥着。他很清楚自己看到的一切。雷默怀疑沙利的儿子是他老婆的情人，现在他明白自己搞错了。卡尔知道谁是罪魁祸首，但他不能帮助这可怜的家伙结束他的折磨，这跟他没关系，不是吗？而且，这也让他困惑，是不是也有个熟人在看着他犯下每一个错误，却隐在背后，不愿意帮忙。如果真是这样的话，不是太混蛋了吗？我们轻而易举地就能知道别人费尽心思想知道的事情，却始终毫无头绪该怎么去帮助自己？

回到起居室，奥黛丽正从沃尔特·马修那儿逃开，跑进了一座剧院，困在了舞台上的提词间里。而加里·格兰特，从头蠢到尾，从另一扇门走进来，就在舞台下面，朝上研究着每一扇活动的门。当马修手里拿着左轮手枪穿过舞台时，他跟奥黛丽说他知道她藏在那里，她的诡计被拆穿了，让她还是快点出来吧，加里于是追着他的脚步声。墙上有一排把手，用来打开不同的门。可是要开哪一扇呢？

这一次，托比又是响了一声就接了电话。"我知道我要什么了。"他跟她说。

"是什么呢，卡洛斯？"

"要更像我父亲。"他说。老头跟他母亲结婚了这么多年，她去世后也没有再娶，甚至就卡尔所知，从来没有看过另外的女人一眼。他以为托比会笑，但相反她说："你的愿望被批准了。"

马修，是三个人中最疯狂的，就站在提词间的前面。你能看到的是奥黛丽大大的、惊恐的眼睛，这可能是卡尔见过最漂亮的眼睛了。他很高兴她不会死，加里就在下面，尽管真的很蠢，但他仍然设法猜中了要拉开的把手。尽管卡尔知道所有的情节，这悬念还是让他难耐。

他看了看他的内裤，惊讶地发现它蓬起来了。

疯狂得像个狐狸

毒蛇的威胁一解除，格特酒吧又人声鼎沸起来，每一个卡座里都坐满了人，酒吧里三个服务员、两个调酒师都忙得团团转。雷默来的正是时候。在他一直喜欢的那个最不受打扰的、最深处、最暗的卡座那儿，两个人正高声地对骂着。"我才不是他妈的疯了的那个，"男人吼道，"你才他妈的疯了。"酒吧里有人叫道，"你俩他妈的都疯了。"这让怒气冲天的两人暂时偃旗息鼓，一致对外，出奇一致地吼道，"操你妈的！"但一秒之后，两人又摆出了打架的架势，接着男人说了什么——雷默没有听清——一定是触动了女人的神经，因为她猛扑过去，撞倒了他们的啤酒罐，一拳锤在了男人的脸上，这拳劲道这么大，以至于男人的头撞在卡座的背上又弹了回来。"不要，"当她收回拳头，准备又挥出去时，雷默说，"我是认真的。都给我住手。"

"给我他妈的该死的理由，"她说，她的脸扭曲变形，一副疯狂、失去理智的样子，所以雷默给她看了警察的徽章，他这才意识到应该把徽章跟着辞职信一起还给格斯的。还有左轮手枪和无线电，尽管他把无线电放在了车里，但他不想夏莉丝打扰他喝酒。

"她袭击了我，"男人哀诉道，一点血从鼻孔流了出来，"你是目击证人。"

"因为他是个该死的混蛋，"女人解释说，好像只要让人相信对方性格古怪，就能袭击对方，而这是常用不衰的辩护词似的。

"出去的时候把钱付了，"雷默边说边站到一边，他俩乖乖地离开了卡座。

"看看你做了什么？"看到雷默闪进去，男人对他的约会对象说。

格特走过来，用一块有味的抹布擦了一下桌子。"天呐，"他看到了雷默那肿得像裂了的水果一样的手。

在外面停车场时，雷默发现那尖尖的车库遥控器虽然打不开沙利家的车库门，却是一个完美的工具，可以用来挖发炎的、痒痒的伤口边缘，那伤口现在已经占据了他整个掌心。细细的血丝现在爬满了整个手腕。他把手藏在桌子下面。"上次我在这儿喝的是什么啤酒？"

"你是说昨天下午？"

"啊，那是昨天吗？"雷默问。因为感觉那已经是上周的事儿了。

"'十二马'啤酒。"

"对的，"他赞同，想起来杰罗姆对它的差评，"我要一杯这个。算了，还是拿两杯。我两秒之内就会干掉一杯。"

格特离开后，雷默抬起屁股看了看他屁股下的那滩啤酒。至少他希望那是啤酒。

"我请客，"格特回来了，把两瓶"十二马"和一个杯子放在他面前，"我听说你救了我一个常客的命。"

"多谢。"雷默说，把杯子推还给他，一口气喝下了半瓶。今天下午的每一口都跟昨天的一样美味。自从交了辞职报告，他就在考虑接下来干什么。突然他的道路明朗了。他要成为一个酗酒的人。他要在下午三四点坐在一个黑暗的、臭烘烘的酒吧里喝冰凉、廉价的啤酒。"我应该告诉你的，"他对格特说，"今天下午我已经正式失业了。我可能付不起账单。"

格特做了个横扫一切的手势。"欢迎加入该死的失业俱乐部。"

接下来，他三口就喝光了第一瓶啤酒，舒服地安坐在只属于他一个人的卡座里，相信不会再有吵闹的醉鬼打扰到他。他用没受伤的左手拿着冰凉的空瓶子在额头上滚来滚去，那带来的强烈的舒适感证明——是的，是真的——他在发烧。也就是说，他感到更难受了，尤其是现在。他看起来已经疲惫至极，不知道身体已经糟糕到什么程度了。在沙利家释放的那声尖叫肯定驱逐了什么东西。是道格吗？如果真是，那就太好了。因为他的结论是，那家伙就是个混蛋。他激发了他主人身上最好的一面，同时也激发了最差的一面，让雷默一方面成为一个更好的警察，但同时又变成了更糟糕的人。他承认没有道格的帮助，他不可能追到威廉·史密斯，但也是道格在没有充分理由的前提下，鼓动他去挖了弗莱特法官的坟墓。在他的影响下，他还打了一个无辜（虽然令人讨厌）的车主。而且道格也不如他想的那么聪明。毫无证据，他就鼓动雷默相信贝卡的男友是彼得·沙利文，而他自己自然而然很愿意接受这个想法。也许最糟的是，雷默设法在鬼贝卡和自己之间达成有益于双方的协议，但表现出了真正的成熟之后，这个大嘴巴又违背了这协议。所以，如果他真的通过那声尖叫就把道格驱逐出去的话——那之后，就是一片沉寂，而雷默耳朵里的嗡嗡声也消失了——那就太好了。

但很明显，不幸的是，同时驱逐的还有他的判断力。因为面对现实吧：他本不该坐在这里痛饮啤酒，而是应该去医院截掉他的手。他心想，夏莉丝会不会对他变心，认为只有一只手的他没有那么有吸引力呢？这么不顾自己的死活是有点令人担心，但这也有所补偿，因为他这辈子第一次什么都不在乎了。这就是自由的感觉吧？如果是，那么继续吧。他觉得，他缺的是跟人分享他是多么开心。

两个洗手间的墙中间有个付费电话，一本小得出奇的斯凯勒的电话簿挂在一条链子上，有一半的页码已经缺损，但他还是幸运的，他需要的号码还在。"杰罗姆，"等对方终于接了电话，他说，杰罗姆的声音听起来有气无力。让一个可能还受着强效镇静剂影响的人掺和进来又有什么用？"我知道是谁划了你的车。"雷默跟他说。

"我也知道。"杰罗姆有气无力地回答。

雷默因为他的兴味索然而停顿了一下，接着说道，"是那个名叫罗伊·帕迪的混蛋。"

"不是，"杰罗姆说。几乎是斩钉截铁。"不是他。"

"但真的是，"雷默说，"我们有目击证人。"尽管这并不能完全佐证，海恩斯先生看到的只是罗伊从巷子里出来，但总归是看到了。

电话线那边是长久的沉默，以至于雷默觉得他是不是漏听了对方挂机的提示声。终于，杰罗姆开口了，"是你。是你划伤了野马。"

雷默发出筋疲力尽的叹息。"我为什么要这么做，杰罗姆？我是说，我们是朋友，不是吗？那我怎么会？"

"我得挂了。"杰罗姆说。

"不要挂，"雷默说，嗓音里的担心让他自己也很吃惊，"再听一会儿，好吗？我有事情要告诉你。我最近才弄清楚的事。"

"你恨我。所以你划伤了野马。"

"天呐，上帝，你能不能听我讲？"

"我知道你要说什么。"

"不，你不知道。我想……我对你姐姐有感觉。"

"现在你要来戏弄我了。"

"不是的，"雷默说，"你为什么会那么想？我是说，就那么奇怪吗？你自己也说过她喜欢我。我应该早点明白对她的感觉的，但……我不知道……不去想贝卡是很难的。哦，是很难原谅她，我猜。因为她本该跟我说个明白的，对吧？跟我解释事情是怎么了？她为什么不再爱我了？告诉我那个家伙是谁？她应该这么做，不是吗？"

"我得挂了。"杰罗姆重复道。

雷默突然明白了。"杰罗姆？你是不是喝醉了？"

"也许有点。"

"夏莉丝昨天晚上跟我说……"

"说我失常了？"他说，"是真的。情绪失控，老朋友了。你猜为什么。"

"当然，杰罗姆。因为我划了你的车。但我并没有，行吗？这是我一直想跟你解释的，如果你愿意听的话。是那个混蛋罗伊·帕迪干的。他是个蠢货，是个种族主义者，知道不？他可能看我们进了格特酒吧，就——"

"我得挂了。"

"等等，我过来怎么样？我会带过去你喜欢的那种六瓶装的啤酒。我们好好聊聊。"

"不，"他说，"绝对不行。"

"我发誓不用你的厕所怎么样。"雷默说，想起来夏莉丝跟他说的。

电话那头传来含糊的、呜咽的声音。难道杰罗姆在哭？

"或者我们出来，"雷默接着说，"我们可以去斯凯勒的那个酒吧。叫无限极的。"

"是无极限，"杰罗姆哭泣着说。

"对的。你觉得怎么样？我二十分钟就能赶到。杰罗姆？"

但电话里一片死寂，雷默不禁思考这对话是不是都是他臆想出来的。因为，天呐，他真的要烧起来了。他把话筒放在支架上，意识到在过去几分钟里，格特酒吧里幻影浮移，庞大的、怪异的形状在酒吧的灯光里晃动，周围笑声巨响，与嘴巴里发出的声音丝毫不符。他喝醉了吗？才一瓶啊？好吧，是两瓶，他滑坐在湿漉漉的凳子上时，才意识到他手里的第二瓶"十二马"已经空了。在他跟杰罗姆简短的对话中，难道他已经喝完了整整一瓶？突然他觉得恐惧，但具体又说不上来原因。就好像什么在下滑，非常快，但突然一下子慢了下来，地球板块沿着断层带在滑落，让他头晕目眩。他把钱——太暗了，他脑子又乱得顾不了面额——放在空瓶子下面，他离开卡座，站起来时，头重脚轻，不得不抓着卡座的一边，才没有摔倒。

道格，他带着奇怪的满足感想到，是个外强中干的家伙。他酗酒道格一点办法也没有。

二十分钟之后车停在杰罗姆的房子前时，雷默担心虽然已经到这里了，但过来可能是个错误。之前他跟夏莉丝提到他要过来给杰罗姆鼓鼓劲时，夏莉丝毫不迟疑地跟他说这是个坏主意。如果她是对的呢？如果他并不想让人鼓劲呢？如果不该由雷默来做呢？如果杰罗姆固执地坚信是他划了野马，他又怎么说服他呢？

他正下决心要回巴斯时——他那只受伤的手的脉搏现在跟着他呼吸的频率跳动着，而且他还在高烧——车库的门却突然开了。一辆绿色的小型货车停在那儿，雷默等着它开到街上去。但它没动，雷默下了车，沿着车道走上去，边走边想这车属于谁，接着突然意识到车当然是杰罗姆的，突然没了座驾，所以杰罗姆租了这辆。但为什么是辆小型货车？杰罗姆？难道这样的车不是运"十二马"啤酒的吗？

车库里很暗，车子的窗户是染了色的，所以一开始雷默没有意识到杰罗姆蜷俯在方向盘上。他死了，是雷默的第一个想法。**杰罗姆死了。**难道是在他正要倒出去的时候，突然心脏病发作？这可能吗？他怎么刚刚还活着，下一秒就死了，但你细细想来，每一个活过的人都是如此，你活着直到你下一刻死亡。"杰罗姆？"他说，脸靠近司机边的窗户，"你还好吗？"

没有应答。那人的前额还伏在方向盘的上方。但人还活着的吧？光线太暗，雷默不能肯定，但他的胸口确实是在缓缓地起伏。
"杰罗姆？"雷默喊，这一次更响些，见他还是没有动静，他用指关节猛地敲了一下玻璃，杰罗姆一下子挺直身子，他的眼睛睁得大大的，充满了惊慌，他的胳膊伸直，手完美地放在了方向盘的十点方向和两点方向，他的身体准备好了迎接撞击。他发出高声的惊叫，充满哀痛、软弱、绝望和恐惧。雷默过了一会儿才弄明白发生了什么，杰罗姆坐在司机的位子突然被惊醒，还以为车在行进，而自己开着车睡着了，以为马上要撞上前方的墙了。当看到撞击并没有发生，尖叫声也戛然而止，但才过了一会儿，当他看到雷默瞥着他时，他又发出一声尖叫，这一次比前一次更令人毛骨悚然。

雷默耐心地等着他停止尖叫，然后打开车门。一瓶所剩不到两指的苏格兰威士忌掉了出来，在水泥地上打破了，但他朋友似乎并没有在意。

"你他妈怎么了？"雷默问。

杰罗姆尽可能歪着身子避开他——但他还系着安全带，也避不了多远——好像在避开一个有口臭的人。"怎么回事？"他咕哝着。

"一切都好。你在自己家的车库，你很安全。知道不？"

杰罗姆坐得更直了，但他似乎不愿意把视线从雷默身上移开，就像是在怀疑雷默在骗他似的。但最终，他开始接受周围的环境。是的，这儿看着的确像他家的车库。他的车也似乎没在动。他放松了一下紧握着的方向盘，接着垂下了手。"哇，"他说，眨眨眼。"我肯定是——"

晕过去了，雷默心想，但没有理由由他把这句子说完整。"你吓我一跳，"他说，"我还以为你……"

他这话还没说完，不知怎么的，车库门落下来了。雷默转过身，希望看到厨房门口有人在按开关，但并没有人在那里。他的膝盖又软了——和在格特时的一样。他转身对着杰罗姆，他看到杰罗姆眼睛里泪水滚滚而下，肩膀抖动着。

"你怎么能？"他想要雷默解释。

"我没有。"雷默说，有点恼怒。他要告诉他多少次是罗伊·帕迪干的。而且话说回来，野马不就是一辆该死的车吗？机器，又不是人命，再也他妈的不能修复。他正准备跟杰罗姆说要他妈的抓住关键时，他的眼睛已经完全适应了这洞穴般的黑暗，有东西吸引了他的注意力。租来的车的后排座椅都放下了，整个车里塞满了硬纸板盒、行李箱、音响设备和成堆的衣服。"你要去什么地方吗，杰罗姆？"

他发出窒息般的呜咽，充满怨恨地点点头。

"去哪儿？"

"离开。"

车库门又开始动了，这次是慢慢上升。

"去哪儿？"

"远离你。"杰罗姆说。他盯着雷默血迹斑斑的手，好像那恶心的像戳破了的脓疱的伤口，让他无法忍受待在附近。雷默很尴尬，把手藏在身后。

"真的，"杰罗姆说，还在说那该死的野马，"难以置信有人会这么残忍……"

外面传来刺耳的声音，有车辆在以危险的速度冲刺在这片寂静的居民区。雷默转过身，正好看见夏莉丝的车戛然停在路边。他开车到杰罗姆家时，夏莉丝就曾经在无线电上呼过他几次，求他告诉她他在哪儿，但他没理她。现在她来了，跳出车，朝他俩冲来，好像房子着了火一样。没关系。他不在乎她为什么会到这儿来。只是见到她，让他狂喜。事实上，他的心脏猛地跳了一下，这意味着——他不知不觉中已经跨过贝卡，向前走了，贝卡可是另外唯一一个可以让他的心脏这样跳动的人。有没有一点点可能性，哪一天见到他，也会给夏莉丝或其他女人，带来这么强烈的快乐？

436

但突然，她僵在车道的中间，先是看看她兄弟，接着看看雷默，然后又看看杰罗姆。"不，"她恳求道，"上帝啊，请不要。"

不要什么？雷默心想，但当他往下看，他明白了是什么让她这么焦虑。不知什么时候，他无意识地把那遥控器从口袋里拿了出来，用它尖锐的一端在挖受伤的伤口。那东西现在湿漉漉的，黏着新鲜的血液，手掌的疼痛让人窒息。很明显，杰罗姆也想让他停止这么做，因为他把枪掏了出来，对准着他。"不要再继续了，"他说，睁大眼睛，眼里充满了可怕的决绝。"我受不了了。"

"不要，杰罗姆。"夏莉丝说。她走近了，但仍在车库外面。

杰罗姆开始颤抖，他手里的枪也在明显地抖动。雷默知道情况很严重——用一个上了膛的武器对着另一个人通常都很严重——但他仍然得抑制住强烈的想笑的冲动，他想到了杰罗姆喜欢的姿势，那是模仿电影《金手指》的海报，海报中，007用长管手枪对着天空，左手托着右肘，这姿势象征着面临危险时那份优雅的自信。

"我跟你说过！"杰罗姆对他姐姐说，"我是不是说过他知道的？他一直都知道这一切！"

知道什么？雷默心想，这时车库的门又开始下降了，以作为回应，没错，是他手中血迹斑斑的遥控器，他一到这儿这门就这样了。他被这事实震惊了，看着门，接着内疚地转过身对着杰罗姆，好像他才是那个需要好好解释一下的人。过了一会儿，灯灭了，留下雷默和贝卡的情人单独在深不见底的黑暗中。

"我们这么相爱，"杰罗姆说，"你根本不明白。"

祝贺，道格说。演得好。

无名物

到天全黑下来，罗伊才往镇子里开，他一直走的偏路。到现在，斯凯勒的每一个警察应该都在找科拉这该死的车了。他本计划停在离沙利家几个街区远的一条死巷里，但他记起来，无忧宫辅路的尽头，那宾馆的后面有个维修用的停车场。停在那儿的话，罗伊心想，车放个一周多也不会有人注意。车停在哪儿他并不在乎。过了今晚，他也不太会用到这车了。

罗伊停进去的时候，那个老宾馆在夜色中显得无比庞大，有很长一段时间，他就只坐在那里，听着引擎停止下来，盯着那该死的玩意儿。他情不自禁地这么做。这地方扰乱着他的大脑，这感觉始终挥之不去。它得有近三百个房间。在温泉干涸之前，这宾馆经常住满了富有的傻瓜们，他们从各地过来泡澡。但说实在话，怎么会有人闲得来这泡澡？当然，那时还没有电视，人们还他妈的没啥事可做，但罗伊还是想不明白。如果从地下冒出的是啤酒的话，还值得来，但水？"是的，但你得记着，"当他跟牛鞭说起这屁事，牛鞭解释道，"人是疯狂的，这是事实。想要得到别人都有的东西，哪怕毫无意义。拿郁金香来说……"

这事经常发生在牛鞭身上。一分钟前还在讨论另一件事，你还没明白过来，话题就变成郁金香了。这人知晓各种各样毫无价值的破事。大多数时候，你都不知道他是在开你的玩笑还是在说真话。据他说，在欧洲有很长一段时间人人都为郁金香发狂。突然人人都想拥有一些，这让郁金香开始变得昂贵。人们用金银交换郁金香。"不可能，"罗伊反对，但牛鞭自信满满，"不信的话去翻资料。"

他说，好像你能在监狱图书馆里找到一本该死的有关郁金香的书似的。

但话说回来，这的确发人深省。如果你能让所有欧洲人都想要郁金香——那些人恐怕他妈的连应该用什么语言交流都不知道——那么也许你还真能把水卖给他们，编一些疯狂的故事，比如这水很奇特，可以治好不管是什么该死的病。人们就是爱信屁话。就像信上帝。对罗伊来说，上帝就是胡扯。如果你是上帝，你想让人们相信你，你得时不时露露面才符合常理。慢慢植入些该死的对他的恐惧，让人们听他的。否则，每个不是傻瓜的人都会得出相同的结论，罗伊怀疑牛鞭是不是信上帝。如果他还在监狱的话，他会马上问他。

盯着这个地方，他感到，除了难以置信，还有一种近乎怀旧的情绪。有一段很短的时期，无忧宫是他的主要收入来源，是块肥肉。他认识一个叫加思的家伙，在宾馆一次修葺期间被雇来守夜。"你不会相信他妈的每天运进来多少东西。"一天下午他俩都喝醉的时候他跟罗伊说。崭新的家具、昂贵的镜子、电视和音响系统，还没来得及编入目录就源源不断地送来，就这么放在原来的箱子里。"这么不小心，"罗伊留意到，"即便把它们偷光，也不会有人注意。"加思就是个胆小鬼，他拒绝参与到盗窃中，但为了分点甜头，他觉得也许自己可以设法忘记关掉运进设备的入口。麻利点，他只是这么说。不要拿太多，不要盯着一样东西。一两台电视，别一下子拿六台，两台放映机。也许几张画，如果罗伊看到喜欢的。万一有人觉得有东西他妈的不见了，加思会知道的，那他们就得低调一阵子。

一开始他们的确是这么运作的，罗伊只运走能轻松装上他货车的东西。但一两个月之后，并没有什么警示，他觉得他们可以改变一下策略了。因为他妈的为什么是加思来决定他们应该怎么做？加思又不是那个在冒险的人。每次是罗伊从后门溜进去，是他在冒着被别人看到卡车停在不该停的地方的风险。为什么不大干一票呢？他本想跟加思提提这个新计划的，但转念一想，最好还是执行者做决定吧。

"事情总是这样。"当罗伊跟牛鞭描述这个令人难过的故事时，牛鞭笑着说。可不是吗，事实上，早就有人注意到了从前门进的货却从后门出去了。那晚，他开着租来的友好租车公司的车停在那儿时，他们已经等着他了。在那之前，他们一个该死的字都没跟加思泄露，因为加思是他们的头号犯罪嫌疑人。"人类的本性，"牛鞭评论说，"人类的贪欲。不知道什么时候停止。愚蠢。"通常罗伊不喜欢被人说愚蠢，但牛鞭在反思人类弱点时，通常把他自己也包括进去。而且，罗伊也并没告诉他所有的事情。这里面是有贪婪的成分，好吧，但真正的问题出在尿上。绝大多数时候那宾馆的几百间房间都是锁着的，但时不时，罗伊也能碰到没锁的。套房里有着特大号床，小山似的白枕头高高地堆在干净的白被子上，罗伊基本上每次都抵抗不住诱惑。他知道很傻，可就是忍不住。他会拉开拉链，在床垫的正中间撒尿，尿液在空中形成弧形落下，直到床上形成了一片明晃晃的黄色水坑。在那之后，他会觉得空虚平静。为什么留下你的印记会令人如此满意？这就是跟沙利算账的意义所在，清理一切，留下印记，确保人们知道你到过那儿，你和他们一样活着。

在把科拉的车弃在那儿之前，罗伊最后一次在后视镜中检查了自己。只有顶灯，很难看清，但他的脸受伤的那一面，红肿似乎消下去了一些，长柄煎锅的印子也没那么明显了。他剩下的耳朵在下午早些时候已经不再流血了，残存的软骨正结着一大块痂，好像要长成一个新耳朵。他这副样子在白天会很惹人注意，但在黑暗中不太可能吸引太多注意。沙利住的地方离这公园的入口只有几个街区远，如果他碰到有人往这边走的话，他会把科拉的棒球帽拉下来遮着他的眼睛，或者走到马路那边避开他们。

跟被别人认出、被逮捕相比，他更担心的是他只剩下最后三片止痛片了。他又数了一遍。不够他度过这该死的一夜。他努力抑制住要把所有三片药片一吞而下的欲望，知道那会是个错误。照他的运气来看，那样他会在那儿睡着，然后等沙利回来，发现他，再用另一个长柄锅打他，把他另一只耳朵也削下来。不，这可是该死的关键时刻，他得表现出点自律来。但在这该死的时候，他的确需要一片药，以避免疼得像条狗一样对着月亮哀号。

　　他把药片干咽了下去，想到了科拉。他发誓不会再想她，但他还是想了。该死的，她摔得可真重。不管那营地的主人是谁，他都得弄个崭新的码头了。他的错——现在他看清楚了，就像人们总是亡羊补牢——在于他一直想要向那个笨牛解释会发生什么，这么做他也无可奈何。如果不是他要完蛋了，他只需打她一下。既然事已至此，为什么还要跟任何女人理论？不管她们是像他岳母一样敏锐，还是像科拉一样愚蠢，都一样。她们都没法从男人的角度来看问题。基本上都是从该死的她们自己的角度来看问题。但他也希望没有把科拉打得这么重。他并不想的，至少他不记得自己想。她这么蠢，的确让他很烦，她甚至都没有疑心他为什么要沿着海岸线到处找合适的石头，不能太重，也不能太轻。"你得找一个扁一点的，"她不停地建议他，很明显她以为他是要在水上打水漂。即使等他找到了，跟她解释这是干什么的，他也想要干净利落地把她击倒，因为他不想像对他岳母那样，用拳头一遍遍打直到把她打晕，没必要。即使那个时候，她也只是瞪着他，好像他在说一门外语。"我不明白，"她呜咽着说，"你为什么要打我？"

　　"因为我不信你，娘们儿。"

　　"为什么不信？"

　　"因为我不能，就这么简单。因为等我一离开，你就会沿着那条路回去，向你碰到的第一个混蛋借电话打给警察。等我到了镇上，他们就会在那儿等我了。"

"我不会那么做的，罗伊。我发誓我不会的。"

但他知道，他一旦离开，她就会想起她为他做过的一切，以及他又是怎么强迫她交出她那该死的车钥匙，把她一个人困在这儿，没吃没喝，等待夜晚的降临的。

"你让我干吗我就干吗，罗伊，我发誓，"她恳求道，"我可以在这儿待一晚上。你自己也说过这里面有多好。到早上——"

"你不会这么做的，"他肯定地说，"你觉得你会，但我走后五分钟，你就会高呼救命，跟每个人说我是怎么遗弃你，你会用他们该死的电话吗？不要说你不会，我可不蠢。"

"我不会的，罗伊，我发誓。"

"也别再发誓了。"

"我发誓，罗伊。"她在哭泣，正如他想的，她的下嘴唇哆嗦着。

"不，我们得按我的方式做。"他说，朝她走近一步。

"不要，罗伊。我今天一整天不是都对你很好吗？我说过我很抱歉那夹子的事儿。我发誓他们真的没有你想要的那种。"

"这跟那根本没关系。"

"我知道我本该买你说的品客薯片，"她哭得更急切了，"下一次——"

"不会再有下一次了，娘们儿。你得明白这一点。过了今晚，我就得去下州监狱了。"即便杰妮的母亲没有因为他的殴打死掉，他还是得在那儿待上很久。如果她死了，说不定他得待一辈子。"现在是你最后一次见到我了。"

"我会去看你，"她哀求道，"我会的。"

好像真需要你他妈的探视似的。"现在乖乖站好，"他说，当他把拳头合拢时，她尖叫起来，把两个胳膊都举起来保护自己。"你这样会让事情更糟糕的，科拉。按我说的去做。"

"不要砸我，罗伊。请不要砸我。"她肥肥的手肘仍然挡在脸前。

"不痛的，就一下子，"他保证道，"就像入睡一样。等你醒来，就像宿醉了一场。我会给你留一片止痛片的。让你顺顺利利的。"他当然不会这么做。他自己都不够。"像我说的，明天早上你搭个车回城，你可以跟每个人都说一遍我做了什么。我有多坏。到那时候，就无所谓了。"

"不，罗伊，请不要。我害怕。如果你打得太重呢？如果我再也醒不过来了呢？"

哦，那可是好消息，他心里想但没说出来。可不是吗？睡过去再也醒不来？终结这一切？这并不是件坏事，不是吗？他觉得如果是他，他就不介意。跟杰妮一起的那晚——天呐，那似乎是很久以前的事儿了——是生活给他最好的回馈了，那他妈的再也不会有了。当然，把沙利的名字从单子上划去会让他满足。他当然很期待。但那之后呢？每一分、每一小时、每一天、每一月、每一年，漫漫无期，绵延不尽，苍白无聊，除了牛鞭疯狂的郁金香的故事啥也没有。除非牛鞭死了，到那时也会有其他混蛋聒噪不已，他们会喋喋不休，不管多愚蠢无用，也总比沉默时的胡思乱想好得多。当然，罗伊觉得他可能剩下的时间比他想象中要少。正如格特说的，生活充满了惊奇。你无法预测倒下的树，你也无法预测长柄煎锅。无论如何，去想无法控制的事儿是没用的。这包括了这世界上绝大多数的破事，这也是毋庸置疑的。做个最好的计划，然后看看会产生怎么样的效果。这才是罗伊或其他人可以做的，他也正在这么做着，他没指望科拉能理解。

"现在别动，"他跟她说，"让我们结束这一切。"

但这该死的女人就是拒绝放下她的胳膊，直到最后他说，"好吧，我看我们得按你的方式来了。"

"真的？"她说，将信将疑。

"是的，"他说，把石头扔进了湖里。她听到水花溅起的声音才放下胳膊。天呐，她可真蠢。

他忘不掉她脸上那愚蠢的感恩的表情。谁知道呢？也许那是爱吧。或其他什么说不上来的东西。不管是什么，都是他最憎恶的，这让他更坚定了去做要做的事。因为当时他捡起来的是两块石头，不是一块，而第二块，更重、更圆，还握在他拳头里。

但下手这么重，让他感觉很糟糕，她重重地摔倒在地，先是屁股，让那码头都晃动起来，接着又把她的肥臀按入水里，她的胳膊笔直向上伸。不管她什么时候醒来，都不可能再站起来了。她只能拼了命地叫希望有人能听到。从头到尾她都以为是那夹子和品客薯片惹的祸。他跟她说了不是，但女人就这样，你最好还是省省事。他想到那次他和他父亲吃饭的那家餐厅的女服务员，那人看了他一眼就好像能瞅尽他整个可怜的人生一样。他心想她现在怎样了。不会好的，他希望。

行动

在无忧宫跟小克莱福分手后，沙利把罗布关在了房车里，给了它食物和新鲜的水。接着剩下的一下午，他都在像罗伊·帕迪这样的人有可能出入的地方兜，但没人见到过他。有人说在水库那边见过科拉那女人的车，所以他开去了那里，他在泥土停车场上兜了一圈，但也没看到。他又去了格特那儿两次，但格特发誓罗伊和科拉都没来过。在此期间，沙利感到他这搜索毫无用处，只是为了说服自己做点事儿，哪怕是错的，也比什么都不做来得好。动起来要比在医院守夜——在露丝的病房转来转去，和她的女儿、外孙女、丈夫待在一起，盯着她被毁掉的脸，等着她睁开肿胀的眼睛，担心着她再也不会睁开——来得容易。

到了傍晚，他筋疲力尽，一无所获，沙利勉强承认再也没有什么可以做的了，至少没他能做的。如果罗伊和那女人还在这一片，他们终归会露面的。如果他们逃了，她的车会很快出卖他们的行踪。当他第三次路过老年之家时，他突然觉得也许他该做些更难的事儿。看看走最不愿意走的路线和走他最喜欢的熟悉路线相比，结果会不会有所不同。

"你是她家人吗？"沙利说要见谁时，前台的女人问。

"不完全是，"他跟她说，"但我们曾结过婚。"

她斜眼看着电脑屏幕。"这儿写着她丈夫已经过世。"她瞥着他，好像在问他，你不是死了吗。

"那是她的第二任丈夫，拉尔夫，"他解释道，"我是唐纳德·沙利文。"

"沙利文，"她重复着，"访客单上有个彼得·沙利文。还有一个威尔。"

"是我俩的儿子，"他说，"还有孙子。"

"但没有唐纳德。"

"我明白。我本来不该来的。"

"但你想见她。"

好吧，并不完全是，但他没顶撞她。

她又看向屏幕。"你知道你前妻现在没有任何反应吧？"

还是那样吗？

"我是说她认不出任何人。"

你发誓？

"即使她认出你，她也没法说出来。你没法跟她交谈。"

好吧，我们从来就没法交谈。"我明白。"他跟她说。

女人认真地看着他。"我不确定这么做是否合适。"

我也一样。

在允许他去看前妻之前，精神科的护士让沙利为等会儿他会看到的情境做好心理准备。她跟他说，他要看的人其实已经面目全非了。其实今天她的病情好些，这意味着他不太会看到焦躁、怒气，这些到了晚期的典型症状。他也许能从某些奇怪的肢体动作隐隐约约看出他之前娶的女人的影子，但要找到更多，就只能发挥他的想象力了。她不能吃固体食物，甚至不能理解食物是做什么用的，她可能会很心满意足地像嚼胡萝卜一样嚼一块腕表。他不能给她吃的或喝的，因为吞咽不再是她本能的动作，她的喉咙可能会被卡住。

领着沙利去薇拉病房的志愿者看上去不超过十七岁。"我会等在走廊上的。"她说。

门在他身后关上后，沙利看到一个状如木乃伊，呆呆地张着嘴的生物，那曾经是薇拉。他差点失去继续看的勇气。他的前妻坐在轮椅里，这样她可以朝窗外看着中央庭院，那儿有几张野餐桌围着一个圆型的水泥喷泉，喷泉是干的。一直都没水吗？沙利寻思。水在这儿也是危险的吗？"嗨，老姑娘。"他说，他的声音听起来很奇怪，不自然，像是在一个没有家具的房间里讲话。他拉过椅子时，她的眼睛朝他的方向眨了眨，接着很快又回到失焦的中间了。在她薄薄的家居服下面，沙利可以看出，除了皮和骨头，什么都不剩了。一想到眼前的女人是他年轻时的爱人，他就迅速驱逐了这一想法，觉得这个想法哪怕一闪而过都很尴尬，甚至是亵渎。最令人恐惧的是她的头发，薇拉一直把头烫成完美的形状，没有一根不服帖。现在看上去自然了，终于是真实的头发了，但对她来说，反而完全不自然。

"我过来只是想看看你是否还在生我的气。"他说。这是他一直担心的——薇拉对他的憎恨，在这么多年里始终在滋长，可能那恨并没有随着被磨掉的个性而消失。但他现在明白，他担心错了。如果她真生他的气，那她至少还是薇拉。"你一定极度厌倦这一切。"他说，环视着空荡荡、毫无生气的病房。她可是最讲究家里摆设的女人。但他指的并不是这里的环境，而是竟然存在这样的环境。"我想我会的。"

她的表情没变。

这时庭院那边的门开了，一个小孩冲了过来，是个女孩，紧跟着追过来了一个年轻的女人，肯定是她母亲。薇拉的眼睛看到了这动静，但没有任何反应。片刻之后，祖母——很明显是另两个人的基因基础，出现在敞开的门那儿。房间里，沙利心想，应该是这三个人前来拜访她们的曾祖母。

他不知道手该往哪儿放，于是把它们塞到了口袋里，摸到了威尔的秒表，于是他拿出来，研究着。"看着眼熟吧？"他说，把它摆在薇拉眼前。"记得那个感恩节吗？"

447

彼得，带着他当时还完整的一家人，邀请沙利来吃晚饭，但忘了跟薇拉说，他根本没想到他还真的会过来。当时房子里的每个人都在争吵：彼得跟他老婆，薇拉和拉尔夫，威尔和他弟弟瓦尔克。沙利是在一切白热化的时候到的。威尔那时从浴室窗户爬了出去，偷偷地藏在卡车的后面，沙利在匆忙狼狈撤退后，在一块油布下面发现了威尔，他是在躲自己恐惧的源头——争执不休的父母和弟弟。就是那天晚上沙利受到启发，要送给威尔那个秒表，这样他就可以用它为自己的勇敢计时了。

　　外面的庭院里，母亲绕着喷泉追了两个回合才抓住尖叫的小女孩，带着她回到祖母身边，祖母抱过扭动的孩子，三个人走进了屋，留下沙利跟一个心神不在的女人。当他胸口的拳头收紧时，他闭上眼睛抵抗着不适，直到压迫感好一些。

　　"这事可能会让你开心。"沙利说，把手表放回口袋。出于某种原因，他决定要和薇拉聊聊，尽管实际上她并没在那儿。"我得了心脏病。不要笑。那是真的。我知道它出了毛病。"

　　薇拉如果还正常，毫无疑问她会说他的心从来就没正常过，这种指责沙利通常会照单全收。

　　"不过我还能活一阵子，"他跟她说，"他们说，一两年，但他们都是废物。我感觉，那一天随时会来。他们想在我胸口安上这东西——除颤器。他们说它能让我活得久一些，不想让我死在手术台上。但他们不清楚病因。我没法工作。最近我一直都碍手碍脚的。所以那还有什么必要？"

　　这时他的眼睛扫过她，隐约看到病房护士曾经警告过他的表情，一种内火在她体内燃起的感觉。但一瞬间后，火又熄灭了，只剩下皮囊。

　　"让你也为难了，是不？"庭院里的阴影拉长了，"别担心，"他说，"我应付得来。现在，你觉得我俩在这坐一会儿怎么样，就你和我。我们从来没这么做过，对吧？就静静地坐一会儿？"

有人轻轻碰他手腕时，他醒了。有那么一下子，他觉得是薇拉，但当然只是等在走廊里的姑娘，过来告诉他探访时间到了。他想，这就像酒吧打烊时最后的提醒。你不必回家，但也不能继续待在这儿。

周六的晚上，白马又一次人声鼎沸，但卡尔·巴尔克旁边的凳子仍为沙利空着。"你心情不错。"等他朋友转过来看着他时，沙利说。

"你应该猜到了为什么，如果你用心想想的话。"

沙利正准备说他可他妈的不知道为什么一个深陷泥潭的人，还能这么高兴，但接着他明白了。"恭喜。我想，你大概不会告诉我发生了什么。"

"这不难，"卡尔承认，"你永远也猜不到是谁的功劳。"

"给点提示，"沙利要求，"男的还是女的？"

"奥黛丽·赫本。穿得严严实实的。"

"我跟你说过色情不是解决问题的办法。"

"奥黛丽·赫本，"卡尔重复道，他的嗓音充满惊叹，"嘿，你觉得她拍过黄片吗？"

沙利只是看着他。

"好吧，那么，凯瑟琳，"卡尔说，"随便哪个，挑任何一个赫本那款的。"当沙利拒绝回答时，他严肃起来。"对不起，"他说，"我刚听说露丝的事儿。"

实际上，这才是沙利这一天中最糟糕的事儿。无论他走到哪儿，人们都不停地跟他说，他们是多么难过，好像他俩已经结婚了，这反而提醒他，他是如何介入了她的家庭。他能怪露丝让他往前看吗？

博蒂把一杯啤酒放在他面前，说免单。"他们找到那混蛋了没？"

"半个小时前还没有。"沙利跟她说。老人之家的大厅里有个付费电话，所以他打了两个电话。一个打去警局——得知罗伊·帕迪还在逃——另一个打给医院，那儿急救室的护士跟他说露丝的情况还是没好转。他本想赶过去，但还是决定给他们留些独处的时间。

"我听说的是，"博蒂说，"如果不是你出现，他会杀了她的。"很明显，她是想让他感觉好受些，所以沙利没有反对。他也没有点明——显而易见，只有她活了下来，他才算是救了她的命。

一个女招待过来，递给他一张折叠的纸，上面用格外优雅的字体写着：我赢了赌注。沙利往吧凳后靠了靠，看向餐饮区，看到布茨·斯奎尔斯打扮得花枝招展，正朝他挥着手，得意扬扬地笑着。她自然指的是树枝。就像她预测的那样，他完全给忘了。他没有马上认出那个坐她对面的男人。罗布有运动外套吗？有带领子的衬衫吗？有不是工作靴的鞋子吗？"他们的单我来买。"他跟博蒂说。

卡尔顺着他的眼光看去。"那个女人啊，"他们转过身后他说，"很普通啊。"

"噢，别那么苛刻。"沙利说。

"我没啊。"

"你想过没，"沙利说，"来生你可能是个啥吸引力都没的女人？"

"或者是条虫子？"博蒂帮腔，她正好路过。

"嘿，那是我在大学时，他们想让我读的一本书，"卡尔在她身后叫道，"就是那本有个家伙醒过来觉得自己变成了蟑螂的书？"

"猜猜看今天下午我碰到了谁，"博蒂离开后，沙利说，"小克莱福。"

"你耍我呢。在巴斯？"

450

"他说他飞过来参加中学的庆典。"

"从哪儿？"

"西部某个地方。"

"他看着咋样？"

穷困潦倒，闷闷不乐，忧心忡忡。尽管一开始，他努力装出相反的样子。当然，他承认了，当时处境是有点困难，但他终于安顿下来了。他结了婚，挺幸福，跟一个叫盖尔的女人，他很难过，他母亲再没机会见到她。他也做过别的行业，但最后还是又回到银行业，先是在一个小分行干，但后来被人注意到了。现在他在一个区域总部，负责一些特殊项目。西部在蓬勃发展，他跟沙利说。住在像巴斯这样一潭死水里的人是不会明白其他地方都怎样了的。他现在明白了，为什么当初"终极逃亡"乐园项目会崩溃。因为投资者有比巴斯好得多的地方可以投资。他跟沙利解释这些的时候，本以为对方不会相信他，所以当沙利说"好的，我很为你高兴"时，他的反应是沙利在讽刺他，但并不是。至少他觉得不是。

"那么，"小克莱福最后说，不再夸夸其谈，"我听说是中风。"

他点点头。"开头是几次轻微的。接着——"

"上帝出拳了。"

沙利不禁微笑起来，因为这是贝丽尔小姐喜欢的表达。

"那么没有很痛苦吧？"

"据我所知没有，她也没有这么说过。"

"是你照顾她的吗？"

"我探视她，如果这是你指的意思的话。"每天早上他都会探头进去，看看她是不是需要什么。或者她用扫帚重重地捅天花板时，他就会下来。偶尔她会成功说服他，陪她在厨房的饭桌前喝杯茶，然后像往常一样，抱怨一下她对饮品的选择。有时当他发现她看着有些迷茫时，就知道她又经历了一次轻微中风，但她清楚这病，以及结果。她并不怕，沙利看得出来。她只是困惑，为什么上帝要这么慢慢来。

"我想她没有经常提起我吧？"

"没有，"沙利跟他说，"你的名字从来没出现过。"这是事实。

"她心挺硬，"克莱福说，有点闷闷不乐，"当然她喜欢你，你不会觉得她心肠硬。"

"嗯，"沙利说，"我也喜欢她。"

"这是我永远不会得到的。我是说，我明白她对我很失望。我不是她那种人，不完全是。从来不是。但到底是什么让你在她眼里这么特别？"

沙利意识到，这才是她儿子在别的地方待了十年后回到巴斯的原因：来问这个问题。并不是因为他母亲被大家纪念，他觉得高兴或自豪才回来的，只是因为生气。还有，当然是，受伤。

"我听说那房子的事儿了，"他说，"我本可以质疑那遗嘱的，我现在仍然可以。"

"没必要，"沙利确定地说，"如果你想要那房子，那么它是你的了。"

他似乎考虑了一下，但也就一下。"不，"他说，"我要那堆旧砖头干什么？"

"你决定。"

"实际上，"他说，他的情绪现在平复了，"也许我该坐早班机回去，我忘了我有多恨这地方了。"

"我肯定盖尔会很高兴见你提早回家的。"沙利跟他说。

这男人脸上不解的表情一闪而过，但沙利注意到，他明白了，他根本没有什么老婆。他其他的话里有多少是谎话也很难说。

斯奎尔斯夫妇吃完饭，来到吧台这边。"看看你俩。"沙利说，转着凳子。布茨，如果他没搞错的话，还化了妆，她一直软塌塌的头发看上去用了香波，还卷了卷。卡尔是对的，哪怕是为了约会打扮了自己，她也不是美女，但她为了这个夜晚，为了让自己以最好的模样跟她丈夫一起出现在众人面前，她所做的努力未尝不是一种勇气。

"你不必这么做的，沙利。"她跟他说。

他也觉得，是的，她又对了。他前晚已经给了罗布钱，让他能把她带出来，这意味着这顿饭他付了两次钱。

"嘿，伙计，"卡尔说，"明天和周一做份工吧？"

"明天是该—该—该—"

"该死的节日？"沙利猜。

"该死的节日，"罗布确认，"还有周—周—周——"

"周一？"

"都是双薪时间。"卡尔说。

罗布看着沙利。

"跟他说先给你看看钱。"沙利建议。

"给我看看该—该—该—"

"该死的钱。"沙利替他说完，对卡尔咧嘴笑。

卡尔重重咽了口口水，对上沙利的视线。"我可能需要借。"他说，沙利算了一下，这一来一去他又要损失多少。

"我们能解决。"他跟卡尔说。

"是吗？"卡尔说，眉毛拱起来。"这是两个人才干得了的工作。"

"我知道。"沙利说。接着，转向罗布，他正咧嘴笑着，"明天我过来接你怎么样？我们可以先把树枝移走，然后再去工厂。"

"什么时—时—时—"

"六点半。准备好。"

"我一直都有准备好，"罗布抗议，"是你经常——"

"我知道，"沙利跟他说，"明天我会准时的。"

"这是不是说——？"

沙利知道罗布要说什么——他们是不是会再在一起工作——于是打断了他。"我不知道，"他说，"只要准备好。到时再看，事情会怎样。"

"但有一件事，"斯奎尔斯夫妇离开后，他跟卡尔说，"我只能给你周日和周一两天。"

他的朋友点点头，等着他继续说。

"星期二我得去趟奥尔巴尼心脏科"——他敲敲胸膛——"走个程序。"他并没想要这么说。其实直到此刻，他都没有真的决定要做手术。但把情况跟薇拉倾诉后，他觉得也能告诉别人了。

卡尔点点头。"我们都在想你什么时候坦白。"

"从没想过，"沙利承认道，"我甚至不想让他们做手术，但后来我想通了这该死的事儿。"

卡尔咧嘴笑起来。"哦，你能想明白那是最好不过了。你真的觉得明天能干活？"

"试试吧，最近总时好时坏的。今天真的糟糕透顶，所以明天应该能好些。即便难受，我也能坐在挖土机里。"

为什么不试一下呢。这一整天，他内心有东西已经翻转了。他刚才对卡尔许的诺——能解决——虚缈不定，尽管照沙利的性格，他肯定会履行承诺的。这比他之前对杰妮的承诺要靠谱得多——他要把罗伊找出来，狠狠教训一顿——这诺言很明显他无法实现了。所以明天不管卡尔的工厂水泥板下面冒出来的屎粪有多肮脏、多有毒，他和罗布都会钻下去。在那儿，他会倾听他朋友述说冗长、枯燥的愿望：他们应该先去吃一个大大的甜甜圈，而不是直接来工作；海蒂之家没关门，他们有地方吃午饭；他和沙利可以不用总是做这种垃圾工作；他还希望沙利没离开，没有把狗取名为罗布。等他把他的愿望都说完，沙利会再次告诉他，许愿就像排便，排完就算了。事情跟之前一样，一直如此，以后也会如此，真的——这才是重要的——生活并没有那么糟糕，不是吗？等干完一天的活，他们会在白马受到欢迎，即便他们真的闻起来像特蕾莎修女裤裆的味道。等到了那儿，不管他有没有胃口，沙利都会请罗布吃一个他想了一下午的大芝士汉堡，可能会让他把布茨叫来，邀请她加入，因为一旦沙利不在了，他就需要有别人倾听他说话。沙利并不肯定布茨适合这个工作，但似乎也没有别的人选了。沙利心想，也许到时候该让那条狗重新叫回它的本名雷吉了。他能做的就只有这么多了。

"如果你不介意，今晚我得早点回去了。"他跟卡尔说，把第二杯啤酒剩下的渣渣推到一边。不管他是为啥来白马的，他似乎都已经得到了他想要的。如果他早点睡，能睡个好觉，也许天亮前他就能赶到医院，能趁着别人睡觉，偷得一会儿跟露丝独处的时间。如果他现在不回家，乔可就要来了，又买上一轮，之后就会有人建议玩扑克，到时候再回家，离天明就只剩两三个小时了，他就不得不承认，自己是那种，女人在昏迷抢救，自己却在花天酒地的男人，而那女人的爱不止一次救了他。

"去吧，"卡尔说，"但首先我想听听你的想法。"

"什么？"

"罗布和布茨。"

"怎么了？"

"你觉得他们回家后会做爱吗？"

"老天，"沙利摇着头说，"你真变态的可以了。"尽管他自己也在想这个问题。

"我不知道该替谁更难过些。"卡尔说。

它就在那儿。

大垃圾桶前，停着那辆半黄半紫的车，三个小时前还没在那儿。

沙利离家还有一个街区时，突然想着要最后再去趟无忧宫后面的停车场检查一下。但现在他胸口里的那个拳头抓得他生疼，他几乎希望自己没到这来了。他从仪表盘那儿抓过撬棒，下了车，但没有熄火，车灯高光直射到旅馆的后面。接着他足足揿了五秒的喇叭。

"罗伊·帕迪！"喇叭声停止时他大叫道，这让胸口的拳头又抓紧了，这次更疼，这是已经伤痕累累的心脏给他发出的紧急且清楚无误的信号，停下来，停止。"你还是赶快出来吧。"

没有回应，他拿出威尔的腕表，压下表轴。"给你一分钟！"

好吧，走完一分钟时他心想。他开进城，向警察报告了那车辆的位置，让雷默和他的手下来处理。注意到那车的后轮胎橡皮阀帽不见了，他用撬棒的边把轮胎的气放掉了。

"警察马上就到，"轮胎完全扁了时他叫道，"真的。"

但等他拐到上主街时，他胸口的拳头变成了一块硬铁牢牢压着他的心脏，他知道自己赶不到警局了。他应该从彼得的公寓打电话，如果他还能走这么远的话。

在贝丽尔小姐房子前面的马路边停下来时，沙利关了引擎，马上觉得呼吸已经要上不来了，他只能坐在那里。两年，又或者一年？更像是两个小时，或者一个小时。他一直都不愿意面对的事实其实很简单：他完了。在白马时他还设法说服自己，他是在履行对杰妮的承诺和帮助卡尔摆脱困境之间进行选择，但现在他意识到，那只是错觉，是虚幻。他胸口上压着的铁砧才是唯一的现实。

快下车，老头，当终于能呼吸时，他跟自己说。你行的。只要走过短短的车道，还有后廊上的三小步。打个电话给警局，然后打给

911叫辆救护车。不是因为那样会救他的命，而是那样他在乎的人就不用到处找他了。他想起罗布，需要马上把它从房车里放出来。打完911，如果他还有力气，还有足够的呼吸，他就打电话到白马，让卡尔帮他做。

动起来，他跟自己说，因为他还在卡车里，想着要做些什么，但什么都还没做。这可能是他人生第一次觉得想比做更简单，没那么痛苦。这可是他生命要终结的另一个兆头。

在车道上走了一半时，很久以前贝丽尔小姐问的一个问题突然在他脑子里不请自来。你有没有想过用上帝给你的生命做更多的事情?但哪怕是现在，他也不能确定答案。但这应该吗? 像他这样总喜欢用迂回的方法做事是不是错的? 总在自我怀疑、自我悔恨还没生根时，就从脑子里把那些想法驱逐出去? 他是不是太自私了，每晚都在酒吧混迹于跟他一样的人中，他们选择忠实于自己的本性，但这时间他们本应该忠实于他们的家人，或传统，甚或他们之前自己的承诺?

不是经常，他跟贝丽尔小姐说。时不时的。

沙利从海外归来时，她立马就感觉到了他身上的变化，毫无疑问，他新添的把自己从自己身上剥离的本事，将会成为他一生中最大的技能。当然他还是一如既往的固执，但战争教会他继续前行。他的理解是，这意味着把一只脚放在另一只前面，当其他人停止时他接着前进，负荆前行。

但不是现在，等他终于快到了他儿子公寓的后门时，突然一切天旋地转，他跪在坚硬的地上，片刻之后倒在地上，下巴磕到了碎石中。

那么，他心想。一切就这样终结吧。终于到了这一天了，把一只脚放在另一只脚前，他妈的不再可能了，他一生赖以前进的动作没法再完成，他力不从心。 站起来，士兵，他命令自己，但他的身体已经无法听从命令。整个世界，似乎只剩下沉默和疼痛，后者更甚，而前者也令人无法忍受。他用最后一点力气，拿出孙子的腕表。当他按下表轴，那滴答声，响亮、稳重，是个安慰，尽管他意识到，这不过是时间流逝的声音。

脚步声近了，但沙利什么也听不到了。

正常

等他填完医院的最后一份文件，他用左手歪歪扭扭地在所有需要的文件上签了名，签得像一个完全没有天赋的孩子的涂鸦，这时已经到了半夜。多亏了那大剂量的抗生素，雷默的理性，或者说是残存的理性回来了，随之而来的还有他一贯的沮丧。真难相信，短短六个小时之前，在格特，他还什么都不在乎，觉得这世界上没有什么他放不下的。他是不是得把右手截肢？那又如何？连杰罗姆——眼球冲着血，完全神经错乱——用那把枪对着他，都不能让他集中注意力。想到杰罗姆可能真的会扣动扳机，把雷默和那个邪恶、卑鄙、控制欲极强的道格一起送上西天，他感到更多的是解脱而不是害怕。没了理智，也就什么都不在乎了，但现在，理智恢复了，他的当务之急就是把巴斯镇和它无数的羞耻都抛诸脑后。

但在那之前，他得先租辆卡车，再叫辆拖车把他的车拖走，还要买纸板箱，买用来打包的东西，清理警局的办公室，然后整理好他在阿姆斯为数不多的物品。这些能在一天内搞定吗？打包，封箱，他可以一只手做到吗？他右手的伤口，现在已经处理干净了，包扎了新的绷带，尽管吃了处方镇痛剂，但仍然砰砰作痛，现在更是打鼓般得痛。他能在这么短的时间内找到帮忙的人吗？尽管他下定决心不在莫里森阿姆斯再过上哪怕一夜，但也没必要这么急匆匆离开。他并没有具体要去的地方。蠢货们通常都会去哪里？有欢迎他的，让他融入同类人的地方吗？有聚集他这种人的地方吗？无法忘记死去老婆的背叛，却又像个十几岁的毛头小子一样坠入爱河，太忸怩、太愚蠢以至于弄不清楚对方是不是也爱自己？这世界上有这样的地方吗?

当他最后检查完出来时,一个女人正在走廊上等他。她看上去五十多岁,褐色短发,穿宽松长裤,花呢夹克衫。"我希望能在你离开前见到你,"她说,"我们可以到我办公室谈谈。"她的名牌上写着帕梅拉·卡德里。

"我们认识吗?"他问,坐在她让他坐的凳子上。

"不认识,"她回答,"但杰罗姆·邦德是我的病人。"

"噢。"他说。那么这是个心理医生咯。

可怜的杰罗姆。雷默从夏莉丝那儿已经得知他很容易恐慌发作,但他仍然无法相信一个正常的人在过去二十四小时里会像杰罗姆那样心慌意乱。自从他的野马被划,他就变得面目全非。在救护车里,他蜷成一团,像个婴儿,拒绝看雷默,宁愿跟急救人员说话。"你知道爱上一个人是什么样子吗?"他冲着要测量他生命体征的医护人员说,"我是说真正地爱上一个人?你知道爱是什么吗?"

雷默自己也头脑不清楚,发着高烧,手掌心疼得厉害,简直像宗教里的受难者,他也被指定了一个急救医护人员,是个干净利落的年轻女子,她不停地在他面前打着响指,说,"看我这边,先生。那边不关我们的事儿。"

这让雷默笑了起来。"不,"他轻声说,"他说的是我老婆。"

"他会好起来吗?"他问这个叫卡德里的女人。

"我们一会就去看杰罗姆,"她说,"但先说说你的手吧。"跟他认识的其他女人一样,她只要看他一眼就知道他不想提什么。

"我的手有点小⋯⋯磨损。感染了。结果得了败血症。"他抱着胳膊把手藏了起来。也许如果那女人看不见了,就会失去兴趣。

"你怎么不早点治疗?"

"没机会。"

她没理会这谎言,眼睛盯着他,直到他垂下眼睑。"我听说你一直在挖它。你想过为什么要这么做吗？为什么这么重重地伤自己？"

"开始的时候是痒，"他解释道，"我甚至都没意识到在抓它。"

"现在觉得怎么样？"

"疼得要命。"

"你还会抓它吗？"

"不会了。"他说。事实上，一想到这个他就觉得晕眩。"杰罗姆怎么样了？"

她没有马上回答，只是一直看着他，就像看着个谜语似的。"邦德先生患的是急性焦虑失调症，"她终于说，"最近事情变糟糕了。他吃了镇静剂，现在不会马上有危险，但他不是个健康的人。怎么了？"

雷默这才意识到自己在皱眉。"只是……我不知道。你该对我讲这些吗？"

"不该吗？"

"这不是应该……保密的吗？"

"我以为你已经知道了。"

"他的姐姐，夏莉丝"——他垂下眼睑，脸又红了——"是我手下。她很担心他。"

"那你呢，雷默警长？你担心他吗？"

"当然。"

"我这么问是因为他觉得你恨他。"

"唉，"雷默叹气，"是有点。他跟我妻子有私情。"

"你是什么时候知道的？"

"今天下午。"

"他说你已经折磨他几个星期了。想要他向你坦白那事。"

"怎么折磨他？"

"半夜打电话给他。"

"我不记得上一次是什么时候打电话给杰罗姆了。"但她奇怪地看了他一眼，他才想到这话有不止一个解释。"我是说，不包括今天。"

"他说你知道他什么时候会睡着。然后你就会那个时候打给他。"

"我怎么可能知道他什么时候睡着？"

"他说你在他公寓里安装了摄像头。"

"真的？"

"等他离开家，你就会溜进去，翻他的东西。把它们拿起来，再放到错误的地方。"

"你信吗？"

"他信。"

"我怎么进去？"

"从车库。"

雷默正准备说这想法太离谱了，但突然想到今天下午早些时候他确实是这么开的。当时他在路边停车，看到车库门开着，还以为是杰罗姆按的，但现在回想那时发生的一切，他更清楚了。当时是他在用遥控器的尖端挖伤口，尽管他完全没有意识到。雷默自己（当然是道格，那个卑鄙的小滑头，起了主要作用）才是那个让见鬼的门上上下下的人。难道在他脑海里，今天之前就在怀疑杰罗姆是贝卡的男友吗？ 演得好，当杰罗姆终于坦白时，道格说过。会不会真有可能，在不知情的情况下，他已经折磨了杰罗姆好几个星期，就如这个女的暗示的那样？还是杰罗姆自己，在悲痛和良心的双重折磨下，天马行空地瞎想？

"不，我不觉得自己做过那样的事。"他跟卡德里医生说。

"你不觉得你做过？"

"通常，我并不是个残忍的人。"他解释道。但同样的话能用来形容道格吗？毕竟，那混蛋能本能地会触发每个人最糟糕的一面。"但是真的……"

"什么？"

"最近我……不太好。"

"能跟我说说吗？"

他犹豫了一下，但时间不长。"不，"他跟她说，"我不想。"

她点点头，并不惊讶。"你提到邦德先生的姐姐？夏莉丝？你想跟她聊聊吗？"

夏莉丝开着自己的车跟着救护车，他和杰罗姆被推进去时，她刚到急救室的停车场停车。雷默记得当时还在想她会跟他俩的哪一个一起，觉得她的决定会说明他想知道的一切。的确如此。杰罗姆的轮床被推到一个方向时，他的轮床被推到了另一个方向，他俩的视线短暂交会后，接着她追随她兄弟而去。

她是不是一直都知道这一切呢？她过去几周的行为，一开始令人疑惑，现在都开始讲得通了。她如何费劲地让他相信车库的遥控器根本就没有意义，证明不了什么，即使他发现一个能打开的门，也什么都说明不了。他意识到，她事事都在努力让他放弃搜寻贝卡的情人。她表现得像是在关心他的精神状态，是为了他好，劝他应该向前看。但她真正要保护的一直都是她兄弟。让她着急的是兄弟的心理状况、他的情绪，而不是雷默的。尽管他憎恨承认这一点，道格——尽管是个混蛋——从一开始就注意到了夏莉丝，雷默如果聪明些，就该听从他的警告。

现在折磨他的问题是，除了夏莉丝，还有其他多少人知道贝卡和杰罗姆的事儿？两个？两百个？是不是整个镇子都在他背后笑他？这么长时间以来，他一直都在问自己，是谁？是谁？是谁?好像那男人的身份能满足他所有的需求。但实际上，知道是谁并没有给他带来任何解脱，只有更多的问题。除了是谁，还有多久了，更别提什么情形，什么时候?他们是不是在贝卡和她剧院的朋友去无极限的某个晚上碰上的？是不是杰罗姆过去介绍说自己是雷默的伴郎的？还是她先认出那个高高的、优雅的、独坐在酒吧的黑人男子，邀请他加入她们的？像这样他们又见了多少次，这群人才知道他们是一对的？他们是一起坐野马离开的，还是为了掩饰，分别走的？她多久会用一次车库的遥控器，悄无声息地溜进杰罗姆的公寓？

同样令他不安的是：他雷默怎么就从来没有怀疑过杰罗姆？当雷默介绍他俩认识的时候，他冲口而出的是："见鬼，道格，你这是在高攀！"是因为他俩是朋友，所以雷默才没有怀疑，还是因为杰罗姆是个黑人？你怎么说得清呢？大多数人都同意，你很难确定别人心里在想什么，但这同样也适用于自己，或者一个人更难看清自己的内心？

"我本以为夏莉丝和我是朋友，"他跟卡德里医生说，"我甚至以为……"

"什么？"

"没什么。"

"那你现在不觉得你们是朋友了吗？"

他耸耸肩。

"也许你错了。"

"但也可能没错。"她跟着杰罗姆的轮床去了，不是他的。

"好吧，可以看出这事让你很不舒服。"她说。他觉得已经可以起身离开了。"很高兴你挤出几分钟，跟我这样聊聊。我希望你不会透漏给邦德先生。"

她也站了起来，伸出右手，但突然想起来，又尴尬地伸出左手。"人总缺乏想象力。"她抱歉道。

走到门口，雷默想到有件事要问。"你有没有治疗过被闪电击中的人？"

她眨眨眼，接着摇摇头。看到这问题让她手足无措，他觉得很愉快。"怎么了？"

"我只是好奇会怎么样。会有什么后果？"

"哦，"她说，"人体主要是水和电脉冲构成的。像那样突然的电流，竟然没有……把你煎熟？"

"是吗？"

"嗯，身体里没有电流到不了的地方。"

"你觉得它能在你身体里注入之前没有的东西吗？"

"比如什么呢？"

"比如本来不是你的想法？"

"我怀疑。"

他点点头。"那之后呢？最后还会恢复正常吗？"

他很惊讶地看到那女人这么严肃地看着他。"回头你得让我知道答案。"她说。

离开医院，雷默听到后面停车场传来有节奏的砰砰声，但他没注意。一辆出租车在前面闲逛着，他就钻进车，给了司机杰罗姆家的地址。他想等上了自己的车，他就开回巴斯，住进一个州际汽车旅馆，抓紧时间睡上几个小时。等到早上，精神恢复了一半，再决定以后怎么办。他越想，越急着告别一切，赶快离开。如果可能的话。

"等一下。"司机正要发动车，他说。因为停车场的中间的街灯下站着一个人，哪怕只看背影，雷默也能认出来是格斯·莫伊尼汉。他身体朝前倾着，肘部放在车顶上，前额顶着车沿。雷默走近了，才辨认出那发出砰砰声的东西，是艾丽斯的电话。"格斯？"他问。对方愧疚地直起身。

"道格，"他飞快地把电话藏到背后，"你在这儿干什么？"尽管光线很暗，雷默还是能看出他的眼睛红肿着。雷默举起缠着绷带的手。"哦，"他说，"好吧。"

如果市长思路清楚的话，肯定会抱怨雷默为什么不在巴斯治疗，但很显然他心不在焉。肯定发生了糟糕的事情，糟糕到让他忘了晚间新闻的所有采访雷默都放了鸽子。

"格斯，"他问，"艾丽斯还好吧？"

"是的，她很好，"他说，挤出一个微笑，但很快就撑不下去了，"不，那是谎话。她不好。艾丽斯……从没好过。"

"发生了什么？"

"她服了药。"

"啊，对不起。那她——"

"她还活着。他们在巴斯给她洗了胃。很不幸，那儿没有精神科，"他苦涩地笑了一下，"但斯凯勒温泉就有我们没有的设施。不管怎样，她现在在休息了。这是他们说的，不是吗？舒服地休息？但根本不是那回事儿。像拥有她这样大脑的人怎么可能就这样休息了。"他摇摇头，看向远方。"明天她要被送进尤蒂卡市立精神病院。上一次她在那儿时，我向她保证过，她再也不用回去。"

"也许他们能——"

"是的，但道格，问题是我觉得我能帮助她。我是说，从头到尾，不就是这样吗？我来帮忙？她之前的男人……"他没继续说下去，"我以为我能做得更好，但相反我让一切更糟糕了。"

"艾丽斯病了，怎么会是你的错？"

他没有回答，从背后把电话拿了出来，盯着看。接着，毫无预警，他用它重重地击打着自己的额头。接着又重击了两下，直到雷默把它从他手里抢过来。其中的一击，雷默看到，划伤了他的眉毛，现在在不断流血。

"你看到吗？"他说，"我从她那儿拿过来的。我跟她说就是那些想象中的对话让她生病的。如果她不想回尤蒂卡，她就得把它给我。"

466

"你觉得她是因为这个才吞的药片？"

他没回答，只是盯着流血的手。"我在流血，"他说，"很好。"

"别动，"雷默跟他说，"头朝后仰。这个伤口很深，格斯。你需要缝针。"

"而且，"他说，"你知道我的问题是什么吗？简单说？我总觉得能解决问题。整个巴斯镇。结果我才是那个需要被修理的人。"他对着电话点点头。"我能拿回来了吗？"

"如果你再打自己，就不能。"

"我不会了，"他保证说，"我要进去，把它放在她床头柜上。他们说她会一直睡到明早，但如果她半夜醒过来，就能看到它。"

雷默不情愿地递了过去。

"我想知道我为什么要这么做？为什么从她那儿夺过来？也许，我知道答案。每次她害怕这个世界变得没有意义时，她都从来不来找我。"

"我不太明白。"雷默承认。

"就好像她知道我没有她需要的东西。对她而言，对着一个根本不存在的人，对着一个甚至没有连线的电话筒讲话，都比我能带给她的安慰多。我想可能这才是我无法忍受的。"

"你想知道我是怎么想的吗？"雷默说，自己也很吃惊他不但有想法，而且还想分享。

"我想听，真的，"格斯跟他说，开始不加掩饰地哭泣了，"如果你对我的评价比我对自己的高的话。我很想听。你是想说些那样的话吗？"

雷默要说的，以及在过去四十八个小时他逐渐意识到的是，如果你无法担当、胜任你被分配的重要任务，即使那不是犯罪，也至少是羞耻，是奇耻大辱。这在雷默认识的几乎每个人身上都适用，包括他自己。似乎他这一辈子，都不太如意，但他希望，他的缺点不是邪恶的。谁知道呢？也许跟格斯说这些会对他有帮助。尽管格斯需要的跟这似乎完全不一样，但雷默发现自己也能顺着他的心意说。"事情最后都会解决的，"他说，"我觉得艾丽斯比你想象的更爱你，我觉得你也爱她。我想这一次尤蒂卡的医生会知道怎么做。说不定可以试一种新药，或者有新来的医生更懂行。我觉得她不久就会回来和你一起的。我还觉得我们明天能成为比现在更好的人。"

当然，他不清楚这全是真的，还是部分是真的。但是，去信相反的又有什么用？

他在回巴斯的州际公路上开到一半时，注意到地平线那儿有橘色的亮光，接着他发现，树林间闪着火光。想到昨晚诡异的天气，他的第一反应是，这肯定是另一场雷电，尽管现在繁星满空。调到警局的频道，他才得知是巴斯的上主街着火了。

跟房子不一样，房车烧不久，等雷默到时，沙利的房车烧得没剩下多少了。在消防部门的努力下，火没有窜到贝丽尔小姐的房子，尽管从护墙板一直到屋檐都烧黑了。在房车冒着烟的废墟中唯一还能辨认出来的是那个马桶，雷默那天一早等沙利回家时，曾在上面睡着过。

马克·戴蒙德，消防队的头儿，看到他走了过来。"有具尸体。"他说。

雷默点点头，当然会有尸体。"通知验尸官了吗？"

"随时到。"

"没有其他伤口吗？"

戴蒙德摇摇头。"儿子住在楼下，但邻居说儿子已经搬走了。卡尔·罗巴克租了楼上的公寓，但他也不在家。"他皱了皱眉，"有人说你辞职了。"

"是的。"

"是不是因为我一直听说的新计划？要把我们跟斯凯勒合并？"

"不是。跟那无关。"他的注意力时不时回到还在冒烟的沙利房车的残骸上。对那个男人他突然感觉到一股不期而至的情感，直到今天，这男人都还是他的眼中钉、肉中刺。"我昨晚还跟他一起，"他跟戴蒙德说，"我们从来不是朋友，但我向他求助。实际上，他帮我个很大的忙。如果他没出力就好了。"

"是的，沙利是那样的人，"戴蒙德难过地同意道，"但最近，他一直那样子。"

"什么样子？"

"像个知道自己将不久于人世的人。"

确实如此。在山谷区时，雷默的注意力在别的地方，尽管那样，他还是注意到了沙利坐在挖土机上时，脸色有多苍白，他费了多大的劲才爬上那挖土机，爬下来时又有多困难。

"得走了。"戴蒙德说。他的一个手下在叫他。"还有一件事？虽然你辞职了。一个邻居说，在火烧起来前不久，车道上有人说话，当我们赶到时，我的人说闻到了助燃剂的味道。我已经打电话让警犬部门的人来了。"

这唤起了雷默的记忆。"有他的狗的迹象吗？"

"烧过的东西里？没有。没有狗的尸体。只有一副人的骨架。"

"你确定？"

"不会弄错。"

走回车道时，雷默踢着了一个硬东西，感觉像石头，但听起来像金属的声音。他花了好一会儿工夫才在黑暗中找到它。是一块腕表。是沙利的吗？他记得早上在餐台上放着一块，当他们离开时，沙利把它放回了口袋里。是他回家走在车道时不小心掉出来的吗？

不会，这表太重了。在晚上的寂静中，他肯定能听到它砸中石砾的声音。也许是因为他在黑暗中找不到，准备早上再来看看。可能，但雷默也怀疑这点，晚上据说还有雨。他不会让它在地面上躺着的，至少他卡车里还有个手电筒。

验尸官来时，人群开始散开了。他和戴蒙德套上了塑料鞋套，站在烧尽的房车中间，研究着烧焦了的尸体。"雷默，"验尸官说，"我听说你辞职了。"

他没回答。"你能估计一下死者的高度吗？"他说，"就按……那个？"

"我明天可以告诉较为准确的数据，"他说，"现在，我只能猜猜。"

"好的，那就猜吧，"他说。戴蒙德看上去很困惑。

那人仰起头。"五英尺七？五英尺八？"

"再猜猜，"戴蒙德说，"沙利要六英尺多。"

雷默的无线电在啸叫。"警长？"值夜班的通信员说，"你在吗？"

"在。"

"我们一直找的黄紫色的车终于露面了。停在无忧宫后面。我们猜罗伊·帕迪肯定躲在里面。"

"不可能，"雷默跟他说。

"为什么不可能？"

从雷默站的地方看向房车外，他可以看到一只烧焦的人脚。"因为他不可能同时出现在两个地方。"

他可以听到狗在坡道最下面叫。她丈夫的大平板卡车就停在车道上方。那男人的名字到底叫什么来着？突然他想到了：扎克。把灯关上，雷默把车停在卡车后面。房里有灯光，这意味着尽管这么晚了，在里面的人还醒着。露丝，他的妻子，现在医院里情况危急，所以在里面可能正是扎克，他要逮捕的人。但也有可能是其他人。他们有个外孙女有时会跟他们住在一起，但他猜她应该也在医院，和她母亲在一起。雷默希望是这样。他不想当着他爱的人的面，把他铐走。走出车，他本想再检查一下他的点38口径的手枪，确保它上了膛，上了保险，但还是决定不麻烦了。他没法用绑了绷带的右手握紧它，用左手拿也完全不行。

他停了一下，快速检查了一下卡车斗里的东西，注意到有个大大的红色煤气桶。即便是在月光下，他也能看出来，最近有气从桶里倒出来过。底部只剩一点了。狗叫声似乎不是从房子里传出来的，而是从后面宽敞的库房里，库房烧毁了的顶看上去被闪电击中过。这引人注目的毁损让雷默重重咽了口口水。他自己怎么没有被烧成灰烬？门栓上悬着把开着的挂锁，他一打开库房的门，沙利的小狗就从里面扑了出来，快乐地叫着。它是认出了雷默是那天早上一起去墓地的人，还是它只是喜欢人类？这狗都这样子了，还这么兴奋，它一只眼肿得睁不开，鼻孔的毛稀落着，沾满了血。再加上被它咬掉一半的阴茎，看上去颇为可怕。"你应该过了个艰难的夜晚。"雷默对他说。狗热情地叫着，好像一点点同情就能让它很高兴。

后门照来的灯光，以及库房顶上的照明灯，点亮了整个院子。一分钟后，一个穿着无袖T恤的男人走了出来，站在门廊上，用左手若有所思地挠着他的大肚子。雷默在镇上见过这个人，他惊叹他额前蓬乱翘起来的头发，这让人一眼就能认出他，除了孩子，任何人有这种发型都太奇怪了。他的右手腕和前臂笨拙地包扎着绷带和胶带。"我一直在等你。"他说，他的声音通过黑暗传来。

"那么你知道我为什么到这里来了？"雷默说着走近房子，那小笨蛋围着他欢快地跳跃着。他有点期待道格能指点他下一步该怎么做，但没有什么动静，也许他永远地离开了。他正和一个今晚刚刚杀过人的高大男子站在一起，即便最近的邻居离这也有一定距离，那感觉当然是：孤立无援。"看起来很痛。"他说，盯着他包着的前臂，心想这得烧得多厉害。

"是的，"扎克承认，"我觉得，是我活该。"

"你怎么知道他在沙利的房车里的？"雷默说，"你的女婿。"

"我不知道，"他说，"我是去告诉沙利她会熬过来的。我的妻子。她在昏迷中，他们不停跟我们说她不会醒来了，但她做到了。"

雷默，跟巴斯其他人一样，听说过沙利和露丝长期的情事，也知道她丈夫什么都知道。很明显，他们分享她，没有妨碍他俩的友情，古怪的是，这似乎还是他俩友谊的来源。如果贝卡活着的话，雷默和杰罗姆是不是也会如此？如果她是几年后在车祸中死掉，在他俩知道彼此的存在很久之后，雷默的第一个想法是不是也会去通知杰罗姆，因为他也爱她？"但当你到了房车那儿，发现沙利不在那儿。"

"里面灯没亮，"扎克跟他说，"但我听到这个小东西在里面呜咽，当我敲门，我听到有人在里面发出声音。我知道不是沙利。如果是他，他会到门边来的。但这家伙听起来受伤了，所以我走了进去。"

"门没锁？"

男人笑了起来。"沙利这一辈子都没锁过门。绝大多数时候他都想不到要锁门。"

"你发现他在里面。你的女婿。"

他点点头。"我打开灯，他在门边，揉着眼睛，好像刚醒。他说，'这跟我计划的可不一样。'我问他什么计划，他说，'应该是沙利。'我们站在那儿，对视一会儿。接着我说，'你不问问她怎样了吗？'他说，'谁怎么样了？'那时我才看到他握着个铁锤。"

他给雷默看了他左边的肘部，他肯定用它来挡了那一击，现在那儿肿得像膝盖一样。

"你不必跟我说，"雷默说，"实际上，在没有律师在场的情况下，你也不该说。你知道这是你的权利吧？"

他耸耸肩。"我有看电视。"他耐心地等着雷默把逮捕前的例语讲完，结束后，才接着说他的故事。"他打了过来，但也就那样。罗伊不是个打架高手，他喜欢打女人，踢没有防御能力的可怜动物，但像我这样的大块头？我只是拎起他，把他丢了出去。他的头部撞到了柜台的角，就这样了。他就躺在那儿，一动不动。"

"那么，是个意外咯。"

"我从来没有想过要杀死他，如果你是这个意思的话。"

他似乎能理解，但考虑到他有强烈的复仇动机，陪审团不一定愿意采信。

"但我知道不能真那么说，"他承认道，又在挠他的肚子了，"因为有可能我的确那么做了。我抓起他时，在想他刚说的话——'谁怎样？'——就好像他已经忘了对露丝做过的事，还有那么多次他打我的杰妮。也许扔他时我用的劲过了头。今晚之前，我从来没想过要伤害任何人。大多数时候，我都希望和人好好相处。"

"为什么毁了房车？"

扎克一只手在翘起来的头发上按了一会儿，但他一松手，头发就又弹了回去。"他肯定是发现了沙利放在车库的煤气桶，因为煤气桶跟一盒火柴放在一起，就在餐桌上。我猜他是计划沙利进门时，用铁锤打倒沙利，然后烧了那个地方。让它看起来像个意外。"

"所以你觉得你也可以做同样的事？"

他看上去像在考虑这话的可能性，似乎他想不起来自己之前的意图了，只能说出一个有根据的推测。"你杀过人吗？"他问，指着雷默的枪，枪柄从他上衣里露了出来。

"没有，"雷默说，"从来没。"

"杀人之后你根本无法正常思考，"他说，"一切都不同了。大

473

多数时候我都清楚要做什么。不一定是要干的事，但我知道什么对我来说是对的。"

雷默点点头。

"杀了人，就像……你无法弄清楚下面会发生什么，因为你不再是你了。你甚至不记得自己是谁。只剩下你刚做的事。我只能这么解释了。我做了他计划要做的事。"

"你怎么会烧到自己的？"

"是这家伙的错，"他说，指了指狗，那狗厌倦了转圈，迈着八字步走过来，趴在了他俩中间，好像无法决定哪个人会给它下命令。"罗伊把它锁在了浴室，而我忘了它。当我听到它的呜呜声时，我刚划了火柴，火柴点着时，我肯定是待着没动，因为当我往下看，袖子已经着了火。肯定是上面溅上了汽油。不管怎样，我把衬衫脱了，当我扔下它的时候，整个地方烧了起来。"他蹲在狗前面，那狗站了起来，舔着他的左手。"我一把抓起你，在我们两个烧着之前钻了出来，是不是？"

雷默没有什么想问的了，除了显而易见的问题。"你不会惹麻烦的，对吧？"

"我？不会的。"

雷默信了。"那么，让我们去趟医院，看看你那胳膊。但明天你得到警局来。"

扎克点点头。"你觉得他们会相信我说的吗？这是个意外？"

"我相信。"

"他们会怎么对我呢？"

"我也不知道，"雷默承认道，"不过，你挑了个合适的人杀。"

"我很清楚，"他说，"从现在开始，我就是一个杀人犯了。"

雷默情不自禁为这个人难过。他看上去并不能在短期之内适应这个想法。

治愈

"起来了。"年纪大些的护士在沙利的睡衣后叫着。他感觉护士几分钟前才提醒他的，但钟上显示三点半了，那么她们让他睡了一个小时。她们可真够仁慈的。

"行行好吧，女士，"他跟她说，"四个小时前，我差点死掉。"这么说虽不确切，但也差不多了。"一次可能致命的心脏病突发事件"。他们是这么描述当时在车道发生的事情的。如果圣·彼得夫人——那个住在上主街、靠他开车去看医生和去理发店的老寡妇——没有打电话给警局说有人偷窥她的话（这样的电话她至少每周打一次），他早就死掉了。一个名叫米勒的警官被派过来查看情况，她的房子就在贝丽尔小姐房子的对面，米勒警官看到沙利跌跌撞撞地像个醉汉一样走在车道上，接着就倒下了。这种情况一般都是叫救护车，但米勒明显觉得这是个展现他英雄主义的机会，他把他拖到了街上，塞进了他巡逻车的后排，一路鸣着警笛，把他送到了医院，很可能是这救了他的命。

"好的，"当他设法把腿跨过床边时，护士说，"目前为止，还不错。停下来喘口气。"

实际上，他呼吸得很好。是这几个月来最好的一次了。心脏科的人跟他说，如果他没死在手术台上，那他就会立刻感觉好很多，但当氧气渗透进他的肺部时，他舒服得忘了好很多是什么感觉。"我的医生知道你的诊疗方式吗？"

"有头晕吗？"

"没有。"

"觉得会晕倒吗？"

"没有。"

"好的，那么，站起来吧，先生。"

他站了起来。身子晃了一下，接着就站稳了。年纪大一些的护士站在他左手边，年轻些的站在右手边。"我怎么感觉有风。"他跟她们说。

"那是因为你光着屁股呢。"年长的护士说。

"我猜也是。"他说。

当他去摸胸口时，她说，"不要碰。"把他的手拍开。

"他们在那儿放了什么？冰球吗？"

"其实没你觉得的那么大。你会忘了有东西在那儿的。"

"什么时候？"

"让我们走走。"

"去哪儿？"

"走到大厅，然后回来，你觉得撑得了吗？"

"我觉得我们应该去跳舞，你和我。"

"去哪儿跳？"

"你想去哪儿都行，但你先得把我的裤子还给我。"

"你感觉怎样？"

很好，他觉得很好，这真奇怪。"我们在什么病区？"

"特别护理。明天他们会把你移到普通病房。"

"我有个朋友可能也在这病区。她的名字叫露丝？"

"进来的时候昏迷的？"

她用了过去时，这让他心里咯噔一下。

"她醒了，"护士跟他说，"她会康复的。"

"她的病房远吗？"

她指着走廊的尽头。"你走得了这么远吗？"

"走。"

沙利坐在露丝床边的凳子上，醒来时她正盯着他看，雨拍打着她身后的窗户。墙上的闹钟显示四点半，那么他在这儿已经打了半小时的盹了。他们到时她还在睡觉，沙利说服护士们让他在那儿等一会儿。肯定是她们一离开他就睡着了。

　　露丝看起来比昨天还糟糕。她的脸部下方一直肿到了发际线，淤青更明显了。但像被胶水粘在一起的眼睛现在能睁开一些了。更重要的是，她不像那天晚上早些时候他去看望的薇拉，露丝是存在的，在她受了重伤的身体里，就在这个房间跟他在一起。他答应护士他不会在没人帮忙的情况下自己站起来，但现在他没费多大力气就这么做了。虽然他们装了内置除颤器的地方不太舒服，但也绝不像前几日那么痛苦。他一只手撑着抬高的床扶手，另一只握着露丝的手。

　　"好吧，你赢了，"他说，"我们去阿鲁巴岛吧。"

　　她笑起来，但他能看到她眼中的痛，于是他不开玩笑了。

　　"我俩一块彻底完蛋怎么样，嗯？"

　　她慢慢地向他眨了一下眼睛。好的，怎么样呢？

　　"杰妮和蒂娜在这儿待了一整天，还有扎克。"

　　又长长地眨了下眼。

　　"很抱歉我这么……"他开口说，又停了下来。"抱歉我让你担心了，心脏科的医生们几个星期前就想这么做了。"他说着把一只手放在胸口上。

　　是的。

　　"你也脱离危险了。你知道的，对不？"

　　是的，她知道。

　　"也许在这儿，他们能把咱俩都修好，让我们重获青春。"

　　她的头微微移到一边。

　　"你不愿意再变年轻？我也不想，将就活着就行。"

　　是的。

他意识到，他想要，是的，不管怎样，想要再活得长一些。过去的一个月里，他一直在想他是不是失去了对生命的兴趣，但很明显并没有。罗布得一个人清理出老厂房地下室的粪便，但他能搞定。卡尔也是，他至少得自己撑到沙利能站起来。

"哦，"他身后有个声音说，"看看是谁一起来就不听话了。"

年长些的护士站在门口。"呃噢，"他跟露丝说，"巡视完毕。再不回去，她要杀了我了。"

露丝轻轻握了握他的手。很轻，但那是真实的触碰。接着他俩都松了手。

两个护士护送着他回到病房，一个中年男子斜靠在他病房的门上，沙利花了一会儿工夫才认出他的儿子。"你回来了，"他说，"我以为你得到星期二才能回来。"

"别停下来，"年纪大些的护士捅了捅他，"在你摔倒之前。"她看着彼特，"他经常这样吗？"

"你是说，固执？坏脾气？乱发火？还是不可理喻？"

等护士们帮沙利躺回床后，只剩下他俩时，彼得说，"就不能让你单独待上两分钟，是不是？"

沙利没接话。"我有个工作给你做。我自己也能干，不过估计他们得过个几天才能让我回去工作。"

彼得对他咧嘴笑。

"怎么了？"

"没什么。"

"你知道罗布住哪儿吧？"

"难道他搬家了？"

"早上七点去接他。你知道怎么操作挖土机？"

"比你用得好。"

"真的？"

"我做梦的时候。"

478

"干吗？"沙利问，因为彼得还在对他笑。

"我想你了。"他说。

"很好，"沙利很高兴听到这个，"我之前不确定你会不会想我。"

他闭上眼，深呼了口气。上帝保佑，氧气立马流淌到全身。"你怎么知道我在这儿的？"他突然想到这个问题，彼得没有回复，他又睁开了眼睛。

房间很暗。很明显，他睡着了。难道跟儿子的对话是他想象出来的吗？不，他确定，那是真的。东方有点灰白。又是新的一天了，他心想。是周日呢，而他还能活着看到。真好。

天开始下雨了。不像前天晚上那么猛烈，但也持续不断，又能把一切淋个透。除非雷默猜错了，到了早上，山丘区会有更多棺材滑到山谷区，巴斯的死者大迁移，来到活人的疆域，这明显违背了他们心照不宣的契约。

他把车停到警局后面，从后门走进去。他只要把枪、徽章和越野车的钥匙锁到他桌子最下面的那个大抽屉里就行，这样他明天就不用再过来了。正当他开锁时，他听到什么声音。这会儿，在门口站着的，正是夏莉丝，她的眼睛哭肿了。当然是为杰罗姆流的泪，雷默心里苦涩地想。

"在你偷偷溜走之前，我有事情要说。"她说着把他的健身包扔到沙发上，前天晚上他忘在了她车里。

偷偷溜走，他意识到这话中有批判的味道。好吧，他是在偷偷溜走，不是吗？所以，或许他就该被指责。他指指凳子。"你没必要道歉——"

"好的，"她边说边坐下，"因为我没想着道歉。"

雷默在她对面坐下，他们中间隔着他的桌子，还有别的什么东西。夏莉丝,平时很少没话说,现在却久久不开口,以至于雷默开始怀疑她是不是改变了主意,决定啥也不跟他说了。

"有件事你先得明白,"她终于开了口,"从很小我就替杰罗姆保守秘密。在我俩的父母死后,他和我相依为命,你知道吗?他是我的保护神。直到我成年了,才终于意识到我保护他比他保护我要多。"

"你什么时候知道的?他和贝卡?"换句话说,有多少天,多少个星期,多少个月,她在本可以与他并肩的时候选择了跟她的兄弟并肩?

"从一开始我就知道,"她说,带着明显的抗议。"他等不及要告诉我。像我说的,我俩相依为命。另一件你要理解的事情是,杰罗姆,对他来说,这不是风流韵事。是真正的爱。"

雷默并不怀疑这一点,因为杰罗姆的话还在他耳边回响呢。我们这么相爱……你根本不明白……你知道爱一个人是什么样子的吗……我是说真正地爱一个人……你知道爱是什么吗?当然还有献花人的卡片上那个词:永远不变。这深深地烙在他脑子里,就像钉子扎进他手掌里一样。

"他曾经有过很多个女朋友,"她接着说,"但相爱对他来说是全新的体验——这事儿因为他那疯狂的想法而变得更加复杂。"

"什么想法?"

"他觉得是她治好了他。"

"治好了什么?"

"一切,杰罗姆的一切。他的那些执念和焦虑?都没有了。他不必再恪守他的仪式了。数数、触摸、背诵、消毒。可能没那么绝对。但——内心深处?——杰罗姆会是你遇到过的最焦虑、最没有安全感的人。"

不,雷默心想。目前来说,我才是。

"你可能以为他让我搬到这儿,是为了照顾我,对不?恰恰相反。每次他恐慌症发作时，我是唯一能帮忙的人。在我结束南部的生活前，我有自己的生活。我当时订了婚，马上就要结婚了。"

"你就那样放弃了？"

"我有选择吗？"

你当然有，雷默心想，但他还是情不自禁被她为兄弟的付出感动了。

她忧伤地笑起来，摇着头。"詹姆斯·邦德之类的东西？'我是邦德'"——她在模仿她兄弟的嗓音，她模仿得这么像，有点令人毛骨悚然——"'詹姆斯·邦德。'他那么做是为了自己，也是为了取悦别人，可怜的家伙。那时候，他做的每一样事情几乎都是为了别人。"

"然后贝卡治好了他？"

"他是那么相信的。"

"那你觉得呢？"

她耸耸肩。"一个成年后一天要清理两次洗手间的人突然就不执拗了？这变化实在是很戏剧性。他一个劲地说，'我活着第一次觉得……感觉很好，不是病态的。和她在一起我觉得安全。'我告诉他那听起来很疯狂。我是说，他人高马大，有六点六英尺那么高，壮得像牛一样，又是武术爱好者。贝卡也就五点八英尺吧，一百二十磅？ 她让他觉得安全？但你没法跟他这么说。那是他的感觉。她在时，他不会有平时的束缚。他不会像平时那样困在自己结的网里。"

"那正是她给我的感觉。"雷默承认道。

"我们吵架，杰罗姆和我。我们这辈子第一次吵架。你肯定无法相信我们吵得有多厉害。"

"为什么？"

"很多原因，"她说，这让雷默怀疑他是不是也是原因之一，想想自己可能对她挺重要的，他感觉不错。"我不是很喜欢贝卡。"

"真的？"他说，"为什么不？"似乎每个人都爱她。

"因为贝卡总是那个样子，"她说，表情有点不屑。雷默刚要反对，她接着开口说。"你没注意到她总是一会儿就能魅惑一个人吗？"

这是她的习惯，不管是在晚会上，还是饭店里，她总是能挑出这么个人来，让他目眩神迷，然后诱惑他去追着她走进厨房或到露台上，到只有他们两个人的地方。是的，当然。有谁比雷默更清楚她这个习惯？不正是因为这个，让他深藏脑后的妒火熊熊燃烧？尽管他会劝自己，她想让跟她单独出去的人觉得她与众不同又有什么大错？

"记得吧，"夏莉丝说，"去触摸别人对她有多重要？如果你离开她身体的接触范围，她眼里是什么表情？就好像她不能确定你还是你一样？"

在那个可恨的晚宴晚上，每当雷默看向桌子那头，他妻子可爱的手都是放在老巴顿斑驳的手上。但即使这样，他仍会自责，觉得肯定是他某个方面，或者在很多方面，让她失望了，才使得她渴望得到别人、得到比他有趣的人的陪伴。

"那是她的天赋，让每个人都爱她，她情不自禁。她在那方面的强迫症就像杰罗姆清理自己的洗手间一样。男女老少？她全部通吃。是的，这是引诱，但我觉得这跟性并没有太大关系。事关爱慕。人们越无法自拔地爱她，她就越觉得有生机。杰罗姆，是她的裙下之臣。"

不是唯一的裙下之臣，雷默心想。因为在杰罗姆之前还有道格拉斯·雷默。更别提可怜的艾丽斯·莫伊尼汉，她过去一大早就盯着他们的房子，等着雷默离开，这样贝卡就完全属于她了。直到今天，她在电话上聊天的对象都是贝卡，她的丈夫要求她交出话筒时，她觉得失去的也是贝卡。

"我警告过杰罗姆，总有一天她会像遗弃你那样遗弃他。"

"但他不信你。"

她眼中充满了泪水。"他说我只是嫉妒他的快乐。因为他们在一起，我就会孤身一人，他跟我说让我回家，他不再需要我了。我们不再相依为命。"

"你就从没来没想过要告诉我吗？"其实他真正想问的要比这个悲哀得多：那么你是说这根本就没我的事儿吗？

"你没认真听我说。一直以来我都保守杰罗姆的秘密，"她说着又板起了面孔，"而且，他会自己告诉你的。"

"什么时候？"

"其实就在她死的那一天。他们的计划是，他到你那儿接贝卡，然后开车到警局。她会等在车里，杰罗姆会进去，告诉你他们要一起离开。"

"但我早回家了。"

"你肯定比他早了十五或二十分钟，因为他转到你家那条街时救护车就在前面，还有两三辆警车。"

"那他之后干吗了？"

"你以为呢？他只能打电话给我。"

"你说了什么？"

"我能说什么？我跟他说让他回家。我会处理一切。等我到了那儿，他的样子就跟你今天见到的一样了。"

雷默想要把夏莉丝的话跟他记忆里那可怕的一天以及随后的日子匹配起来，但一切都像梦境一样迷蒙。直到现在，那段时间杰罗姆的缺席都没给他留下太深的印象，只是模模糊糊地感觉他有一段时间不在。那时有更重要的事情让雷默忧心。

"那么，就这样，他又需要你了。"

"他请了假。我们跟别人说他到北卡罗来纳去完成他的硕士学位了，实际上他就在奥尔巴尼的一家医院里做康复治疗。我周末或休假日去看他。"

"那他好些了吗？"

"跟之前差不多，"她说，"很难说有好转。贝卡不在了，他所有的强迫症又卷土重来。但，是的，我们的关系修复了。事情几乎是正常了，但不是别人所说的正常。但我仍然以他为傲。虽然他内心还是一团糟，但至少他的身体机能恢复正常了。你也似乎终于从'逃避'的状态中走了出来。我当时还想我们都逃过了一劫，但接着你得到了那个车库门的遥控器。我真不该跟杰罗姆提到它。一夜之间他又成了那鬼样子。他觉得你肯定知道了。"她与他对视，"他觉得是我告诉你的。"

"他怎么会觉得你会告诉我？你一直都替他保守秘密。"

"哦，他知道我……"

"知道你什么？"雷默说，他的心突然悬在了嗓子口。

"没什么。"她说着，站了起来。

他也沮丧地站了起来，她这才注意到他包扎得严严实实的手。"恢复得好吗？"她问。在杰罗姆那儿时，她曾瞥见他是如何奇怪地挖自己手心的。

"坏了些神经，他们说我几乎挖透了手心，都是在瞎说。"

他以为她会骂他，但并没有。"我读到过一个故事，"她说，"有个家伙头皮痒，他就一直挠穿了头盖骨，一直挠到了自己脑子里。"

"你觉得这会让我好受些？"他说，"讲一个比我还蠢的人的故事？"

她没接话。他们现在面对面站着，但之间还隔着桌子。"还有个人，"她接着说，"打嗝打了一年。试过所有的办法，都不行。最后他再也受不了了，就从金门大桥跳了下去。通常这么一跳没人能活得了，但他没死。你猜怎么着？"

"他还在打嗝？"

她冲他难过地笑了一下。"看，这才是我们应该尝试的。不，打嗝消失了。结果是，从金门大桥跳下去对治疗打嗝有百分百的疗效。"

　　雷默感到自己的脸上也露出了笑容，他想象着余生如果跟这个女人一起度过会是什么样子，能够随时有这样的交谈。想到这个，想起他们的每一次对话，哪怕是那些令人恼怒的话，也让他觉得没有那么孤单了。他设想着，如果从桌子后面走出来，会发生什么？"我们应该尝试？"他说，"我们？——是说——"

　　"我们。"

　　"可以有'我们'吗？"

　　"只要你想。"

　　"我愿意。"雷默说，他意识到就是这同样的三个字，上一次说出来后带给了他无尽的痛苦，但现在他不在乎了。

　　"我们得先在几件事上达成一致。"她跟他说。

　　"比如说？"

　　"比如说，你得想办法原谅杰罗姆。他是我兄弟。"

　　"我觉得我能做到。"事实上，他很肯定自己已经原谅他了。

　　"你也得原谅我，如果我做错了什么的话，但我没有——除非你觉得替杰罗姆保守秘密是个错误。你是不是还介意这个？"

　　"只要你不介意。"

　　"你还得让我从办公桌后走出来，允许我去做我警官培训时该做的事。"

　　"对不起，我做不到，"他说。当她又把眼睛危险地眯起来时，他补充道，"你忘了，我不再是你老板了，我辞职了。"

　　她从屁股口袋里掏出他昨天下午递给格斯的辞职信，现在那信被撕成了四片，她把碎片扔到了他的记事本上。

　　"好吧，可以。"他说。

　　"说到从桌子后走出来……"

　　她走到一半时碰到了他，现在他俩之间只有垃圾桶了。她的身体倾向他，他也是。突然，当他们的嘴唇要碰到时，一股静电从雷默的嘴唇传到了夏莉丝的，这让他俩都退了一步。"哇噢！"他俩同声惊呼，用手背重重地擦着嘴唇。互相对视了一会儿，两人都很惊讶。办公室铺了地毯，竟仍有静电。"这是什么鬼？"她问。

是道格，雷默心想，他在说再见呢，他离开了，就如他从电流中出现。当然，这是疯狂的想法，但也可能是……

他们的第二次尝试很成功。"哇噢，"两个人又惊呼，这一次是不同的原因。

"实际上，"他说，"我也有个要求。"

"什么？"

"你得明天早上跟我去中学一趟。"因为如果他接着做局长——他基本上肯定会——几个小时后，他将站在母校中学的礼堂上，跟两百多个人讲讲他的八年级英文老师。虽然这想法现在还是有点吓人，但因为某种原因，当想到它时，他不再像之前那样充满恐惧了。毕竟，在过去二十四小时内，他被闪电击中过，跟致命的珊瑚蛇打过交道，这些事给他当众做演讲带来了新启示。他知道，自己不是很聪明，但他也不会比长袍牧师更糟糕，至少他会穿上裤子。而且，不像长袍牧师，他会实事求是。他会跟大伙说贝丽尔小姐给他的那些书。他是怎么把它们藏在衣橱里，这样他妈妈就不会认为书是他偷来的。他会跟听众们说贝丽尔小姐对他的评价远比他对自己的要好得多，而作为孩子，那好评又是怎么吓到了他，因为他看不到合理的理由。他还会解释老妇人为何一直在他作文的空白处写上这个道格拉斯·雷默是谁？而她这么多年以来又是如何一直活在他的心中，正如一个好老师应该有的样子。他会告诉他们这些事情是因为这么多年来他一直都想谢谢这位亲爱的女士，但一直没有抽空做。

他俩一致决定，他不能再按之前计划的，到一个旅馆待上两个小时，因为那样太傻了。而夏莉丝也跟他说，她绝对不再陪他到莫里森阿姆斯去。她坚持除非是去逮捕人，否则她再也不会踏足那个地方。不，他们会开她的车去她家，车就停在外面。下周雷默就会把那破破烂烂的捷达卖掉，换成更适合一辆局长身份的车。只要不是野马就行。

外面的雨已经停了。等他们走到她的车旁，夏莉丝突然想起什么。"在这儿等一下。"她说。雷默在等待时，突然意识到，等一个忘了东西的女人真是一个人生命中被低估了的幸福。之前有多少次在他和贝卡要出门前，贝卡得回去拿她忘在厨房桌子上的东西？是的，这是个恼人的习惯，但当她再次出现时，他知道她没有永远离开，却又是多么美妙。直到那一天她再也没回来。当夏莉丝再次出现时，那种美好的感觉一如往常，尽管她手里拿着的是个陶瓷眼镜蛇。

"你拿那个干什么？"他问。

"当然是把它带回家咯。"

他朝她扬扬眉。"带回家？"

"我给杰罗姆买的，本想着能让他少怕点真蛇，但这把他吓得半死。怎么了？它也吓着你了？"

"没有，是你吓着我了。"

当然，这话只是开玩笑。她可能是有点变幻莫测，但他做对了，选择了信任她。他一边想，一边把健身包扔到了后排，坐到了乘客座。事实上，雷默经常会被比他厉害点的女人吸引，尽管绝大多数女人本质上都会这样。那蛇现在僵硬地卧在他包上，让他不禁思考，她还撒了什么谎。比如，她真的有蝴蝶文身吗。

打对牌，道格建议道，你就能知道结果了。

"什么？"夏莉丝说，"你说了什么吗？"

"我说我觉得我可能爱上你了。"他跟她说。这就像这世界本身，既是谎言也是事实。

"这是另一件我们要尝试的事儿，"她跟他说，"那个可能。"

致谢

一个作家到了我这年龄，要感谢的人的名单会像这本书这么长。非常感谢一直以来的质疑的声音，这种声音在我之前所有的或绝大多数的书出版时都有。巴贝拉、艾米丽和凯特一如既往努力地让这一切成真。纳特，茱蒂丝，艾迪和乔伊（我的代理们）在漫长的几十年里，从未动摇过对我的信念。盖瑞，桑尼，加比，还有 **Knopf** 和 **Vintage** 出版社的每个人，你们仍在不断努力让我看起来比实际上更好、更聪明、更有天赋，我知道如果有可能，你们甚至想让我看起来更年轻、更高、更帅。

至于这本书，以下诸位帮我弥补了知识上的明显漏洞：朱迪·安迪森，提姆·哈尔，彼得·川撒，鲍勃·威尔金斯，格雷格·高唐，吉姆·高唐，比尔·伦德格伦和卡罗·维尔夫。